CHERYL STRAYED

Wildblumen im Schnee

GOLDMANN
Lesen erleben

Buch

»Wir müssen reden.« Collegestudentin Claire Wood ist nervös, als sie auf Bitte ihrer Mom Teresa die Familie zu Hause im ländlichen Norden Minnesotas besucht. Was sie dann aber dort erfährt, zieht ihr den Boden unter den Füßen weg: Ihre Mutter ist unheilbar an Krebs erkrankt – mit nur 38 Jahren. Für die Woods beginnt eine Zeit der Angst und Verzweiflung, aus der es keinen Ausweg zu geben scheint und die sie auseinanderzureißen droht. Trotz der niederschmetternden Diagnose unterzieht Teresa sich einer schmerzhaften Behandlung und kämpft gegen den Krebs an, doch irgendwann verlassen sie ihre Kräfte. Teresas Mann Bruce zerbricht beinahe am Leid seiner Frau, und Claires jüngerer Bruder Joshua entfremdet sich immer mehr von ihr. Doch Claire gibt nicht auf und versucht mit aller Kraft, die Familie zusammenzuhalten. Denn auch im größten Kummer entsteht Hoffnung, wenn man füreinander da ist …

Weitere Informationen zu Cheryl Strayed
sowie zu lieferbaren Titeln der Autorin
finden Sie am Ende des Buches.

Cheryl Strayed

Wildblumen im Schnee

Roman

Aus dem Amerikanischen
von Reiner Pfleiderer

GOLDMANN

Die amerikanische Originalausgabe erschien 2005
unter dem Titel »Torch« bei Houghton Mifflin, Inc., New York
und 2012 in Neuausgabe bei Vintage Books,
a division of Random House, Inc., New York.

Dieses Buch ist auch als E-Book erhältlich.

MIX
Papier aus verantwortungsvollen Quellen
FSC® C014496

Verlagsgruppe Random House FSC® N001967

1. Auflage
Deutsche Erstveröffentlichung Oktober 2016

Published by special arrangement
with Houghton Mifflin Harcourt Publishing Company.
Umschlaggestaltung: UNO Werbeagentur, München
Umschlagmotiv: FinePic®, München
Redaktion: Alexander Behrmann
KS · Herstellung: Str.
Satz: omnisatz GmbH, Berlin
Druck und Bindung: GGP Media GmbH, Pößneck
Printed in Germany
ISBN: 978-3-442-48455-3
www.goldmann-verlag.de

Besuchen Sie den Goldmann Verlag im Netz

Für Brian Jay Lindstrom

und

Zum Gedenken an meine Mutter,
Bobbi Anne Lambrecht,

in Liebe

Vorwort

Als ich neun war, schenkte mir jemand ein Tagebuch. Ich weiß nicht mehr, wer. Es war ganz weiß und hatte ein kleines goldenes Schloss mit einem kleinen goldenen Schlüssel, der zum Verschließen des Buches gedacht war, diesen Zweck aber nie erfüllte. Ich liebte dieses Tagebuch. Ich erinnere mich noch genau, dass es für mich das schönste Geschenk war, das ich je bekommen hatte. Ich füllte es mit Geschichten über Prinzessinnen und Könige, über Pferde, die von Mädchen geritten wurden, deren Väter in schicken Autos herumfuhren. Ich schrieb über Dinge, die mit mir nichts zu tun hatten.

Als ich elf war, kam eine Dichterin an meine Schule und unterrichtete uns mehrere Tage. Gastpoeten waren in Schulen eine große Seltenheit. Jede Minute, die sie zu uns sprach, war, als hielte jemand ein brennendes Streichholz an die entflammbarsten, verborgensten Teile meines Ichs. Einmal erklärte sie uns, was eine Metapher war, und forderte uns dann auf, ein ganzes Gedicht zu schreiben, das aus Metaphern bestand. Ich war ein Löwe. Ich war ein Eiszapfen. Ich war ein Kaleidoskop. Ich war eine zerrissene Buchseite. Ich war Glas, das andere Menschen für Stein hielten. Ein andermal erklärte sie uns, dass wir auch Gedichte über unsere Erinnerungen schreiben könnten. Sie forderte uns auf, die Augen zu schließen und eine Weile daran zu denken, wie wir noch jünger gewesen waren, dann die Augen wieder zu öffnen und zu schreiben. Ich schrieb, wie ich als Fünfjährige in farbbekleckseten Turnschuhen in dem »schönen schmutzigen Pittsburgh«, wie ich es nannte, einen Bürgersteig entlangrannte.

Eine Woche später bestellte mich der Direktor in sein Büro und teilte mir hinter seinem großen Schreibtisch hervor mit, dass die Gastpoetin ihm mein Gedicht gezeigt habe. »Du kannst gut schreiben!«, rief er aus. Er hieß Menzel und war der erste Mensch, der so etwas zu mir sagte. Er reichte mir eine Kopie des Gedichts und bat mich, es ihm laut vorzulesen, was ich verlegen, aber auch glücklich tat. Als ich fertig war, sagte er, es sei ungewöhnlich, dass ich Pittsburgh als schön und als schmutzig beschrieben hätte, da die meisten Menschen meinen würden, es könne nicht beides gleichzeitig sein. »Schreib weiter, Cheryl«, sagte er.

Ich schrieb weiter.

Ich ahnte nicht, dass ich dadurch zur Schriftstellerin wurde. Ich kannte Menschen, die Bücher schrieben, aber mir wäre nie in den Sinn gekommen, dass ich eine von ihnen werden könnte, bis ich mich als zwanzigjährige Studentin an der University of Minnesota in Minneapolis für ein Einführungsseminar »Lyrik« bei Michael Dennis Browne anmeldete. In diesem Seminar lernte ich eine Menge. Ich begann, Sprache mit neuen Augen zu sehen. Ich schrieb meine ersten ernsthaften (allerdings miserablen) Gedichte. Doch am wichtigsten war, dass ich mehrmals pro Woche in einem Raum mit einem Schriftsteller saß, der nicht nur ein, sondern viele Bücher geschrieben hatte, denn erst da dämmerte mir, dass ich die Kluft, die uns trennte und die mir gewaltig erschien, vielleicht – nur vielleicht – eines Tages würde überbrücken können, indem ich ebenfalls ein Buch schrieb.

Ich bin häufig gefragt worden, wie lange ich für die Arbeit an *Wildblumen im Schnee* gebraucht habe. Darauf gibt es drei Antworten, und alle sind richtig: vier Jahre, sieben Jahre und vierunddreißig Jahre. Doch die letzte Antwort ist die zutreffendste. Denn am Entstehen dieses Buches haben sie alle ihren Anteil: das kleine weiße Tagebuch mit dem Schloss, das nicht funktionierte, die Gastpoetin an der Schule, die mir beibrachte, was eine Metapher ist, der Direktor, der mich zum Weiterschreiben ermunterte, der Schriftsteller, dessen Existenz mir den Weg wies. Sie sind in der Danksagung dieses Buches nicht aufgeführt, aber sie haben es mitgeprägt. *Wildblumen im Schnee* ist die Geschichte, die ich in den ersten vierunddreißig Jahren meines Lebens in mir ausgebrütet habe. Ich hatte das Gefühl, nicht leben zu können, ohne sie zu erzählen. Und das Gefühl, sterben zu können, wenn ich sie zu Papier gebracht hätte (was ich nicht kann und nicht will). Vielleicht hat jeder Schriftsteller zu seinem ersten Buch eine solche Beziehung. Bei der Arbeit an meinen anderen Büchern *Der große Trip* und *Der große Trip zu dir selbst* habe ich mich abgerackert, aber *Wildblumen im Schnee* hat mich das Schreiben gelehrt und war deshalb das Buch, das mir das Höchstmaß an Glauben, Anstrengung und Hingabe abverlangte.

Wildblumen im Schnee ist ein Roman über eine Familie im ländlichen Norden Minnesotas, die einen großen Verlust erleidet. Da ich an einem Ort aufgewachsen bin, der dem im Roman geschilderten Ort nicht unähnlich ist, und meine Familie einen schweren Verlust erlitten hat, der dem der Familie Wood/Gunther im Buch nicht unähnlich ist, lesen viele Menschen *Wildblumen im Schnee* wie einen Tatsachenroman, aber das ist er nicht. Wie viele Romanautoren habe auch ich aus meinen Erfahrungen geschöpft – wer meine anderen Bücher gelesen hat, wird zweifellos einige Details wiedererkennen, die an meine Mutter und ihren Tod oder an die Landschaft und Kultur des ländlichen Aitkin County, Minnesota, erinnern, in dem ich aufgewachsen bin –, aber die autobiografischen Elemente waren nur der Samen, aus dem ich eine fiktionale Welt erschaffen habe.

Es stimmt zwar, dass meine Familie und ich bei dem sehr realen Lokalsender KAXE Radiosendungen gehört haben wie die, die Teresa Wood in *Wildblumen im Schnee* moderiert, aber meine Mutter war keine Radiomoderatorin, und ich kann mir nicht vorstellen, dass sie eine hätte werden wollen, wenn sie Gelegenheit dazu gehabt hätte. Mein Bruder musste nicht wegen Dealens ins Gefängnis wie Joshua Wood. Mein Stiefvater war kein Einzelkind und hörte in seiner Trauer nicht obsessiv die Musik von Kenny G, wie Bruce Gunther es tut. Ich hatte keine Affäre, während meine Mutter im Sterben lag wie Claire Wood in einem Krankenhaus in Duluth.

Mit *Wildblumen im Schnee* wollte ich keine Geschichte erzählen, die auf wahren Begebenheiten beruht, aber natürlich lässt sich mein Bedürfnis, *Wildblumen im Schnee* zu schreiben, nicht davon trennen, was geschehen ist. Es gehört zu den größten Widersprüchen fiktionaler Literatur, dass der Autor häufig nur kraft seiner Fantasie zu den tiefsten Wahrheiten vordringt. Ich jedenfalls habe es bei der Arbeit an *Wildblumen im Schnee* so empfunden. Ich weiß nicht genau, was es für meinen Stiefvater bedeutete, seine Frau zu verlieren, oder für meine Geschwister, ihre Mutter zu verlieren, aber in *Wildblumen im Schnee* habe ich mich bemüht, es zu verstehen. Als Autorin eines Romans durfte ich suchen. Ich durfte die einzige Geschichte erzählen, die ich zu der Zeit erzählen konnte, eine, die über die Grenzen meiner eigenen persönlichen Trauer hinausging – einer Trauer, die so groß war, dass ich allein sie nicht fassen konnte. Ich musste sie auf andere Menschen verteilen und dabei auch diesen anderen gerecht werden. Auch sie hatten meine Mutter verloren. Ich stellte die Geschichte der Trauer meiner Familie auf eine größere, größtenteils fiktionale Bühne, damit ich mir ein Bild davon machen konnte, wie jeder von uns daraus hervorgegangen war. Dabei fühlte ich mich nicht der Faktentreue, sondern der emotionalen Wahrheit verpflichtet.

Das meine ich damit, wenn ich sage, dass ich *Wildblumen im Schnee* in mir ausgebrütet habe. Es ist die Geschichte meines Lebens, und doch habe ich alles erfunden. Ich erschuf Figuren, auch wenn ich in jedem Wort, das ich schrieb, die Menschen spürte, die ich kannte und liebte. Ich siedelte die Geschichte an einem Ort an, der mein Zuhause war und doch auch wieder nicht. Ich gab der Stadt in *Wildblumen im Schnee* den Namen Midden – das mittelalterliche Wort für Müllgrube –, aber nicht, weil ich damit andeuten wollte, meine geliebte Heimatstadt McGregor sei ein trostloses Kaff, sondern weil ein Midden eine wertvolle Fundstätte für archäologische Ausgrabungen ist. Wir bergen dort verborgene Schätze, großartige und profane. In einem Midden können wir die Geschichte eines Volkes und eines Ortes auffinden, aber nur wenn wir graben.

Wildblumen im Schnee ist das Resultat meines ersten nachdrücklichen Grabungsversuchs. Als ich beim Schreiben unter der Oberfläche kratzte, wurde mir klar, dass ich nicht wusste, worauf ich beim Freilegen der Schichten stoßen würde. Erst als ich fertig war, konnte ich sehen, was ich getan hatte: Ich hatte nicht nur einen Roman über Trauer und Verlust geschrieben, sondern auch einen über die Liebe in ihren vielen Formen und darüber, wie wir mitten in der tiefsten Finsternis ein Licht finden, wie wir überleben, was wir nicht überleben zu können glauben. Erst aus diesem Blickwinkel – Jahre nach der Veröffentlichung von *Wildblumen im Schnee* – kann ich erkennen, wovon all meine Bücher handeln. Davon, dass Dinge gleichzeitig schön und schmutzig sein können.

TEIL 1

Die Woods aus Coltrap County

»Und doch müsstest du es aushalten, wenn du es nicht verhindern kannst. Es ist schwach und dumm, zu sagen, man *kann nicht ertragen*, was das Schicksal einem auferlegt.«

Charlotte Brontë, *Jane Eyre*

1

Sie hatte Schmerzen. Als wäre ihr Rückgrat ein Reißverschluss und jemand wäre hinter sie getreten, hätte ihn aufgezogen, hineingegriffen und ihre Organe zusammengedrückt, als wären sie Butter oder Teig oder Weintrauben, die ausgepresst werden sollten. Bei anderen Gelegenheiten war es, als ob etwas Scharfkantiges wie Diamanten oder Glasscherben ihre Knochen ritzte. Teresa beschrieb, was sie empfand – das mit dem Reißverschluss, den Weintrauben, den Diamanten und Glasscherben –, dem Arzt, der auf einem kleinen Rollhocker saß und in ein Notizbuch schrieb. Er schrieb noch, als sie bereits verstummt war, und lauschte weiter mit schiefem Kopf wie ein Hund, der in der Ferne ein Geräusch gehört hatte. Es war später Nachmittag, das Ende eines langen Untersuchungstages, und er war der letzte Arzt, der *richtige* Arzt, derjenige, der ihr endlich sagen würde, was ihr fehlte.

Teresa hielt ihre Ohrringe – zwischen zwei Glasplatten gepresste und getrocknete Veilchen – in einer Hand und legte sie an, noch beim Anziehen, nachdem sie stundenlang in einem Krankenhauskittel von Zimmer zu Zimmer gewandert war. Sie untersuchte ihre Bluse auf Fussel, Katzenhaare und verirrte Fadenreste und zupfte pedantisch ab, was sie fand. Sie blickte zu Bruce, der aus dem Fenster schaute und ein Schiff im Hafen beobachtete, das ruhig und elegant über den See glitt, als wäre nicht Januar, als wäre hier nicht Minnesota, als gäbe es kein Eis.

Im Moment hatte sie keine Schmerzen und sagte dies dem Arzt, während er schrieb. »Es gibt lange Phasen, in denen ich mich richtig gut fühle«, sagte sie und lachte, wie sie bei Fremden immer lachte. Es würde sie nicht wundern, fuhr sie fort, wenn sie langsam den Verstand verlöre oder schon in die Wechseljahre käme. Oder wenn sie eine atypische Lungenentzündung hätte. Atypische Lungenentzündung war ihre neueste Theorie und die, die ihr am besten gefiel. Denn sie konnte den Husten und die Schmerzen erklären. Und warum sich ihr Rückgrat wie ein Reißverschluss anfühlte.

»Ich würde gern noch eine Untersuchung vornehmen«, sagte der Arzt und schaute zu ihr auf, als wäre er aus einer Trance erwacht. Er war jung. Jünger. *Ob er dreißig war?*, fragte sie sich. Er bat sie, sich wieder zu entkleiden, gab ihr einen frischen Kittel und verließ den Raum.

Sie zog sich langsam aus, zögernd zunächst, dann rasch, sich duckend, als hätte Bruce sie noch nie nackt gesehen. Die Sonne schien ins Zimmer und färbte alles zartlila.

»Wie schön das Licht ist«, sagte sie, ging zum Untersuchungstisch und setzte sich darauf. Der Kittel klaffte über ihrem Bauch, sodass rosige Haut hervorschaute, und sie drückte den Spalt mit den Händen zu. Sie war durstig, durfte aber keinen Tropfen trinken. Und hungrig, denn sie hatte seit gestern Abend nichts mehr gegessen. »Ich sterbe vor Hunger.«

»Das ist gut«, sagte Bruce. »Appetit bedeutet, dass du gesund bist.« Sein Gesicht sah rot und trocken aus, seine Haut rissig, als hätte er gerade in der Auffahrt Schnee geschippt, obwohl er sie den ganzen Tag von einer Abteilung des Krankenhauses zur nächsten begleitet und alles gelesen hatte, was er in den Wartezimmern fand. Zeitschriften wie *Reader's Digest, Newsweek* und *Self*, die er nur widerwillig in die Hand nahm und trotzdem von vorn bis hinten gierig verschlang. Den ganzen Tag über hatte er ihr in den kurzen Spannen, in denen auch sie warten musste, von den Artikeln erzählt. Von einer alten Frau, die von einem Jungen, der ihr eine Hundehütte bauen sollte, zu Tode geprügelt worden war. Von einem Filmstar, der scheidungsbedingt seine Jacht verkaufen musste. Von einem Mann aus Kentucky, der einen Marathon gelaufen war, obwohl er nur einen Fuß hatte und anstelle des anderen eine komplizierte, robuste Metallfeder, die in einen Schuh montiert war.

Der Arzt klopfte an und stürmte herein, ohne eine Antwort abzuwarten. Er wusch sich die Hände, zückte sein kleines schwarzes Instrument, das mit der kleinen Lampe, und leuchtete ihr in Augen, Ohren und Mund. Sie roch das Zimtkaugummi, das er kaute, und die Seife, die er benutzt hatte, bevor er sie anfasste. Ohne zu blinzeln, starrte sie in den Lichtstrahl und folgte, als er sie dazu aufforderte, mit den Augen mühelos dem Stift, den er vor ihr hin und her bewegte.

»Ich bin keine kranke Frau«, erklärte sie.

Niemand stimmte zu. Niemand widersprach. Aber Bruce trat hinter sie und rieb ihr den Rücken.

Seine Hände erzeugten ein kratzendes Geräusch auf dem Stoff des Kittels, so rau und rissig waren sie, wie Baumrinde. Abends schnitt er sich immer mit einem Taschenmesser die Schwielen ab.

Der Arzt sprach das Wort Krebs nicht aus – zumindest hörte sie es ihn nicht sagen. Er sprach von Orangen, Erbsen und Radieschen, von Eierstöcken, Lunge und Leber. Er sagte, dass entlang ihrer Wirbelsäule Tumore wucherten.

»Was ist mit meinem Gehirn?«, fragte sie, die Tränen zurückhaltend.

Er antwortete, er habe auf eine Untersuchung des Gehirns

verzichtet, da es in Anbetracht ihrer Eierstöcke, Lunge und Leber irrelevant sei. »Ihre Brüste sind in Ordnung«, sagte er, an das Waschbecken gelehnt.

Sie errötete, als sie das hörte. *Ihre Brüste sind in Ordnung.*

»Danke«, sagte sie und beugte sich im Stuhl etwas vor. Einmal war sie aus Solidarität mit Frauen, deren Brüste nicht in Ordnung waren, sechs Meilen durch die Straßen von Duluth marschiert und hatte dafür ein rosa T-Shirt und einen Teller Spaghetti bekommen.

»Was bedeutet das genau?« Ihre Stimme klang vernünftig jenseits der Vernunft. Sie spürte jeden Muskel in ihrem Gesicht. Manche waren wie gelähmt, andere zuckten. Sie drückte sich die kalten Hände gegen die Wangen.

»Ich möchte Ihnen keine Angst machen«, sagte der Arzt und erklärte ihr dann sehr ruhig, dass sie nicht erwarten könne, in einem Jahr noch zu leben. Er sprach lange und in einfachen Worten, aber sie verstand nicht, was er sagte. Als sie Bruce kennengelernt hatte, hatte sie ihn einmal gebeten, ihr zu erklären, wie ein Automotor funktionierte. Sie tat es, weil sie ihn liebte, und wollte ihre Liebe dadurch beweisen, dass sie Interesse an seinem Wissen zeigte. Er zeichnete die Bauteile eines Motors auf eine Serviette und erklärte ihr, was wie zusammengehörte und welche Teile andere antrieben, wobei er mehrmals abschweifte und schilderte, was voraussichtlich passierte, wenn bestimmte Dinge nicht funktionierten, und sie lächelte und setzte ein intelligentes Gesicht auf, als hätte sie verstanden, doch am Ende hatte sie überhaupt nichts begriffen. So wie jetzt.

Sie sah Bruce nicht an, sie brachte es nicht über sich. Sie vernahm ein kurzes Aufstöhnen aus seiner Richtung, dann ein langes grässliches Husten.

»Danke«, sagte sie, als der Arzt ausgeredet hatte. »Ich meine dafür, dass Sie alles in Ihrer Macht Stehende tun.« Und dann fügte sie kraftlos hinzu: »Nur eins noch – Sie sind sich sicher? Denn … eigentlich … fühle ich mich gar nicht so krank.« Sie glaubte, sie würde es spüren, wenn Orangen in ihr wuchsen. Sie hatte beide Male sofort gewusst, dass sie schwanger war.

»Das kommt noch. Ich würde sehr bald damit rechnen«, erwiderte der Arzt. Er hatte ein Grübchenkinn, ein Milchgesicht. »Es kommt selten vor, dass man ihn so spät entdeckt. Tatsächlich spricht der Umstand, dass wir ihn so spät entdeckt haben, für Ihren guten Allgemeinzustand. Ansonsten sind Sie nämlich in blendender gesundheitlicher Verfassung.«

Er stemmte sich hoch, setzte sich auf den Tisch und ließ die Beine baumeln.

»Danke«, sagte sie noch einmal und griff nach ihrem Mantel.

Langsam und wortlos gingen sie zum Aufzug, drückten den durchscheinenden Knopf und warteten, bis er kam. Taumelnd stiegen sie ein und atmeten erleichtert auf. Endlich allein.

»Teresa«, sagte Bruce und sah ihr in die Augen. Er roch nach den Mandarinen und Trauben, die sie für ihn in ihrer famosen großen Strohtasche mitgebracht und von denen er den ganzen Tag genascht hatte.

Sie strich behutsam über sein Gesicht, und dann packte er sie und zog sie an sich. Er befühlte ihre Wirbelsäule, einen Wirbel, dann einen anderen, als wollte er sie zählen und Bestandsaufnahme machen. Sie schob eine Hand in eine Gürtelschlaufe hinten an seiner Jeans, und mit der anderen griff sie nach der Muschel, die sie an einem Lederband um den Hals trug. Ein Geschenk ihrer Kinder. Die Schale glänzte bei jeder Bewegung in wechselnden Farben, schillerte wie ein tropischer Fisch im Aquarium und war so dünn, dass sie sie mit

Leichtigkeit zerbrechen könnte. Sie spielte mit dem Gedanken, es zu tun. Als Teenager hatte sie einmal in einem Anfall stiller Wut eine ganze Flasche Kokoslotion über ihren Schenkeln ausgedrückt, weil ihr etwas verwehrt worden war: der Besuch einer Party, eine Schallplatte oder ein Paar Stiefel. Daran dachte sie jetzt. Sie dachte: *Ausgerechnet daran denke ich jetzt.* Sie versuchte, an nichts zu denken, aber dann dachte sie an Krebs. *Krebs,* sagte sie zu sich. *Krebs, Krebs, Krebs.* Das Wort fauchte in ihr wie ein anfahrender Zug. Und dann schloss sie die Augen, und es verwandelte sich in etwas anderes, das sich schlingernd entfernte, eine Quecksilberperle oder ein Mädchen auf Rollerskates.

Sie gingen in ein China-Restaurant. Essen konnten sie noch. Sie bestellten grüne Bohnen in Knoblauchsauce und kalte Sesamnudeln, dann lasen sie sich gegenseitig die Horoskope auf ihren Tischsets vor. Sie waren beide Tierkreiszeichen Pferd, achtunddreißig Jahre alt. Sie waren viel in Bewegung, standen ständig unter Strom, ließen sich nie unterkriegen. Außerdem waren sie impulsiv und dickköpfig und ließen Umsicht vermissen. Sie passten perfekt zusammen.

Goldfische schwammen in einem Bassin in der Nähe ihres Tisches. Alte Goldfische. Beunruhigend große Goldfische. »Hallo, Goldfische«, gurrte sie sanft und neigte sich auf dem Stuhl in ihre Richtung. Sie kamen an die Oberfläche, öffneten die großen Mäuler zu perfekten Kreisen und erzeugten leise Knallgeräusche.

»Seid ihr hungrig?«, fragte sie. »Sie sind hungrig«, sagte sie zu Bruce und sah sich suchend im Restaurant um, als wollte sie feststellen, wo das Fischfutter aufbewahrt wurde.

An einem Nebentisch wurde Geburtstag gefeiert, und Bruce und Teresa waren genötigt, das Geburtstagsständchen mitzusingen. Das Geburtstagskind, eine Frau, bekam eine Crème brûlée, lobte sie überschwänglich und aß dann ohne großen Appetit.

Bruce hielt über den Tisch hinweg Teresas Hand. »Jetzt, wo ich sterbe, gehen wir wieder zusammen aus«, sagte sie im Scherz, aber sie lachten nicht. Trauer durchströmte sie mit einer Sinnlichkeit, als würden sie sich trennen. Ihr Unterleib war eine Faust, dann ein Sumpf. »Ich möchte mit dir schlafen«, sagte sie, und er blinzelte mit seinen blauen Augen, die sich so mit Tränen füllten, dass er die Brille abnehmen musste. Im Lauf der Jahre hatten sie immer seltener miteinander geschlafen. Vielleicht ein-, zweimal im Monat.

Das Essen kam in großen Schalen, und sie aßen, als wäre alles beim Alten. Sie waren so hungrig, dass sie nicht sprechen konnten, und so lauschten sie der Unterhaltung der fröhlichen Geburtstagsrunde. Die Dame mit der Crème brûlée beharrte darauf, dass ihr Tierkreiszeichen Drache und nicht Hase sei, obwohl das Tischset etwas anderes sagte. Nach einer Weile standen alle auf, schlüpften in ihre dicken Mäntel und schlenderten, die Goldfische im Teich bewundernd, an Teresa und Bruce vorbei.

»Ich hatte auch mal einen Goldfisch«, sagte ein Mann, der das Geburtstagskind am Arm hielt. »Er hieß Charlie.« Und alle brüllten vor Lachen.

Später, nachdem Bruce die Rechnung bezahlt hatte, gingen sie über einen Steg, von dem man einen Penny in den Teich werfen konnte.

Sie warfen Pennys.

Auf der Heimfahrt überkam es sie, und sie weinten. Es war gut, dass sie fuhren, denn so mussten sie einander nicht ansehen. Sie sprachen das Wort aus, aber als wären es zwei.

Kre-ebs. Sie konnten es nur langsam, zergliedert aussprechen oder gar nicht. Sie schworen einander, den Kindern nichts zu sagen. Wie konnten sie das den Kindern sagen?

»Wie könnten wir nicht?«, fragte Teresa nach einer Weile bitter. Sie dachte daran, wie sie die Hände ihrer Kinder, als sie noch Babys waren, in den Mund genommen und so getan hatte, als wollte sie sie essen, bis sie lachten. Sie erinnerte sich noch ganz genau, wie ihre Finger gegen ihre Zunge drückten, und sie sank mit dem Oberkörper vornüber und brach in Schluchzen aus.

Bruce ging vom Gas, steuerte den Pick-up an die Seite und hielt an. Sie waren mittlerweile aus Duluth heraus, von der Autobahn herunter und auf der Landstraße nach Hause. Er beugte sich über sie, umschlang ihren Rücken und drückte sie, so gut es ging.

Sie holte mehrmals tief Luft, um sich zu beruhigen, wischte sich mit den Handschuhen das Gesicht ab, hob den Kopf und blickte durch die Windschutzscheibe hinaus in den Schnee, der festgebacken am Straßenrand lag. Zu Hause erschien ihr unerreichbar fern.

»Fahren wir weiter«, sagte sie.

Sie fuhren schweigend unter einem eisklaren schwarzen Himmel und kamen alle paar Meilen an einer Truthahnfarm oder einem Milchviehbetrieb oder einem Haus mit beleuchtetem Schuppen vorbei. Wieder in Coltrap County, stellte Bruce das Radio an, und sie erschraken, als sie Teresas Stimme vernahmen, obwohl heute Donnerstag war. Sie interviewte gerade eine Wünschelrutengängerin aus Blue River namens Patty Peterson, die Nachfahrin einer langen Reihe von Petersons, die alle nach Wasseradern gesucht hatten.

Teresa hörte sich sagen: »Die Kunst – und eine Kunst könnte man es wohl nennen – oder auch Gabe, den richtigen Weidenzweig auszuwählen, hat mich schon immer fasziniert.« Und schaltete das Radio sofort wieder aus. Sie verschränkte die Hände im Schoß. Draußen waren es zehn Grad unter null. Der Pick-up dröhnte, denn er benötigte einen neuen Auspufftopf.

»Vielleicht wird er auf dieselbe rätselhafte Weise wieder verschwinden, wie er gekommen ist«, sagte sie und blickte zu Bruce. Sein hageres Gesicht war schön im matten Schein der Armaturenbeleuchtung.

»Darauf werden wir setzen«, sagte er und legte ihr eine Hand aufs Knie. Sie erwog, dichter zu ihm rüberzurutschen und das linke Bein über die Mittelkonsole zu schwingen, fühlte sich aber an ihren Platz an der dunklen Scheibe gefesselt.

»Ich könnte aber auch sterben«, sagte sie ruhig, als hätte sie bereits mit allem ihren Frieden gemacht. »Ich könnte ohne weiteres sterben.«

»Nein.«

»Bruce.«

»Wir werden alle sterben«, sagte er leise. »Jeder wird sterben, aber du wirst nicht *jetzt* sterben.«

Sie drückte die bloße Hand flach an die vereiste Scheibe und hinterließ einen Abdruck. »Ich glaube nicht, dass ich auf diese Weise sterben werde.«

»Du musst optimistisch bleiben, Ter. Warten wir die Bestrahlung ab, dann sehen wir weiter. Wie der Doktor gesagt hat.«

»Er hat gesagt, dass wir dann über eine Chemo nachdenken. Ob ich kräftig genug bin für eine Chemo, wenn ich mit der Bestrahlung fertig bin, und nicht, ob ich dann geheilt bin, Bruce. Du hörst nie richtig zu.« Zum ersten Mal an diesem Tag ärgerte sie sich über ihn, und ihr Ärger war eine Wohltat, als würde ihr warmes Wasser sanft über die Füße gegossen.

»Na schön.«

»Was na schön?«

»Warten wir ab. Okay?«

Sie starrte aus dem Fenster.

»Okay?«, wiederholte er, aber sie antwortete nicht.

Sie fuhren an einer Farm vorbei, auf der mehrere Kühe im hellen Lichtschein der offenen Stalltür standen, die Köpfe dem dunklen Wald dahinter zugewandt, als hätten sie dort etwas Schlimmes bemerkt, was kein Mensch wahrnehmen konnte.

2

Die Stimme seiner Mutter erfüllte Joshua mit Scham.

»Sie hören *Moderne Pioniere!*«, rief sie aus allen vier Lautsprecherboxen im Speiseraum des Midden Café und aus der einen Box hinten in der Küche, die mit Ruß überzogen und mit Fett und Ketchup bespritzt war. Joshua lauschte der in der Küche, während er, die Arme bis zu den Ellbogen in brühend heißem Seifenwasser, mit einem Knäuel Stahlwolle Töpfe scheuerte. Die Stimme seiner Mutter bereitete ihm Kopfschmerzen, als würde ihm ein spitzer Gegenstand ins Trommelfell getrieben. Ihre Radiostimme klang, wie sie selbst war: beharrlich, resolut, heiter, wissbegierig. Von ihren Interviewpartnern wollte sie alles wissen. »Und können Sie uns sagen, wie genau Sie den Honig der Bienen einsammeln?«, fragte sie beispielsweise. Oder sie bestritt die ganze Stunde allein, redete übers Biogärtnern oder Selbstbauen einer Mostpresse, übers Quilten oder die medizinischen Vorzüge von Ginseng. Einmal hatte sie auf ihrem Dulcimer »Turkey in the Straw« gespielt, sodass es ganz Nord-Minnesota hören konnte, und hinterher aus einem Buch über amerikanische Folkmusik vorgelesen. Neulich hatte sie kundgetan, wie viel Geld sie in einem halben Jahr für Tampons ausgegeben habe, und dann weniger kostspielige Alternativen vorgestellt: Naturschwämme und Baumwollbinden, die sie sich aus Joshuas und Claires alten Hemden genäht hatte. Das hatte sie wortwörtlich gesagt: *aus Joshuas und Claires alten Hemden*. Claire war inzwischen aufs College gewechselt, und so hatte Joshua in der ersten Woche seines letzten Highschooljahrs ganz allein mit dieser Schmach leben müssen.

Marcy schob sich durch die Schwingtür in die Küche zurück, in den Händen einen Stapel schmutziger Teller mit Speiseresten und zusammengeknüllten Servietten. Sie stellte sie auf die Arbeitsplatte, die Joshua eben abgeräumt hatte, und fischte eine Zigarette aus ihrer Schürze. Joshua beobachtete sie verstohlen, während er die Teller abkratzte. Sie war Ende zwanzig und klein, verheiratet, Mutter zweier Kinder und mit einem großen Busen ausgestattet, der sie dicker machte, als sie war. Joshua sinnierte bei der Arbeit viel darüber, ob er sie hübsch fand oder nicht. Er war siebzehn, schlaksig und blond, ruhig, aber nicht schüchtern.

Seine Mutter sprach gerade mit einer Wünschelrutengängerin namens Patty Peterson. Ihre Stimme klang angeregt, Pattys Stimme zittrig. Marcy stand da und hörte zu, während sie ihr Schürzenband löste und fester knüpfte. »Eh wirs uns versehen, geht deine Mutter nach Afrika und erzählt uns, wie es dort so zugeht. Zum Beispiel, wie sie dort aufs Klo gehen.«

»Sie würde gern nach Afrika gehen«, entgegnete Joshua mit einfältigem Ernst, sich standhaft weigernd, auch nur den kleinsten Scherz über seine Mutter zu würdigen. Sie *würde* nach Afrika gehen, das wusste er. Sie würde überallhin gehen, wenn sie die Möglichkeit dazu hätte.

»Drüben in Blue River haben sie jetzt einen Afrikaner, ein adoptiertes Kind«, rief Vern von der Hintertür. Trotz der Kälte hatte er einen Eimer in die Tür gestellt, damit sie offen blieb. Marcy war die Tochter des Besitzers, Vern der Abendkoch.

»Keinen Afrikaner, Vern«, sagte Marcy. »Einen Schwarzen. Er stammt aus den ›Cities‹. Das ist nicht Afrika.« Sie rückte die Haarspange zurecht, die ihre Locken am Hinterkopf zusammenhielt. »Willst du, dass wir hier drin erfrieren?«

Vern schloss die Tür. »Vielleicht wird deine Mom den Afrikaner interviewen«, sagte er. »Uns erzählen, was er zu sagen hat.«

»Sei lieb«, sagte Marcy, stellte sich auf die Zehenspitzen und zog, die Zigarette in den Mund geklemmt, einen Stapel Styroporbehälter vom obersten Regal. »Nichts gegen deine Mutter, Josh«, fuhr sie fort. »Sie ist eine supernette Frau. Eine *interessante* Frau. Nicht alle können gleich sein.« Sie drückte die Glut der Zigarette sorgfältig in einem Teller aus, pustete den Stummel an, steckte ihn in die Schürzentasche zurück und schwirrte zur Tür hinaus.

Vor sechs Jahren, als seine Mutter mit der Sendung angefangen hatte, hatte sich Joshua nicht geschämt. Er war stolz gewesen, als wäre er auf ein Podest gehoben worden und würde von innen heraus strahlen. Er hielt seine Mutter für berühmt und folglich sie alle – Claire, Bruce und sich selbst. Teresa hatte sie zu einem Teil ihrer Sendung gemacht, ihr Leben lieferte ihr den Stoff. Sie ließ sie zur Vorbeugung gegen Erkältungen und Herzkrankheiten rohen Knoblauch essen, sich zum Schutz vor Stechmücken die Haut mit Flohkraut einreiben, Tee aus gekochten Dreiblatt-Feuerkolben trinken, wenn sie Husten hatten. Fleisch durften sie nicht essen, und wenn doch, dann mussten sie die Tiere selbst töten, was sie eines Winters taten, als sie fünf Hähne schlachteten, die sie als Küken für Hennen gehalten hatten. Sie schüttelten frische Sahne in Gläsern, bis sie zu Butter verklumpte. Ihre Mutter besorgte sich Schafwolle von einem Nachbarn, kämmte und spann sie auf einem Spinnrad, das Bruce ihr gebaut hatte. Sie hob Brokkoliblätter auf, sammelte Löwenzahn und die inneren Rindenschichten bestimmter Bäume und gewann daraus Farbstoff für das Garn. Dabei kamen die unglaublichsten Farben heraus: Rot, Lila und Gelb, wo man eigentlich nur Schlammgrün oder Matschbraun erwartet hätte. Und dann erzählte ihre Mutter aller Welt von ihrer Familie. Von ihren Erfolgen und Niederlagen, ihren Entdeckungen und Überraschungen. »Wir sind alle moderne Pioniere!«, sagte sie immer. Hörer riefen während der Sendung an und stellten Fragen oder auch später zu Hause und baten sie um Rat. Langsam zunächst und dann über Nacht, wie es schien, wollte Joshua kein moderner Pionier mehr sein. Er wollte so sein wie alle anderen und nichts weiter. Claire hatte schon viel früher kein moderner Pionier mehr sein wollen. Sie hatte darauf bestanden, Make-up zu tragen, und mit ihrer Mutter und Bruce heftig darüber gestritten, warum sie keinen Fernseher haben durften, warum sie nicht normal sein konnten. Dieselben Streitereien lieferte sich jetzt Joshua mit ihnen.

»Du musst auch noch die Fritteuse putzen«, sagte Vern. »Versuch ja nicht, das auf Angie abzuwälzen.«

Joshua machte sich wieder ans Scheuern und drehte das heiße Wasser voll auf. Der Dampf tat seinem Gesicht gut und öffnete die Poren. Pickel sprossen auf dem rosigen Teil seiner Wangen und auf der breiten Fläche seiner Stirn. Nachts im Bett kratzte er daran, bis sie bluteten, und dann stand er immer auf und tat Wasserstoffperoxid drauf. Er mochte das Gefühl, dass die Blasen alles wegfraßen.

»Hörst du, was ich dir sage?«, fragte Vern, als Joshua das Wasser wieder abdrehte.

»Ja.«

»Was?«

»Ich sagte, ja«, erwiderte er schroffer und richtete seine blauen Augen auf Vern: einen hageren alten Mann mit Wampe und roter Knollennase, der an einem Arm mit einer Hula-Tänzerin und am anderen mit einem tauumwundenen Anker tätowiert war.

»Dann antworte gefälligst. Zeig etwas Respekt vor Älteren.« Vern stand an der Tür. Seine Schürze und sein T-Shirt waren dort, wo er sich die Hände abgewischt hatte, voller Flecken in Grillsaucenfarbe. Er öffnete die Tür erneut und schnipste seine Zigarettenkippe in die Dunkelheit hinaus. In der Gasse hinter dem vereisten Treppenabsatz parkten sein Van und Joshuas Pick-up an der Rückwand von Ed's Feed.

Joshua klappte die Spülmaschine auf, und Dampf quoll heraus. Er zog einen Korb mit sauberem Besteck heraus und begann, die Teile in runde weiße Halter zu räumen, wobei er jedes mit einem Geschirrtuch kurz abwischte.

»Du kommst heute wohl nicht hinterher, oder?«

»Nö.« Seine Mutter lachte aus dem Radio, und auch die Wünschelrutengängerin lachte, ehe die beiden ihr Gespräch bierernst fortsetzten.

»Oder?«

»Ich sagte, nein.«

»Vielleicht musst du noch lernen, dass man pünktlich erscheinen muss, wenn man einen Job hat, oder?«

»Ja.«

»Mir ist nicht entgangen, dass du gestern Abend Angie die Lasagneform überlassen hast. Glaub bloß nicht, ich merke so was nicht. Ich merke es sehr wohl. Ich merke alles, was ihr Blödmänner ausheckt, zwei Wochen bevor ihr selbst drauf kommt. Und ich weiß, dass du ständig was ausheckst. Und darüber nachdenkst, wie du damit durchkommst. Hab ich recht?«

»Nein.«

Vern musterte Joshua, den Oberkörper leicht vorgebeugt, eine qualmende Zigarette zwischen den Lippen, als wollte er noch etwas sagen, als ginge er im Kopf die Liste der Dinge durch, die ihn nervten. Joshua hatte Vern fast sein ganzes Leben lang gekannt, ohne seinen Namen zu wissen. Erst als sie im Café Arbeitskollegen wurden, hatte er erfahren, dass er Vern hieß, Vern Milkkinen. Davor hatte er ihn nur als den Hühnermann gekannt, so wie die meisten Leute in Midden, denn im Sommer verkaufte er auf dem Parkplatz des Dairy Queen Küken, Eier und ein ständig wechselndes Sortiment von Hausmacherkonserven, Seifen, Bienenwachskerzen und Traubenkirschenmarmelade, seine Spezialität. Joshua war nie auf die Idee gekommen, sich zu fragen, was der Hühnermann – was Vern – in den Monaten tat, in denen er nicht verkaufte, bis er dann eines Tages in die Küche des Cafés marschierte und Vern dort stehen sah, ein Fleischermesser in der Hand.

An ihrem ersten gemeinsamen Arbeitstag ließ Vern nicht erkennen, dass er sich an Joshua erinnerte, als wäre ihm nicht bewusst, dass er ihn praktisch hatte aufwachsen sehen und in den dreizehn Sommern zwischen seinem vierten und siebzehnten Lebensjahr mindestens einmal pro Woche zu Gesicht bekommen hatte, zunächst als Kind, wenn Joshua seine Mutter zum Hühnermann begleitete, und später, wenn er allein zu ihm geschickt wurde. Der Parkplatz des Dairy Queen war der einzige Platz in Midden, der eine markttaugliche Größe hatte, denn er diente auch der Kwik-Mart-Tanke und Bonnie's Burger Chalet als Parkplatz. Jede Woche hatten der Hühnermann und er sich mit einem Nicken oder leichten Heben von Kinn oder Hand begrüßt. Einmal, als er zehn war, fragte ihn der Hühnermann, ob er Mädchen möge, ob er schon eine Freundin habe, ob er schon mal ein Mädchen geküsst habe, welche er vorziehe, Brünette oder Blonde.

»Oder Rothaarige. Auf die musst du ein Auge haben. Das sind die mit den engsten Muschis«, sagte Vern und brüllte vor Lachen.

Dann zeigte er Joshua sein Anker-Tattoo und fragte ihn, ob er *Popeye* den Seemann kenne, die Comicfigur.

»Ja«, antwortete Joshua ernst und hielt ihm das Geld hin, das ihm seine Mutter mitgegeben hatte.

»Das bin ich. Ich bin Popeye«, sagte Vern mit wildem, geheimnisvollem Blick, als hätte ihn die Erinnerung in eine Zeit zurückversetzt, in der er ein heimlicher Held gewesen war. »Nur ich bin das Original, nicht die Comicfigur.« Und dann lachte er wieder lauthals, und Joshua täuschte ein Lächeln vor.

Joshua hatte mehrere Jahre gebraucht, um die Vorstellung, dass Vern Popeye sei, ganz abzuschütteln, obwohl Verns wahres Leben ein offenes Buch war. Er hatte einen Sohn namens Andrew, der zwanzig Jahre älter als Joshua war. Wenn Vern gute Laune hatte, erzählte er bei der Arbeit Anekdoten aus Andrews Jugend. Wie Andrew seinen ersten Hirsch erlegt hatte, von seinen legendären Basketballkünsten, wie er Andrew einmal den Arm gebrochen hatte, als er ihn in der achten Klasse beim Kiffen erwischte. »Ich habe den Lauser einfach am Arm gepackt und gedreht, bis es knackte«, sagte Vern. »Ich hätte ihn glatt abgerissen, wenn ich gekonnt hätte. Das war ihm eine Lehre. Ich lass mir nicht auf der Nase herumtanzen. So erzieht man kein Kind. Wenn du dir von ihnen auf der Nase herumtanzen lässt, werden sie nie hart.«

Joshua kannte seinen eigenen Vater kaum. Er lebte jetzt in Texas. Zusammen mit Claire hatte er ihn dort einmal besucht, als er zehn war, aber seit seinem vierten Lebensjahr waren sie nicht mehr mit ihm zusammen. Damals hatten sie nicht in Midden gelebt, sondern in Pennsylvania, wo sein Vater in einem Kohlebergwerk arbeitete. Sie zogen nach Midden, ohne jemals von der Stadt gehört zu haben, bis sie mit einer Reihe von Greyhound-Bussen hinfuhren, weil ihre Mutter durch die Cousine einer Freundin dort einen Job als Putzfrau in einem Altersheim namens Rest-A-While Villa bekommen hatte.

Marcy kam in die Küche zurück und setzte sich auf den umgedrehten Eimer, der ihnen als Stuhl diente. »Ich nehme heute Abend das Schweinefilet, Vern. Mit einer Ofenkartoffel. Die

Erbsen kannst du behalten. Du hast doch noch eine Ofenkartoffel für mich?«

Vern nickte und schloss wieder die Tür, die er geöffnet hatte.

»Ob es wohl schneien wird?«, fragte sie und inspizierte ihre Fingernägel.

»Zu kalt für Schnee«, antwortete er.

Alle drei hörten zu, als Teresa Patty Peterson fragte, wie sie die Zukunft des Wünschelrutengehens einschätze, und Patty antwortete, dass es eine aussterbende Kunst sei. Die Radiosendung war nicht Teresas richtiger Job, sie arbeitete ehrenamtlich wie fast alle Mitarbeiter des Senders. Im Brotberuf war sie Kellnerin in Len's Lookout am Highway 32, wo sie vor zehn Jahren, nach der Schließung der Rest-A-While Villa, angefangen hatte.

Marcy riss Joshua die Baseballmütze vom Kopf und setzte sie ihm schief wieder auf. »Sag Vern, was du zum Abendessen willst, damit wir beizeiten verschwinden können. Ich muss noch ausfegen.«

»Zwiebelringe bitte«, sagte er und belud einen weiteren Spülkorb mit schmutzigem Geschirr. Im Radio fragte seine Mutter, in welchem Jahr der Königin-Frauenschuh zur Staatsblume von Minnesota gekürt worden sei.

»1892«, sagte Vern, öffnete die Ofenklappe, nahm mit der bloßen Hand eine in Alufolie eingewickelte Kartoffel heraus und ließ sie auf einen Teller fallen.

Am Schluss jeder Sendung stellte seine Mutter eine Frage, und während sie darauf wartete, dass Hörer anriefen und die richtige Antwort errieten, gab sie eine Vorschau auf die Sendung in der nächsten Woche. Die Fragen testete sie vorher an Joshua, Claire und Bruce. So sollten sie ihr die Namen aller sieben Zwerge nennen, die Definition von *pulchritudinous* oder die einwohnerreichste Stadt Indiens. Die Anrufer jubelten, wenn ihre Antwort stimmte, als hätten sie etwas gewonnen, obwohl es gar nichts zu gewinnen gab. Die ganze Belohnung bestand darin, dass Teresa die Leute fragte, von wo aus sie anriefen, und die Ortsnamen dann freudig überrascht wiederholte. Die Namen kalter ländlicher Gemeinden mit indianischen Namen oder den Namen von Tieren, Flüssen oder Seen wie Keewatin, Atumba, Beaver oder Deer Lake.

»1910?«, fragte eine Stimme im Radio unsicher.

»Nein«, gurrte Teresa. »Aber gut geraten.«

Vern trat, mit zwei Zangen einen Frittierkorb haltend, vor Joshua hin und ließ ihn ins leere Spülbecken fallen. »Das wird heiß sein.«

»1892«, sagte eine Stimme, und Teresa stieß einen Freudenschrei aus.

Vern schaltete das Radio aus, und ein Gefühl der Dankbarkeit durchströmte Joshua. Sie brauchten nicht zu hören, von wo diese Woche die richtige Antwort kam, brauchten nicht zu hören, was Teresa wie jede Woche am Schluss der Sendung sagte: »Und damit, Leute, wären wir wieder am Ende der Stunde angelangt. Arbeitet fleißig. Tut Gutes. Macht das Unmögliche möglich. Und seid nächste Woche wieder dabei, wenn es Neues von den *Modernen Pionieren* gibt.«

»Dein Kumpel ist draußen«, sagte Marcy zu Joshua, als sie in die Küche zurückkam, und zog ihren Mantel an. »Ich habe vorn abgeschlossen, wer als Letzter geht, muss also hinten raus.«

»Das ist der Bursche da«, sagte Vern, während er sich die Schürze auszog. »Denn ich bin es mit Sicherheit nicht.«

Joshua schlüpfte in der Küche aus seinen nassen Kleidern, als Vern gegangen war, und trug seinen Teller mit Zwiebelringen ins Lokal, wo R. J. gerade Ms. Pac Man spielte.

»Ich weiß jetzt, wie man ihn bearbeiten muss, damit man umsonst spielen kann«, sagte er zu R. J., als dessen Spieler alle tot waren.

»Ich möchte jetzt nicht mehr spielen. Kann ich eine Limo haben?«

Joshua zapfte jedem ein Mountain Dew. Im Café herrschte jetzt Stille. Die Deckenbeleuchtung war aus, und außer ihm und R. J. war niemand mehr da. Alle Tische waren aufgestuhlt. R. J. trug Jeans und ein weites Sporttrikot, das über die Hose hing, sodass sein Oberkörper wie ein Fass aussah. Sein Vater war ein Ojibwe, seine Mutter eine Weiße. Wie alle Ojibwes, die in Midden lebten, bekam er jeden Herbst von der Firma Reebok ein Paar Turnschuhe geschenkt, was zur Folge hatte, dass die Jungs in der Schule ihn manchmal auf die Toilette schleppten, seinen Kopf in die Kloschüssel drückten und spülten. Trotzdem waren er und Joshua seit der fünften Klasse eng befreundet.

»Ich hab da was, falls du mal die Nacht durchmachen willst.« R. J. zog eine Pergamintüte, wie sie für die Aufbewahrung von Briefmarken benutzt wird, aus der Tasche. »Bender hat es mir gegeben.« Bender war der Freund seiner Mutter.

»Was ist das?«

R. J. öffnete die Tüte behutsam und schüttelte den Inhalt in seine kleine weiche Hand. Graue salzkorngroße Kristalle rieselten heraus. »Crystal Meth. Bender hat es gemacht«, antwortete R. J. und errötete. »Sag es nicht weiter. Bender und meine Mom haben es gemacht. Nur so.« Er hatte dunkle wulstige Augen. Er ähnelte seinem Vater, einem Mann, den er nur selten sah.

»Probieren wir es aus«, sagte Joshua, der häufig Gras rauchte, aber nie etwas anderes genommen hatte. R. J.'s Mutter und Bender versorgten ganz Midden mit Marihuana. Sie bauten es in einem Keller unter der Veranda an, von dessen Existenz sonst niemand wusste.

»Jetzt gleich?« R. J. schob das Meth mit einem Finger herum. »Wie wirkt es?«

»Macht wach und aufgedreht.«

Joshua leckte sich einen Finger an, tupfte ihn in die Kristalle und steckte ihn dann in den Mund.

»Was tust du da?«

»Ich reibe es in mein Zahnfleisch«, antwortete Joshua. »Man muss es ins Zahnfleisch reiben, damit es in die Blutbahn gelangt.« Er wusste das nicht mit Bestimmtheit, sondern erinnerte sich nur dunkel, so was mal gehört oder in einem Film gesehen zu haben.

»Man muss es schnupfen«, erklärte R. J. »Hat Bender mir gesagt.«

Joshua hörte nicht hin, setzte sich in eine Nische und schloss die Augen, als meditiere er.

»Spinnst du jetzt total?«, fragte R. J.

»Wenn hier einer spinnt, dann du«, sagte Joshua und behielt die Augen zu. »Ich lasse es in meine Blutbahn eindringen, du Blödmann.«

»Wie schmeckt es?«

»Wie Medizin.«

»Was für ein Gefühl ist es?«

Joshua antwortete nicht. Er spürte ein leichtes Kribbeln, konnte aber nicht sagen, ob er es wirklich spürte oder nur deshalb, weil er es spüren wollte. Er öffnete die Augen, und das Gefühl verflog. »Lass uns durch die Gegend fahren«, sagte er.

R. J. kratzte die Kristalle sorgfältig in die Tüte zurück und leckte den Rest vom Handteller.

Joshua fuhr. In der Stadt war sonst kein Fahrzeug unterwegs. Zehn Uhr abends war wie mitten in der Nacht. Sie passierten dunkle Ladenfronten – Ina's Drug, das Lebensmittelgeschäft Red Owl, das Video- und Sonnenstudio, dann die Skating-Bahn, das Dairy Queen, die Schule und die Midden Clinic, ein umgebautes Wohnmobil von doppelter Breite, das auf dem Schulparkplatz stand – und schließlich die beiden einzigen Läden, die noch offen hatten, den Kwik Mart und das Punk's Hideaway, in dem Vern jetzt wahrscheinlich war, weil er, wie Joshua wusste, jeden Abend dort hinging. Auf dem Weg stadtauswärts kamen sie am Treetops Motel vorbei, wo sie Anita sahen, die im Empfangsraum, der auch ihr Wohnzimmer war, auf einem geblümten Sofa saß und sich die Nachrichten ansah.

Sie fuhren zum Highway 32 hinaus, vorbei an Len's Lookout, wo Joshuas Mutter arbeitete, dann weitere fünfzehn Meilen nach Osten, damit R. J. sehen konnte, ob Melissa Lloyds Auto in ihrer Einfahrt stand, und anschließend die fünfzehn Meilen wieder zurück in die Stadt. Joshua setzte R. J. daheim ab und nahm dann die sechsundzwanzig Meilen bis zu sich nach Hause in Angriff. Als er allein im Wagen saß, merkte er, dass ihn der Unterkiefer schmerzte, weil er, ohne sich dessen bewusst zu sein, die Zähne aufeinandergebissen hatte. Er versuchte, die Kinnlade locker zu lassen, als baumele sie nur lose am übrigen Gesicht. Er fühlte sich weniger high als vielmehr intensiv der Ecken und Kanten um ihn und in ihm bewusst. Er mochte dieses Gefühl und wusste, dass er es wieder spüren wollte.

Als er in der Zufahrt parkte und aus dem Pick-up stieg, hörte er Tanner und Spy im Haus ihr Begrüßungsgebell anstimmen und gegen die Haustür springen. Er eilte hinein und versuchte, sie zum Schweigen zu bringen, damit sie seine Mutter und Bruce nicht weckten. Ohne Licht zu machen, schlich er in die Küche, öffnete den Kühlschrank und spähte hinein, obwohl er gar keinen Hunger hatte. Er nahm einen Apfel, biss hinein und bereute es sofort, aß aber weiter.

»Josh«, rief seine Mutter.

Er hörte sie aus dem Bett steigen. »Ich bin zu Hause«, antwortete er gereizt, denn er wollte nicht, dass sie aufstand. Er spielte mit dem Gedanken, nach oben zu flüchten. Er liebte sein Zimmer.

»Du kommst spät«, sagte sie, als sie in ihrem Morgenmantel, ihrem langen Fleecenachthemd und ihren Schlappen aus Pelzimitat in der Küche erschien. Die Hunde liefen zu ihr und drückten ihre Schnauzen an ihre Hände, sodass sie sie streicheln musste.

»Wir haben spät geschlossen. Ganz am Schluss kamen noch drei Tische.« Er warf den Apfelbutzen in Richtung Mülleimer und hörte am Geräusch, dass er danebengetroffen hatte, ging aber nicht hin, um ihn aufzuheben. »Aber morgen ist sowieso keine Schule. Die Lehrer haben einen Workshop.«

»Du sollst mich doch anrufen, wenn es später als zehn wird. Das war unsere Abmachung, als du den Job angenommen hast.«

»Es ist erst elf.«

Er füllte sich am Hahn ein Glas Wasser und trank es in einem Zug aus, sich bewusst, dass ihn seine Mutter beobachtete. »Was ist denn?«, fragte er und füllte das Glas unter dem voll aufgedrehten Hahn nach.

»Ich bin eh nicht müde«, sagte sie, als hätte er sich dafür entschuldigt, sie geweckt zu haben. »Möchtest du einen Tee?«, fragte sie und setzte bereits den Kessel auf.

»Hast du auf der Heimfahrt den Mond gesehen?«, fragte sie.

»Ja.«

Sie nahm zwei Becher von den Haken über der Spüle und hängte, ohne Licht zu machen, die Teebeutel hinein.

»Die Kamille wird uns beim Einschlafen helfen.«

Der Kessel begann zu pfeifen. Sie nahm ihn vom Herd, goss Wasser in die Becher und setzte sich an den Tisch.

Er nahm ebenfalls Platz und zog seinen heißen Becher zu sich her.

»Ich mache mir eben Sorgen, wenn du so spät kommst. Jetzt, wo die Straßen vereist sind«, sagte sie und musterte ihn im schwachen Mondlicht, das durch die Fenster drang. »Aber jetzt bist du ja wohlbehalten da, und das ist die Hauptsache.«

Sie pustete über ihren Tee, ohne einen Schluck zu trinken, und er tat dasselbe. Er hatte seine Kopfhörer um den Hals hängen. Wie gern hätte er sie jetzt aufgesetzt und sich eine CD reingezogen. Stattdessen stellte er sich die Musik vor und spielte im Kopf einen Song ab, wobei der bloße Gedanke daran ihn befeuerte.

»Dann hast du heute Abend viel zu tun gehabt?«

»Eigentlich nicht«, antwortete er und erinnerte sich dann seiner Lüge von vorhin. »Bis kurz vor dem Schließen, dann hat sich der Laden gefüllt.«

»Das ist typisch.« Sie lachte leise. »Jedes Mal, wenn ich im Len's Feierabend machen will, taucht eine ganze Busladung auf.«

Einmal hatte sie versucht, den Job dort aufzugeben, und sich selbstständig gemacht mit dem Ziel, auf Flohmärkten und in Trödelläden ihre Gemälde zu verkaufen. Landschaftsbilder von Nord-Minnesota. Enten und Gänseblümchen, Bäche und Bäume, Wiesen und Goldruten. Die meisten hingen jetzt in ihrem Haus, sehr zu Joshuas Verdruss. Einmal hatte seine Mutter mit R. J. unaufgefordert eine Führung gemacht und ihm erzählt, was sie zu den einzelnen Bildern inspiriert hatte und wie ihre Titel lauteten. Die Titel fand Joshua noch peinlicher als die Bilder selbst. Sie waren exemplarisch für alles, was ihn an seiner Mutter nervte: schwülstig und großtuerisch, mädchenhaft und überdreht – *Wilder Stachelbeerstrauch in Sommermoor, Das sanfte Wiegen des Ahornbaumes, Das Geburtsland von Vater Mississippi* –, als verweise jedes einzelne direkt auf seine eigene Größe.

Joshua trank probeweise einen Schluck Tee und musste an ein Spiel namens »Was trinkt ihr?« denken, das Claire und er immer mit ihrer Mutter gespielt hatten. Sie hatte Lebensmittelfarbe in Zuckerwasser gerührt, wenn sie nicht mehr genug Geld für Kool-Aid hatte, und sie dann mit einem erwartungsvollen Lächeln gefragt, was sie gerade tranken, und sie hatten geantwortet, wonach ihnen gerade der Sinn stand, was ihnen gerade einfiel. Zum Beispiel sagten sie *Martini*, obwohl sie überhaupt nicht wussten, was ein *Martini* war, und ihre Mutter gab dann unter viel Aufhebens eine imaginäre Olive dazu. Oder sie antworteten *Schoko-Milchshake* oder *Sarsaparilla* oder nannten die Namen von Getränken, die sie selbst erfunden hatten, und ihre Mutter mixte etwas dazu und machte es besser, als es war, sodass selbst Wasser für sie anders schmeckte. Das war, bevor sie Bruce kennenlernten, kurz nachdem sie nach Midden gezogen waren, in eine Wohnung über Len's Lookout. Die Wohnung war eigentlich keine richtige Wohnung, und auch die Stadt kam ihnen nicht wie eine richtige Stadt vor, weil sie in diesem ersten Jahr weit draußen wohnten und Fremde waren in diesem Ort, in dem sonst jeder jeden kannte. Die Wohnung bestand aus einem einzigen großen Zimmer mit einer Kochecke, die Len für sie eingebaut hatte, Dusche, Sauna und Toilette befanden sich hinten im Garten. Sie hatten eine Bettcouch zum Ausklappen, auf der sie alle schliefen und die sie meistens ausgeklappt ließen, sodass die Wohnung im Grunde ein riesiges Bett war, eine Insel mitten in ihrem neuen Leben in Minnesota.

Nachmittags, wenn Claire und Joshua aus der Schule zurück

waren und ihre Mutter von der Arbeit kam, legten sie sich auf das Bett, redeten und spielten Spiele, die sie sich selbst ausgedacht hatten. Zum Beispiel sagten sie, dass sie nicht mehr aus dem Bett steigen könnten, weil der Fußboden in Wirklichkeit ein haifischverseuchtes Meer sei. Oder ihre Mutter schloss die Augen und fragte mit einer hochnäsigen Stimme, die sie nur bei dieser Gelegenheit benutzte: »Wer bin ich jetzt?« Und Joshua und Claire kreischten: »Miss Bettina von Soundso.« Und dann verwandelten sie sie. Sacht strichen sie ihr über die Augenlider und Lippen, die Wangen und das übrige Gesicht und schilderten dabei die ganze Zeit, wo sie welche Farben auftrugen, und ihre Mutter öffnete von Zeit zu Zeit die Augen und sagte: »Ich glaube, Miss Bettina von Soundso würde mehr Rouge auflegen, meint ihr nicht auch?« Also rieben sie ihr Gesicht noch etwas länger, und dann fragte sie: »Was um alles in der Welt machen wir nur mit Miss Bettina von Soundsos Haar?« Worauf sie ihr mit den Fingern durchs Haar fuhren und so taten, als würden sie es mit Haarspray in Form bringen oder zu einem richtigen Knoten binden. Wenn sie fertig waren, setzte sich ihre Mutter auf und sagte mit ihrer versnobtesten Stimme: »*Meine Lieben!* Miss Bettina von Soundso ist hocherfreut, eure Bekanntschaft zu machen.« Claire und er hatten sich dann immer vor Lachen gekugelt.

An diese Dinge erinnerte sich Joshua jetzt mit einer an Wut grenzenden Beschämung. Was war er damals nur für ein Kindskopf gewesen. Jetzt wollte er keiner mehr sein.

»Woran denkst du?«, fragte seine Mutter, plötzlich argwöhnisch, als ahne sie, was ihm durch den Kopf ging.

»An nichts.«

»Hast du eine Freundin?«

Er konnte hören, dass sie lächelte, und am liebsten hätte er dieses Lächeln ausgelöscht – warum, wusste er selbst nicht.

»Wieso?«, fragte er giftig.

»Ich frage mich, ob du deshalb so spät gekommen bist.«

»Das hab ich dir doch gesagt. Weil noch ein ganzer Schwung Leute gekommen ist.«

Die Hunde hockten zwischen ihnen, legten ihnen von Zeit zu Zeit eine Pfote auf den Schoß und zogen sie wieder weg, wenn sie gestreichelt wurden.

»Und außerdem: Wenn ich eine Freundin hätte, wäre ich mehr als eine Stunde zu spät gekommen.«

»Vermutlich«, sagte sie, sann einen Augenblick darüber nach und brach in ein langes inniges Lachen aus. Gegen seinen Willen lachte er mit, aber weniger herzlich.

Sie zog ihren Ehering ab und legte ihn auf den Tisch, ging zur Spüle, drückte sich Creme in die Hände und verrieb sie im Stehen. Im Dunkeln konnte er nur ihre Silhouette erkennen. Sie sah aus wie eine freundliche Hexe, und ihre Haare waren auf der Seite, mit der sie auf dem Kopfkissen gelegen hatte, schrecklich zerdrückt.

»Hier«, sagte sie, nahm wieder Platz und streckte ihm die Hände hin. »Ich habe zu viel erwischt.« Sie kratzte sich die überschüssige Creme ab und massierte sie in seine Hände ein, bis hinauf zu den Unterarmen. Das erinnerte ihn daran, wie sie ihm, wenn er als Kind erkältet war, immer die Brust mit Eukalyptusöl eingerieben und dazu gesungen hatte: »Die Krankheit fließt aus dir heraus in meine Hände. Die Krankheit weicht ganz aus Joshuas Körper und wird jetzt und immerdar in den Händen seiner armen alten Mutter wohnen.« Er hatte das Gefühl, dass auch sie in diesem Moment daran dachte. Mit einem Mal fühlte er sich ihr nahe, als wären sie die ganze Nacht zusammen durch die Gegend gefahren und hätten geredet.

»Tut das gut?«

»Ja.«

»Ich liebe es über alles, mir die Hände massieren zu lassen«, sagte sie.

Er nahm ihre Hände, drückte sie einmal und ließ sie dann wieder los.

»Wie war dein Tag?«, fragte er.

»Gut. Ich war sogar in Duluth. Mit Bruce. Wir haben im Happy Garden gegessen.« Sie trank einen Schluck Tee. »Ich möchte dich um einen Gefallen bitten, Schatz. Claire kommt morgen nach Hause, und ich möchte, dass du mit uns zu Abend isst, dass die ganze Familie zusammen isst.«

»Ich arbeite.«

»Ich weiß, dass du arbeitest. Deshalb bitte ich dich ja jetzt darum. Du musst dir den Abend freinehmen.«

»Das geht nicht. Wie soll Angie denn Ersatz für mich finden?« Er umfasste seinen Becher. Er war leer, aber noch warm.

»Es ist ein Gefallen, um den ich dich bitte«, sagte sie. »Wie oft bitte ich dich um etwas?«

»Oft.«

»Josh.«

Er tätschelte Tanners Kopf. Er versuchte, seine Stimme ruhig zu halten, obwohl er sich aufregte. »Verfluchte Scheiße, was ist denn so Besonderes daran, dass Claire nach Hause kommt? Ich sehe Claire doch ständig. Sie war erst vor zwei Wochen hier.«

»Sag nicht verfluchte Scheiße.«

»Wieso nicht?«

»Weil ich deine Mutter bin und es dir verboten habe.« Sie sah ihn eine Weile an und setzte dann ruhig hinzu: »Es ist ein blöder Ausdruck. Sag einfach nur Scheiße. Und sag auch das nicht.«

Er kippte seinen Stuhl so weit nach hinten, dass er sich mit dem Knie an der Tischunterseite abstützen musste, aber sie forderte ihn nicht auf, damit aufzuhören, ja, sie schien es überhaupt nicht zu bemerken. Er ließ den Stuhl wieder auf alle vier Füße fallen und sagte: »Seit Claire aufs College geht, dreht sich alles um sie.«

»Es geht hier nicht um Claire.« Ihre Stimme zitterte, wie er bemerkte. »Es geht um eine Bitte, die ich an euch habe. Um einen Gefallen, den ihr mir tun sollt, verdammt.«

Sie saßen eine Weile schweigend da.

»Also gut«, sagte er schließlich. Es war, als wäre ein Bann gebrochen.

»Danke.« Sie trug ihre beiden Becher zur Spüle und wusch sie aus, dann drehte sie sich um und sagte, sich die Hände abtrocknend: »Wir sollten jetzt besser schlafen gehen.«

»Ich bin hellwach.«

»Ich auch«, erwiderte sie mit leiser Stimme. »Das liegt am Mond.«

Er stand auf, streckte sich und hob die Arme, als wollte er einen Basketball werfen. Dann sprang er hoch, klatschte die Hände an die Decke und landete vor seiner Mutter. Er tätschelte ihr die Haare. Er war einen Kopf größer als sie, und jetzt, wo er voll aufgerichtet dastand, wirkte er noch größer. Der Kuckuck steckte den Kopf aus der Uhr, die Bruce gebaut hatte, und rief zwölf Mal.

»Ist alles in Ordnung?«, fragte sie, als der Kuckuck wieder verstummt war.

»Ja«, antwortete er mit einem Anflug von Verlegenheit, wenn er an das Meth dachte. Seine Mutter hatte feine Antennen.

»Gut«, sagte sie und zog ihren Morgenmantel enger. »Alles wird gut.«

»Ich weiß.«

»Denn ich habe dir und Claire alles gegeben. Alles, was ihr fürs Leben braucht.«

»Ich weiß«, wiederholte er, ohne zu verstehen, leicht paranoid, dass er high wirken könnte, zumal er sich plötzlich wirklich high fühlte.

»Das weißt du doch, oder?«

»Ja«, antwortete er bestimmt, ohne sich zu erinnern, was er wusste. Er fühlte sich durcheinander und doch gleichzeitig so, als hätte er sich voll im Griff. So wie er sich fühlte, wenn er am helllichten Tag ins Kino ging und beim Herauskommen feststellte, dass der Tag überraschend, aber doch vorhersehbar der Nacht gewichen war.

»Und ich habe euch sehr viel Liebe gegeben«, fuhr seine Mutter fort. »Dir und Claire.«

Er nickte. Durchs Fenster hinter ihr sah er schemenhaft drei Hirsche auf der Weide, die Köpfe über Lady Maes und Beaus Salzlecke gebeugt.

»Das weißt du doch auch, nicht?«

»Mom«, sagte er und deutete auf die Hirsche.

Sie drehte sich um, und sie schauten beide eine Weile hinaus, ohne etwas zu sagen.

Dann hoben die Hirsche die Köpfe und kehrten in den Wald zurück, was die Welt wieder in Ordnung brachte.

3

Am Nachmittag schien die Sonne. Eis glitzerte in den Bäumen und fiel dann in Klumpen von den Zweigen. Claire saß hinten im Len's Lookout am Fenster und blickte zu den Balsamtannen und Blaufichten, Norwegischen Kiefern und Pappeln, noch im Mantel und mit Schal um den Hals, ohne zu wissen, dass sie Balsamtannen, Blaufichten, Norwegische Kiefern und Pappeln betrachtete. Sie wusste gar nichts. Nicht einmal, dass sie nichts wusste.

Sie war zwanzig, groß gewachsen und hatte blaue Augen, dunkelblondes schulterlanges Haar und einen zusätzlichen längeren Haarstrang, der metallicblau meliert und zu einem dünnen, mit matten Silberglöckchen geschmückten Zopf geflochten war. Trotzdem sah sie wie ein Farmgirl aus – *ein großes Farmgirl*, wie David, ihr Freund, einmal zu ihr gesagt und sie dabei an den nackten Hüften gefasst hatte. Er hatte es nett gemeint, aber sie wollte nicht so aussehen und fand auch nicht, dass sie es tat. Ihre Fingernägel waren schwarz lackiert, ihre Zehen schimmerten in einem düsteren Grün. Ihr rechter Nasenflügel war mit einem falschen Saphir gepierct. Sie drehte den Stecker in seinem empfindlichen Loch und nippte an ihrem Getränk. Ihr Bruder saß ihr gegenüber und nippte ebenfalls an seinem Getränk, während er zu den Bäumen hinausschaute. Sie wechselten lange kein Wort, fühlten sich allein und doch zusammen, umgeben von den Gästen der Bar, wie sie es als Kinder immer gewesen waren, wenn sie hier aus demselben Grund gewartet hatten wie jetzt, nämlich darauf, dass ihre Mutter mit der Arbeit aufhörte.

Claire sog den Rest ihres Getränks durch den roten Strohhalm, bis ein hohles, schlürfendes Geräusch ertönte, dann stellte sie das Glas ab. »Hast du noch Alk auf Lager?«, fragte sie und stocherte mit dem Strohhalm im Eis. Joshua hatte aus einer kleinen Flasche in seiner Manteltasche heimlich Tequila in den Orangensaft gekippt, den ihnen ihre Mutter gebracht hatte.

Er schüttelte den Kopf, nahm den Plastikaffen, der am Rand ihres Glases klemmte, steckte dessen Schwanz in den Mund und ließ den Rest herunterbaumeln. Wie zierlich er war, dachte Claire, eine Skulptur schöner als Glas. Jahrelang hatten sie diese Affen in allen Farben gesammelt und auch die Meerjungfrauen, die scharfen Miniaturschwerter und die schönen Sonnenschirme aus Papier, die auf Zahnstochern saßen und sich aufspannen ließen. Jetzt fragte sich Claire, was wohl aus dieser Sammlung geworden war, die sie beide mittels Bettelei und Bestechung mühsam zusammengetragen hatten.

»Ich sollte aufstehen und Mom helfen«, sagte sie, ohne sich vom Fleck zu rühren. Sie kannte die Arbeit. Als Teenager hatte sie hier gejobbt.

Das Lokal war heute gerammelt voll, wie häufig freitags in der Eissaison. An den meisten Tischen saßen Leute, die sie nicht kannte. Ihre glänzenden Schneemobil-Helme klemmten unter den Stühlen, und ihre SUVs verstopften draußen den Parkplatz. Leute aus Minneapolis und St. Paul – den »Cities« – und deren Vororten. Die Einheimischen nannten sie *City-Affen*, was nicht unbedingt böse gemeint war.

»Mom kommt mir völlig in Ordnung vor«, sagte Claire und wickelte ihren Schal ab.

Sie sahen beide zu, wie ihre Mutter geschmeidig durch den

Raum glitt, die Hälse von drei Bierflaschen in der einen und zwei volle Teller in der anderen Hand.

»Wer sagt denn was anderes?«, fragte Joshua.

»*Sie.* Der Ton ihrer Stimme. Hab ich dir doch gesagt. Sie hat so geklungen, als wäre jemand gestorben.«

»Und sie hat gesagt, dass wir miteinander reden müssen?«

Claire nickte, einen Eiswürfel lutschend. Sie musste warten, bis er geschmolzen war, ehe sie sprechen konnte, und bekam tränende Augen, während sie das Eis von ihren Zähnen fernzuhalten versuchte.

»Ich hab dir ja gesagt, was ich glaube«, sagte Joshua, den Affen noch im Mund. »Es könnte locker noch passieren, verstehst du.«

Teresa stand jetzt, die Bänder ihrer grünen Schürze am Rücken zu einer Schleife geschnürt, neben dem schmalen Durchlass in der Theke, wo in einem unterteilten Behälter Kirschen, Limetten, Zitronen und Oliven aufbewahrt wurden. Sie stellte vorsichtig volle Gläser auf ihr Tablett, immer nur eines auf einmal. Als sie sich umdrehte, sah sie, dass sie von ihnen beobachtet wurde, lächelte, hob eine Hand zum Zeichen, dass sie gleich fertig sei, und verschwand im Gedränge.

»Glaub mir«, sagte Claire, »das ist es nicht. Sie hat sich sterilisieren lassen.« Sie blickte wieder aus dem Fenster. Das Kanu, das Len und Mardell im Sommer als Futtertrog für Bären benutzten, lag jetzt unter Schnee begraben. »Sich die Eileiter durchtrennen lassen«, setzte sie hinzu und richtete ihre Augen wieder auf Joshua.

»Ich denke, ich weiß, was sterilisieren bedeutet.«

»Ich sag ja nur.«

»Für wie blöd hältst du mich eigentlich?«, fragte er.

Sie antwortete nicht. Einmal hatte sie ihn dazu überredet, Hundefutter zu essen, und ihm weisgemacht, die harten Pellets wären eine neue Knabbermischung. Sie nahm das Streichholzheftchen, das in dem leeren Aschenbecher zwischen ihnen lag, riss ein Streichholz an, sah zu, wie es herunterbrannte, und blies es aus, bevor die Flamme ihre Finger versengte.

»Streite nicht mit mir, Josh. Nicht jetzt«, sagte sie ernst, obwohl sie gar nicht das Gefühl hatte, dass es um etwas Ernstes ging. Sie fühlte sich leicht beschwingt, als stehe etwas Aufregendes bevor. Auf der Fahrt von Minneapolis hierher hatte sie genau das Gegenteil empfunden. Vier angstvolle Stunden, in denen sie sich fragte, was los war, im Kopf immer wieder durchging, was ihre Mutter gestern Abend am Telefon gesagt hatte, jedes ihrer Worte dreimal umdrehte in dem Bemühen dahinterzukommen, was wohl Schlimmes geschehen war, warum sie von ihr verlangt hatte, gleich am Morgen nach Hause zu kommen. Bruce hatte sich einmal mit seiner Tischsäge die Daumenkuppe abgetrennt. Ein andermal war er vom Dach gestürzt, hatte sich drei Wirbel gebrochen und so heftig den Kopf angeschlagen, dass er Teresa kaum wiedererkannte und fast einen Monat brauchte, bis er sich wieder erinnerte, wer Claire und Joshua waren. Claire wusste, dass solche Dinge passierten. Sie hatte das Schlimmste befürchtet, als sie nach Norden fuhr und ihr aus den Lüftungsklappen ihres Cutlass Supreme mit der Stärke eines Wüstenwinds heiße Luft ins Gesicht blies. Das Gebläse war defekt und lief entweder überhaupt nicht oder auf Hochtouren, sodass sie ständig zwischen heiß und kalt hin und her schaltete, mal fror, mal vor Hitze verging, aber nie die goldene Mitte fand. Sie stellte sich vor, wie Bruce ohnmächtig in einem Bett lag, die Gliedmaßen in einer an der Decke angebrachten Vorrichtung eingehängt wie damals, als er sich das Rückgrat gebrochen hatte. Er war nicht ihr Vater und hatte selbst keine Kinder, aber sie liebte ihn wie einen, und beim Fahren stellte sie sich vor, was sie bei seiner

Beerdigung über ihn sagen würde, und musste bei dem Gedanken so heftig weinen, dass sie schon glaubte, sie müsste anhalten. Aber sie riss sich zusammen und putzte sich mit einem Knäuel Servietten von Taco Bell, das sie in der Sitzritze fand, die Nase. Sie schaltete das Radio an und beruhigte sich. Die Tränen hatten ihr gutgetan. Nun wieder klarer im Kopf, erinnerte sie sich, dass der Anruf ihrer Mutter, durch den sie damals von Bruce' Unfall erfahren hatte, ganz ähnlich gewesen war wie der gestern: keinen Widerspruch duldend, furchteinflößend und schrecklich vage, aber sofort als etwas erkennbar, das von lebensverändernder Bedeutung war, auch wenn der Unfall Bruce' Leben letztlich nicht groß verändert hatte, da er bald wieder imstande war, seine Familie zu erkennen. Heute hatte er nur einen schlimmen Rücken. Und seit dem Unfall mit der Tischsäge hatte er einen verkürzten Daumen mit einer neuen Kuppe, die glänzte und glatt war wie die Haut einer Paprikaschote.

Zu dem Zeitpunkt, als Claire in die Zufahrt einbog, hatte sie sich wieder in einen akuten Angstzustand hineingesteigert. Ihr Haus stand auf einem Hügel mitten im Wald, eine Meile vom nächsten Nachbarn entfernt. Bruce und Teresa hatten es selbst gebaut und lange dazu gebraucht, weil Claire und Joshua damals noch zu klein waren, um ihnen eine große Hilfe zu sein, und nur sporadisch mit anpacken konnten. Claire trat mit Herzklopfen durch die Tür, in ängstlicher Erwartung, was sie vorfinden würde, doch kaum im Haus, sah sie Joshua barfuß und in einer Jogginghose auf der Couch sitzen und, als wäre nichts geschehen, aus einer riesigen Schüssel andächtig eine widerliche, von ihm heiß geliebte Müslikreation löffeln, bestehend aus Apfelmus, Bananenscheiben, Weizenkeimen, Walnüssen, einem zermatschten Schokoriegel und Milch. Bei seinem Anblick war sie in Wut geraten, denn sie hatte sofort begriffen, dass ihre Mutter und Bruce bei der Arbeit waren. Dass überhaupt nichts passiert war. Sie hatte darauf bestanden, sofort ins Lookout zu ihrer Mutter zu fahren.

»Und wieso muss Mom dann mit uns reden?«, fragte Joshua jetzt.

Claire hielt ihren Zopf vor sich hin, nahm ihn in Augenschein und fummelte an den Glöckchen herum, dann schaute sie auf. Ihr Gesicht war weiß und unberührt wie ein neues Stück Seife. »Sprich das Wort nie wieder aus, okay? Es macht mich noch wahnsinnig.«

»Welches Wort?«

»*Reden.* Wenn wir miteinander reden müssen, gut, reden wir. Ich weiß nicht, warum ich hier sitze und zusehe, wie Mom durch die Gegend rennt, wenn wir so dringend zu reden haben. Wir können nämlich auch am Telefon reden.« Sie lehnte sich, einen Arm ausgestreckt auf dem Tisch, im Stuhl zurück. »Ich weiß genau, was hier läuft. Das ist nur wieder so eine Masche, damit ich nach Hause komme. Weil Mom Aufmerksamkeit will.«

Sie spielte mit dem Gedanken, in ihr Auto zu steigen und nach Minneapolis zurückzufahren, in ihre Wohnung, die sie sich mit David in der unteren Hälfte eines Hauses teilte. Er würde angenehm überrascht sein, sie zu sehen, und wissen wollen, was los gewesen sei, warum ihre Mutter auf ihr Kommen bestanden habe. *Reine Verarsche*, würde sie antworten, und er würde ihr einen türkischen Kaffee kochen, und dann würden sie bis in die frühen Morgenstunden Reggae hören.

Leonard, der Besitzer von Len's Lookout, erschien mit einem Teller Pommes in der Hand. Ein paar purzelten auf ihren Tisch, als er vor ihnen stehen blieb. »Hallo, ihr Süßen. Eure Mutter ist gleich fertig. Ich hab mir gedacht, ihr könntet einen Imbiss vertragen.« Er stellte den Teller zwischen ihnen ab und küsste Claire auf den Kopf. Leonard trug immer Cowboystiefel, bei jedem Wetter, und eine Uhr mit goldfarbenem Armband, das sich um sein dickes, fleischiges Handgelenk spannte. Seine Haut war an manchen Stellen ungesund gelb, an anderen feucht und rosig. Joshua und Claire sahen in ihm und seiner Frau Mardell so etwas wie Onkel und Tante, obwohl sie eher im Alter ihrer Großeltern waren.

»Wie ich höre, ist Mardell nach Butte gefahren«, sagte Claire.

»Nach Butte?«, fragte Joshua.

»Sie besucht dort ihre kleine Schwester«, rief er ihnen zu, schon wieder auf dem Weg zu seinem Platz hinter dem Tresen. Er hatte ein Faible für die Romane von James Michener, die er im Büro hinter der Küche in einem wackeligen Regal stehen hatte und immer wieder las. Als Kind war Claire an den Samstagen, wenn sie ihre Mutter in die Bar begleitete, immer in sein Büro gegangen. Darin standen ein Schreibtisch mit einer Rechenmaschine, aus der ein langer Papierstreifen quoll, und die Figur einer nackten Frau mit heruntergefallenem Kleid. Darüber war die Haut eines Angusrinds an die Wand genagelt. Ihre ganze Jugend hindurch hatte Claire, auf einem Hocker am Tresen sitzend und darauf wartend, dass ihre Mutter mit der Arbeit fertig wurde, Bücher von James Michener gelesen, eins nach dem anderen. Zwischen den Michener Romanen hatte sie Bücher gelesen, die sie sich in der mobilen Bibliothek auslieh, wenn sie in die Stadt kam. Optimistische Ratgeber dazu, wie man Cheerleader wird, wie man der Entstehung von Pickeln vorbeugt und wann der richtige Zeitpunkt ist, seine Jungfräulichkeit zu verlieren. Sie las Romane über Mädchen ihres Alters, die von zu Hause fortliefen und Prostituierte wurden, oder andere, die sich im Sommer Ponys mieteten oder den Verstand verloren, daraufhin zu Therapeuten nach New York geschickt wurden und vollständig geheilt waren, wenn die Schule wieder anfing. Joshua saß immer neben ihr, wenn sie las, und drehte sich mit seinem Barhocker, so schnell er konnte, im Kreis, bis ein Klappern befürchten ließ, der Sitz könnte abbrechen, und seine Mutter ihm sagte, er solle damit aufhören. Er stellte seine Plastikindianer und -cowboys oder seine Soldatenfiguren auf den Tresen und ließ sie wild miteinander kämpfen, wobei er vor sich hin brummte und Explosionsgeräusche von sich gab.

Auch Männer hatten neben Claire am Tresen gesessen. Meist dieselben, die auch jetzt dort saßen. Mac Hanson, Tom Hiitennen, die Svedson-Cousins. »Von dem vielen Lesen kriegst du noch Gehirnerweichung«, sagte Mac immer zu ihr, die Augen blutunterlaufen wie bei einem Jagdhund, eine Zigarette zwischen Daumen und Zeigefinger, nur Zentimeter vom Mund entfernt, die Ellbogen schwer auf den Tresen gestützt. »Frag nur den Typen hier«, setzte er hinzu und tippte sich an die Brust, während sie wieder in ihr Buch sah. »Der kann dir so manche Geschichte erzählen.«

Andere Männer sprachen Claire an, als sie älter wurde. Männer, die aus anderen Lokalen kamen, oder Männer, die Len's Lookout nur selten besuchten, sich dann aber jedes Mal betranken. Sie strichen ihr übers Haar. Sahen nach, welche Augenfarbe sie hatte, und prophezeiten ihr Ungemach, da es blauäugige Frauen bei Männern am schwersten hätten. Sagten ihr, wie sie ihres Erachtens mit achtzehn aussehen würde. Sagten ihr, dass sie sie dann gerne sehen würden. Rieten ihr, bloß nicht dick zu werden, und kniffen ihr in die Seite, um festzustellen, ob sie es schon war. An dem Punkt tauchte immer ihre Mutter auf, fragte die Männer nach ihren Frauen und Kindern, wenn sie sie kannte und wenn nicht, nach dem Wetter. Sie sprach mit einer anderen Stimme, wenn sie im Lookout arbeitete, einer höheren und weichen, und mit wieder einer anderen in ihrer Radiosendung, einer tiefen, dunklen und zufriedenen, die ganz anders klang als die zu Hause.

»Mir kommt da ein Gedanke«, sagte Claire und schaute aus dem Fenster. Die Sonne war mittlerweile verschwunden, der Himmel bewölkte sich. Sie wandte sich wieder Joshua zu und beobachtete schweigend, wie er einen ordentlichen Klacks Senf auf eine Serviette quetschte. »Zu deiner Theorie, dass Mom schwanger ist. Du könntest recht haben. Heutzutage lässt sich eine Sterilisation rückgängig machen. Vielleicht hat sie das ja getan.« Joshua aß immer zwei Pommes auf einmal, nachdem er sie in den Senf gestippt hatte. »Und damit das klar ist: Ich finde das lächerlich. Es ist ein bisschen spät für sie, noch ein Kind zu bekommen. Ich meine, was wird jetzt aus dem College?«

»Ich werde auf die Berufsschule gehen«, sagte er.

»Ich rede nicht von dir, sondern von Mom.« Sie nahm eine überlange Fritte und zog sie nachdenklich durch den Senf.

»Sie will aufs College?«

»*Hallo, Joshua?* Du bist es doch, der mit ihr zusammenlebt. Wovon redet sie denn seit einem Jahr? Dass sie aufs College will, wenn du mit der Schule fertig bist. Glaubst du, sie will ihr Leben lang Kellnerin bleiben?«

»Sie ist Malerin.«

Claire funkelte ihn empört an und sah dann weg. Ihre Hand wanderte zu ihrem Halsschmuck, einem Stein, der sie vor allen Gefahren schützte. »Ich rede davon, in was für einem Job sie arbeiten will. Für Geld. Oder sie will tatsächlich Malerei studieren. Hast du daran schon mal gedacht?«

Joshua antwortete nicht. Ihre Mutter stand am anderen Ende des Raums vor einem Tisch mit Leuten. Sie hatte eine Metallkaraffe in der Hand und einen Ellbogen in die geknickte Hüfte gestützt, damit sie die Karaffe besser halten konnte. Claire konnte sie auf diese Entfernung nicht hören, aber sie wusste, was sie in diesem Augenblick sagte. Sie zählte auf, was es nicht mehr gab. *Sag ihnen zuerst, was sie nicht kriegen können*, hatte sie Claire geraten, als sie sie als Kellnerin anlernte. *Dann haben sie keine Zeit, enttäuscht zu sein.*

Joshua zog ein Päckchen Zigaretten aus seinem Mantel, schüttelte eine heraus und zündete sie an.

»Seit wann rauchst du denn?«, fragte sie.

»Seit wann kümmert dich, was ich tue?«

»Na schön, dann bring dich eben um«, zischte sie und dann, noch frostiger: »Ist mir doch egal. Aber Mom wird es sehen, und ihr ist es bestimmt nicht egal.« In der Hoffnung, dass ihre Mutter gerade hersah, schaute sie sich im Raum um. An den Wänden hingen in derben Holzrahmen vergrößerte Schwarzweißfotos, die vor Jahrzehnten aufgenommen worden waren. Männer, die in gebückter Haltung die Geweihe von Hirschen umklammerten, die sie erlegt hatten, oder neben den Kadavern von Kojoten und Wölfen standen, die wie Holzstämme gestapelt waren. Oder an Zaunpfosten lehnten und Tabakspfeifen und die Halfter glänzender Pferde in den Händen hielten.

Joshua nahm einen bewusst langen Zug und versteckte dann die Hand mit der Zigarette unterm Tisch. »Ich hasse es, wenn du nach Hause kommst«, sagte er leise, ohne sie anzusehen.

»Danke«, erwiderte sie mit schriller Stimme. »Ich hasse es auch.« Sie stand auf, zog mit übertriebener Würde ihren Mantel an und nahm Schal, Fäustlinge und Handtasche vom Tisch.

»Wo willst du hin?«

»Fort«, antwortete sie, halb im Glauben, dass sie es ernst meinte. Bevor Joshua etwas sagen konnte, marschierte sie aus der Bar. Draußen auf dem Parkplatz fiel ihr ein, dass sie gar nicht nach Minneapolis zurückfahren konnte, selbst wenn sie wollte. Sie waren in Joshuas Pick-up zum Lookout gekommen. Es hatte zu schneien begonnen, die Flocken fielen in trägen Wirbeln und sammelten sich bereits in ihren Haaren. Sie wickelte sich umständlich den Schal um den Hals und nahm die Haltung von jemandem an, der zufrieden damit war, einen Spaziergang zu machen.

Am Rand des Parkplatzes, wo ein fester Schneehaufen lag, den der Schneepflug dorthin geschoben hatte, blieb sie stehen. Sie hörte hinter sich jemanden aus der Bar kommen. Wenn es Joshua war, würde sie nicht mit ihm sprechen. Sie straffte den Rücken und wappnete sich, doch dann vernahm sie ein Kreischen, drehte sich um und sah einen Jungen, der einen Schneeball formte und auf einen anderen Jungen warf, der sich daraufhin hinter ein Auto duckte, selbst in den Schnee griff und zurückwarf.

Sie spähte zu dem Fenster über der Bar hinauf. Der zugezogene Vorhang war derselbe, der schon dort gehangen hatte, als sie noch in der Wohnung wohnten. Er war aus demselben Stoff wie ein Kleid, das sie früher getragen hatte, taubenblau mit einem lockeren Muster aus sehr kleinen roten Kirschen. Ihre Mutter hatte zuerst das Kleid genäht, dann aus den Resten die Vorhänge. Sie ging durch den Schnee zu den beiden kleinen Gebäuden hinter der Bar. Das eine hatten sie den Schuppen, das andere das Badehaus genannt. In dem Schuppen bewahrten Leonard und Mardell neben Rasenmäher, Rechen und Schaufeln auch einen kaputten Flipperautomaten auf, den sie seit Jahren reparieren wollten. Das Badehaus beherbergte eine Sauna, eine Toilette und eine Dusche, die sie benutzt hatten, als sie über der Bar wohnten. Sie und Joshua hatten beim Fangenspielen einen Pfad ausgetreten, der um sie herumführte und dessen Verlauf man auch dann noch sehen konnte, wenn der Schnee geschmolzen war. Sie setzte sich auf die Bank hinter dem Badehaus, mit Blick auf den Wald, das Kanu und die rußgeschwärzte Tonne, in der Leonard und Mardell den Müll verbrannten. Falls Joshua jetzt aus dem Fenster sah, würde er sie sehen. Das Kanu war noch nicht da gewesen, als sie hier gewohnt hatten. Es war später dort platziert worden, um Bären anzulocken, die wiederum Kunden anlockten. Im Sommer stellten Leonard und Mardell vorn eine Holztafel auf, auf der *Hier erleben Sie Bären live* stand, und füllten das Kanu mit Speiseresten und Fett aus der Fritteuse. Die Leute setzten sich im Lookout an die großen Panoramafenster und beobachteten die Bären von ihren Tischen aus. Doch Claire und Joshua hatten sich als Kinder immer draußen auf die Bank gesetzt, von den Bären nur durch den unkrautbewachsenen kleinen Erdhügel getrennt, der beim Planieren des Parkplatzes aufgeschüttet worden war.

Wenn die Bären direkt zu ihnen herübersahen, liefen sie kreischend davon, obwohl sie wussten, dass man genau das nicht tun sollte. Vor Schreck über das Geschrei ergriffen auch die Bären die Flucht und hoppelten wie flinke alte Frauen wieder unter die Bäume. Dort angekommen, drehten sie sich um, spähten eine Weile herüber und wiegten die dicken Köpfe, ehe sie mit geschmeidig trägen Bewegungen langsam zum Futtertrog zurückkehrten. Beim Fressen gaben sie Grunzlaute von sich, immer wieder dieselben, selbstzufrieden und würdevoll. Ihr schwarzes Fell war so dunkel, dass es wie Licht in anderen Farben schillerte als der eigenen, in blauen, violetten und grünen Tönen. Beim Anblick der Bären musste Claire an Gott denken, obwohl sie nicht religiös erzogen war. Sie war nur ein paarmal in der Kirche gewesen – verwirrt und irritiert, weil sie nicht wusste, wann sie aufstehen und sich wieder hinsetzen musste oder wie sie die Lieder in dem Gesangbuch fand oder was sie erwidern sollte, wenn bestimmte Sachen zu ihr gesagt wurden –, aber Gott spürte sie. Dasselbe empfand sie, wenn sie Wiesen mit Goldruten oder Luzernen betrachtete oder ein Stück vom Himmel oder Bäume, nicht alle Bäume, sondern besondere Bäume, kleine alleinstehende Bäume, die jung und zerbrechlich waren, oder alte Bäume, mächtige Eichen, die einen erschlagen konnten, wenn sie umfielen.

Sie stand auf und schritt über den Parkplatz, überlegte kurz, ob sie wieder hineingehen sollte, setzte dann aber ihren Weg fort, vorbei an der Bar und hinaus auf die Straße, in Richtung ihres Hauses. Auf der Straße war der Wind stärker, und sie zog den Kopf ein, schob das Kinn unter den Schal und suchte unwillkürlich den Straßengraben nach Dingen ab, so wie sie und Joshua es als Kinder immer getan hatten, wenn sie auf Erkundungstour gingen. Im Lauf der Jahre hatten sie dabei eine Sammlung einzelner Schuhe, ölverschmierter T-Shirts, kaputter Kulis und leerer Feuerzeuge zusammengetragen. Einmal hatten sie einen Zehndollarschein gefunden. Und einmal eine Musikkassette von Foghat, die Bruce und ihre Mutter noch heute ab und zu hörten. Und einmal, ganz mysteriös, hatten sie eine Kanadagans gefunden, die erst seit kurzem tot war. Joshua hatte sie an den Füßen hoch gehoben, laut ihren Namen buchstabiert und dann mit dem Blut, das gleichmäßig aus ihrem Schnabel rann, in den Schotter geschrieben.

Sie blieb stehen und überlegte, ob sie umkehren sollte, da sah sie das Auto ihrer Mutter nahen und auf dem Randstreifen anhalten.

»Hallo, Süße«, sagte Teresa, als Claire einstieg.

»Wo ist denn dein Pick-up?«, fragte Claire nach hinten, wo Joshua saß, der aber nicht antwortete, weil es aus seinen Kopfhörern dröhnte.

»Seine Batterie ist leer«, erklärte Teresa. »Er hat das Licht brennen lassen.«

Claire schnallte sich an, und ihre Mutter fuhr auf die Straße zurück.

»Würdest du mir jetzt bitte sagen, was los ist?« Ihr fiel auf, dass ihre Mutter ihren Lippenstift – puderrosa – nachgezogen hatte, als wäre sie nicht auf dem Weg nach Hause, sondern zur Arbeit, und das erschien ihr wie ein Fingerzeig. »Bist du etwa schwanger? Josh glaubt nämlich, dass du schwanger bist. Ich habe ihm gesagt, dass das nicht sein kann. Das stimmt doch, oder?«

»Claire.«

»Mom.«

Schneeflocken trafen auf die Windschutzscheibe und schmolzen augenblicklich. Teresa schaltete den Scheibenwischer auf höchste Stufe. »Wird wohl glatt werden«, sagte sie. »Sie haben zwanzig Zentimeter Schnee vorausgesagt, und dass es dann kalt wird.«

»Du wolltest doch aufs College. Was wird jetzt daraus?«, fragte Claire.

»Ach, du liebe Zeit.« Sie blickte im Rückspiegel zu Joshua, obwohl er sie nicht hören konnte. »Was seid ihr nur für Dummerchen. Wir reden, wenn wir zu Hause sind. Jetzt beruhige dich erst mal.«

»Ich bin ruhig«, entgegnete Claire und versuchte, ruhig zu klingen. Sie saß eine Weile still da und blickte nach vorn auf die Straße, dann zog sie ihre Handschuhe aus und fischte ein Papiertaschentuch aus ihrer Tasche. »Ich finde nur, dass ich ein Recht habe, es zu erfahren«, sagte sie und tupfte sich die Nase mit dem Taschentuch. »Ich bin zweihundert Meilen wie eine Verrückte gefahren, um herzukommen, und ich finde, das gibt mir das Recht.«

»Ich habe nicht von dir verlangt, dass du wie eine Verrückte fahren sollst.«

Sie kamen an der Farm der Simpsons vorbei. Becka stand mit einer Schaufel vor dem Haus und winkte.

»Hupe, Mom. Da ist Becka.«

Die restliche Fahrt schwiegen sie. Bäume mit schneeüberkrusteten Stämmen zogen vorbei, und dahinter, von der Straße aus nicht zu sehen, lag der Fluss, der Mississippi. Claire konnte alles spüren, woran sie vorbeifuhren, auch ohne hinzusehen, jeden Grashalm und jeden Stein, jedes Sumpfloch und jeden Baum, so vertraut waren sie ihr. Sie betrachtete sich in dem gesprungenen Außenspiegel und musste daran denken, wie sie sich selbst Grimassen geschnitten hatte, wenn sie tagelang mit ihrer Mutter im Auto unterwegs war, damals, als sie auf die Junior High School ging und ihre Mutter vorübergehend als Mary-Kay-Schönheitsberaterin arbeitete. Sie waren durch ganz Coltrap County gefahren, hatten Partys veranstaltet und Frauen zum Kauf von Kosmetika zu animieren versucht. Teresa hatte einen Klapptisch, den sie mit rosa Stoff bezogen hatte, und einen Mary-Kay-Aufsteller aus Pappe. Wenn die Frauen bei der Party so weit waren, musste sich Claire in ihrer Mitte auf einen Stuhl setzen, und Teresa schminkte sie mit sanften, klaren Bewegungen und erklärte dabei, was sie tat. Claire kam sich glamourös und wichtig vor, verhielt sich aber genau umgekehrt und tat so, als unterziehe sie sich einer Prozedur, die ihr zwar nicht völlig zuwider war, aber fast. »Bis zur Schönheit sind es nur ein paar einfache Schritte«, sagte ihre Mutter immer, wenn sie das Make-up fertig aufgelegt hatte und alle Frauen im Raum Claire anstrahlten. Doch ihre Mutter war nicht der Ansicht, dass es schöner machte. Wenn sie nach der Party wieder im Auto saßen, richtete sie sich im Sitz auf, besah sich im Rückspiegel und wischte mit einem Papiertaschentuch und der Coldcream, die sie in ihrer Handtasche aufbewahrte, alles, so gut es ging, weg. Dann hatte sie Claire immer ein sauberes Tuch gereicht und gesagt: »Hier. Wisch dir das Zeug aus dem Gesicht.«

»Und wie geht's dir so?«, fragte Teresa jetzt. »Wie geht's David?«

»Okay.«

»Wie läuft's im Studium?«

»Gut.«

Sie sahen einen Hirsch am Waldrand im Straßengraben stehen. Teresa nahm den Fuß vom Gas und ließ den Wagen im Leerlauf an ihm vorbeirollen.

»Wie läuft's bei dir?«, fragte Claire und wandte sich ihrer Mutter zu, die müde, aber hübsch aussah mit ihrem toastfarbenen Zopf. »Hast du abgenommen?«

»Ich weiß nicht. Ich glaube nicht«, antwortete Teresa und fasste sich mit einer behandschuhten Hand ins Gesicht. »Sehe ich so aus?«

»Ein bisschen. Steht dir aber gut, Mom.«

Claire schaltete das Radio ein. Nur ein einziger Sender war zu empfangen, KAXE aus Grand Rapids, bei dem ihre Mutter ihre Sendung machte. Im Moment lief die Klassik-Stunde, eine Explosion von Geigen, Bratschen und Flöten.

»Bruce kocht heute Abend«, sagte Teresa laut. »Er macht seinen Makkaroni-Käse-Auflauf.

Claire schaltete das Radio aus. »Sag mir nur eins. Gibt es überhaupt einen Grund, warum ich nach Hause kommen sollte?« Sie starrte Teresa an, die sich auf die Straße konzentrierte. »Wenn nicht, bin ich nämlich sauer.« Sie saß ruhig da und wartete auf eine Antwort, doch als keine kam, setzte sie hinzu: »Nur zu deiner Information, ich habe auch ein Leben und kann nicht jedes Mal zu Hause antanzen, wenn dir danach ist.«

»Ich weiß, dass du ein eigenes Leben hast«, sagte Teresa.

»Ich bin kein Kind mehr, verstehst du?«

»Du bist kein Kind mehr, aber du bist mein Kind. Und wirst es immer bleiben. Ihr beide, du und Josh.«

»Darum geht es jetzt nicht«, sagte Claire und drehte sich zu Joshua um. »Hat sie *dir* gesagt, was los ist?«

Er starrte sie einen Moment lang an und schaltete dann seinen CD-Player aus.

»Hat sie dir was gesagt?«, wiederholte sie.

»Bist du schwanger, Mom?«, fragte Joshua verdutzt.

»Claire! Hör auf, okay?« Teresa blickte in den Rückspiegel. »Ich bin nicht schwanger.« Und dann sagte sie mit leiser Stimme. »Ich habe eine Neuigkeit, das ist alles.«

»Eine Neuigkeit?«

»Was für eine Neuigkeit?«, fragte Joshua, aber Teresa antwortete nicht.

»Warum spannst du uns so auf die Folter?«, fragte Claire.

Ihre Mutter ging vom Gas, fuhr an die Seite und hielt an, ließ aber den Scheibenwischer laufen.

»Ist was mit Bruce?«, fragte Joshua, nahm den Kopfhörer ab und ließ ihn um den Hals baumeln.

»Bruce geht es gut.« Sie schaltete die Zündung aus und schlüpfte aus den Handschuhen. »Es geht allen gut. Es ist nur …« Sie zögerte kurz und fuhr dann fort, als spreche sie nicht zu ihnen, sondern zu sich selbst. »Es ist in Ordnung.«

»Was ist in Ordnung?«, fragte Joshua brüsk.

»Nun red schon!«, verlangte Claire, der Tränen in die Augen stiegen, mehr vor Wut als vor Traurigkeit, mehr vor Angst als vor Wut. Wenn ihr Mutter wieder sprach, so glaubte sie, würde dies wie jener Augenblick im Märchen sein, wenn der Bann gebrochen, der böse Zauber aufgehoben und jedermann vor der Verdammnis errettet war.

Aber ihre Mutter sprach nicht. Sie legte die Hände aufs Lenkrad, als wollte sie den Motor anlassen und weiterfahren. Eine Weile blickten alle drei stumm durch die Windschutzscheibe auf den Kadaver eines Waschbären, der überfahren auf der Straße lag und dessen feine Fellbüschel sich im Wind sträubten.

»Was ist los, Mom?«, flüsterte Claire sanft, als versuche sie, ein Kind zu überzeugen.

Der Motor knackte – eine Zeitlang gab es kein anderes Geräusch –, und dann hörte das Knacken auf, und bis auf den Wind wurde es völlig still.

Teresa drehte sich im Sitz herum, sodass sie beide ansehen konnte, und lächelte. »Meine Babys«, sagte sie sanft und streckte die Hände nach ihnen aus.

Claire hatte keine Zeit, darüber nachzudenken, was sie tat, als sie die Hand ihrer Mutter spürte. Vorsichtig rückte sie weg.

4

Die Sonne schien warm auf die Plastikplanen, mit denen die Seitenwände der Veranda abgedeckt waren, und die Fliegen, die am Morgen wie tot auf den Fensterbänken gelegen hatten, regten sich. Sie surrten, auf dem Rücken liegend, mit den Flügeln, drehten sich wie wild im Kreis und strampelten mit ihren schwarzen Drahtbeinen verzweifelt in der Luft, bis es einigen mit Willenskraft oder Glück schließlich gelang, sich herumzuwerfen. Dann ditschten sie unablässig gegen die dicke Folie, bis die schwache Januarwärme hinter den Wolken verging und sie mit ihr.

Bruce saß in dem kalten Schaukelstuhl auf der Veranda und lauschte dem Surren der Fliegen. Es war alles, was er hörte, dieses Surren, nur gelegentlich unterbrochen von den Hunden, die an der Tür kratzten, weil sie hinaus- oder hineingelassen werden wollten, vom Haus auf die Veranda, von der Veranda in den Garten und dann wieder zurück. Doch die meiste Zeit saßen sie neben ihm und schnappten nach den Fliegen.

Bruce drehte sich eine Zigarette und rauchte sie. Dann drehte er sich eine zweite und hielt sie in der Hand, ohne sie anzuzünden. Er trug eine marineblaue Mütze mit Ohrenklappen, die unterm Kinn oder über dem Kopf zusammengeknöpft werden konnten, aber er hatte sie nicht zusammengeknöpft, sodass sie neben seinem Gesicht herunterbaumelten. Er war ein knochiger Mann, aber stark, mit langen kräftigen Armen und Beinen und blass wie die ausgeblichenen Pfosten eines Stegs. Sein dünnes blondes Haar war wie immer zu einem Pferdeschwanz gebunden, der ihm über die Schulter fiel. Er fror, aber er wollte nicht hineingehen, und so blieb er im Schaukelstuhl sitzen und betrachtete seinen Pick-up in der Einfahrt.

Er spielte mit dem Gedanken, einzusteigen und wieder zur Arbeit zu fahren, zurück in die Hütte am Lake Nakota, in der er für ein Paar aus Minneapolis das Badezimmer renovierte. Er hatte den Vormittag dort zugebracht und mit Hammer und Stemmeisen das Waschbecken, die Badewanne, die Duschkabine und den Linoleumboden herausgerissen. Nichts wollte heraus, denn alles war noch fast neu. Und morgen wollte er damit anfangen, das Wunschbadezimmer des Paars zu installieren, bestehend aus altmodischen Teilen, die es in Antiquitätenläden und speziellen Sanitärgeschäften gefunden hatte: einer riesigen Eisenwanne mit silbernen Klauenfüßen, einem tulpenförmigen Keramikwaschbecken und Fußbodenfliesen, die genauso aussahen wie festgetretener Schlamm.

Diese Fliesen könnte er jetzt verlegen. Nach dem Mittagessen war er nach Hause gefahren, weil er annahm, Claire und Joshua dort anzutreffen, und weil er die Absicht hatte, Teresa den Kummer zu ersparen und die schlechte Neuigkeit gleich zu überbringen, obwohl er und Teresa vereinbart hatten, es den Kindern gemeinsam nach dem Abendessen zu sagen. Doch er hatte ein leeres Haus vorgefunden, und Joshuas Pick-up war nicht da gewesen.

Er stand auf und ging, gefolgt von den Hunden, ins Freie, wo es zu schneien begonnen hatte. Wie ein Junge hob er das Gesicht zum Himmel. Zu allen Zeiten hatte er dorthin geblickt, nach Dingen Ausschau gehalten, Dinge entdeckt, Dinge erfahren und sie Mädchen gezeigt oder bei anderen Gelegenheiten seinem Vater. Die Milchstraße und die Plejaden, die Polarlichter und den Orion. Und stets hatte er dabei das Gefühl gehabt, den Himmel zu kennen, aber jetzt hatte er das Gefühl, nichts zu kennen, oder vielmehr nur das, was er spürte, nämlich die Kälte in sich und um sich und die Schneeflocken, die ihm ins Gesicht rieselten. Feuchte Fingerabdrücke waren sie, keiner wie der andere, Wunder, die vergingen, wie sie kamen.

Er fütterte die Pferde, obwohl es dafür eigentlich noch zu früh war. Dann die Hühner, die bereits in ihren Nestern aus Heu und zerkleinerter Wolle im dunklen Stall hockten, wo sich ihr Gefieder braun von ihren schönen Körpern abhob. Er lockte die ersten mit ihren Namen, wusste aber nicht genau, ob sie wirklich so hießen, da er sie nie auseinanderhalten konnte. Teresa kannte sie mit Namen. Sie hatte sie ihnen selbst gegeben – Miss Pretty und Prudence Pinchpenny, Flowers McGillicutty und Mister Bojangles, ein Scherz ihrerseits, denn natürlich war kein Mister unter ihnen. Er schob die Hand unter ihre Leiber und fand zwei warme Eier, die er jeweils in eine Tasche steckte. Im Stall musste er den Kopf einziehen, um sich nicht an der Decke zu stoßen. Es handelte sich um eine Hütte mit Spitzdach, die früher am Ende ihrer langen Zufahrt gestanden hatte, damit sich Claire und Joshua unterstellen konnten, wenn sie auf den Schulbus warteten. Später, als die Kinder sie nicht mehr brauchten, hatte er sie in einen Hühnerstall umgebaut. Das machte er oft und gut: eine Sache je nach Bedarf in eine andere umfunktionieren. Kombis in Pick-ups, Holzklötze in Vogelbäder, Eisenfässer in Holzöfen.

Er verließ den Hühnerstall, vor dessen Tür die Hunde auf ihn warteten. Inzwischen schneite es richtig, und dicke Flocken sammelten sich auf ihren schwarzen Rücken und wehten davon, wenn sie sich bewegten. Er stapfte zur Veranda und steckte die Zigarette an, die er die ganze Zeit unangezündet zwischen den Lippen mit sich herumgetragen hatte. Das

Abendessen hatte er bereits vorbereitet und auf dem Backblech ausgelegt, sodass es nur noch in die Röhre geschoben werden musste, wenn es Zeit war. Er sah auf die Uhr. Es war erst drei Uhr nachmittags, doch es dämmerte bereits. Er war bedrückt, hatte ein schlechtes Gewissen, weil er nicht dort war, wo er freitagnachmittags um diese Zeit sein sollte. Er schloss die Augen und erstellte eine Liste der noch anstehenden Arbeiten. Er und Teresa hatten vereinbart, dass sie trotz allem weiterarbeiten würden. Er würde arbeiten. Sie würde arbeiten.

»Uns bleibt nichts anderes übrig«, hatte sie gestern Abend zu ihm gesagt, als sie, erschöpft von dem Tag in Duluth, früh schlafen gegangen waren und nebeneinander im Bett lagen. Sie sprach es nicht aus und er auch nicht, aber sie wussten beide, warum sie weiterarbeiten mussten. Des Geldes wegen. »Wir werden so lange jeden Tag arbeiten, wie es geht«, sagte sie.

»Du nicht«, erwiderte er. »Nur ich. Dein Job ist es, wieder gesund zu werden.«

Sie antwortete nicht, aber er spürte, dass es in ihrem Kopf arbeitete. Am Montag würde die Strahlenbehandlung beginnen, doch sie konnte trotzdem weiterarbeiten. Sie brauchte ihre Termine nur so spät zu legen, dass sie in der Mittagszeit bedienen und anschließend die anderthalb Stunden nach Duluth fahren konnte. Joshua würde sie nach der Schule hinbringen. Er würde seinen Job auf Eis legen müssen. Das waren die Punkte, die bereits beschlossen waren, die sie im Bett durchgesprochen hatten, nachdem sie versucht hatten, miteinander zu schlafen, aber nicht konnten, weil sie zu traurig waren. Er hatte gespürt, wie sie alles durchdachte, während er unter der Decke ihre Hand hielt und mit dem Handrücken über ihre weiche Hüfte strich. Selbst ihre Hüfte schien nachzudenken.

»Alles wird gut.«

»Ich weiß«, sagte sie und drehte sich von ihm weg auf die Seite. Auch er drehte sich auf die Seite und umschmiegte ihren Körper mit seinem. »Sei vorsichtig«, flüsterte sie scharf.

»Ja.« Sanft umfasste er die leichte Rundung ihres Bauchs. Sie trug einen BH und sonst nichts. Den BH musste sie tragen, um den Verband zu schützen, der auf ihrer Brust klebte und die Einstiche der Biopsie bedeckte, die an dem Tag vorgenommen worden war, weil der Arzt einen Knoten entdeckt hatte. Der Knoten hatte sich als gutartig erwiesen, im Unterschied zu allem anderen. Er küsste ihre Schulter, hinterließ Speichel auf ihrer Haut und küsste die feuchte Stelle, die bereits erkaltet war, ein zweites Mal.

Sie waren eins, dachte er, *nicht zwei.*

»Nicht«, sagte sie und setzte sich auf die Bettkante. Ihr Rücken wirkte im Mondlicht sehr blass, was durch die schwarzen BH-Träger noch verstärkt wurde.

»Ich möchte nirgendwohin«, sagte sie nach einer ganzen Weile, als hätte er sie danach gefragt. »Ich meine, nach Paris, Tahiti oder sonst wohin. Angeblich will man doch an einen Ort reisen, von dem man schon immer geträumt hat, wenn man erfährt, dass man sterben wird.«

»Du wirst nicht sterben.« Seine Worte kamen kaum heraus, als spreche er sie von der Unterseite eines Kanus. Verdammter Lügner. Ihr Körper bewegte sich kaum merklich, eisig, und er dachte an die Worte, die tagsüber zu ihnen gesagt worden waren. Gewöhnliche, unverfängliche Worte, die plötzlich zu sengenden Dolchen geworden waren. *In einem Monat, einem Jahr, vielleicht im Sommer.* Er stellte sich vor, dass sie nächsten Monat sterben würde, im Februar, und dann verbannte er diesen Gedanken, der ihn versengte, augenblicklich aus seinem Kopf. Er stellte sich vor, dass sie in einem Jahr sterben würde – noch ein ganzes Jahr, ein ganzes gesegnetes Jahr –, und es erschien ihm so lange, und ihm schien, als könnte er es ertragen, wenn er mit Bestimmtheit wüsste, dass sie noch ein ganzes weiteres Jahr zu leben hätte. Und mehr noch, er würde alles dafür tun, alles dafür opfern. *September*, dachte er, *wenigstens bis September.* Noch einen Frühling, noch einen Sommer. Mit September könnte er leben. Der Gedanke an September erfüllte ihn mit Freude. Und dann dachte er: *Es gibt immer eine Chance.* Wie groß war die Chance? Zehntausend zu eins? Hunderttausend zu eins? Wie klein auch immer, sie war da – die Chance, dass sie am Leben blieb, dass sie weiterlebte, dass der Krebs stagnierte und zurückging und dass sie zusammen alt wurden und später darüber lachten oder erschauderten, wenn sie an diesen schrecklichen Winter des Krebses zurückdachten. Aber sie würden ihm auch dafür dankbar sein, wie viel er sie gelehrt hatte. Wie nahe er sie einander gebracht hatte – Claire, Joshua, Bruce und Teresa. Und sie würden verstehen, wie sehr sie einander liebten, wie eng sie einander verbunden waren, wie unbedeutend jeder Streit, jede Entzweiung oder jeder Gedanke daran war, wie belanglos und töricht angesichts der Liebe, und nicht nur ihrer Liebe zueinander, sondern auch der Liebe auf der Welt. Der Liebe zu jedem Mann, jeder Frau und jedem Tier, und sogar zu Gott, nicht nur einem Gott, sondern allen Göttern, denn nun kannten sie den Sinn des Lebens, denn es wäre ihnen beinahe genommen worden.

Die andere Möglichkeit war, dass er vor ihr sterben würde, ganz gleich, wann sie starb. Die Erkenntnis, dass er morgen sterben konnte, dass jeder zu jedem beliebigen Zeitpunkt sterben konnte, erschien ihm tröstlich, fast befreiend. Und dann kam ihm in den Sinn, was er tun würde, falls sie sterben sollte: ebenfalls sterben. Der Gedanke war wie eine kühle Hand auf seiner Stirn.

»Komisch, aber ich musste eben an Karl denken«, sagte Teresa, die immer noch auf der Bettkante saß. »Ob er versuchen wird, mit den Kindern Kontakt aufzunehmen. Du weißt schon, *danach.*«

»Wie soll er es denn erfahren?«, fragte Bruce.

»Weiß nicht. Wenn es sich irgendwie bis zu ihm herumspricht.«

Bruce dachte ungern an Karl, Teresas Exmann, Joshuas und Claires sogenannten Vater, den die beiden seit der Scheidung ihrer Eltern nur ein einziges Mal gesehen hatten. Als Bruce Teresa kennenlernte, sagte er, er werde nach Texas fahren, Karl ausfindig machen und dafür umbringen, dass er ihr während ihrer Ehe die Nase gebrochen hatte. Karl hatte ihr im Verlauf ihrer Ehe noch weitere Knochen gebrochen, aber das mit der Nase hatte er wiedergutzumachen versucht, indem er ihr eine neue bezahlte, nämlich die Nase, die sie heute hatte, die einzige Nase, die sich Bruce an ihr vorstellen konnte. Sie hatte einen Namen: Prinzessin Anne. Teresa hatte sie sich aus einem Prospekt mit mehreren Reihen von Nasen ausgesucht, deren Namen darunter abgedruckt waren wie Farbbezeichnungen. Sie hätte sich fast für eine gewisse Audrey oder eine andere namens Surfer Girl entschieden. Sie erzählte Bruce von ihrer und den anderen Nasen, als sie sich ineinander verliebten, und er sagte, sie hätte die schönste Nase der Welt, worauf sie in Tränen ausbrach. Sie arbeitete damals in der Rest-A-While Villa, sorgte dafür, dass die Bewohner ihre Pillen nahmen, säuberte Bettpfannen, wechselte und wusch Bettwäsche und kümmerte sich um alles, was sonst noch getan werden musste. Bruce' Tante Jenny lebte damals dort. Er besuchte sie alle paar Wochen, brachte ihr Orange Crush in Flaschen und die schwarze Lakritze, die sie so mochte, und setzte sich mit ihr in den Gemeinschaftsraum, wo sie fernsahen oder Karten spielten.

Das erste Mal, als er Teresa sah, wischte sie im Flur gerade Tomatensaft vom Fußboden auf, der von einem Rollwagen verschüttet worden war. »Hallo«, sagte sie lächelnd. Beim zweiten Mal stand sie am Eingang zur Rest-A-While Villa in der Sommerhitze und hielt einen Schraubenzieher in der Hand, dessen blassgelber, schwach transparenter Griff wie fest gewordener Honig aussah. Später erfuhr er, dass sie ihn ständig bei sich trug, weil sie damit ihre Wagentür öffnete, indem sie ihn in das Loch steckte, wo mal der Griff gesessen hatte. »Hallo«, sagte sie zum zweiten Mal. Ihre Ohrhänger bestanden aus echten Federn, die ihr in die Haare hinaufflatterten, als sie an ihm vorbeiging. Beim dritten Mal verbrachten sie unverhofft eine gemeinsame Stunde auf dem Parkplatz der Rest-A-While Villa, als er den Türgriff ihres Autos reparierte.

Danach verliebten sie sich ineinander. Ohne zu überstürzen und heimlich in den Stunden, wenn Claire und Joshua in der Schule waren. Monatelang durfte er die Kinder nicht sehen, und als sie beschlossen hatten zusammenzuleben – keiner von ihnen glaubte an die Ehe –, hielten sie eine Zeremonie ab, eine nicht rechtskräftige Trauung, die Bruce nicht nur an Teresa, sondern auch an Claire und Joshua band. Bei dieser Zeremonie legten sie ein Gelübde ab, das sie zusammen aufgesetzt hatten, und anschließend warf jeder eine Blüte vom selben Fliederzweig in den Mississippi, um ihre Verbundenheit als Familie zu symbolisieren. Bruce Gunthers Verbundenheit mit Teresa, Joshua und Claire Wood. Am selben Abend hatte Teresa Bruce ein Bild geschenkt, das sie selbst gemalt hatte – *Die Woods aus Coltrap County* –, drei Bäume im Schnee, ein großer und zwei kleinere. Es hing jetzt an der Wand am Fußende des Betts, und in den zwölf Jahren, die sie mittlerweile zusammen waren, war er jeden Abend damit eingeschlafen und jeden Morgen damit aufgewacht.

»Willst du denn, dass Karl es erfährt?«, fragte er. »Soll ich ihn anrufen, wenn die Zeit kommt?«

»Nein«, antwortete sie und drehte sich in seine Richtung, aber nicht weit genug, um ihn anzusehen. »Außer Josh und Claire wollen es. Ich weiß ja nicht einmal mehr genau, wo er wohnt.«

Er streichelte sanft ihren Rücken, entsann sich, dass sie nicht angefasst werden wollte, und hörte damit auf, ließ aber seine Hände neben ihr auf dem Bett liegen. Er verspürte ein brennendes Engegefühl in seiner Mitte, tief unten, verging fast vor Verlangen, begehrte sie, wollte alles mit ihr tun, sie drücken und ziehen, lecken und vögeln, penetrieren und lutschen, kneifen und knuddeln. Er empfand nicht immer so und sie auch nicht, wie er wusste. Manchmal mussten sie sich fast zum Sex zwingen, wenn ihre Körper artig aufeinanderklatschten, einander so bekannt und vertraut wie Wasser dem Mund. Dann brachten sie einander kundig zum Höhepunkt, liebevoll und sanft, ohne drängende Begierde. Manchmal, wenn sie nackt durchs Zimmer ging, erregte ihr Anblick ihn nicht mehr, als wenn sich die Katze hereingeschlichen hätte. Aber jetzt empfand er das Gegenteil: dass er sie tagelang lieben könnte, ohne Unterbrechung, immer wieder und wieder.

»Josh müsste längst da sein«, sagte sie.

»Er wird schon kommen. Du solltest jetzt etwas schlafen.«

»Ja«, sagte sie heiser, ohne sich zu rühren.

Ein Pick-up rumpelte ihre schneebedeckte und vereiste Schotterstraße herunter, und als er näher kam, hörte er, dass es weder Teresa noch Joshua war, ja, er wusste, dass es Kathy Tyson war. Er wunderte sich ein wenig, als sie den Motor drosselte und gleich darauf in die Zufahrt einbog. Die Hunde bellten, und nachdem er vergeblich versucht hatte, sie zu beruhigen, stieg er die Veranda hinab und trat auf den Hof, um Kathy zu begrüßen. Er kannte sie schon sein Leben lang, hatte aber nie mehr als gutnachbarliche Beziehungen zu ihr gepflegt. Sie hatte ein paar Jahre nach ihm die Highschool abgeschlossen und war dann in das Geschäft ihres Vaters eingestiegen, der als Besamungstechniker für Rinder tätig war. Sie wohnte anderthalb Meilen von hier in einer Hütte, die auf halber Strecke an der langen Zufahrt lag, die den Hügel hinauf zu ihrem Elternhaus führte, in dem sie aufgewachsen war.

»Tag«, rief sie fröhlich und ließ ihr Fenster herunter, stieg aber nicht aus. Er ging zu ihr. »Ich habe nicht damit gerechnet, um diese Tageszeit jemanden anzutreffen.«

»Ich wollte gerade wieder weg. Ich bin nur vorbeigekommen, um Werkzeug zu holen.«

»Die Straßen vereisen.« Ihre Augen hatten dasselbe Braun wie ihr Haar. »Ich wollte nur was vorbeibringen.« Sie reichte Bruce ein leeres Einweckglas. »Ich danke Teresa nochmals für das Apfelkraut. Und das hier ist irgendwie bei mir gelandet.« Sie reichte ihm einen Brief.

»Danke.« Er betrachtete den Umschlag: nur Werbepost, in computergenerierter Schreibschrift an ihn adressiert, ein Trick, damit es wie ein richtiger Brief aussah.

»Habt ihr am Wochenende schon was vor?«, fragte sie.

»Nichts Besonderes.«

Sie legte den Rückwärtsgang ein. »Grüß Teresa von mir.«

»Und du deine Eltern«, rief er ihr nach, während sie rückwärts in die Wendeschleife rollte. Er öffnete den Umschlag und las das Schreiben, das ihn dazu bewegen wollte, sämtliche Fenster in seinem Haus auszutauschen. Er zerriss es und steckte es in die Tasche, in der sich, kühler jetzt, bereits eines der Eier befand, die er eingesteckt hatte. Es lagen schon fünf Zentimeter Neuschnee. Er fuhr mit dem Handschuh über den

Kofferraum von Claires Cutlass und wischte ohne besonderen Grund den Schnee weg, und dann stand er da und betrachtete das kastanienbraune Heck, das einzig Farbige, das zu sehen war.

Er öffnete die hintere Tür des Wagens, stieg ein und legte sich auf den Rücksitz, die Knie angewinkelt, die Füße auf dem Boden. Schnee bedeckte die Scheiben ringsum, sodass der Innenraum einem Kokon glich. Der Wagen hatte seinen Eltern gehört, die vor ein paar Jahren gestorben waren, zuerst sein Vater, ein paar Monate später seine Mutter. Er hatte den Wagen Claire geschenkt, als sie nach Minneapolis gezogen war, um aufs College zu gehen. Als der Wagen noch seinen Eltern gehörte, hatte er allein gelebt, deshalb war er nicht viel damit gefahren, und hier drinzusitzen gab ihm das Gefühl, wieder mit seinen Eltern zusammen zu sein. Seine Eltern waren alt geworden, fast achtzig. Er war ihr einziges Kind, und sie hatten ihn spät bekommen, als sie die Hoffnung schon aufgegeben hatten. Der Wagen roch gut, so wie alle Autos für ihn, als wäre sein ganzes Leben in einem Raum zusammengedrängt. Eine Mischung aus Metall und Benzin, Essensresten, Velours und Vinyl, künstlichem Tannennadelduft und Kunststoff, ein Ort, an dem sich Menschen aufgehalten, den sie immer wieder mit ihren Händen berührt hatten. Ein langer Riss durchzog den Stoff, mit dem das Innendach verkleidet war, sodass es halb herunterhing. Er schloss die Augen, und bald darauf stimmten die Hunde ihr ekstatisches Gebell an, als sie Teresas Wagen hörten, der in die Zufahrt einbog und den Hügel heraufkam. Er blieb auf dem Rücksitz liegen, hielt die Augen geschlossen und erstellte in Gedanken wieder eine Liste, nicht der Arbeiten, die er zu tun hatte, oder des Geldes, das er verdienen musste, sondern dessen, was er und Teresa jetzt tun würden, was sie beschlossen hatten zu sagen, und wie.

Der Motor wurde abgestellt, er hörte sie aussteigen. Keiner sagte ein Wort, nicht einmal die Hunde bellten. Er wollte sich aufrichten und aussteigen, aber irgendetwas hielt ihn zurück. Er hörte, wie sie durch den Schnee stapften, die Veranda hinaufstiegen. Der Gedanke schoss ihm durch den Kopf, dass er eigentlich im Wagen bleiben könnte. Sie würden denken, er wäre in der Scheune. Wie lange könnte er hierbleiben, bis sie ihn suchen kämen? Seine Hände waren schon taub von der Kälte. Er setzte sich langsam auf, und eines der Eier kullerte aus seiner Tasche auf den Sitz. Er steckte es in die Tasche zurück und stieg aus dem Wagen. Als er die Tür zuschlug, fiel der gesamte Schnee, der an den Scheiben gehangen hatte, wie ein großer Vorhang herunter.

Das Außenlicht ging an, und Teresa trat ohne Mantel auf die Veranda heraus. »Da bist du ja«, rief sie ihm zu, blieb stehen und wartete darauf, dass er zu ihr kam.

Sie umarmten sich, ohne einander anzusehen. Sie hielt ihn sehr lange umschlungen, dann trat sie zurück und sagte: »Sie wissen es. Ich habe es ihnen auf der Heimfahrt gesagt. Ich konnte nicht mehr damit warten.« Er sah ihr an, dass sie geweint hatte. Sie senkte den Blick, drehte sich um und ging wieder hinein, und er folgte ihr, ohne die Stiefel auszuziehen, direkt ins Wohnzimmer, wo Joshua und Claire an den beiden Enden der Couch saßen. Claire hatte Shadow auf dem Schoß und streichelte sie, als konzentriere sie sich ganz fest darauf, jedes Mal genau der gleichen Linie zu folgen. Tränen rannen ihr übers Gesicht.

»Krebs kann heutzutage vieles bedeuten«, sagte Teresa aufmunternd und setzte sich zwischen sie. »Er kann sich ganz unterschiedlich entwickeln. Wir wissen nicht, was meiner tun wird.«

Claire und Joshua heulten gleichzeitig los, rutschten auf

den Boden zu Teresas Füßen und drückten die Köpfe an ihre mit Kordsamt bedeckten Knie. Bruce presste die Lippen zusammen, damit sie nicht zitterten, aber dann begann sein Unterkiefer zu zittern, und er hustete in seine Hände. Er heftete den Blick auf die goldfarbenen Handtücher, die auf den Armlehnen seines Polstersessels lagen und die Stellen bedeckten, wo der Bezug durchgescheuert war. Er strich sie mit seinen rauen Händen glatt, rückte sie gerade und versuchte, an nichts zu denken, während Teresa weitersprach und im Ton einer Kapelle, die einen Marsch spielte, die Zahlen herunterbetete, die Daten, die Jahreszeiten, die Prognosen, die Voraussagen und Spekulationen, September, März, vielleicht nicht mal Mai.

Endlich verstummte sie, und Bruce sah zu, wie sie den weinenden Kindern das Haar streichelte, es auf all die unterschiedlichen Arten streichelte, die er im Lauf der Jahre von ihr gesehen hatte. Darüber strich wie über Stoff, es harkte wie Laub, dann kleine Strähnen drehte und vorsichtig daran zupfte wie an den Saiten einer Harfe. Sein Inneres bäumte sich auf und beruhigte sich wieder, und dann bäumte es sich wieder auf, als er sich überlegte, was er sagen sollte, aber er sagte nichts. Schmerz durchflutete ihn in Wellen beim Anblick seiner leidenden Kinder, doch auch Trost durchflutete ihn, und genau aus demselben Grund.

»Wir werden das gemeinsam durchstehen«, sagte er schließlich mit schaurig blecherner Stimme, die wie ein fernes Echo klang. Teresa sah ihn dankbar an, ihre Augen lodernd und ruhig zugleich, als wäre sie an eine Unfallstelle gekommen, darauf vorbereitet, Erste Hilfe zu leisten. Mit den Augen sagten sie einander Dinge, nüchterne und romantische, wunderbare und banale, doch hauptsächlich sagten sie ohne jede Überraschung *Krebs, Krebs. Es ist jetzt wirklich Krebs.* Die Erkenntnis spannte sich wie ein Lichtbogen zwischen ihnen durch den Raum. Bruce hatte das Gefühl, es zu sehen – das Wort selbst – und zum ersten Mal zu verstehen. Mit Schrecken behaftet. Und nun auch mit Schönheit, denn es lebte in ihr, wie ein schwimmender Fisch oder ein schwarz funkelnder Saphir. »Wir werden das gemeinsam durchstehen«, wiederholte er, plötzlich von einem Taumel erfasst und überzeugt, dass sie, wenn Krebs schön sein konnte, am Leben bleiben würde.

»Das werden wir«, stimmte Teresa leise zu und ließ ihre Hände zur Ruhe kommen.

Dann drehte sie sich von ihm weg, als wäre sie ganz allein im Zimmer, und lehnte ihren Kopf nach hinten an den abgewetzten Samt der Couch.

TEIL 2

Gut

Das Antlitz dieser Liebe war ruhig und wild. Es war ein rabiater Akt, aber kein ruchloser. Ein Wasserfall, eine Flutwelle sind weder schuldig noch unschuldig. Sie ertränken einfach die Menschen, die ihnen im Weg sind.

Mary Lee Settle, *Charley Bland*.

5

Der Wecker auf Bruce' Bettseite war erbarmungslos. Zwölf nach zwei verriet das grässliche rote Zifferblatt. Teresa nahm den Becher mit kaltem Pfefferminztee von dem Regal neben ihr, setzte sich auf und trank einen großen Schluck. Sie war eingeschlafen, aber dann aus einem Traum erwacht, in dem eine braune klebrige Masse vorn an ihrer Bluse hing und nicht mehr abgehen wollte. *Krebs*, dachte sie jetzt. Ihr erster Krebstraum.

»Bruce?«, fragte sie mit einer Stimme leise wie ein Wassertropfen, ohne ihn wirklich wecken zu wollen. Sein Atem blieb unverändert, tief und fest. Sie stellte den Becher aufs Regal zurück und legte sich wieder hin, wobei sie Bruce unter der Decke nur ganz leicht mit dem Arm berührte. Es war Sonntagnacht, eigentlich schon Montag, die frühen Morgenstunden des Tages, an dem sie zu ihrer ersten Bestrahlung nach Duluth fahren würde.

Sie schloss die Augen und konzentrierte sich darauf, ihren Körper zu entspannen, sein Gewicht ins Bett sinken zu lassen, zu spüren, wie das Blut ihn durchströmte, öffnete dann aber die Augen, weil sie nichts spürte. Sie hatte das Gefühl, nur aus Luft und kaltem Pfefferminztee zu bestehen, als wäre ihr Körper ein Gefäß, das nichts anderes enthielt. Sie blickte zu den Schatten an der Decke und dachte an die anderen Träume, die sie gehabt hatte: von einer Katze auf dem Mittelstreifen einer Autobahn, die sie hatte retten müssen, und von einem Gong, den sie abgestaubt hatte. Sie begriff, dass auch diese beiden möglicherweise von Krebs handelten, wie von nun an all ihre Träume.

Sie würde ihren Bruder Tim fragen müssen. Er glaubte, alles über Träume zu wissen – was es bedeutete, wenn etwas rosa war, was es bedeutete, wenn man in einem Zug oder auf einem Schiff fuhr. Manchmal leuchteten ihr seine Deutungen ein, dann wieder hielt sie alles für einen Haufen New-Age-Mist. Sie sprach nur noch selten mit ihm. Als Kinder waren sie dicke Freunde gewesen, doch als Erwachsene hatten sie sich trotz verschiedener Gemeinsamkeiten nicht viel zu sagen. Wenn sie miteinander sprachen, dann über ihre Eltern – Tim wohnte in ihrer Nähe und hielt Teresa auf dem Laufenden, berichtete, wie es ihnen gesundheitlich ging, womit sie Laura, Tims Lebensgefährtin seit zwanzig Jahren, mal wieder beleidigt hatten. Tim und Laura betrieben zusammen einen Mineralienladen. Sie handelten mit Kristallen und Achaten, Halbedelsteinen, für die sich Claire und Joshua in jüngeren Jahren begeistert hatten. Teresa nahm an, dass Tim mittlerweile im Bilde war und wusste, dass seine kleine Schwester Krebs hatte, denn ihre Eltern hatten sich dankenswerterweise erboten, es ihm zu sagen. Es ihren Eltern zu sagen war das Äußerste, was sie hatte ertragen können. Tim kannte sich auch mit Steinen und ihren Heilkräften aus. Bestimmt würde er ihr einen per Eilpost schicken. Einen Stein, den sie in der Hand- oder Hosentasche oder am Hals mit sich herumtragen sollte.

Teresa griff nach dem Halsschmuck, der jetzt dort hing – eine Muschel an einem Lederband – und hielt ihn im Dunkeln fest, eine Angewohnheit, wenn sie nachdachte. Sie nahm die Muschel fast nie ab. Joshua und Claire hatten sie bei ihrer einzigen Reise ans Meer gefunden und ihr geschenkt. Sie war wie gemacht für ein Halsband. Klein und hübsch, mit einem kleinen Loch im oberen Teil. Sie waren nach Florida gefahren. Irgendwie hatte sie das Geld dafür zusammengekratzt. Jetzt, wo sie darüber nachdachte, fiel ihr wieder ein, woher das Geld gestammt hatte: aus ihrer Steuerrückzahlung. Normalerweise hätte sie das Geld für etwas Praktischeres ausgegeben. Für Kleidung für die Kinder oder eine neue Rostlaube von Gebrauchtwagen, aber in dem Jahr – dem ersten Jahr nachdem sie ihren Vater endgültig verlassen hatte – wollte sie mit Claire und Joshua in die Ferien fahren, was sie dann auch tat. In rund dreißig Stunden fuhren sie mit einem Greyhound-Bus von Minnesota nach Florida ans Meer, auf einen trostlos aussehenden Campingplatz namens Sea Cape bei der Stadt Port St. Joe. Dort bauten sie das Zelt auf, das sie sich von einer Freundin geliehen hatte. Alles war geliehen – die Schlafsäcke, der Campingkocher, die Taschenlampen und die Abdeckplane, sogar der riesige Rollkoffer, in den sie alles gepackt hatte. Sie blieben fast eine Woche, fuhren nur einmal in die Stadt, um einzukaufen, und zwar per Anhalter mit einem älteren Ehepaar, das in ihrer Nähe in einem klapprigen Wohnmobil campierte.

Abends saßen sie an dem Picknicktisch und spielten im Schein der Taschenlampen Schwarzer Peter und Quartette. Teresa war damals vierundzwanzig, Claire knapp sieben und Joshua fünf. Es war ihre erste richtige Urlaubsreise.

Die Tage verbrachten sie am Strand. Er war schön und so einsam, dass sie ihn fast immer ganz für sich hatten. Dort, wo der Sand aufhörte, wuchs merkwürdig scharfes Schilfgras in einer Art Meeressumpf, der die Leute davon abhielt, dort Häuser zu bauen. Sie wanderten am Strand entlang, fanden Muscheln und Glasscherben, die das Meer glatt geschliffen hatte. Die Kinder turnten und riefen jedes Mal nach ihr, damit sie zusah. Sie schlugen Räder, bauten Brücken und führten

Kunststücke vor, die sie zusammen einstudiert hatten. Beide konnten einen perfekten Rückwärtssalto in den Stand. »Mach noch mal«, sagte sie immer, jedes Mal aufs Neue verblüfft. Und dann, nach einer Weile, befahl sie ihnen, damit aufzuhören. Sie taten des Guten zu viel. Bestimmt würden sie irgendwann schwächeln, auf dem Kopf landen und sich den Hals brechen. Sie konnte sich ganz genau vorstellen, wie ihre Kinder mit gebrochenem Hals aussehen würden. Sie packte sie an den Schultern und verbot ihnen, Saltos zu machen, wenn sie nicht zusah. Sie lachten sie aus und hörten nicht mehr auf zu kichern. Ihre Kinder kicherten ständig, als würden zwei unsichtbare Hände sie kitzeln, außerdem hüpften sie herum – bei so viel Gehopse und Gekicher glaubte sie manchmal, den Verstand zu verlieren.

Wenn sie vor ihr den Strand entlangliefen, ging sie absichtlich langsam, damit sie eine Zeitlang so tun konnte, als wäre sie ein ganz normaler Mensch und keine Mutter. Als gehörten die Kinder da vorn jemand anders. Als wäre sie eine Frau, die am Strand ihren Gedanken nachhing, den Tag mit Ruhe und Gelassenheit anging, an die Zukunft oder die Vergangenheit dachte und nicht an die endlose Gegenwart, in der sie lebte. Oder die an gar nichts dachte, sich fragte, ob es einen Gott gab. Und dann kamen die Kinder hüpfend und kichernd angelaufen und schrien: »Mom! Mom! Sieh mal, was wir gefunden haben.«

Einmal hielt ihr Joshua beide Hände hin, voll mit nassem Sand, und er und Claire forderten sie auf, darin zu graben, und zu ihrer Überraschung fand sie die Muschel mit dem Loch, das die Natur perfekt hineingebohrt hatte. Sie würde sie bis an ihr Lebensende um den Hals tragen.

»Danke«, sagte sie, mit Tränen in den Augen.

»Was hast du denn?«, fragten die Kinder im Chor, als sie zum Campingplatz zurückgingen.

»Nichts«, antwortete sie und begann noch heftiger zu weinen. »Es ist nur, weil wir so glücklich sind«, sagte sie schließlich und legte ihnen die Hände auf die Köpfe. Sie hatten alle drei die gleiche Haarfarbe. Nicht Blond, nicht Braun, sondern etwas dazwischen: das verblasste Gelb von Gras, in dem ein Tier geschlafen hatte.

Auf der Rückreise nach Minnesota stiegen sie in Memphis aus dem Bus, um ihre Eltern zu besuchen. Als sie, floridagebräunt und müde von der Fahrt, bei ihren Eltern ankamen, war deren Freude so groß, dass sich alle fünf in einer einzigen großen Umarmung vereinten. Ihre Eltern waren nicht reich, aber Claire und Joshua dachten es und liefen triumphierend durchs Haus, weil sie so was nicht gewohnt waren. Autos ohne Rost, Wände ohne Risse, Zimmer mit Betten, in denen niemand schlief, einen Küchenschrank voller Tüten mit Leckereien wie Doritos und Chips-Ahoy!-Keksen, die nicht sofort aufgerissen und gemampft worden waren. Teresa war nicht in Memphis aufgewachsen, aber ihr Vater arbeitete dort inzwischen. In ihrer Kindheit waren sie ständig umgezogen und ihrem Vater gefolgt, der Vertreter von Beruf war und extrem hitzebeständige Spezialfarben verkaufte. Die letzte Stadt, in der sie mit ihren Eltern gewohnt hatte, war El Paso. Sie war damals siebzehn und wurde nur wenige Tage nach ihrem Highschool-Abschluss schwanger.

Ihre Eltern hatten es zutiefst missbilligt, dass sie das Kind austragen wollte. Nichts sei schlimmer als eine Teenager-Mutter, eine alleinerziehende Mutter, sagten sie. Doch als sie Karl heiratete und mit ihm durchbrannte, missbilligten sie auch das, weil er Bergarbeiter war, sie nach Pennsylvania verschleppte und dort mir ihr in einem Wohnwagen hauste. Sie missbilligten es, als sie ihn das erste Mal verließ, und auch beim zweiten, dritten und vierten Mal, denn wenn man verheiratet war, blieb man zusammen, komme, was da wolle. Doch sie missbilligten es auch, als sie zu ihm zurückkehrte, denn wie konnte sie nur an einer Ehe mit einem solchen Versager festhalten. Sie missbilligten es, als sie ihn beim fünften Mal endgültig verließ und ans andere Ende des Landes zog, in eine abgelegene Stadt, deren Name nicht einmal auf der Landkarte stand, denn wie wollte sie dort allein zurechtkommen, und später missbilligten sie es, als sie Bruce kennenlernte und eine, wie sie es nannten, »lächerliche Hippie-Ehe« mit ihm einging.

Vor diesem Hintergrund lebte sie ihr Leben. Mal hasste, mal liebte sie ihre Eltern. Sie telefonierte jeden Sonntag mit ihnen, und häufig nahm sie sich nach dem Auflegen vor, nie wieder mit ihnen zu sprechen, um dann sonntags darauf doch wieder anzurufen. Ohne die Sonntage konnte sie nicht sein.

Wie geht es dir? Gut. Wie geht es dir? Gut. Wie geht es den Kindern? Großartig.

Ihre Mutter benutzte immer den Apparat im Schlafzimmer und saß auf der türkisfarbenen Tagesdecke, die auf dem breiten Ehebett lag, ihr Vater den anderen Apparat im Esszimmer, wo er neben der tickenden Standuhr stand.

Mehrmals im Jahr schickten sie ihr Pakete mit Sachen, die sie loswerden wollten. Sachen, so sagten sie, von denen sie glaubten, sie könnte sie gebrauchen. Alte Handtücher und indiskutable Küchengeräte, die nur für eine einzige simple Aufgabe taugten: zum Käsereiben oder zum Obstpürieren. Oder scheußliche Stoffe, bei denen Teresa Minuten brauchte, bis sie dahinterkam, dass es sich um Vorhänge handelte – im Gegensatz zu anderen Stoffen, die von ihr zunächst für Vorhänge gehalten wurden, sich dann aber als Hosen entpuppten, die ihre Mutter in den Siebzigerjahren getragen hatte. Doch hin und wieder fand sich in all dem Plunder eine Bluse, die ihr gefiel und die sie trug und trug und trug. Ihre Eltern schlossen für

Claire und Joshua Lebensversicherungen ab, die gerade ausreichten, um ihre Beerdigungskosten abzudecken, aber Teresa gaben sie keinen Cent. Nichts zu Weihnachten, nichts zum Geburtstag. Als sie Karl heiratete, hatten sie zu ihr gesagt, dass sie nun erwachsen sei. Und als sie ihn verließ, sagten sie, sie müsse die Suppe, die sie sich eingebrockt habe, selbst auslöffeln.

Und das tat sie. Sie löffelte sie aus. Sie hatte tausend Jobs. Als Kellnerin, als Schwesternhelferin, als Fabrikarbeiterin, als Hausmeisterin. In ihren tausend Jobs übte sie immer eine dieser vier Tätigkeiten aus, nur die Arbeitsstelle änderte sich ständig. Derweil erwies sich Claire als intelligentes Kind, war gut in der Schule, gut im Rechnen und Lesen, brachte gute Noten nach Hause, saugte alles auf wie ein Schwamm. Sie würde mal aufs College gehen und berühmt werden, sagten sie. Sie würde reich werden und ihrer Mutter ein Haus auf Tahiti kaufen, sagten sie, ohne dass einer von ihnen genau wusste, wo Tahiti überhaupt lag. Sie würde die erste Präsidentin der Vereinigten Staaten von Amerika werden. *Man stelle sich vor!* Und sie stellten es sich vor. Sie bekam ein Stipendium der University of Minnesota, ein Vollstipendium, und weg war sie. Sie studierte Politikwissenschaft, Tanz, Spanisch und Englisch und dann eine Kombination aus allen vier Fächern.

Joshua war nicht so ein Überflieger, aber ein netter, herzensguter Junge, fleißig und ehrlich. Er hatte in der ersten Klasse Probleme mit den Ohren – er verstand nicht, was der Lehrer sagte –, sodass sie ihn in die erste Reihe setzten. Teresa schickte ihn in Behandlung. Mittelohrentzündung. Er war leichter Legastheniker, schrieb Deckbette statt Bettdecke. Er dachte sich gern Dinge aus, stellte sich zum Beispiel vor, sie hätten einen Swimmingpool oder eine Giraffe namens Jim als Haustier. Er konnte hervorragend Autos zeichnen, fein säuberlich und akkurat mit Bleistift und absolut maßstabsgetreu. Er wusste alles über Autos und Lastwagen, kannte die Modelle, die Baujahre, die Marken. Wie Bruce war er ein Chevy-Fan und hielt alles, was Ford baute, für Mist. Er konnte Autos auch reparieren. Seine Hände waren zwei sensible Werkzeuge, mit denen er Dinge zerlegte und so wieder zusammensetzte, dass sie besser waren als zuvor.

Eines Sonntags sagte ihr Vater am Telefon: »Es ist ein Jammer, dass der ganze Grips an Claire verschwendet ist. Wenn nur einer in der Familie den Grips bekommt, hofft man doch, dass es der Junge ist. Bei dir und Tim ist es dasselbe, der Grips ist an dir verschwendet.«

Sie knallte den Hörer nicht auf, sondern legte ihn leise und kommentarlos auf die Gabel zurück. Wer waren diese Arschlöcher? Was war mit ihnen los? Sie hatte eine leidlich glückliche Kindheit gehabt. Grillfeste und Geburtstagspartys, und einmal hatten sie im Garten hinterm Haus mit einer Nadel Pappteller durchbohrt, dann in den Himmel gehalten und durch das Loch die Sonnenfinsternis beobachtet.

Am Sonntag darauf rief sie wieder an, und niemand erwähnte den Sonntag davor.

Jahre vergingen. Sie wurde dreißig, dann fünfunddreißig. Langsam und widerstrebend verzieh sie ihnen, ohne dass sie davon wussten. Sie fand sich damit ab, wie es war, wie *sie* waren, und musste erkennen, dass Akzeptanz nicht das war, was sie sich darunter vorgestellt hatte. Akzeptanz war kein Zimmer, in dem sie es sich bequem machen, keine Wiese, über die sie rennen konnte. Sie war etwas Kleines und Schäbiges, das ständig ausgebessert werden musste. Sie war genauso groß wie das Loch in dem Pappteller, durch das sie die Sonnenfinsternis beobachtet hatten, ein Lichtschacht, durch den die ganze Sonne strahlen konnte, so hell, dass sie einen blendete, wenn man durchschaute. Sie schaute durch. Und etwas Erstaunliches geschah: Sie liebte sie, fühlte sich von ihnen geliebt, die ganze Liebe strömte hin und her durch diesen kleinen Schacht. Sie sah ihre Eltern in ihrer reinsten Form, genauso, wie sie immer gewesen waren. Die Menschen, die ihr per Post ihren Müll schickten. Die Menschen, die sie jeden Sonntag zum Weinen brachten. Die Menschen, die bereitwillig ihr Leben hingeben würden, um das ihre zu retten. Die einzigen Menschen, die das tun würden. Jederzeit. Ihre Mom und ihr Dad.

Gestern Vormittag hatte sie ihnen mitgeteilt, dass sie Krebs hatte. Aus irgendeinem Grund war es ihr besser erschienen, es ihnen am Morgen zu sagen. Als sie mit Claire und Joshua gesprochen hatte, hatte sie sich nur ein paar Tränen gestattet, doch als sie die Stimmen ihrer Eltern hörte, musste sie so heftig weinen, dass sie mehrere Minuten brauchte, um einen einzigen Satz herauszubringen: »Ich … ich … ich habe …«

Ihr Vater wurde still und ihre Mutter hysterisch. So hatten sie immer reagiert, soweit Teresa zurückdenken konnte. Ihre Mutter schlug irgendwo dagegen, wie sie durchs Telefon hörte, gegen das Bettgestell oder einen Tisch. Sie wollte ins nächste Flugzeug steigen und nach Minnesota kommen. Ihr Vater mahnte zur Besonnenheit. Krebs könne heutzutage leicht geheilt werden. Sie sei jung und müsse sich daher noch keine allzu großen Sorgen machen – er tue es jedenfalls nicht. Sie vereinbarten, dass sie in einem Monat kommen würden. Und dass sie Tim benachrichtigen und bitten sollten, ebenfalls zu kommen, sodass zum ersten Mal seit einer halben Ewigkeit wieder die ganze Familie vereint sein würde. Als Teresa auflegte, war ihr leicht schwindlig und flau im Magen gewesen, wie immer bei der Aussicht auf einen Besuch ihrer Eltern.

Jetzt lag sie wach im Bett und überlegte, was sie ihnen zum Essen vorsetzen sollte, wenn sie kamen. Sie waren Fleisch-und-Kartoffel-Esser, Bruce, die Kinder und sie Vegetarier. Das führte immer zu Reibereien, obwohl ihre Eltern, wenn sie zu Besuch waren, jeden Abend selbst ein Fleischgericht für sich zubereiteten, Rind, Huhn und Schwein.

Bruce drehte sich auf seine Seite und ließ einen leisen Seufzer vernehmen.

»Bist du wach?«, fragte sie und setzte sich auf.

Er antwortete nicht, und sie blieb schweigend sitzen, betrachtete ihn und fragte sich, ob sie wohl die Energie aufbrachte, aus dem Bett zu steigen und sich etwas zu trinken zu holen. Sie blickte auf das Gemälde mit den Bäumen, das am Fußende des Betts hing. Sie hatte es selbst gemalt. Drei Bäume, Winterbäume, ohne ein einziges Blatt. Kahl und schwarz und so groß wie Jungen, dunkel vor der verschneiten Landschaft. Ein Baum stellte die Liebe dar, ein anderer die Wahrheit und der dritte Vertrauen. Sie wusste nicht mehr, welcher wofür stand, doch beim Malen der Bäume hatte sie sich die größte Mühe gegeben und alles genau durchdacht. In welche Richtung die Äste weisen und wie dick die Stämme sein sollten, und kleine Unregelmäßigkeiten im Schnee sollten sogar zeigen, wo sich ein Tier gekratzt oder die Rinde angenagt haben könnte. Sie starrte das Bild im Dunkeln so lange an, bis sie seltsame Dinge darin zu sehen begann: schemenhafte, mürrische Gesichter, einen hohen schmalen Stiefel, den Rücken eines Mannes, der einen Leuchter mit einer Kerze trug.

»Ich kann nicht schlafen«, sagte sie laut zu Bruce.

Er atmete scharf ein, tastete nach ihrer Hand und hielt sie unter der Decke fest.

»Ich hatte einen Traum, dann bin ich aufgewacht und habe darüber nachgedacht, und jetzt kann ich nicht mehr einschlafen«, sagte sie, legte sich wieder hin und schmiegte sich an ihn. »Ich habe von einer braunen Pampe geträumt, die an mir klebt. Und dann habe ich von einer Frau geträumt, für die ich mal gearbeitet habe – Mrs Turnlington. Ich habe für sie geputzt. Nicht im Traum, sondern im wirklichen Leben. Ich war damals noch Teenager. Ich ging immer nach der Schule zu ihr. Sie hatte einen Gong, der angeblich mal einem Kaiser gehört hatte – einem Kaiser in Japan. Ich musste ihn jeden Tag mit einem Staubwedel abstauben. Und davon habe ich geträumt – wie ich diesen Gong abstaube.«

Sie verstummte und überlegte, ob sie ihm den Traum von der Katze mitten auf der Autobahn erzählen sollte.

»Irgendwann hat sie mich gefeuert. Warum, weiß ich nicht mehr. Aber ich wollte sowieso wegziehen. Ich habe geheiratet.« Sie lag da und starrte an die Decke. »Sie hat mir einen Keramikgockel geschenkt, mit abnehmbarem Kopf und einer Lotion drin.«

»Zur Entlassung?«

»Zur Hochzeit.«

Er tätschelte ihr Bein. »Lass uns schlafen. Du brauchst Ruhe. Morgen ist ein wichtiger Tag.«

Sie schloss die Augen und öffnete sie dann wieder, wütend wegen des Gockels. »Es ist lächerlich, wenn ich jetzt darüber nachdenke. Warum feuert sie mich und schenkt mir dann einen Gockel?« Ihre Stimme zitterte, und dann setzte sie sich auf und weinte.

Er wollte ihr den Rücken tätscheln, doch sie schüttelte seine Hand ab. Sie ging zur Kommode, rupfte mehrere Papiertücher aus der Schachtel und schnäuzte sich. Sie hatte einen dicken Kopf, weil sie das ganze Wochenende geredet, geweint und Trost gespendet hatte.

»Tut mir leid«, sagte sie. »Alles okay. Mir gehen im Moment nur alle möglichen Dinge durch den Kopf.«

»Das ist Schnee von gestern«, sagte Bruce, hellwach jetzt. »Darüber solltest du jetzt nicht nachdenken.«

»Ich denke nicht darüber nach«, sagte sie.

»Du hast davon geträumt.«

»Ich weiß.« Sie kauerte sich nieder und tastete im Dunkeln nach den Socken, die sie ausgezogen hatte, bevor sie ins Bett ging. »Schlaf weiter«, sagte sie, setzte sich auf die gepolsterte Bank an der Wand und zog die Socken an.

»Ich kann nicht schlafen, wenn du nicht schlafen kannst.«

»Klar kannst du.« Durchs Fenster sah sie, dass Lady Mae und Beau dicht nebeneinander vor ihrer Stalltür standen und sich gegenseitig wärmten.

Als Bruce zu schnarchen begann, schlüpfte sie leise aus dem Zimmer. Das Haus war dunkel, aber es kam ihr lebendig vor, wie immer, wenn kein Licht brannte und sie als Einzige wach war. Claire und Joshua schliefen oben. Morgen früh würde Claire nach Minneapolis zurückfahren. Teresa spürte, dass Claires Abfahrt eine neuen Abschnitt in ihrem Leben markieren würde: den Abschnitt, in dem sie Krebs hatte. Im Moment spürte sie fast nichts – der Krebs konnte nicht real sein, weil ihr Körper nicht real war. Sie fühlte sich wie betäubt, wie ausgestopft und benommen, gewichtslos und doch schwer. Als wären ihre Adern mit nassen Federn gefüllt. So fühlte sie sich schon das ganze Wochenende, benebelt und tieftraurig. Trotzdem hatte sie Joshua, Claire und Bruce glauben zu machen versucht, dass es ihr gut gehe.

Spy und Tanner hoben die Köpfe vom Sofa und wedelten mit den Schwänzen, als sie durchs Wohnzimmer ins Badezimmer ging. Dort angekommen, schloss sie die Tür hinter sich, knipste das Licht an und betrachtete sich – ein Wrack – im Spiegel. Ihre Augen waren geschwollen, ihre Haut faltig und bleich, ihre Wangen mit Pickelchen übersät. Sie drehte das kalte Wasser auf und ließ es laufen, bis es eiskalt wurde. Sie schaltete den kleinen Heizofen ein. Sie hielt einen Waschlappen unter das laufende Wasser, wrang ihn aus und drückte ihn auf ihre Augen, dann legte sie sich auf den kleinen Teppich, den sie selbst gehäkelt hatte, und breitete sich den Waschlappen über die Augen. Es hatte eine Zeit gegeben, in der sie das öfter machte, damals, als Karl sie verprügelte. Daran erinnerte sie sich jetzt, mit der Genauigkeit, mit der sich ein Körper erinnert. An Karl selbst erinnerte sie sich kaum noch. In der Erinnerung kam ihr das Leben mit ihm wie ein Theaterstück vor, das sie vor Jahren gesehen hatte. Als er sie das erste Mal schlug, waren sie gerade mal drei Tage verheiratet gewesen. Es sollte nie wieder vorkommen. Doch es kam wieder vor. Ihre Nase, ihr Schlüsselbein, ein Zahn. Er hatte seine guten Tage, und er hatte seine schlechten Tage. Wie sie auch. Und ihre Ehe. Sie musste an Claire und Joshua denken. Karl hatte ihnen nie wehgetan, jedenfalls nicht direkt. Einmal zog sich Joshua eine Schnittwunde am Fuß zu, als er in den scharfen Plastiksplitter eines Radios trat, das Karl an die Wand geworfen hatte. Und Claire musste an der Lippe genäht werden, als bei einer ihrer handgreiflichen Auseinandersetzungen ihr Hochstuhl umgestoßen wurde. Aber sie hatten keine Erinnerung an diese Vorfälle. Jahre später hatte Claire einmal gefragt: »Wo hab ich mir das geholt?« Sie stülpte die Unterlippe vor und untersuchte die Narbe innen auf dem weichen Fleisch.

»In der Badewanne«, log Teresa. »Du bist ausgerutscht, als du noch ein Baby warst.«

An andere Dinge hingegen erinnerten sie sich – daran konnte Teresa nichts ändern. Sie wussten noch, wie Karl sie einmal fast erwürgte und wie sie mitten in der Nacht barfuß zu den Nachbarn rannten, um sie zu wecken. Sie wussten noch, wie sie mit ihnen nachts, während sie schliefen, im Auto herumfuhr und wie sich Claire im Wagen für die Schule anziehen musste. Sie erinnerten sich an das, was sich nicht unter Kleidung verbergen ließ: Platzwunden, blaue Flecken und Beulen. Doch sie kam von ihm los, und nur das zählte am Ende. In ihrer Beziehung mit Bruce gab sie ihnen jetzt ein gutes Beispiel. Sie würden wissen, was ein guter Mann war, was Liebe war, was sie nicht hinnehmen durften.

Aber Karl hatte Spuren hinterlassen. In ihrem ersten Studienjahr hatte Claire in einem Seminar über Frauenstudien eine Arbeit über ihn geschrieben. *Meine Mutter war Opfer häuslicher Gewalt, mein Vater ein prügelnder Ehemann. Was macht das aus mir? Eine Überlebende,* so lauteten die ersten Zeilen. Teresa drehte sich der Magen um, als sie das las, und sie hatte ein komisches Gefühl im Mund, als fülle er sich plötzlich mit Blut, als werde eine Lüge über sie verbreitet, als hätte sie bis zu diesem Augenblick die Wahrheit nicht gesehen.

»Was ist das?«, fragte sie.

»Das geht dich nichts an.« Claire entwand ihr das Blatt und zerriss es. Teresa hatte es nichts ahnend von einem Haufen loser Papiere und Bücher auf Claires Bett genommen.

»Ich finde, das geht mich sehr wohl etwas an«, sagte sie, bemüht, versöhnlich und mütterlich zu klingen, souverän und doch freundlich, obwohl sie betroffen war. »Liebes, du solltest nicht auf solchen Dingen herumreiten.« Sie setzte sich aufs Bett, auf den Quilt, den sie Claire zum dreizehnten Geburtstag gemacht hatte, aus Stoffresten von Kleidern, die sie ihre Kindheit hindurch getragen hatte. Sie betrachtete die Decke fast befangen und strich mit der Hand über eine Armee tanzender Vitamine, die einmal Claires Lieblingshose geschmückt hatte. »Alles in allem hattest du doch eine sehr glückliche Kindheit, findest du nicht?«

Nein, fand sie nicht. Sie band sich die Haare zu einem Pferdeschwanz zusammen und entgegnete, sie habe, wie sie finde, eine »durchwachsene« Kindheit gehabt.

»Durchwachsen?«, fragte Teresa. Gedanken schossen ihr durch den Kopf, eine ganze Reihe von Dingen, von denen die meisten den Wunsch zum Gegenstand hatten, Claire im Haus einzusperren, bis sie zugab, dass ihre Kindheit nicht »durchwachsen« gewesen sei.

»Na ja … ich wusste immer, dass du mich liebst«, räumte sie ein und fügte hinzu: »Aber das mit Dad war hart. Ständig musste ich mir Sorgen um dich machen und fühlte mich verantwortlich. Ich war total parentifiziert, und das schon mit sechs.«

»Parentifiziert?«

Sie nickte. »Das ist, wenn ein Kind, das noch ein Kind ist, nicht ganz Kind sein kann, weil es Aufgaben übernehmen muss, die es eigentlich nicht übernehmen dürfte. In Einelternfamilien kommt das sehr häufig vor – wenn das Kind auf kleinere Geschwister aufpassen, kochen und solche Sachen machen muss.« Sie sah ihre Mutter lieb an. »Ich mach dir deswegen keinen besonderen Vorwurf.«

Teresa saß völlig reglos da. Manchmal hasste sie Claire.

»Ich dachte, du hättest gern gekocht«, sagte sie mit schriller Stimme.

Die Jahre mit Karl waren schwierig gewesen, das wollte sie Claire zugestehen. Zeitweise war ihr Leben ein Albtraum. Sie konnte nicht behaupten, dass sie ihn nach der ersten Schwärmerei an der Highschool jemals wirklich geliebt hatte, aber sie hatten eine Familie gegründet, waren in gewisser Weise Kameraden gewesen. Es hatte Zeiten gegeben, in denen sie versuchten, glücklich zu sein. Sie hatten zusammen Kinder, mieteten zusammen Wohnungen, aßen zusammen zu Abend, gingen in Parks, schliefen miteinander. Und das, obwohl Karl ein Wahnsinniger war. Als sie ihn endgültig verließ, glaubte sie, er würde sie oder sich selbst umbringen. Er tat keines von beiden, allerdings verlief die Trennung dramatisch. Er brach in ihre neue Wohnung am anderen Ende der Stadt ein und durchstöberte sie. Er versuchte, die Kinder zu entführen. Er war überzeugt, dass Teresa mit einem Trauerkloß namens Ray schlief, der in dem Restaurant, in dem sie als Bedienung arbeitete, kochte. Einmal, an Rays freiem Tag, suchte Karl ihn zu Hause auf und schlug ihn zusammen, dann fuhr er ins Restaurant und zerrte Teresa an den Haaren auf den Parkplatz hinaus. Er schlug sie vor den Augen der Gäste, die von weitem zusahen und empört protestierten.

Natürlich hatte sie nicht mit Ray geschlafen. Sex war das Letzte, woran sie zu der Zeit dachte. Sie wollte sich nie wieder mit einem Mann einlassen. Sie wollte Single bleiben und enthaltsam leben. Aber ihr war klar, dass Karl sie nie in Ruhe lassen würde, und so überlegte sie, wo sie hingehen könnte. Eine Freundin hatte eine Cousine in Minnesota, die in einer Stadt namens Midden, irgendwo in den Wäldern ein paar Autostunden westlich von Duluth, gerade ihre Stelle aufgab. Teresa führte ein paar Telefonate, und eine Woche später saßen sie und die Kinder in einem Bus, mit einem Koffer und einem Kissen für jeden.

Sie waren mehrere Tage unterwegs, lernten Leute kennen. Gute Menschen, die ihr aus ihrem Leben erzählten und mit den Kindern halfen. Muffelnde alte Männer und ungeheuer fette Frauen, die Claire und Joshua erlaubten, sich auszustrecken und auf ihrem Schoß zu schlafen, und ihnen, wenn sie aufwachten, Leckereien wie Lakritze, Erdnüsse und Juicy-Fruit-Kaugummis gaben. Teresa kam sich auf dieser Fahrt mehr wie ihre große Schwester als ihre Mutter vor – eigentlich während dieser ganzen Zeit –, so sehr schüchterte es sie ein, ganz allein draußen in der Welt zu sein. Sie wurde reisekrank und musste sich in eine Plastiktüte erbrechen, die Trockenfleisch enthalten hatte. Sie starrte aus dem Fenster, sah Ohio vorüberziehen, dann Indiana, Chicago und Madison, sann über Minnesota nach, das ihr wie ein riesiger, dunkler, lautlos wartender Eisberg vorkam, der ein Schiff aufschlitzen konnte. Das war alles, was sie wusste. Wie kalt es in Minnesota sein würde.

Doch als sie ankamen, war es August und heiß. Sie zog ihren Pullover aus, den sie wegen der Klimaanlage im Bus getragen hatte. Sie wurden auf einem Schotterparkplatz vor einer Bar namens Len's Lookout abgesetzt, rund eine Meile außerhalb der Stadt. Sie stand neben ihren Koffern und sah sich um. Eben noch waren sie durch die Stadt – Midden – gefahren. Sie war kleiner, als sie sich vorgestellt hatte. Auf dem Schild am Highway hatte *408 Einwohner* gestanden, und sie hatte gedacht, was sie immer dachte, wenn sie solche absurden Zahlen las: *Wer waren die acht?* Die Stadt bestand aus einer Backsteinschule, Wohnhäusern, mehreren Geschäften in Flachbauten und einem Wasserturm, der mit einem riesigen *M* bemalt war und alles andere überragte, hauptsächlich aber, so schien es, aus Bäumen und Wiesen, die sie von allen Seiten umschlossen, als rücke ihr die Wildnis immer näher, als wäre die Stadt zuerst da gewesen und nicht umgekehrt. Len's Lookout selbst lag in der Wildnis, das einzige Haus, das hier zu sehen war.

Joshua und Claire rannten zwischen ihr und dem Eingang der Bar hin und her. Sie fragten, ob sie hineingehen und sich eine Limo kaufen dürften. Sie beschirmte mit der Hand die Augen, um sie vor der gleißenden Sonne zu schützen, und betrachtete das Lokal. Die Vorderfenster waren mit Plakaten und Annoncen zugeklebt, die für Feste zum Tag der Arbeit warben, für den Lion's Club Corn Feed, für eine Veranstaltung des Veteranenverbands VFW, für die Dienste eines Steuerberaters und eines Hufpflegers. Darüber hing eine Neonreklame für Bier.

Sie ging, die Koffer hinter sich herziehend, zur Tür. Der Mann, der sie begrüßte, stellte sich als Leonard vor, und die Art, wie er dastand, verriet ihr, dass er sie beobachtet hatte, seit sie aus dem Bus gestiegen waren. Ihm und seiner Frau Mardell gehörte das Lokal. Und davor hatte es seinen Eltern gehört. Es war nach seinem Vater, dem ursprünglichen Leonard, benannt. Er gab jedem einen Shirley Temple, wofür er von Teresa kein Geld annehmen wollte. Außerdem spendierte er den Kindern eine Schale Erdnüsse und bot auch Teresa eine an, die sie jedoch ablehnte. Sie fragte, ob sie bei ihm eine Zeitung kaufen könne.

»Eine Zeitung?«

»Ja, eine Zeitung«, sagte sie und nippte an ihrem Getränk.

Er lachte. »Es gibt die *Coltrap Times*. Die erscheint jeden Mittwoch, aber meistens muss man bei uns nur fragen, wenn man was will, denn bis es in der Zeitung steht, ist längst Gras drüber gewachsen.«

Sie erzählte ihm, dass sie einen Job in der Rest-A-While-Villa habe und eine Wohnung suche. Darauf sah er sie, auf die Holztheke gelehnt, lange an, so lange, dass sie schon dachte, er wolle jetzt nichts mehr sagen.

»Ich würde Ihnen gern etwas zeigen«, sagte er schließlich, als sie schon gehen wollte. »Und Sie sagen mir dann, was Sie davon halten.«

Sie folgten ihm hinter die Theke, durch eine kleine Küche, vorbei an überraschend großen Kochutensilien, dann durch die Hintertür ins Freie und eine Außentreppe hinauf, die in eine Wohnung führte. Überall stapelten sich leere Kartons. Neben der Tür stand ein riesiger Mixer, der kaputt aussah. Die Wohnung bestand nur aus einem einzigen großen Zimmer und einer Kochnische mit einem kleinen Kühlschrank, einem Herd und einem dahinterliegenden Wandschrank, der größer war als die Nische. Teresa ging nachdenklich herum, klatschte eine Stechmücke tot, die auf ihrer nackten Schulter gelandet war. Joshua fuhr mit dem Finger über das Messer des Mixers.

»Nicht anfassen«, schalt sie ihn und hätte ihm beinahe auf die Finger gehauen, wie sie es früher getan hatte, als er und Claire noch kleiner waren, bis sie irgendwann las, dass Schlagen selbst in seiner harmlosesten Form Kindern den Eindruck vermittele, dass Gewalt ein Mittel der Konfliktlösung sei. Es gab Kleinigkeiten wie diese, die sie inzwischen bereute und anders machte. So hatte sie Claire und Joshua jahrelang hauptsächlich Dosensuppe, Fertignudelgerichte und Unmengen eines bestimmten Streichkäses vorgesetzt, der gar nicht mehr hergestellt wurde.

»Wo ist denn ...«

»Das Bad ist draußen«, sagte Leonard und deutete aus dem Fenster zu einem Schuppen im Garten.

»Das ist das Badehaus. Es hat eine Dusche, eine Toilette und eine Sauna. Mardell und ich heizen die Sauna etwa einmal die Woche auf, und dann kommen auch andere Leute. Sie können sich uns jederzeit anschließen. Sie können sie aber auch selber einheizen, wann immer Sie wollen. Unser Sohn Jay versorgt uns mit Holz.«

Das Badehaus war aus Holz und weiß gestrichen und hatte ein Schindeldach in der Farbe reifer Pfirsiche. Dahinter endete die Zivilisation und wich einem dichten Wald, der zu einem Fluss hin abfiel, den sie hinter den Bäumen glitzern sah.

»Das ist der Mississippi«, erklärte Leonard, als hätte er ihre Gedanken gelesen.

Ohne zu fragen, rannten Claire und Joshua zur Tür hinaus und die Treppe hinunter zum Badehaus.

»Ich kann sie ihnen für zweihundert im Monat geben, alles inbegriffen«, sagte Leonard. »Sie können zu Fuß zur Arbeit gehen, wenn es nicht zu kalt ist – es ist nur eine Meile –, und wenn Sie ein Bett brauchen, Mardell und ich haben eine Couch zum Ausziehen. Die können wir Ihnen leihen.«

»Perfekt«, sagte sie.

Auf der Post trafen Pakete ein, die sie sich selbst aus Pennsylvania geschickt hatte. Decken, Kochgeschirr, Essbesteck und ihre guten Messer. Nachmittags, wenn die Sonne hereinschien, war die Wohnung reizend, und morgens roch sie nach den Kuchen und Torten, die Mardell in der Küche unten backte. In der Bar wurde es nie zu laut, und die Musik aus der Musikbox, die durch die Decke drang, genoss Teresa sogar.

Alle waren neugierig zu erfahren, wer sie waren und was sie hierher verschlagen hatte. Wie es schien, war seit achtzig Jahren niemand mehr nach Midden gezogen, und vor achtzig Jahren waren alle gekommen, die keine Ojibwe waren. Die meisten waren aus Finnland eingewandert, ein paar aus Schweden, der Rest aus Dänemark oder Norwegen. Während Teresa in der Rest-A-While Villa die Fußböden wischte, Töpfe scheuerte oder in die Zimmer der Bewohner ging und Bettpfannen austauschte, bekam sie Geschichten von Ereignissen zu hören – Schneestürmen und Feuersbrünsten, Hochzeiten, Todesfällen und Geburten –, die viele, viele Jahre zurücklagen. Die Bewohner waren hauptsächlich Frauen mit Vornamen wie Tyme oder Hulda und Nachnamen, die Teresa nicht aussprechen konnte, wenn sie sie las. Die Frauen hatten Dutzende von Fotografien an die Wände über ihren Betten geklebt. Fotos von Kindern, Enkeln und Urenkeln. Mit Bedauern nahmen sie zur Kenntnis, dass Teresa keinen Tropfen finnisches Blut in den Adern hatte, trösteten sich aber damit, dass der Vater ihrer Kinder wenigstens Schwede war. Das war besser als nichts. Für eine Irin sei sie sehr nett, sagten sie zu ihr, dabei hatte sie, bis sie danach gefragt wurde, nie einen Gedanken an ihre irischen Wurzeln verschwendet.

Der Winter kam, und sie vergaß ihren Vorsatz, nie wieder Sex zu haben. Sie lernte einen Mann namens Larry kennen, der nicht in Midden lebte, aber mehrmals in der Woche die Rest-A-While Villa belieferte. Sie liebten sich in seinem Lieferwagen. Sie liebten sich in dem Bett über dem Lookout, wenn Claire und Joshua in der Schule waren. Sie liebten sich auf einer Decke an dem Fluss, der in dem Wald ein paar Meter hinter der Bar vorbeifloss. Eines Tages sagte Larry, er sei nicht begeistert von der Vorstellung, dass sie Kinder habe.

»Vorstellung?«, erwiderte sie, lachte kühl und zog die Bluse wieder an. »Sie sind ein bisschen mehr als eine *Vorstellung*, Larry.«

Sie gerieten in Streit, und er entschuldigte sich und behauptete, dass er sie in Wirklichkeit ganz toll finde. Zum Beweis kaufte er ihnen einen lila Plüschgorilla. Der Gorilla war so groß wie ein Stuhl. Neben der Couch war er die einzige Sitzgelegenheit in der Wohnung, und Claire und Joshua zankten sich immer darum, wer auf seinem Schoß sitzen durfte. Sie nannten ihn Little Larry und hatten ihn jahrelang – noch lange nachdem der richtige Larry verschwunden war –, bis eines Tages dort, wo sein großes Bein am Schritt anlag, weiße Kügelchen herausquollen. Da warf Teresa ihn weg.

Nach Larry ging Teresa mit einem Mann namens Killer, fragte ihn aber nie, wie er zu diesem Namen gekommen war. *Killer* war in Schreibschrift auf seinen Arm tätowiert. Er war ein gut aussehender schmuddliger Typ mit einem unglaublich schlanken, sehnigen Körper. Er mochte ihren Thunfischauflauf. Er mochte ihn so sehr, dass sie ihn nicht mehr Thunfischauflauf, sondern Killer-Auflauf nannten. Er war gut im Bett, der erste Mann, der sie wirklich zum Orgasmus brachte. Auch ihn führte sie zum Fluss, auf einem Pfad, der hinter der Bar begann und von Joshua und Claire tagsüber ausgetreten worden war. Sie tat es nachts, wenn die Kinder schliefen. Sie hatte leichte Gewissensbisse, weil sie sie in der Wohnung allein ließ, genoss aber auch das Gefühl der Freiheit. Sie ließ immer das Licht brennen und konnte es durch die Bäume sehen, wenn sie auf den großen Felsblock kletterte, der am Flussufer lag. Der Anblick des Lichts beruhigte sie und gab ihr das Gefühl, dass die Kinder behütet waren. Killer saß neben ihr auf dem Felsblock. Sie rauchten einen Joint, bumsten, rauchten noch einen Joint, und sie fragte sich, ob das jetzt vielleicht ihr Leben war, ob er vielleicht ihr Mann war, obwohl ihr bei nüchterner Betrachtung völlig klar war, dass das nicht stimmte. Er trank zu viel, rauchte zu viel Gras. Er war Biker und kaufte ihr zum Geburtstag ein geschnürtes Ledertop, das sie tragen sollte, wenn sie hinten auf seinem Motorrad mitfuhr.

Danach hatte sie lange Zeit niemanden, bis sie Bruce kennenlernte.

Bruce Gunther, Bruce Gunther, Bruce Gunther. Allein sein Name war wie Balsam für sie. Sie war siebenundzwanzig, wie er auch. Er war ihr im Waschsalon aufgefallen, wo er eine Dose Coke trank. Sie sah ihn in der Rest-A-While Villa wieder, wo er seine Tante Jenny besuchte. »Hallo«, grüßte er. »Hallo«, grüßte sie zurück. Er hatte so freundliche blassblaue Augen und feine blonde Haare wie eine Puppe. Er reparierte den Türgriff ihres Wagens, sodass sie die Tür nicht mehr mit einem Schraubenzieher aufhebeln musste. Er war Zimmermann, ein Einzelkind, und ein Jahr bevor sie sich kennenlernten, hatte er sich von einer Frau namens Suzie Keillor getrennt, die in der Schule arbeitete. Teresa brachte ihn nicht mit den Kindern zusammen, ging in der Nacht nicht mit ihm an den Fluss. Sie war wieder vorsichtiger geworden, misstrauisch gegen Männer, wollte keine falschen Hoffnungen nähren, deshalb hielten sie die Beziehung geheim, bis sie wirklich verliebt waren. Schließlich lud sie ihn zum Abendessen ein, damit er Claire und Joshua kennenlernte, bat ihn aber vorher, so zu tun, als wären sie nur gute Bekannte, und sie nicht anzufassen. Als er in seinem Pick-up vorfuhr, rannten die Kinder die Treppe hinunter und begrüßten ihn. Sie blieb auf dem Treppenabsatz stehen und sah von oben zu.

Er spielte sofort mit ihnen ein Spiel und brachte ihnen ein Lied bei. Während sie fertig kochte, hörte sie durchs offene Fenster, wie die Kinder vor Vergnügen quietschten. Er jagte sie auf dem von ihnen ausgetretenen Pfad um das Badehaus herum und kam erst zu ihr nach oben, als sie zum Essen rief. Sie setzten sich alle vier auf die Couch, während Little Larry ihnen gegenüber an der beigefarbenen Wand lehnte. Die Kinder bekamen kaum einen Bissen herunter, so vernarrt waren sie in Bruce.

Hinterher, als er aufstand, um zu gehen, schien das Zimmer mit ihm darin zu schrumpfen. Er verabschiedete sich mit einem besonderen Handschlag, den sie sich draußen ausgedacht hatten. Er drückte zuerst Claire die Hand, dann Joshua, und als er ihre drücken wollte, nahm sie ihn in die Arme und küsste ihn.

Die Kinder hopsten und kicherten, kicherten und hopsten.

»Bye«, rief sie überglücklich, als er die Treppe hinabstieg.

Na also, hatte sie gedacht.

Sie erwachte mit dem nassen Waschlappen auf dem Gesicht. Von dem Heizgerät, das über ihr surrte, war es im Badezimmer so heiß wie in der Sauna. Sie begriff, dass es geklopft hatte und dass sie davon aufgewacht war. Sie setzte sich auf und blickte zu der geschlossenen Tür.

»Teresa?«, fragte Bruce von der anderen Seite.

Auf dem Teppich sitzend, den Morgenrock unter ihr ausgebreitet und nur mit Socken und BH bekleidet, beugte sie sich mühsam hinüber und öffnete die Tür. »Ich bin eingeschlafen«, sagte sie, als er eintrat und ins Licht blinzelte. »Wie spät ist es?«

»Kurz nach vier.«

»Wieso schläfst du nicht?«, fragte sie und stand auf.

»Tu ich doch. Ich muss nur pinkeln.«

Sie untersuchte ihr Gesicht im Spiegel, während er urinierte. »Ich glaube, ich werde ein Bad nehmen«, sagte sie. Sie zog den BH aus und spürte dort, wo das Gewicht ihrer Brust gegen die Stiche drückte, ein Ziehen. Sie zog an dem Pflaster, mit dem die Mullbinde über die Biopsie-Einstiche geklebt war. »Das kann jetzt ab.«

»Warte«, sagte Bruce und trat vor sie hin. »Lass mich.« Er löste das Pflaster sanfter, als sie es getan hatte, schälte es Stück für Stück ab und entfernte dann die Mullbinde. Sie hatte von dem elastischen BH-Träger rosa Streifen auf der Haut, und andere, fieser aussehende Flecken, wo das Pflaster geklebt hatte. Die Luft legte sich kühl und feucht auf die entblößte Hautpartie. In der Mitte, wo die Einstiche saßen, hatte sich ein kleiner Bluterguss gebildet, und nach außen hin färbte sich die Haut gelb. Teresa stieg in die Wanne und drehte das Wasser auf, ohne den Stöpsel in den Abfluss zu stecken. Sie befeuchtete den Waschlappen und tupfte damit die Einstiche ab, dann drehte sie den Hahn wieder zu und lehnte sich an die Rückwand der leeren Wanne. Bruce setzte sich neben sie auf den Fußboden, streichelte ihr den Arm und massierte ihr die Muskeln.

»Würdest du bitte damit aufhören«, fuhr sie ihn an. »Ich kann dieses Geknete nicht ertragen. Ich will nicht geknetet werden, okay? Scheiße, als wärst du plötzlich mein Masseur.«

Er ließ sie los. Er trug Boxershorts und sonst nichts. Der Schlitz vorn klaffte auf, dahinter lag sein Penis schlaff in einem Nest aus Haaren. Sie sah von ihm weg zum anderen Ende der Wanne, wo sie links und rechts vom Wasserhahn die Füße abgestützt hatte. »Ich möchte, dass alles so bleibt wie bisher. Ich brauche es, dass du so zu mir bist wie immer.«

Sie drehte sich wieder zu ihm hin. Er hatte sie die ganze Zeit angesehen, hatte kein Auge von ihr abgewendet, und jetzt erwiderte sie seinen Blick in der gleichen Absicht. Sie würde nicht wegsehen. Er würde nicht wegsehen. Sie waren Kinder, die im Spiel erprobten, wer den stärkeren Willen besaß, und dann wurden sie zu Feinden. Er machte sie wütend und dann wahnsinnig vor Liebe. Ihre Blicke taten es, sagten es, wanderten vom einen zum anderen wie ein Staffelstab, der weitergereicht wurde.

Er beugte sich über den Rand der Wanne und drückte seine Zunge auf die Einstiche an ihrer Brust. Ein Schmerz schoss bis hinauf in ihr Schlüsselbein und dann durch die Kanäle ihres Körpers nach unten, überallhin, wuchs gewaltig, füllte sie ganz aus und blieb doch auch klein, als wäre ihr ganzes Wesen auf Bruce' Mund konzentriert. Seine Zunge war wie eine Klinge oder Flamme, die sie öffnete.

Sie zog ihn in die Wanne, umschlang ihn mit den Beinen, stöhnte sanft an seiner Brust, und dann verlagerte sie ihr Gewicht, und er drang in sie ein, und sie wiegte sich ihm entgegen. Ihr Kopf schlug rhythmisch gegen den Rand der Wanne, und so stemmte sie sich auf die Ellbogen, und in dieser Stellung machten sie weiter, bis seine Knie es nicht mehr aushielten. Lachend kletterten sie aus der Wanne, taumelten auf den Teppich und liebten sich weiter. Hart und sanft, langsam und schnell. Nicht so, als hätte sie Krebs. Nicht anders als in den letzten zwölf Jahren. Wollust überkam sie, dann Ekstase.

Draußen im Wohnzimmer hoben die Hunde die Köpfe. Oben wachten Claire und Joshua kurz auf und wälzten sich in ihren Betten, ehe sie wieder einschliefen. Shadow sprang auf die Rückenlehne der Couch und spähte durchs Fenster zu den Hirschen, die jede Nacht zur Salzlecke kamen, fuhr dann herum und lauschte, als die Uhr fünfmal »Kuckuck« rief.

Teresa und Bruce schliefen inzwischen eng umschlungen auf dem Badezimmerteppich. Das Deckenlicht brannte noch, weil sie beide zu erschöpft gewesen waren, um nach oben zu fassen und es auszuschalten. So hell es war, sie schienen nicht bemerkt zu haben, wie gnadenlos es auf sie niederbrannte.

6

Wie sieht meine Zukunft aus? Was will ich beruflich machen? Was erwarte ich von einem Ehepartner? Wünsche ich mir Kinder? Wie kann ich die Anforderungen von Beruf und Familie miteinander vereinbaren? Joshua starrte auf die Fragen an der Tafel und ließ Lisa Boudreaux – seine sogenannte Ehefrau – die ganze Arbeit machen. Sie schrieb die Fragen in ihr Heft, dann nahm sie Joshuas Heft und schrieb sie ein zweites Mal ab. Nun sollten sie wie alle anderen »Ehepaare« im Raum ihre Tische aneinanderrücken, diese Fragen besprechen und Kompromisse schließen wie richtige Paare.

»Was ist, wenn der eine Farmer und der andere Broadway-Star werden will?«, hatte sie Mr Bradley gefragt, gelächelt und ein verwirrtes Gesicht aufgesetzt. »Was ist, wenn der eine Schnee hasst und der andere gern Hundeschlitten fährt? Was, wenn Cindy gern Partys feiert und Jimmy lieber Brot backt?« Er ging auf und ab, blieb dann plötzlich stehen und blickte mit der gespannten Miene eines Talkmasters in die Runde. Seine eigene Frau – seine richtige Frau – war ebenfalls Lehrerin an der Schule und unterrichtete Mathematik. Er legte sein Kreidestück auf die Metallablage, die unten an der Tafel entlanglief, und wandte sich wieder der Klasse zu. »Meine Damen und Herrn, willkommen bei ›Leben, Liebe und Arbeit‹.«

Joshua starrte auf seinen Unterarm. Er hatte mit einem blauen Kuli ein kompliziertes Spinnennetz darauf gezeichnet. Sie hatten gerade die Unterrichtseinheit »Leben und persönliche Wertvorstellungen« abgeschlossen. Und wenn sie mit »Leben, Liebe und Arbeit« fertig waren, würden sie mit »Leben und Geld« weitermachen, einer Art Licht-am-Ende-des-Tunnels-Projekt, bei dem jeder imaginäre fünftausend Dollar erhielt und an der Börse anlegen sollte. Der Kurs selbst trug den schlichten Namen »Leben«. Jeder musste ihn im zweiten Semester der Abschlussklasse belegen, um das Abschlusszeugnis der Midden High School zu bekommen, sogar die Kinder im sonderpädagogischen Zweig.

»Was willst du mal werden?«, fragte Lisa, sobald sie ihre Tische umgestellt hatten. Ihr Stift hatte am oberen Ende eine Art rosa Federbausch, mit dem sie sich nachdenklich über die blasse Wange strich.

»Astronaut«, antwortete er nach einiger Bedenkzeit.

Lisa schrieb es in ihr Heft. »Ich will auch Astronautin werden. Wir werden eine Menge Geld verdienen.« Sie nahm Joshuas Heft und schrieb *Wir werden beide Astronauten!* hinein.

»Wir könnten zusammen dieselben Flüge machen oder so.« Sie legte den flauschigen Stift weg, nahm ein Kirsch-Ricola aus ihrer Tasche, behielt es aber zwischen den Fingern und lutschte daran. Sie sahen sich beide im Klassenzimmer um. Joshua wusste, dass er Glück gehabt hatte. Wenigstens waren sie auf demselben Level, was ihren Status an der Schule anging. Nicht übermäßig beliebt, aber auch nicht unbeliebt. Viele Paare hatten nicht so viel Glück gehabt. Leute aus der Theatergruppe und dem Knowledge-Bowl-Team waren mit Schwergewichten wie Jordan Parker oder Jessica Miller verheiratet worden, die jetzt wie versteinert dasaßen. Und wegen Mädchenmangels hatten Tom Halverson und Jason Kooda eine Zwangsehe eingehen müssen.

»Wie viele Kinder sollen wir kriegen?«

»Sechs.«

»Nein«, widersprach Lisa und wippte mit dem Stuhl. »So etwa zehn.« Und dann notierte sie *zehn* und unterstrich es zweimal.

Er lächelte sie an. Im Grunde war sie ein cooles, süßes, attraktives Mädchen. Nicht perfekt, aber attraktiv. Ihr Körper war eine einzige lange Nudel, groß, dünn und flach, und alle Klamotten, die sie trug, betonten das. Dass sie jetzt seine Frau war, war gar nicht so abwegig. In der siebten Klasse waren sie nämlich zwei Wochen lang miteinander gegangen, seine längste Beziehung, bis er letztes Jahr sechs Monate mit Tammy Horner zusammen gewesen war. Er und Lisa hatten sich getrennt, weil ihr alles zu schnell gegangen war bei den Knutschereien nach der Schule und vor dem Leichtathletiktraining hinten im dunklen Musikprobenraum, wo alle zum Fummeln hingingen und wo Tammy Horner und Brian Hill vor ein paar Monaten angeblich *das volle Programm durchgezogen* hatten. Brian Hill war in seinen Augen ein Weichei, und nichts freute ihn mehr als die Tatsache, dass Brian das größte Opfer von »Leben, Liebe und Arbeit« war, denn er hatte zusammen mit Tom Halverson und Jason Kooda Streichhölzer ziehen müssen und war nicht bloß nicht mit einem Mädchen verheiratet worden, sondern mit Mr Bradley höchstpersönlich.

»Okay, jetzt mal ernsthaft, bei der Sache hier müssen wir uns einschleimen, Josh. Ich brauche unbedingt eine Eins.« Lisa schlug den Anzeigenteil des *Star-Tribune* auf, der an sie verteilt worden war. Sie mussten sich eine Wohnung suchen, die im Hinblick auf ihren Beruf und die Zahl ihrer Kinder bezahlbar war. Dann sollten sie die Anzeige ausschneiden, auf ein Blatt kleben und darlegen, warum sie sich für dieses Wohnobjekt entschieden hatten, wo es sich befand – sie konnten sich einen beliebigen Ort ausdenken –, was sie an Miete oder Hypotheken bezahlen mussten, welchen Anteil das an ihrem Einkommen ausmachte und inwieweit das Objekt den Bedürfnissen ihrer Familie entsprach.

»Ich finde, wir sollten in Florida leben, meinst du nicht auch?«, fragte Lisa. »Schließlich starten wir dort.«

»Starten?«

»Als Astronauten, verstehst du? Die Abschussrampe für die Raketen ist dort.«

Joshua begann, in das Spinnennetz auf seinem Arm eine Spinne zu zeichnen. Ohne aufzuschauen, sagte er: »Wir könnten in Port St. Joe wohnen.«

»Wo liegt das?«, fragte Lisa, während sie sorgfältig ein Viereck mit gezackten Rändern aus der Zeitung riss.

»In Florida. Ich war mal in den Ferien dort.«

Port St. Joe schrieb er in sein Heft, dann nahm er ihres und schrieb hinein: *Und wenn sie nicht gestorben sind, dann leben Mr und Mrs Wood noch heute glücklich in Port St. Joe.*

»He, wer hat denn gesagt, dass ich meinen Namen ändern will?«, fragte Lisa und boxte ihn gegen den Arm. Er packte ihr schmales Handgelenk gerade so fest, dass sie es nicht wegziehen konnte. »Mr Bradley! Mein Mann tut mir Gewalt an«, rief sie. Ihr Handgelenk war so weich, fast unwirklich. *»Mr Bradley!«*, kreischte sie wieder, doch der hörte nicht, war in ein Gespräch mit Brian Hill vertieft. »Ich möchte mich scheiden lassen.« Dann schlug sie mit der freien Hand so lange auf Joshua ein, bis er sie losließ.

Tammy Horner drehte sich um, heftete kurz die Augen auf sie und sah wieder weg. Joshuas Herz machte einen Ruck, beruhigte sich aber gleich wieder, und dann kicherte er so laut, dass sie es hören musste und klar war, dass sein Kichern nur ihr galt. Er hatte sie mal geliebt, aber jetzt konnte er sie nicht mehr ausstehen. Manchmal schrieb er sich mit dem Kuli ihren Namen auf die Hand und wischte ihn dann weg.

»Dann leben wir also in Florida?«, fragte Lisa.

Er nickte. Im wirklichen Leben war Lisa mit Trent Fisher verlobt. Er war älter, sechsundzwanzig, Holzfäller von Beruf. Da sie noch keine achtzehn war, beging er jedes Mal, wenn sie es trieben, Unzucht mit einer Minderjährigen, aber das kümmerte niemanden. Sie ging seit der achten Klasse mit ihm. Sie trug seinen Absolventenring, hatte ihn aber mit Garn umwickeln müssen, damit er passte.

»Willst du deinen Namen in Fisher ändern?«, fragte er.

»Wahrscheinlich«, antwortete sie zögernd und rückte dabei ihre Haarspange zurecht. »Wieso?«

»Reine Neugier.«

Er nahm den flauschigen Stift von ihrem Tisch und sah ihn sich genauer an, um festzustellen, wie der Federbausch befestigt war. Er roch nach einer Mischung aus Parfüm und Kaugummi, genau wie Lisa Boudreaux.

In der siebten Stunde lief er durch die Stadt, ohne sich darum zu kümmern, ob ihn jemand sah oder dass er jetzt eigentlich im Lesesaal sitzen sollte. Heute war Montag, der erste Tag der letzten Woche, in der er seine Mutter zur Bestrahlung nach Duluth fahren musste. Seit zwei Wochen brachte er sie jeden Werktag hin, wobei er gleich nach der Schule nach Hause fuhr, statt ins Midden Café zu gehen und Geschirr zu spülen. Jetzt kam er am Café vorbei und sah Marcy durch die Vorderfenster, ohne dass sie ihn bemerkte. Er überlegte, ob er hineingehen und Hallo sagen sollte – heute war Verns freier Tag, und Angie würde auch da sein –, tat es dann aber nicht, weil er sich davor fürchtete, wie sie reagieren würden, wenn sie ihn sahen. In der Schule war er noch vergleichsweise sicher. Nur wenige Leute wussten, dass seine Mutter Krebs hatte. Die Straßen waren leer, alle Kids noch in der Schule. Er wünschte, er wäre jetzt auf dem Weg zur Arbeit, obwohl er meistens mit einem leichten Grausen zur Arbeit ging, wenn er an Verns Schikanen und Gelaber und das eintönige Töpfescheuern dachte. Als er Marcy und Angie gesagt hatte, dass er drei Wochen freinehmen müsse, weinten sie und sagten, er könne auch vier nehmen. Doch er wollte nicht. Er wollte wieder anfangen, sobald seine Mutter mit der Bestrahlung fertig und ihr Krebs ausgemerzt war. Er wollte arbeiten und Geld sparen. Geld für Juni, wenn er endlich mit der Schule fertig war und nach Kalifornien gehen konnte, fort aus Midden, das in seinen Augen keine richtige Stadt war. Die Bücherei war keine Bücherei, sondern ein grün angemalter Milchsammelwagen, der zweimal pro Woche auf dem Parkplatz der Rollschuhbahn stand. Der Bürgermeister war kein Bürgermeister, sondern Lars Finn, der sein Geld im Futtermittelladen verdiente. Die Feuerwehrleute waren keine Feuerwehrleute, sondern lauter Freiwillige, Typen mit Wampen und eine einzige Frau namens Margie. Selbst die Klinik war eine Mogelpackung: Kein richtiger Arzt arbeitete dort, obwohl alle mit Herr oder Frau Doktor angesprochen wurden. Dr. Minnow, Dr. Glenn, Dr. Johansson, Dr. Wu – eine endlose Reihe ständig wechselnder Pflegekräfte, die hierherkamen, um eine Ausbildungsanforderung zu erfüllen und weil ihnen dafür ein Teil ihres Studiendarlehens erlassen wurde. Es waren hauptsächlich Frauen. Eine kam mal in die Schule und hielt einen Vortrag zum Thema Geburt. Sie erzählte ihnen, dass sich der Gebärmutterhals einer Frau, bevor das Baby herauskommt, auf zehn Zentimeter weitet, nahm dann einen großen Winkelmesser zur Hand, an dem ein Stücke Kreide befestigt war, und zeichnete einen perfekten Kreis von zehn Zentimeter Durchmesser an die Tafel. Dort blieb er wochenlang, zuerst der Kreis selbst und dann der Geist des Kreises, der, obwohl längst von der Tafel gewischt, immer noch zu erahnen war.

Joshua erkannte, dass seine Mutter diesen Frauen in ihrer Offenheit, über diverse Dinge zu sprechen, nicht unähnlich war. Sie hatte ihn bereits aufgeklärt und alles über den männlichen und weiblichen Körper gesagt. Sie hielt es für wichtig, dass er die, wie sie es nannte, »Tatsachen des Lebens« kannte. Sie erzählte ihm, dass sie ihre Jungfräulichkeit mit siebzehn verloren habe, und riet ihm, seine zu behalten, bis er einundzwanzig sei. Er verschwieg ihr, dass es dafür schon zu spät war, weil er seine mit sechzehn an Tammy Horner verloren hatte. Bei diesen Gesprächen saß er schweigend da und sah überallhin, nur nicht zu seiner Mutter, und sie schärfte ihm ein, wegen Aids immer ein Kondom zu benutzen, ganz gleich, wie groß sein Verlangen sei, und gab ihm eine Packung Kondome – reichte sie ihm in einer kleinen Papiertüte, noch mit dem Kassenbon darin. Er versteckte sie in einer Schublade unter seinen T-Shirts.

Auf ihren Fahrten nach Duluth und zurück hatte sie ihn nach Tammy Horner gefragt und wissen wollen, ob er sie noch liebe oder ob er sich für eine andere interessiere. Seit seiner frühen Kindheit, als Claire schon zur Schule ging und er noch nicht, war er nicht mehr so lange mit seiner Mutter allein gewesen, doch die meiste Zeit redeten sie gar nicht, weil ihr schlecht war. Nach der ersten Bestrahlung hatte sie ihn auf der Heimfahrt gebeten anzuhalten, war ausgestiegen und hatte sich, auf den Wagen gestützt, erbrochen. Er hatte den Motor abgestellt und war zum Heck des Wagens gegangen, um nachzusehen, ob er etwas tun könne. »Lass mich allein«, hatte sie gesagt. »Ich möchte nicht, dass du das siehst.« Und als er trotzdem blieb und ihr zusah, brüllte sie: »Geh!«

Ein paar Tage später machte es ihr nichts mehr aus, sich vor ihm zu übergeben. Sie nahm im Wagen eine Milchkanne aus Kunststoff mit, die oben abgeschnitten, aber noch mit einem intakten Henkel versehen war, und spie während der Fahrt dort hinein. Sie hatte Dutzende solcher Kannen, schöpfte damit Futter für die Hunde, Körner für die Hühner und Hafer für die Pferde. Mittlerweile hatte sie aufgehört, im Lookout zu arbeiten. Er wusste nicht, wie es mit ihr weitergehen würde, und sie auch nicht. »Wir müssen abwarten«, sagte sie immer, wischte sich den Mund ab und zwang sich, noch einen Schluck Gatorade zu trinken.

Die Bestrahlung war zwar der Grund für ihre Übelkeit, aber sie würde auch die Tumoren schrumpfen lassen, die an ihrer Wirbelsäule wuchsen, und ihre Schmerzen lindern. Ein Krankenpfleger namens Benji hatte ihnen das am ersten Tag erklärt. Vor Teresas Behandlung hatte er sie beide im Bestrahlungsraum herumgeführt.

»Hier passiert es«, sagte er und deutete auf einen silbernen Tisch, über dem ein Apparat schwebte, aus dem ein Metallarm mit einem starren runden Auge am Ende herausragte, ein breites, konisch zulaufendes Ding, das genauso aussah, wie sich Joshua eine Elfantenbüchse vorstellte. Auf der einen Seite des Raums war eine Wand, die eigentlich gar keine Wand war, sondern eine besondere Art von Spiegel, durch den man die Leute im Wartezimmer sehen konnte, ohne selbst von ihnen gesehen zu werden.

»So kann dich deine Mutter im Auge behalten«, sagte Benji und gab Joshua einen kräftigen Klaps auf die Schulter. »Damit du nicht mit den Mädchen flirtest.«

Er spähte in den Warteraum hinaus, sah aber keine Mädchen. Er sah nur eine Anzahl grauhaariger Leute, die bunte Mäntel und schäbige Stiefel aus Gummi und Fellimitat trugen, und eine Frau, die einen Fuß in Gips hatte und mit dem anderen ein Kind in einer Babyschale wiegte.

Seine Mutter trat neben ihn und klopfte gegen die Scheibe. »Hallo«, rief sie probeweise, um festzustellen, ob sie jemandes Aufmerksamkeit erregen konnte, aber niemand rührte sich oder sah her.

»Ich schätze, hier bin ich sicher«, sagte sie und lachte.

»Absolut«, erwiderte Benji und reichte ihr einen Krankenhauskittel.

Joshua setzte sich ins Wartezimmer, stand aber schon nach kurzer Zeit wieder auf und besah sich ein dort befindliches Aquarium, denn er spürte, dass seine Mutter jede seiner Bewegungen beobachtete. Von dieser Seite sah die Glaswand komplett schwarz aus. Er drückte das Gesicht dagegen und legte die Hände trichterförmig um die Augen, um sie gegen das Licht im Wartezimmer abzuschirmen.

»Hast du gesehen, wie ich reingelinst habe?«, fragte er sie auf der Heimfahrt.

»Ach … hast du das? Nein. Ich habe die meiste Zeit in eine andere Richtung geschaut. Was hast du sehen können?«

»Nichts.«

Sie fuhren eine Weile schweigend. Dies war der erste Tag, einige Minuten bevor seine Mutter ihn aufforderte anzuhalten, damit sie sich am Straßengraben übergeben konnte. Er spürte, dass sie sich schwach fühlte, als sie ihren Kopf gegen den Sitz lehnte.

»Und? Hat sie wehgetan, die Bestrahlung?«

»Nein. Bestrahlung tut nicht weh, mein Schatz, sie ist nur … Ich weiß auch nicht … wie starke Lichtstrahlen.«

»Was hast du gespürt, als du damit beschossen worden bist?«, fragte er.

Sie dachte eine Weile darüber nach und fächelte mit den Handschuhen ihr Gesicht.

»Nichts.«

Als er in der Stadt die vielen Busse in Richtung Schule fahren sah, mischte er sich, um nicht aufzufallen, unter die Kids, die zum Parkplatz strömten, und stieg in seinen Pick-up. Er wollte gerade den Motor anlassen, da sah er R. J. auf sich zukommen. Er winkte, und R. J. stieg ein.

»Jetzt haben sie dich«, sagte er. »Spacey hat gesehen, wie du abgehauen bist. Sie hat direkt am Fenster gestanden.«

»Ist mir egal«, sagte Joshua. »Was hast du jetzt vor?«

»Nichts.«

Als sie vor R. J.'s Haus hielten, stieg auch Joshua aus.

»Musst du nicht nach Duluth?«, fragte R. J. und errötete. Er brauchte die Krankheit von Joshuas Mutter nur indirekt zu erwähnen, und schon wurde er rot.

»Ziemlich bald.«

Vivian, R. J.'s Mutter, saß drinnen auf dem Fußboden und drehte Joints. Etliche lagen schon säuberlich gestapelt in einer Blechdose. »Meine Jungs! Wie geht es meinen Jungs?«

»Gut«, antwortete Joshua und setzte sich in einen Sessel neben der Stereoanlage. R. J. ging in die Küche, kam mit einer aufgerissenen Rolle rohem Keksteig wieder und säbelte sich mit einem Messer mundgerechte Stücke herunter.

»Willst du?«, fragte er Joshua und hielt ihm eine Teigscheibe hin. Joshua nahm sie und verspeiste sie in einem Happen.

»Du auch, Mom?«, fragte R. J., an Vivian gewandt.

»Das ist der Grund, warum du so verdammt fett bist«, erwiderte sie. Ihr schulterlanges Haar war in der Mitte gescheitelt und rahmte ihr Gesicht mit braunen Strähnen.

Sie drehte den Joint zu Ende, zündete ihn an, inhalierte und reichte ihn Joshua. Er war schon high – er und R. J. hatten auf der Fahrt von der Schule hierher schon geraucht –, nahm aber trotzdem ein paar Züge und reichte den Joint an R. J. weiter, der ihn, ohne daran zu ziehen, seiner Mutter zurückgab.

»Das ist guter Stoff«, sagte Vivian, wobei ihr Rauch aus dem Mund quoll. »Benders Spezialmischung.« Sie gab den Joint wieder Joshua. »Mir reicht's.«

»Mir auch«, sagte er.

»Du kannst ihn behalten«, sagte Vivian und lümmelte sich auf die Couch. Ihre Fingernägel waren frisch rot lackiert und so lang, dass sie sich am Ende in Richtung Handflächen bogen. »Ein kleines Geschenk an dich.«

Joshua drückte die Glut vorsichtig in einem Aschenbecher aus, der auf der Sessellehne stand, und steckte den Rest des Joints in seine Jackentasche.

»Hat dir R. J. von unserem kleinen Plan erzählt?«, fragte Vivian.

»Das ist nicht unser Plan«, sagte R. J. »Ich habe dir doch gesagt, dass ich es mir überlegen will.«

Er saß, die Teigrolle in seinem Schoß haltend, in einem Sessel, der mit kratzigem braunem Schottenstoff bezogen war und das Pendant zu dem Joshuas bildete.

»Bender und ich haben uns überlegt, dass du für uns an deine Freunde und so weiterverkaufen könntest. Zehn-Dollar-Tüten und einzelne Joints. Was sie eben so wollen.« Sie zündete sich eine Zigarette an, lehnte sich zurück, rauchte und sah Joshua gespannt an. »Wir haben uns gedacht, dass ihr zwei das Geld gebrauchen könntet, zum Schulabschluss und so, und in unserem Haus würde es nicht mehr wie in einem Taubenschlag zugehen. Das macht mich nämlich echt paranoid, versteht ihr? Die ganzen Leute, die hier ein und aus gehen. Mit der Hälfte von denen seid ihr doch sowieso befreundet.«

»Wir sind nicht mit denen befreundet«, widersprach R. J., hielt die Fernbedienung hoch und versuchte vergeblich, den Fernseher einzuschalten. Er drosch damit auf den Sessel ein, dann klappte es.

»Aber sie sind in eurem Alter. Ihr kennt sie.« Sie schnippte die Asche von ihrer Zigarette. »Was hältst du davon, Joshua?«

»Also ich finde, das klingt cool«, sagte er mit einem zögernden Blick zu R. J. »Wenn wir es nicht zu groß aufziehen.«

»Genau«, sagte Vivian. »Wir wollen es auf keinen Fall groß aufziehen. Alles bleibt total locker. Mit richtigem Dealen hat das nichts zu tun. Das ist ein ganz anderer Level. Wir haben nur ein paar lockere Kontakte, und ihr Jungs verdient euch ein bisschen Kohle dazu.«

»Ich brauche keine Kohle«, sagte R. J.

Vivian sah ihn eine Weile an, dann drückte sie die Zigarette aus. »Was soll das heißen?«

»Das soll heißen, dass ich keine Kohle brauche«, gab er ruhig zurück und schaltete den Fernseher wieder aus.

»Du brauchst keine Kohle? Dass ich nicht lache. Wer, bitte, soll das ganze Essen bezahlen, das du in dich hineinstopfst? Hä? Glaubst du etwa, ich mache das für den Rest deines Lebens? Na, dann hab ich eine Neuigkeit für dich, Fettkloß. Und zwar an dem Tag, an dem du achtzehn wirst.«

R. J. stand auf. »An dem Tag, wenn ich achtzehn werde, hab ich auch eine Neuigkeit für dich«, brüllte er und verschwand in der Küche.

»Und die wäre?«, rief sie höhnisch und lächelte Joshua dabei an. »Ich brenne darauf, sie zu hören.« Kreischend vor Lachen sank sie seitlich auf die Couch.

Joshua stand auf und blickte auf den Reklamezettel, der auf dem Boden lag und für Sonderangebote bei Red Owl warb – Granny-Smith-Äpfel, eine Sparpackung Papierhandtücher.

»Ich muss gehen«, sagte er und dann lauter: »Ich muss verschwinden, R. J.«

»Ich komme mit«, antwortete der und kehrte ins Wohnzimmer zurück.

Joshua wollte eigentlich nicht, dass er mitkam, sagte aber nichts, weil er befürchtete, das würde ihm wieder Ärger mit Vivian einbringen. »Okay«, sagte er, und sie gingen.

Er setzte R. J. an der Bowlingbahn ab, wo er flippern würde, um später die Straße runter ins Midden Café weiterzuziehen und Ms. Pac Man zu spielen. Das machte er fast jeden Abend.

Wieder allein in seinem Pick-up, fuhr Joshua langsam davon, überzeugt, dass er noch genug Zeit hatte. Mehr als genug Zeit. Genau genommen eine gute halbe Stunde, ehe er sich mit seiner Mutter auf den Weg nach Duluth machen musste. Von der Stadt nach Hause brauchte er zwanzig Minuten, wenn die Straßen nicht glatt waren. Dies alles sagte er sich mit einem Blick auf die Uhr, die er ans Armaturenbrett geklebt hatte, und trotzdem überkam ihn eine seltsame Unruhe. Warum hatte er nach der Schule so viel Zeit verplempert? Warum war er in der siebten Stunde nicht direkt nach Hause gefahren? Er wurde sich bewusst, dass er seine Mutter vermisste. Der Gedanke, dass sie tot sein könnte, wenn er nach Hause kam, setzte sich in seinem Kopf fest und ließ ihn nicht mehr los. Er versuchte, sich zu beruhigen, indem er sich vorstellte, was sie jetzt höchstwahrscheinlich tat: auf der Couch liegen und Kräfte sammeln für die Fahrt nach Duluth. Er stellte sich vor, wie er zur Tür hineinging und ihre Hand nahm. Er stellte sich vor, wie sie das sagte, was sie jeden Tag zu ihm sagte, wenn er nach Hause kam: »Wie war's in der Schule?«

»Gut«, würde er antworten, wie immer.

Als er schließlich durch die Tür trat, war seine Mutter noch am Leben. Sie stand in der Küche und trank ein Glas Wasser. Er ging nicht zu ihr, nahm nicht ihre Hand.

»Wie war's in der Schule?«, fragte sie.

»Gut«, antwortete er, verharrte an der Tür und fragte mit tonloser, gleichgültiger Stimme: »Bist du so weit?«

Sie war in einem Stil gekleidet, den sie selbst als »flippig« oder manchmal auch als »total abgefahren« bezeichnete, in einem Outfit, das er peinlich und abstoßend fand: Cowboystiefel und eine traubenfarbene Strumpfhose, schwarzer Minirock und enger lila Pulli, der zwar an der Taille endete, aber in eine Kaskade von Troddeln überging, die fast bis zum Saum ihres Rocks hinabreichten. Ihre Beine sahen in der Strumpfhose knochig und stramm aus wie die eines heranwachsenden Mädchens.

»Also ich selbst hatte einen relativ guten Tag. Ich habe die Ställe ausgemistet. Und die Übelkeit hat sich in Grenzen gehalten. Das liegt wohl daran, dass ich am Wochenende keine Bestrahlung hatte.« Sie trug rostfarbenen Lippenstift. Das übrige Gesicht war ungeschminkt, was die rostfarbenen Lippen noch hervorstechender, ihre Augen noch blauer machte. Sie setzte ihren Hut auf, noch so ein flippiges Ding aus Samt mit Leopardenmuster, ein Gute-Besserung-Geschenk von ihrer Freundin Linea.

»Ich bin dann im Wagen«, sagte er.

»Warte, Schatz. Ich komme sofort.«

Spy und Tanner wedelten mit den Schwänzen und sprangen an ihr hoch, während sie den Mantel anzog. »Ach, ihr denkt, ihr dürft mitkommen, habe ich recht?«, sagte sie mit ihrer Babystimme, beugte sich zu ihnen hinunter und ließ sich das Gesicht lecken. »Ihr sagt: ›Wir möchten mitgehen.‹ Ihr sagt: ›Wo gehen Mami und Joshie hin?‹ Nicht wahr? Oh ja.«

»Mom, sie sagen überhaupt nichts, okay. Es sind Hunde.«

»Spy findet, dass Joshie heute muffelig ist«, nölte sie und zog einen kindlichen Flunsch.

»Nenn mich nicht Joshie«, brauste er auf. »Wie oft soll ich das noch sagen. Nenn mich nie wieder so.«

Er ging hinaus und schlug die Tür so fest zu, dass der Kranz aus Trockenblumen, der außen an der Wand hing, von seinem

Nagel fiel. Er hängte ihn schief wieder auf. Er wusste nicht, was er tat. Er wusste nur, dass alles an seiner Mutter ihn wütend machte, besonders ihre Gewohnheit zu berichten, was die Tiere gerade dachten und sagten, als wäre sie ihr Sprachrohr. Was Hühner und Pferde, Hunde und Katzen anging, versorgte sie jeden, der es hören wollte, mit einem steten Strom von Übersetzungen – sogar R. J., Tammy und überhaupt jeden, der ihn besuchte.

Sie trat ins Freie. »Was ist denn heute mit dir los?«

»Mit mir ist gar nichts los, Mom. Du solltest dich lieber mal fragen, was mit dir los ist. Vielleicht liegt es ja an dir. Könnte es sein, dass du gar nicht weißt, was Hunde denken? Könnte es sein, dass du nicht alles auf der Welt weißt?«

»Aber vielleicht tue ich es ja«, erwiderte sie wie eine Zauberin und lächelte, unempfänglich für seine Stimmung.

Das machte ihn noch wütender. Er stieg in den Wagen und ließ den Motor an.

Sie setzte sich neben ihn und schnallte sich an. »Und wie war es heute in Mr Bradleys Stunde?«, fragte sie und klopfte ihm aufs Knie. »Wer ist deine Frau?«

Am nächsten Morgen in der Schule passte ihn Miss Keillor vor dem Unterricht ab.

»Mr Wood«, sagte sie kühl. »Kommen Sie bitte mit.«

»Wieso?«

Sie wandte sich ab und marschierte los.

»Ich habe nichts getan«, rief er ihr nach, folgte ihr aber durch den Korridor, vorbei an den Toiletten und den beiden Trinkbrunnen, einem hohen und einem niedrigen, dann durch die Turnhallentür und die glänzende, friedvolle, honigfarbene Welt der leeren Halle zur Hintertür, auf der der Warnhinweis *Notausgang! Öffnen löst Alarm aus* prangte, obwohl der Alarm nie losging, wenn Miss Keillor sie mit ihrem Schlüssel öffnete. Sie trug den Schlüssel an einem gelben Armband bei sich, das wie eine Telefonschnur aussah. Das Direktorat befand sich in einem Wohnwagen hinter der Schule, und zu Miss Keillors Aufgaben gehörte es, Schüler dorthin zu begleiten, Akten hin und her zu tragen und die Bücher der Schulkantine zu führen.

»Nach Ihnen«, sagte sie und hielt ihm die Tür auf, übernahm aber, sobald sie draußen waren, wieder die Führung. Sie war kaum größer als eins fünfzig und rundum etwas mollig wie ein Teddybär.

»Sie brauchen mich nicht hinzubringen, ich kenne den Weg«, sagte er, aber sie ignorierte ihn. Er wickelte einen Big-Red-Kaugummistreifen aus und schob ihn in den Mund.

Hinten standen zwei Wohnwagen – beide mit einer kleinen Veranda davor, die Schüler aus handwerklichen Kursen gebaut hatten. Einer war für den Direktor und seine Sekretärin und beherbergte den Kopierer und die Postfächer der Lehrer, im anderen fand der Unterricht für die Förderschüler statt. Hinter den Wohnwagen befand sich der Spielplatz für die Grundschüler und dahinter wiederum ein Football-Feld mit Tribüne, beide jetzt unter Schnee begraben. Miss Keillor stieg die Stufen zur Tür hinauf und drehte sich dann zu ihm um. »Dr. Pearson erwartet Sie. Sie können Violet Bescheid sagen.«

Er nickte und wartete darauf, dass sie beiseitetrat, damit er hineingehen konnte.

»Ich wollte noch sagen, dass ich das von Ihrer Mutter gehört habe und dass es mir leidtut.«

Er nickte wieder, kaum merklich diesmal, und kaute an seinem Kaugummi, dessen Zimt so frisch schmeckte, dass er im Mund fast wehtat. Was sollte er darauf sagen?

»Ihr esst alle kein Fleisch, nicht wahr?«

»Bitte?«

»Eure Familie. Ihr seid Vegetarier.«

Das war er gewohnt. Er nickte abermals.

»Wir haben uns gedacht, wir könnten etwas für euch kochen und zu euch rausbringen lassen – die Damen aus der Schule würden gern etwas tun. Wir dachten an Kartoffelgratin mit etwas anderem als Schinken. Vielleicht mit Erbsen oder Karotten.«

Er brachte es nicht fertig, sie anzusehen. Stattdessen starrte er auf ihre weißen Adidas.

»Was wäre euch lieber?«

Der Wind nahm zu, und ein Kardinalsvogel aus Holz, der an Angeldraht von der Traufe baumelte, schlug rhythmisch gegen die Außenwand des Wohnwagens. Er griff nach dem Vogel und stellte ihn ruhig.

»Der gehört nicht Ihnen«, sagte Miss Keillor.

Er ließ ihn los.

»Warum haben Sie gestern das Bedürfnis verspürt, die siebte Stunde zu schwänzen?«

»Weil ich das Bedürfnis verspürt habe, an den Fluss zu gehen und einen Joint zu rauchen.«

Rote Flecken erschienen auf ihrem Gesicht und breiteten sich dann wie ein Hautausschlag bis zum Hals hinunter aus. »Warum sagen Sie das? Warum sollten Sie das tun?«

Er zuckte mit den Schultern und errötete seinerseits, von seinem Geständnis selbst überrascht.

»Sie wissen, dass es Leute gibt, mit denen Sie darüber reden können, Josh. Wir haben Mr Doyle. Genau dafür ist er hier. Für solche problemnahen sozialen Fragen.« Sie schob die Hände in die Manteltaschen. »Das Gehirn arbeitet nicht richtig, wenn man unter Drogen steht, das brauche ich Ihnen wohl nicht zu sagen.« Ihr Gesicht nahm langsam wieder seine normale Teigfarbe an. »Gut. Gehen Sie jetzt besser hinein. Und ich sage den

Köchinnen, dass Kartoffelgratin in Ordnung geht. Was mögt ihr lieber, Karotten oder Erbsen?«

Er mochte beides nicht, antwortete aber, Erbsen.

»Hab ich mir auch gedacht«, sagte sie. »Erbsen machen sich wahnsinnig gut wegen der Farbe. Und wir wollen helfen. Ich weiß, dass in einer solchen Zeit jede Familie etwas Unterstützung gebrauchen kann.«

Sie standen einen Moment lang zusammen auf der Veranda. Joshua legte die Hand auf den Türgriff. Er wusste nicht, was er sagen sollte. *Auf Wiedersehen? Ich freue mich schon auf das Kartoffelgratin?* Sein Kopf war leer.

»Danke«, sagte er und ging hinein.

Er musste das Mittagessen im Arrest zu sich nehmen und es um Viertel vor elf aus der Kantine holen, bevor die anderen Schüler kamen. Er traf Lisa auf dem leeren Korridor, als er in den Arrestraum zurückging.

»Ich bin mit einem Sträfling verheiratet«, sagte sie. Ihr Gesicht wirkte blass unter ihren rabenschwarzen Haaren. Frankokanadierin.

»Spacey will mich nicht mal schlafen lassen«, sagte er, ein Tablett in der Hand. Sie blickten beide auf sein Essen, Chowmein, bedeckt mit einer glasigen braunen Sauce, auf der sich bereits eine Haut bildete.

»Hast du deinen Rohentwurf geschrieben?«, fragte sie.

»Was für einen Rohentwurf?«

»Den wir für heute aufhatten.« Sie sah ihn ärgerlich an, lächelte aber. »Wir sollten unsere Träume aufschreiben und dann miteinander vergleichen, um festzustellen, ob sie übereinstimmen. Hast du nicht aufgepasst? Was soll ich denn tun, wenn du nicht in den Unterricht kommst?«

»Ich schreibe ihn jetzt«, sagte er.

»Aber wie sollen wir denn darüber reden, wenn du im Unterricht fehlst? Sie müssen übereinstimmen, sonst funktioniert es nicht.« Sie nahm eine Apfelscheibe von seinem Teller und aß sie.

»Wovon träumst du?«, fragte er. »Sag es mir einfach, dann schreibe ich, was du gesagt hast.«

Das Essen mit ihr zu teilen gab ihm das Gefühl, sie wären ganz allein auf der Welt und einander sehr nahe. Ihre Bluse war fast so schwarz wie ihr Haar, die Ärmel durchsichtig und mit Glitter gesprenkelt.

»Na ja. Wir träumen beide davon, Astronaut zu werden und viele Kinder zu bekommen. Das habe ich geschrieben. Und wie wichtig es ist, ein gutes Verhältnis zu haben.« Sie sah ihn an. »Das sind meine Träume.«

»Meine auch«, sagte er.

»Joshua!«, schrie Mrs Stacey von einer Tür am anderen Ende des Korridors.

Sein Pult im Arrestraum stand in einem eigenen kleinen Kabuff mit halbhohen Wänden auf drei Seiten. Mit dem Rücken zu Mrs Stacey aß er sein Chow-mein und die restlichen Apfelscheiben und trank zwei Tüten Milch.

»Wie geht es Ihrer Schwester?«, fragte sie, als er fertig gegessen hatte, und kam herüber, um sein Tablett zu holen.

»Gut.« Die Lehrer fragten ihn oft nach Claire. Sie war so etwas wie eine lokale Legende. Abgesehen davon, dass sie ein Stipendium fürs College bekommen hatte, war sie Jahrgangsbeste und »Schneeballkönigin« der Schule gewesen. Außerdem war sie von ihren Mitschülern zur »Absolventin mit den größten Erfolgsaussichten« und zum »Mädchen mit den schönsten Glubschaugen« gewählt worden, eine Auszeichnung, die Joshua darauf zurückführte, dass Claire oft stundenlang vor dem Badezimmerspiegel gestanden hatte. »Findest du, dass ich schöne Augen habe?«, hatte sie ihn gefragt und sein Flehen ignoriert, ins Badezimmer gelassen zu werden. »Nein«, hatte er geantwortet und sie aus der Tür gezerrt. Seine ganze Kindheit und Jugend hindurch hatte sie ihn mit Fragen drangsaliert, ob sie zu dick sei, ob sie sich Strähnchen ins Haar machen solle, ob sie einen hässlich großen Hintern oder zu feiste Schenkel habe. Ganz gleich, was er sagte, sie glaubte ihm nie und nahm nie seinen Rat an, sondern löcherte ihn bei nächster Gelegenheit wieder mit denselben Fragen.

»Ich habe mich gefragt, ob sie vielleicht nach Hause kommt, um zu helfen und so weiter«, sagte Mrs Stacey errötend. Überall, wo er hinkam, sprachen ihn die Leute auf den Krebs seiner Mutter an und wurden dann rot, weil es ihnen unangenehm war, darüber reden zu müssen.

»An den Wochenenden«, sagte er. »Sie geht ja aufs College.«

»Natürlich. Sie wird es weit bringen, da bin ich mir sicher.« Sie schaute auf ihn herab, noch sein Tablett in der Hand, als sehe sie ihn zum ersten Mal. »Ihr beide seht euch sehr ähnlich, wie Zwillinge – und eurer Mutter auch. Wie Drillinge.«

Joshua nickte, fühlte sich gedemütigt, aber außerstande zu widersprechen. Schon sein Leben lang musste er sich das anhören: dieselben Augen, dieselben Haare, leichte Knubbelnase, immer dieselbe Platte.

Es klingelte, und er hörte den verhaltenen Lärm der Schüler, die draußen auf dem Korridor zum Essen gingen. Wie gern wäre er jetzt bei ihnen gewesen. »Kann ich mein Tablett zurückbringen? Ich meine, dann müssen Sie es nicht tun.«

Mrs Stacey lächelte ihn irritiert an. »Ich weiß nicht, *kannst* du?«

Er sah sie einen Moment lang verständnislos an, dann fragte er: »*Darf* ich?«

»Nein«, erwiderte sie trocken und wandte sich von ihm ab. »Du darfst nicht. Ich erledige das für dich.« Kaum war sie fort, ging er zu ihrem Schreibtisch. Ihre Tasche stand in einer offenen Schublade. Er erspähte darin ein Brillenetui, ein kleines Adressbuch mit Spiralbindung und ein dickes rotes Portemonnaie. Er ging zur Tür. Der Korridor war leer, aber aus Richtung Kantine drang gedämpfter Lärm. Er marschierte los, ohne darüber nachzudenken, was er tat. Er ging ruhig, aber zügig zum Seitengang am Ende des Gebäudes und dann hinaus auf den Parkplatz, an seinem Pick-up vorbei.

Er überquerte die Straße, und sein Herz tat einen Sprung. Die Freiheit machte ihn schwindlig. Er ging an dem Motel vorbei und über den Parkplatz der Bäckerei, auf dem ein Blechschild mit der Aufschrift ZU VERKAUFEN leise im Wind quietschte, zum Highway. Er folgte der Straße nach Süden in Richtung Len's Lookout, bog aber, bevor er das Lokal erreichte, in den Wald ab, weil er nicht wollte, dass Leonard oder Mardell ihn sahen. Ein Pfad, den er den Winter über ausgetreten hatte, führte durch den Schnee hinunter zum Fluss, zu der Stelle am Ufer hinter dem Len's, die Claire und er, als sie Kinder waren, als ihr Eigen beansprucht hatten. Der Fluss schlängelte sich durch die Stadt, unter Straßen hindurch, an Häusern und unzähligen Städten vorbei nach Minneapolis und St. Paul und dann weiter nach Süden bis hinunter zum Golf von Mexiko, aber dieses Stück Mississippi gehörte ihnen, und wenn sie darüber sprachen und *der Fluss* sagten, wussten beide genau, was der andere meinte. Mit Claire kam er nicht mehr hierher, aber häufig allein und manchmal mit R. J.

Er erklomm den Felsblock, der nahe am Ufer des zugefrorenen Flusses lag. Er hörte das Wasser unter dem Eis gurgeln, als fließe es durch einen riesigen Gully. Er rauchte von dem halben Joint, den er in der Tasche hatte, und ging ans Ufer. Die schmelzende Eisdecke war an mehreren Stellen aufgebrochen, sodass er das Wasser vorbeitosen sah. Er hielt die Hand hinein, um festzustellen, wie kalt es war – eisig kalt –, dann schüttelte er sie und steckte sie nass in die Manteltasche.

Die drei Städte von Coltrap County lagen alle am Fluss. Flame Lake zwanzig Meilen nördlich von Midden, Blue River dreißig Meilen südlich. Der Fluss war am Anfang so schmal, dass er selbst in Midden noch mehr einem Bach glich und nicht ahnen ließ, was aus ihm werden sollte: »Der mächtige Mississippi«, wie ihn seine Mutter immer nannte, »der Vater aller Flüsse«. Die Stadt Blue River feierte alljährlich ein Fest zu Ehren des Mississippi, als wäre er ihr Fluss, als wäre er blau und nicht dreihundertfünfundsechzig Tage im Jahr schlammbraun und als würde er nicht zuerst durch Flame Lake und Midden fließen. Als Claire und Joshua noch über Len's Lookout wohnten und der Fluss ihr liebster Spielplatz war, hatten sie ein Spiel namens *Blue River, verpiss dich!* Claire hatte eines Tages damit angefangen, als sie im Fluss stand.

»Du pinkelst ja!«, rief Joshua, schwamm schleunigst von ihr weg und strampelte mit den Füßen, um sie zu bespritzen.

»Pst …«, erwiderte sie. »Ich tue gerade etwas. Ich sage, ›Blue River, verpiss dich!‹.« Ihr Gesicht war ernst und konzentriert, dann verzog sie es zu einer wilden Grimasse, wirbelte herum und hechtete kreischend flussaufwärts.

Von dem Tag an riefen sie immer, wenn einer von ihnen in den Fluss pinkelte, »Blue River, verpiss dich!« und lachten sich kaputt. War das Wasser zu kalt und die Strömung zu stark zum Baden, warfen sie Gegenstände hinein, Orangenschalen, Apfelbutzen, Schnüre und Grashalme, brüllten »Blue River, verpiss dich« und sahen zu, wie das Wasser sie davontrug. Sie verspürten dabei ein Gefühl der Macht, einen gerechten Zorn. Blue River besaß einen Burger King, ein Krankenhaus, ein Gefängnis. Und ein Gerichtsgebäude mit einer kaputten Uhr und einen Park mit einem weiß gestrichenen Pavillon. Seine Bewohner hielten sich für etwas Besseres als alle anderen in Coltrap County, für schicker und schlauer.

Jetzt hob Joshua einen Stock auf, einen armlangen Ast, und warf ihn an einer Stelle, wo die Eisdecke aufgebrochen war, ins Wasser. »Blue River, verpiss dich«, rief er.

Der Ast blieb am Eis hängen, sodass er bis zur Hälfte aus dem Wasser ragte. Joshua warf einen Stein, aber er rührte sich nicht. Er wünschte, Claire würde nach Hause kommen, obwohl sie eigentlich immer stritten, wenn sie da war. Seit ihre Mutter Krebs hatte, kam sie jedes Wochenende und rief unter der Woche mehrmals an. Wenn ihrer Mutter nicht nach Telefonieren zumute war, weil es ihr zu schlecht ging, sprach sie mit Joshua. »Wie geht es ihr?«, fragte sie dann, so ernst wie eine Schauspielerin in einem Film, plötzlich erwachsen geworden.

»Keine Ahnung«, antwortete er dann. »Okay, nehme ich an.«

»Okay?«, fragte sie. »Was verstehst du unter *okay*?«

»Okay heißt okay, okay?«, brüllte er und hätte am liebsten aufgelegt. Manchmal legte er tatsächlich auf, aber dann rief sie wieder an, noch fuchtiger als zuvor.

Er fragte sich, was er jetzt tun sollte. Es war kurz nach Mittag. Er blickte auf den Fluss. Der Ast, den er ins Wasser geworfen hatte, war vom Eis losgekommen und verschwunden.

Bender war zu Hause. Sein Sattelschlepper stand in der Einfahrt. Er war oft tagelang weg und dann wieder aus unerfindlichen Gründen wochenlang zu Hause.

»Haben sie in der Schule heute früher Schluss gemacht?«, fragte Vivian, als sie die Tür öffnete. Joshua folgte ihr in die Küche, wo Bender saß und ein Taco aß.

»Du kannst dir eins machen«, sagte er zu Joshua und deutete auf die Schüsseln und Schälchen mit Zutaten, die auf dem Tisch standen. Joshua nahm sich eine Tortilla, füllte sie mit Käse, kippte Salsa drüber und aß das Ganze im Stehen.

»Wo ist dein Kumpel?«, fragte Bender.

»In der Schule. Ich hatte Arrest, drum hab ich mir gesagt, scheiß drauf.«

Bender nickte. Er war ein kleiner Mann mit Elfengesicht. In der nun eintretenden Stille konnte Joshua die gedämpfte Stimme seiner Mutter aus dem Radio auf der Anrichte hören. Sie sprach über natürliche Mittel gegen Schlafstörungen. Der Sender brachte Wiederholungen, bis es ihr wieder besser ging. Die Lautstärke war so heruntergedreht, dass er fast weghören konnte, wenn er sich Mühe gab. Im Moment sagte sie: »Sprechen wir über homöopathische Mittel. Können Sie welche empfehlen?« Er räusperte sich, um sie zu übertönen.

»Vivian hat mir das von deiner Mom erzählt«, sagte Bender. »Es war ein Schock.«

Joshua nickte. »Sie ist auf dem Weg der Besserung. Sie bekommt eine Bestrahlung.«

»Bestell ihr Grüße von uns«, sagte Vivian und schnippte die Asche ihrer Zigarette in eine leere Coladose.

»Mach ich.«

»Wir haben gerade ihre Sendung gehört«, sagte Bender und gestikulierte in Richtung Radio.

»Sie pausiert, bis sie mit der Bestrahlung fertig ist«, erklärte Joshua. »Es sind nur noch drei Tage.«

»Ich habe die Sendung immer gern gehört.«

»Sie ist sehr informativ«, sagte Vivian.

Joshua stellte das Radio ab. Normalerweise nahm er sich das nicht heraus, aber jetzt konnte er einfach nicht anders. Er sagte: »Vivian hat mir erzählt, dass R. J. und ich eventuell für euch verkaufen sollen.«

Bender lachte. Er war braungebrannt, obwohl Winter war, aber jetzt wurde er vor Lachen knallrot im Gesicht. »Klar, ich hab einiges zu verkaufen«, sagte er. »Und auch ein paar neue Sachen. Wir diversifizieren. R. J. hat erzählt, dass er dir das Meth, das ich gemacht habe, gezeigt hat.«

»Wo machst du es?«

»Draußen in der Garage«, antwortete Bender. »Mit Meth lässt sich mehr Kohle verdienen als mit Gras.«

»Wir würden nicht jedem vertrauen, Josh«, sagte Vivian. »Ich hoffe, das weißt du. Denn wenn du uns verscheißerst, hängst du mit drin.«

»Ich weiß.«

»Gut«, sagte sie und legte ihm eine Hand auf die Schulter. »Du bist nämlich wie ein Sohn für uns.«

Am nächsten Tag ging er in die Schule, als wäre nichts geschehen.

»Hallo«, rief Miss Keillor, als sie ihn auf dem Flur sah, und setzte, bevor er den Gruß erwidern konnte, hinzu: »Kommen Sie mit.«

Wortlos gingen sie nach hinten zu Dr. Pearsons Wohnwagen. Dort angekommen, öffnete Miss Keillor die Tür und sagte: »Sie können heute das Essen mit nach Hause nehmen. Ich lasse es bei Unterrichtsende zu Mrs Stacey bringen.«

Er trat in den Wohnwagen und schritt über den cremefarbenen Plüschteppich zu Violets Schreibtisch. Bevor sie von ihrem Computerbildschirm aufschaute, erschien Dr. Pearson in der offenen Tür zu seinem Büro.

Sie gingen ohne ein Wort hinein. Joshua setzte sich auf den lackierten Holzstuhl, auf dem er am Vortag gesessen hatte und auch schon in der Woche davor.

»Du schwänzt die Schule«, begann Dr. Pearson. »Und jetzt

schwänzt du auch noch den Arrest.« Er sah Joshua an, als hätte er eine Frage gestellt und warte auf eine Antwort. Joshua versuchte, ihm in die Augen zu schauen, blickte dann aber auf das Gestell auf dem Schreibtisch, an dem eine Reihe von Metallkugeln an langen Fäden hingen. Er hob eine Kugel an und ließ sie los, sodass sie gegen die anderen prallte und das ganze System in Schwingung versetzte.

»Hast du etwas dazu zu sagen?«, fragte Dr. Pearson.

»Eigentlich nicht«, antwortete Joshua im Bemühen, höflich zu klingen. Er hatte persönlich nichts gegen Dr. Pearson und spielte mit dem Gedanken, ihm das zu sagen.

»Wie bitte?«

»Ich sagte, nein. Ich habe keine Erklärung dafür, warum ich die Schule geschwänzt habe.«

»Und den Arrest.«

»Mir war langweilig.«

Dr. Pearson schmunzelte. »Nun, das ist bedauerlich. Es tut mir leid zu hören, dass wir dir zu wenig Zerstreuung bieten.«

»Ich wollte damit nicht sagen, dass Sie das müssen.«

Wieder saßen sie schweigend da.

»Du weißt, was als Nächstes kommt, nicht wahr?«

Joshua schüttelte den Kopf.

»Ich glaube, du lügst mich an. Ich glaube, du weißt ganz genau, was als Nächstes kommt. Ich weiß es, weil ich es dir gestern gesagt habe.«

Joshua wartete.

Dr. Pearson lehnte sich zurück, sodass sein Stuhl ein Stück nach hinten kippte, nahm die Brille ab und legte sie auf sein Knie. Sein braunes Haar bildete nur einen schütteren Kranz um den Schädel.

»Du hast es dir selbst zuzuschreiben, siehst du das ein?«

»Ja«, erwiderte Joshua.

»Du wirst den restlichen Tag im Arrest verbringen, klar? Und es spielt keine Rolle, ob du dich langweilst. Das ist mir völlig egal. Du bleibst hier. Und morgen erscheinst du erst gar nicht. Bis nächsten Donnerstag kommst du nicht mehr. Du bist hier nicht willkommen. Hast du verstanden? Du bist für eine Woche vom Unterricht suspendiert. Das sind die Folgen, Josh. Das ist dir sehr wohl bekannt.«

Dr. Pearson starrte Joshua einen Moment lang an, dann setzte er die Brille auf und erhob sich. »Miss Keillor wird dir einen Brief an deine Eltern mitgeben, in dem steht, welchen Stoff du lernen musst, solange du suspendiert bist. Der Ausschluss vom Unterricht entbindet dich nicht von der Verantwortung, das Versäumte nachzuholen. Du bekommst dieselben Aufgaben. Violet wird dich zurückbringen.«

Joshua brachte den Vormittag damit zu, Motoren, Vergaser, Luftfilter und Benzinkanister zu zeichnen, bis Mrs Stacey sah, was er tat, und ihm sämtliches Papier wegnahm. Darauf nahm er sich *The Norton Anthology of Poetry* vor, Gedichte, die er schon vor drei Tagen hätte lesen sollen. Er arbeitete die Liste ab, las ein Gedicht nach dem anderen, sechsundzwanzig insgesamt, Gedichte von Stevie Smith, W. H. Auden und Hilda Doolittle. Er hatte keine Ahnung, wovon sie handelten. Aber wenigstens waren die meisten kurz. Anschließend klappte er das Buch zu, schrieb sich mit Kuli PORNO auf den Unterarm und zeichnete daneben einen Mann mit Rauschebart und Hörnern.

Als es zum Unterrichtsende klingelte, kam Mrs Stacey mit einer Auflaufform herein, die mit Alufolie abgedeckt war. »Miss Keillor hat mich gebeten, dir das zu geben.« Und als er ihr die Form abnahm, sagte sie: »Du kannst sie nächste Woche zurückbringen, wenn du wiederkommst.«

Als er auf den überfüllten Flur hinaustrat, war es ihm peinlich, dass er die Auflaufform in der Hand hielt. Er zögerte, spielte kurz mit dem Gedanken, sie auf den Getränkeautomaten zu stellen und wegzugehen. Kids lachten, redeten, rannten und schrien um ihn herum, froh, dass die Schule aus war. Er sprach mit niemandem, und sein Schweigen gab ihm fast das Gefühl, unsichtbar zu sein. Er trug die Auflaufform zu seinem Pick-up auf dem Parkplatz. R. J. war nirgends zu sehen. Vielleicht hatte er die siebte Stunde geschwänzt. Er fuhr gerade weg, da bog Trent Fisher auf den Parkplatz ein. Im Rückspiegel sah er Lisa Boudreaux vom Schuleingang zu Trents Camaro rennen.

»Miss Keillor und die Köchinnen haben mir etwas zu essen mitgegeben«, sagte er, als er eintrat. »Kartoffelgratin.«

»Das ist nett«, erwiderte seine Mutter, die ganz still auf der Couch lag. »Du kannst es essen.« Wenn sie sich bewegte, wenn sich etwas anderes bewegte, wenn sich das Licht im Raum veränderte, bereitete ihr das Schmerzen. Er sah es ihr an.

»Wie war's in der Schule?«, fragte sie mit geschlossenen Augen.

»Gut«, antwortete er. »Können wir fahren?«

Sie antwortete nicht gleich und öffnete die Augen, als wäre sie überrascht, ihn zu sehen.

»Können wir fahren?«

»Ach … ich dachte, ich hätte es dir gesagt … wir müssen heute nicht hinfahren. Sie wollen, dass ich mit der Bestrahlung einen Tag aussetze, weil es mir davon so schlecht geht.«

Er setzte sich neben ihr und den Hunden auf den Fußboden. Er legte eine Hand dicht neben ihre und neben Shadow, die zusammengekrümmt an ihrer Hüfte schlief.

»Ich dachte, die Bestrahlung wird gemacht, damit es dir besser geht.«

»Stimmt ja auch, Schatz. Nur dauert es eine Weile, bis sie anschlägt.«

Sie wandte sich ihm zu. »Bruce arbeitet bei den Taylors – er hat sehr viel zu tun, will aber heute Abend noch fertig werden. Vorher wird er nicht nach Hause kommen, deshalb dürfte es spät werden. Du brauchst nicht auf ihn zu warten und kannst essen, was du mitgebracht hast.«

»Okay«, sagte er. Shadows Schwanz hob und senkte sich langsam und streifte seine Hand.

»Heute sind die Anmeldeformulare der Berufsschule für dich gekommen.«

»Ich hab's gesehen.«

»Ich weiß, dass du zurechtkommen wirst. Eigentlich brauchst du da gar nicht hinzugehen – du kennst dich ja schon so gut mit Autos aus –, aber heutzutage wird nun mal auf einen Abschluss Wert gelegt.«

Er zog Schuhe und Socken aus. »Ich habe heute deine Sendung gehört.«

Sie antwortete nicht, gab nicht einmal zu erkennen, ob sie ihn überhaupt gehört hatte.

»Es war die, wo es darum geht, dass man keine Schlaftabletten nehmen soll. Und lieber Kamillentee und solche Sachen trinken soll.« Vor Jahren hatte sie das mit ihnen ausprobiert und ihnen vor dem Zubettgehen immer Kamillentee verabreicht. Sie zog die Kamille selbst im Garten. »Willst du einen Tee?«, fragte er, obwohl es den Anschein hatte, als wäre sie schon eingeschlafen.

»Nein danke.« Sie öffnete die Augen. »Hast du keinen Hunger?«

»Doch, schon.«

»Dann solltest du essen. Aber bring mich vorher ins Bett. Ich glaube, ich muss nur eine Nacht durchschlafen, um wieder zu Kräften zu kommen. Du musst mir die Kissen richtig hinlegen.« Sie stand auf, und er begleitete sie in ihr Zimmer.

Sobald sie sich hingelegt hatte, setzte er sich im Wohnzimmer auf die Couch und aß das Kartoffelgratin, wobei er die Erbsen herauspickte. Nicht einmal die Hunde wollten die Erbsen fressen. Um sich nützlich zu machen, spülte er seinen Teller, trocknete ihn ab und räumte ihn auf. Er füllte ein Glas mit Wasser, um es seiner Mutter zu bringen und auf die Ablage neben ihrem Bett zu stellen, damit es da war, wenn sie aufwachte, aber dann brachte er es nicht fertig, ihr Zimmer zu betreten, weil er plötzlich ein komisches Gefühl hatte und sich davor scheute. Vom Flur aus sah er, dass ihre nackten Füße unter der Decke hervorschauten. Es versetzte ihm einen Stich, wie vertraut ihm diese Füße waren, selbst die Schwielen innen an den großen Zehen. Sein Magen krampfte sich zusammen, und er nahm jedes Geräusch, das sie machte, genau wahr, das leise Stöhnen, das hohle Husten, das Rascheln, wenn sie sich im Bett bewegte. Er kehrte ins Wohnzimmer zurück und setzte sich in das Knäuel von Decken, das sie auf der Couch zurückgelassen hatte. Wenn sie doch nur einen Fernseher hätten. Er würde es seiner Mutter und Bruce nie verzeihen, dass sie ihm das versagten.

Es war ganz still, nur die Ofenklappe knackste, wie immer, wenn das Feuer am Ausgehen war. Er stand auf, schürte den Ofen und ging zum Telefon. Warum hatte niemand angerufen – weder Claire noch Bruce? Er wählte Claires Nummer. David hob ab. Claire sei arbeiten und komme nicht vor Mitternacht nach Hause, sagte er, werde sich aber »sehr darüber freuen«, dass er angerufen habe. Als Joshua das hörte, hätte er am liebsten das Telefon aus der Wand gerissen, warum, verstand er selbst nicht. Was wusste David schon über ihn und Claire? Was wusste er überhaupt?

»Soll sie zurückrufen, wenn sie kommt? Ist es dringend?« Er sah David förmlich vor sich, wie er mit Block und gezücktem Stift dasaß und darauf wartete, was er sagen würde. Er verneinte, bedankte sich und legte auf. Er rief R. J. an.

»Was machst du gerade?«, fragte er.

»Nichts«, antwortete R. J. »Und du?«

»Nichts.«

»Hast du deiner Mutter und Bruce gesagt, dass du suspendiert bist?«

»Nein.« Neben dem Telefon hing ein Korkbrett an der Wand, und Joshua steckte die Reißzwecken so um, dass sie ein *J* bildeten.

»Was machst du morgen?«

»Nichts«, antwortete Joshua.

Als er aufgelegt hatte, löschte er das Licht und legte sich auf die Couch. Das Mondlicht warf Schatten an die Wand, auf die Möbel und die Gemälde seiner Mutter. Er setzte sich auf und blickte eine Weile aus dem Fenster zu Lady Mae und Beau, die auf ihrer Weide standen, dann legte er sich wieder hin und breitete die Decken über sich.

Ein paar Stunden später schreckte er aus dem Schlaf hoch. Er begriff, dass seine Mutter auf war. Sie war im Badezimmer. Licht fiel aus der offenen Tür und zeichnete keinen Meter von ihm entfernt ein helles Rechteck auf den Fußboden. Sie hustete und erbrach sich in die Toilette. Er setzte sich auf und lauschte, hellwach.

»Mom?«, rief er, stand aber nicht auf, um zu ihr zu gehen.

Sie hatte ihn nicht gehört, sondern spie weiter, lauter jetzt, würgte und keuchte. Als sie fertig war, hörte er sie leise weinen, anscheinend noch auf die Klobrille gelehnt, denn ihre Stimme hallte aus der Schüssel wider.

Er sank aufs Bett zurück, schloss die Augen und stellte sich so grimmig schlafend, dass er es selbst zu glauben begann, weniger dass er schlief, sondern dass er gar nicht da war – so wie er als kleiner Junge beim Versteckspielen glaubte, Claire könne ihn nicht sehen, selbst wenn er vollständig sichtbar dastand.

Schließlich hörte seine Mutter auf zu weinen und schnäuzte sich. Er hörte den Kaltwasserhahn quietschen, dann, wie seine Mutter das fließende Wasser mit den Händen auffing und sich mehrmals ins Gesicht spritzte, wie sie den Hahn wieder zudrehte und seinen Namen rief.

Er antwortete nicht. Er verharrte ganz still und gestattete sich kaum zu atmen. Er zwang sich, seine Hände, die er auf der Brust krampfhaft ineinander verschlungen hatte, zu entspannen, sie nach und nach zu lockern, damit sie aussahen wie die Hände eines Schlafenden.

»Joshie«, rief sie wieder. Dann: »Mir ist schlecht, Schatz.« Ihre Stimme zitterte, kiekste, erstickte in Tränen. »Mir ist so furchtbar schlecht, ich brauche deine Hilfe.«

Er schlief. Er konnte ihr nicht helfen, denn er konnte ja nicht wissen, dass sie Hilfe brauchte. Jeden Augenblick würde sie ins Zimmer kommen und es sehen. Er kniff die Augen zu, wartete auf sie, wollte, dass sie kam. Er atmete durch die Nase, konzentrierte sich darauf, die Luft nur in den oberen Teil der Lunge strömen zu lassen. Er würde nicht zu ihr gehen. Auf gar keinen Fall. Sie würde sich zusammennehmen, das wusste er, dann ins Wohnzimmer kommen, ihn auf der Couch sehen, und er würde so tun, als wäre er davon wach geworden, und sie würde sagen: »Warum gehst du denn nicht ins Bett?« Und er würde sich an ihr vorbei die Treppe hinaufschleppen, was jede Woche mehrmals vorkam.

Aber sie tat es nicht. Mit frischer Kraft rief sie: »Josh, du musst Bruce holen. Ich muss ins Krankenhaus. Mir geht es so schlecht. Sehr, sehr schlecht.«

Vorsichtig, ohne die Hände zu bewegen, drückte er mit einem Finger auf seine Brust, dann mit einem zweiten, als spiele er Klavier. Das beruhigte ihn. Er drückte immer fester gegen seine Rippen, mit einem Finger, dann mit dem nächsten.

»Oh Gott«, stöhnte seine Mutter. »Nur das nicht. Lass mich nicht sterben. Ich will nicht sterben.« Ihre Stimme überschlug sich, sie schluchzte. Er hatte sie noch nie so schluchzen hören. Noch nie hatte jemand so geschluchzt. So krampfhaft und so lange. Sie schluchzte so heftig, dass Tanner und Spy sich gleichzeitig von ihrem Platz neben Joshua erhoben und mit klackenden Krallen zu ihr liefen, dann vor ihr stehen blieben und bellten.

»Pst …«, sagte sie nach einer Weile. Er stellte sich ihre Hände vor. Wie sie die Tränen aus ihrem Gesicht wischten, wie sie die Haare hinter ihre Ohren strichen. Und dann hörte er, wie sie den Hunden den Hals kraulte, so wie sie es mochten, so kräftig, dass er das Metall an ihren Halsbändern klirren hörte.

»Schon gut«, sagte sie mit ihrer Babystimme, ganz nach sich selbst klingend. »Ihr macht euch Sorgen um Mami, nicht wahr? Mami hat euch einen Schreck eingejagt, aber jetzt ist alles wieder gut. Mami geht es gut. Und jetzt müsst ihr still sein. Ihr müsst brave Hunde sein. Ihr wollt Josh doch nicht wecken.«

7

Um fünf Uhr morgens nahm Claire ein ausgiebiges Bad. Sie schloss die Augen, döste beinahe ein und schreckte dann verwirrt hoch, denn im ersten Moment dachte sie, sie befinde sich in ihrer Wohnung in Minneapolis. Doch seit zwei Wochen war sie zu Hause in Midden, fuhr jeden Tag nach Duluth ins Krankenhaus und wachte bei ihrer Mutter, abwechselnd mit Bruce. Er übernahm die Nächte, sie die Tage. Jeden Abend kam sie erschöpft bei Dunkelheit nach Hause, konnte dann aber nicht schlafen, wanderte durchs Haus, schaltete in Zimmern, die sie gar nicht benutzte, das Licht an und löschte es wieder, wenn sie ihre nächste Runde drehte. Sie wünschte sich immer, Joshua würde nach Hause kommen und mit ihr reden, doch wenn er tatsächlich einmal kam, was selten der Fall war, wünschte sie sich jedes Mal, er würde wieder gehen.

Sie stieg aus der Wanne und zog sich im Schein der Kerze an, die auf dem Wannenrand in einer alten Weinflasche steckte. Vor ein paar Minuten hatte sie gehört, wie Bruce mit seinem Pick-up die Zufahrt heraufgefahren und dann ins Haus gekommen war. Auch Joshua war heute da und schlief noch. Sie knipste die helle Lampe an, betrachtete sich im Spiegel und bürstete ernst ihr nasses Haar. Sie dachte an ihre Mutter, die jetzt im Krankhaus allein war. Ein unerträglicher Gedanke. Normalerweise war sie um diese Zeit schon bei ihr, aber heute Morgen war sie nur schwer wieder aus der Wanne gekommen.

»Wie geht es ihr?«, fragte sie, als sie in die Küche trat.

»Unverändert«, antwortete Bruce.

Es dämmerte. Sie nahm einen Karton Eier aus dem Kühlschrank heraus. »Gegenüber wann? Gestern?«

»Gestern.« Er saß am Tisch und trank Kaffee aus dem kleinen Metallbecher, der zu seiner Thermoskanne gehörte.

Sie machte Rühreier mit Toast, verteilte sie auf zwei Teller und stellte diese auf den Tisch. Bruce machte sich mit seiner Portion ein Sandwich und aß, die Ellbogen auf den Tisch gestützt, hungrig mit großen Bissen.

»Und was meinst du damit, wenn du sagst, gestern?«, fragte sie, ohne ihre Eier anzurühren. »Denn als ich gestern gegangen bin, ging es ihr gut, obwohl sie tagsüber ein paar schwierige Phasen hatte.«

Bruce legte das Sandwich weg und sah sie an. Sein Gesicht straffte sich, als wollte er etwas sagen, doch stattdessen fasste er über den Tisch und rieb Claires Schulter.

»Sie ist sehr müde«, sagte er nach einer Weile.

Gestern hatte Teresa zum ersten Mal merkwürdige Dinge gesagt, Menschen gesehen, die gar nicht da waren, und behauptet, dass das Telefon klingele, obwohl es gar nicht klingelte. Ein Arzt hatte Claire auf den Flur gebeten und dort zu ihr gesagt, dass es »nicht gut« aussehe. Darauf entspann sich zwischen ihnen ein unerfreulicher Wortwechsel, bei dem sie ihn aufforderte, sich klarer ausdrücken. Was meinte er damit? Was sah nicht gut aus? Was meinte er mit *nicht gut*? Teresa war vor ein paar Wochen auf die Palliativstation des Krankenhauses verlegt worden, aber nicht weil sie im Sterben lag, sondern weil sämtliche Betten in der Onkologie belegt waren. Jetzt aber, wo wieder Betten frei waren, sahen die Ärzte keinen Sinn darin, sie wieder zurückzuverlegen.

Joshua kam in die Küche. Er war angezogen, aber noch sehr verschlafen, und seine Haare standen in alle Richtungen ab.

»Da sind Rühreier für dich«, sagte Claire und deutete zum Herd.

Joshua nahm sich einen Teller, löffelte die Eier aus der Pfanne und setzte sich an den Tisch.

»Du könntest mich heute begleiten, Josh. Mom würde sich freuen.«

Er kaute bedächtig an einem Toast, bestrichen mit Apfelbeerenmarmelade, die Teresa letzten Herbst gemacht hatte. »Ich wollte eigentlich zu Randy wegen dem Pick-up.«

»Das kannst du später noch tun«, entgegnete Claire und sah ihren Bruder unverwandt an, während er weiteraß. »Bitte, bitte«, flehte sie und setzte, als er immer noch weiteraß, ohne zu antworten, giftig hinzu: »Es gibt wichtigere Dinge als Pick-ups. Mom ist wichtiger als ein Pick-up.«

»Ich brauche ein Auto. Das hab ich dir gestern schon gesagt. Ich werde Mom morgen besuchen.« Er sah sie einen Moment lang an und versuchte, ihrem Blick standzuhalten. Ihre Ohrhänger waren silberne Hände, die sich drehten und in ihren Haaren verfingen.

»Deine Mom würde dich gerne sehen«, sagte Bruce nachsichtig.

»Deswegen gehe ich ja morgen zu ihr.«

Claire schob sich einen Bissen Rührei in den Mund, musste sich aber zwingen, ihn zu schlucken, als handele es sich um eine Handvoll Weichtabletten. Sie stand auf und schabte den Inhalt ihres Tellers in die Hundenäpfe. Spy und Tanner kamen in die Küche gestürmt, und im Nu waren die Rühreier verschwunden.

»Ich fahre dann mal«, rief sie und zog den Mantel an.

»Wir sehen uns gegen acht heute Abend«, antwortete Bruce.

»Ja.«

»Ich habe dir doch gesagt, dass ich heute nicht kann, also lass das Theater«, rief Joshua.

»Ich mache kein Theater«, entgegnete Claire. Manchmal konnte sie Joshua auf den Tod nicht ausstehen. Sie spielte mit dem Gedanken, es ihm zu sagen: *Ich hasse dich.* Sie hatten das schon zueinander gesagt, als sie noch Kinder waren. Sie war beleidigt in den Mantel geschlüpft, doch die Stiefel zog sie jetzt ruhiger an, wie um zu demonstrieren, dass sie sich nicht von ihm auf die Palme bringen ließ.

»Ist dein Wagen in Ordnung?«, fragte Bruce.

»Ja.« Sie ging zur Tür und öffnete sie. »Bye«, rief sie.

»Die Straßen werden glatt sein«, erwiderte Bruce.

»Grüß Mom von mir«, rief Joshua, als sie die Tür schloss.

Im März brauchte man für die Fahrt nach Duluth fünfundneunzig Minuten. Claire hatte die Zeit gestoppt. Sieben Minuten bis zur Asphaltstraße, dreizehn Minuten bis Midden. Meistens war sie allein auf der Straße. Wenn ihr ein Wagen entgegenkam, winkte sie, ganz gleich, wer es war, und die anderen winkten zurück. Je näher sie Midden kam, desto mehr Autos kamen ihr entgegen und desto weniger Leute winkten, bis sie in den leichten morgendlichen Berufsverkehr in der Stadt geriet und niemand mehr winkte.

Sie parkte den Wagen in der Nähe des St. Benedict's Hospital. Als sie sich dem Eingang näherte, fuhr die Tür zischend auf, und ein Schwall warmer Luft schlug ihr entgegen. Sie ging am Informationsschalter, am Blumengeschäft, am Kaffeewagen und am Geschenkartikelladen vorbei direkt zum Aufzug, der sie in den vierten Stock hinaufbrachte, in dem das Zimmer ihrer Mutter lag.

»Hübsch siehst du aus«, sagte ihre Mutter, als sie ins Zimmer trat. »Wie Rotkäppchen.« Ihre Augen waren klar. Seit sie Morphium bekam, wusste Claire nie, was sie erwartete. Ihre Mutter konnte in einem Zustand starker Benommenheit, aber innerhalb einer Stunde auch wieder ganz die Alte sein.

»Ich habe deinen Mantel an.« Claire trat ans Fußende des Betts und massierte ihrer Mutter die Fußrücken. Es war die einzige Stelle, wo sie mühelos hinkam, ohne mit dem Gewirr von Schläuchen, Infusionsbeuteln und hohen Rollwagen, auf denen die medizinischen Geräte standen, ins Gehege zu kommen.

»Das war immer mein Lieblingsmantel«, sagte Teresa. »Ich habe ihn als Teenager beim Schlittschuhlaufen getragen.«

Claire schob die Hände in die Taschen des alten roten Wollmantels. Überall standen Vasen mit Blumen, die das Zimmer mit üppigen Düften und leuchtenden Farben erfüllten.

»Du hast ihn auch zu anderen Gelegenheiten getragen. Soweit ich weiß, hast du ihn ständig getragen.«

»Ich trage ihn, wenn ich die Hühner füttere. Und die Pferde. Er ist mein Stallmantel.«

»Ich weiß«, erwiderte Claire, besorgt jetzt, ihre Mutter könnte wieder ins Delirieren abgleiten, obwohl alles, was sie sagte, stimmte. Gestern hatte sie steif und fest behauptet, ein Mann namens Peter habe ihr die Beine rasieren wollen. Claire zog den Mantel aus, setzte sich, nahm das Buch zur Hand, das sie zurzeit las, und zog das gepresste Laubblatt heraus, das sie als Lesezeichen benutzte. Sie drehte das Blatt am Stiel und hielt es in die Höhe. »Was ist das?«, fragte sie ihre Mutter, um ihren Geisteszustand zu prüfen.

»Ein Blatt.«

»Schon, aber was für eines?«

Teresa holte tief Luft, hielt den Atem an, als mache sie Joga, und atmete langsam wieder aus. »Espe«, antwortete sie, wobei sie Claire und nicht das Blatt ansah. Ihre Arme lagen völlig reglos auf dem Bett, ihre Handgelenke waren mit Mull umwickelt, um die Infusionsschläuche zu schützen. »Auch unter dem Namen Zitterpappel bekannt.«

»Richtig«, erwiderte Claire, obwohl sie nicht wusste, ob es sich tatsächlich um ein Espenblatt handelte, weil sie sich nie die Mühe gemacht hatte, solche Dinge zu lernen.

»Populus tremula«, sagte Teresa auf Latein, wobei sie die Silben in die Länge zog. Einmal hatte sie eine ganze Sendung der *Modernen Pioniere* den botanischen Namen verbreiteter einheimischer Bäume und Gräser gewidmet und in der Woche davor ihre Familie einem Probequiz unterzogen. Jetzt versuchte Claire, sich wenigstens an einen Namen zu erinnern, um ihrer Mutter zu zeigen, dass sie aufgepasst hatte, doch ihr fiel keiner ein.

»Wo ist Bruce?«

»Er ist vor ein paar Stunden gegangen, Mom. Er musste zur Arbeit. Weißt du nicht mehr?«

»Ach so. Jetzt fällt es mir wieder ein. Ich dachte, ich hätte es geträumt. Wo ist Joshua?«

»Er lässt dich grüßen. Er kommt morgen.«

Sie rückte die Gegenstände zurecht, die auf dem kleinen Tisch standen, damit sie ihre Mutter nicht anzusehen brauchte. Eine Tube Lippenbalsam, eine Schachtel Kleenex, ein Becher mit warmem Gatorade. Es war jetzt zwei Wochen her, dass ihre Mutter ins Krankenhaus eingeliefert worden war, und Joshua hatte sie noch kein einziges Mal besucht.

»Ich habe dir etwas mitgebracht«, sagte sie nach einer Weile, wühlte in ihrem Rucksack, zog einen Lutscher mit Honig und Ingwer hervor, den sie in einem Bioladen gekauft hatte, und reichte ihn ihrer Mutter.

Teresa hatte seit drei Tagen nichts gegessen. Durch die Bestrahlung zersetzte sich ihr Magen, von dem sie Teile in eine gelbe Schüssel erbrach, die seitlich an ihr Bett geklemmt war.

»Danke«, sagte sie und führte mit zitternder Hand den Lutscher zum Mund. »Vielleicht tut er mir ja gut. Ingwer sollte man übrigens auch in der Schwangerschaft nehmen. Er ist ein natürliches Mittel gegen Übelkeit.«

»Ich weiß.« Und sie wusste es tatsächlich – auch das war bei den *Modernen Pionieren* angesprochen worden. »Und Pfefferminze auch«, sagte sie, und Teresa lächelte anerkennend. Claire schob einen Infusionsständer nach hinten an die Wand, damit sie neben ihre Mutter treten und ihr den Kopf streicheln konnte. Ihre Haare waren spröde und trocken wie Gras, das flach aus Felsritzen wuchs.

»Oh«, stöhnte Teresa. »Fass mich nicht an. Das tut weh. Alles tut weh. Du glaubst ja nicht, wie weh.« Sie schloss die Augen, den Lutscher in der Hand. »Lass uns einfach dasitzen und nichts sagen. Das wünsche ich mir mehr als alles andere. Zusammen sein und ausruhen.«

Claire nahm ihr den Lutscher aus den geschwollenen Fingern. Sie hielt ihn eine Weile, ehe sie ihn selbst zu essen begann.

Teresa lag mit geschlossenen Augen da. Ihr Gesicht war gerötet, sah fiebrig aus. Zu anderen Zeiten war es weiß wie Schnee. Claire überlegte, ob sie ein Schlaflied singen sollte, aber ihr fielen nur ein oder zwei ein und auch davon nur noch ein paar Worte. Ihre Mutter hatte ihnen nie Schlaflieder vorgesungen, soweit sie sich erinnern konnte. Sie hatte andere Lieder gesungen, lustige Lieder mit Texten, die sie sich beim Singen selbst ausdachte. Oder traurige Lieder von Joan Baez und Emmylou Harris. Aber sie glaubte nicht, dass ihre Mutter jetzt ein solches Lied hören wollte, und so stellte sie sich ans Fußende des Betts, leckte am Lutscher und lauschte ihrem Atem, wartete auf den Atem, der ihr verriet, dass sie schlief. Als sich dieser Atem schließlich einstellte, suchte sie auf dem Gesicht ihrer Mutter nach Anzeichen von Erleichterung, doch sie entdeckte keine. Ihr Gesicht hatte einen Ausdruck ständiger Anspannung. Sie konnte nicht sagen, ob das neu war und mit dem Krebs zusammenhing oder ob dieser Ausdruck schon immer da gewesen und nur vom normalen Tageslicht verschleiert worden war. Teresas Kinn hing herab und ließ das Fleisch darunter schlaff erscheinen, aber ihre gespitzten, leicht mit Erbrochenem befleckten Lippen hatten etwas merkwürdig Waches. Claire musste an Fernsehspots über hungernde Kinder denken, an deren Augenwinkeln Fliegen saßen, die sie nicht verscheuchen konnten, weil sie zu schwach waren. Wie unerträglich dieser Anblick war, unerträglicher noch als alles andere, als all die anderen Dinge wie der Mangel an Nahrung, der Mangel an Wasser und das Fehlen von Liebe, die doch viel schlimmer waren.

Sie befeuchtete einen Waschlappen und wusch ihrer Mutter vorsichtig das Gesicht.

»Danke, mein Schatz«, sagte Teresa, ohne die Augen zu öffnen, ohne sich zu rühren oder einen anderen Hinweis darauf zu geben, dass sie wach war. Und dann sagte sie: »Ich habe letzte Nacht an viele verschiedene Dinge gedacht. Zum Beispiel an damals, als ich mich in der Toilette eingeschlossen habe.«

»Wann damals?«

»Du erinnerst dich doch.« Teresa schlug die Augen auf und sah Claire an.

»Ich erinnere mich nicht.«

»Ich war wütend auf dich und Joshua. Du warst ungefähr fünf. Ich weiß nicht mehr, was ihr beide angestellt hattet. Wahrscheinlich kam mehreres zusammen.«

Sie lächelte Claire an. Ihre Schönheit war, selbst jetzt noch, wie ein Lampion, der in einer Eiche hing.

»Das war kurz bevor ich euren Vater endgültig verlassen habe. Aber egal. Niemand sagt dir, was dich erwartet. Ich war so wütend, dass ich euch wehtun wollte. Ich meine, körperlich Leid zufügen. Na ja, ich habe es nicht getan, und ich hätte es auch nicht getan, aber in dem Moment fühlte ich mich dazu fähig. Niemand sagt es dir, wenn du Mutter wirst – niemand will darüber sprechen –, aber jeder Mensch hat eine Belastungsgrenze, selbst im Umgang mit Kindern. *Besonders* im Umgang mit Kindern.« Sie lachte leise. »Darum habe ich mich im Klo eingeschlossen, um mich wieder abzuregen.«

»Das war wahrscheinlich gut so«, sagte Claire abwartend. Sie saß auf der Kunstledercouch, neben sich den nassen Waschlappen.

»Herrje, wart ihr wütend! Ihr habt getobt. Ihr konntet es nicht ertragen, dass ich euch nicht reinlassen wollte. Ihr habt euch mit aller Kraft gegen die Tür geworfen. Ich dachte, ihr würdet euch wehtun. Ihr dachte, ihr würdet euch etwas brechen. Deshalb musste ich rauskommen.«

Sie behielt ein Lächeln auf dem Gesicht und sah Claire lange an. Nach einer Weile sagte sie: »Manchmal sind mir verrückte Gedanken gekommen, als ihr noch Babys wart, du und Josh. Dinge, die ich gar nicht wollte, die mir wie aus dem Nichts in den Kopf kamen.«

»Was denn zum Beispiel?«

»Grausige Dinge. Zum Beispiel kam mir beim Gemüseschneiden plötzlich der Gedanke, ich könnte euch die Köpfe abhacken.«

»Mom!«

»Ich wollte es ja nicht tun, aber der Gedanke war da. Ich glaube, das ist ganz natürlich. Auf diese Weise hilft dir die Natur, dich an die Verantwortung zu gewöhnen.«

Claire hängte den Waschlappen zum Trocknen über die Holzlehne des Stuhls. »Als Shadow ein Kätzchen war«, sagte sie, »und ich sie herumtrug, hatte ich ständig das Gefühl, ich könnte sie fallen lassen, und das machte mich ganz wahnsinnig, bis ich sie absetzte.«

»Ja. Das meine ich. Nicht was man tun möchte, sondern was man tun könnte.«

Claire zog ein Kuvert hervor. »Die Leute von der Radiostation haben dir eine Karte geschickt.«

»Das ist nett.«

»Soll ich sie dir vorlesen?«, fragte sie und riss das Kuvert auf.

»Später vielleicht.«

Claire betrachtete ihre Mutter, während sie schlief oder zu schlafen versuchte. Je länger sie sie betrachtete, desto fremder erschien sie ihr, als ob sie sie nicht schon ihr Leben lang kennen würde. Sie hatte dasselbe eigentümliche Befremden vor Jahren schon einmal empfunden, als ihr erklärt wurde, woher die Babys kamen. Es waren nicht die Fakten, die sie verwirrten, nicht das Mysterium von Sex, Geburt und Leben, sondern die Frage nach dem Warum. Warum gab es überhaupt Menschen? Oder Fische, Löwen und Ratten? Jetzt kam ihr ein neuer Gedanke. Wenn es schon Menschen, Fische, Löwen und Ratten geben musste, warum mussten sie dann sterben? Und vor allem, warum musste ihre Mutter sterben? Sie stand auf, um den Gedanken abzuschütteln, ging leise zum Fenster und blickte auf die Straße hinaus. Sie stand vollkommen reglos und aufrecht da und war sich ihrer reglosen, aufrechten Haltung vollauf bewusst. Der Kummer hatte unerklärlicherweise ihre Haltung verbessert. Und er hatte sie, was schon verständlicher war, schlanker werden lassen. Ihr war, als wäre ihr Körper etwas Zerbrechliches geworden, wie ein Zweig oder ein Besenstiel.

Sie wandte sich vom Fenster ab und nahm die Karte von den Kollegen ihrer Mutter bei der Radiostation zur Hand. Vorn drauf was das sepiafarbene Foto einer Frau, die auf dem Kutschbock eines von zwei Ochsen gezogenen Conestoga-Wagens saß. Dass Innere der Karte war mit Grüßen voll geschrieben, die praktisch alle dasselbe beinhalteten: *Gute Besserung!* Sie stellte die Karte aufs Fensterbrett und ging an ihrer schlafenden Mutter vorbei aus dem Zimmer.

Claire kannte inzwischen die Flure und Räume des Krankenhauses, die Nischen, wo sie für sich sein konnte oder Ablenkung fand. Die Schwestern lächelten höflich, wenn sie vorbeikam. Sie ging jeden Tag in den Geschenkartikelladen und verweilte bei Schnapsgläsern, Schlüsselanhängern, lächelnden Uhren und Teddybären. Es gab einen Wühltisch mit kleinen Spielsachen, von denen sie eines besonders begeisterte, obwohl sie es nicht kaufen wollte – eine Plastikschale mit Buchstabenwürfeln, die, wenn sie geschüttelt wurden, neue Wörter bildeten. Jedes Wort musste vier Buchstaben haben. Sie stand in dem Laden und spielte das Spiel, schrieb *Wand, Wurf, Bach, Korb, Pipi, Tier* und so weiter, bis die Verkäuferin einen so genervten Eindruck machte, dass sie das Spiel weglegte und den Laden verließ. Sie schlug den Weg zur Entbindungsstation ein, der durch lange Korridore und mehrere Türen führte, dann mit dem Aufzug nach oben, vorbei an der Kardiologie, der Radiologie und Neurologie, schließlich über einen überdachten Übergang, der sich über die Straße unten spann. Die Babys waren sehr klein und nicht schön, aber trotzdem nett anzuschauen. Sie betrachtete sie durch eine große Glasscheibe. Sie wünschte sich keines, hätte aber sehr gern eines im Arm gehalten. Sie rochen so gut, selbst durch die Scheibe, wie rohes Gemüse, wenn es noch schmutzig war.

»Sind Sie eine Tante?«, wurde sie immer wieder gefragt.

»Nein. Ich sehe sie mir nur an«, antwortete sie immer übertrieben fröhlich.

Und dann ging sie, machte einen Umweg durch die Tagesklinik und kehrte durch die Onkologie in die Palliativstation zurück. Außer ihrer Mutter gab es dort nur wenige Patienten, noch eine Frau, die ungefähr im Alter ihrer Mutter war, und mehrere alte Leute. Sie erhaschte Blicke von diesen Menschen, wenn sie an ihren Zimmern vorbeiging, und lernte sie auf eine Weise kennen, wie man die Häuser an einer vertrauten Straße kennt. Die Dame mit dem Loch im Hals, die kahlköpfige Frau, die immerzu schlief, den um sich schlagenden Mann, der schließlich mit allen vieren ans Bett gefesselt werden musste, und den anderen, der jedes Mal, wenn jemand vorbeikam, winkte und »Jeanie!« rief, bis Claire eines Tages stehen blieb.

»Jeanie?«, fragte er. Seine Stimme klang jung, aber er selbst war alt. Sehr alt, wie die meisten hier – Menschen, die so alt waren, dass sie keiner mehr kannte, oder wenn sie noch jemanden hatten, nur sonntags Besuch bekamen.

»Ja«, antwortete Claire, blieb auf dem Flur stehen und spähte durch die offene Tür zu ihm hinein.

»Jeanie«, sagte er erleichtert.

»Ja.«

»Jeanie?«

»Ja.« Sie drehte ihre Hände in die Bündchen ihres Pullovers.

»Sie sind nicht Jeanie«, sagte er schließlich sanft, als tue es ihm leid, ihre Gefühle zu verletzen. »Ich kenne meine Jeanie, und Sie sind es nicht.«

Eine Schwester erschien mit einem Essenstablett und schob sich an Claire vorbei durch die Tür. »Belästigt er Sie?«

»Nein«, antwortete Claire.

»Ignorieren Sie ihn einfach«, riet ihr die Schwester.

»Herrgott!«, schimpfte der Mann, setzte sich auf und ließ die Füße aus dem Bett baumeln. Sie hatten merkwürdige blaue Flecken, und die Zehennägel hätten mal wieder geschnitten werden müssen.

»Lassen Sie es einfach zum einen Ohr rein und zum anderen wieder raus«, sagte die Schwester und lachte schallend.

Am Ende des Flurs befand sich ein Raum, der für die Angehörigen der Patienten reserviert war, die auf der Palliativstation lagen. An der Tür hing ein Holzschild, auf das in bauchigen Buchstaben FAMILIENZIMMER gepinselt war. Drinnen hatte derselbe Künstler einen großen Regenbogen an die Wand gemalt, an dessen Ende ein goldener Topf stand, um den ein dicker Kobold tanzte. Ausgestattet war der Raum mit einer orangefarbenen Couch, einem Kühlschrank, einem Mikrowellenherd, einer Kaffeekanne und einem Wasserspender für kaltes und warmes Wasser.

Claire ging dorthin, um Kräutertee aus einem spitzen Pappbecher zu trinken und das Anschlagbrett zu lesen. Es gab Selbsthilfegruppen für Menschen mit Aids oder chronischem Erschöpfungssyndrom, für Eltern von Frühgeborenen oder Zwillingen, für Drogenabhängige und Magersüchtige. Sie las diese Anschläge jeden Tag, als wäre es das erste Mal. Im Zimmer stand auch ein Fernseher, aber sie traute sich nicht, ihn einzuschalten. Normalerweise hatte sie den Raum ganz für sich. Doch eines Tages war ein Mann eingetreten.

»Hallo«, sagte er. »Ich bin Bill Ristow.«

»Und ich bin Claire, Claire Wood.« Sie gab ihm die Hand und hielt sich mit der anderen an dem leeren Pappbecher fest. Seine Hand war feucht, weich und schmiegsam wie das Blütenblatt einer Lilie.

»Meine Frau liegt in Zimmer neunundvierzig. Sie hat Krebs.« Er kratzte sich mit dem kleinen Finger am Kopf. »Sie müssen neu hier sein.«

»Ziemlich. Wir waren … meine Mutter war vor zwei Wochen schon mal hier. Wir waren völlig ahnungslos. Ich meine, was den Krebs angeht. Sie hatte eine schlimme Erkältung, die einfach nicht weggehen wollte. Und dann hatte sie plötzlich überall Krebs.« Sie hielt inne und schaute zu ihm auf. Er hatte eingesunkene braungrüne Augen. Sie lächelte, hörte auf zu lächeln und sprach weiter. »Na ja, jedenfalls wissen wir erst seit knapp über einem Monat, dass sie Krebs hat, und jetzt kann man nichts mehr tun.« Sie starrte auf die lächerlich strapazierfähigen Lederkappen an ihren Schuhspitzen. Sie wusste nicht, was sie sagen oder nicht sagen würde. Sie wusste nicht, ob sie gleich zu weinen anfangen würde. Sie konnte beides nicht steuern.

»Mein Gott«, sagte Bill und klimperte mit den Geldstücken in seiner Tasche. Er machte gerade Kaffee. Das Wasser tröpfelte nur in die Kanne. »Also ich sage es nicht gern, Claire, aber in gewisser Weise können Sie von Glück sagen. Es ist wahrlich kein Spaß, wenn es sich in die Länge zieht. Nance und ich – der Krebs bestimmt seit sechs Jahren unser Leben.«

Er war älter, aber nicht alt, im Alter ihrer Mutter. An der Highschool hätte er Ringer gewesen sein können, breit gebaut und stämmig, wie er war, kompakt wie ein Felsblock. Auch sein Gesicht war eher derb geschnitten. Er sah nicht gut aus. Er sah nicht schlecht aus. Er nahm einen Becher, auf dem WYOMING! stand, aus dem Schrank, dann einen zweiten mit Gemüsefiguren, die Händchen hielten, füllte beide mit Kaffee und hielt Claire den mit WYOMING! hin, ohne vorher zu fragen, welchen sie wolle.

»Sie und ich haben viel gemeinsam«, sagte er.

Sie sagte nichts. Sie trank keinen Kaffee. Kaffee schmeckte ihr nicht. Trotzdem nahm sie den Becher, umschlang ihn mit beiden Händen. Das gefiel ihr.

Am Nachmittag rief sie vom Münztelefon am Schwesternzimmer aus David an. Sie wählte seine Nummer – die ja auch ihre war, nur dass sie plötzlich gar nicht mehr das Gefühl hatte, dort zu wohnen, obwohl sie erst kurze Zeit fort war. Während sie darauf wartete, dass er abhob, merkte sie, dass jemand hinter ihr stand. Sie drehte sich um. Eine Frau lächelte sie an und winkte lebhaft, als stehe sie weit weg und nicht unangenehm dicht vor ihr.

»Hi«, flüsterte Claire, den Telefonhörer, in dem es unablässig klingelte, noch am Ohr.

»Ich hatte gehofft, Sie noch zu erwischen«, sagte die Frau und streckte ihr die Hand hin. »Mein Name ist Pepper Jones-Kachinsky. Ich bin hier die Trauerbegleiterin. Ich habe Ihren Vater kennengelernt ... Ihren Stiefvater ... Bruce.«

»Ach«, sagte Claire und hängte den Hörer ein. »Hallo.«

Pepper trat näher, ergriff ihre Hand, drückte sie und ließ sie nicht mehr los.

»Wie geht es Ihnen?«, fragte sie mit traurig schimmernden Augen. »Hören Sie, Claire, Sie sollen wissen – ach, es ist schrecklich, das mit Ihrer Mutter, und Sie sollen wissen, dass Ihnen meine Tür jederzeit offen steht, wenn Sie darüber sprechen möchten, was Sie im Moment durchmachen. Rund um die Uhr.«

»Ich danke Ihnen«, erwiderte Claire höflich. Sie wollte nicht getröstet werden. Sie wollte nur eines und sonst nichts – dass ihre Mutter am Leben blieb. »Nur weiß ich nicht, wozu das gut sein soll.« Pepper sah sie unverwandt an, immer noch ihre Hand haltend. »Was nicht heißt«, setzte Claire stockend hinzu, »dass ich nicht mit Ihnen reden könnte.«

»Ach, das würde mich freuen. Das würde mich sehr freuen«, sagte Pepper, die zwei graue Zöpfe zu Knoten aufgedreht und seitlich am Kopf festgesteckt hatte.

»Aber ich kann nicht. Das ist das Problem. Ich bin den ganzen Tag beschäftigt. Ich bin bei meiner Mutter.« Ihre Hand fühlte sich heiß und feucht an, und sie versuchte behutsam, sie Peppers Griff zu entziehen.

»Ich habe keinen Terminplan. Ich bin jederzeit für Sie da. Bei mir gibt es keine festen Bürozeiten.« Sie legte sich nachdenklich einen Finger auf die Lippen, ihre Krähenfüße vertieften sich. »Mal überlegen. Wie wäre es denn mit sofort? Wie wär's, wenn wir jetzt gleich in mein Büro gehen?«

»Äh«, machte Claire und deutete auf das Münztelefon. »Eigentlich wollte ich gerade jemanden anrufen ...«

»Ach so«, sagte Pepper enttäuscht, als hätte sie vorhin gar nicht bemerkt, dass Claire telefonieren wollte.

»Andererseits«, sagte Claire. Sie wollte Pepper nicht kränken. Vielleicht würde sie ihren Job verlieren, wenn niemand zu ihr kam, um mit ihr zu sprechen. »Auf einen Sprung.«

»In Ordnung!«, rief Pepper und führte sie in ihr Büro.

Zuerst sprachen sie über Joshua. Dass er nie da war. Dass er seine Mutter im Krankenhaus nicht besuchen wollte. Dass er immer bekifft war, wenn Claire ihn sah. Pepper sagte, so etwas nenne man Dissoziation. Dies sei Joshuas Art, mit der Situation fertigzuwerden. Sie saßen in zwei identischen hölzernen Schaukelstühlen, über deren Rückenlehnen bunte Häkeldecken geworfen waren. Claire schaukelte eine Weile und hörte dann damit auf.

»Und was ist mit Ihnen?«, fragte sie schüchtern, als alles gesagt schien.

»Mit mir?«

»Na ja ... Ich meine, wie lange arbeiten Sie schon hier?«

Sie sei früher Nonne gewesen, erzählte Pepper, inzwischen aber mit einem Mann namens Keith verheiratet, einem Krankenpfleger, den sie in einem Indianerreservat in New Mexico kennengelernt habe und der spielsüchtig geworden sei, nachdem ihn seine erste Frau verlassen habe. »Jeder hat seine eigene Art zu trauern«, erklärte sie. »Und das war eben Keith' Art. Joshua hat seine Art. Sie haben Ihre. Es gibt keinen richtigen Weg. Es gibt keinen falschen Weg. Alle Wege führen zum Gipfel.«

»Zu was für einem Gipfel?«

Pepper antwortete nicht. Sie lehnte sich zurück, faltete die Hände im Schoß und blickte ganz verzückt, was sie, wie Claire aufgefallen war, eigentlich immer tat. Als halte sie einen riesigen Rubin in den Händen. Als niesele ihr ein kühler Regen wohltuend auf den heißen Kopf.

Ohne Vorwarnung begann Claire zu weinen. Sie atmete ganz normal ein, und als sie ausatmete, heulte sie laut los. Beschämt nahm sie ein Papiertaschentuch von dem Tisch zwischen ihnen und putzte sich die Nase. Um ihre Fassung wiederzuerlangen, konzentrierte sie sich auf die Maisstrohpuppen, die aufgereiht auf dem Schreibtisch und vor dem Fenster standen, das aufs Schwesternzimmer hinausging.

Schließlich sagte Pepper: »Gott ist bei Ihnen, und Gott ist bei Ihrem Bruder. Gott ist bei Ihrem Stiefvater, und Gott ist bei Ihrer Mutter. Er steht neben jedem von Ihnen und hält Ihnen die Hand, ob Sie es fühlen oder nicht.«

»Daran glaube ich nicht«, krächzte Claire, stieß kurze, keuchende Atemzüge aus und versuchte, sich zusammenzunehmen. »Das gilt vielleicht für Sie, aber nicht für jeden.«

Peppers Gesichtsausdruck blieb unverändert. Heiter, gottselig und verzückt sah sie ihrem Gegenüber direkt in die Augen, was es Claire unmöglich machte, ihren Blick längere Zeit zu erwidern. Sie nahm die Häkeldecke von der Stuhllehne und legte sie sich um die Schultern, obwohl ihr gar nicht kalt war.

»Nicht Sie erwählen Gott, sondern Gott erwählt Sie«, sagte Pepper, und wieder begann Claire zu weinen, aber leise diesmal, mit stillen Tränen. »Sie werden von Gott erwählt. *Sie*, Claire. Ich weiß in meinem Herzen, dass Sie erwählt werden, und Ihre Mutter auch.«

»Also, *ich* weiß es nicht«, sagte Claire scharf hinter dem Taschentuch hervor, das sie sich an die Nase hielt. »Ich meine, ich spüre seine Gegenwart nicht. Ich spüre nicht einmal, ob er überhaupt ein Er ist. Er könnte auch eine Frau sein, verstehen Sie. Haben Sie darüber schon mal nachgedacht? Möglich wäre auch, dass er gar kein Wesen ist. Und sollte Gott einem nicht helfen, einen nicht beschützen oder so? Ich fühlte mich überhaupt nicht beschützt. Und wozu ist Gott denn gut, wenn ich dieses Gefühl nicht habe?« Sie rang ein paarmal nach Luft, fasste sich wieder und schnäuzte sich. »Mir kommt das alles so *indirekt* vor. Ich brauche mehr.«

Pepper lächelte milde. »Gott ist keine Hotline«, sagte sie. »Sie können nicht einfach seine Nummer wählen. Nein. Das Problem ist, dass Sie – ach, und ich auch, wie überhaupt alle, jeder Einzelne von uns –, dass wir uns Glück erhoffen. Gott hat einen Plan für jeden Einzelnen von uns, und vielleicht ist für Sie, vielleicht ist für Sie, mein Kind, Glück im Moment nicht vorgesehen. Wir sind auf die göttliche Gnade angewiesen. Jeder Einzelne von uns.« Sie sah Claire traurig an, schlug die Beine übereinander und strich sich die Hose an den Oberschenkeln glatt. »Jetzt sehen Sie sich das an«, sagte sie, »mein Schuh ist aufgegangen.« Sie beugte sich vor und band ihn zu.

Claire sagte nichts. Ihre Tränen kannten kein Halten mehr, liefen ihr in heißen Strömen übers Gesicht und tropften von ihrem Kinn, während Pepper ruhig dasaß und zusah, ehe sie plötzlich aus dem Stuhl sprang, sich vorbeugte und Claire festhielt.

»Oh, mein Engel, mein süßes Kind. Ich weiß, dass es schwer ist. Ich weiß es.«

Sie nahm Claires Gesicht in die Hände und küsste sie auf die Stirn, dann setzte sie sich auf den Boden und rieb ihre Knöchel. Schließlich lehnte sie sich, auf die Hände gestützt, zurück und erzählte Claire von ihrem Leben als Nonne. Wie sie von Gott berufen worden war und schon mit zehn hatte Nonne werden wollen, sehr zum Leidwesen ihrer Eltern. Ihrer Familie gehörte ein großes Unternehmen, das Papierwaren herstellte. Ein Jahrhundert lang war sie die reichste Familie von Duluth gewesen. Nach ihren Mitgliedern waren Straßen, Schiffe, Parks und ein Museum benannt, das Claire bei einem Schulausflug in der sechsten Klasse besucht hatte. Pepper hatte dies alles aufgegeben und war zweiunddreißig Jahre lang Nonne gewesen, vom zweiundzwanzigsten bis zum vierundfünfzigsten Lebensjahr. Sie hatte in Chicago und dann in Green Bay gelebt. Doch die meiste Zeit hatte sie in El Salvador verbracht und dort mit drei anderen amerikanischen und drei salvadorianischen Nonnen eine Ziegenfarm betrieben, bis eines Tages Männer ihr Haus überfielen und alle Nonnen verschleppten bis auf Pepper, die zu dem Zeitpunkt zufällig draußen beim Ziegenfüttern war. Als der Tumult losbrach, sprang sie in einen Haferkasten und blieb dort zwei Tage, muckste sich nicht und litt quälenden Durst. Unterdessen wurden die anderen fortgeschafft, vergewaltigt und mit Scheren, glühenden Zigaretten und einem elektrischen Viehtreiber misshandelt, dann durch Kopfschuss getötet, mit Benzin übergossen und verbrannt.

Claire wischte sich mit dem zusammengeknüllten Taschentuch das Gesicht ab. Sie bekam Schluckauf, hörte aber genau zu. Es war enorm hilfreich.

»So, so, du hast dich also mit der aufdringlichen Bibeltante angefreundet«, sagte ihre Mutter am nächsten Morgen. Und dann, bevor Claire etwas erwidern konnte: »Wenn man bedenkt, dass ich dich erzogen habe.«

»Pepper ist keine aufdringliche Bibeltante. Und überhaupt,

wer sagt denn, dass wir uns angefreundet haben? Ich habe ein einziges Mal mit ihr gesprochen. Da würde ich nicht von angefreundet reden.«

»Ich sage kein Wort mehr dazu«, erwiderte Teresa und schlug die Füße gegeneinander. »Es liegt mir fern, dir vorzuschreiben, was du zu tun hast. Ich habe dich zu selbstständigem Denken erzogen. Wenn dir der Sinn nach Gott steht, dann geh im Wald spazieren. Lies ein Buch. Lies Emily Dickinson! Was liest du eigentlich im Moment? Jetzt sag bloß nicht, irgend so einen religiösen Schund.«

»Mom.«

Claire erzählte Teresa, dass Pepper beinahe von einer rechtsgerichteten Todesschwadron ermordet worden sei, von dem Navajo-Reservat und ihrem Ehemann Keith.

Teresa kratzte sich, milder gestimmt, am Arm. »Es ist ja nicht so, dass ich etwas gegen den Glauben hätte«, sagte sie vorsichtig. »Ich bin nur gegen ein Denken, das behauptet, die Menschen wären lasterhaft und schlecht. Das kenne ich zur Genüge, besten Dank. Das ist mir achtzehn Jahre lang zum Frühstück, Mittagessen und Abendessen eingetrichtert worden, aber von dir und Joshua habe ich es ferngehalten.«

»Warum hast du uns dann taufen lassen?«

Teresa sah Claire erschrocken an, wie ein Adler mit gesträubtem Gefieder.

»Nur zu deiner Information: Ich war von der Entbindung geschwächt. In einem mütterlichen Dämmerzustand. Das hat man mit Babys damals eben gemacht, du Schlaubergerin. Außerdem wirst du mir später danken müssen, falls sich der ganze Quatsch von wegen, dass man in die Hölle kommt, doch als wahr erweisen sollte. Ich habe dich gegen die ewige Verdammnis versichert.«

»Aber man kann nicht beides haben, Mom.«

»Na schön. Ich bin eine Rabenmutter. Ich habe alles falsch gemacht. Vergib mir.«

»Das sage ich doch gar nicht. Ich sage nur, dass Pepper keine aufdringliche Bibeltante ist.«

»Anscheinend nicht«, erwiderte Teresa grimmig.

»Was ist?«

»Ich sagte, okay.«

Claire saß auf dem breiten Fensterbrett.

»Was tut sich draußen?«, fragte Teresa.

»Es schneit.«

Sie saßen ein paar Minuten lang schweigend da, dann sagte Claire: »Es ist nichts, Mom. Ich habe mit Pepper nur geredet. Ich werde jetzt kein Jesus-Freak.«

»Ich weiß, mein Schatz.« Ihre Stimme bekam vom Morphium einen singenden Tonfall, den Claire mittlerweile kannte. »Ich möchte nicht streiten. Ich verstehe dich vollkommen. Du bist genau wie ich. Du bist eine Suchende.«

Sie drehte den Kopf langsam und ruckweise in Richtung Claire, die im Fenster saß.

Sobald ihre Mutter eingeschlafen war, ging Claire den Flur hinunter, aber anders diesmal, befangen und nach Bill Ausschau haltend, ohne es sich einzugestehen. Sie kam am Zimmer seiner Frau vorbei und blickte weiter stur geradeaus, bis sie gleich darauf ihren Namen rufen hörte.

»Haben Sie Lust, etwas essen zu gehen?«, fragte Bill und kam auf sie zu. Sein Gesicht war auf einer Seite zerknautscht, als hätte er gelegen.

Sie gingen in ein Lokal namens Lakeshore Lounge zwei Häuserblocks vom Krankenhaus entfernt. Gelbe Glühbirnen und Neonreklamen für Leinenkugel-Bier sorgten in dem fensterlosen Raum für Schummerlicht. Sie bestellten beide Wodka-

Grapefruit und setzten sich in eine Nische. Außer ihnen war nur die Barkeeperin da, eine alte Dame mit aufgemalten Augenbrauen, die auf einem Hocker saß und fernsah.

Bill erzählte Claire, dass er in Fargo aufgewachsen sei, sich später zur Marine gemeldet und den größten Teil seiner zweijährigen Dienstzeit auf einem Schiff im Mittleren Osten zugebracht habe. Zuvor hatte er seine Jugendliebe von der Highschool geheiratet, eine Frau namens Janet, doch als er von der Navy zurückkam, hatte sich Janet einen feuerspeienden Drachen auf den Hintern tätowieren lassen und zog mit einem Mann namens Turner um die Häuser, der Chef einer Motorradgang in Manitoba war.

»So ist das Leben«, sagte er und kostete von seinem Getränk. Es bedeutete ihm etwas, dass sie beide das Gleiche tranken. Ursprünglich hatte er ein Bier bestellen wollen. »Ich möchte Sie was fragen. Haben Sie ein Tattoo?«

Claire schüttelte den Kopf. Darauf krempelte er den Ärmel hoch und hielt ihr die Innenseite seines Unterarms hin, auf der ein sprungbereiter Puma prangte.

»Hören Sie auf meinen Rat und lassen Sie es. Es ist keine gute Idee, besonders für Frauen.«

»Ich habe schon mit dem Gedanken gespielt. Vielleicht ein Gänseblümchenband.«

»Na jedenfalls«, erzählte er weiter, »bin ich nach der Geschichte mit Janet mit meinem gebrochenen Herzen nach Alaska gegangen und habe in einer Lachskonservenfabrik gearbeitet. Da verdient man gutes Geld. Aber das ist noch Arbeit. Nicht wie das, was manche Typen für Arbeit halten. Die Bürotypen. Dort habe ich Nancy kennengelernt. Sie hat wie ich in der Konservenfabrik gearbeitet – auch Frauen machen das –, aber zusammen waren wir da noch nicht. Das war erst ungefähr fünf Jahre später, als ich nach Duluth gezogen bin und eine Stelle angenommen habe – ich mache im Hafen die Fahrpläne für die ein- und auslaufenden Schiffe. Ich habe mir gedacht: Wen zum Teufel kennst du eigentlich in Duluth? Und ich hatte Nancy nie vergessen, verstehen Sie? Ich hatte sie kennengelernt und nie vergessen, und ich wusste, dass sie aus Duluth war. Also habe ich im Telefonbuch nachgesehen und mir gedacht: Warum zum Teufel rufst du sie nicht an? Der Rest ist Geschichte, wie man so sagt.«

Bill fragte Claire, wo sie wohne, ob sie Geschwister habe, ob sie den Winter in Minnesota möge, ob sie schon einmal in Kalifornien gewesen sei. Er wollte wissen, was ihr Lieblingsfilm sei, ob sie glaube, dass es auf anderen Planeten Leben gebe, ob sie irgendwann mal Kinder bekommen wolle.

»Wir wollten Kinder haben, aber dann *bumm!* – Nancy hat Krebs.« Er sah sich in der Bar um. Ihnen gegenüber stand eine Reihe von Videospielen, deren Bildschirme immer wieder Abrissbirnen und explodierende Raketen, Autounfälle und kleine vermummte Männer zeigten, die Äxte schwangen. »Sollen wir jetzt etwas essen oder nicht?«

»Ich habe keinen Hunger mehr.«

»Ich auch nicht«, sagte er. »Wollen Sie noch was trinken?«

»Ich weiß nicht«, antwortete Claire, die von dem ersten Glas eine angenehme Wärme durchströmte. Sie hatte das Gefühl, dass alles gut wurde, dass ihre Mutter gar nicht so krank war, wie es den Anschein hatte, und dass sie, falls doch, diese Tatsache ruhig und vernünftig würde akzeptieren können. »Mir ist es egal. Wenn Sie noch einen trinken, halte ich mit.«

»Ich brauche auch keinen«, sagte Bill, und dann saßen sie schweigend da.

Eine Frau mit einem Hautausschlag im Gesicht kam in die Bar. Sie trug einen Korb voller Blumen und fragte, ob sie welche wollten. Sie verneinten, aber dann rief Bill sie zurück und kaufte doch noch einen Strauß. Rote Nelken mit Schleierkraut und Grün. Er legte sie neben sich auf die Bank.

»Es ist schön, mit Ihnen zu reden, Claire.«

»Ja.«

»Es gibt nicht viele Leute, mit denen man reden kann. Leute in dieser Situation, um es mal so zu sagen.«

»Nein.«

»Niemand will es hören. Oh, natürlich fragen sie, was sie für einen tun können und so weiter. Das ist ja auch nett. Aber im Grunde will keiner etwas darüber hören.«

»Nein«, sagte Claire. Sie saß auf ihren Händen. Alle paar Augenblicke schaukelte sie nach vorn und sog an ihrem Strohhalm. »Ich weiß genau, was Sie meinen.« Leute hatten Sprüche und Namen in den Tisch geschnitzt. *Tammy Z.*, stand direkt vor ihr, *Fotze.*

Bill hustete in seine Faust, dann fragte er: »Haben Sie einen Freund in Minneapolis?«

Claire erzählte ihm von David, was er studierte – eine Kombination aus Politikwissenschaften, Philosophie, Literatur und Geschichte, aber keines dieser Fächer allein.

»Ich weiß, was Sie meinen, Geisteswissenschaften«, sagte Bill und hustete noch mehr. »Gehen Sie oft in Bars?«

»Nein, nicht sehr oft. Ich bin ja auch vor ein paar Wochen erst einundzwanzig geworden.«

»Im Ernst?«, sagte er, fischte einen Eiswürfel aus seinem Glas und warf ihn sich in den Mund. »Sie wirken älter. Ich hätte Sie auf fünfundzwanzig geschätzt. Sie wirken auf mich wie eine erfahrene Frau. Sie haben etwas sehr Erwachsenes an sich.«

Er hatte einen kleinen festen Bauch, dichtes, grau meliertes Haar und buschige Augenbrauen. Auch aus seinen Nasenlöchern und auf seinen Handrücken sprossen Haarbüschel.

Seine kräftigen roten Ohrläppchen saßen wie kleine Flügel am Kopf. Er erinnerte Claire, durchaus nicht unangenehm, sondern auf eine groteske, vornehme Weise an ein Elefantenbaby.

Sie schlug unter dem Tisch die Beine übereinander. Sie klimperte mit ihrem Eis. »Wir sollten zurückgehen. Meine Mutter ist inzwischen wahrscheinlich aufgewacht.«

»Ja. Es war gut, mal rauszukommen. Jeder hat dazu das Recht von Zeit zu Zeit.« Er fuhr sich mit den Händen durchs Haar, als wäre er aus einem Mittagsschlaf erwacht.

Claire war sich seines Körpers auf der anderen Seite des Tisches sehr bewusst, und ihres eigenen, der sich genüsslich an das verschlissene Kunstleder hinten schmiegte. »Wo wohnen Sie?«, fragte sie.

»Nicht weit von hier. Ungefähr eine Meile.«

Er legte die Hände auf den Tisch und trommelte auf die Platte. Sie legte ihre Hände leicht auf seine. Er verharrte einen Moment reglos, dann drehte er seine Hände um und schlang seine Finger in ihre.

»Sollen wir?«, fragte er nach einer Weile.

»Ja«, antwortete sie.

Bills Haus war weiß gestrichen und lag, von einem Lattenzaun umgeben, abgeschieden in einem Kiefernwald, ein paar Treppenstufen unterhalb der Straße, aber über allem anderen – den Häusern von Duluth, dem See. Claire konnte in der Ferne das Dach des Krankenhauses sehen und zeigte es Bill mit dem Finger. Es war eiskalt. Claire zitterte, aber nicht vor Kälte.

»Der Schnee funkelt wie Diamanten«, sagte sie blödsinnigerweise.

»Wie Diamanten?« Bill lächelte sie merkwürdig an.

»Ich meine die Eiskristalle«, erwiderte sie errötend. »Sie funkeln. Ich mag das Wort *funkeln*, Sie nicht? Es ist eines meiner Lieblingswörter. Manchmal spricht mich ein bestimmtes Wort ohne besonderen Grund an, nur weil es schön klingt. Oder weil es auf einer Buchseite schön aussieht.«

»Ich verstehe, was Sie meinen«, sagte er und führte sie auf die Veranda. »Funkeln hat was.«

Sie traten ins Haus. Claire fühlte sich leicht beduselt, aber hellwach, gar nicht so, als hätte sie nichts gegessen und schon mitten am Tag etwas getrunken. Sie zog Mantel und Handschuhe aus. Am liebsten hätten sie sich gleich ganz ausgezogen, dann hätte die Nervosität aufgehört. Sie trug Jeans, trotz der Kälte eine Bluse, die etwas Bauch frei ließ, und Stiefel, die laut auf den Holzböden klackten, als sie Bill bei der Hausbesichtigung von Zimmer zu Zimmer folgte.

»Es ist hübsch!«, sagte sie immer wieder, und das war es. Jedes Zimmer war schön und andersfarbig gestrichen, ohne dass sich die Farben bissen. Sie fasste nach dem Nasenstecker, den sie normalerweise trug – sie drehte oft daran, wenn sie nervös war –, aber er war nicht da. Sie vergaß immer häufiger, ihn anzulegen, bevor sie ins Krankenhaus fuhr. Stattdessen griff sie nach ihrem kleinen Zopf und spielte mit den Glöckchen, während er ihr die Schränke zeigte, die er gebaut hatte, den Durchgang ins Esszimmer, wo er und Nancy eine Wand herausgerissen hatten, um mehr Licht hereinzulassen, die Parkettböden, die sie selbst abgeschliffen und neu versiegelt hatten.

Im Badezimmer, wo Bill sie schließlich allein ließ, standen auf einem schmalen Regal eine Schale mit Rosenblütenblättern und eine Fotografie von ihm und Nancy – beide völlig kahl, die Köpfe schräg aneinandergelehnt. Claire wusch sich Hände und Gesicht mit einem grünen Stück Seife, das wie Rasierwasser roch, und ging dann zu ihm ins Wohnzimmer.

»Mögen Sie Greg Brown?«, fragte Bill, hielt eine Platte hoch, pustete darüber und legte sie auf den Plattenteller.

»Ich liebe ihn«, antwortete Claire.

»Das ist was von seinen älteren Sachen«, sagte er, und die Musik begann.

»Man sieht Schallplatten überhaupt nicht mehr.«

»Ich bin Sammler.« Er öffnete einen Schrank mit mehreren Fächern voller Alben. »Ich habe jede Art von Musik – alles, was das Herz begehrt. Country, Rock, Klassik, Bluegrass, was auch immer.«

»Ich auch. Ich meine, ich mag alles Mögliche.« Die Haut ihres Gesichts war straff von der Seife. Sie setzte sich auf eine blaue Couch und stand sofort wieder auf. »Und jetzt ... komm her«, sagte sie und lächelte wie eine Irre.

Er nahm ihr Haar an den Enden, hielt es sich an die Nase und roch daran. Er wickelte es sich um die Finger, zog sie zu sich heran und küsste sie. Sein Mund war kühl und zittrig und fremd, aber schön, schöner für sie als alles andere. Sie schob die Hände in die hinteren Taschen seiner Jeans und befühlte seinen Hintern.

»Ich freue mich, dass wir uns begegnet sind«, sagte er.

»Ich auch. Zieh das aus«, sagte sie verschmitzt und zupfte an seinem Hemd. Er packte sie an den Handgelenken und zog sie ins Schlafzimmer. Die Wände hatten dieselbe Farbe wie die Bettdecke, Bernstein mit einem Stich ins Graue.

»So«, sagte er, als er ihre Bluse aufknöpfte. Sie lachten verlegen, begrapschten einander. Er beugte sich vor und küsste ihre Brüste, biss zärtlich in ihre Nippel und dann fester. Schließlich taumelten sie ins Bett.

»Hast du ein Kondom?«, fragte er sie.

»Nein.«

Sie machten trotzdem weiter. Es schien ausgeschlossen, dass sie schwanger werden könnte, dass überhaupt etwas zwischen ihnen übertragen, in ihnen aufkeimen oder leben könnte. Sie wusste es. Er wusste es. Es war nicht logisch, aber sie hatten recht.

Sie beobachtete sein Gesicht, während sie bumsten. Es wirkte verhärmt und angespannt, als konzentriere er sich auf etwas weit Entferntes oder ganz Nahes, als versuche er, einen Holzsplitter zu entfernen, eine Nadel einzufädeln oder mit telekinetischen Kräften ein Glas in Frankreich zum Zerspringen zu bringen. Er bemerkte, dass sie ihn beobachtete. Seine Augen weiteten sich, sein Gesicht wurde wieder lebhafter, bekam etwas Raubtierhaftes, zog sich zusammen, als wollte er gleich in qualvolle Schluchzer ausbrechen, und er kam.

»Das war schön«, sagte er nach einer Weile und schaute zu Claire auf, die rittlings auf ihm saß. Sie rollte sich von ihm herunter und legte sich neben ihn. Ein Mobile aus dicken Köchen baumelte über ihnen und ein leerer Vogelkäfig. Bill drehte sich auf die Seite und legte ihr sanft eine Hand auf den Bauch. Er fand ihr Muttermal, streichelte und umkreiste es mit dem Finger, als kenne er es schon sein Leben lang.

»War es komisch für dich?«, fragte sie.

»Das würde ich nicht sagen.«

»Wie war es dann?«

Er stand auf und zog mit einem Ruck seine Jeans hoch. »Wie eine Million Dollar.«

»Ein Stück den Flur runter ist eine Frau, die an der Highschool unterrichtet«, sagte Claire zu ihrer Mutter, obwohl sie zu schlafen schien. Sie stand am Fenster und schaute auf die Straße, von der sie gerade heraufgekommen war. Eine längere Stille folgte, dann die leise Stimme ihrer Mutter.

»Wie heißt sie?«

Claire drehte sich um, ging zum Bett und blieb neben ihrer Mutter stehen.

»Nancy Ristow.«

»Ist sie Besucherin oder Patientin?« Sie zeigte ein kleines wunderbares Lächeln.

»Patientin. Sie unterrichtet Geschichte.«

Es war kurz vor vier. Claire war in Panik geraten, als sie und Bill ins Krankenhaus zurückgeeilt waren, doch als sie das Zimmer ihrer Mutter betreten hatte, war es so, als wäre sie gar nicht weg gewesen.

»Frag sie, was ihrer Ansicht nach mit Amelia Earhart passiert ist.«

»Wen?«

»Diese Lehrerin. Nancy.«

»Wieso?«, fragte Claire unwirsch.

»Du hast doch gesagt, dass sie Geschichte unterrichtet. Geschichte interessiert mich. Ich würde gern wissen, ob sie eine Theorie hat, als jemand vom Fach. Ich habe Amelia Earhart immer gemocht.« Sie öffnete die Augen und stemmte sich in den Kissen, die Schläuche um sie herum zum Schwingen bringend, in eine sitzende Position hoch. »Wenn ich mir überlege, dass sie einfach so losgeflogen ist. Kannst du dir das vorstellen? Ich meine, *kannst du dir das vorstellen*? Ohne eine Ahnung, was geschehen würde? Stell dir vor, wie tapfer sie war. Sie war eine meiner persönlichen Heldinnen.«

»Ist.«

»Was?«

»Ist, Mom. Sie *ist* eine deiner persönlichen Heldinnen.«

»Ja«, sagte sie. »Ist.«

Sie sah Claire forschend an. »Wo bist du gewesen?«

»Nirgends. Du hast geschlafen. Ich war spazieren.«

Sie sah Claire weiter an, das Gesicht bleich, erschöpft, würdevoll.

»Was ist denn?«

»Du bist irgendwo gewesen.«

»Hab ich doch gesagt.«

»Du bist verändert.«

An diesem Abend rief sie von zu Hause David an.

»Wie steht's bei dir?«, fragte er. »Wie geht es deiner Mutter?«

»Schlimm. Es ist ... schrecklich.« Sie brach in Tränen aus, und er hörte durchs Telefon zu, wie sie weinte. Sie konnte hören, dass bei ihm Musik im Hintergrund lief. »Sie scheint immer kränker zu werden. Jeden Morgen, wenn ich hinkomme, ist es schlimmer. Ich kann den Unterschied sehen. Und Josh benimmt sich immer noch unmöglich – letzte Nacht ist er nach Hause gekommen. Ich habe ihn heute Morgen gesehen, aber er drückt sich davor, mit mir ins Krankenhaus zu gehen.«

»Das ist echt scheiße von ihm«, sagte David.

Claire setzte sich an den Küchentisch und zog das Telefon von der Wand herüber. Sie kritzelte Pfeile, Dreiecke und Schneckenlinien auf die Rückseite eines Briefumschlags, der dort lag. Seit zwei Tagen hatte sie nicht mehr mit David gesprochen, und jetzt wusste sie nicht, was sie sagen sollte.

»Du klingst so weit weg«, sagte sie.

»Das bin ich auch.« Er lachte.

»Nein, ich meine, richtig weit weg. Wie in Russland oder so. Ich habe das Gefühl, du bist nicht einmal auf demselben Planeten wie ich.«

»Wir sind auf demselben Planeten«, erwiderte er gereizt.

»Nein, nicht nur du, sondern auch alle anderen. Als wäre ich auf diesem anderen Planeten. Oder in einem Traum, einem Albtraum. Das sagen doch immer alle. Dass man sich wie in einem Albtraum vorkommt. Und genauso ist es. Als würde man irgendwann aufwachen.«

»Ich bin für dich da«, sagte David. Die Musik hatte aufgehört, dafür hörte sie jetzt ein fernes Knacken in der Leitung, ein mysteriöses, sphärisches Geräusch, das ihr Gefühl der Einsamkeit noch verstärkte.

»Hörst du das?«

»Was?«

»Im Telefon. Es gibt ein Geräusch von sich. Es macht mir Angst. Sag was. Rede mit mir.«

»Ich liebe dich«, sagte er.

Sie glaubte, ihn ebenfalls zu lieben, aber sie konnte es nicht mehr sagen, nicht so, wie sie es früher zueinander gesagt hatten, jeden Tag, hin und her, ein Pingpong mit Worten. *Ich liebe dich. Ich liebe dich auch.* Manchmal, sie kam nicht dagegen an, wünschte sie sich, seine Mutter oder sein Vater wären krank oder tot oder schon vor langer Zeit aus seinem Leben geschieden. Es erschien ihr ungerecht, dass er zwei liebevolle Elternteile hatte, die noch miteinander verheiratet waren, einander wahnsinnig liebten und sich bester Gesundheit erfreuten, obwohl sie fünfzehn Jahre älter waren als ihre Mutter.

»Ich könnte dir vorlesen«, sagte er. Das taten sie häufig abends. Immer nur aus einem Buch.

»Okay«, sagte sie bedrückt. Und er begann. Sie stellte fest, dass sie seinen Worten in einer Weise lauschte, wie sie noch nie einer Sache gelauscht hatte: mit voller Aufmerksamkeit, und dennoch vergaß sie jedes Detail schon im nächsten Moment wieder – wer mit wem verheiratet war und seit wann, warum die Figuren dort waren, wo sie waren. Es spielte keine Rolle. Die Geschichte beruhigte sie und wiegte sie in eine Art Trance.

Nachdem sie aufgelegt hatten, ging sie in das Schlafzimmer von Bruce und ihrer Mutter, knipste alle Lampen an und legte sich quer aufs Bett, sodass ihre Füße heraushingen. Sie wünschte, ihr Bruder wäre da. Aber vielleicht kam er ja irgendwann in der Nacht. Dann konnte sie am Morgen mit ihm sprechen und ihn überreden, mit ihr ins Krankenhaus zu fahren. Das Telefon klingelte, und sie wartete, bis der Anrufbeantworter ansprang. Sie lauschte der Stimme ihrer Mutter, die *Hallo, bitte hinterlassen Sie eine Nachricht* sagte, und dann der traurigen Stimme ihrer Nachbarin Kathy Tyson, die sich erbot, die Tiere zu versorgen, falls sie Hilfe brauchten. Einem plötzlichen Bedürfnis folgend, stürzte Claire zum Telefon, doch da hatte Kathy schon aufgelegt. Sie hatte sich gedacht, Kathy könnte vielleicht auf einen Sprung vorbeischauen, eine Tasse Tee mit ihr trinken und sie von ihrem Kummer ablenken. Und mit ihr über Männer und das spärliche Angebot der in Frage kommenden Kandidaten in Midden reden, so wie sie es letztes Jahr auf Gail Nystroms Hochzeit getan hatten, als sie wegen des Frauenüberschusses nebeneinander am Single-Tisch saßen. Kathy hatte ihr anvertraut, dass sie auf einer Website für Singles, die das Landleben liebten, eine Anzeige aufgegeben hatte und schon am nächsten Tag nach Norway gefahren war, um sich mit einem Mann zu treffen, der auf ihre Anzeige geantwortet hatte.

Claire wusste ihre Nummer nicht, und nach ihr zu suchen erschien ihr zu mühsam, also stellte sie das Telefon zurück und stand auf. Sie bemerkte, dass sie noch den Wollmantel ihrer Mutter anhatte, obwohl sie schon seit fast zwei Stunden wieder zu Hause war. Sie schob die Hände in die Taschen und fand die Kassette, die sie früher am Tag eingesteckt hatte. Sie zog sie heraus und sah sie sich zum ersten Mal richtig an. *Kenny* G stand darauf. Sie hatte sie heute aus Bills Haus mitgenommen. Sie wusste nicht, warum. Sie hatte neben der Lautsprecherbox in Bills Schlafzimmer zwischen anderen Kassetten gelegen, die Bill oder auch Nancy wohl in letzter Zeit gehört hatten. Instinktiv hatte sie die Kassette ergriffen und eingesteckt. Jetzt öffnete sie die Schublade des Nachttischs, warf die Kassette hinein und schloss die Schublade wieder.

Am nächsten Tag traf sie Bill zweimal. Einmal kurz nach zehn und dann wieder am späten Nachmittag. Beide Male fuhren sie in sein Haus und schliefen fast genau auf die gleiche Weise wieder miteinander wie tags zuvor. Sie hatten bereits ein Ritual: Hinterher zogen sie sich an, setzten sich in die Küche, tranken warmen Apfelsaft und aßen Toast mit Erdnussbutter. Sie erzählten sich gegenseitig von früheren Geliebten. Claires Liste war kurz und umfasste nur vier Männer, wobei Bill der interessanteste war, weil er ihr am wenigsten ähnelte. Bills Liste war lang und kompliziert und hauptsächlich nach Gruppen statt nach Individuen unterteilt. Er erzählte ihr, wie er seine Jungfräulichkeit an Janet in einem Abstellraum verloren hatte, in dem seine Mutter Putzmittel aufbewahrte. Von Prostituierten aus verschiedenen Häfen, mit denen er in seiner Zeit bei der Navy geschlafen hatte. Von einer Reihe von Alkoholikerinnen in Alaska. Und schließlich von Nancy. Er erzählte, wie sie an ihrem zehnten Hochzeitstag nach Puerto Rico geflogen waren. Wie sie sich im Bett rekelten, sich liebten und eine Tüte Pflaumen aßen, die sie auf der Straße gekauft hatten. Aus Spaß schob er Nancy eine Pflaume in die Vagina, die sich so in ihr festsaugte, dass sie sie nicht mehr herausbekamen.

»Na ja, irgendwann kam sie dann doch heraus«, sagte er lachend und rieb sich das Gesicht, lachte wieder und so sehr, dass sich seine Augen mit Tränen füllten.

Claire saß neben ihm, lächelte und knabberte an ihrem Toast.

»Also das war ein Ding«, sagte er, als er sich wieder eingekriegt hatte, und wischte sich die Tränen weg. »So was macht man kein zweites Mal.«

Am nächsten Tag sah sie ihn gar nicht. Ihrer Mutter ging es so schlecht, dass sie kaum das Zimmer verließ.

»Du störst mich«, hatte ihre Mutter mit einem neuen, gereizten Ton in der Stimme gleich am Morgen zu ihr gesagt.

»Was?«

»Ja, das tust du. Du störst mich.« Sie drehte den Kopf in Claires Richtung. Ihre blauen Augen, die geliebten, blickten verständnislos wie die eines Bussards.

»Mom.«

Bruce war noch da. Er hatte auf dem Feldbett geschlafen und setzte sich jetzt erschrocken und verwirrt auf.

»Was will die hier?«, fragte ihn Teresa und schlug so fest gegen das Bettgitter, dass die gelbe Pfanne, die daran klemmte, herunterfiel.

Bruce streichelte ihr die Schulter.

»Das ist Claire, Ter.«

»Ich bin's, Mom. Was ist denn los?«

Teresa saß eine Weile still da und schloss dann die Augen.

»Mom, ich bin's, okay? Verstehst du?«

Sie öffnete die Augen wieder. Ihr Blick war sanft, wieder normal. »Ich verstehe. Du bist es. Ich bin froh.«

»Bleib mit mir wach, Mom.«

»In Ordnung«, erwiderte Teresa und schlief ein. Sie schlief den ganzen Morgen und bis in den Nachmittag hinein, und Claire saß an ihrem Bett und tat nichts anderes, als ihre Mutter zu betrachten. Sie sagte im Stillen Gebete auf, blieb aber jedes Mal schon kurz nach dem Anfang stecken, weil sie nicht wusste, wie sie weitergingen. »Vater unser, der du bist im Himmel, geheiligt werde dein Name …« und »Müde bin ich, geh zur Ruh …« Als die Dämmerung einsetzte, konnte sich Claire nicht mehr beherrschen. Sie rüttelte ihre Mutter, bis sie die Augen aufschlug und auch offen ließ.

»Hallo«, flüsterte sie.

»Hallo«, erwiderte ihre Mutter wie hypnotisiert.

»Du fehlst mir.«

Teresa sagte nichts.

Claire hielt ihre Finger hoch. An einem steckte ein Stimmungsring, der ihrer Mutter gehörte. »Was bedeutet es, wenn er rot ist?«

»Dass du kalte Hände hast«, antwortete Teresa und schloss wieder die Augen.

Claire drehte an dem Ring. Als sie auf seine kleine ovale Oberseite drückte, verfärbte er sich grünlich violett. »Ich habe ein wenig gestöbert. Erinnerst du dich an die Makramee-Federohrringe, die du mal gemacht hast?«

Teresa gab keine Antwort und ließ die Augen zu, drehte aber den Kopf in ihre Richtung.

»Ich habe sie gefunden. Und auch den Rock, den du dir aus deinen Jeans genäht hast.«

»Du kannst sie haben. Nimm, was du willst.«

»Gut«, sagte sie, obwohl sie sich bereits genommen hatte, was sie wollte – eine kleine Löwenfigur, ein gehäkeltes Schultertuch. Seit ihre Mutter im Krankenhaus lag, musste sie einfach in ihren Sachen stöbern wie ein Kind, das den Nachmittag allein zu Hause bleiben muss. Sie wusste nicht, was sie finden würde, kannte dann aber alles, was sie fand, und war immer wieder darüber schockiert, was sie aus dem Leben der Mutter zutage fördert. Dinge, an die sie sich erinnert und die sie dann vergessen hatte: knallbunte Perlen, die von Halsketten gefallen waren, ein Stück Spitze, das Foto eines alten Freundes ihrer Mutter namens Killer und anderes mehr. Nichts davon hatte etwas Geheimnisvolles, alles war ihr erstaunlich vertraut, als wäre es die ganze Zeit in ihre Haut gestickt gewesen.

»Das hier habe ich auch noch gefunden.« Sie deutete auf

die Gürtelschnalle aus Zinn, die sie trug. Sie war kreisrund und mit dem Bild einer Frau mit wallendem Haar graviert, die eine Feder in der Hand hielt, ein Relikt aus ihrer Jugend. Die Schnalle schmückte einen geflochtenen Ledergürtel, den ihre Mutter selbst angefertigt hatte.

»Du kannst ihn haben«, sagte Teresa und schien dann augenblicklich einzuschlafen.

Claire stand auf, betrachtete ihre Mutter, fuhr mit den Fingern über die Gravur der Gürtelschnalle. Sie war abergläubisch, seit ihre Mutter Krebs hatte. Sie glaubte, dass alles, was sie tat, in unmittelbarem Zusammenhang mit dem Überleben ihrer Mutter stand, dass es ihre Mutter retten würde, wenn sie den Gürtel trug. Als Kind hatte sie geglaubt, die auf der Zinnschnalle dargestellte Frau mit dem wallenden Haar und der Feder in der Hand sei ihre Mutter. In praktischer Hinsicht war das gar nicht so abwegig gewesen. Teresa hatte eine Zeitlang wallendes Haar gehabt. Und sie hatte Halsbänder, Ohrstecker und Neckholder mit Federn getragen. Das war allerdings nicht der Grund, warum Claire es geglaubt hatte. Sie hatte es geglaubt, weil ihre Mutter so allmächtig und allgegenwärtig, weil ihre Macht über Claire absolut gewesen war. Jetzt glaubte sie es wieder, oder sie hatte nie aufgehört, es zu glauben.

Ihre Mutter: Teresa Rae Wood. Alles, was sie sagte, würde sich als wahr erweisen.

Nach mehreren Minuten stand Claire auf und ging leise zum Angehörigenzimmer, um sich eine Tasse Tee zu machen. Bruce würde in ein oder zwei Stunden wiederkommen, vielleicht zusammen mit Joshua. Im Gehen strich sie mit den Fingern an der Wand entlang, als könnte sie so leichter das Gleichgewicht halten. Ihr Körper fühlte sich schwerelos an, als gehe sie nicht, sondern schwebe durch den Gang wie ein schöner Geist. Sie sah Bill nicht, als sie an Nancys Zimmer vorbeikam.

Die Tür war zu, aber sie stellte sich Nancy vor, wie sie hinter dieser Tür lag, die blonden Locken unter ihrem Kopf platt gedrückt und verfilzt. Claire dachte an diese Pflaume, stellte sich vor, wie sie warm in Nancy steckte, als wäre sie immer noch dort: ein Ding, das sie nicht mehr freigeben wollte. Violett, rot und schwarz. Süß und weich und gequetscht.

Die Tür zum Angehörigenzimmer war ebenfalls zu, doch sie ging hinein. Bill war drin und räumte, eine Papiertüte in der Hand, gerade sein Kühlschrankfach aus.

»Hallo«, grüßte er geistesabwesend.

»Hallo«, erwiderte sie und fuhr sich mit den Händen übers Gesicht. Es war erst sechs, aber sie fühlte sich wie mitten in der Nacht. Ihr Leben war jetzt immer wie mitten in der Nacht.

»Es ist passiert«, sagte Bill und sah sie an. »Sie ist gestorben.«

Claire zog die Tür hinter sich zu und schloss ab. Sie war tief bestürzt, als wäre der Tod völlig überraschend gekommen. Sie umarmte Bill und die Papiertüte. »Oh mein Gott, es tut mir sehr leid«, sagte sie. »Sehr leid.«

»Darauf war ich nicht gefasst«, sagte er.

»Worauf warst du nicht gefasst?«

Er stellte die Tüte auf den Boden. »Ich will das nicht mitnehmen. Das sind Tiefkühlgerichte. Du kannst sie haben, wenn du willst.«

»Gut«, sagte Claire ernst. Bills Gesicht war bleich und verschwollen. Er roch nach ausgelaugtem Pfefferminzkaugummi und Pommes. Sie umarmte ihn noch einmal und legte ihm die Hände in den Nacken, und er drückte seinen Kopf dagegen wie ein Baby, das den Kopf nicht aufrecht halten kann.

»Hör mal«, sagte er, kaum hörbar. »Ich habe das Gefühl, dass ich mich entschuldigen sollte.«

»Wofür?« Sie ließ ihn los und trat einen Schritt zurück.

»Für das, was zwischen dir und mir gelaufen ist.«

»Da gibt es nichts zu entschuldigen.«

»Ich habe das Gefühl, dass ich mich unanständig verhalten habe.«

»Nein.« Sie sah ihn prüfend an. »Niemand hat sich unanständig verhalten.«

Er holte, eine Hand auf der Anrichte, mehrmals tief Luft, keuchte beinahe. »Ich wollte das Zimmer nicht verlassen. Sie haben sie – ihren Leichnam – nach ein paar Stunden geholt. Leute kamen, um sie zu sehen, um von ihr Abschied zu nehmen. Ihre Eltern, ihre Brüder und ein paar von ihren engsten Freunden. Und dann haben sie sie weggebracht, und ich wollte nicht weggehen, verstehst du. Aus dem Zimmer.«

»Das ist verständlich«, sagte Claire sanft. Sie hatte sich die Arme um die Taille geschlungen. »Ich kann das verstehen.«

Er schluchzte, gab leise, wimmernde Geräusche von sich, dann fand er einen Rhythmus, und sein Weinen wurde sanfter. Claire rieb ihm die Schultern. Er ließ sie eine Weile gewähren, dann ging er zum Spülbecken, beugte sich darüber, wusch sich das Gesicht und trocknete es mit einem Papierhandtuch aus dem Spender.

»Weißt du was? Ich habe Nancy vorher nie betrogen. Das ist die reine Wahrheit. Vielleicht weißt du das nicht, aber über dreizehn Jahre lang habe ich sie nie betrogen. Ein- oder zweimal hätte ich es fast getan, habe es dann aber nicht durchgezogen. Dass ein Mensch in Versuchung gerät, ist normal. Das kommt in jeder Ehe vor. Aber ich habe es nicht getan. Ich habe mich an das Eheversprechen gehalten.« Seine Stimme bebte, und er holte wieder tief Luft. »Das Eheversprechen hat mir nämlich mal etwas bedeutet.« Er hielt inne. »Und versteh mich nicht falsch. Dich trifft keine Schuld. Ich mache dir nicht den geringsten Vorwurf. Du bist eine wunderschöne Frau. Eine Klassefrau. Ich war der Verheiratete. Es hat nichts mit dir zu tun.«

Die Tüte mit den Tiefkühlgerichten fiel um, ohne dass sie einer von ihnen berührt hatte.

»Ich habe nichts von dem weggenommen, was du mit Nancy hattest«, sagte Claire. »Das war nie meine Absicht.«

»Nein. Ganz sicher nicht. Meine Treue hat immer ihr gegolten. Nichts für ungut. Ich finde dich wunderbar, du bist eine sehr hübsche Frau. Und intelligent. Nett.« Er klammerte sich an den Rand der Anrichte. »Und was tue ich, wenn Nancy mich am meisten braucht? Ich bin ein erbärmlicher alter Mann.«

»Du bist nicht alt.«

»Eigentlich nicht. Aber für dich. Für dich bin ich zu alt. Ich habe keinen Anstand mehr.«

Claire sah zu Boden. Ein Löffel war hinuntergefallen, verklebt mit Haaren und, wie es aussah, Schokoladenpudding. »Und wieso treibe ich mich in der Gegend herum, während sie im Sterben liegt?«

»Sie hat geschlafen. Sie hat nicht einmal bemerkt, dass du weg warst.«

»Oh, sie hat es gewusst. Sie hat es gewusst.« Er griff sich an die Stirn.

»Wir haben uns nicht herumgetrieben. Wir waren in deinem Haus.«

Er hielt sich weiter die Stirn. Claire bückte sich, hob den schmutzigen Löffel auf und legte ihn geräuschlos in die Spüle.

»Nun gut«, sagte er. »Ich wünsche dir jedenfalls alles Gute. Ich hoffe für deine Mutter auf ein Wunder.«

»Danke.« Sie fasste nach seiner Hand auf der Anrichte, und sie sahen einander an, mit den ernsten Augen von Tieren. Er nahm ihre Hand und küsste sie, dann zog er Claire an sich und drückte sie fest an seine Brust. Sein Atem ging schwer, und sie dachte schon, er würde wieder zu weinen anfangen, doch als sie ihm in die Augen sah, waren sie ruhig und trocken.

»Claire«, sagte er, aber nicht mehr. Seine Finger wanderten langsam über ihren Hals, dann tiefer, über ihre Brüste, fast ohne sie zu berühren. Dann nahm er ihr Gesicht in beide Hände, küsste sie ungestüm und hörte abrupt wieder auf. »Was tue ich?«, fragte er traurig, zog sie wieder an sich und drückte ihre Hüften, ihren Hintern, ihre Schenkel.

»Dann hör damit auf«, sagte sie, schnallte seinen Gürtel auf, öffnete seinen Reißverschluss und ging in die Knie.

»Das ist völlig falsch.«

»Dann halte mich davon ab«, zischte sie und nahm seinen Schwanz in den Mund. Sie hatte das Gefühl, dass er sie schlagen würde, dass er ihr eine runterhauen oder sie an den Haaren von sich wegreißen würde. Und sie hatte das Gefühl, dass sie genau das wollte, obwohl sie sich so etwas nie von einem Mann gewünscht hatte. Sie wollte etwas klarstellen, richtigstellen, und er sollte derjenige sein, der es tat.

»Mein Gott«, stöhnte er, lehnte sich nach hinten an die Wand und hielt sich daran fest.

Sie roch seinen Männergeruch, seinen Schwanzgeruch: säuerlich salzig, herb wie nasser Schlamm. Er kam ohne ein Wort, und sie hockte auf ihren Fersen und schluckte schwer. Sie strich über die Haare an seinen Schenkeln, küsste ein Knie.

Er nahm wieder ihr Gesicht in die Hände. »Ach«, stöhnte er. »Ich ertrage es nicht.«

»So wie du da am Fenster sitzt, muss ich daran denken, wie du noch klein warst«, sagte Teresa zu Claire, als die Sonne hinter dem Fenster aufging. »Manchmal sehe ich dein Gesicht, und ich weiß wieder genau, wie du als Baby ausgesehen hast, und manchmal kann ich sehen, wie du aussehen wirst, wenn du alt bist. Weißt du, was ich meine? Geht es dir auch so?«

»Ja. Ich weiß, was du meinst«, antwortete Claire und drehte

sich vom Fenster weg zu ihrer Mutter, froh, dass sie so lange gesprochen hatte. »Fühlst du dich besser?«, fragte sie. »Du hast uns einen Schrecken eingejagt. Du bist gestern kaum mal aufgewacht. Du hast praktisch vierundzwanzig Stunden durchgeschlafen. Und dann warst du komisch.«

»Ich brauche meinen Schlaf«, sagte Teresa. »Wo ist Bruce?«

»Kaffee holen. Es ist ungefähr sechs, Mom. Am Morgen.«

»Wo ist Josh?«

»Keine Ahnung«, erwiderte sie unwirsch, fasste sich aber und fuhr sanfter fort. »Er wird bald hier sein.« Sie rutschte vom Fensterbrett herunter und zog, sich zwischen Infusionsschläuchen hindurchschlängelnd, einen Stuhl neben ihre Mutter.

»Ja, setz dich zu mir«, sagte Teresa, die Zunge schwer vom Morphium. »Das freut mich. Dass du hier bei mir bist. Ich werde nie vergessen, dass du in der schwersten Zeit bei mir warst. Und wie du eben am Fenster gesessen hast, erinnert mich daran, erinnert mich an alles, wie ihr noch klein wart, du und Joshua, und dass ihr jetzt erwachsen seid.«

»Wir sind noch nicht erwachsen.«

»Aber fast.«

Claire zupfte an einem Faden, der aus der Naht der Bettdecke hing. Er ging nicht ab, blieb hängen.

»Genauso war es, wenn du damals in Pennsylvania immer am Fenster gesessen hast. Erinnerst du dich an den Fensterplatz in der Wohnung in Pennsylvania?«

Claire schüttelte den Kopf.

Teresa lächelte. »Natürlich nicht. Du warst damals noch zu klein. Wie könntest du dich erinnern? Aber das war *dein Platz*. Wie gern hast du auf diesem Fensterplatz gesessen und auf die Post gewartet.« Sie hielt inne, als überkomme sie eine Welle der Übelkeit, fuhr dann aber fort. »Du hast gern zugesehen, wenn der Postbote kam und die Post in den Briefkasten steckte, und dann durftest nur du die Post hereinholen. Du und sonst niemand! Du wolltest immer einbezogen werden, wolltest immer helfen, im Mittelpunkt stehen.«

»Daran erinnere ich mich nicht«, sagte sie und legte den Kopf aufs Bett, sodass er gegen die Hüfte ihrer Mutter drückte.

»Ja, so warst du«, sagte Teresa fröhlich. »Und so bist du.«

»Wie kommt das?«

»Ich habe dich dazu erzogen. Gut zu sein.«

Teresa hob die Hand vom Bett. Sanft streichelte sie Claires Haar.

8

Bruce brauchte nicht zu überlegen. Er wusste es. Er zweifelte nicht im Geringsten daran, was er tun würde, wenn Teresa gestorben war. Es lief in seinem Kopf ab wie ein Film mit ihm als einzigem Darsteller, als Solostar. Er wusste es, *bevor* sie starb – auf den Tag genau sieben Wochen, bevor es zu aller Bestürzung und Trauer dazu kam. Er wusste es nicht sofort in dem Augenblick, als sie erfuhren, dass sie Krebs hatte, sondern erst später in der Nacht, in den frühen Morgenstunden des nächsten Tages, nachdem sie das Krankenhaus verlassen und – erstaunlicherweise – in einem China-Restaurant zu Abend gegessen hatten, dann nach Hause gefahren und ins Bett gegangen waren in der Absicht, miteinander zu schlafen, was sie dann aber nicht konnten, weil sie zu sehr weinten und Teresa der Rücken wehtat.

Ihr Rücken tat nicht einfach nur weh.

Das Wort *wehtun* war zu harmlos und konnte nicht ausdrücken, was in ihrem Rücken vorging. Er *brachte sie um*, wie sie oft gesagt hatte, bevor der Krebs bei ihr entdeckt wurde. Einmal hatte sie es auch danach noch gesagt, ungefähr eine Woche später, als die Realität sie eingeholt hatte und zur Gewissheit geworden war. »Mein Rücken bringt mich um«, hatte sie in der Küche geklagt und sich zu ihm umgedreht, zwei Gläser Wasser in der Hand, für jeden eines – und zu dem Zeitpunkt war ihnen so etwas, wie zwei Gläser Wasser zu halten, noch nicht als übermenschliche Anstrengung erschienen wie schon wenig später. Er sah sie an, und einen Augenblick lang zögerten beide, als holten sie gleichzeitig Luft. Seit Mittag hatten sie Rotz und Wasser geheult. Ja, ihr Rücken brachte sie um, begriffen sie und bekamen einen hysterischen Lachanfall. Die Gläser gingen zu Bruch, das Wasser ergoss sich auf den Boden. Von dem Augenblick an war ihr Haus ein Tollhaus. Niemand scherte sich um ein Glas.

Es fühle sich an wie ein Reißverschluss, hatte sie dem Arzt an dem Tag erklärt, als man es herausfand. Dass ihr Rückgrat wie ein Reißverschluss sei und dass jemand von hinten an sie herantrete und ihn mitleidlos auf- und zumache. Sie hätte beinahe geweint, als sie das sagte, hätte fast, wie ihm schien, um Gnade gefleht. Das tat ihm weh. Er stand auf, stellte sich hinter ihren Stuhl und massierte ihr den Rücken. Der Arzt nickte, als hätte er das mit dem Reißverschluss die ganze Zeit gewusst, als marschierten jeden Tag Leute durch seine Tür und klagten über mechanische Vorrichtungen, die in ihrer Wirbelsäule saßen.

Später erfuhren sie, dass ihre Wirbelsäule tatsächlich ein Reißverschluss war, den der Krebs auf eine Weise öffnete und schloss, die so nicht vorgesehen war. Auch ihre Lunge war ein Reißverschluss, und ihre Leber, ihre Eierstöcke und andere Teile ihres Körpers, von deren Existenz sie gar nicht gewusst hatten. Er war wie eine Wurzel, die immer weiter wuchs und den Weg versperrte, wohin sie sich auch grub. Selbst der Arzt benutzte diese Worte. Reißverschluss. Wurzel. Nichts war eine Metapher. Bei Teresas Krebs waren die absurdesten Dinge wörtlich zu nehmen.

Und so war auch Bruce zwangsläufig wörtlich zu nehmen. Er meinte es durchaus ernst, als er beschloss, sich nach Teresas Tod das Leben zu nehmen. Er war in seinem ganzen Leben, in seinem Leben vor Teresas Krebs, nie der Typ gewesen, der

Dinge sagte wie »ich würde lieber sterben«, »da wäre ich am liebsten gestorben« oder ähnliche Albernheiten, die Leute von sich gaben, wenn sie in Wirklichkeit weder die Absicht noch den Wunsch zu sterben hatten, sondern nur witzig sein wollten oder meinten, übertreiben zu müssen.

Bruce neigte nicht zu Übertreibungen. Er wollte wirklich und wahrhaftig sterben.

Die Beerdigung wollte er noch mitmachen und dann handeln. Auf diese Weise, so überlegte er sich, würde er Joshua und Claire eine kurze Atempause verschaffen, aber nicht genug Zeit geben, sich mit ihrer Realität auch nur im Ansatz abzufinden. Realität, das würde für Joshua und Claire bedeuten, innerhalb einer schrecklichen Woche ihre Mutter und dann ihren Vater zu verlieren. Nicht ihren *richtigen Vater*, wie sie diesen Karl nannten, den sie kaum kannten, sondern ihren Stiefvater, ihren Bruce, den Mann, den sie seit ihrem sechsten und achten Lebensjahr wie einen Vater liebten. Natürlich würden sie um ihre Mutter stärker trauern. Das konnte er ihnen nicht verdenken, doch er wusste, dass sein Tod für sie ein sehr schwerer Schlag sein würde. Ihm war nicht wohl bei dem Gedanken, was sie wohl ganz allein anfangen würden, ja, er gab ihm einen Stich ins Herz. Aber noch mehr schmerzte ihn der Gedanke, ohne ihre Mutter weiterleben zu müssen, und so stand sein Entschluss fest. Wenn die Sache klappen sollte, konnte er sich Mitgefühl und Mitleid nicht leisten. Nicht mit Claire, nicht mit Joshua, nicht mit Teresa.

Leider hatte er Teresa Versprechen gegeben, die er nun nicht mehr halten konnte. Zu dem Zeitpunkt, als er sie gegeben hatte, war es ihm ernst damit gewesen. Er hatte sie ganz nüchtern und ohne Zögern gegeben, als sie an jenem ersten Abend in dem China-Restaurant aßen, noch bevor er gewusst hatte, was er tun würde. Natürlich hatte er gesagt, dass er ihre

Kinder großziehen würde, obwohl sie beide im Grunde schon erwachsen waren.

»Aber sie brauchen noch ihre Mutter«, hatte Teresa darauf leise erwidert und beinahe die Fassung verloren. Jahre zuvor hatte sie ihm anvertraut, dass sie, wenn sie von ihren Gefühlen überwältigt zu werden drohe, an etwas ganz anderes denke. Zum Beispiel halte sie sich oft vom Weinen ab, indem sie *eine Dose Bohnen, eine Dose Bohnen, eine Dose Bohnen* denke, immer wieder. Und so fragte er sich, als sie in dem China-Restaurant ins Goldfischbecken starrte, ob sie jetzt wohl *eine Dose Bohnen* dachte. Er hatte nicht den Eindruck. Sie schien aufrichtig um die Fische besorgt. Sie fragte sich laut, ob sie vielleicht Hunger hätten, und sah sich um, als suche sie nach Futter, ehe sie ihren Blick wieder auf ihn richtete.

Sie sagte zu ihm, dass sie die Frage auf der Stelle klären und dann nie wieder darüber sprechen wolle.

Ja, hatte er ihr geantwortet, er werde für Claire und Joshua da sein. Ja, er werde ihnen Mutter und Vater sein. Keiner von ihnen hatte zu dem Zeitpunkt wirklich begriffen, dass sie tatsächlich bald sterben würde. Man hatte es ihnen gesagt, aber sie glaubten es nicht. In dieser gesegneten Stunde im China-Restaurant lief sein künftiges Leben als Witwer in anheimelnden Bildern vor ihm ab wie in einem freundlichen Traum. Dieser Film lief in seinem Kopf ab, bevor ihn der andere, in dem er sich das Leben nahm, ersetzte. Ja, er würde Joshua und Claire in ihrer Trauer trösten. Er würde sie halten, mit ihnen weinen und sie an all die Dinge erinnern, die ihre Mutter gesagt und getan hatte. Und er würde ihnen Dinge sagen, die sie noch gar nicht wussten – wie zum Beispiel, dass ihre Mutter an eine Dose Bohnen gedacht hatte, wenn sie nicht weinen wollte. Sie würden zu dritt zum Campen fahren – eventuell den Namekagon River hinunterpaddeln, wie sie es als Familie schon mehrmals getan hatten, oder nach Florida reisen, nach Port St. Joe, wo sie mit ihrer Mutter gewesen waren, bevor sie ihn kannten. Diese Reise würde ihre Trauer lindern. Sie würden lachen, sie würden weinen, sie würden gestärkt nach Hause zurückkehren, sich wieder besser fühlen und im Grunde ganz okay sein. Sie würden diese Reise jedes Jahr machen, zum Gedenken an den Todestag ihrer Mutter. Wenn sie heirateten, würde er sie zum Traualtar führen und ihnen eine besondere Blume überreichen, die ihre Mutter verkörperte. Ihre Kinder würden ihn *Großvater* oder einfach nur *Opa* nennen, so wie er den Vater seines Vaters genannt hatte.

In dem China-Restaurant hatte Teresa über den Tisch hinweg seine Hand ergriffen und gesagt: »Ich habe nicht an dir gezweifelt. Ich hoffe, du weißt das. Ich weiß, wie sehr du sie liebst. Ich musste es einfach nur laut ausgesprochen hören.«

Dann hatte sie die Hände weggezogen, wieder in das Bassin geblickt, und die Sache war erledigt.

Es gab keine Formalitäten, um die sie sich kümmern müssten. Sie hatte kein Testament gemacht, wozu auch? Sie hatte keine Lebensversicherung. Das Haus und das Grundstück würden eines Tages natürlich an die Kinder fallen. Es war ihnen gar nicht in den Sinn gekommen, darüber zu sprechen.

Später in jener Nacht wurde alles, was er versprochen hatte, von seinem neuen Plan hinweggefegt. Er beschloss, ohne sie noch fünf, vielleicht sechs Tage zu leben. Nach der Beerdigung würde er noch einen Tag warten, damit alle ausschlafen konnten, dann würde er zur Tat schreiten.

Sobald ihm der Gedanke gekommen war, brauchte er nur etwa fünf Minuten, um sich zwischen Strick und Gewehr zu entscheiden. Er wählte den Strick. Er war kein Jäger. Das Gewehr in ihrem Haus war nur zu drei Zwecken benutzt worden: um die Waschbären zu verscheuchen, die gelegentlich den

Hühnern nachstellten, um die Stachelschweine zu verjagen, die an den Holzstufen der Eingangstreppe nagten, und um allen das Schießen beizubringen, damit sie bei Bedarf Waschbären und Stachelschweine vertreiben konnten. Würde er das Gewehr benutzen, bestünde die Gefahr, dass er es vermasselte. Aber mit Knoten kannte er sich aus. Er beherrschte *siebzehn* verschiedene Knoten, von denen sich jeder optimal für einen Zweck eignete. Das verdankte er seiner Mutter, die darauf bestanden hatte, ihm alle Knoten beizubringen, die sie von ihrem Vater, der Schiffer auf den Großen Seen gewesen war, gelernt hatte.

Zuerst wählte er den Knoten aus, den er verwenden würde, dann den Baum. Es war ein Ahorn. Er wuchs an einer Stelle auf ihrem Grundstück, die sie »die Lichtung« nannten – eine kleine Wiese und die einzige in ihrem sechzehn Hektar großen Wald. Ein guter Platz zum Sterben. Das beruhigte ihn. Dort hatte er mit Teresa, Claire und Joshua viele schöne Augenblicke erlebt. Er selbst konnte sich durchaus vorstellen, tot in dem Ahornbaum auf der Lichtung zu hängen, nur der Gedanke an Claire und Joshua stimmte ihn traurig. Aber in diesem Punkt musste er egoistisch sein. Er wusste, was er konnte und was er nicht konnte, und ohne Teresa konnte er nicht weiterleben, ganz gleich, wie sehr er ihre Kinder liebte.

Er hoffte, dass nicht sie ihn finden würden. Aber wer dann? Er stellte sich vor, wie sie durch den Wald stapften und seinen Namen riefen – als er beschloss, sich das Leben zu nehmen, wusste er noch nicht, wie schnell Teresa sterben würde, folglich konnte er auch nicht wissen, ob im Wald Schnee liegen würde – aber er hoffte im Interesse aller, dass welcher liegen würde. Nicht der Schnee von diesem Jahr, sondern der vom nächsten Jahr. Schnee, den es noch gar nicht gab, Schnee, der noch längst nicht zu fallen gedachte, Schnee, der erst am äußersten Ende der Zeitspanne, die Teresa laut Prognose des Arztes noch zu leben erwarten konnte, im Himmel entstehen und zur Erde rieseln würde. In einem Jahr. Und so würden Claire und Joshua also durch den Schnee des nächsten Winters stapfen und seinen Namen in den Wald rufen. Bei ihrer ersten Begegnung hatte er zu ihnen gesagt, dass sein Name gar nicht Bruce sei. Sie hatten ihn auf dem Parkplatz von Len's Lookout erwartet, doch als er schließlich vorfuhr, rannten sie davon wie verschreckte wilde Tiere, die augenblicklich zahm wurden, sobald er ihre Namen rief. »Bist du Bruce?«, fragte ihn Claire, kichernd und auf einem Bein hüpfend. »Nein«, antwortete er und sang: »Ich bin Bruce, Bruce-Bo-Buce-Banana-Fanna-Fo-Fuce ...« Sie kreischten vor Vergnügen, als er fertig war, und bettelten darum, dass er noch einmal sang. Dann brachte er ihnen bei, das Lied mit ihren eigenen Namen zu singen. Es machte ihm ein wenig Angst, wie schnell sie ihn ins Herz schlossen, wie sie seine Hände festhielten, während sie sangen, und dass sie später, beim Essen, nicht neben ihm, sondern auf seinem Schoß sitzen wollten und miteinander um diesen Platz stritten.

Diese Kinder, die er kennengelernt hatte, als er siebenundzwanzig war, diese Kinder, die in einem Bundesstaat geboren waren, den er nie besucht hatte, diese Kinder, die er herumkommandiert und umschmeichelt, geküsst und gescholten, gelobt und bestraft und denen er beigebracht hatte, wie man ein Auto mit Schaltgetriebe fuhr, diese Kinder würden seine zweiköpfige Suchmannschaft bilden.

Er glaubte nicht, dass sie groß Radau machen würden. Zuerst würden sie glauben, er wäre traurig und einfach losgegangen, um Holz zu hacken. Er war ein Arbeiter, sie kannten ihn nicht anders, und so würden sie annehmen, dass er sich in seiner Trauer in die Arbeit stürzen würde. Irgendwann würden sie sich wundern, dass sie die Kettensäge, die Axt nicht hörten. Zuerst würden sie sich auf die Veranda stellen und seinen Namen rufen, dann in die Zufahrt. Schließlich, vor dem Dunkelwerden, würden sie sich auf die Suche nach ihm machen. Claire würde wahrscheinlich den Schal tragen, den ihr ihre Mutter gestrickt hatte, aus roter weicher Wolle, mit einem weißen Stern an beiden Enden. Ihre Nase würde laufen, und zusammen mit ihrer feuchten Atemluft würde die ganze Chose an ihrem Kinn und ihrem Schal festfrieren. Sie und Joshua würden stehen bleiben und horchen, dann, da sie nichts hörten, seinen Namen brüllen. Sie würden einander ansehen und dann verzweifelt zwischen die Bäume spähen. Möglicherweise würde Joshua, einem Bauchgefühl folgend, das Gewehr bei sich tragen.

Er wollte sich nicht ihre Gesichter vorstellen, wenn sie dann schließlich auf seinen Leichnam stießen, der in dem Baum hing, aber er konnte nicht verhindern, dass das Bild vor ihm aufstieg, und der Schmerz, der ihn durchzuckte, während er neben Teresa im Bett lag, war so groß, dass er beinahe beschloss weiterzuleben.

Dann dämmerte ihm, dass er ja einen Brief schreiben konnte.

Natürlich. Er würde den Brief auf den Küchentisch legen, sodass sie ihn fanden, bevor sie sich wunderten, wo er war. In dem Brief würde er ihnen dringend davon abraten, selbst in den Wald zu gehen. Er würde ihnen *verbieten*, in den Wald zu gehen. Er würde ihnen befehlen, den Sheriff zu rufen. Genau für solche Dinge war der Sheriff da. Er würde schreiben, dass es ihm leidtue und dass sein gesamtes Eigentum ihnen gehöre. Sein Pick-up, sein Werkzeug, das Haus und das Grundstück. Er nahm an, dass sie das für selbstverständlich erachten würden, da sie aber weder blutsverwandt noch durch irgendwelche rechtlichen Bande verbunden waren, wollte er nicht, dass sie Schwierigkeiten bekamen. Sein Brief würde als sein Testament dienen. Er würde ihnen darin andere Dinge sagen, die sie schon wussten, aber noch ein letztes Mal von ihm hören mussten. Dass er ihre Mutter geliebt habe und dass er sie, Claire und Joshua, vom ersten Tag an wie seine eigenen Kinder geliebt habe. Er würde schreiben, dass sie zusammenhalten und aufeinander achten sollten, weil sie sonst niemanden mehr hätten, und dass sie irgendwann in vielen, vielen Jahren alle wieder als Familie im Himmel vereint sein würden. Er glaubte nicht unbedingt an den Himmel, und das wussten sie, aber es war auch nicht so, dass er gar nicht an den Himmel glaubte, und er hoffte, dass sie auch das wussten. Ihnen zuliebe würde er an den Himmel glauben. Der Himmel würde den Schock mildern.

Er schrieb diesen Brief an Claire und Joshua in Gedanken immer wieder, das erste Mal an jenem ersten Abend im Bett neben Teresa, dann später, wenn er im Krankenhaus bei ihr saß oder auf der Pritsche lag, die das Pflegepersonal für ihn ins Zimmer gestellt hatte. Immer wieder ging er die Einzelheiten durch, fragte sich, ob er möglicherweise etwas übersehen hatte. Er stellte sich vor, wie er in dem Baum hing. Und dann kamen die Hunde angelaufen, platzten ins Bild. Gottlob plante er voraus. Er würde Spy und Tanner im Haus lassen und in ein Zimmer sperren müssen, damit sie nicht ins Freie flitzten, wenn Joshua oder Claire nach Hause kamen, geradewegs zu der Lichtung liefen und unter dem Baum, in dem er hing, ein fürchterliches Geheul anstimmten und Claire oder Joshua veranlassten, ihnen aus Neugier zu folgen, bevor sie den Abschiedsbrief entdeckt hatten.

Er würde dafür sorgen, dass sie den Brief auf jeden Fall entdeckten. Das war sein feierlicher Schwur, seine Art, das Teresa gegebene Versprechen einzulösen. Ihren Kindern sollte der Anblick erspart bleiben, wie ihr »Vater« mit gebrochenem Hals an einem Strick in einem Baum baumelte.

Ganz am Ende, als Teresa in ihrem Bett auf der Palliativstation lag, beichtete er ihr seinen Plan, aber sie reagierte nicht. Ihre Haut fühlte sich wie Staub an, ihr Körper wie der einer Papierpuppe. Er kniff sie fest in den Arm – das musste er manchmal tun, um nicht den Verstand zu verlieren –, und sie öffnete kurz die Augen wie eine Betrunkene und schlief augenblicklich wieder ein. Die Morphiumdosis, die ihr verabreicht werden musste, war mittlerweile so hoch, dass sie die meiste Zeit schlief oder, wenn sie wach war, wirre Dinge redete, die sie selbst nicht verstand, wenn man sie danach fragte. Doch dann und wann hatte sie auch lichte Momente, als wäre sie nur aus einem langen, erholsamen Schlaf erwacht.

»Ich werde mir das Leben nehmen«, schrie er förmlich und ließ dann, zu erschöpft zum Weinen, den Kopf auf das Bett sinken. Auch diesmal reagierte sie nicht. Es war fast Mitternacht. Er hatte gerade mit Claire telefoniert, die angerufen hatte, um ihm zu sagen, dass sie am Morgen kommen und endlich Joshua mitbringen würde. Sie würden früh da sein, und dann würde das lange Warten beginnen, die Wache, die sie Tag und Nacht ans Krankenhaus fesseln würde, bis es – *die Worte waren lächerlich*, dachte Bruce, *er wollte sie eigentlich nicht benutzen* – vorbei war. Am frühen Abend hatte ein Arzt ihn gebeten, auf den Flur hinauszukommen, und ihm dort mitgeteilt, dass sich Teresa nun in der Phase des »aktiven Sterbens« befinde.

Danach war er nicht in ihr Zimmer zurückgekehrt. Stattdessen war er losmarschiert, ohne zu wissen, wohin. Die Flure waren schwach erleuchtet und hatten etwas Tröstliches. Ein gutes Licht zum Sterben, nur gespeist von der matten Beleuchtung der Verkaufsautomaten und vereinzelt durchbrochen von einem hellen Schein, der aus einem Krankenzimmer oder dem Schwesternzimmer fiel, einem Fanal im Zentrum von allem. Er kam am Zimmer eines zornigen Hippies vorbei, für den es offenbar noch nicht ans Sterben ging, denn er brachte einen Großteil jedes Abends damit zu, seinen Infusionsständer auf die Terrasse im dritten Stock zu schleppen, wo Patienten rauchen durften. Er kam am Zimmer eines alten Mannes vorbei, der mit Händen und Füßen ans Bett geschnallt war. Dann am Zimmer der Frau mit den blonden Locken, und er bemerkte, dass sie nicht mehr da war. Das Bett war frisch bezogen, das Zimmer leer. Er hatte ihren Mann kennengelernt. Bill. Er vermutete, dass Bills Frau jetzt tot war. Er stellte es sich vor und empfand nichts dabei. Noch empfand er etwas für den zornigen Hippie oder den alten Mann, der ans Bett gefesselt war. Es war ihm egal, ob einer von ihnen litt oder starb. Das tat ihm leid, aber er konnte es nicht ändern. Mitleid mit ihnen zu haben hieße, seine Frau dem Untergang zu weihen.

Er schien keinen Einfluss darauf zu haben, wohin seine Füße ihn trugen. Sie trugen ihn ins Treppenhaus und dann fünf geschwungene Treppen nach unten, bis es nicht mehr weiterging. Er trat an die Tür, die ins Krankenhaus zurückführte, und stieß sie auf.

Hier, im Untergeschoss, war das Licht ganz anders als in der Palliativstation. Brutal und kalt: ein Trost für ihn. Er ging den langen Korridor entlang. Kein Mensch war zu sehen. *Vielleicht ist hier der Raum, in dem die Leichen aufbewahrt werden,* dachte er. Weiter hinten im Gang, in einer Art Großküche, rührte eine weiß gekleidete schwarze Frau mit einer Art Paddel in einem riesigen Topf. Er kam an mehreren orangefarbenen Türen vorbei, die alle fensterlos und geschlossen waren. Seine frühesten sexuellen Fantasien hatten sich um solche geheimnisvollen Türen gedreht, hinter denen sich öffentliche und dennoch anscheinend verbotene Räume verbargen. Er war acht gewesen, als ihm der ältere Bruder eines Freundes erzählte, dass hinter solchen Türen haufenweise schöne nackte Frauen warteten, ganze Harems sexuell ausgehungerter Schönheiten, die eingesperrt waren und danach lechzten, dass ein Mann hereinspaziert kam. Er hatte seit Jahren nicht mehr daran gedacht, und ein fernes, perverses Verlangen durchrieselte ihn. Er ging an einem Münztelefon vorbei, blieb stehen, kehrte um und wählte die Nummer von zu Hause. Claire hob erst ab, als der Anrufbeantworter angesprungen war und er schon darauf sprach.

»Bruce«, sagte sie mit belegter Stimme, als wäre sie erkältet, was sie, wie er wusste, nicht war.

»Was ist los?«, fragte er.

»Nichts ... Josh ist angeblich mit R. J. zum Eisfischen gegangen. Hat jedenfalls Vivian gesagt. Ich warte, bis er zurückkommt, dann kommen wir gleich morgen früh. Wie steht's bei euch?«

»Hier ...« Wie sollte er es ihr sagen? Er beschloss zu wiederholen, was der Arzt als Erstes zu ihm gesagt hatte. »Wie es scheint, geht es zu Ende.« Was der Arzt als Zweites gesagt hatte – dass sie sich in der Phase des »aktiven Sterbens« befinde –, behielt er lieber für sich.

»Was?«, heulte Claire auf, japste und schnappte nach Luft, als wäre sie am Ersticken, aber darauf nahm er keine Rücksicht.

»Du solltest mit Josh so schnell wie möglich herkommen.«

»Aber Josh ist beim Eisfischen«, erwiderte sie unter Tränen mit abgehackter, schriller Stimme. »Und ich habe Angst, dass mein Cutlass stecken bleibt, wenn ich zum Eishaus rausfahre, um ihn zu holen.«

»Dann warte eben, bis er zurückkommt. Wir haben noch Zeit, Claire. Komm, wann du kannst.«

»Okay«, sagte sie beflissen, als hätte er ihr soeben eine Reihe komplizierter Anweisungen gegeben, und legte auf, ohne sich zu verabschieden. Er legte ebenfalls auf und setzte seinen Weg durch den Korridor fort. Er wusste noch immer nicht, wohin er ging und warum. Vielleicht fand er eine Tür, die ins Parkhaus führte. Dann würde er sich die Autos dort ansehen.

»Entschuldigung«, rief eine weibliche Stimme von hinten.

Er fuhr herum. Irgendwie fühlte er sich ertappt. Zum Beispiel bei unbefugtem Eindringen.

»Ich könnte Hilfe gebrauchen, wenn es Ihnen nichts ausmacht.«

Es war die Frau, die mit dem Paddel im Topf gerührt hatte. Bevor Bruce etwas tun oder antworten konnte, war sie wieder hinter der Tür verschwunden, aus der sie aufgetaucht war. Er lief den Gang zurück und trat in die Küche. Er musste sich an riesigen Maschinen vorbeischlängeln, bis er bei der Frau war.

»Ich brauche ein paar starke Arme«, erklärte sie. Sie trug eine durchsichtige Plastikhaube und goldene Schildkrötenohrhänger mit kleinen grünen Edelsteinen als Augen. »Ich weiß nicht, ob man Ihnen das gesagt hat, aber die Jungs von der Wartung springen immer ein, wenn ich Hilfe brauche, denn ich bin hier stundenlang allein.«

Er folgte ihr zu dem riesigen Topf, in dem sie gerührt hatte. Er war mit einer grünen Flüssigkeit gefüllt: Götterspeise vor dem Abbinden.

»Das muss aus dem Topf in die Schüsseln.« Sie deutete auf ein gutes Dutzend Schüsseln, die aufgereiht auf einem langen Arbeitstisch standen. »Er ist echt schwer, deshalb schaffe ich es nicht allein.«

Sie gab ihm silberne Küchenhandschuhe, die an den Daumen angekokelt waren. Er zog sie an, dann packten sie den Topf links und rechts an den Henkeln und gossen den Inhalt vorsichtig in die Schüsseln, bis sie am Ende des Tisches angekommen waren.

»Danke«, sagte die Frau, nachdem sie den leeren Topf abgesetzt hatten, zog die Handschuhe aus und wischte sich mit dem Handrücken den Schweiß von der Stirn. »Wie gefällt es Ihnen so weit?«

»Was denn?«

»Na, in der Wartung. Sind Sie nicht der Neue?«

Er schob die Hände in die Taschen und schüttelte den Kopf. »Ich mache nur einen Spaziergang.«

»Ach so!« Sie lachte herzhaft und warf den Kopf zurück. »Da haben Sie mich aber schön drangekriegt«, sagte sie, scheuchte ihn mit einer Handbewegung zur Seite und widmete sich wieder ihrer Götterspeise. »Sie sind wohl nur ein barmherziger Samariter.«

Er blieb noch eine Weile stehen und sah zu, wie sie die Schüsseln in die übereinanderliegenden Ladeflächen eines Regalwagens stellte. Dann setzte sie den Wagen in Bewegung, indem sie sich mit ihrem ganzen Gewicht dagegenstemmte. Er trat vor, um ihr zu helfen.

»Geht schon«, sagte sie und schob noch etwas kräftiger, sodass der Wagen von seinen ausgestreckten Händen wegrollte. Sie öffnete die Tür zu einem Kühlraum und bugsierte den Wagen hinein. »Schönen St. Patrick's Day«, rief sie ihm zu, tauchte wieder aus dem Kühlraum auf und schlug die Tür hinter sich zu. »Der ist morgen. Deshalb habe ich sie grün gemacht.«

Aber da war er schon gegangen.

Als er in Teresas Zimmer zurückkehrte, saß Pepper Jones-Kachinsky neben ihr, hielt ihren schlaffen Arm und hatte zwei Finger an ihr Handgelenk gedrückt.

»Ich fühle ihren Puls«, flüsterte sie, ohne aufzuschauen.

Bruce betrachtete einen Moment lang ihr Gesicht, auf dem ein Ausdruck stiller Konzentration lag, während sie die Herzschläge seiner Frau zählte. Teresa regte sich nicht und ließ keinerlei Anzeichen erkennen, ob sie sich der Frau neben ihr oder seiner Anwesenheit im Zimmer bewusst war. Genau genommen war sie Pepper nie begegnet.

»Das ist eine alte chinesische Praktik«, sagte Pepper, als sie fertig war. »Eine ganzheitliche Methode. Die Chinesen glauben, dass man alles, was man über den Zustand eines Patienten wissen muss, aus dem Puls herauslesen und dann entsprechend reagieren kann.«

Er nickte. Er traute sich nicht zu fragen, was sie herausgelesen hatte. Er wollte jetzt nur mit seiner Frau allein sein. Pepper kam immer abends, um Bruce zu besuchen, und er vermutete, dass sie tagsüber Claire einen gewissen Trost spendete. Dafür war er ihr irgendwie auch dankbar. Pepper meinte es gut, und trotzdem hatte er in ihrer Gegenwart immer das Gefühl, als ob eine Wespe im Zimmer wäre.

»Wie geht es Ihnen?«, fragte sie, erhob sich und trat auf ihn zu. Sie ergriff seine Hände, drückte sie, sah ihm direkt in die Augen und wollte nicht wieder wegsehen. Das machte sie jedes Mal, wenn sie ihn ansah.

»Gut.« Er blickte zu Teresa, und Pepper folgte seinem Beispiel. Teresas Gesicht war im Schlaf so zart und friedlich wie eine Muschel.

»Warum sind Sie so spät noch hier?« Mit einer Geste forderte er sie auf, auf dem Kunstledersofa Platz zu nehmen, während er sich auf den Stuhl ihr gegenüber setzte.

»Mir war danach zumute. Ich musste an Sie denken und hatte das Gefühl, dass ich kommen sollte. Dass Sie vielleicht beten möchten.« Sofort schloss sie die Augen und begann: »Lieber Gott …«

Er beugte den Kopf, schlug die Augen nieder, ohne sie ganz zu schließen, lauschte dem gleichmäßigen Gemurmel ihres Gebets und betrachtete dabei ihre Schuhe. Lavender Keds mit sauberen weißen Kappen in Halbmondform. Er glaubte nicht an Gott und Teresa auch nicht. Zumindest nicht an den Gott, für den Pepper zu werben schien, doch er brachte nicht die Kraft auf, Nein zu sagen. Jedenfalls konnte Beten nicht schaden, auch wenn er sich ein wenig wie ein Heuchler vorkam oder wie der Junge, der er einmal gewesen war und der jeden Sonntag in die Kirche hatten gehen müssen und jedes Mal, wenn er etwas angestellt hatte, zur Beichte. Pepper betete für Teresas Gesundheit und Genesung, für ihr friedliches Hinscheiden, falls ihre Gesundheit nicht wiederhergestellt werden konnte, sie betete um Kraft für Bruce im Angesicht dieses Leidens und um Kraft für alle Menschen, die Teresa liebten. Sie bat Gott, »über alle Kinder dieser Welt und ganz besonders über Claire und Josh zu wachen«, und schloss ein formelles Gebet an, das etwas Mechanisches hatte und Bruce vage bekannt vorkam, ehe sie sich bekreuzigte und, die Augen noch fest zu, ihm eine Hand aufs Knie legte.

»Amen«, sagte er, und auch sie ließ ein leises Amen folgen, sprach es aber grimmig, fast schroff, ohne die Hand von seinem Knie zu nehmen.

Nachdem eine angemessene Zeit verstrichen war, sagte er: »Ich weiß es zu schätzen … dass Sie gekommen sind. Aber Sie müssen das nicht. Also, ich finde, ich sollte Ihnen sagen, dass ich …« Er blickte zu Teresa. »… dass *wir* nicht so fest glauben … an Gott, meine ich. Wir sind zwar beide katholisch erzogen worden, sind es aber nicht geblieben. Wir sind in keiner Weise religiös. Deshalb ist Beten …« Er wusste nicht, wie er fortfahren sollte, ohne verletzend zu werden. Von der Straße weit unten quäkte eine Autohupe herauf und verstummte nach ein paar Sekunden wieder. »Beten«, fuhr er fort, »wird uns deshalb nicht viel nützen.«

Pepper erwiderte nichts. Sie ging zu dem kleinen Tisch, ergriff eine der Genesungskarten, die sie dort aufgestellt hatten, und las sie. Vorn drauf war das sepiafarbene Foto eines Conestoga-Wagens. Am liebsten hätte er sie ihr aus den runzligen Händen gerissen.

Sie sah unvermittelt zu ihm herüber und stellte die Karte sorgsam an ihren Platz zurück. »Möchten Sie vielleicht einen Donut?«, fragte sie und blickte zu der länglichen Schachtel, die neben ihrem Mantel und ihrer Handtasche stand. Sie holte sie und hielt sie ihm hin, damit er sich einen aussuchen konnte.

Er war nicht hungrig, doch er hatte seit dem Frühstück nichts mehr gegessen, und so nahm er einen – den erstbesten, der ihm in die Hände fiel, einen gezwirbelten mit Glasur –, biss hinein und kaute so leidenschaftslos wie das Vieh auf der Weide. Als er fertig war, griff er zu seinem Kaffee, der inzwischen kalt war, und nahm einen Schluck. Der Kaffee war stark, und er nahm sich vor, die ganze Nacht davon zu trinken. Er wollte nicht schlafen. Nie wieder.

»Danke«, sagte er und stellte den Becher weg, auf dem WYOMING! stand. Er hatte ihn aus dem Angehörigenraum am Ende des Flurs geholt.

»Die sind von meiner Gruppe übrig geblieben, die sich jeden Montagabend trifft.« Sie nahm wieder auf dem Sofa Platz und winkte ihm, sich zu ihr zu setzen, was er auch tat. »Wo wir gerade davon sprechen, da wäre etwas, was Sie vielleicht wissen sollten, Bruce. Für danach. Wir haben einen Gesprächskreis zum Thema ›Der Verlust eines geliebten Menschen und andere Veränderungen im Leben‹. Das ist ein Familienkreis. Er trifft sich einmal pro Woche. Sie könnten alle zusammen kommen. Wir finden, dass es …« Sie unterbrach sich und machte ein Gesicht, als sei ihr gerade eine Erleuchtung gekommen. »Wir haben heute etwas gemacht, was Sie interessieren könnte. Ich würde es Ihnen sehr gerne zeigen.«

Sie stand auf und ging zu ihrer Tasche, kniete sich hin, wühlte darin herum, schmunzelte über den Inhalt und sah im gedämpften Zimmerlicht in jedem Fach und Winkel nach. Für eine Siebzigjährige hatte sie einen unglaublich durchtrainierten Körper. Sie trug eine Jeans mit elastischem Bund und einen Sport-BH, der ihre Brüste zu einem einzelnen festen Hügel formte. Sie sah immer so aus, als könnte sie jeden Moment ein Rad schlagen.

»Da ist er ja«, rief sie. »Du lieber Himmel, diese Tasche! Was ich so alles mit mir herumschleppe!« Sie richtete sich auf und kam zu ihm herüber, in der Hand einen lila Filzstift, vom dem sie die Kappe abzog. »Das ist eine kleine Übung, die wir gemacht haben. Beugen Sie den Kopf«, sagte sie, als wollte sie einen Partytrick vorführen. Mit der freien Hand scheitelte sie sein Haar, und bevor er Ja oder Nein sagen konnte, drückte sie die Spitze des Filzstifts auf seine Kopfhaut.

»So«, sagte sie, trat zurück und setzte die Kappe wieder auf den Filzstift. »Ich möchte, dass Sie an diesen Punkt denken, wenn Sie sich traurig oder einsam fühlen. Sie dürfen ihn nicht wegwaschen. Wenn er einmal da ist, dann fürs Leben. Er soll Sie daran erinnern, dass Sie ein besonderer Mensch sind. Dass Sie ein Kind Gottes sind, was bedeutet, dass Sie niemals allein sind, Bruce. Keine Sekunde. Es bedeutet, dass Sie ein geliebter Mensch sind, der im Licht der Liebe Gottes lebt, wie wir alle.«

»Wie geht es den Tieren?«, fragte Teresa plötzlich, mit einer Stimme so klar wie ein Löffel, der gegen ein Glas schlug.

Sie drehten sich überrascht zu ihr hin. Bruce stürzte zum Bett.

»Den Tieren? Gut.« Er legte ihr die Hand auf die Schulter.

»Bist du gerade aufgewacht? Sie vermissen dich – wie allc. Die Hunde sind vorübergehend bei Kathy Tyson, bis wir alle nach Hause können.«

»Bei Kathy Tyson?« Sie hob die Augen zu ihm auf. Sie erschienen ihm jetzt jünger, blauer, weil alles andere an ihr so alt geworden war.

»So sind sie nicht so allein. Wenn wir die ganze Zeit weg sind, haben sie keine Gesellschaft.«

Sie lächelte ihn an, und ihr Lächeln war wie ihre Augen. Die beiden einzigen Dinge an ihr, die noch so waren.

»Möchten Sie beten?«, fragte Pepper vom Fußende des Betts aus, den Filzstift noch in der Hand.

»Um ehrlich zu sein«, erwiderte Bruce gereizt, »wäre es uns lieber, Sie würden ...«

»Ja«, sagte Teresa, ohne die Augen von Bruce zu wenden.

In dieser Nacht schlief Bruce trotz des Kaffees. Dann wachte er auf, fiel erneut in einen kurzen Schlaf und wachte wieder auf. Immer wieder und wieder, als werde er unablässig von einer an einem Stock befestigten Hand gestupst. Schließlich wurde er mit einem Schlag hellwach und setzte sich auf der Pritsche auf, als hätte ihn die Hand ins Gesicht geschlagen. Er wusste genau, wo er war. Trotz allem vergaß er nie, wo er war. Im Zimmer war es still, aber erst seit kurzem. Die Stille hatte etwas Wohltuendes, als wäre ihr ein grässliches Geräusch vorausgegangen. Teresa schlief im sanften Licht der Geräte, die um ihren Kopf herum aufgestellt waren. Er betrachtete ihr Gesicht, und dann fing das Geräusch wieder an – er vermutete, dass er davon aufgewacht war –, und er ging darauf zu. Es war ein grässlich schriller Ton, der aus einem der Geräte kam. Er drückte auf die Tasten des Bedienfelds, das mit Zahlen und unentzifferbaren Befehlen übersät war, bis der Lärm aufhörte.

Dann stand er da und starrte auf den Bildschirm. Der Lärm war zwar gestoppt, doch dafür blinkte auf dem Bildschirm jetzt eine Reihe von Nullen.

»Sie sind wach«, sagte der Pfleger, als er ins Zimmer schlüpfte. Sein Name war Eric. Er trug ein Tablett, auf dem ein Teller mit glockenförmigem Deckel stand. Man versuchte zu jeder Tages- und Nachtzeit, Teresa zum Essen zu bewegen, was inzwischen aber ein nahezu unmögliches Unterfangen war. Gestern Abend hatte sie sich von Bruce mit einem Stück Dosenpfirsich füttern lassen und dann brav gekaut, obwohl sie nichts zu schmecken schien. Der Pfleger stellte das Tablett auf den Tisch neben Teresas Bett, drängte sich neben Bruce und drückte mehrere Tasten auf dem Bedienfeld. Die Nullen verschwanden. »Sie haben geschnarcht wie ein Baby, als ich das letzte Mal hereingeschaut habe.«

Bruce sah ihn traumverloren an, als verstehe er nicht, was er sagte. Sein Wachleben hatte den Charakter von Träumen angenommen, sein Traumleben den Charakter von Wirklichkeit. »Wie läuft Ihr Wagen?«, fragte er einige Augenblicke später.

»Gut«, antwortete Eric, ein molliger junger Mann, frisch von der Krankenpflegeschule. Bruce hatte ihn in den Nächten, die er über Wochen im Krankenhaus verbracht hatte, näher kennen- und schätzen gelernt. Eric wirkte unaufdringlich und, was noch wichtiger war, unbeteiligt. Er hatte ihn nicht dazu gedrängt, den Beratungsdienst aufzusuchen, hatte nicht zu ihm gesagt, wie leid ihm das alles tue, dass es Leute gebe, die »für ihn da« wären, oder dass es auch sein Gutes habe, wenn sein Frau so schnell sterbe, weil sie dann nicht zu leiden brauche. Eric nahm kaum zur Kenntnis, dass Bruce überhaupt Probleme hatte. Ja, er belastete Bruce mit seinem eigenen – einem Auto, das öfter mal nicht ansprang und beim Beschleunigen Klopfgeräusche von sich gab. Bruce war zweimal mit Eric in dessen Pausen zum Parkplatz runtergegangen und hatte sich den Wagen angesehen.

»Ist sie wach gewesen?«

»Nein.« Und dann: »Einmal. Gegen halb elf, aber nur kurz. Vielleicht fünf Minuten.«

Eric ergriff Teresas Handgelenk, blickte auf die Uhr und maß ihr den Puls.

Bruce spürte, dass es schneite. Ihm war, als könnte er den Schnee draußen fallen hören oder vielleicht auch riechen. Er ging zum Fenster, zog den Vorhang auf und schaute hinaus.

»Wie ist ihr Puls?«, fragte er, wieder Eric zugewandt.

»Gut.«

»Es gibt Ärzte, die alles vom Puls ableiten. Wie man Krankheiten heilt und so weiter.«

Eric nickte freundlich und schrieb auf das Klemmbrett, das in einem Kasten aufbewahrt wurde, der neben der Tür an der Wand hing.

»Das sind Chinesen. Meine Frau steht auf solche alternativen Sachen. Ich habe mir auch schon überlegt, ob ich mich damit beschäftigen soll. Vielleicht bringt es ja was.«

Eric begann, Teresas Katheterbeutel auszuwechseln. Bruce drehte sich wieder zum Fenster und blickte hinaus. Er hatte recht gehabt. Es schneite, obwohl in ein paar Tagen Frühlingsanfang war. Heute war der 17. März, in ungefähr einer Stunde ging die Sonne auf. Teresas Eltern und Bruder würden am Nachmittag kommen – sie hatten den Besuch vor Wochen geplant, nicht ahnend, wie schnell und dramatisch sich Teresas Zustand verschlechtern würde.

»Ich meine, man weiß nie. Ich könnte mir vorstellen, dass es einen Versuch wert ist.« Er steckte die Hände in die Taschen. Er war voll angezogen. Jeans, Hemd, Stiefel. Die letzten sechzehn Nächte hatte er so geschlafen. Er musste wieder an den lila Punkt denken, den ihm Pepper auf den Kopf gemalt hatte. Er fühlte sich feucht an, als würde er verschmieren, wenn er ihn berührte. Und er drückte leicht, als würde Bruce ein Buch auf dem Kopf balancieren. Nachdem Pepper ihn am Abend verlassen hatte, war er ins Badezimmer gegangen und hatte versucht, ihn im Spiegel zu betrachten. Natürlich hatte er ihn nicht sehen können. Aber er war da. Und würde bleiben. Er fühlte, wie er sich sanft in ihn hineinbohrte.

Er fuhr sich mit der Hand durchs Haar und wandte sich an Eric. »Ich werde nicht mehr arbeiten gehen. Ich bleibe hier, bis hier alles klar ist. Die Kinder kommen auch.« Er dachte an Claire und Joshua, die jetzt, wie er hoffte, auf dem Weg nach Duluth waren. Er sehnte sich nach ihnen.

»Dann brauchen Sie noch zwei Klappbetten?«, fragte Eric.

Bruce nickte.

»Ich fülle ein Antragsformular aus, bevor ich Feierabend mache.« Er stellte das Klemmbrett in den Kasten zurück und zog die Handschuhe aus, indem er sie von innen nach außen pellte, sodass er mit keinem Teil in Berührung kam, mit dem er Teresa angefasst hatte, dann ging er hinaus.

Bruce zog die Vorhänge vollends auf. Er wollte, dass das Morgenlicht Teresa weckte, denn er spürte schon jetzt, wie grell es sein würde, wenn die Sonne den frisch gefallenen Schnee zum Gleißen brachte. Er setzte sich auf den Stuhl neben ihr, zog die Nachttischschublade auf und nahm das Telefonbuch heraus. Er hatte keine Ahnung, wo er anfangen sollte, und so schlug er das Buch zuerst bei *C* wie *Chinesisch* auf, obwohl er wusste, dass das lächerlich war. Dann sah er unter *Ärzte* nach und blätterte durch die Seiten, überwältigt von der langen Liste. Er überlegte kurz, dann ging er die Namen der Ärzte durch, suchte nach solchen, die asiatisch klangen, und fand einen Dr. Yu. Es war fünf Uhr morgens, aber so etwas hielt ihn von nichts mehr ab. Er wählte die Nummer. »Ich brauche einen Heiler«, wollte er sagen. Kurz und knapp. Vielleicht würde ihn der chinesische Arzt verstehen. Vielleicht hatte er einen Freund, der kommen würde, um Teresas Puls zu fühlen. Das Telefon klingelte und klingelte, so lange, bis das Klingeln schließlich aufhörte und eine Beinahe-Stille eintrat, die Beinahe-Geräusche barg – leises Knistern, Geraune von Stimmen und Gesprächen auf anderen Leitungen. Er legte den Hörer auf und sah Teresa an, die ganz still dalag, aber die Augen geöffnet hatte.

Er sagte ihren Namen, rüttelte sie leicht. Sie blieb völlig reglos.

»Wach auf, Baby«, sagte er und rüttelte sie fester. Er legte die Hand an ihr Gesicht, und im allerletzten Moment blinzelte sie. Sie hatte die Augen offen, doch sie sah ihn weder an, noch sah sie ihn nicht an. Sie erinnerte ihn an diese altmodischen Puppen mit beweglichen Augenlidern, die zufallen, wenn man sie nach hinten kippt, und aufklappen, wenn man sie aufrichtet. Seine Mutter hatte so eine besessen. Sie hieß Holly. Als Kind durfte er sie nur unter Aufsicht anfassen, wozu er aber ohnehin selten Lust hatte, denn sie machte ihm Angst. Er nahm die Kissen von seiner Pritsche und schob sie Teresa unter den Nacken, sodass sie nicht mehr an die Decke, sondern in Richtung ihrer Füße blickte. Ihr Unterkiefer hing herab, sodass ihr Mund leicht offen stand. Er drückte ihn zu, doch als er losließ, ging er wieder auf.

»Die Kinder kommen«, sagte er. »Auch Josh – er war beim Eisfischen. Und deine Eltern und Tim. Um drei werden sie hier sein.«

Würde sie doch nur den kleinsten Laut von sich geben, die kleinste Bewegung machen, ihm das kleinste Zeichen geben. Dann wäre er glücklich. All die Tage hatte er darauf gewartet, dass sie die Augen öffnete und offen behielt, doch jetzt, wo sie es getan hatte, wünschte er, sie würde sie wieder schließen. Er legte ihr die Hand auf die Augen, aber darunter blieben sie offen.

»Wie wär's mit Frühstück?« Er hob den Deckel von dem Tablett, das Eric gebracht hatte. Auf dem Teller saß, einsam in einem Schälchen, eine viereckige Portion grüne Götterspeise. Er lud etwas davon auf den Löffel und hielt es ihr an den Mund. »Das habe ich für dich gemacht, Ter. Mach den Mund auf. Ehrlich, das war so lustig. Ich habe einen Spaziergang gemacht und bin unten im Keller gelandet, und da war eine Küche und …«

Sie blinzelte.

»Hier«, sagte er und schob ihr den Löffel in den Mund. »Du musst etwas essen. Wie willst du denn gesund werden, wenn du nichts isst?« Grüne Schlieren rannen aus ihrem Mund, tropften auf ihr Kinn, aber er wollte es nicht sehen. Er füllte den Löffel erneut, schob ihn ihr in den Mund und drehte sich weg, um ihn abermals zu füllen, hielt dann aber inne und warf den Löffel mit aller Kraft an die Wand hinter Teresa. Er prallte von der Wand ab und fiel klirrend auf den harten Fußboden unter dem Bett.

Nach mehreren Minuten nahm er den Lappen, der immer griffbereit lag, befeuchtete ihn am Waschbecken und wischte ihr die grünen Flecken von Kinn und Hals. Er öffnete die Tube mit dem Lippenbalsam, die auf dem Nachttisch lag, und trug etwas auf ihre schlaffen Lippen auf.

»Was möchtest du?«, fragte er und strich mit dem Daumen ihre Augenbrauen glatt, so wie es ihr gefiel.

Sie hustete einmal, und ihre Augen schlossen sich zuckend und gingen wieder auf.

»Willst du mir sagen, dass es in Ordnung ist, wenn du

stirbst?« Pepper hatte ihm das gesagt. Dass Teresa seine Einwilligung brauchen könnte. Dass Sterbende oft warten, bis ihre Lieben sie zum Loslassen ermutigen. »Aber das ist es nicht, Ter. Es ist *nicht in Ordnung.* Du hast ein Leben zu leben, und wir haben unser Leben zu leben, und jeder braucht dich, deshalb kannst du jetzt nicht einfach aufgeben. Hörst du mich?«

Sie machte keine Bewegung und reagierte nicht. Er saß da und betrachtete sie, bis Licht vom Fenster ins Zimmer fiel, weich und schwach, zuerst lila, dann blau.

Er beugte sich vor und zog die Stiefel aus, schlüpfte aus den Jeans, knöpfte sein Flanellhemd auf und warf beides auf seine Pritsche. Dann kroch er zu ihr ins Bett und breitete die Decke über sie beide. Sie trug nur ihren Krankenhauskittel, und er schob ihn beiseite, damit er ihre Haut spüren konnte.

»Sehen wir uns den Sonnenaufgang an«, flüsterte er ihr ins Ohr und schloss die Augen. Er streichelte ihren Arm, fuhr mit den Fingern zu ihrem Handgelenk, bis er ihren Puls fand. Er war kräftig, wie er erwartet hatte. Und ungestüm und schnell. Wie eine Kraft, die weder aufgehalten noch verändert, der weder geholfen noch geschadet werden konnte. Wie eine Frau, die ewig leben würde.

TEIL 3

Schlammtage

So etwas wie Jugend gab es eigentlich nicht, es gab nur Glück und Pech und die Ungeheuerlichkeiten, die einem Menschen, jedem Menschen, widerfahren konnten und ihn in immer tieferes Leid stürzten, dem er, hielt es ihn einmal gefangen, nicht mehr entrinnen konnte, er musste darin leben, musste in dieser Dunkelheit leben und einen Funken Hoffnung für sich finden.

Edna O'Brien, *Am Fluss.*

9

Acht Tage nach Teresas Tod erwachte Bruce auf einer Wiese.

Er war noch am Leben. Er brauchte einige Augenblicke, um das zu begreifen, während er taub von der Kälte unter dem blauen Morgenhimmel lag. Die Pferde standen neben ihm, schnaubten durch ihre warmen braunen Nüstern, und er hörte ihnen zu, ohne die Augen zu öffnen. In Augenblicken wie diesem hatte er keine Vergangenheit, kein Leben, keine tote Frau. Er war ein Niemand in einem Niemandsland, und die Wirklichkeit war eine flimmernde Abfolge von Bildern in einem Traum, der nicht weiter als bis in die letzte Nacht zurückreichte. Wie er auf der Veranda gestanden und die Flasche Jack Daniel's getrunken hatte. Wie es sich angefühlt hatte, als er auf die Wiese stürzte, gegen einen Stein schlug und seine Wange aufplatzte. Wie Teresa zu ihm gekommen war. Wie sie bei ihm geblieben war. Schweigsam, aber bei ihm. Ihre Augen die Sterne, ihr Haar der schwarze Himmel, ihr Körper die Bäume am Rand der Wiese, ihre Arme die peitschenartigen Schösslinge, die ihn umgaben.

Jetzt packte er einen der Schösslinge mit beiden Händen, zog mit aller Kraft an seinem drahtigen Stängel und gab dabei ein Knurren von sich, das die Pferde so erschreckte, dass sie wegliefen, dann stehen blieben und ihn aus der Entfernung beobachteten. Er zog so fest, dass es ihn vor Anstrengung auf die Seite drehte, als ziehe nicht er an dem Schössling, sondern der Schössling an ihm. Dann ließ er ihn los, und er schnellte in seine aufrechte Position zurück, fest verwurzelt im gefrorenen Boden.

Als er die Augen öffnete, schien eine Glasscherbe seinen Kopf zu durchschneiden. Sie war sein Leben, das in ihn zurückkehrte. Neben ihm war eine Lache Erbrochenes, erstarrt und beinahe hart gefroren. Ganz langsam drückte er sich hoch. Endlich auf den Knien, musste er sich, nach vorn auf die Hände gestützt, abermals übergeben. Anschließend hockte er sich auf die Fersen und wischte sich mit dem Ärmel den Mund ab. Er betastete sein Gesicht mit tauben Fingern, fuhr an dem Schorf entlang, der sich gebildet hatte.

Schließlich stand er auf und ging taumelnd ein paar Schritte. Die Pferde hatten unterdessen zu grasen begonnen, aber jetzt hoben sie die Köpfe und spähten erwartungsvoll zu ihm herüber, bis er ihre Namen rief, worauf sie sofort zu ihm kamen und ihre Nasen in seine Hände drückten, als hätte er Äpfel für sie.

Zu dritt machten sie sich auf den Heimweg und folgten dem Pfad, den die Pferde ausgetreten hatten und den Bruce wohl letzte Nacht benutzt hatte, auch wenn er sich nicht daran erinnern konnte. Als die Scheune in Sicht kam, trotteten Lady Mae und Beau voraus, stellten sich in ihre Boxen und warteten darauf, gefüttert zu werden. Er gab ihnen Hafer. Dann ging er zu den Hühnern, um Eier zu holen, fand aber keine.

Zurück im Haus, stellte er fest, dass Joshua in der Nacht nicht heimgekommen war. Alle Lichter, die er angemacht hatte, brannten noch, und im Radio lief Fiddle-Musik in einer solchen Lautstärke, dass er glaubte, sich wieder übergeben zu müssen, bevor er an der Stereoanlage war und sie ausschaltete. Jetzt, wo er im Haus war, merkte er, wie durchgefroren er war. Er begann, den Holzofen anzufeuern. Joshua übernachtete vermutlich bei seiner neuen Freundin. Claire war gestern

Nachmittag nach Minneapolis zurückgefahren – sie musste in ihren Job zurück, und Bruce hoffte, dass sie auch das Studium wieder aufnahm. Sie und Joshua sollten eigentlich im Juni ihren Abschluss machen, Claire am College, Joshua an der Highschool. Beide waren nicht mehr hingegangen, als ihre Mutter im Sterben lag. Teresa hatte davon nichts gewusst, und Bruce hatte es zwar gewusst, aber nicht die Kraft aufgebracht, sich deswegen Sorgen zu machen. Er hatte Claire gebraucht. Was hätte er getan, wenn sie in Minneapolis geblieben wäre? Die beiden würden bald wieder ihre Kurse besuchen, sagte er sich und beließ es dabei. Sie brauchten Zeit, um über alles hinwegzukommen, was ein weiterer Grund für ihn war, seine Selbstmordpläne – er hatte sie nicht vergessen – voranzutreiben, damit sie trauern und dann weiterleben konnten.

Das Anzündholz brannte, und er spürte die angenehme Wärme der Flammen, als er sich über die offene Ofentür beugte. Die Wunde an seiner Wange begann zu pulsieren. Eigentlich hatte er schon vor zwei Tagen tot sein wollen. Letzte Nacht war er zum Sterben bereit gewesen, aber jetzt war ihm klar, dass sich betrinken und dann halb erfrieren nicht die Art war, wie er sterben wollte. Es war würdelos, und obendrein konnte es als Unglücksfall missdeutet werden. Er würde das tun, was er sich ursprünglich vorgenommen hatte, und nichts anderes. Der Strick lag fertig geknotet und einsatzbereit in der Truhe in der Scheune, in der sie das Zaumzeug aufbewahrten.

Aber heute war kein Tag zum Sterben, fand er. Wie bisher jeder Tag. Eins war zum anderen gekommen. Am Tag nach der Beerdigung, der ursprünglich sein letzter auf Erden hätte sein sollen, war Joshuas Pick-up liegen geblieben, und er hatte ihm helfen müssen, ihn wieder flottzumachen. Ein Ersatzteil, das sie bestellt hatten, war erst in fünf Tagen lieferbar. Außerdem hatte er sich schlecht aufhängen können, solange Teresas Eltern und Bruder noch zu Besuch waren. In den Tagen nach der Beerdigung hatte er sich nach Kräften bemüht, allen Umständen zum Trotz ein guter Gastgeber zu sein. Er war mit ihnen nach Flame Lake ins Ojibwe Museum gefahren und hatte im Hunt Club in Blue River Zander mit ihnen gegessen. Es war ein furchtbarer Schock für sie gewesen, als sie bei ihrer Ankunft auf dem Flughafen in Duluth nicht von ihm und den Kindern, sondern von Pepper empfangen worden waren.

»Es ist noch genug Zeit, den Leichnam zu sehen«, hatte Pepper zu ihnen gesagt, als sie aus dem Flugzeug gestiegen waren. Sie standen in einer Ecke des Terminals vor einer Fensterfront, durch die unerbittlich die Sonne brannte. »Den Leichnam!«, schrie Teresas Mutter und lief kopflos davon, bis sie mit ihrer Handtasche an einer großen Topfpflanze hängen blieb.

Teresas Eltern und ihr Bruder hatten den Leichnam nicht sehen wollen, im Gegensatz zu Bruce, Claire und Joshua, die wütend protestierten, als ihnen eine kraushaarige Krankenschwester mitteilte, dass sie nun »Abschied nehmen« müssten. Sie hatten vier Stunden im Krankenzimmer gesessen, nachdem Teresa ihren letzten Atemzug getan hatte, den sie alle verpasst hatten. Claire und Joshua waren nach Duluth gerast, nachdem sie Stunden gebraucht hatten, um Claires Wagen freizubekommen, der mitten auf dem zugefrorenen Lake Nakota im Schneematsch stecken geblieben war. Als Bruce neben Teresa aufgewacht war, hatte er sich mit dem Becher, auf dem WYOMING! stand, einen Kaffee geholt. Der Kaffee stand jetzt auf dem Fensterbrett des Krankenzimmers, und das Sahne-Milch-Gemisch bildete eine hässliche Haut. Vier Stunden bei einem Leichnam zu bleiben war im St. Benedict's Hospital ungewöhnlich lange, aber sie hatten Pepper als Fürsprecherin und konnten zudem als Entschuldigung vorbringen, dass Teresas Eltern auf dem Weg seien.

Sie gaben sich alle Mühe, nicht aufzufallen. Nach den ersten lauten Weinkrämpfen dämpften sie ihr Schluchzen, indem sie ihre Gesichter in Kissen oder aneinanderdrückten oder, was sie am häufigsten taten, an Teresas Körper, der tot im Bett lag. Er war noch warm, als Claire und Joshua eintrafen. Sie hielten ihn durch die Decke, und dann wich die Wärme, wurde zu einer Insel auf ihrem Bauch, und dann kühlte auch der ab, und sie berührten sie nicht mehr.

Als Bruce mit dem Kaffee ins Zimmer zurückgekehrt war, hatte er nicht gleich bemerkt, dass sie tot war. Minuten zuvor hatte er noch neben ihr im Bett gelegen. Ihre Augen standen offen, schienen aber unverändert. Er machte ein paar Bemerkungen übers Wetter. Es war kalt, aber sonnig, März, aber noch Winter. Derselbe Schnee, der gefallen war, als Teresa, soweit man wusste, noch keinen Krebs gehabt hatte, bedeckte noch in gefrorenen Schichten die Erde. Dann ging er zu ihr und ergriff ihre Hand, die heiß und geschwollen war von all den Kanülen, aber dann sah er sie an, und was er sah – dass sie nicht mehr da war –, hatte ihn, ohne dass er sich dessen bewusst war, in die Knie sacken lassen.

Als sie später bei ihr saßen und auf ihre Eltern und ihren Bruder warteten, kooperierten sie mit den Pflegekräften, so gut sie konnten. Teresa hatte Organe spenden wollen, doch wegen ihrer Krebserkrankung waren nur ihre Augen zu gebrauchen. Bis zu ihrer chirurgischen Entfernung mussten sie, wie Pepper ihnen schonend beibrachte, mit Eis konserviert werden. Sie erklärten sich bereit, die Eisbeutel jeweils fünfundvierzig Minuten pro Stunde auf Teresas Augen liegen zu lassen, und Bruce versprach, die Zeit zu stoppen. Er nahm seine Armbanduhr ab und legte sie neben ihrer Hüfte aufs Bett, um sich selbst daran zu erinnern.

Schließlich kam die kraushaarige Schwester und teilte ihnen

mit, dass Teresas Eltern und Bruder in der Eingangshalle auf sie warteten und nicht heraufkommen wollten. Da wussten Bruce, Claire und Joshua, dass sie gehen mussten. Bruce und Joshua traten nacheinander feierlich ans Bett, beugten sich über Teresa und küssten ihre kalten Lippen. Claire begann wieder hysterisch zu schluchzen, noch lauter als zu Anfang, als sie ins Zimmer getreten war und ihre tote Mutter gesehen hatte. Sie stieß Bruce und Joshua gewaltsam zurück, als sie versuchten, sie zu trösten, und schlug mit den Armen nach ihnen. Dann beruhigte sie sich und sagte, ohne aufzuschauen, dass sie ein paar Minuten mit ihrer Mutter allein sein wolle.

Bruce und Joshua standen eine Weile schweigend vor der geschlossenen Tür und gingen dann zu dem Fenster am Ende des Flurs, das vom Fußboden bis zur Decke reichte. Joshua blickte auf die Straßen von Duluth hinaus, dann zu dem dahinterliegenden See. Bruce betrachtete Joshua. Er hatte ihn seit Tagen nicht gesehen. Claire und er hatten sich jeden Tag in den wenigen Minuten, die nicht die Sorge um Teresa in Anspruch genommen hatte, gefragt, wo Joshua wohl steckte. Er hatte auf den Anrufbeantworter gesprochen, hatte Zettel auf dem Küchentisch hinterlassen, aber aufgetaucht war er nie. Bruce hatte deswegen getobt, Claire hatte geweint, und Teresa hatte im Delirium nach ihm gerufen: *Wo ist Joshua? Wo ist Joshua?*, bis sie in den letzten Tagen zeitweise geglaubt hatte, er sei bei ihr im Zimmer. Bruce wusste noch immer nicht, wo Joshua gesteckt hatte, und inzwischen war es ihm auch egal. Er war nur froh, dass Claire ihn hergebracht hatte. Er wusste, dass auch Joshua sich jetzt fragte: *Wo war ich? Wo war ich, als meine Mutter starb, und wo war Claire meinetwegen?* Er wollte zu ihm sagen, dass es schon okay sei, aber etwas hielt ihn davon ab. Immer wieder formte sich dieses *schon okay* auf seinen Lippen und löste sich dann in Luft auf.

»Deine Mutter hat gestern den ganzen Tag gedacht, du wärst bei ihr«, sagte er, was ja auch stimmte – sie hatte halluziniert und geglaubt, er und Claire wären bei ihr, und ein Hund, den sie Monty genannt hatten. »Sie hat geglaubt, du würdest auf dem Stuhl sitzen.«

Joshua richtete seine geröteten Augen kurz auf Bruce, blickte aber gleich wieder hinaus auf die Straßen.

Bruce fasste zu ihm hinüber und massierte ihm den Rücken, so wie er es bei seinen zahllosen Versuchen getan hatte, Teresas Schmerzen zu lindern.

»Ah«, stöhnte Joshua und schmiegte sich an Bruce' Hände. »Das tut gut.«

Als Bruce am neunten Tag, seit Teresa nicht mehr lebte, erwachte, wusste er, dass heute seine Chance gekommen war. Er spürte die Stille im Haus: Es war so still, als würde er gar nicht im Haus liegen, sondern wieder auf der Wiese, auf der er gestern Morgen aufgewacht war. Er öffnete die Augen, fühlte sich aber außerstande, sich zu bewegen. Die Last der Trauer drückte ihn aufs Bett.

»Shadow«, rief er mit hoher Stimme. »Miez, Miez. Miez, Miez.« Er hörte ihre Pfoten auf dem Fußboden über ihm landen, in Claires Zimmer. Augenblicke später erschien sie in der Tür. »Komm her«, lockte er sie, doch sie rührte sich nicht von ihrem Platz an der Tür. Er betrachtete sie vom Bett aus. Sie hatte Teresa ebenso lange gekannt wie er. Manchmal war sie bei ihnen im Bett gewesen, wenn sie sich liebten, und hatte es sich in der äußersten Ecke bequem gemacht, solange sie es nicht zu wild trieben.

Er schloss die Augen und sagte laut: »Bald werde ich tot sein.« Und dann schluchzte er ein paarmal kurz und schlief wieder ein.

Als er gegen Mittag erwachte, lag Shadow schwer auf seiner Brust.

Er legte die Hände auf ihren warmen Körper, und sie begann sofort zu schnurren. Normalerweise erwachte er von einem Gewicht, das keine Gestalt hatte. Normalerweise war es eine Reihe von Bildern, die unerträglich schön oder schrecklich waren. Bilder von Teresa, einer Teresa, die entweder sehr fröhlich oder sehr traurig, sehr gesund oder sehr krank war, jedes quälend für ihn in seiner Schärfe. Manchmal kam ihm eine Frage in den Sinn, die ihn so niederdrückte, dass er das Gefühl hatte, das Bett müsste gleich unter seinem Gewicht zusammenbrechen. *Warum hatte er nicht sofort zu arbeiten aufgehört, als er erfuhr, dass sie Krebs hatte? Warum hatte er nicht jede Minute jedes Tages und jeder Nacht mit ihr verbracht, seit er sie kennengelernt hatte?* Und dann folgten düstere Fragen, die eigentlich gar keine Fragen waren, sondern Vorwürfe, die ihn mit ihrem Tod in Verbindung brachten. Die Ärzte glaubten, dass ihr Krebs in der Lunge begonnen hatte. *War der Holzofen schuld gewesen? Oder der Isolierstoff, den er auf einer Baustelle organisiert und im Haus verwendet hatte?* Es könnte alles Mögliche gewesen sein, hatte der Arzt desinteressiert geantwortet, als sie ihn gefragt hatten. Aber alles Mögliche war alles Mögliche – es schloss Bruce nicht aus. Es schloss ihn und alles mit ein, was er fast zwölf Jahre lang für sie getan, organisiert und herbeigeschafft hatte.

Er setzte sich auf und stellte seine nackten Füße auf den Fußboden, dann stand er vorsichtig auf, unsicher auf den Beinen, als wäre ihm erst vor kurzem ein Gips abgenommen worden. Er hatte sich etwas vorgenommen. Zwei Dinge. Er wollte die Hunde von Kathy Tyson holen – er hatte sie mehrere Tage vor Teresas Tod in ihre Obhut gegeben, war aber wegen der Beerdigung und der vielen Besucher in ihrem Haus noch nicht dazu gekommen, sie wieder abzuholen. Und anschließend wollte er nach Hause fahren und sich das Leben nehmen.

Er überlegte, ob er die Hunde lieber doch nicht abholen sollte. Praktischer wäre es gewesen, aber er entschied sich aus zwei Gründen dagegen. Erstens, die Hunde würden Claire und Joshua ein Trost sein, und wenn er sie jetzt nicht holte, würde die nächste Beerdigung dazwischenkommen, und die Hunde würden mindestens eine weitere Woche bei Kathy bleiben. Und zweitens, er wollte sie ein letztes Mal sehen.

Zuerst rasierte er sich. Er hatte sich seit dem Morgen vor der Beerdigung nicht mehr rasiert und setzte bereits einen struppigen Bart an. Wenn er sich schon umbringen wollte, konnte er sich vorher wenigstens rasieren, fand er. Außerdem zog er ein gutes Hemd an – kein Flanellhemd, was er normalerweise trug, sondern das weiße mit den türkisfarbenen Druckknöpfen, das Teresa geliebt hatte. Wenn er es trug, hatte sie immer ein Cowboylied gesummt, das sie sich wahrscheinlich selbst ausgedacht hatte, und zwar in dem Moment, als sie ihn das erste Mal in dem Hemd sah. Er versuchte, sich darauf zu besinnen, wie das Lied ging, doch es gelang ihm beim besten Willen nicht. Er begriff, dass er es nie wieder hören würde, außer natürlich, es gab doch einen Himmel, und sie erwartete ihn dort, glücklich, dass er dieses Hemd trug. Sie würde ihren Krankenhauskittel tragen und nichts darunter, oder vielleicht auch die Bluse und den Rock, die Claire ausgewählt und die sie im Sarg über ihrer besten Unterwäsche getragen hatte und in der sie auch eingeäschert worden war. Einen flüchtigen Augenblick lang hatte Bruce über den Menschen nachgedacht, der sie in den Verbrennungsofen eingefahren hatte. Wer immer es gewesen sein mochte, er war der Letzte, der sie gesehen hatte. Aber dann fiel ihm ein, dass das gar nicht stimmte. Sie war ja im Sarg verbrannt worden, wie es Vorschrift war, und der letzte Mensch, der sie gesehen hatte, war somit Kurt Moyle, der Bestattungsunternehmer, der vorgetreten war und sanft den Deckel über ihr geschlossen hatte, während sie die letzte Strophe von »Amazing Grace« sangen.

Wie Teresas Tod war auch ihre Bestattung nicht so gewesen, wie Bruce sie sich sieben Wochen zuvor vorgestellt hatte, als er die Filmfassung ihrer Bestattung in seinem Kopf ablaufen ließ. Er selbst verhielt sich nicht so, wie er erwartet hatte. Er ergriff niemandes Hand, um zu trösten oder getröstet zu werden. Er sagte nichts von wegen, dass sie jetzt an einem besseren Ort sei. Wenn irgend möglich vermied er es, jemanden anzusehen. Wenn er jemanden ansah, wich die Kraft aus seinen Beinen. Um nicht umzufallen, hielt er sich an Stühlen, Wänden und einmal sogar an Teresas Sarg fest. Beim Anblick ihrer Eltern kam ihm sofort die Wendung »von Trauer überwältigt« in den Sinn. Teresa hatte ihnen in ihrem Erwachsenenleben nicht besonders nahegestanden. Trotzdem weinten sie bitterlich bei der Bestattung ihrer Tochter, tatschten aneinander herum und brachten gegenseitig ihre Kleidung in Unordnung. Dass sie weinten, sah ihnen nicht ähnlich, und dass sie aneinander herumtatschen würden, hätte er nie gedacht. Claire und Joshua waren das Gegenteil, schritten von ihren Stühlen zum Sarg ihrer Mutter, vom Sarg zum Trinkbrunnen, vom Trinkbrunnen zu dem kleinen Tisch, auf dem sie das Kondolenzbuch ausgelegt hatten. Sie schienen beide zu wissen, wie sie sich in diesem Kreis zu bewegen hatten, getrennt voneinander, aber im Gleichklang. Sie schwebten wie Eulen auf nächtlicher Jagd, lautlos und mit großen Augen, und wenn sie an Bruce vorüberkamen, hakten sich ihre Blicke in seine wie Kletterseile, die geworfen wurden, Halt fanden, sich spannten. Er schaute möglichst schnell weg, doch bei anderen Leuten musste er sich den Anschein geben, als sehe er sie an. Das verlangte der Anstand.

»Mein aufrichtiges Beileid«, sagten sie unablässig, einer nach dem anderen.

»Ich danke Ihnen«, krächzte er. Diese drei Worte waren wie Pflaumenkerne, die er ausspuckte, nachdem er das Fruchtfleisch abgelutscht hatte. Er fragte sich, ob es möglich wäre, all die Menschen, bei denen er sich im Lauf seines Lebens bedankt hatte, zusammenzuzählen und ob diese Summe der Anzahl der Menschen entsprechen würde, denen er an dem einen Tag dankte, an dem der Leichnam seiner Frau in eine Holzkiste gesperrt, in einen Ofen geschoben und bei extrem hoher Temperatur zu Asche verbrannt werden sollte.

Kathy Tyson erwartete ihn. Er hatte sie am Vorabend angerufen, und sie hatte gesagt, dass er jederzeit vorbeikommen könne. Es dauerte mehrere Minuten, ehe er mit ihr sprechen konnte, weil Spy und Tanner vor Freude über das Wiedersehen an ihm hochsprangen und ihn fast umwarfen, als er sich zu ihnen hinunterbeugte.

Als er schließlich von der Veranda ins Haus trat, witschten die Hunde mit hinein. Kathys Haus war eigentlich eine Hütte, die nur aus einem einzigen Raum bestand, mit einem Dachboden für ihr Bett und einem kleinen Badezimmer gleich hinter der Kochnische. Das Haus ihrer Eltern lag ein paar hundert Meter weiter die Zufahrt hinauf versteckt hinter Bäumen. Kathys Großeltern hatten einst in der Hütte gelebt, als sie das größere Haus auf dem Hügel bauten.

»Wie wär's mit einer Tasse Kaffee?«, fragte sie und goss einen Becher voll, ohne eine Antwort abzuwarten. Sie setzten sich an den Tisch. Ein Räucherstäbchen glomm in dem Regal hinter ihr, und süßlicher Rauch kringelte sich über ihrem Kopf.

»Wir sind dir sehr dankbar, dass du dich um die Hunde gekümmert hast.«

»Nicht der Rede wert«, erwiderte sie und blickte zu ihnen. Sie lagen neben seinen Füßen unterm Tisch und leckten sich beide die Geschlechtsteile. »Ich werde sie vermissen. Es sind gute Hunde.«

»Ja, das sind sie«, erwiderte Bruce. Vor ein paar Wochen hatte Teresa ihn gebeten, Kathy als Dankeschön ein Glas Marmelade zu schenken, doch er hatte es in letzter Sekunde auf dem Küchentisch stehen lassen, weil es ihm zu kostbar erschien, um es wegzugeben, nicht des Inhalts wegen, sondern weil Teresa das Etikett auf dem Deckel beschriftet hatte. *Himbeere, Juni.*

»Was ist mit deinem Gesicht passiert?«, fragte sie.

Er drückte mit dem Finger auf den Schorf an seiner Wange. »Ausgerutscht.«

Sie nickte. In der Schüssel, die zwischen ihnen auf dem Tisch stand, lag eine einzelne Mandarine.

»Wie läuft das Geschäft?«, fragte er. Sie war Besamungstechnikerin für Rinder wie ihr Vater. Er wusste nicht, ob Kühe das ganze Jahr über besamt wurden und was sie an einem Mittwochmittag zu Hause machte.

»Gut.« Sie nickte. »Die Arbeit geht nicht aus.« Sie stand auf und füllte ihre Becher nach. Sie trug Jeans, ein lila Hemd und allerlei Kristalle, Perlen und Steine an Hals, Handgelenken und Fingern. Einmal, so fiel Bruce jetzt wieder ein, hatte Teresa mit ihr darüber gesprochen, sie als Gast in ihre Sendung *Moderne Pioniere* einzuladen und sich mit ihr über die Kunst des Tarotkartenlegens zu unterhalten, allerdings war nichts daraus geworden. Er kannte Kathy schon sein ganzes Leben, doch als er jetzt in ihrem Haus saß, kam ihm zu Bewusstsein, dass er eigentlich kaum etwas von ihr wusste. Sie waren zusammen zur Schule gegangen, sie vier Klassen unter ihm, und seit er das Grundstück in ihrer Nachbarschaft gekauft hatte, pflegten sie ein gutnachbarliches Verhältnis. Er erinnerte sich, dass sie Softball spielte, nicht an der Highschool, sondern jetzt, für das Team von Jake's Tavern.

»Der Frühling steht vor der Tür«, sagte er. »Oder ist vielmehr schon da.«

»Ja«, erwiderte Kathy. Kalendarisch hatte er schon vor fast eine Woche begonnen. Beide schauten aus dem Fenster. Die Schneeschmelze hatte eingesetzt, seit die Temperaturen auf über fünf Grad geklettert waren.

»Das bedeutet, dass ihr bald mit dem Training beginnt.«

»Training?«

»Softball.«

»Ach so«, sagte sie, leicht errötend. Eine braune Strähne hatte sich aus ihrem Pferdeschwanz gelöst und umspielte ihr Gesicht. Sie schob sie hinter ihr Ohr. »Ich weiß nicht, ob ich das dieses Jahr mache. Es ist sehr zeitaufwendig.«

»Es hält fit.«

»Es sind ja nicht nur das Training und die Spiele, ich bin auch Schriftführerin.«

Bruce nickte. Er fragte sich, was die Schriftführerin einer Softball-Mannschaft zu tun hatte.

»Du könntest bei uns mitspielen. Wir könnten dringend ein paar Männer gebrauchen. Wie's scheint, möchten in dieser Stadt nur die Frauen was tun. Sich engagieren.«

»Wenn, dann würde ich wohl für Len's Lookout spielen«, sagte er ernst.

Ihre Augen sprangen von ihren Händen zu seinen Augen hoch und wieder zurück. »Das kann ich verstehen«, sagte sie etwas atemlos.

»Len's Lookout … wie nennen die sich?«

»Leopards.«

»Len's Leopards«, sagte er leise, was insofern lachhaft war, als er überhaupt nicht die Absicht hatte, einem Softballteam beizutreten. Teresa hatte im Lookout bedient. Jeder dort hatte sie gemocht. Leonard und Mardell, die Gäste aus Midden und aus den Cities. Mardell hatte Teresas Todesanzeige im Lokal aufgehängt, zusammen mit einem Foto von ihr, das sie bei der alljährlichen Weihnachtsfeier aufgenommen hatte. Leute hatten darunter Blumen und Karten niedergelegt und Votivkerzen aufgestellt, die so lange brannten, bis sie von allein ausgingen. Er war noch nicht dort gewesen, um es sich anzusehen, aber Mardell hatte ihm am Telefon erzählt, dass sich Karten und Blumen auf dem Fußboden türmten und sogar der daneben stehende Flipperautomat voll davon war.

»Das ist fast sein Name«, sagte Kathy.

»Was?«

»Leopard unterscheidet sich nur durch einen Buchstaben von Leonard.«

»Ach so. Das ist mir nie aufgefallen …«

Sie griff nach ihrem Pferdeschwanz und legte ihn sich über die linke Schulter. »Das wäre vielleicht eine Möglichkeit, ihr Andenken hochzuhalten.«

»Vielleicht«, pflichtete Bruce ihr bei, ohne sich festzulegen. Jetzt, wo sie beim Thema waren, hoffte er, dass sie ihm nicht sagen würde, wie leid es ihr tue. Das hatte sie bereits bei der Bestattung getan. Er räusperte sich und hustete dann kräftig, als müsste er seine Lunge von einem Fremdkörper befreien.

Kathys Telefon klingelte, aber sie ging nicht ran. Als der Anrufbeantworter ansprang, legte der Anrufer auf. »Das war meine Mutter«, erklärte sie. »Sie hinterlässt nie eine Nachricht. So weiß ich, wenn ich anrufen muss.«

Sie schenkte ihm ein leichtes Lächeln. Er hatte das Gefühl, dass er gehen sollte, aber er wollte nicht. Er fühlte sich weder gut noch besonders schlecht. Er fühlte sich in Kathys kleinem

Haus vor seinem übrigen Leben herrlich sicher. Nicht so, wie er sich vor Teresas Erkrankung gefühlt hatte, bevor er wusste, dass es etwas gab, wovor sich sicher zu fühlen ihm ein Bedürfnis war. Es war ein ganz neues Gefühl, und es berauschte ihn wie eine Droge.

»Ich wollte dir noch sagen, dass ich da bin, falls du mal spazieren gehen oder am Telefon mit jemandem reden willst oder was auch immer. Ich möchte, dass du das weißt. Ich meine, wenn du mal jemanden zum Reden brauchst. Ich bin nur ein Stück die Straße runter.«

Sie stand auf und schürte den Ofen.

»Ich sollte jetzt gehen«, sagte er und erhob sich. »Aber nochmals danke.«

»Es war mir eine Freude, wenn ich helfen konnte.« Sie brachte ihn zur Tür und blieb auf der Veranda stehen, als er, die Hunde neben sich im Wagen, davonfuhr.

Er fuhr an seinem Haus vorbei und auf dem Highway zum Lookout, wo er parkte und den Motor abstellte. Er blieb sitzen, als warte er darauf, dass Teresa herauskam, wie sie es immer getan hatte, wenn er sie nach ihrer Schicht abholte. Es war kurz nach eins: Mehrere Gäste, deren Autos auf dem Parkplatz standen, aßen drinnen zu Mittag. Er kannte fast alle. Er ließ den Motor wieder an und fuhr nach Norway und wieder zurück, insgesamt sechzig Meilen, für die er zwei Stunden brauchte, weil er ohne besonderen Grund den Highway mied und den weiteren Weg über zumeist nicht asphaltierte Straßen nahm.

Als er nach Hause kam, war Joshua da, und sie machten sich aus einem Pfund Hackfleisch vier Frikadellen und brieten sie. Sie drückten Ketchup auf die Frikadellen und aßen sie ohne Brötchen. Nach Teresas Tod hatten sie, unerklärlicherweise, und ohne darüber zu sprechen, das Vegetarierdasein von einem Tag auf den anderen aufgegeben. Das war eine der ersten Veränderungen. Während Bruce den Abwasch machte, kam Lisa Boudreaux die Zufahrt heraufgefahren, und Joshua ging hinaus, um sie zu begrüßen. Fünfzehn Minuten später traten sie ins Haus, und Lisa überreichte Bruce eine Karte.

»Die ist von meiner Mutter«, erklärte sie kaum hörbar, ohne ihn anzusehen.

»Danke«, sagte er. Er hatte keine Ahnung, wer ihre Mutter war. Lisa selbst kannte er von vielen Schulfesten im Verlauf der Jahre und auch von Teresas Bestattung, obwohl sie dort nicht mit ihm gesprochen hatte, was bedeutete, dass sie ihm nicht ihr Beileid ausgesprochen hatte, was er ihr jetzt merkwürdigerweise übel nahm.

»Möchtest du eine Frikadelle?«, fragte er, obwohl sie alle aufgegessen hatten.

»Wir gehen nach oben«, erwiderte Joshua schroff. Teresa war keine strenge Mutter gewesen, aber sie hätte nicht geduldet, dass eines ihrer Kinder noch im Highschool-Alter unter ihrem Dach mit einem Freund oder einer Freundin schlief. Bruce sah ihnen nach, wie sie die Treppe hinaufgingen, und bekam sie den restlichen Tag nicht mehr zu Gesicht.

Am Morgen des zehnten Tages erwachte er aus einem Traum, in dem er Teresa mit bloßen Fäusten totgeprügelt hatte. Er lag auf der Seite, starrte auf die Reihe kleiner, gelber, runder Flecken, die sich letztes Jahr dort, wo die Decke an die Wand stieß, wegen einer undichten Stelle im Dach gebildet hatte. Er hörte Joshua und Lisa in der Küche. Gleich darauf begann Lisa zu lachen, und zwar ziemlich laut, wie er fand, angesichts der Tatsache, dass sie sich um neun Uhr morgens in einem fremden Haus befand und er offensichtlich noch nicht aufgestanden war. Normalerweise war Bruce um diese Zeit schon dreieinhalb Stunden auf, aber seit Teresas Tod schlief er lange. Er hatte sich Urlaub genommen – und zwar unbefristeten, denn bald würde er tot sein.

»Josh!«, rief er dreimal vom Bett aus, bevor er ein mürrisches, fast flegelhaftes »Was ist?« zur Antwort bekam.

»Übernimmst du das Füttern?«

Joshua rief »Ja« zurück, aber kein Wort mehr, und gleich darauf wurde die Haustür zugeknallt. Bruce horchte, bis er sie wegfahren hörte. Sobald das Motorengeräusch verklungen war, kehrte im Haus wieder die Art von Stille ein, die er gestern Morgen empfunden hatte – als wäre er nicht in einem Haus, sondern auf einer Wiese. Dort lag er, nicht mit geschlossenen Augen, sondern nur mit gesenktem Blick, wie um sie vor der Sonne zu schützen.

Dann kam es ihm: Er würde nicht den Mut aufbringen, sich das Leben zu nehmen.

Die Erkenntnis war auf einmal da, so klar und deutlich wie ein Fisch, der auf ihn zuschwamm, genau wie damals, als er das Gegenteil beschlossen hatte. Er heulte und heulte und heulte, so laut, dass alle Tiere kamen und aufs Bett sprangen, um ihm nahe zu sein – Spy, Tanner und Shadow. Die Hunde leckten ihm Gesicht, Hals, Arme und Hände, als wäre er ein Teller, und dann brach ein neuer Laut aus ihm heraus, den er noch nie von sich oder jemand anders gehört hatte: eine Art Wimmern und Quieken und Husten und Kreischen, alles auf einmal.

Als er sich beruhigt hatte, merkte er, dass er von Tieren umschlossen war. Die Hunde lagen links und rechts neben ihm, Shadow schmiegte sich von oben an seinen Kopf. Am meisten überraschte ihn, dass Shadow trotz des fürchterlichen Geschreis bei ihm geblieben war. Er streichelte sie mit beiden Händen, und endlich liefen ihm stille Tränen übers Gesicht, tropften ihm in die Ohren, auf den Hals, ins Haar.

Dann kam ihm eine andere Gewissheit. Nämlich dass er in gewisser Weise bereits tot war, dass *sein Leben ihn tötete*, und schlimmer noch, dass er niemals imstande sein würde, sein Leben zu töten.

Er hatte mal eine schreckliche Geschichte von einem Mann in New York gehört, der ausgerutscht und vor einen Zug gefallen war. Doch der Zug überrollte seinen Körper nicht ganz, sondern nur halb, und die andere Hälfte, die obere, war – ob zum Glück oder nicht, war Ansichtssache – auf dem Bahnsteig geblieben. Der Mann lebte noch und war bei vollem Bewusstsein. Er konnte sprechen, konnte hören, konnte den Fahneneid aufsagen. Er konnte alles, nur sich von der Stelle wegbewegen, wo ihn der Zug von der Hüfte abwärts an den Bahnsteig gequetscht hatte, das konnte er nicht. Der Rettungsdienst kam und gelangte bald zu der Ansicht, dass der Mann sofort sterben würde, wenn man den Zug bewegte, denn er war nur am Leben geblieben, weil der stehende Zug seine Organe zusammenhielt und ein Ausbluten des Körpers verhinderte.

Am Morgen des zehnten Tages erinnerte sich Bruce im Bett an diesen Mann. Er selbst war dieser Mann.

Eine Stunde lange starrte er an die Decke und rührte sich nicht. Als er sich aufsetzte, tat er dies nur, um Teresas Nachttischschublade nach einem Taschentuch zu durchwühlen, doch stattdessen fand er eine Tonbandkassette. Er legte sich zurück und betrachtete sie eine Zeitlang, ehe er feststellte, dass sie von Kenny G war. Er hatte Kenny G nie gehört. Und soweit er wusste, hatte ihn auch Teresa nie gehört. Es war ihm ein Rätsel, wie die Kassette in die Schublade gelangt war oder warum sich ein erwachsener Mann »G« nannte, statt einfach seinen vollen Nachnamen zu benutzen. Er lehnte sich zurück und schob die Kassette in den Rekorder, der in dem Regal hinter seinem Kopf stand. Als die eine Seite zu Ende war, drehte er die Kassette um, und das tat er immer wieder. Er ließ sie laufen und laufen, und sie erzählte ihm seine ganze Lebensgeschichte und die Teresas. Die Kassette fesselte ihn den ganzen Tag auf angenehme Weise ans Bett, und obgleich sie ihn zum Weinen brachte, schaffte sie es auch, die anderen Geräusche zu übertönen, die ihn zuvor ans Bett gefesselt hatten – die Stimmen, die ihn mit Fragen bedrängten, die alle mit *warum* begannen.

Um vier klingelte das Telefon. Er vermutete, dass es Claire war. Sie hatte heute schon drei Mal angerufen und mit ihrer neuen traurigen Stimme Nachrichten für ihn hinterlassen. Er hob ab, bereit jetzt, sich aus dem Bett zu zwingen.

»Bruce? Hier ist Kathy«, sagte die Stimme und setzte hinzu: »Tyson.«

»Hi.« Er schaltete Kenny G aus.

»Wie geht's?«

»Gut«, antwortete er und räusperte sich.

»Ich habe mich gefragt, ob du vielleicht Lust hast, was zu essen. Ich habe Chili gemacht. Ich könnte es rüberbringen, aber du kannst auch gerne herkommen.«

»Ich kann nicht. Trotzdem danke. Claire kommt nach Hause«, log er. Sie würde nicht rechtzeitig zum Abendessen kommen. Vor zehn würde sie nicht da sein.

»Oh«, erwiderte Kathy eilends. »Du kannst die Kinder natürlich mitbringen. Wenn sie wollen.« Sie stockte. »Aber wahrscheinlich habt ihr schon alles vorbereitet.«

»Ich glaube, Claire hat was geplant. Und schon fürs Essen eingekauft.«

»Na, dann vielleicht vor dem Essen … vielleicht könnten wir spazieren gehen.«

Er verabredete sich mit ihr am Bach, auf halber Strecke zwischen seinem und ihrem Haus. Es ging ihm weniger darum,

Kathy zu sehen, als aus dem Bett und aus dem Haus zu kommen. Er legte die Dreiviertelmeile langsam zurück, denn er fühlte sich merkwürdig fiebrig und schlapp. Er kam an der ersten Hütte vorbei, dann an der zweiten – beide gehörten Leuten aus der Stadt und standen die meiste Zeit leer. Niemand lebte zwischen seinem und Kathys Haus. Das hatte er zwar die ganze Zeit gewusst, aber bis heute hatte er nie besonders darüber nachgedacht. Als er sie in der Ferne erblickte, winkte er, und Spy und Tanner zogen die Schwänze ein, weil sie dachten, Bruce werde sie wieder verlassen.

»Hallo!«, rief sie als Antwort auf sein Winken. Sie kam ihm nicht entgegen, sondern zog ihren Poncho enger und wartete an der Stelle, wo der Bach unter der Straße durchfloss, genau dort, wo sie sich verabredet hatten. Sie gaben sich verlegen die Hand, gingen zum Straßenrand und blickten ins Wasser.

»Und?«, fragte sie ernst, wie aus Respekt. »Wie war dein Tag?«

»Mein Tag?«, fragte er und antwortete zu seiner eigenen Überraschung: »Hart.«

Als Bruce nach Hause kam, saß Claire in der Küche und trank Kaffee.

»Da bist du ja«, sagte sie.

»Du bist früh da. Seit wann trinkst du Kaffee?«, fragte er und goss sich eine Tasse ein.

»Seit dem Krankenhaus, glaube ich. Wo warst du denn? Ich habe mir Sorgen gemacht – dein Pick-up stand da, und ich habe deine Kettensäge nicht gehört. Außerdem habe ich heute angerufen. Hast du meine Nachrichten nicht abgehört?«

»Ich dachte, von Kaffee wird dir schlecht.«

»Nicht mehr. Meine Unverträglichkeit ist weg, und jetzt bin ich süchtig.« Claire umschloss die Tasse mit beiden Händen, knochigen, harten und blassen Händen. Mit einem Mal kam sie ihm älter vor, als sie war, und er begriff, dass sie das in letzter Zeit wohl auch geworden war. Im Verlauf von Teresas Leiden und Sterben war sie weniger seine Tochter als vielmehr seine Mitstreiterin gewesen. Sie hatten zusammen Teresa gepflegt, zusammen Joshua gesucht, zusammen bei Kurt Moyle gesessen und ihm nüchtern gesagt, was sie wollten – welchen Sarg, welche Blumen, welches Programm, welche Lieder. Und sie hatte allein an einem einzigen langen Tag die Dankkarten geschrieben und in ihrer aller Namen unterzeichnet.

»Kennst du einen Mann namens Bill?«, fragte er.

»Bill?«

»Aus dem Krankenhaus. Er hat seine Frau verloren.«

Sie starrte ihn ein paar Herzschläge lang an und stand dann auf. »Nein. Wieso?«

Sie holte die Kaffeekanne und füllte ihre Tassen nach. Er bemerkte, dass ihre Hände beim Einschenken zitterten.

»Du verträgst es noch immer nicht.«

»Was?« Sie setzte die Kanne zu hart ab.

»Koffein. Du zitterst.«

»Oh«, sagte sie und setzte sich. Sie vergrub die Hände zwischen den Beinen, wie um sie aufzuwärmen.

»Aber zurück zu diesem Bill. Ich musste neulich an ihn denken. Ich habe nur ein- oder zweimal mit ihm gesprochen, aber er hat einen guten Eindruck auf mich gemacht. Wir hatten viel gemeinsam. Seine Frau war ungefähr in Teresas Alter, und sie ist ein paar Tage vor ihr gestorben – sie hat nur ein paar Zimmer weiter gelegen. Na, jedenfalls habe ich mich gefragt, wie es ihm wohl geht.«

Claire nickte kühl. »Bestimmt ist es für ihn genauso schwer wie für uns.« Sie nippte an ihrem Kaffee und schluckte schwer, als nehme sie eine Tablette. »Wo warst du?«

»Spazieren.«

Sie fuhr sich mit den Fingern durchs Haar. Es war so lang wie seit Jahren nicht mehr und in einem matten, unnatürlichen Rot gefärbt. Sie trug Lippenstift im selben Farbton, war sonst aber ungeschminkt.

»Was hast du mit deinem Zopf gemacht?«, fragte Bruce, jetzt erst bemerkend, dass er fort war. Er hatte sie deswegen immer aufgezogen, aber es hatte ihm gefallen, wie die Glöckchen bimmelten, wenn sie sich bewegte. Es hatte ihn an eine Katze erinnert, die das Zimmer betrat.

»Ich habe ihn abgeschnitten.« Ihre Hand fuhr zu der Stelle im Nacken, wo der Zopf gelegen hatte. »Hast du heute gearbeitet?«

Er schüttelte den Kopf. »Aber am Montag fange ich wieder an. Ich denke, es wird Zeit. Was soll ich denn sonst tun? Ich bin pleite.«

»Ich könnte dir was leihen.«

»Nein.«

»Wenn du Geld brauchst, sag Bescheid. Ich bin momentan flüssig. Ich habe gutes Trinkgeld bekommen.« Sie bediente jetzt ganztags in einem Restaurant, in dem sie Teilzeit gearbeitet hatte, bevor ihre Mutter krank geworden war und sie deswegen das Studium abgebrochen hatte.

»Und wie geht es dir so?«, fragte Bruce.

»Ich versuche durchzuhalten«, antwortete sie und schenkte ihm ein schiefes Lächeln. »Ich schlafe kaum noch. Ich wache ständig aus Albträumen auf. Und essen kann ich noch immer nicht.«

»Und was träumst du?«

Sie stützte das Kinn auf die Hand und überlegte, von welchem Traum sie erzählen sollte. »Ich träume, dass ich sie ermorden muss. Dass sie mich zwingt, die schrecklichsten Dinge zu tun. Zum Beispiel muss ich sie mit einem Baseballschläger totschlagen oder an einen Baum binden, mit Benzin übergießen und anzünden.«

»Das ist wahrscheinlich normal. Es ist deine Art, Abschied zu nehmen.«

»Nein«, brauste sie auf und sah ihn ärgerlich an. »Ich nehme nicht Abschied, Bruce. Ich werde nie Abschied nehmen, also sag das nicht, okay?«

»Okay«, sagte er sanft und griff nach ihrer Hand, doch sie zog sie weg.

Er sah sie lange an, so lange, dass er die Wirkung seines Blickes sehen konnte. Wie er sie öffnete, milder stimmte, mürbemachte. Tränen traten in ihre Augen, rannen über ihr Gesicht. Er tupfte sie mit den Daumen weg. Er musste daran denken, wie sie früher immer Pferd gespielt hatte und mit schlenkernden Armen und wiehernd im Kreis galoppiert war.

»Und was ist mit dir?«, fragte sie. »Was träumst du?«

Teresas Gesicht tauchte vor ihm auf, das Traumgesicht, das ihm am Morgen erschienen war, in dem Moment, bevor er sie schlug. Er erinnerte sich, wie sie mit blutendem Mund gekichert und von ihm verlangt hatte, es noch einmal zu tun, und wie er hilflos gehorcht hatte. Wie er es immer wieder getan hatte.

»Bis jetzt nichts«, sagte er zu Claire, »woran ich mich erinnern kann.«

Am Montagmorgen setzte er sich in seinen Pick-up, startete den Motor und ließ ihn minutenlang laufen. Er musste eine Küche umbauen. Die Leute, die ihn beauftragt hatten – ein Ehepaar aus den Cities –, hatten sich monatelang geduldet, weil sie wussten, was er durchgemacht hatte. Er fuhr die zwanzig Meilen zu ihrer Hütte, ohne das Radio einzuschalten.

Als er in ihrer Einfahrt parkte, blieb er im Pick-up sitzen und starrte die Hütte an, ein Blockhaus mit Giebeldach. Schließlich stieg er aus und nahm seinen Werkzeuggürtel mit. An der Veranda angekommen, setzte er sich. Er zückte eine Zigarette und rauchte sie. Es war ein grauer, regnerischer Tag, und ein kühler Wind ging. Ein guter Tag, um drinnen zu arbeiten. Es war Tag dreizehn ohne Teresa, und er begriff, dass mittlerweile genug Tage verstrichen waren, um die Zeit ohne sie in Wochen zu messen. *Meine Frau ist vor zwei Wochen gestorben*, würde er zu jedem sagen, der ihn fragte, allerdings hatte ihn noch keiner gefragt. Und dann würde er drei sagen müssen, aber vielleicht würde er drei auch überspringen und gleich von Monaten und dann von Jahren sprechen, obwohl er sich Jahre nicht vorstellen konnte, nicht einmal eines.

Als er seine zweite Zigarette geraucht hatte, stand er auf, stieg in den Pick-up, fuhr nach Hause und brachte den Nachmittag damit zu, im Bett zu liegen und Kenny G zu hören. Das tat er auch den ganzen nächsten Tag, wobei er nicht einmal den Versuch unternahm, zur Arbeit zu fahren, und nur ein sehr kurzes Gespräch mit Joshua zustande brachte, als der auftauchte. Am dritten Tag, an dem Bruce im Bett blieb, Kenny G hörte und weinte, bis es dunkel wurde, rief Kathy Tyson an und lud ihn zum Abendessen ein.

Er nahm an.

Sie servierte eine, wie sie es nannte, »mexikanische Quiche« und dazu einen Salat, der am Rand mit Tortilla-Chips garniert war. Sie dachte, er sei noch Vegetarier.

»Sieht lecker aus«, sagte er, als er am Tisch stand.

Kathy trug eine Hose, die so weit war, dass er sie auf den ersten Blick für einen Rock gehalten hatte. Ihr Haar wurde von einer großen perlenbesetzten Spange zusammengehalten. Solche gab es beim jährlichen Powwow im Reservat in Flame Lake zu kaufen, wie er gesehen hatte. Jedes Jahr hatte Teresa von dort eine Liveausgabe ihrer Sendung *Moderne Pioniere* moderiert.

»Ein Glas Wein?«, fragte sie und kämpfte dann vergeblich mit dem Korken. Er nahm ihr die Flasche ab, entkorkte sie und goss den Wein in die Gläser, die sie ihm hinhielt, wobei er sich irgendwie unbeholfen vorkam. Normalerweise trank er Milch zum Abendessen, und wenn er Alkohol trank, dann Bier oder hin und wieder Cola mit Rum.

»Auf dein Wohl!«, sagte er, erhob sein Glas, und Freude durchströmte ihn. Sie hatte dieselbe Wirkung, die Trauer auf ihn gehabt hatte, als er Trauer noch nicht gewohnt war – als hätte sie die Macht, ihn vom Atmen abzuhalten. Es war, als könnte sie es, obwohl sie es nie tat.

»Nein«, sagte sie, »auf *dein* Wohl.«

»Auf unser Wohl«, sagte Bruce.

»Auf uns«, pflichtete sie ihm bei und stieß mit ihm an. Sie tranken einen Schluck, und dann sah ihn Kathy ernst und erwartungsvoll an und setzte ihr Glas ab. »Und wie war dein Wochenende?«

Sie waren sich bei dem Spaziergang am Freitag nähergekommen, nachdem er ihr gestanden hatte, dass er den ganzen Tag im Bett geweint und sie angelogen hatte, als er sagte, dass Claire zum Abendessen nach Hause komme. Kathy war nett zu ihm gewesen, hatte zugehört und vernünftige Dinge gesagt, und beim Abschied hatte sie ihn fest umarmt.

»Das Wochenende war okay«, antwortete Bruce, »aber natürlich traurig.«

»Natürlich«, sagte Kathy, die eine Runde durchs Zimmer drehte und Kerzen anzündete, dann zur Stereoanlage ging und eine CD einlegte. Es war weniger Musik als Geräusche. Regen, Vogelgezwitscher, grollende Donner und ein Rauschen, ein Meeresrauschen, wie Bruce vermutete. Der Radiosender spielte diese Art von Musik jeden Sonntagabend um zehn in einer Sendung mit dem Titel *Hörlandschaften*. Teresa und er hatten sich immer darüber lustig gemacht.

»Wir waren das ganze Wochenende zusammen – sogar Josh ist dageblieben. Wir haben einen Platz für Teresa ausgewählt – wo wir die Asche beisetzen wollen. Für ihr Grab, wie man es wohl nennen kann. Wir werden ein Blumenbeet anlegen, dort ihre Asche begraben und dann Blumen anpflanzen und ihren Grabstein aufstellen, wenn wir ihn bekommen – das wird noch eine Weile dauern, aber wir haben ihn bestellt.« Kathy hörte nickend zu. Sie hatte schon ein Drittel ihres Weins getrunken. Bruce bemerkte es und nippte an seinem. »Es ist schön, die Kinder um mich zu haben, aber andererseits ist es auch schwierig. Sie erinnern mich an alles.«

»Aber natürlich! Sie sind dein Leben mit Teresa.« Sie drückte seinen Arm und streichelte ihn, so wie es Pepper Jones-Kachinsky immer getan hatte, um ihn zu trösten. Doch als Kathy es tat, war es anders. Es tröstete ihn wirklich. »Claire und Joshua sind ein riesiger Teil deiner Vergangenheit, Bruce. Mit ihnen gibt es kein Entrinnen vor dem, was geschehen ist. Ihr drei werdet einen neuen Weg finden müssen, um über alles hinwegzukommen.«

»Ich sage ja nicht, dass es schlimm ist. Ich meine, ich habe sie gern um mich.«

»Natürlich«, sagte sie. »Ich weiß.«

Als er an diesem Abend nach Hause fuhr, hatte er eine Stelle am Hals, die sich anfühlte wie eine Verbrennung. Es war die Stelle, auf die Kathy ihre Lippen gedrückt hatte. Es war kein richtiger Kuss gewesen. Und er hatte sie seinerseits nicht auf den Hals geküsst. Vielmehr hatte er sie sogar bei der Umarmung auf Distanz gehalten. Sie hatte ihn beim Abschied geküsst, nachdem sie ihn wie vor ein paar Tagen umarmt hatte. Frauen hatten ihn schon oft so geküsst, zur Begrüßung, zum Abschied, viele hunderte Male hatten sie ihn so vor Teresas Augen geküsst, doch als er nun von Kathy nach Hause fuhr, hatte er das Gefühl, einen schrecklichen Fehler begangen zu haben. Er rieb die Stelle, wo sie ihn geküsst hatte, rieb sie so lange, bis er das Gefühl hatte, den Kuss völlig weggewischt zu haben.

Als er in die Zufahrt einbog, sah er sofort, dass Joshua da war, denn fast alle Lichter im Haus brannten.

»Wo warst du?«, fragte Joshua, am Küchentisch sitzend, als Bruce eintrat. Joshua, der selbst selten zu Hause war, musste praktisch nie Rechenschaft darüber ablegen, wo er gewesen war.

»Ich war essen.« In der Hand hielt er einen Kuchen, den Kathy für sie gebacken hatte. Er stellte ihn auf den Tisch.

»Wo?«

Er deutete in südöstliche Richtung und sagte, als er merkte, dass das nicht genügte: »Drüben bei den Tysons.«

Joshua nickte. Bruce wusste, dass er bei den *Tysons* nicht an Kathy, sondern an ihre Eltern dachte. Aus unerfindlichen Gründen ließ er ihn in dem Glauben. »Ich habe nämlich etwas zu essen gemacht«, sagte Joshua. »Würstchen mit Tater Tots.«

»Danke«, sagte Bruce und setzte sich. Er schaute sich um. »Ist Lisa da?«

»Nein.«

»Ist alles in Ordnung? Ich meine, mit dir und Lisa?«

»Ja.«

»Sie scheint nett zu sein.«

»Ich liebe sie«, sagte Joshua mit echtem Gefühl, und seine Augen leuchteten, was Bruce Gelegenheit gab, den Joshua zu sehen, den er kannte, und nicht den, den er mittlerweile fast nur noch zu sehen bekam, den mit dem verschlossenen, unerträglich reservierten Blick.

»Dann bist du neuerdings immer dort? Bei ihrer Mutter? Sie hat doch diesen Wohnwagen, draußen hinter der Mülldeponie, stimmt's?«

»Aber ihre Mutter ist praktisch nie da. Sie ist mit John Rileen zusammen, und bei dem ist sie die meiste Zeit.«

Bruce wusste jetzt wieder, wer Lisas Mutter war. Eine kleine Mollige mit auffallend blondem Haar, die in der Küche des Feinkostladens im Red Owl arbeitete. »Pam Simpson«, sagte Bruce. »So heißt ihre Mutter.« Joshua nickte. Bruce hatte die Karte, die Lisa ihm gegeben hatte, noch nicht geöffnet. Sie lag auf einem Stapel weiterer ungeöffneter Karten auf Teresas altem Schreibtisch. »Ich kannte sie in der Schule eigentlich gar nicht. Sie ist ein paar Jahre älter als ich.«

»Ich weiß. Sie hat es mir erzählt.«

»Und du und Lisa – habt ihr beschlossen, heute Abend mal eine Pause einzulegen?«

»Keine Pause«, antwortete Joshua gereizt. Er hielt eine leere Flasche Mountain Dew vor sich hin und riss das feuchte Etikett in Streifen ab. Er hatte so große Ähnlichkeit mit seiner Mutter, dass Bruce manchmal wegsehen musste.

»Ihr habt nur beschlossen, eine Nacht getrennt zu verbringen«, sagte er.

Joshuas Augen leuchteten auf, trübten sich und wurden wieder verschlossen. »Ich wollte mit dir was machen.«

Es war Jahre her, dass er ein Interesse bekundet hatte, mit ihm oder Teresa Zeit zu verbringen. »Na, dann tut es mir leid, dass ich zu spät komme.«

»Tust du doch gar nicht.«

»Was?«

»Du kommst nicht zu spät«, sagte Joshua. »Es ist erst zehn.«

»Stimmt auch wieder.«

»Du hast da was an den Zähnen.«

Bruce rieb sich mit dem Finger die Vorderzähne, löste ein Stück Schwarze Bohne und schluckte es. »Was würdest du gern tun? Wir könnten Karten spielen.«

Joshua sah ihn nachdenklich an, als überlege er, ob er zum Kartenspielen aufgelegt sei, dann antwortete er säuerlich: »Kartenspielen ist langweilig.«

Zehn Minuten lang saßen sie da, ohne etwas zu tun oder zu sagen. Dann fischte Bruce zwei Flaschen Bier aus dem Kühlschrank, kappte die Deckel und reichte Joshua eine. Schließlich ging er ins Schlafzimmer, brachte den Rekorder, in dem die Kassette von Kenny G steckte, und stöpselte ihn neben dem Toaster ein. Als die Kassette anlief, blickte Joshua unsicher zu dem Rekorder, als wollte er Einspruch erheben – er ließ nur seine Musik gelten –, sagte dann aber nichts.

Bruce schüttelte zwei Zigaretten aus der Packung, die in seiner Hemdtasche steckte, zündete beide an und gab eine Joshua, der sie ohne einen überraschten Blick nahm. Warum sollte er dem Jungen das Rauchen verbieten? Krebs erschien ihm wie ein Blitz. Er würde nicht zweimal einschlagen.

Sie gingen ohne Mäntel nach draußen und blieben auf der obersten Stufe der Veranda stehen. Die Haustür hatten sie offen gelassen, sodass die Musik zu ihnen herausdrang. Nach einigen Minuten war die Kassette zu Ende und verstummte mit einem Klacken. Dann standen sie in der Stille da und blickten zum Himmel.

»Was hast du jetzt vor?«, fragte Joshua.

»Jetzt?«

»Ich meine, jetzt, wo Mom tot ist. Was willst du tun?«

Bruce hätte beinahe *leben* geantwortet. Beinahe hätte er gestanden, dass er das Gegenteil vorgehabt hatte, dass er die Absicht gehabt hatte zu sterben, doch er verkniff es sich. Beinahe hätte er gesagt: *Ich werde mich bemühen, ein glückliches Leben zu führen, denn das hätte deine Mutter gewollt.* Oder: *Weitermachen. Wie wir alle.* Beinahe hätte er gefragt: *Was meinst du damit, was ich tun werde? Hab ich denn eine Wahl?* Und beinahe hätte er Joshua die Hand auf die Schulter gelegt und gesagt: *Eine Zeitlang leiden, aber dann kommen wir wieder klar.*

Aber er sagte nichts von alldem. So ein Mensch war er nicht. Nicht in diesem Augenblick. Er war ein Mensch, der vor lauter Einsamkeit nicht sprechen konnte. Er blieb so lange stumm, bis die Stille die Frage völlig aufgesaugt zu haben schien, sodass es merkwürdiger gewesen wäre, sie zu beantworten, als offen zu lassen. Er hörte das Knattern der Plastikfolie, mit der die Seitenwände der Veranda abgedeckt waren und die sich teilweise aus den Klammern gelöst hatte. Er bekam ein loses Ende zu fassen und riss die ganze Folie herunter, wobei Klammer um Klammer absprang. Joshua tat dasselbe auf der anderen Seite. Sie schnürten die Folie zu einem Knäuel zusammen und warfen sie auf die Veranda, damit sie der Wind in der Nacht nicht fortblies.

Bruce griff wieder zu seiner Bierflasche und trank den letzten Schluck. »Riechst du das?«

Joshua nickte.

»Das bedeutet, dass es Frühling wird.«

Es war der Geruch, der jedes Jahr um diese Zeit nach Coltrap County kam, wenn der Boden noch gefroren war, aber alles, was darüber lebte, endlich zu tauen begonnen hatte. Der Geruch von altem Schnee vermischte sich mit dem von etwas Lebendigem, aber leicht Verrottetem wie den Stielen von Schnittblumen, die zu lange in der Vase gestanden hatten. Plötzlich kam eine Böe und fuhr in ihre Gesichter, sodass sie es noch deutlicher rochen. Der Wind war kalt, kroch unter ihre

Kragen und blies durch ihre dünnen Baumwollhemden, doch sie taten nichts, um sich vor ihm zu schützen. Sie blieben stehen, reglos wie Standbilder, bis sie es nicht mehr aushielten. Gemeinsam zitterten sie.

10

Die Wohnung über Len's Lookout glich jetzt, wo niemand darin wohnte, einem Loch. Ein Ofen stand klotzig mitten im Raum, und in der Ecke häuften sich diverse Gegenstände: ein zusammengerollter Teppich mit knotigen Fransen, ein Stuhl aus der Bar unten, dem ein Bein fehlte, ein zugeklebter Karton, auf dem in Mardells Schrift *Weihnachtssachen* stand. An der Wand hing ein völlig intakter Spiegel. Joshua hielt sein Feuerzeug zu ihm hoch. Im gelben Schein über der Flamme sah sein Gesicht gruselig aus, sodass er vor sich selbst erschrak und wegsehen musste. Sein Daumen wurde heiß, aber er hielt den kleinen Knopf des Feuerzeugs weiter gedrückt, während er in dieser ersten Nacht durch die Wohnung ging. Von da an brachte er immer Kerzen mit.

Nachdem er unbemerkt sieben Nächte in der Wohnung geschlafen hatte, hielt er es für ungefährlich, eine Änderung vorzunehmen. Zwar lag seine Mutter inzwischen im Krankenhaus, sodass er auch nach Hause hätte gehen können, ohne die ganze Nacht zuhören zu müssen, wie sie im Haus umherging, wie sie schrie und stöhnte und litt, aber mittlerweile zog er die Wohnung allem anderen vor. Die Änderung, die er im Auge hatte, betraf den Ofen. Er wollte ihn aus der Mitte des Zimmers an die Wand rücken, um die Wohnung gemütlicher zu machen, und er bezweifelte, dass Leonard und Mardell etwas merken würden. Er war so schwer, dass er ihn allein nicht hochheben konnte, und so ging er in die Hocke, schlang die

Arme darum und kippelte ihn hin und her, bis er an der Wand stand.

Er hatte nicht in die Wohnung einbrechen müssen. Der Schlüssel lag noch an dem Platz, den seine Mutter vor Jahren, als sie hier wohnten, auserkoren hatte – in der Schnauze eines Eisenschweins, das am Fuß der Treppe stand und einen Pflanztrog bildete, in dem im Sommer Veilchen blühten und über die Seiten herabwucherten. Joshua ging nie vor Mitternacht hin, wenn die Bar schloss, und verschwand morgens um zehn, bevor Mardell und Leonard kamen und mit den Vorbereitungen fürs Mittagsessen begannen. Jeden Abend parkte er seinen Pick-up in der Stadt, auf seinem alten Platz hinter dem Midden Café, und ging mit seinen Sachen – Kerzen, Schlafsack, Zeichenzeug, Kopfhörer und CDs – zu Fuß am Highway entlang. Wenn ein Auto nahte, sprang er in den dunklen Straßengraben, damit ihn niemand fragte, ob er mitfahren wolle.

An den meisten Vormittagen ging er nicht direkt zu seinem Pick-up. Stattdessen folgte er dem Pfad, der durch den Wald hinter dem Lookout zum Fluss führte, setzte sich dort auf den Felsen und rauchte einen Joint. Seit seiner Suspendierung vom Unterricht war er nicht mehr in die Schule zurückgekehrt, deshalb hatte er den ganzen Februar über, als es seiner Mutter so schlecht ging, dass er ihren Anblick nicht ertrug, und bis in den März hinein, als sie im Sterben lag und schließlich starb, nirgendwo durch Anwesenheit glänzen müssen. Und auch den ganzen April hindurch nicht, als sie tot und eingeäschert war und nichts sie zurückbringen würde.

Ab und zu zeigte er sich. Ein- oder zweimal in der Woche tauchte er zu Hause auf, damit sich Bruce und Claire keine Sorgen machten, und mindestens einmal am Tag sah er Lisa Boudreaux. Doch am liebsten war er allein, hatte seine Ruhe, lag auf dem ausgerollten Teppich in der Wohnung und hörte seine Musik oder saß auf dem Felsen am Fluss, ohne an die Welt zu denken. Natürlich dachte er an sie, doch er verbot es sich. Oft hieß das, dass er keinen einzigen Gedanken aufkommen lassen durfte, und darin wurde er gut, zwang seinen Kopf, sich loszulösen und zu leeren, stellte sich vor, er wäre kein Mensch, sondern ein Tier, das Winterschlaf hielt und in Winterstarre verfiel. Er wurde ein Biber, ein Kolibri, sparte Energie, atmete langsam und flach, verbot seinem Herz, schneller zu schlagen. Er hatte sein Skizzenbuch und seine Stifte bei sich, aber wenn er zeichnete, kehrte die Welt zurück, die er auszusperren versuchte, also ließ er es sein. Die Welt, die er ertragen konnte, war die Wohnung bei Nacht oder der Felsen am Fluss bei Tag, wo ihn niemand suchte. In dieser Welt fühlte er sich so sicher, geborgen und stark wie damals, als er noch ein Kind war, sich im Wald eine Burg oder im hohen Sommergras ein Nest baute, von wo aus er alles sehen konnte, ohne selbst gesehen zu werden.

Die Wohnung war sein, und niemand wusste es. Ebenso der Felsen am Fluss und der Fluss selbst, der mächtige Mississippi, auch die Rohrkolben und Seidenpflanzen, die im Sumpf am anderen Ufer wuchsen und die er betrachtete, wenn er an den Vormittagen oben auf seinem Felsen saß. Im Februar und März waren ihre Stängel durch den Schnee gebrochen, so zart und schwächlich, dass es schien, als würde nur der Schnee sie aufrecht halten. Doch wenn im April der Schnee schmolz, blieben die Rohrkolben und Seidenpflanzen stehen, und Joshua begriff, dass sie die ganze Zeit aus eigener Kraft gestanden hatten.

Wenn der Wind wehte, stießen sie gegeneinander und rasselten wie kleine Muschelschalen, die in einem Glas herumgeschleudert wurden.

Eines Morgens kam Mardell früh zur Arbeit und sah Joshua auf seinem Felsen sitzen. Er sprang sofort herunter, als sie unter den Bäumen auftauchte, und wollte weglaufen, blieb dann aber stehen.

»Was für eine Überraschung!«, rief sie, obwohl sie überhaupt nicht überrascht wirkte. Sie trug eine gelbe Trainingshose und ein dazu passendes Sweatshirt mit einem Kaninchen vorn drauf. Bevor sie später die Bar öffnete, würde sie in Jeans schlüpfen, aber das Sweatshirt würde sie den ganzen Tag anbehalten. »Ich habe deinen Pick-up gar nicht gesehen.«

»Ich bin aus der Stadt hergelaufen.«

»Heute ist ein schöner Morgen dafür«, sagte sie und blieb vor ihm stehen, einen verwunderten Ausdruck auf dem Gesicht. »Hast du keine Schule?«

Sein Handy stimmte die Nationalhymne an. Er zog es hervor, nahm den Anruf aber nicht an, weil er wusste, wer dran war. Vivian oder Bender. Er sollte ein paar Beutel abholen. Er drückte eine Taste, das Handy verstummte.

»Kaum zu glauben, dieser Schlamm«, sagte Mardell, auf den Boden blickend.

»Ja. Bruce ist auf unserer Straße stecken geblieben. Bei uns draußen ist es echt matschig. Wir mussten den Traktor der Tysons holen und ihn rausziehen.«

»Früher konnte man um diese Jahreszeit nirgends hin«, sagte Mardell, die Hände in die Hüften gestemmt. Sie war eine füllige Frau mit einem großen Hinterteil. »Ein oder zwei Wochen lang saß man einfach fest, fertig. Die Schule fiel aus. Alles. Damals war noch keine Straße asphaltiert, verstehst du, deshalb waren alle betroffen. Wir nannten das die Schlammtage. Und später, als ich mit der Schule fertig war und in die Cities ging, hörte ich zum ersten Mal das Wort Frühlingsferien. Alle Leute in der Stadt redeten von ihren Frühlingsferien.

Frühlingsferien?, sagte ich. Ich hatte immer nur Schlammtage. Kannst du dir das vorstellen?« Sie lachte so sehr, dass Joshua die Plomben ihrer Backenzähne sehen konnte, bis sie sich verlegen die Hand vor den Mund hielt. Sie war schüchtern, aber nicht gegenüber Menschen, die sie kannte. Als sie ausgelacht hatte, nahm sie die Brille ab, rieb sich die fettigen Lider, putzte die Brille mit dem Saum ihres Sweatshirts und setzte sie wieder auf. »Mein Gott, wie ich deine Mutter vermisse«, sagte sie unvermittelt und zog ihn an sich.

Joshua ließ sich von ihr umarmen und drücken, ohne selbst die Arme um sie zu legen. Er spürte den kühlen Kunststoffaufdruck, der vorn auf ihrem Sweatshirt das Kaninchen darstellte, und darunter ihren üppigen Busen, der gegen seine Brust drückte.

Sie ließ ihn los, ging ein paar Schritte in Richtung Fluss und spähte zu dem Sumpf am anderen Ufer. »Tja, letzte Nacht habe ich zu Len gesagt, ich frage mich, wann wir wohl die ersten Bären zu sehen kriegen. Normalerweise zeigen sie sich um diese Zeit. Irgendwann in den nächsten Tagen werden wir sie anfüttern, schätze ich, obwohl Len immer gern wartet, bis er welche gesehen hat. Ich habe zu ihm gesagt, Len, warum sollen sie denn kommen, wenn wir kein Futter auslegen, um sie anzulocken?« Sie sah Joshua an, als hätte sie mit ihm und nicht mit Leonard über die Bären gestritten. Sie und Leonard waren seit über vierzig Jahren verheiratet, kabbelten sich aber ständig und zogen jeden in ihrer Umgebung in ihre Zankereien mit hinein.

»Keine Ahnung«, sagte er.

»Dann sag das mal Len. Auf mich will er ja nicht hören.« Sie lachte und kauerte sich nieder, um etwas im Schlamm genauer zu betrachten. »Weißt du, deine Mom hat immer gesagt, dass die Bären demjenigen Glück bringen, der sie als Erster sieht.

Das gilt nur für uns, nicht für die Gäste. Wer sie von uns als Erster sieht, dem bringen sie Glück.«

»Das klingt nach meiner Mom«, sagte er. »Sie glaubte an solche Sachen.«

Mardell fuhr kurz zu ihm herum und blickte dann wieder zu Boden. Vor Jahren hatte sie ihm beigebracht, wie man aus einem Grashalm eine Pfeife machte, indem man ihn zwischen die Daumen klemmte. »Was hast du entdeckt?«, fragte er.

»Einen Käfer. Sieht so aus, als hätte sich der Lauser die Flügel mit Dreck verschmiert.« Ganz behutsam hob sie den Käfer an einem Bein hoch und setzte ihn auf trockeneren Boden, und dann sahen sie zu, wie er zurück in Richtung Schlamm humpelte.

Mardell stand auf und klopfte sich den Schmutz von den Händen. »Wie wär's, wenn du mit reinkommst, dann mache ich dir ein Frühstück?«, fragte sie, ohne dass es wie eine Frage klang. »Len wird gleich da sein. Wir sind getrennt gefahren, weil ich um drei einen Friseurtermin habe.«

»Ich kann nicht. Ich muss in die Stadt.«

»Wo bin ich nur mit meinen Gedanken?«, lächelte sie. »Ich hab die Schule ganz vergessen. Du müsstest eigentlich schon dort sein. Komm, ich fahre dich hin.«

»Danke, aber ich gehe lieber zu Fuß.«

Bevor sie noch etwas sagen konnte, stapfte er los und folgte dem Pfad, den er den ganzen Winter über ausgetreten hatte, wenn er hierhergekommen war, um die Schule zu schwänzen.

»Tu mir den Gefallen und komm abends mal zum Essen«, rief sie ihm nach. »Mit den anderen. Wenn Claire das nächste Mal da ist.«

Er winkte zum Zeichen, dass er verstanden hatte, blickte sich aber nicht um.

Sein Handy meldete sich in dem Moment, als er es anschaltete, diesmal jedoch nicht mit der Nationalhymne, sondern mit einem Geräusch, von dem er sich vorstellen konnte, dass es ein schwingender Zauberstab von sich gab, vorausgesetzt, es gab so etwas wie Zauberstäbe überhaupt und sie produzierten Geräusche. Es war Lisa.

»Wo bist du?«, fragte sie.

Er kannte sie schon fast sein Leben lang, und die meiste Zeit hatte sie ihm nichts bedeutet, aber jetzt war alles anders. Jetzt hatte er jedes Mal, wenn er sie sah oder ihre Stimme hörte, das Gefühl, er hätte Schmetterlinge im Bauch, oder als wäre jemand hinter ihn getreten und hätte laut »Huh!« gemacht.

»In der Stadt. Oder fast.« Er blieb stehen, um einen besseren Empfang zu bekommen. »Ich bin bei der Bäckerei.« Er wusste, dass sie annahm, er sitze in seinem Pick-up und fahre. Wie alle anderen. Lisa wusste nichts von der Wohnung.

»Was hast du an?«, flüsterte sie in gespielt verführerischem Ton und brach dann in Lachen aus. Sie war in der Schule und telefonierte verbotenerweise mit ihrem Handy, halb nach vorn in ihren Spind gebeugt, damit es niemand sah. Joshua hörte es daran, wie ihre Stimme hallte.

»Ich möchte dich sehen.«

»Ich kann nicht.«

»Hinterm Café. In fünf Minuten.«

»Josh. Nur weil du nicht in der Schule bist.«

Ein paar Schritte von ihm entfernt hing ein »Zu-verkaufen«-Schild in einem Metallrahmen, rostig inzwischen, nachdem es den ganzen Winter dort gehangen hatte. Er legte die Hand darauf.

»Dann bis später.«

»Klar«, sagte sie. »Okay. Ich muss los. *Du fehlst mir.*«

»Du mir auch.«

»Ich liebe dich«, sagte sie, die Stimme belegt und ernst, beinahe bedrückt, als wäre das, was sie jetzt verband, eine Last.

»Ich dich auch.«

Er klickte das Handy aus und marschierte weiter. Er hatte nicht vorgehabt, sich in Lisa zu verlieben, aber jetzt, wo es passiert war, konnte er kaum glauben, dass er je ein anderes Leben geführt hatte oder sie. Dass sie vor ein paar Monaten noch mit Trent Fisher verlobt gewesen war. Lisa war es, die den Anstoß gegeben hatte. Sie rief ihn eines Abends an, um über die Hausarbeit zu sprechen, die sie zusammen machen mussten, dachte aber gar nicht daran aufzulegen, als er ihr beichtete, dass er die Schule abgebrochen habe und nicht weiter daran mitarbeiten würde. Stattdessen erzählte sie ihm von einem Streit mit ihrer Mutter, bei dem es darum gegangen war, dass sie gelegentlich ihre Großeltern väterlicherseits in Bemidji besuchen sollte, obwohl sie die erst letztes Jahr kennengelernt hatte, und ob sie in der Schule Leichtathletik machen sollte oder nicht. Er war in seiner Wohnung, als sie anrief – sie hatte seine Handynummer von R. J. –, lag in seinem Schlafsack und hörte ihr zu, obwohl es schon tief in der Nacht von Sonntag auf Montag war und sie eigentlich längst hätten schlafen müssen. Sie sagte, dass sie nicht schlafen könne, wenn ihre Mutter nicht da sei, und dass ihre Mutter drei Nächte in der Woche nicht da sei und bei ihrem neuen Freund John Rileen übernachte. Auch Joshuas Mutter war inzwischen nicht mehr zu Hause, sondern im Krankenhaus und hatte noch zwei Wochen zu leben, was er da aber natürlich nicht wusste. Lisa redete und redete in dieser ersten Nacht, wanderte umher und nahm das Telefon mit Joshua am anderen Ende der Leitung überallhin mit. Sie setzte sich auf den Rand der Badewanne und rasierte sich die Beine, während sie redeten. Sie ließ Musik laufen und hielt den Hörer an die Box, damit er ihre Lieblingsstellen in den Liedern hören konnte. Und als sie schließlich auflegten, hatten sie sich ineinander verliebt, was sie aber wochenlang nicht aussprachen, sondern erst nachdem sie mehrere Abende zusammen in Lisas Bett verbracht hatten und Lisa den Mut aufgebracht hatte, mit Trent Fisher Schluss zu machen.

Als Joshua in die Gasse hinter dem Midden Café einbog, sah er von weitem, dass ein Zettel unter seinem Scheibenwischer klemmte. Sein Gesicht rötete sich, da er annahm, er sei von Lisa, doch als er ihn auseinanderfaltete, sah er, dass er von Marcy war, die ihn bat, zu ihr hereinzukommen, bevor er wegfuhr. Er stieg die Hintertreppe zum Café hinauf, pochte an die schwere Tür und wartete eine Weile. Dann ging er außen herum zur Vordertür. Sie war verschlossen, und er sah, dass Marcy gerade abstuhlte. Er klopfte an die Scheibe. Sie schaute auf und hob noch zwei Stühle von einem Tisch, ehe sie ihn hineinließ.

»Schließ wieder ab«, sagte sie und ging weg. »Sonst kommt alle paar Minuten einer rein. Wir öffnen neuerdings erst um halb zwölf. Schon mitbekommen?« Sie sah ihn zum ersten Mal an. Ihr Blick war hart und wurde dann milder. »Wir machen kein Frühstück mehr. Zu wenige Gäste. Alles geht jetzt in den Kwik-Mart, seit die das Frühstücksbüfett machen. Und jetzt haben sie auch noch einen Cappuccino-Automaten. Alles nur abgepackter Mist, aber anscheinend gefällt das den Leuten heutzutage.«

Er setzte sich auf einen der Stühle, die Marcy neben ihn hingestellt hatte. Vor fast vier Monaten hatte er das letzte Mal hier gearbeitet, an dem Abend, bevor er erfuhr, dass seine Mutter Krebs hatte. Seitdem war er nicht mehr hier gewesen. Er hatte das Café, Marcy, Angie und Vern gemieden, wie überhaupt die meisten Leute und Orte, die er kannte.

»Ich nehme an, du kommst klar«, sagte Marcy und wich seinem Blick aus. »Ich meine … mit allem.«

Er nickte und linste zu dem Ms.-Pac-Man-Automaten in der Ecke, dessen Lichter stumm blinkten.

»Dein Freund R. J. kommt immer noch jeden Abend zum Spielen«, sagte sie. »Mein Gott, er ist ganz verrückt nach dem Spiel. Er kann es aber auch ziemlich gut.« Sie griff nach einer Zigarette, die in einem Aschenbecher auf dem Tresen glomm. »Willst du den Job nicht wiederhaben?«

»Nein, deswegen bin ich nicht gekommen …«

»Ich weiß, ich weiß. Ich meine, ich hoffe, dass du ihn nicht wiederhaben willst, denn er ist weg. Wir hätten dich eh entlassen müssen, jetzt, wo wir kein Frühstück mehr machen. Dein Urlaub war gut getimt.« Sie nahm einen letzten Zug von der Zigarette und drückte sie aus. »Ach so. Du brauchst den Job ja sowieso nicht mehr. Du machst deinen Abschluss, und dann geht es ab nach Florida.«

»Kalifornien«, sagte er.

»Kalifornien«, wiederholte sie und sah ihn bedeutungsvoll an, als wäre sie drauf und dran, ein Geheimnis preiszugeben. Dann wandte sie sich ab und sagte: »Du Glücklicher.«

Clyde Earle erschien an der Tür, drückte das Gesicht an die Scheibe und schirmte es seitlich mit den Händen ab, damit er hereinsehen konnte.

»Wir haben geschlossen«, schrie Marcy und dann gleich noch mal, ungestümer als beim ersten Mal. Doch Clyde rührte sich nicht vom Fleck, bis sie zur Tür ging und übertrieben gestikulierend auf das Schild mit den neuen Öffnungszeiten deutete. Als er abzog, kehrte sie auf ihren Platz am Tresen zurück. »Die Indianer sind auf dem Kriegspfad, weil es bei uns kein Frühstück mehr gibt. Sie haben sich jeden Morgen hier getroffen. Haben nie mehr als Kaffee bestellt, sich aber zehn Mal pro Nase nachschenken lassen. Und jetzt fragt sich jeder, wieso.« Sie schüttelte noch eine Zigarette aus ihrer Schachtel.

»Kann ich eine von dir schnorren?«, fragte er, obwohl in seiner Tasche ein frisches Päckchen steckte. Sie schob die Schachtel über den Tresen. Er nahm sich eine und zündete sie an.

»Hallo noch mal«, sagte sie sanft und setzte sich auf einen Hocker.

»Hallo.«

»Es ist schön, dich zu sehen.« Sie rückte ihre Haarspange zurecht. »Ich habe dich vermisst, Kleiner.«

»Wie geht's Vern?« Er konnte Vern nicht ausstehen, wenn sie zusammenarbeiteten, aber jetzt verspürte er so etwas wie Sehnsucht nach ihm und nach der Atmosphäre, den Gerüchen und Geräuschen hinten in der Küche zur Essenszeit.

»Wir mussten ihn auf zwei Abende runterfahren, aber wenigstens wird es jetzt Sommer, da kann er auf dem Parkplatz des Dairy Queen wieder seine Sachen verkaufen. Wir sind jetzt nur noch zu zweit, Mom und ich. Wir können niemanden mehr bezahlen.« Sie legte ihre Haarspange auf den Tresen. Sie hatte die Form eines Schmetterlings. »Mom kommt erst gegen Mittag. Weil wir jetzt allein sind, versuchen wir, nur noch dann zu zweit hier zu sein, wenn es wirklich nötig ist.«

»Ich könnte euch helfen«, sagte er. »Ich meine, umsonst. Wenn ihr mal Hilfe braucht.«

»Das ist lieb, Josh.« Sie neigte den Kopf, steckte sich die Spange ins Haar zurück und griff wieder zu ihrer Zigarette. Dann saßen sie schweigend da, und blauer Rauch kringelte sich um sie herum in der Luft.

»Wie geht's Brent und den Kindern?«, fragte er.

»Gut«, antwortete sie und nickte. Ihre Arme waren, wie er bemerkte, dünner als früher, ihre Brust flacher. Nach all den Monaten, die er mit ihr zusammengearbeitet hatte, wurde ihm jetzt klar, dass er in sie verknallt gewesen war, auch wenn er es erst jetzt zugeben konnte, wo er es nicht mehr war.

»Ich muss wieder los«, sagte er und stand auf.

Auch Marcy stand auf. Ein dringlicher Ausdruck huschte über ihr Gesicht. »Hast du … irgendwas für mich?«

Als er sie neugierig ansah, nahm sie den Spüllappen vom Haken und wischte den Tresen.

»Vivian Plebo«, platzte sie heraus, ohne aufzuschauen. »Sie hat mir gesagt, sie hätte dich angerufen.«

In den Wochen, seit er für Vivian und Bender verkaufte, hatte er längst aufgehört, sich darüber zu wundern, wer in Midden alles Drogen nahm. Natürlich waren Leute darunter, von denen er es immer vermutet hatte, aber auch etliche andere, von denen er es nie gedacht hätte, Leute wie Anita vom Treetop Motel oder Dave Collins, dessen Frau Lehrerin war und die vierte Klasse unterrichtete. Und dass er Marcy einmal Crystal Meth verkaufen würde, damit hätte er nun gar nicht gerechnet. Er hatte ihr nicht ins Gesicht sehen können, als er es, am Vortag von Vivian ordentlich in ein Stück Plastik gewickelt, aus der Tasche zog. Er legte es schnell auf den Tresen, und ebenso schnell lag Marcys Hand darauf und zog es zu ihr hin. Dann duckte sie sich hinter den Tresen, versteckte es im Innenfach ihrer Kellnertasche und gab ihm die bereits abgezählten, in der Mitte gefalteten Geldscheine. *Was tust du nur?*, hätte er sie in einer schulmeisterlichen Anwandlung beinahe gefragt, doch stattdessen nahm er das Geld und steckte es ein. Er zog an der Tür, ohne daran zu denken, dass sie abgeschlossen war, schloss auf und hörte im Hinausgehen, wie Marcy ihm nachrief, er solle doch mal wieder vorbeischauen.

Vivians Wagen parkte an seinem Platz, als er vor ihrem Haus anhielt. Von Benders Truck keine Spur. Es war ihm lieber, wenn Bender zu Hause war, obwohl das selten vorkam, weil er mit seinem Laster nach Fargo, Minot und Bismarck fuhr.

»Wo zum Teufel bist du gewesen?«, fragte Vivian, als sie ihm die Tür geöffnet hatte. Er folgte ihr durch den dunklen Flur ins Wohnzimmer. »Ich hab dich mehrmals angerufen. Hast du meine Nachrichten gekriegt?«

»Ja«, log er. Vivian und Bender hatten ihm das Handy geschenkt und bezahlten jeden Monat die Hälfte der Rechnung, damit sie ihn jederzeit erreichen konnten, wenn sie ihn für eine Lieferung oder Abholung brauchten. Er setzte sich auf die Armlehne des braun karierten Sessels. »Die zu Marcy habe ich gekriegt. Ich habe es ihr gebracht, aber das war das Letzte, was ich hatte. Ich brauche Nachschub, bevor ich den Rest erledigen kann.«

»Was für einen Rest?«

»Die anderen Lieferungen.«

»Es gibt keine«, sagte sie und sah ihn zum ersten Mal an. Ein reumütiges Lächeln legte sich auf ihr Gesicht, weil sie ihn angeschnauzt hatte. »Ich habe dich nur wegen Marcy angerufen. Sie hat sich jede Viertelstunde hier gemeldet, weil sie dich nicht direkt anrufen wollte – war ihr wohl peinlich oder so. Aber so war sie schon immer, verstehst du? Solange ich denken kann, hat sie sich immer für was Besseres gehalten.«

»Marcy?«

»Sie ist eingebildet«, erklärte Vivian, als wäre damit alles gesagt, öffnete eine Keksdose, nahm vier Tüten Marihuana und vier Tüten Crystal Meth heraus und warf sie in seine Richtung. Sie landeten auf dem Polster des braunen Sessels. Er verstaute eine nach der anderen in seinen Jackentaschen. Einige würde er als Ganzes verkaufen, andere portionieren, je nachdem, wie viel die Leute wollten. »Du musst bei der Ofenfabrik vorbeifahren, wenn sie dort Mittagspause machen. John Rileen will eine und Eric Wycoski auch. Danach musst du nach Norway zu Pete und Autumn. Weißt du, wo sie wohnen?«

Er nickte. Sie sah ihn einen Moment lang an, als frage sie sich, ob er die Wahrheit sagte, dann zündete sie sich, versöhnlicher gestimmt, eine Zigarette an. »Hast du mein Geld?«

Er blätterte die Scheine in sauberen Stapeln auf den Couchtisch, und zwar alle, dann nahm er ein Viertel wieder weg, was seinem Anteil am Verkaufserlös entsprach. Es war viel Geld, mehr als mit Geschirrspülen oder jedem anderen Job, den er in Midden kriegen konnte, zu verdienen war.

»R. J. hat gesagt, dass du mit Pam Simpsons Tochter gehst«, sagte Vivian.

»Und?«

»Ich hoffe, du hast dich an unsere Abmachung gehalten und nichts ausgeplaudert.«

»Sie würde es nicht weitersagen.«

»Aber ihre Mutter todsicher. Glaub mir. Du willst doch nicht, dass sich was herumspricht, Kleiner. Vor dieser Pam muss man sich vorsehen. Ich hab mal mit ihr zusammengearbeitet und weiß es.«

»Ich hab niemandem was gesagt«, beteuerte er, um sie zu beruhigen, doch das stimmte nicht. Lisa hatte er erzählt, was er machte, jedenfalls eine verharmlosende Version. »Außerdem kauft der Freund ihrer Mutter Gras von mir. John Rileen ist ihr Freund. Hast du das gewusst?«

Vivians Miene veränderte sich und verriet ihm, dass sie es nicht gewusst hatte, doch sie gab es nicht zu. »Das ist nicht dasselbe. Es ist ein Unterschied, was dein Freund tut und was deine Tochter tut.«

»Ihr ist das egal«, behauptete Joshua, obwohl er nicht mit Sicherheit wusste, ob es Pam egal war. Normalerweise durfte Lisa tun, was sie wollte, als wären die beiden Freundinnen und nicht Mutter und Tochter.

Vivian nahm eine Pizzaschachtel vom Boden, deren Unterseite voller Fettflecken war. »Hast du Hunger?«, fragte sie und hielt sie ihm hin.

Er aß im Pick-up zwei Stücke von Vivians kalter Pizza, während er auf dem Parkplatz der Ofenfabrik seine Nachrichten abhörte und darauf wartete, dass die Arbeiter Mittagspause machten. Die erste Nachricht hatte er am frühen Morgen bekommen, noch bevor er die Wohnung verlassen hatte. Er hatte die Nummer seiner Schwester auf dem Display aufleuchten sehen und das vertraute Klingelzeichen gehört, war aber nicht rangegangen. Jetzt hörte er sie sagen, dass sie am Abend nach Hause kommen und wie immer das ganze Wochenende bleiben werde und dass sie hoffe, dass auch er kommen würde. Er löschte die Nachricht zusammen mit den dreien von Vivian, die ihn wissen ließ, er solle zu Marcy ins Café gehen, und hörte dann Bruce fast dasselbe sagen, was Claire gesagt hatte, nur in einem weniger direkten, weniger herrischen Ton. Er beschloss, zu Hause vorbeizuschauen, damit sie zufrieden waren und ihn wieder ein paar Wochen in Ruhe ließen. Sie waren beide schockiert darüber gewesen, dass er ein Handy besaß, und noch schockierter, dass er es ihnen verschwiegen hatte, sodass sie in all den Tagen und Nächten, in denen seine Mutter auf dem Sterbebett lag, keine Möglichkeit gehabt hatten, ihn zu erreichen. Und als ihn Claire dann endlich erreicht hatte, war es zu spät gewesen. Sie hatte gedacht, er wäre beim Eisfischen und würde in seinem Eishaus übernachten, und so fuhr sie in der letzten Nacht, in der ihre Mutter noch lebte, zum Lake Nakota hinaus, um ihn zu holen, doch er war nicht da. Auf der Rückfahrt blieb sie mit ihrem Cutlass an einem umgestürzten, im Eis festgefrorenen Baum hängen, und es war reiner Zufall, dass Joshua und R. J. gerade in dem Moment vorbeikamen, als sie vergeblich versuchte, ihn wieder flottzubekommen. Claire sah sie nahen, stieg aus und blieb ruhig stehen. Für R. J. hatte sie kaum ein Auge, aber Joshua durchbohrte sie mit ihren Blicken. Als er ihr zurief, was sie hier mache, brüllte sie ihn so laut an, dass ihn ihre Wut wie ein Windstoß traf, der an seiner Brust, seinen Haaren und seinem Gesicht zerrte.

R. J. fuhr zum Eishaus und holte eine Schaufel, doch die erwies sich als nutzlos. Daraufhin marschierte er ans Ufer, um Bob Jewell zu bitten, Claires Wagen mit seinem Traktor herauszuziehen. Joshua wartete mit Claire, solange er fort war. Sie setzen sich in den Wagen, ließen die Heizung laufen, und Claire berichtete mit manisch ruhiger Stimme, dass ihre Mutter im Sterben liege. Er legte ihr die Hand auf die Schulter. Ihr Körper war steif wie ein Brett.

»Wir werden den Wagen herausziehen, und dann werden wir nach Duluth fahren, und dann werden wir sie besuchen«, sagte Claire wie eine Sprechpuppe. Sie wiederholte es immer wieder, ganz gleich, was er erwiderte, auch als er sich dafür entschuldigte, dass er nicht nach Hause oder ins Krankenhaus gekommen sei und dass er auch nicht im Eishaus gewesen sei, wie sie angenommen habe. Irgendwann verstummte sie, und sie saßen schweigend da. Er dachte an seine Mutter, an Teile ihres Körpers, an die er nie zuvor gedacht hatte, an ihre Lunge und ihr Gehirn, an ihr Herz und ihre Hände. Und er stellte sich vor, wie sie in einem Bett lag, das er nie gesehen, in einem Zimmer, das er nie betreten, in einem Krankenhaus in Duluth, von dem er gehofft hatte, es nie aufsuchen zu müssen.

»Wie geht es ihr?«, fragte er nach einer ganzen Weile.

»Wie es ihr geht?«, erwiderte Claire ruhig. *»Wie … es … ihr … geht?«*, wiederholte sie, als wäre jedes Wort eine Neuentdeckung. »Wie es ihr geht?«, stieß sie wutentbrannt hervor und wandte sich ihm ganz zu. Sie trug die Mütze, die ihre Mutter gestrickt hatte, rot, mit einem weißen Stern und einem weißen Bommel, der jetzt nicht mehr da war. Sie nahm die Mütze ab und betrachtete sie, dann sah sie wieder Joshua an, grimmig, die Augen blutunterlaufen und glasig. »Sie liegt im Sterben. *Im Sterben, klar?* Verstehst du? Sie wird nicht mehr nach Hause kommen.«

»Wir dürfen die Hoffnung nicht aufgeben«, flüsterte er.

»Ich hasse dich«, zischte sie erbittert zurück und starrte ihn unverwandt an. »Ich werde dich den Rest meines Lebens dafür hassen, dass du mich bei alldem im Stich gelassen hast.« Und dann schluchzte sie los, stimmte ein schreckliches Geheul an wie ein Rudel Kojoten, das Beute geschlagen hat. Und auch er weinte, so wie er immer weinte, geräuschlos, mit nassen Wangen.

Nach mehreren Minuten nahm sie sein Gesicht in die Hände und zog es zu sich herüber, und er tat dasselbe mit ihrem.

»Es tut mir leid«, sagte sie. »Es tut mir so leid.«

»Mir auch.«

»Was sollen wir jetzt tun?«

»Alles wird gut«, sagte er. »Mom wird wieder gesund.«

Sie ließ ihn los, tupfte sich mit der Mütze das Gesicht ab und schaute aus dem Fenster. Zu sehen gab es fast nichts, nur den Schnee auf dem See und eine halbe Meile entfernt die Bäume am Ufer. »Josh, Mom wird nicht wieder gesund. Das musst du begreifen.« Sie reichte ihm die Mütze, und er drückte sie sich ins Gesicht und wischte die Tränen ab.

»Aber wir dürfen den Glauben nicht verlieren«, sagte er. »Sie wird nicht sterben. Ganz bestimmt nicht. Das weiß ich ganz sicher.«

»Wirklich?«

»Ja«, sagte er und glaubte es auch. Glaubte, dass alles, was er für wahr hielt, auch wahr wurde. Dass ihre Mutter nicht starb, jetzt nicht, niemals.

»Versprochen?«, fragte Claire wie ein Kind und wandte sich ihm zu.

»Versprochen«, antwortete er und vergrub das Gesicht wieder in der Mütze.

John Rileen klopfte auf die Kühlerhaube von Joshuas Pick-up, ging weiter zu seinem Wagen, der in der Ecke des Parkplatzes stand, und setzte sich hinein. Nach ein paar Minuten schlenderte Joshua zu ihm hinüber und beugte sich ins Fenster, als plaudere er mit ihm, doch in Wahrheit wechselten Geld und Marihuana den Besitzer. Joshua war beim Warten in seinem Pick-up eingedöst und von John aus dem Schlaf gerissen worden, sodass er den Deal wie in einem Traum wahrnahm, aus dem er erst vollständig erwachte, als er zu Petes und Autumns Haus in Norway kam.

Es war fast drei, als er nach Midden zurückkehrte. Er parkte den Pick-up in der kleinen Straße, die an das Schulgelände angrenzte. Er parkte dort fast jeden Tag um dieselbe Zeit, nämlich wenn die gelben Busse vorfuhren und Schlange standen, um die Schüler nach Unterrichtsende aufzunehmen. An bestimmten Tagen kam einer der Busfahrer zu Joshuas Pick-up herübergeschlappt, als wollte er sich die Beine vertreten, und kaufte eine Tüte. Das Sträßchen grenzte an das Football-Feld, die Baseballanlage und den schmalen Feldweg, der um beide herumführte und den Leichtathleten als Trainingspfad diente. Um fünf nach drei beobachtete Joshua, wie Suzy Keillor die Sonderschüler zu ihren Bussen geleitete, wie an den meisten Tagen. Jedes Mal, wenn er sie sah, fiel ihm ein, dass er die Auflaufform nicht zurückgegeben hatte, in der sie ihm das Kartoffelgratin gebracht hatte.

Sein Handy zirpte wie eine Grille: Claire.

»Hey.«

»Wie geht es dir?« Sie klang wie erkältet, doch er wusste, auch ohne zu fragen, dass sie nur geweint hatte.

»Gut.«

»Mir ist aufgefallen, dass du in ein paar Wochen Geburtstag hast. Du wirst achtzehn. Bist du deswegen aufgeregt?«

»Eigentlich nicht«, erwiderte er. Sie schwieg, wollte, dass er mehr sagte. *Red mit mir!*, hatte sie ihn neulich angeschrien. »Ich meine«, sagte er, »das wird bestimmt cool, volljährig sein und alles.«

»Ja«, sagte sie versonnen, als hätte er etwas Tiefsinniges von sich gegeben, und dann schwiegen sie zusammen fast eine volle Minute. Joshua beobachtete, wie sich vereinzelte Tropfen auf der Windschutzscheibe zu einem Regen auswuchsen und in gezackten Bahnen daran herunterliefen.

»Was gibt's Neues?«, fragte er schließlich. Sie antwortete nicht, aber er spürte, dass sie mit etwas anderem beschäftigt war und deshalb nichts sagte. »Was tust du gerade?«

»Nähen«, antwortete sie abgelenkt, als wäre sie gerade damit beschäftigt, eine Nadel einzufädeln, aber dann wandte sich ihre ungeteilte Aufmerksamkeit wieder ihm zu. »Ich habe ganz tolle Knöpfe in Moms Nähschrank gefunden. Keine Ahnung, wo sie die herhatte – irgendwie wirken sie asiatisch. Sie haben so ein mattiertes Kupfergold und kleine Tempel eingraviert. Na, jedenfalls nähe ich sie an meine Jeansjacke.«

»Ich dachte, du wolltest kommen.«

»Tu ich auch. Ich fahre los, sobald ich fertig bin. Ich wollte nur anrufen und wissen, ob du morgen zu Hause bist.«

»Ja«, sagte er und beobachtete, wie Suzy Keillor durch den Regen zur Schule rannte.

»Ich mach was zum Abendessen.«

»Das musst du nicht.«

»Ich möchte es aber«, erwiderte sie scharf. »Wäre es nicht

schön, zusammen zu essen?« Ihre Stimme zitterte, als könnte sie gleich in Tränen ausbrechen.

»Schon«, sagte er. »Kommt David mit?« Claire hatte David seit der Bestattung ihrer Mutter nicht mehr mit nach Hause gebracht. Joshua hatte ihm zwar nie besonders nahegestanden, konnte ihn aber ganz gut leiden.

»Nein.«

»Kommt ihr miteinander klar?«

»Ja … einigermaßen«, antwortete Claire. »Ich weiß nicht mehr recht.«

»Was weißt du nicht?«

»Keine Ahnung, aber seit Mom tot ist, habe ich mich verändert. Ich habe über vieles nachgedacht. Wie zum Beispiel, dass Monogamie absoluter Schwachsinn ist.«

»Warum sagst du das?«, fragte er und versuchte, sich ins Gedächtnis zu rufen, was Monogamie bedeutete.

»Weil sie ein Prinzip ist, das auf Selbstzerstörung beruht«, brauste sie auf, als hätte er ihr einen Vorwurf gemacht. Er spürte, dass sie das Nähzeug weggelegt hatte. Wieder ruhiger sagte sie: »Ich erwarte nicht, dass du das verstehst. Jetzt wo du mit Lisa frisch verliebt auf Wolke sieben schwebst. Aber es stimmt, Josh. Es ist genau wie ein Märchen, und Märchen sind nicht real. Und weißt du, was irre ist? Ich habe es nie verstanden – ich meine, ich dachte, ich hätte es verstanden –, aber ich habe es nie wirklich verstanden, bis Mom krank wurde. Ich bin herumgelaufen und habe total an diese archaischen, sexistischen und lächerlichen Vorstellungen vom Leben und der Liebe geglaubt, und dann ist Mom krank geworden und gestorben, und *zack*, war mir plötzlich alles klar, einfach alles.«

Er wusste nicht, was er sagen sollte. Er verstand ja kaum, wovon sie redete, wie überhaupt die halbe Zeit, wenn sie ihm mit einer ihrer neuen Theorien übers Leben kam. Doch wenn er sie etwas fragte, was auch nur im Ansatz nach Widerspruch klang, gerieten sie aneinander. Seit ihre Mutter tot war, versuchte er, Streit mit seiner Schwester zu vermeiden. An dem Morgen, als sie auf dem zugefrorenen See in ihrem Cutlass gesessen und darauf gewartet hatten, dass Bob Jewell mit seinem Traktor kam und sie herausholte, hatte er sich geirrt. Ihre Mutter war gestorben. Und sie hatte nicht damit gewartet, bis sie bei ihr waren. Später hatte er sich bei Claire dafür entschuldigen wollen, dass er in all den Wochen weg gewesen war, dass sie seinetwegen nicht bei ihrer Mutter gewesen war, als sie starb. Doch jedes Mal, wenn er dazu ansetzte, hob sie die Hand und fing schwer zu schnaufen an, als würde sie in Ohnmacht fallen, wenn er noch ein Wort sagte. Bis auf das erste Mal, als sie ihm direkt in die Augen gesehen und gesagt hatte, dass es nicht genüge, wenn es ihm leidtue.

»Ich habe mir gedacht«, sagte Claire jetzt, »du könntest Lisa morgen Abend zum Essen mitbringen.«

»Wozu?« Die Schule war aus, und Schüler strömten aus den Türen auf beiden Seiten des Gebäudes.

»Weil ich sie kennenlernen möchte.«

»Du kennst sie doch schon.«

»Schon, aber nicht als deine Freundin. Ich weiß, wer sie ist. Aber mehr nicht. Ich habe nie richtig mit ihr geredet.«

»Sie muss morgen arbeiten.« Lisa arbeitete, wie ihre Mutter, im Red Owl, meist an den Wochenenden. Er sah sie jetzt über das Spielfeld auf sich zukommen. Der Regen war einem leichten Nebel gewichen. Als sie bemerkte, dass er ihr entgegensah, winkte sie. »Ich muss los«, sagte er zu Claire.

»Nein«, schnurrte sie. »Sprich weiter mit mir.«

»Ich kann nicht.«

»Mir ist langweilig«, sagte sie unvermittelt und fügte hinzu: »Und ich fühle mich einsam.«

»Wieso?«, fragte er verdutzt. Solange er denken konnte, hatte seine Schwester behauptet, dass sie sich niemals langweile oder einsam fühle – sie interessiere sich zu sehr für die Welt, um sich zu langweilen, sei zu selbstständig, um die Gesellschaft anderer zu brauchen.

»Ich weiß nicht«, antwortete sie, den Tränen nahe. »Was glaubst du?« Er konnte ihren Atem durchs Telefon hören, jetzt, wo sie nicht mehr Knöpfe annähte und sich ganz auf ihr Gespräch konzentrierte.

»Weil du langweilig bist?«, meinte er, doch sie lachte nicht, obwohl es ihr eigener Scherz war. *Nur langweilige Leute langweilen sich.* »Ich muss jetzt wirklich los.«

»Dann geh«, sagte Claire bedrückt.

Sie legte auf, bevor er sich verabschieden konnte, doch er saß weiter mit dem Handy am Ohr da und sah zu, wie Lisa die letzten Schritte auf ihn zumachte, neben dem Fenster stehen blieb und ihn wortlos anlächelte. Sie drückte die Hand an die Scheibe, so flach und elegant wie ein nasses Blatt. Er legte seine Hand von innen dagegen, sodass ihre unter seiner verschwand.

Als Lisa in den Pick-up stieg, wartete er nicht, ob noch jemand kam, um etwas zu kaufen. Er ließ den Motor an und fuhr aus der Stadt, nach Norden zu Lisas Wohnwagen, wo sie sich auf die Schnelle liebten, bevor ihre Mutter von der Arbeit kam. Hinterher holte Lisa zwei Mountain Dew aus der Küche und dazu eine Tüte Chips mit Barbecue-Geschmack, die sie in ihrem Zimmer verschlangen.

»Wie war's in der Schule?«, fragte er und lief rot an, denn ihm wurde bewusst, wie komisch die Frage aus seinem Mund klang – seine Mutter hatte sie ihm fast jeden Tag gestellt.

»Gut.« Lisa hockte auf dem Bett, Joshua neben ihr auf dem Boden. »Ach, ich habe meine Abschlussarbeit in ›Leben, Liebe und Arbeit‹ abgegeben.« Sie sah ihn an und zog einen amüsierten Schmollmund. Sie hatte die Arbeit ohne ihn fertigstellen müssen und so getan, als hätten sie sich scheiden lassen. »Ich kann nicht glauben, dass es nur noch zwei Wochen sind, Josh. Dann sind wir fertig. Und frei.«

»*Du* vielleicht.«

»Du bist jetzt schon frei«, sagte sie und wackelte mit den Zehen, deren Nägel rosa lackiert waren.

»Ja, aber nicht fertig. Ich werde nie fertig.«

Sie beugte sich vom Bett herunter und fuhr ihm mit der Hand durchs Haar. »Deinen Abschluss machst du ja trotzdem noch. Das ist dasselbe.«

Beide wandten sich um, als sie Pams Wagen die Zufahrt heraufkommen hörten. Lisa stand auf und schloss die Zimmertür. Sie hörten Pams Schlüsselbund klimpern, als sie ihn in die Holzschale auf dem Couchtisch warf. Joshuas Herz raste bei dem Gedanken, dass er Pams Freund heute etwas verkauft hatte, und er betete im Stillen, dass er es ihr nie erzählen würde.

»Lisa!«, rief Pam.

»Ja«, antwortete Lisa unwillig.

»Ich bin zu Hause.« Pam kam an Lisas Tür und klopfte. »Was machst du?«

»Lernen«, antwortete sie mit schriller Stimme und hangelte nach einem Buch. »Mit Josh. Josh ist hier.«

»Hallo!«, rief er höflich. Lisa gab ihm ein Zeichen, ebenfalls so zu tun, als sei er am Lernen, und so griff er sich das Nächstbeste, eine Ausgabe von *Seventeen*, und blätterte eifrig darin.

»Habt ihr Hunger?«, fragte Pam, immer noch durch die geschlossene Tür.

»Wir haben eine Kleinigkeit gegessen«, antwortete Lisa.

Die Tür ging auf, und Pam spähte herein. Sie schauten auf und lächelten sie an. In Lisas Minimülltonne aus Blech mit

Snoopy außen drauf lag, eingewickelt in Toilettenpapier, das Kondom, das sie benutzt hatten. »Bleibst du zum Abendessen, Joshua?«, fragte Pam.

»Ich kann nicht.« Er hatte das Gefühl, dass er erklären sollte, warum er nicht konnte, doch sein Kopf wurde immer ganz leer, wenn er nervös war. Er hatte noch ein paar Lieferungen auszufahren. Die unbeantworteten Nachrichten von Vivian stapelten sich.

»Dann ein andermal«, sagte Pam, drehte sich um und ging, ohne die Tür zu schließen, den Flur hinunter.

Lisas nackter Fuß hing träge aus dem Bett. Joshua ergriff ihn, neigte sich ganz leise zum Boden hinunter und küsste ihn. Sie lachte geräuschlos, hüpfte vom Bett und schloss so sacht die Tür, dass der Riegel nur leise klickte, dann huschte sie zu Joshua zurück und zog ihn in den Schrank, wo sie sich, eingezwängt zwischen dem Weidenkorb und den Kleidern, die dort hingen, in völlig verkrümmter Stellung von neuem liebten und dabei den Korb umstießen, ehe sie lautlos kamen.

Draußen in der Küche briet Pam Schweinekoteletts, deren Brutzeln und Duft den Wohnwagen erfüllten.

Als Joshua durch die Stadt fuhr, sah er R. J. mit den Händen in den Taschen die Hauptstraße entlanggehen. Er drehte sich um, als Joshua langsamer fuhr und neben ihm anhielt, dann stieg er ein, und sie fuhren aus der Stadt hinaus zum Lookout. Dort angekommen, parkten sie hinter dem Müllcontainer, sodass sie von der Bar aus nicht zu sehen waren. Sie stiegen nicht aus, sondern blieben im Pick-up sitzen und warteten auf Dave Huuta. Vivian hatte Joshua angerufen und gesagt, dass Dave ihn dort treffen würde.

»Was ist passiert?«, fragte Joshua und deutete auf R. J.'s Gesicht.

R. J. fasste sich an die Wange und fuhr mit den Fingern an der Schramme entlang, die, mittlerweile verschorft, von der Nase fast bis zum Ohr reichte. »Meine bescheuerte Mutter neulich abends, als sie besoffen war.«

Joshua nickte und zückte sein Graspfeifchen. Sie hatten schon zur Genüge darüber geredet, wozu Vivian fähig war. Er stopfte das Pfeifchen, hielt es aber unter dem Fenster und reichte es R. J., der sich duckte und einen Zug nahm.

»Ich ziehe sowieso aus«, sagte R. J., nachdem er den Rauch ausgeatmet hatte. »In ein paar Wochen, sobald ich meinen Abschluss habe.« Er sah zu, wie Joshua noch mal zog. »Ich habe mir überlegt, dass ich nach Flame Lake gehe, zu meiner Großmutter.« Er errötete, wohl wissend, dass das einem Wunder gleichkäme. Die Familie seines Vaters lebte in dem Reservat in Flame Lake, aber R. J. kannte sie kaum.

»Ins Reservat?«, fragte Joshua.

»Klar. Ich hab mit meinem Dad geredet. Er hat irgendwann mal angerufen. Er ist jetzt ein Wiedergeborener. Ständig Gott hier und Gott da. Aber es hält ihn vom Trinken ab, und das ist ja nicht schlecht.«

»Wie lange trinkt er denn schon nicht mehr?«, fragte Joshua skeptisch. Er hatte R. J.'s Vater nur einmal gesehen. Er war damals betrunken in die Schulturnhalle getorkelt, um sich ein Basketballspiel anzusehen, bei dem R. J. mitspielte, hatte auf der Suche nach den Toiletten die Orientierung verloren und vor allen Leuten in der Halle auf den Fußboden uriniert.

»Keine Ahnung. Seit mindestens zwei Monaten.« Er nahm seine Mütze ab, strich sich die Haare glatt und setzte sie wieder auf. R. J. hieß genau wie sein Vater: Reynard James Plebo. »Ich hab mir gedacht, ich fahr da mal hin und bleibe eine Weile, verstehst du? Nur um mal auszuprobieren, wie es sich im Reservat so lebt, als *Nitchie*.« Er grinste und errötete leicht, denn er hatte diese abfällige Bezeichnung für Indianer noch nie benutzt. »Als Ojibwe«, setzte er, jetzt wieder ernster, mit einer seltsamen Geste hinzu. »Als Anishinabe.«

Joshua blickte aus dem Fenster zu dem Kanu, das hinter der Bar im Gras lag. Irgendwas stieß ihm auf. Er wusste nicht genau, was. Er wünschte, er wäre Indianer. Als Junge hatte er mal ein Hemd besessen, das vorn mit Perlen bestickt war, und wenn er es trug, hatte er sich immer vorgestellt, er wäre einer. »Aber da oben gibt es keine Jobs«, sagte er nach einer Weile.

»Hier unten gibt es auch keine Jobs«, gab R. J. zurück.

»Hier gibt es das«, sagte Joshua, womit er das meinte, was sie gerade taten, nämlich Drogen verkaufen. »Ich dachte, das wolltest du machen, wenn du mit der Schule fertig bist.«

»Das will ich nicht machen. Das wollte ich nie.« Seine braunen Augen blickten herausfordernd und dann entschuldigend. Er wurde rot, und Joshua wusste, dass R. J. in diesem Moment an dasselbe dachte wie er: dass sie einen Plan gehabt hatten, der weder darin bestand, als kleine Drogendealer in Midden zu bleiben noch nach Flame Lake zu ziehen. Sie hatten vorgehabt, nach dem Schulabschluss zusammen nach Kalifornien zu gehen und bei reichen Leuten, die sich einen Fuhrpark dicker Autos hielten, als private Mechaniker anzuheuern. Joshua hatte das immer noch vor, obwohl er zugeben musste, dass er um ein paar Monate zurückgeworfen worden war.

»Jedenfalls habe ich da oben einen Job«, sagte R. J. »Ich werde bei meinem Onkel Don arbeiten. Reis anbauen. Mein Dad macht das auch. Der Stamm hat jetzt ein richtiges Unternehmen, das den Reis an die Händler verkauft, und möglicherweise macht er demnächst ein Spielkasino auf.« Er sah Joshua hoffnungsvoll an. »Wenn das mit dem Kasino klappt, könnten wir dort vielleicht einen Job bekommen und Blackjack-Dealer werden.«

Joshua sagte nichts, dachte aber im Stillen darüber nach. Er war noch nie in einem Spielkasino gewesen, aber in einem zu arbeiten könnte ihm gefallen.

»Außerdem kann ich nicht mehr mit meiner Mom zusammenleben, Josh. Ich will nichts mehr mit ihr zu tun haben, solange sie ihren Scheiß nicht geregelt kriegt.«

»So wie dein Dad?«, fragte er mit einer wutentbrannten Stimme, die ihn selbst überraschte. »Gut, deine Mutter ist nicht immer die Coolste, aber sie hat dich großgezogen, du Blödmann. Und jetzt ist dein Dad der große Held ... Wieso nennst du ihn überhaupt Dad? Er ist nicht dein Dad. Wann hat er denn seine Visage hier blicken lassen, dieser nichtsnutzige Arsch? Kein einziges Mal.« Joshua brachte es nicht über sich, R. J. anzusehen. Er kurbelte das Fenster runter, lehnte sich hinaus, spuckte und sah zu, wie die Spucke auf dem Schotter gefror. Seine Kehle brannte, seine Nase juckte, aber er wollte nicht zulassen, dass ihm Tränen in die Augen stiegen. Er war fassungslos und schockiert über seinen Gefühlsausbruch. Am liebsten hätte er R. J. die Faust ins Gesicht geschlagen. Stattdessen stieß er die Tür auf, stieg aus und tigerte am Pick-up auf und ab. Die Sonne stand schon tief über den Baumwipfeln, das Tageslicht schwand. Er blickte kurz zu seiner Wohnung hinauf, zu dem Fenster mit dem zugezogenen alten Vorhang, taubenblau mit Kirschmuster. Am liebsten wäre er jetzt da oben und würde mit seinen Kopfhörern Musik hören.

»Er hat seine Visage hier blicken lassen«, sagte R. J. aus dem Wageninnern.

»Was?« Er blieb neben dem offenen Fenster stehen und sah zu R. J. hinein.

»Mein Dad«, redete R. J. gemächlich weiter. »Einmal. Und genau genommen nicht bloß seine Visage, eh.« Er grinste und sah weg, und auch Joshua grinste unfreiwillig bei der Erinnerung daran, wie R. J.'s Dad auf den Fußboden gepinkelt hatte, obwohl das damals überhaupt nicht lustig war. R. J. stieg aus dem Pick-up und kam um den Wagen herum zu Joshua. Sie zündeten sich eine Zigarette an.

»Ich muss einfach hier raus«, sagte R. J. und hustete.

»Wenn du nach Flame Lake gehst, kommst du nicht hier raus«, entgegnete Joshua. »In Flame Lake ist es noch schlimmer als hier. Flame Lake ist Midden hoch zehn.«

»Wenigstens ist es anders. Wenigstens ist es woanders.«

»Ich verschwinde auch, scheißegal wohin.«

»Wohin?«, fragte R. J.

Joshua überlegte einen Moment. Er glaubte immer noch, dass er nach Kalifornien gehen würde, und doch fiel es ihm schwer, das Wort auszusprechen.

»Nach Kalifornien«, sagte er schließlich und erschlug eine Stechmücke auf seinem Arm.

Mehrere Minuten lang schwiegen sie, zerklatschten Mücken und wetteiferten darin, mit dem Zigarettenrauch kleine konzentrische Ringe in die Luft zu blasen, bis das Licht vollends verblasste.

»Da kommt er endlich«, sagte Joshua, die Stille brechend, und deutete zur Straße. Sie beobachteten, wie Dave Huutas Pick-up das Tempo drosselte und in den Parkplatz einbog. Das Scheinwerferlicht huschte grell über ihre Gesichter, und dann wurde es wieder dunkel. Dunkler als zuvor.

11

Die Trauer stand Claire. Jeder sah es, und jeder sagte, wie gut sie dieser Tage aussah, wie dünn sie seit der Krankheit und dem Tod ihrer Mutter geworden sei. Selbst Mardell bemerkte es, als Claire auf dem Nachhauseweg im Lookout vorbeischaute.

»Ach, du lieber Himmel, wie siehst du denn aus«, rief sie und nahm ihre Brille ab. Sie saß auf einem Hocker am Ende des Tresens und spielte, mit der Küchenarbeit fertig, Solitär.

»Sie sieht genauso aus wie immer«, sagte Leonard, ihr wie üblich widersprechend.

»Ich weiß, dass sie schon immer hübsch war, Len. Aber jetzt sieht sie richtig zauberhaft aus.« Sie wandte sich an Claire. »Aber du wirst zu dünn, Süße, wenn ich ehrlich sein soll. Ich weiß, dieser Mager-Look ist heute schwer in Mode, aber mir ist eine Frau mit etwas mehr auf den Rippen lieber. Len auch. Stimmt's, Len?«

»Ich finde, sie sieht gut aus.«

Claire setzte sich neben Mardell, froh über die Pause nach der langen Fahrt von Minneapolis hierher. Es war Freitagabend, neun Uhr, aber die Bar war spärlich besucht. »Ich dachte, Bruce wäre vielleicht hier«, sagte sie.

»Den sehen wir in letzter Zeit nicht besonders oft«, erwiderte Mardell. »Obwohl wir ihn dazu zu bringen versuchen, mal zum Abendessen zu kommen. Ich habe ihm gesagt, dass er jederzeit kommen kann und dass ich für ihn koche. Ich weiß, dass er unter der Woche die ganze Zeit da draußen allein ist.«

»Was willst du haben, mein Schatz?«, fragte Leonard.

Sie bestellte eine Cola light, besann sich aber anders, bevor er sie bringen konnte, und bat um einen Cosmopolitan, einen Cocktail, von dem Leonard nichts hielt, den er ihr aber trotzdem mixte, wobei er sich die Zeit nahm, aus einer Orangenscheibe eine kunstvolle Spirale zu schnitzen, die er am Glas herunterbaumeln ließ. Claire hatte einen furchtbaren Tag gehabt. Zuerst hatten bei der Arbeit fünf Gäste die Zeche geprellt, dann hatte sie sich mit David gestritten, und bei der Fahrt aus Minneapolis hinaus war sie in einen Stau geraten. Als Leonard das Glas vor sie hinschob, gefüllt bis zum Rand, beugte sie sich vor und schlürfte daran, ohne es hochzuheben.

»Ich nehme an, ihr feiert zusammen Joshs Geburtstag«, sagte Mardell.

»Am Sonntag.« Claire sah zu, wie sie eine Karte umdrehte und dann eine zweite.

»Sag ihm, dass wir etwas für ihn haben, aber er muss schon selber kommen und es abholen. Auch ihn kriegen wir in letzter Zeit selten zu sehen.« Sie schaute zu Claire auf. »Wie geht's deinem Bekannten?« Mardell nannte David immer so, niemals Lebensgefährten. Sie hielt nichts von Lebensgefährten, wie sie Claire einmal anvertraut hatte. Für sie gab es nur Bekannte und Verlobte, Ehemänner und Ehefrauen.

»Super«, antwortete Claire in dem Bemühen, bezüglich David fröhlicher zu klingen, als sie war. »Er kommt morgen. Er wäre schon heute Abend mitgekommen, aber er gibt samstagmorgens Nachhilfeunterricht. Er kommt nach, wenn er fertig ist.«

»Was macht er noch mal?«, fragte Leonard.

»Er ist Doktorand. Aber er unterrichtet auch – das ist Teil seiner Vereinbarung mit dem Fachbereich. Und er forscht für seine Doktorarbeit. Genauer gesagt ist er mit der Forschungsarbeit fertig und fängt jetzt mit der Niederschrift an.« Sie nahm noch einen Schluck von ihrem Cocktail und hoffte, sie würden nicht wieder nach dem Thema seiner Doktorarbeit fragen: einem obskuren schottischen Dichter, der in den dreißiger Jahren eine Gemeinschaft gegründet hatte, die in einer Mischung aus Marxismus, freier Liebe und täglichem künstlerischem Schaffen den Schlüssel zum menschlichen Fortschritt sah. Claire fand dieses Thema absolut legitim und faszinierend, wenn sie mit David oder ihren Freunden darüber diskutierte, aber nicht hier bei Leonard und Mardell. Sie hatte ihnen wohl schon ein halbes Dutzend Mal zu erklären versucht, was David tat, es ihnen aber nie begreiflich machen beziehungsweise nie ihren Verdacht ausräumen können, dass seine Arbeit nur ein absurder, lächerlicher Schwindel sei. Mit Bruce und Joshua erging es ihr ebenso, nur dass die nach dem zweiten Mal aufgehört hatten, danach zu fragen. Ganz anders natürlich ihre Mutter. Sie hatte, wie praktisch für alles, lebhaftes Interesse gezeigt, sehr zu Claires Leidwesen. Sie hatte sich von David ein Dutzend Gedichte des schottischen Dichters – er hieß Terrell Jenkins – kopieren lassen und die beiden, die ihr am besten gefielen, in ihrer Radiosendung vorgetragen, dann ausführlich über Davids Arbeit gesprochen und dies zum Anlass genommen, sich auch lang und breit über Claires Universitätsstudium auszulassen. Claire hatte sich schließlich für die beiden Hauptfächer Politikwissenschaft und Gender Studies entschieden – wobei Letzteres ebenfalls ein Gegenstand war, den sie Leonard und Mardell nicht verständlich machen konnte, sooft sie es auch versuchte.

»Dann ist er ein Professor«, sagte Leonard.

»Ja«, antwortete sie fröhlich, obwohl das nicht ganz stimmte.

»Also, ich freue mich, dass er kommt«, sagte Mardell. »Er scheint sonst ja gar nicht mehr zu kommen.«

Claire trank noch einen Schluck. Genau über diesen Punkt hatten David und sie heute gestritten. Warum sie nie wollte, dass er sie nach Midden begleitete – seit der Bestattung ihrer Mutter hatte sie ihn nicht mehr nach Hause mitgenommen. Und warum sie keinen Sex mehr mit ihm wollte – seit der Erkrankung ihrer Mutter hatten sie nicht mehr miteinander geschlafen. Am Nachmittag, als sie nach der Arbeit aus der Dusche gekommen war, hatte er sie an sich gezogen und seine Hände über ihre nackten Hüften gleiten lassen. Unter dem Vorwand, sich mit einem Handtuch die Haare abtrocknen zu wollen, hatte sie sich ihm entwunden, aber er hatte sich nicht täuschen lassen.

»Scheiße«, hatte er geflucht und war aus dem Badezimmer gestürmt.

»Was ist denn?«, hatte sie ihm nachgerufen und versucht, das schlechte Gewissen in ihrer Stimme zu verbergen. Sie wusste nicht, was mit ihr los war, was sie in letzter Zeit von ihm fernhielt. Sie wusste nur, dass sich etwas verändert hatte, als ihre Mutter Krebs bekam. Sie konnte David nicht mehr in dem Licht sehen, in dem sie ihn vorher gesehen hatte, und sie wusste nicht, ob ihr neues Bild von ihm daher rührte, dass die Trauer ihr den Blick trübte oder die Augen öffnete. Sie wusste nicht, ob ihr Leben mit ihm verlogen war oder das Beste, was sie hatte. Sie liebte ihn und fühlte sich von seiner Liebe gleichermaßen abgestoßen wie in Watte gepackt. Manchmal stieß ihr das bitter auf.

»Hast du eine Affäre?«, hatte er sie am Nachmittag gefragt, als er ins Zimmer zurückkam.

»Eine Affäre?« Sie trug einen Bademantel, der um die Taille geknotet war, und hatte ein Handtuch um die nassen Haare gewickelt.

»Eine Affäre, Claire. Betrügst du mich?«

Von Bill Ristow wusste David nichts. Der Gedanke, er könnte dahinterkommen, erfüllte sie mit panischer Angst, aber auch mit erschreckender Heiterkeit. Sie hätte »Ja« sagen können, und dieses eine Wort hätte ihr Leben verändert.

»Nein«, antwortete sie und verdrehte die Hände zu einer hilflosen Geste, von der sie hoffte, sie würde ihre Unschuld vor Augen führen. In gewisser Weise fühlte sie sich wirklich unschuldig. Sie hatte mit Bill mehrere Tage vor dem Tod ihrer Mutter das letzte Mal gesprochen, in einem anderen Leben. Es war, als hätte Bill nie existiert, obwohl er ihr oft in den Sinn kam. Nie der ganze Mann, sondern immer nur ein Teil. Die Haare auf seinen Handgelenken, seine Stimme, wie sie »ob es dir passt oder nicht« sagte, seine beiden schartigen Vorderzähne. Er war der normalste Mann der Welt, und doch war er in ihrer Erinnerung zu einer strahlenden Erscheinung geworden wie ein Märchenprinz.

»Ich würde dich niemals betrügen«, sagte sie ernst.

»Niemals?«, fragte David missmutig, hielt sich die Hände vors Gesicht, als wollte er jetzt lieber nichts sehen und hören, obwohl er eine Frage gestellt hatte, dann zog er sie wieder weg und sah sie an. »Okay, dann hast du vielleicht nichts gemacht, aber du interessierst dich für einen anderen.«

»Nein!«, rief sie und dann gleich noch mal, eindringlicher. Sie schob die Hände in die Taschen des Bademantels. Er hatte ihrer Mutter gehört – aus Frottee, mit ausgefransten Nähten. Ihre Mutter hatte die Farbe als »französisch Rosa« bezeichnet, allerdings konnte Claire nicht sagen, was daran französisch sein sollte. »Nein, nein, nein«, wiederholte sie sanft. Trotz des Dämmerlichts im Zimmer konnte sie die innige Zärtlichkeit und Offenheit in seinen Augen sehen, und so versuchte sie, dieselben Gefühle in ihren Blick zu legen. Sie gab unumwunden zu, dass sie in den letzten Monaten eine schreckliche Partnerin gewesen war. Oft hatte sie stundenlang an die Decke gestarrt oder auf dem schmuddeligen Kissen am Erkerfenster gesessen, das auf die Straße hinausging, ohne ein Wort zu sagen. Früher hatte sie sich für romantisch gehalten und in David ihren zukünftigen Ehemann gesehen – letzten Sommer hatten sie sich sogar auf eine scherzhafte, aber doch ernste Weise gegenseitig einen Antrag gemacht.

»Schwörst du es?«, fragte er.

»Ich schwöre es.«

»Ich liebe dich.« Er schlang von hinten die Arme um ihre Taille.

»Ich liebe dich«, erwiderte sie, und gemeinsam blickten sie auf die Hecke vor ihrer Wohnung, deren ausgefranster oberer Rand so dringend geschnitten gehörte, dass es sogar bei Dunkelheit zu sehen war.

Dann schlug David vor, sie am Samstag nach Midden zu begleiten und mit ihr, Bruce und Joshua den Abend zu verbringen. Als sie Einwände erhob, geriet er in Wut. Er packte den Topf mit dem Benjamini, den sie seit fünf Jahren hegte und pflegte, und hob ihn hoch.

»Was hast du vor?«, fragte sie und musste dann zusehen, wie er den Topf über dem Teppich, den sie zusammen auf einem Flohmarkt gekauft hatten, umdrehte. Erde rieselte herab, dann fielen die kleinen Glühbirnen, die seit Weihnachten an dem Bäumchen gehangen hatten, zu Boden und schließlich der ganze Rest in einem schweren Klumpen. So war seine Wut. Stumm und doch aufgeblasen. Plötzlich da und schon wieder weg.

»So«, sagte er und besah sich, ihr den Rücken zukehrend, mit grimmiger Genugtuung den Dreckhaufen. Augenblicke später fuhr er sich mit den Händen durchs Haar, eine Geste, die ihr signalisierte, dass seine Wut verflogen war und er sich wie ein Idiot vorkam.

»Tut mir leid«, sagte er und drehte sich um. Er wollte ihr eine Träne von der Wange wischen, aber sie stieß ihn weg und tupfte sich mit dem Ärmel des Bademantels das Gesicht ab. »Das habe ich nicht gewollt …«

»Nein«, sagte Claire, umarmte und drückte ihn. »Es ist meine Schuld. Ich …«

»Tut mir leid«, wiederholte er.

»Ich bin diejenige, die sich entschuldigen muss«, entgegnete sie und hielt ihn fest. Er war ihre erste große Liebe. An dem Tag, an dem sie sich kennengelernt hatten, schwammen sie zusammen in einem See, und Claire ließ sich mit offenen Augen untergehen, so wie sie es als Kind immer im Fluss getan hatte. Er fand das verrückt und schön und toll, und sie überredete ihn dazu, es ihr nachzumachen, und dann hielten sie sich unter Wasser an den Händen, obwohl sie praktisch Fremde füreinander waren, und verliebten sich ineinander. Bis zu den Spannungen in letzter Zeit hatten sie eine glückliche Zeit miteinander verlebt, morgens Kräutertee und abends eine Flasche Wein getrunken. Hatten Wanderungen unternommen, lange Gespräche geführt und im Bett ihren Spaß gehabt.

»Wir müssen aufhören, uns gegenseitig zu zerfleischen«, sagte er, hob den umgedrehten Benjamini auf und setzte ihn aufrecht und ohne Erde in den Topf zurück.

»Wir müssen noch einmal von vorn anfangen«, schlug sie vor und wollte es wirklich.

»Wie wär's dann damit – wir tun das, was Rachel vorgeschlagen hat?«

»Was denn?«, fragte sie, schon wieder misstrauisch. Rachel war die Therapeutin, die sie einmal zusammen besucht hatten – Claire war davor schon ein paarmal bei ihr gewesen.

»Wir setzen einen Vertrag auf. Wir machen eine Art Liste mit Regeln oder Grundsätzen für unsere Beziehung.«

»Okay«, erwiderte sie zögernd, und David holte sofort ein Blatt Papier und legte es mit einem Buch als Unterlage auf seine Knie. Mit einem blauen Kugelschreiber schrieb er *Unser Vertrag* oben auf die Seite.

»Du zuerst«, sagte sie und knipste die Lampe an. »Was soll ich tun?« Sie sah ihn erwartungsvoll an, zu allem bereit, und sagte dann zu allem Ja, was er vorbrachte. Sie würde ihm erlauben, sie am Wochenende nach Midden zu begleiten und mit ihnen Joshuas Geburtstag zu feiern, sie würde sich ihm emotional wieder öffnen, was merkwürdigerweise bedeutete, dass sie versuchen sollte, weniger um ihre Mutter zu weinen – sie hatte jeden Tag geweint, allein im Badezimmer oder auf ihrem Bett –, und sie würde wieder Sex mit ihm haben, und zwar bald. Sie beobachtete ihn, während er schrieb, und ihr wurde ganz beklommen zumute, wenn sie daran dachte, was sie tun sollte und wollte, aber nicht konnte, was sie nicht getan hatte, aber tun sollte, obwohl sie es nicht wollte.

»Okay, und was ist mit mir?«, fragte er.

»Mit dir?«

»Woran soll ich arbeiten?«

»Ich möchte, dass du das Badezimmer gründlicher putzt«, sagte sie.

»Ich putze doch die Küche«, entgegnete er verwirrt. »Und ich mache den Garten.«

»Ich weiß. Ich sage ja nur, dass du anscheinend nicht merkst, wenn das Badezimmer geputzt werden muss.«

»Und du scheinst es in der Küche nicht zu merken«, konterte er.

»Hör zu. Du hast mich gefragt, was ich möchte. Willst du es nun wissen oder nicht?« Sie stand auf und stelzte vorsichtig um das Durcheinander aus Blumenerde, Glühbirnen und Benjaminiblättern auf dem Boden herum.

»Okay«, sagte er ruhiger und schrieb: *David wird dem Badezimmer mehr Aufmerksamkeit schenken.*

»Und es *sauber* halten.«

Er schaute zu ihr auf. Um den Hals trug er ein Makramee-Halsband mit einer einzelnen braunen Perle, das sie im Jahr zuvor für ihn gemacht hatte.

»Ich finde, wir sollten uns klar ausdrücken«, beharrte sie. »Sagen, dass du ihm mehr Aufmerksamkeit schenkst, genügt nicht.

Er fügte *und es sauber halten* hinzu.

»Was noch?«, fragte er.

Sie überlegte wieder, wobei sie ihn betrachtete, als berge sein Gesicht die Antwort. Er war ein gut aussehender Mann, skandinavischer Typ, schon jetzt, im Mai, von der Sonne gebräunt. Er ging jeden Tag zu Fuß die anderthalb Meilen zur Universität, schleppte dabei seinen Laptop und einen Rucksack voller Bücher mit, setzte sich in der Bibliothek in eine Ecke und arbeitete an seiner Dissertation. Seit zwei Jahren arbeitete er schon daran, fast so lange, wie Claire ihn kannte.

»Ich möchte, dass du ehrlich bist«, sagte sie freudloser als beabsichtigt.

»Ehrlich«, wiederholte er und schrieb es sofort hin. »Das ist überhaupt kein Problem.« Er trank einen Schluck aus seiner Wasserflasche. »Rachel wäre stolz auf uns.«

Claire entschlüpfte ein ärgerliches Schnauben. Jedes Mal, wenn sie an Rachel dachte, überkam sie eine stille Wut.

»Was ist denn?«, fragte David, der sich angegriffen fühlte.

»Scheiß auf Rachel«, sagte Claire, obwohl sie wusste, dass er recht hatte. Rachel wäre zufrieden, und es würde sie neugierig machen, ihr als Therapeutin eine diebische Freude bereiten. Claire wusste nicht, warum sie wütend war, aber sie spürte, dass es damit zu tun hatte, wie sich David in die Therapie eingemischt hatte. Ursprünglich hatte sie nicht vorgehabt, ihn zu Rachel mitzunehmen. Sie war kurz nach dem Tod ihrer Mutter allein hingegangen, und zwar nicht, weil sie glaubte, dass der Besuch einer Therapeutin ihre Trauer lindern würde, sondern weil es ihr so viele Leute ans Herz gelegt hatten, dass sie das Gefühl hatte, es tun zu müssen. Außerdem hegte sie die leise Hoffnung, eine Therapie könnte sie irgendwie damit versöhnen, dass ihre Mutter tot war. Die Gespräche mit Pepper Jones-Kachinsky im Krankenhaus hatten sie zu ihrem Erstaunen ein wenig getröstet. Und Pepper war es auch, die ihr Rachels Telefonnummer gegeben und die, als sie selbst noch zögerte, den ersten Termin für sie vereinbart hatte. Als sie sich den Termin für die erste Sitzung in ihrem Taschenkalender notierte, spürte sie einen Hauch von Trost und Zuversicht, nicht unähnlich dem Gefühl, das sie in den Stunden unmittelbar nach der Trauerfeier für ihre Mutter empfunden hatte. In diesen Stunden hatte sie ein merkwürdiger innerer Frieden überkommen. Sie war nicht mehr ganz so traurig gewesen und hatte für kurze Zeit geglaubt, was alle zu ihr gesagt hatten: dass es gut so sei. Dass ihre Mutter jetzt an einem besseren Ort sei. Dass ihre Trauer ein Weg sei, den sie gehen müsse, eine Reise auf einem Fluss oder einem Meer. Dass ihre Trauer eine andere Seite habe, ein Ende, an das sie gelangen werde. Und dass sie dort wieder glücklich sein könne, zufrieden auch ohne ihre Mutter.

Dies bewahrheitete sich nicht.

Stattdessen wurde ihre Trauer im Lauf der Wochen und Monate immer tiefer und schlimmer. Sie erkannte, dass ihre Trauer kein Ende hatte oder falls doch, dass sie nicht einfach so von ihr erlöst werden würde. Trauer war kein Weg, kein Fluss und kein Meer, sondern eine Welt, in der sie nun würde leben müssen. Und diese Welt war für jeden Menschen anders, für sie, für Joshua und für Bruce. Sie konnte nicht sagen, wie die von Joshua oder Bruce war, doch ihre war groß und weit. Sie war überall und ohne Ende. Der Nachthimmel an einem Ort, der berühmt für seinen Nachthimmel war: Montana oder die Sahara. Und ihr Gesicht war unablässig zum Himmel gerichtet.

Sterne und Sterne und Sterne.

Nachdem Claire ihren Cocktail ausgetrunken hatte, fuhr sie die letzten paar Meilen nach Hause, neben sich auf dem Beifahrersitz, abgedeckt mit Folie, einen Teller mit gebackenem Huhn. Trotz ihrer Proteste hatte Mardell darauf bestanden, dass sie ihn mitnahm. Beim Fahren aß sie kleine Stücke, die sie mit einer Hand von den Knochen rupfte, während sie mit der anderen lenkte. Es war ja nicht so, dass sie abnehmen wollte. Sie hatte einfach nur noch selten Hunger. Ihre Trauer hatte seinen Platz eingenommen und füllte sie ganz aus.

Bruce' Pick-up stand nicht in der Einfahrt, als sie ankam, und das ganze Haus lag im Dunkeln. Sie ging hinein, wanderte von Zimmer zu Zimmer und machte, verfolgt von den Hunden, die ihre Schnauzen in ihre Hände drückten, überall Licht. In der Küche öffnete sie eine Schranktür und blickte auf säuberlich gestapeltes Geschirr. Letzte Woche hatte sie das gesamte Geschirr ausgeräumt und gespült und die Schränke mit frischem Papier ausgelegt. Sie richtete die Gläser so aus, dass sie wieder in Reih und Glied standen. Seit dem Tod ihrer Mutter nahm sie alles im Haus auseinander und setzte es wieder zusammen. Jeden Sonntag fuhr sie erschöpft von einem arbeitsreichen Wochenende nach Minneapolis zurück, obwohl sie nur Dinge tat, die ihre Mutter regelmäßig und kommentarlos getan hatte. Sie tat diese Dinge, um eine gewisse Kontinuität des Lebens zu wahren, das Joshua, Bruce und sie von früher kannten, und sie tat sie fast mit einem Gefühl der Dankbarkeit, obwohl sie sich häufig ärgerte, weil sie das Gefühl hatte, dass ihre Bemühungen von Bruce und Joshua nicht gebührend gewürdigt wurden und dass es ihnen egal war, ob sie putzte oder kochte oder, in Joshuas Fall, überhaupt nach Hause kam.

Sie hörte Bruce' Pick-up vorfahren und ließ die Hunde hinaus, damit sie ihn begrüßen konnten.

»Bist du schon lange da?«, fragte er, als er eintrat, und umarmte sie.

»Nein. Wo warst du denn?«

»Im Lookout.«

»Im Lookout?« Sie lächelte ihn fragend an. »Aber dort war ich bis eben. Ich ...«

»Im Jake's, wollte ich sagen«, korrigierte er sich eilends. »In Jake's Tavern.«

»Im Jake's?« Sie errötete, war verwirrt, als hätte sie noch nie vom Jake's gehört, was natürlich nicht der Fall war. Es war eine Bar in der Stadt. Sie war selbst ein paarmal dort gewesen. Trotzdem kam es ihr merkwürdig vor, dass Bruce dorthin ging statt ins Lookout, und noch merkwürdiger, dass er die beiden, und sei es auch nur für einen Moment, verwechselt hatte. Sie fragte sich, ob er sie vielleicht anlog, aber das erschien ihr so abwegig, dass sie den Gedanken gleich wieder verwarf.

»Ich habe heute einen Anruf bekommen«, sagte er und setzte sich an den Tisch. »Aus dem Krankenhaus – aus der Pathologie. Die Asche deiner Mom ist fertig.«

»Fertig?«, wiederholte sie, entsetzt über das Wort. Das klang so, als wäre ihre Mutter zubereitet worden wie Tee oder ein Sonntagsbraten.

»So hat sich die Dame, die angerufen hat, ausgedrückt.«

»Wow«, stieß sie hervor. Sie setzte sich und starrte auf die Zeitung namens *The Nickel Shopper*, die mitten auf dem Tisch lag. Sie enthielt keine Nachrichten, sondern nur Anzeigen für Gebrauchtwagen, alte Möbel und Hochzeitskleider, die nie getragen worden waren. Sie kam jeden Dienstag und war Bruce' Lieblingslektüre. »Mom ist zum Abholen fertig«, sagte sie nachdenklich, als tue es überhaupt nicht weh. In gewisser Weise hatte man ihre Mutter ja tatsächlich »fertig« gemacht. Angekleidet, eingesargt und eingeäschert. Sie fragte sich, in was für einem Behältnis die Asche wohl sein würde. Die Hollywood-Version einer Dschinn-Flasche kam ihr in den Sinn – die Art, an der man reibt und dann drei Wünsche frei hat.

»Es ist nicht deine Mom. Es ist ihre Asche.«

»Sag nicht, dass es nicht meine Mom sei«, erwiderte Claire. »Es *ist* meine Mom.«

»Ich halte mich nur an die Tatsachen«, sagte er sanft.

»Es ist ein Teil von ihr, Bruce. Es ist alles, was wir haben, also lass es das sein, was es ist.«

Er nickte. »Wir trauern alle anders. Ich verstehe das.«

»Ich trauere nicht anders«, brauste sie auf. »Weißt du, wie du redest?« Sie machte eine Pause. »Wie Pepper Jones-Kachinsky.« Sie sprach Peppers Namen so aus, als wäre sie ihr abgrundtief verhasst.

Er lächelte, obwohl sie es nicht als Kompliment gemeint hatte. Es schmerzte sie, dass es ihm wieder besser zu gehen schien. Mehr noch, als es sie geschmerzt hatte, dass er in den ersten Wochen nach dem Tod ihrer Mutter nicht mehr aus dem Bett gekommen war. Die Erkenntnis trieb ihr Tränen in die Augen: Wie schändlich, wie herzlos war es von ihr, dass sie Bruce leiden sehen wollte, und doch wollte sie es mehr als alles andere. Wenn er nicht litt, war sie allein.

»Es tut mir leid.«

»Was?«, fragte Bruce.

»Dass ich gesagt habe, du redest wie Pepper.« Sie stand auf, um Tee zu machen. »Wir könnten morgen hinfahren. David wird nicht vor fünf hier sein.«

Bruce nickte, doch Claire spürte, dass er Vorbehalte hatte. »Ich wollte morgen eigentlich ein paar Besorgungen machen«, sagte er schließlich. »Ich muss Holz für einen Auftrag kaufen.«

»Wir könnten das Holz besorgen und dann hinfahren.«

»Wir könnten auch damit warten«, entgegnete Bruce, »und ich fahre am Montag hin.«

»Am Montag ist Volkstrauertag«, sagte sie. »Da hat bestimmt alles zu.«

»Dann eben am Dienstag.«

»Ich fahre hin«, erwiderte Claire schroff.

»Macht es dir auch bestimmt nichts aus, allein zu fahren?«

»Ich komm schon klar.« Sie war seit dem Tod ihrer Mutter nicht mehr in Duluth gewesen, und Bruce wohl auch nicht, wie sie vermutete.

»Sieh dich auf unserer Straße vor. Ich bin schon zweimal im Schlamm stecken geblieben.«

»Ich komm schon klar«, wiederholte sie und warf ihm einen vorwurfsvollen Blick zu. »Ich will sie einfach nicht dort lassen, verstehst du?«

»Ich habe nicht gesagt, dass ich sie dort lassen will. Ich habe gesagt, dass ich am Dienstag …«

Sie nickte, sah ihn aber nicht an. Sie konnte nicht, sonst würde sie in Tränen ausbrechen. Da war etwas Seltsames in seiner Stimme – Trauer gepaart mit Schuldgefühlen – und etwas Seltsames in seinem ganzen Wesen, seit er zur Tür hereingekommen war und sich versprochen hatte, als sie ihn fragte, wo er gewesen sei. Das stimmte sie misstrauisch. Vielleicht würde er die Asche ihrer Mutter tage- und dann wochen- oder monatelang in der Pathologie liegen lassen. »Hast du Josh gesehen?«, fragte sie, um das Thema zu wechseln.

»Vor ein paar Tagen war er abends hier. Er ist ganz verrückt nach Lisa, deshalb ist er jetzt die meiste Zeit bei ihr.«

»Und Lisas Mutter hat nichts dagegen?« Sie nahm einen Spüllappen und wischte energisch die Wand hinter dem Wasserhahn.

Seine Miene verriet ihr, dass er sich darüber noch keine Gedanken gemacht hatte. »Ich nehme es an.«

»Aha.«

»Wir sollten ins Bett gehen.« Er kam zu ihr und drückte ihre Schulter.

»Ich bin nicht müde«, sagte sie und wischte dieselbe Stelle noch einmal, obwohl sie schon sauber war.

»Gute Nacht«, sagte sie mehrere Minuten nachdem Bruce gegangen war.

Ihre Mutter kam nicht in einer Dschinn-Flasche, sondern in einem gewöhnlichen Pappkarton zu ihr. Er war hellbraun und höher als breit, als könnte er einen überdimensionierten Football enthalten, wofür er allerdings viel zu schwer war.

»Danke«, sagte sie zu dem Mann, der ihn ihr aushändigte. Ein paar Monate zuvor hatte Pepper Jones-Kachinsky sie und Bruce in ebendieses Büro geführt, in dem die Überreste derer, die im Krankenhaus starben, verwaltet wurden, damit sie zu gegebener Zeit wussten, wohin sie gehen mussten. Es lag versteckt im rückwärtigen Teil des Gebäudes, hinter den Aufzügen im ersten Stock.

»Ich brauche Ihre Unterschrift«, sagte der Mann und hielt ihr einen Tablet-PC und einen speziellen Plastikstift hin. Er war jung, in Claires Alter, und sie vermutete, dass er deshalb am Samstag arbeiten musste. Den Karton mit der Asche ihrer Mutter mit einer Hand umklammernd, ergriff sie mit der anderen den Stift und setzte ihre Unterschrift auf das Tablet. Ihr Namenszug erschien, schlampig und kindlich geschrieben, auf einem kleinen Display oben auf dem Tablet.

»Ich wünsche einen schönen Tag«, sagte er feierlich und hielt ihr die Tür auf.

Sie glitt an ihm vorbei, den Karton im Arm, als wäre er nichts. Sie kam an den Orten im Krankenhaus vorbei, die ihr so vertraut geworden waren – Geschenkartikelladen und Kaffeestand, Auskunftsschalter und Kommunikationskiosk –, und gelangte in den Bereich, der, als sie das letzte Mal dort war, wegen Bauarbeiten abgesperrt gewesen war. Es handelte sich um einen komplett verglasten Lichthof, der jetzt leer war. Die Luft darin war tropisch warm und schwer. Palmen ragten hoch über sie hinaus und wurzelten in Töpfen, die in den neuen Fußboden eingelassen waren.

Sie setzte sich auf eine Bank und drehte den Karton in den Händen um. *Für die Angehörigen von Teresa Rae Wood* stand in schnörkeliger altmodischer Maschinenschrift auf einem weißen Aufkleber. Sie rang nach Luft, drückte sich den Karton an die Brust und schluchzte. Es war unfassbar. Ihre Mutter. Die Asche ihres Körpers, in ihren Händen. Jetzt begriff sie, dass sie sich in all den Wochen, die ihre Mutter nun schon tot war, an das eine Bild von ihr geklammert hatte, an das Bild ihrer Mutter, wie sie, nachdem sie gestorben war, im Krankenhaus gelegen hatte – verändert, aber intakt –, und insbesondere daran, wie sie ausgesehen hatte, als Bruce und Joshua hinausgegangen waren und sie ihr, nun allein mit ihr im Zimmer, den Krankenhauskittel ausgezogen hatte, um sie ein letztes Mal zu betrachten: fleischig und fest und kalt, aber noch immer da, noch immer ihre Mutter. Und irgendwie hatte dieses Bild sie beruhigt, hatte die entfernte Möglichkeit offengelassen, dass ihre Mutter in Wirklichkeit gar nicht tot war oder dass sie zwar tot war, aber zu ihr zurückkehren, ins Leben zurückkehren würde. Solange ihr Körper noch in so erschreckender Schönheit existierte, schien es nicht ausgeschlossen, dass sie irgendwann in ihrem Wohnzimmer erschien oder dass, wenn das Telefon klingelte und Claire abhob, sie dran war, um sich zu erkundigen, wie es ihr ging.

Damit war es nun vorbei, von einem Augenblick zum anderen, und die Wahrheit war ein Gewicht in ihren Händen.

Langsam nahm sie den Karton von der Brust, stellte ihn sich auf den Schoß und überlegte, was sie als Nächstes tun sollte. Sie konnte mit dem Aufzug in den vierten Stock hinauffahren und nachsehen, ob Pepper Jones-Kachinsky da war, und ihr, wenn sie nicht da war, eine Nachricht hinterlassen. Sie konnte im Happy Garden essen, wo sie immer mit ihrer Mutter hingegangen war, wenn sie nach Duluth kamen. Sie konnte nach Hause fahren und auf Bruce, Joshua oder David warten. Sie konnte alle drei Dinge in genau dieser Reihenfolge tun. Aber dann kam ihr ein anderer Gedanke und wischte alle anderen beiseite.

»Willkommen«, sagte Bill Ristow, als er die Tür öffnete. Seine Stimme verströmte die Gelassenheit eines Zen-Meisters und sein Benehmen auch – als hätte er sie nicht nur erwartet, sondern durch wochenlanges Meditieren zum Kommen gezwungen.

»Hallo«, sagte sie und fasste sich seitlich an den Hals, eine neue Angewohnheit von ihr, seit ihr blauer Zopf mit den Glöckchen nicht mehr da war. Sie griff immer noch danach, wenn sie nervös war und ungezwungen wirken wollte oder unbewusst versuchte, die Aufmerksamkeit auf das Erscheinungsbild zu lenken, das ihr der blaue Zopf mit den Glöckchen, wie sie glaubte, verliehen hatte. Sie hatte ihn am Morgen vor der Trauerfeier für ihre Mutter abgeschnitten und am Nachmittag bei der Totenwache, als sie einen Augenblick mit ihr allein war, in die Tasche des Rocks gestopft, den ihre Mutter im Sarg trug.

»Na, so was«, sagte Bill.

»Na, so was«, äffte sie ihn nach. Sie umarmten sich kurz.

»Komm rein«, sagte er und führte sie ins Wohnzimmer. »Setz dich.«

»Ich wollte …«

»Pst«, sagte er und hob die Hände. »Gib uns einfach eine Minute. Ich muss erst mal realisieren, dass du es wirklich bist.«

»Ich bin es«, sagte Claire, doch er hob wieder die Hände, um sie zum Schweigen zu bringen. Er setzte sich lächelnd zu ihr und starrte sie so lange an, dass sie sich schon fragte, ob er seit ihrer letzten Begegnung tatsächlich ein Zen-Meister geworden war, doch dann stand er auf, ging in die Küche und kehrte mit zwei Dosen Coke und einem reich belegten U-Boot-Sandwich zurück, das er sich gerade gemacht hatte, als sie an die Tür klopfte. Er zerschnitt es in zwei Hälften.

»Wie geht es dir?«, fragte er sie.

»Gut. Und dir?«

Er erzählte ihr lang und breit, dass sein Pick-up den Geist aufgegeben habe und er sich einen neuen habe kaufen müssen, und dann ebenso lang und breit, was gerade auf der Arbeit im Duluther Hafen los war. Claire aß unterdessen ihre Hälfte des Sandwichs, hungrig, da sie seit den wenigen Bissen von Mardells Huhn am Vorabend nichts mehr gegessen hatte. Vom Sofa aus konnte sie ihren Wagen sehen. Der Karton mit der Asche ihrer Mutter stand auf dem Beifahrersitz und schien sie zu locken wie ein Licht.

»Außerdem bin ich gereist«, fuhr Bill fort und nahm einen langen letzten Schluck von seiner Cola. »Dort war ich überall, seit wir uns das letzte Mal gesehen haben.« Er zählte die Orte an den Fingern auf. »Hawaii, Jamaika und Maine.«

»Wow, du warst fleißig. Wo hat es dir am besten gefallen?«

»In Maine«, antwortete er, ohne überlegen zu müssen. »Es hat mich irgendwie an Alaska erinnert. An meine Jugend.«

Claire dachte an ihre Jugend. Das war's dann wohl, sagte sie sich, und wie es aussah, würde es immer so weitergehen. Es war keine angenehme Vorstellung. Es war, wie ohne Hut durch die Wüste zu laufen.

»Hast du dich amüsiert?«

»Irgendwie schon. Aber ich bin doch eher vor meiner Trauer davongelaufen.« Er lachte in sich hinein und blickte aus dem Fenster zu Claires Wagen. »Du hast noch den Cutlass?«

Sie nickte und lächelte.

»Ein guter Wagen«, sagte Bill. Er schaute noch einen Moment nach draußen, dann ging er zu der Stereoanlage im Schrank und blätterte in seiner Plattensammlung. »Was möchtest du hören?«

»Greg Brown«, antwortete sie. Den hatte er bei ihrem ersten Besuch für sie gespielt, aber sie sah ihm an, dass er sich nicht mehr daran erinnerte.

»Wie wär's mit Billie Holiday?«, fragte er und legte die Platte auf, ohne eine Antwort abzuwarten. Sie lauschten der Musik, ohne etwas zu sagen. Es war ein warmer Tag, und die Fenster standen offen. Der Wind blies verschiedene Dinge im Zimmer umher: Knäuel aus Staub und Haaren, ein leeres Tablettenfläschchen, das von einem Tisch gefallen und davongerollt war, blütenweiße Papierbogen, die der Luftzug nacheinander aus einem in der Ecke stehenden Drucker gehoben hatte. All das kam Claire vertraut vor, der Wind und die Dinge, die er umherwehte, als ob sie jahrelang in dem Haus gelebt hätte. Und mit Bill ging es ihr genauso – seine bloße Gegenwart war ein Trost.

»Und was ist mit dir?«, fragte er nach einer Weile und setzte sich auf den Couchtisch, damit er ihr näher war. »Studierst du wieder?«

Sie schüttelte den Kopf. »Ich nehme eine Auszeit. Ich schätze …« – sie rang die Hände – »wegen meiner Mom und allem.«

Er nickte.

»Es gibt viel zu tun. Unser Haus muss in Ordnung gehalten werden, und mein Bruder braucht jemanden, der nach ihm sieht. Er hat die Schule abgebrochen, will aber die Hochschulreife noch machen.«

Er nickte erneut. Sie blickte zum Wagen hinaus. Er schien zu brennen und gleichzeitig festgefroren zu sein, ein Block aus glitzerndem Eis.

»Du musst ihm jetzt eine Mutter sein«, sagte Bill.

»Irgendwie schon.« Sie suchte seine Augen und sah gleich wieder weg. »Er wird morgen achtzehn.«

»Ein Mann«, sagte er.

»Wie man's nimmt«, erwiderte Claire. Sie dachte an Bruce. Seit dem Tod ihrer Mutter hatte er Joshua und sie nicht mehr wie Kinder behandelt.

»Was ist mit deinem kleinen Zopf passiert?«, fragte er und berührte dort, wo der Zopf immer gelegen hatte, ihre Schulter.

»Ach.« Sie griff danach und fand stattdessen Bills Hand. »Mir war einfach nach einer Veränderung.«

»Veränderung ist gut«, sagte er, während sich ihre Finger linkisch ineinander verschlangen.

Sie kicherte und fasste sich mit der anderen Hand an den Hals. Sie fragte sich, wie er es fand, dass sie hier war, ob er in der Zwischenzeit mit einer anderen geschlafen hatte. Sie überlegte kurz, ob sie ihm erzählen sollte, was sie mit dem Zopf getan hatte, entschied sich dann aber dagegen. Er würde es für kindisch halten. Dass sie ihn in den Sarg ihrer Mutter gelegt hatte, hatte sie gleich darauf bereut. Vielleicht hätte sie lieber einen Brief schreiben und ihrer Mutter zusammengefaltet in die Rocktasche stecken sollen, oder ein Foto von ihr, was Joshua getan hatte, oder ein Gedicht, das sie und ihre Mutter geliebt hatten, was sie ursprünglich vorgehabt hatte. Aber dafür war es natürlich zu spät gewesen, als sie bei der Trauerfeier auf einem Klappstuhl in der ersten Reihe saß und dem Weinen, Husten und Schnäuzen der Leute in den Stuhlreihen hinter ihr lauschte. Am liebsten hätte sie sich umgedreht und nachgesehen, wer was tat – wer weinte, wer hustete, wer sich schnäuzte –, und schalt sich im Stillen für diese ungehörige Neugier. Stattdessen blieb sie reglos und kerzengerade sitzen, so wie sie glaubte, dass eine Frau bei der Beerdigung ihrer Mutter sitzen sollte. Sie musste tun, was ihrer Meinung nach von ihr erwartet wurde, weil sie nicht das empfand, was sie ihrer Meinung nach empfinden sollte. Denn nachdem sie tagelang geschluchzt hatte, hatte sie das Gefühl, nie wieder eine Träne vergießen zu können. Ihr Körper fühlte sich wie ein Eisblock an. Sie entsann sich, dass sie sich in den langen Tagen im Krankenhaus wie ein lebloses Objekt vorgekommen war, und nun war ihre Verwandlung abgeschlossen. Bei der Trauerfeier für ihre Mutter fühlte sie sich nicht nur körperlich, sondern auch seelisch wie abgestorben. Sie betrachtete den hässlichen Leuchter, der über dem Sarg ihrer Mutter hing, und empfand Mitleid mit ihm, hatte das Gefühl, dass von seinen kleinen, wie Flammen geformten Glühbirnen etwas von ihrem eigenen Wesen zu ihr zurückstrahlte. Dasselbe empfand sie gegenüber den silbernen Türgriffen und dem kastanienbraunen, cremefarben umsäumten Teppich. Sie hörte zu, als der Pfarrer über ihre Mutter sprach, über Leben, Tod und Trauer, und auch darauf hinwies, dass am selben Tag Frühlingsanfang war. Claire senkte den Kopf und starrte vor sich hin. Mardell, die hinter ihr saß, nahm dies als Zeichen, dass sie weinte, und legte ihr eine Hand auf den Rücken. Durch die Löcher in ihrem gehäkelten Pullover spürte Claire ein Zehn-Cent-Stück auf Mardells Handfläche, das in direkte Berührung mit ihrem

Rücken kam. Dann schien sich dieses Zehn-Cent-Stück zu erhitzen und zu vergrößern, wurde zu einem Fünf-Cent-Stück, dann zu einem Vierteldollar. Wie ein Ausschlag breitete sich dieses Gefühl über ihren Rücken aus und ergriff von ihrem ganzen Körper Besitz, bis sie nicht mehr der Leuchter, der Türgriff oder der Teppich sein konnte und Tränen aus ihren Augen rannen. Schließlich hatte sie sich nach vorn gebeugt, weg von Mardells Hand, und gesammelt, indem sie die Falten ihres schwarzen Rocks über den Schenkeln glatt strich.

Von alldem wollte sie Bill nichts erzählen, obwohl er es noch am ehesten verstanden hätte. Es gab Dinge im Zusammenhang mit ihm, an die sie sich jetzt, wo sie zusammen in einem Raum waren, wieder deutlicher erinnerte, Dinge, die sie vergessen hatte, und Dinge, die ihr in dem Moment bewusst geworden waren, als er ihr die Tür geöffnet hatte: zunächst einmal, dass sie nicht in ihn verliebt war. Und es nie sein würde. Dass es nie darum gegangen war, ihn zu lieben oder von ihm geliebt zu werden. Dass sie mit ihm niemals und zugleich immer allein sein würde.

»Es ist schön, dich zu sehen, Mädchen«, sagte er.

Als Antwort drückte sie seine Hände fester und beugte sich vor, sodass ihre Knie gegen seine stießen.

»Was ist?«, fragte sie nach einer Weile lächelnd. Er hatte sie wieder schweigend angesehen, als wäre er ein Zen-Meister und sie ein Wunder.

Er kniete sich vor sie hin und küsste ihre Hände, nahm sie in den Mund, verschlang sie förmlich, und dann zog er sie zu sich auf den Boden und hauchte immer wieder dieselben Worte in ihr Haar: »Gott sei Dank, dass du gekommen bist.«

Auf der Heimfahrt kam Claire der Gedanke, dass sie auf genau diesem Highway unterwegs gewesen war, als ihre Mutter starb. Sie und Joshua waren noch ungefähr eine halbe Stunde vom Krankenhaus entfernt gewesen, als ihre Mutter den letzten Atemzug tat. Darauf konzentrierte sie sich jetzt, als sie an Plakatwänden, Gehölzen und verlassenen Farmen vorbeifuhr und über Risse im Beton rumpelte: *War es dort? Oder dort?* Ein Teil von ihr glaubte, sie würde die Stelle erkennen, wo sie sich befunden hatte, als sich ihr Leben veränderte, aber das stimmte nicht. Sie dachte nicht an den Pappkarton auf dem Beifahrersitz, fragte sich nicht, warum sie vor einer Stunde mit Bill geschlafen hatte oder was sie David sagen würde, wenn sie ihn sah.

»Du bist früh da«, sagte sie, als sie aus ihrem Wagen stieg. Sie blickte auf ihre Uhr: Es war vier.

»Ich habe heute früh gepackt und bin gleich nach der Arbeit losgefahren«, erwiderte er und kam ihr entgegen. »Wo warst du?«

»In Duluth«, antwortete sie, noch nicht bereit, ihm von der Asche ihrer Mutter zu erzählen. Sie warf einen kurzen Blick auf den Karton, als sie die Tür zuschlug. Da drin war er sicher.

»Sind Bruce und Josh zu Hause?«, fragte sie, als sie die Verandastufen hinaufstiegen.

Er schüttelte den Kopf, zog sie an sich und drückte seine Lippen auf ihren Hals. Er roch nach Schweiß und ihrem teuren Bioshampoo, das er angeblich nie benutzte, wie er ihr geschworen hatte. »Wir sind allein, das könnten wir nutzen.«

»David!« Sie entwand sich ihm.

»Was denn?«

Sie schaute sich auf der Veranda um. »Hier tun wir es nicht.«

»Nicht hier. In deinem Zimmer.«

»In meinem Zimmer können wir es nicht tun!«, rief sie empört.

»Aber das haben wir doch schon.«

Er hatte recht. Früher, wenn er mit zu ihr nach Hause gefahren war, hatten sie mehrmals in ihrem Kinderzimmer miteinander geschlafen und sich dabei verzweifelt bemüht, ja kein Geräusch zu machen, da sie nur durch ein oder zwei Wände von ihrer Mutter, Bruce und Joshua getrennt waren. Aber hier ging es um etwas anderes, um ihren zukünftigen Sex. Um Sex, der einer bestimmten Absicht, einem Zweck diente. Sex, der zwischen ihnen alles wieder einrenken sollte. Sex, der Raum brauchte, und kein Zimmer. Ihr schwebte etwas vor.

»Lass uns im Garten ein Zelt aufschlagen und draußen schlafen.« Sie sah ihn aufmunternd an. »So schaffen wir uns eine Intimsphäre.«

Er lächelte wie ein Junge. Er trug ein T-Shirt, auf dem der Name einer Freiwilligen Feuerwehr aus Nebraska stand, von der er nie gehört hatte, und schlabberige Shorts, die ihm bis über die dürren Knie reichten. Sie berührte seinen Arm, erkundete ihn mit den Fingern, als wäre es das erste Mal. Manchmal war er das für sie: ganz neu. Trauer überkam sie, Wehmut und Bedauern. Und jedes dieser Gefühle war, wie ihr klar wurde, zutreffender als das vorausgehende. Sie wünschte, sie könnte alles ungeschehen machen. Sie wünschte, sie hätte nicht mit Bill geschlafen. Sie wünschte, sie könnte David wieder so lieben, wie sie es vor dem Tod ihrer Mutter getan hatte. Und sie wünschte, sie hätte sich nie in David verliebt. Dies alles traf zu, und jedes mehr als das vorausgehende.

Bevor sie mit David zusammenzog, hatte er allein in einer Wohnung im fünften Stock eines großen Hauses am Loring Park gewohnt, und daran musste sie jetzt – wie überhaupt merkwürdig oft in letzter Zeit – denken. Wie sie immer mit dem uralten Aufzug hinaufgefahren und dann aufgeregt durch den langen Flur zu seiner Wohnung gegangen war, vorbei an den Geräuschen und Gerüchen, die durch die Türen anderer

Leute drangen. Wie David dann die Tür öffnete und sie in seine Wohnung zog, die sauber und ordentlich und schlicht eingerichtet war, mit einem Futon auf dem nackten Eichenfußboden, über den ein Quilt gebreitet war, den er in einem Kurs am Community College selbst genäht hatte. Solche Dinge waren der Grund, warum sie sich in ihn verliebt hatte: der Futon, der Quilt, der nackte Holzboden. Sie erinnerte sich jetzt an die Frau, die sie damals war. Die Frau, die durch den Flur ging, vorbei an fremden Türen, neugierig und dumm, unschuldig und lieb, nett und brav. Eine Tochter. Eine Geliebte. Ein Mädchen, das sich als Frau fühlte. Eine Frau, die nie jemanden geliebt hatte, der gestorben war. Eine Frau, die in die Wohnung ihres Geliebten kam, erfüllt von Freude und Staunen, bekleidet mit dem, was sie tagsüber beim Shoppen in Secondhandläden aufgetrieben hatte und von dem sie glaubte, dass sie darin scharf, interessant und cool aussah.

Sie war älter geworden, dachte sie jetzt, mit Wehmut und mit Erleichterung.

»Und wo ist das Zelt?«, fragte David.

»In der Scheune.« Sie sah ihre Sonnenbrille auf dem Fensterbrett liegen, wo sie sie am Morgen hingelegt und vergessen hatte. Sie setzte sie auf.

»Lass es uns holen«, hauchte er und zog sie wieder an sich.

Ihr erster Impuls war, ihn abzuschütteln, aber dann verharrte sie reglos, ihr Körper eine Skulptur aus Stein oder Glas, ihr Gesicht ausdruckslos hinter den blinden Augen ihrer dunklen Sonnenbrille.

Und so würden sie miteinander schlafen. Sie bauten das Zelt an der ebensten Stelle auf, die sie fanden, im Gras direkt hinter dem Zaun der Pferdeweide. Ganz in der Nähe blühten bereits der Rhabarber ihrer Mutter und dahinter ihre Tulpen, deren

Farben von den Rändern her verblassten. Darum herum wuselten die Hühner und pickten nach Insekten und anderem Essbaren. Bei Einbruch der Nacht würden sie wieder in ihrem Stall sein. Claire scheuchte sie vom Zelt fort. Beim Gedanken an die Nacht wurde ihr ganz schlecht. Die Aussicht, im Garten miteinander zu schlafen, erschien ihr jetzt noch absurder, als in ihrem Zimmer leise sein zu müssen, aber sie machte trotzdem weiter, pumpte die Luftmatratzen auf, breitete Schlafsäcke und Kopfkissen aus. Sie legte sich hin und starrte an die Zeltdecke, froh, einen Moment allein zu sein. Es wurde dunkel, und Bruce und Joshua waren noch immer nicht da. Claire überlegte, ob sie nicht einfach mit David ins Haus gehen und es jetzt tun sollte, um es hinter sich zu bringen, aber sie traute sich nicht, es vorzuschlagen.

Sie kroch aus dem Zelt, ging zum Wagen und holte eine Tüte vom Rücksitz. David saß am Picknicktisch und rauchte eine Zigarette. Er rauchte jeden Abend eine, sein einziges Laster. »Sieh mal, was ich Joshua zum Geburtstag gekauft habe«, sagte sie und zog einen breiten Blechkasten aus der Tüte. Als sie ihn aufklappte, faltete er sich auseinander wie ein Akkordeon. Im ersten Fach steckten sauber aufgereiht Buntstifte, im nächsten Kreidestifte, wie es aussah, und im letzten dicke Filzer.

»Cool«, sagte er und drückte seine Zigarette in der Blechschale aus, die Bruce im Freien benutzte. »Kann ich mich daran beteiligen?«

»Klar. Ich habe mir gedacht, die könnte er gebrauchen, wo er doch so viel zeichnet.« Sie zog einen Filzstift heraus, einen lilafarbenen, nahm die Kappe ab und drückte die Spitze auf Davids Kopfhaut. Am Tag bevor ihre Mutter starb hatte Pepper Jones-Kachinsky dasselbe bei ihr gemacht. Es sollte sie immer daran erinnern, dass sie ein Kind Gottes war.

»Was machst du da?«, fragte er und griff sich ins Haar.

»Unsinn«, antwortete sie ernster, als sie beabsichtigt hatte, und dann lächelte sie, als hätte sie tatsächlich nur Unsinn gemacht, und reichte ihm den Filzstift.

»Komm her«, sagte er und packte sie gespielt brutal an den Handgelenken.

»Nein«, kreischte sie lachend.

Er küsste ihr Schlüsselbein und sie seinen Hals, und dann prallten beide zurück und spuckten aus, weil sie das Mückenspray schmeckten, mit dem sie sich kurz zuvor eingesprüht hatten und das wie Gift auf ihren Lippen brannte.

»Wo sie nur bleiben«, seufzte Claire und spähte zur Straße. »Wegen Joshua mache ich mir keine Sorgen. Aber wegen Bruce. Dass Joshua nicht auftaucht, ist typisch, aber Bruce sieht es gar nicht ähnlich.«

»Es ist Samstagabend. Bestimmt ist er ausgegangen und amüsiert sich.«

»Das kann ich mir kaum vorstellen.« Ihr graute bei dem Gedanken, dass Bruce ausgegangen war und sich amüsierte. *Vielleicht war er in Jake's Tavern*, dachte sie.

David zog sie am Arm. »Komm.«

Sie lachte, weil ihr keine Ausrede mehr einfiel, und folgte ihm zum Zelt. Drinnen war es dunkel, obwohl das Tageslicht noch nicht ganz erloschen war. David schlüpfte hinter ihr hinein und befestigte eine kleine Taschenlampe an einer Öse an der Decke.

»Sie scheint mir direkt in die Augen«, sagte sie und hob schützend die Hand vors Gesicht. Sie lag auf den Schlafsäcken und wünschte sich, sie hätte geduscht. In der dumpfen Zeltluft konnte sie Bill an sich riechen.

David richtete die Lampe so aus, dass sie auf ihre Füße schien. »Besser?«, fragte er und beugte sich über sie.

»Besser«, flüsterte sie. Sie fühlte sich gehemmt, fast wie eine

Jungfrau. Sie hob die Hand, schob ihm eine Haarlocke hinters Ohr und zog sein Gesicht zu sich herunter. Ein Kloß stieg ihr in den Hals, als sie ihn küsste, aber sie machte weiter. Sie musste das jetzt tun, sonst würde er sie nicht mehr lieben, oder sie würde ihn nicht mehr lieben. Sie wusste nicht, was die Wahrheit war. Ob sie mit ihm schlafen würde, damit sie weiter mit ihm leben konnte oder damit sie weiter mit sich selbst leben konnte. Sie zog ihm das T-Shirt aus und fasste nach dem Knopf seiner Shorts.

»Willst du überhaupt?«, fragte er und schob ihre Hände weg.

»Ja.«

Sie schwiegen ein paar Sekunden und lauschten dem Motorengeräusch auf der Straße. Aber es war weder Bruce noch Joshua. Der Wagen fuhr vorbei.

»Willst *du* denn?«, fragte sie vorwurfsvoll, als wäre David die ganze Zeit das Problem gewesen.

»Ja, aber nur, wenn du willst, Claire.«

»Ich will«, sagte sie grimmig und zog Jacke und Shirt aus, wie um es zu beweisen. Manchmal wünschte sie sich, er wäre weniger nett. Sie setzten sich auf und sahen einander in der Dunkelheit an, die der gelbe Strahl der Taschenlampe wie ein Messer durchschnitt.

Er küsste sie zärtlich und dann fester.

Sie wich vor ihm zurück und legte ihm eine Hand auf die Brust. »Da ist noch was«, sagte sie ernst, »was du wissen solltest. Ich habe mit jemandem geschlafen. Vor ein paar Monaten im Krankenhaus, als meine Mutter so krank war. Er heißt Bill. Seine Frau lag ebenfalls im Sterben.« Sie sagte es ruhig und sachlich, als hätte sie es vorher geprobt, was sie nicht hatte. Der Gedanke, es David zu sagen, war ihr erst in diesem Moment gekommen. Sie griff in den Stoff seiner Shorts. »Ich habe ein paar Mal mit ihm geschlafen. Wir hatten …« – sie zögerte, suchte nach den richtigen Worten – »eine Affäre. Ich weiß, ich hätte es dir sagen sollen, als …«

»Mir sagen sollen?«, platzte er ungläubig heraus.

»Ja, ich … ich konnte nicht. Aber ich sage es dir jetzt.« Sie konnte sein Gesicht im Dunkeln nur undeutlich sehen. Er zog den Reißverschluss am Zelteingang auf und schlüpfte hinaus. Sie sank in die zerwühlten Schlafsäcke zurück, fühlte sich elend, erleichtert und frei. *Frei, um was zu tun?*, fragte sie sich und setzte sich wieder auf.

»David?«

»Was ist?«

Sie hörte an seiner Stimme, dass er wieder bereit war, mit ihr zu sprechen.

»Ich liebe dich«, schrie sie und wartete darauf, dass er antwortete. Er tat es nicht, und so zog sie Shirt und Jacke wieder an und kroch aus dem Zelt. Er saß am Picknicktisch und rauchte eine Zigarette, seine zweite heute.

»Ich würde dir so etwas nie antun«, sagte er und stach mit der Zigarette in ihre Richtung. »Ich würde dir nie so wehtun.«

»Es ging nicht darum, dir wehzutun.«

»Scheiß drauf«, fuhr er sie an.

Sie streichelten beide die Hunde, die sich unter den Tisch gelegt hatten.

»Liebst du ihn? Ich meine, war es was Ernstes und läuft da noch was oder wie?«

»Ich liebe ihn nicht«, antwortete sie und streckte die Hand nach ihm aus, doch er wich zurück. »Ich habe seit Monaten nicht mehr mit ihm gesprochen«, log sie.

»Hast du es mal?«

»Was?«

»*Ihn geliebt!*«, brüllte David.

»Nein«, sagte sie. »Ich habe ihn nie geliebt. Ich liebe dich.«

»Blödsinn.«

Aus Angst, alles nur noch schlimmer zu machen, sagte sie nichts.

»Hat er dich ...« Er machte mit den Händen eine rollende Bewegung.

»Was?«, fragte sie und zog ihre Jeansjacke enger um sich.

»Hast du ... hat es dir Spaß gemacht?«

»Spaß?« Sie musste an Bruce denken. Ob David recht hatte? Ob er ausgegangen war, um sich zu amüsieren?

»Ja, Spaß«, sagte er. »War es schön?«

»Es war ... Es war nicht so wie bei uns.«

»Aha«, stieß er hervor.

»Es war nicht so.«

»Bei uns läuft doch überhaupt nichts.«

Das konnte sie nicht bestreiten, jedenfalls was Sex anging.

»Bist du gekommen?«, zischte er.

Sie hörten wieder einen Wagen die Straße entlangkommen. Sie wandten sich beide in die Richtung und dann wieder einander zu, froh, dass es nicht Bruce oder Joshua war. *Vielleicht sind sie tot*, dachte Claire. Sie dachte das neuerdings oft. Wenn ihre Mutter sterben konnte, konnte jeder sterben.

»Und? Bist du?«, verlangte er zu wissen.

Sie brauchte eine Weile, bevor sie antwortete. Ja, war sie. An diesem Nachmittag.

»Manchmal, aber ...«

»Scheiße«, schrie er und stand auf. »Ich würde dir so etwas nie antun. Niemals!« Er ging ein Stück weg, dann beugte er sich nach vorn, stützte die Hände auf die Knie und schluchzte. Seine Zigarette brannte noch in der Schale. Claire nahm sie, zog daran, drückte sie aus und stand auf.

»Ich ...«

»Niemals!«, schrie er erneut.

Sie musste an seine Exfreundin Elizabeth denken. Er hatte sie annähernd ein Jahr lang mit einer Reihe von Frauen betrogen, was sie nie erfahren hatte. Schließlich hatte er mit ihr Schluss gemacht und als Grund angeführt, dass er sich auf seine Doktorarbeit konzentrieren müsse, sich aber keinen Monat später schon mit Claire getroffen. Fast hätte sie ihn jetzt an Elizabeth erinnert, entschied sich aber dagegen. Sie überlegte, was sie sagen konnte, um alles wieder in Ordnung zu bringen oder wenigstens den Zustand herzustellen, der vor ihrem Geständnis bestanden hatte, auch wenn sie das Geständnis selbst nicht bereute. Vielleicht war es das, was die ganze Zeit mit ihr nicht gestimmt hatte. Vielleicht konnte sie ihn jetzt, wo die Lüge nicht mehr zwischen ihnen stand, wieder lieben. In der Hoffnung, dass es so war, legte sie ihm eine Hand auf den Rücken. Sie schob die Hand unter sein Shirt, und er ließ es zu, dann küsste sie seinen Hals, seine Lippen, und auch das ließ er geschehen. Er blieb reserviert, erwiderte ihre Küsse nicht, schien eine Zeitlang nicht einmal zu bemerken, dass sie ihn küsste, bis er schließlich einlenkte und sie an sich drückte. Er zog ihr die Jacke und das Shirt aus, dann sanken sie zu Boden und zogen auch alles andere aus und machten ein Bett aus ihren Kleidern.

Während sie miteinander schliefen, spürte sie, wie der Kupferknopf, den sie neulich an ihre Jacke genäht hatte, sein geheimnisvolles chinesisches Symbol in ihr Fleisch drückte.

»Ich möchte, dass wir zusammen weggehen«, sagte sie hinterher, in Fantasie schwelgend. Sie würden von hier weggehen und ganz woanders leben: in New Mexico, Washington, Connecticut. Die Namen ferner Gegenden erfüllten sie mit einer quälenden Sehnsucht. *Hier* konnte sie ihre Mutter niemals vergessen. Sie wollte ihre Mutter vergessen. Diese plötzliche Erkenntnis war wie Eis auf der Zunge.

»Ich glaube, wie brauchen etwas Zeit«, sagte David, rückte von ihr weg und zog sein Shirt unter ihrem Hintern hervor.

»Zeit?« Sie setzte sich auf und schlang die Arme um die Beine, um sich warm zu halten.

»Um über uns nachzudenken. Ob es ein Uns überhaupt gibt.« Er war schon halb angezogen, tastete im Dunkeln nach seinen restlichen Kleidern und zog sie unter ihren hervor.

»Es gibt ein Uns«, sagte sie.

»Nicht wirklich, Claire«, erwiderte er verbittert.

Stille überkam sie, legte sich über ihr Inneres. Sie war nie auf die Idee gekommen, dass David sich von ihr trennen könnte. In all der Zeit, in der sie wortkarg, traurig und abweisend gewesen war, hatte sie erwartet, dass er blieb. Aber vielleicht hatte sie ihn auch, wie ihr jetzt in den Sinn kam, indirekt dazu aufgefordert zu gehen, ihn zu vergraulen versucht. Die Wahrheit nahm in ihrem Innern Gestalt an: Ja, er würde aufhören, sie zu lieben. Natürlich. Es war ja so leicht, sie nicht zu lieben.

»Es muss nicht aus sein«, sagte sie, zerrte wie betäubt an ihren Kleidern und begann, sich anzuziehen. Davids Samen lief aus ihr heraus, als sie aufstand.

»Gib jetzt nicht mir die Schuld«, sagte er, wieder Wut in der Stimme. »Ich will das nicht. Du hast davon angefangen, Claire. Vergiss das nicht. Es ist deine eigene Schuld.«

Sie nickte, ohne sich darum zu kümmern, ob er ihr Nicken im Dunkeln sehen konnte oder nicht. Tränen stiegen ihr in die Augen, doch sie wollte jetzt nicht zu heulen anfangen.

»Ich kann zu Blake ziehen«, sagte er, als hätte er seine Flucht schon vorher geplant. »Sein Mitbewohner zieht aus.« Er griff in die Tasche, zog eine weitere Zigarette hervor und zündete sie an. »Mach dir keine Sorgen wegen der Miete. Ich kann weiter meine Hälfte zahlen, bis unser Vertrag im August ausläuft. Ich habe das Stipendium bekommen und …«

»Ich brauche dein Scheißgeld nicht«, fiel sie ihm wütend ins Wort, obwohl das nicht stimmte. Es tat ihr weh, dass er so schnell an praktische Dinge denken konnte, doch dann gingen ihre Gedanken in dieselbe Richtung – was würde er mitnehmen, was würde sie behalten. Bevor ihre Mutter krank wurde, hatten sie und David an den Wochenenden einen Großteil ihrer Zeit damit zugebracht, auf Flohmärkten und in Secondhandläden Sachen zusammenzukaufen: alte Jacken, die sie beide trugen, Geschirr, Zeitungsständer und klapprige Tische, für die sie eigentlich gar keine Verwendung hatten. Sie hatten Einmachgläser erstanden, in denen sie Lebensmittel wie getrocknete Bohnen, Körner, Mehl und Zucker aufbewahren wollten, die sie aus Zeitmangel oder Faulheit dann aber nie kauften, geschweige denn zu etwas Essbarem verarbeiteten. Sie hatten sich sogar einen Schaukelstuhl mit einem bequemen, breiten Sitz angeschafft, und Claire hatte albernerweise davon geträumt, ihre künftigen Babys darin in den Schlaf zu wiegen.

»Da kommt dein Dad«, sagte David und blickte in Richtung des Scheinwerferlichts, das die Zufahrt heraufkam. Sie griff nach seiner Zigarette, nahm einen Zug und gab sie ihm zurück. Damit schlossen sie die stillschweigende Übereinkunft, wenigstens vorerst so zu tun, als wären sie noch ein Paar.

»Bruuuce!«, rief sie im schmachtenden Ton einer Sängerin, als er aus seinem Pick-up stieg.

»Ich hatte gehofft, David würde noch einen Tag bleiben. Er war ja schon lange nicht mehr hier«, sagte Bruce am nächsten Morgen und sah Claire forschend an. Er schien mehr zu ahnen, als ihr lieb war.

»Er musste zurück und an seiner Dissertation arbeiten. Das ist ein Haufen Arbeit. Wie wenn man ein Buch schreibt.« Sie stand neben der Anrichte und hielt einen Teigschaber in der Hand, mit dem sie gerade Joshuas Geburtstagskuchen glasierte. Sie war seit fünf auf. David hatte sie im Zelt geweckt und von neuem wegen Bill getobt. Sie hatten sich flüsternd im Zelt gestritten und erneut Schluss gemacht, diesmal aber endgültig. Sie hatten vereinbart, dass er sofort nach Minneapolis fahren und seine Sachen packen sollte, damit er nicht mehr in ihrer Wohnung war, wenn sie am späten Abend zurückkehrte. Nachdem er abgefahren war, war sie ins Haus gegangen, hatte leise den Kuchen gebacken und dann dagesessen und zugesehen, wie er abkühlte, bis Bruce aufstand.

»Tja, ich geh jetzt besser raus und füttere die Tiere«, sagte Bruce, ohne sich von seinem Platz am Tisch zu rühren. Er deutete zur Decke, nach oben, wo Joshua noch schlief. Er war spät in der Nacht nach Hause gekommen, als alle schon im Bett waren. »Wahrscheinlich habe ich die Ställe ausgemistet, bevor unser Märchenprinz aufwacht.«

»Und dann halten wir unsere kleine Feier ab«, sagte Claire, ohne ihn anzusehen. Sie hatte vom stundenlangen Weinen ein ganz geschwollenes Gesicht und wollte nicht, dass er es bemerkte. Solange der Kuchen im Ofen war, hatte sie sich einen kühlen Waschlappen auf die Augenlider gedrückt.

»Und wie war's in Duluth?«, fragte Bruce.

»Gut.« Sie legte den Teigschaber weg und drehte den Kuchen, um sich zu vergewissern, dass sie ihn rundum glasiert hatte. An Geburtstagen gab es immer Kuchen zum Frühstück, das war bei ihnen Tradition. »Da ist sie.« Sie deutete auf den Karton mit der Asche ihrer Mutter, der in der Vitrine stand. Nachdem David gefahren war, hatte sie ihn dorthin gestellt, zwischen die Schätze ihrer Mutter, die zerbrechlichen Nippsachen, die sie im Lauf der Jahre auf Flohmärkten erworben hatte, und einige wertlose Familienerbstücke. Darunter waren eine Sammlung von Tischglöckchen, ein halbes Dutzend Porzellanvögel und ein einzelner offener Fächer aus weißen Federn mit schwarzen Spitzen, der einst einer Verwandten gehört hatte, deren Namen Claire nicht wusste. Als Kind hatte sie immer um die Erlaubnis gebettelt, mit diesem Fächer zu spielen, und manchmal hatte sie auch gedurft. Dann wedelte sie damit vor ihrem Gesicht, spähte kokett dahinter hervor wie eine schöne Balldebütantin und fächelte sich so heftig Luft zu, dass es ihr den Pony aus der Stirn blies.

Bruce ging zur Vitrine und spähte hinein, öffnete sie aber nicht.

»Ich habe mir gedacht«, sagte sie, »dass wir die Asche nächstes Wochenende verstreuen könnten.«

Bruce nickte, zog seine Stiefel an und ging nach draußen.

Claire wanderte durchs Haus, hob Sachen vom Boden auf, wischte Tischplatten und Regale, ob es nötig war oder nicht, ordnete die Kissen auf dem Sofa. An der Tür zum Schlafzimmer – das jetzt allein Bruce gehörte, aber für sie noch immer auch das ihrer Mutter war – blieb sie stehen und betrachtete das ungemachte Bett. Alles hatte eine Staubschicht angesetzt. Dieses und Joshuas Zimmer waren die beiden einzigen, die sie jedes Wochenende unberührt ließ. Sie trat ein und legte sich aufs Bett, dachte an die Nächte, in denen sie hier geschlafen hatte, wenn Bruce bei ihrer Mutter im Krankenhaus war und Joshua weiß der Himmel wo steckte. Sie hatte gedacht, dies seien die schlimmsten Nächte ihres Lebens gewesen. Aber jetzt wusste sie, dass sie sich geirrt hatte. Wie süß sie gewesen waren, diese Nächte, als ihre Mutter noch lebte, als sie am Morgen noch zu ihr ins Krankenhaus fahren, Hallo sagen und sie fragen konnte, wie sie geschlafen oder ob sie schon gefrühstückt hatte, oder von ihr dasselbe gefragt werden und darauf antworten konnte. Jetzt lag sie da und betrachtete die Gegenstände auf dem Nachttisch ihrer Mutter – die grüne Lampe in Form einer Tulpe, den Wecker, den Rekorder, den Bruce dort nach dem Tod ihrer Mutter hingestellt hatte. Sie setzte sich auf und öffnete die kleine Schublade.

»Was suchst du?«, fragte Joshua, der in der Tür stand.

»Nichts«, antwortete sie und schloss die Schublade wieder. Er war barfuß und hatte ein verschlafenes Gesicht. Das T-Shirt, das er trug, war vorn mit MIDDEN MONARCHS bedruckt, ein Überbleibsel aus seiner Kindheit, als das Schulteam von Midden noch Monarchs hieß, ehe die Schule in Two Falls geschlossen wurde und alle Schüler nach Midden wechseln mussten, wo sie dann mit den anderen die Pioneers bildeten.

»Du stöberst wieder.«

»Ich stöbere nicht, ich suche.«

»Wonach?«, fragte er.

»Nach Sachen«, antwortete sie leichthin, obwohl die Frage sie verunsicherte. *Wonach sie suchte?* Bis zu diesem Moment war ihr gar nicht bewusst gewesen, dass sie tatsächlich jedes Wochenende suchte. Dass sie etwas suchte, was sie nie finden würde.

»Mom hatte doch diesen Vibrator, der ungefähr so groß wie ein Lippenstift war«, sagte Joshua und wartete auf Claires Reaktion. Als keine kam, setzte er hinzu: »Ich habe ihn in einem Schuhkarton im Schrank gefunden.«

Sie blickte zu dem geschlossenen Wandschrank ihrer Mutter, verwundert, dass Joshua vor ihr da drin gewesen war.

»Aber ich habe nicht gestöbert wie du«, sagte er, als habe er ihre Gedanken gelesen. »Ich habe einen Karton gebraucht. Du kannst nachsehen, es ist alles noch da.«

Sie empfand eine seltsame Dankbarkeit. Sie musste sich zurückhalten, um nicht augenblicklich die Tür aufzureißen und ihre Suche fortzusetzen.

»Ich dachte, David wollte mitkommen.«

»Hat er auch getan, nur …« Sie war versucht, ihm die Wahrheit zu sagen, machte dann aber eine Handbewegung, als wäre die Geschichte zu kompliziert, um sie zu erklären. »Er musste in die Cities zurück.«

Er nickte.

Claire blickte zu dem Gemälde am Fußende des Betts, das ihre Mutter gemalt hatte, *Die Wälder von Coltrap County*, und Joshua folgte ihrem Blick. Sie wusste nicht, ob er sich daran erinnerte, dass die drei Bäume sie drei repräsentierten – ihre Mutter, ihn und sie. Sie wusste überhaupt nicht, woran er sich erinnerte, was er wusste oder wie sein Leben jetzt aussah. Bis vor kurzem hatte sie immer geglaubt, es zu wissen – was er tat, was er dachte, was er mochte und was nicht. Sie hatte es nicht mühsam in Erfahrung bringen müssen. Es hatte ihr Leben lang offen vor ihren Augen gelegen, und in den letzten Jahren, als sie nicht mehr so genau hingeschaut hatte, ja eigentlich gar nicht mehr hatte wissen wollen, wer ihr Bruder war, hatten ihre Mutter und Bruce sie auf dem Laufenden gehalten.

»Willst du mir nicht zum Geburtstag gratulieren?«, fragte er.

»Hab ich doch.« Sie stand auf. »Als du reingekommen bist. Aber noch mal, alles Gute zum Geburtstag«, sagte sie und klopfte ihm im Vorbeigehen auf die Schulter.

Er folgte ihr in die Küche. Es hatte zu regnen begonnen, und im Haus war es dunkel geworden, obwohl es zehn Uhr vormittags war. Ein Unwetter war im Anzug. Claire schloss das Fenster über der Spüle. Die Äste der Bäume bogen sich heftig im Wind. »Und wie fühlt man sich so mit achtzehn?«, fragte sie Joshua.

»Wie sonst auch«, antwortete er.

Sie hätte gern noch etwas Bedeutsames dazu gesagt, dass er jetzt volljährig sei, aber ihr fiel nichts ein, also ließ sie es.

Bruce stürzte zur Tür herein, ebenso nass vom Regen wie die Hunde, die ihm folgten. Ein Donner krachte, und dann ging der Regen erst richtig los und prasselte aufs Dach. »Euer Zelt wird völlig durchnässt«, sagte er zu Claire.

»Was für ein Zelt?«, fragte Joshua.

Sie traten ans Fenster und schauten hinaus. Claire hatte versäumt, den Reißverschluss am Zelteingang ganz zuzuziehen, wie sie jetzt bemerkte. Auf dem Nylondach sammelte sich eine Wasserlache. Sie dachte an David, wie er in Minneapolis seine Sachen packte. *Vielleicht sah er in denselben Regen hinaus und dachte an sie.* Vielleicht erwartete er sie, wenn sie am Abend in ihre Wohnung zurückkam, und sie würden alles zurücknehmen, was sie gesagt hatten. Sie würde ihren Vertrag hervorziehen, durchlesen und geloben, sich diesmal daran zu halten.

»Ich könnte jetzt ein Stück Kuchen vertragen«, sagte Joshua.

»Ich auch«, pflichtete ihm Bruce bei. »Übrigens, alles Gute zum Geburtstag.«

Claire holte eine Tube mit fertiger Glasur aus dem Kühlschrank, um dem Kuchen den letzten Schliff zu geben.

»Wisst ihr was?«, sagte Bruce wie nebenbei, während er sich eine Tasse Kaffee einschenkte. »Ich bin dem Softballteam beigetreten. Dem von Jake's Tavern.«

»*Jake's Tavern?*«, fragte Claire argwöhnisch, unterbrach ihre Arbeit und sah ihn an.

»Ja.«

»Seit wann stehst du auf Softball?«, fragte Joshua.

»Softball hat mir schon immer gefallen«, antwortete er wenig überzeugend und rührte Zucker in seinen Kaffee. »Und das Team vom Jake's hat mehr Spieler gebraucht. Da habe ich mir gedacht, auf die Weise habe ich was zu tun. Ich muss mich beschäftigen, sonst werde ich depressiv.«

»Was ist daran verkehrt, wenn man depressiv ist?«, fragte Claire. »Natürlich bist du depressiv. Vor kurzem ist etwas Schreckliches passiert. Das ist völlig normal. Außerdem scheinst du ja klarzukommen. Du arbeitest wieder.«

»Genau das meine ich ja. Wenn ich mich beschäftige, geht es mir gut. Softball bietet mir eine Beschäftigung, wenn ich nicht arbeite.«

»Was ist mit deinen Knien?«, fragte Joshua.

»Das frage ich mich auch«, stimmte Claire zu und begutachtete ihren Kuchen. »Was Leonard und Mardell wohl denken werden.«

»Warum sollten sie was denken?«, fragte er und fuhr dann, ohne eine Antwort abzuwarten, fort. »Oder meinst du, dass Leonard sich ärgert, weil ich nicht für sein Team spiele? Das ist doch lächerlich.«

Claire stellte den Kuchen auf den Tisch und zwang sich zu einem Lächeln.

»Los geht's, Cowboy«, sagte Bruce.

Der Kuchen war mit einer gelben Glasur überzogen, und von seiner Oberseite lächelte ein großes Gesicht mit einem schwarzen Streifen als Mund und zwei schwarzen Punkten als Augen. »Eigentlich wollte ich *Happy Birthday* schreiben«, erklärte sie, »aber dann hab ich mir gedacht, das sieht lustiger aus.«

»Stimmt«, sagte Joshua.

Eine lange Stille folgte. Claire bereute jetzt, dass sie nicht *Happy Birthday Joshua* daraufgeschrieben hatte, so wie sie es immer getan hatten. Sie spürte die Gegenwart ihrer Mutter jetzt sehr stark, stärker noch als zuvor, als stünde der Karton mit ihrer Asche nicht in der Vitrine, sondern auf ihrer Brust.

»Schade, dass David nicht da ist«, sagte Bruce. »Er könnte uns bei dem Kuchen helfen.

»Ich nehme ihm ein Stück mit«, erwiderte Claire.

»Kommt Lisa vorbei?«, fragte Bruce Joshua. »Später, meine ich.«

Joshua schüttelte den Kopf und kippte seinen Stuhl nach hinten. »Sie muss arbeiten.«

»Wir könnten Kathy Tyson fragen, ob sie auf ein Stück Kuchen vorbeikommen will«, schlug Bruce vor, hörbar bemüht, ungezwungen zu klingen, und zwar so bemüht, dass Joshua und Claire abrupt aufschauten.

»Kathy Tyson?«, fragte Claire. Sie sprach den Namen ganz deutlich aus, als wäre es das erste Mal. Panik stieg in ihr auf. Sie hatte letztes Jahr bei einer Hochzeitsfeier neben Kathy gesessen und musste jetzt daran denken, wie wild entschlossen Kathy gewesen war, einen Mann zu finden. Claire hatte sie angespornt, ihr Tipps gegeben und auf eine Weise mit ihr über die Männer gelacht und geklagt, wie sie es sonst nur mit ihren besten Freundinnen tat, obwohl Kathy fast so alt wie ihre Mutter war. »Wieso sollten wir Kathy einladen?« Sie zog ein Fleischermesser aus dem Block und legte es neben Joshua auf den Tisch.

»Um ein gutnachbarschaftliches Verhältnis zu pflegen.«

»Was ist mit den anderen Nachbarn?«, fragte Joshua.

»Die könnten wir ebenfalls einladen«, sagte Bruce heuchlerisch. »Bei dem vielen Kuchen.«

Er hatte sich noch nie darum gesorgt, dass sie zu viel Kuchen haben könnten, dachte Claire. Sie spürte, dass von Bruce eine Art Erregung ausging, die sich zu einem Vibrieren steigerte, und zum ersten Mal kam ihr zu Bewusstsein, dass er jetzt anders war, dass Bruce ohne ihre Mutter nie mehr der Bruce sein würde, der er mit ihrer Mutter gewesen war.

»Habt ihr zwei was miteinander?«, platzte sie heraus und spürte, wie ihr Tränen in die Augen stiegen. Sie schüttelte aus einer kleinen Schachtel weiße Kerzen auf den Tisch und begann, sie nacheinander in den Kuchen zu stecken.

»Wir haben uns angefreundet«, antwortete Bruce. »Sie ist sehr gut zu mir gewesen.«

»Inwiefern?«, fragte Joshua.

»Sie ist eine Freundin, verstehst du? Sie ist für mich da, wenn ich jemanden zum Reden brauche.«

Claire spürte, dass Bruce sie beobachtete und darauf wartete, dass sie etwas sagte, dass sie nachhakte, bis die ganze Wahrheit ans Licht gekommen war. Dass sie, wie ihr jetzt klar wurde, das tat, was sie ihm gegenüber immer tat, und auch Joshua gegenüber, nämlich so lange nachfragen, bis er damit herausrückte, was er von sich aus nicht zu sagen vermochte. Aber sie wollte nicht, konnte nicht. Dies sollte ein normales Geburtstagsfest werden. Es sollte so werden, wie es immer gewesen war. Sie konzentrierte sich darauf, die Kerzen so in den Kuchen zu stecken, dass sie einen vollständigen Kreis bildeten. Ihre Hände zitterten. Endlich zufrieden, schaute sie auf. »Wer hat Feuer?«

Bruce zündete mit seinem Feuerzeug Kerze um Kerze an, bis alle achtzehn brannten, dann löschte er das Licht. Claire schob den Kuchen zu Joshua hinüber, dessen Gesicht im Schein der Kerzen erstrahlte.

»Wollen wir singen?«, fragte Bruce.

»Ihr müsst nicht singen«, antwortete Joshua.

»Natürlich singen wir«, brüllte Claire aus der Dunkelheit.

Und fing sofort an.

TEIL 4

Gesellschaft

Alle Moden verschwören sich,
Um dieser Festung zu häuslichem
Mobiliar zu verhelfen;
Schließlich sollen wir erkennen, wo wir sind,
verloren in einem heimgesuchten Wald,
Kinder, die sich vor der Nacht fürchten,
Die niemals glücklich waren oder gut.

W. H. Auden, *1. September 1939*.

12

Das Mädchen im Piercing-Laden des Einkaufszentrums am Calhoun Square trug eine tief hängende Schürze mit drei großen Taschen vorn. In der ersten Tasche steckte ein lila Filzstift, in der zweiten eine lila Ohrlochpistole und in der letzten ihr Handy, das genau in dem Moment wie ein Elefant lostrompetete, als sie die Pistole an Bruce' dickes Ohrläppchen setzte und den Abzug betätigte.

»Hallo«, sagte sie mürrisch ins Telefon, die Pistole noch in der anderen Hand. Ihre Hände waren fleischig, ganz anders als der Rest von ihr. Bruce wartete auf seinem Hocker und konnte gar nicht anders, als auf den mageren nackten Bauch des Mädchens zu starren. »Aha«, sprach sie ins Handy. »Ja. Ja. Nein.« Und alles in demselben monotonen Tonfall und mit einer so abgrundtiefen Verachtung, dass sie nach Bruce' Überzeugung mit niemand anders als ihrer Mutter oder ihrem Vater sprechen konnte.

»Hat es wehgetan?«, fragte Kathy, die ihm auf die Schulter klopfte und dann den Rücken rieb, wie um ihn zu wärmen. Der Ohrring war ihre Idee gewesen.

»Nein«, antwortete er, obwohl ein leichter, punktueller Schmerz in seinem Ohrläppchen pochte. Er untersuchte es in dem sternförmigen Spiegel. Es sah so aus, wie es sich anfühlte. Als hätte es Fieber. Er betastete den falschen Diamantstecker, doch das Mädchen bemerkte es und gebot ihm mit einer dringlichen Handbewegung, damit aufzuhören.

Als sie das Handy zugeklappt hatte, tränkte sie einen Wattebausch mit einer Lösung und tupfte damit unsanft sein Ohr ab.

»Vielleicht sollte ich mir auch noch einen zulegen«, überlegte Kathy, obwohl sie sich zuvor dagegen entschieden hatte. Sie trat vor den Spiegel und strich ihre Haare zurück, damit sie ihre Ohren betrachten konnte. Am einen trug sie drei, am anderen vier Ohrringe, und jeder hatte für sie eine besondere Bedeutung und stand, wie sie Bruce erzählt hatte, für einen Abschnitt ihres Lebens. »Wir heiraten heute«, erklärte sie dem Mädchen. »Das ist sein Ehering – statt einem Fingerring. Er kann an den Händen nichts tragen. Er ist Zimmermann. Es würde ihn stören.«

»Wie romantisch«, sagte das Mädchen, aber ihre Miene blieb ungerührt. Bruce überlegte, ob er ihr ein Trinkgeld geben sollte. Er hatte das Gefühl, er sollte. Er wollte gerade nach der Brieftasche greifen, da schob sich Kathy an ihm vorbei, folgte dem Mädchen durch den Laden und stellte ihre Tasche neben der Kasse auf den Ladentisch, um zu bezahlen.

»Gefällt er dir?«, fragte sie, nachdem sie den Laden verlassen hatten, und setzte, ohne eine Antwort abzuwarten, hinzu: »Also mir gefällt er.« Sie nahm seine Hand, küsste sie und hinterließ einen pflaumenfarbenen Lippenstiftabdruck. »Ich finde ihn sexy.«

Auch er fand ihn so weit ganz gut. Und während sie durch die Mall schlenderten und sich für die Trauung einkleideten, die am Nachmittag im Rathaus von Minneapolis stattfinden sollte, beäugte er sich unauffällig in den verspiegelten Wänden und Schaufenstern der Geschäfte und erhaschte flüchtige Blicke auf sein neues Ohr. Seine Empfindungen wechselten: Mal hatte er das Gefühl, als wäre das Ohr jetzt der größte Teil seines Körpers, aber nicht fest mit ihm verbunden, sondern irgendein heißes Ding, das seitlich an seinem Kopf balancierte. Dann wieder fühlte er genau das Gegenteil, nämlich dass es voll und ganz mit ihm verbunden war, aber auch mit etwas anderem, das mit seinem Gewicht daran zog wie ein Fisch an der Angelschnur. Das Mädchen hatte gesagt, dass das Ohr in ein paar Tagen nicht mehr wehtun und das Loch in sechs Wochen vollständig verheilt sein würde. Bis dahin sollte er es pfleglich behandeln. In einer kleinen Plastiktüte trug er eine Flasche mit antiseptischer Lösung, die Kathy für vier Dollar fünfundneunzig erworben hatte. Damit sollte er das Ohr täglich betupfen.

Während Kathy sich weiße Sandalen kaufte, ging er allein in den Juwelierladen und holte den Ring ab, den sie für Kathy bestellt hatten, einen schmalen Goldring. Wo er auch hinschaute, überall sah er sich in riesigen Spiegeln, mit denen Decken und Wände verkleidet waren, und er fand, dass er mit dem Ohrring jünger aussah. Mit seinen achtunddreißig Jahren hatte er nie den Wunsch verspürt, jünger auszusehen, aber jetzt, wo er feststellte, dass er jünger aussah, hatte er das Gefühl, dass er alt geworden war, ohne es zu merken, und ihm gefiel die Vorstellung, das wenigstens teilweise rückgängig zu machen.

Als sie mit den Einkäufen fertig waren, tranken sie in einem Café in der Mall eine Tasse Kaffee. Sie aßen zusammen eine Scheibe Bananenbrot und sahen den Bewohnern von Minneapolis dabei zu, was sie in Minneapolis taten. Normalerweise sahen sie die Bewohner von Minneapolis in Midden: Menschen, die am Wochenende aus der Stadt an die Seen kamen, um zu fischen, zu jagen oder auszuspannen. Bewohner von Ferienhütten. Stadtaffen. Jetzt, wo er hier war, hatte Bruce nicht wie sonst das Gefühl, sich großartig von ihnen zu unterscheiden, als wären er und Kathy in der fremden Umgebung aufgegangen, was man von den Stadtleuten, wenn sie nach Midden kamen, nicht behaupten konnte. Hier, in ihrem eigenen Revier, kamen ihm die Stadtaffen bescheidener vor, weniger ignorant und arrogant. Er sah sie mit Einkaufstüten und auf den Rücken geschnallten Kindern vorübergehen oder, Pappbecher mit Milchkaffee balancierend, durch die Mall flanieren. Sie kamen ihm nicht wie Leute vor, die man Affen nennen sollte, trotz allem.

Männer in Radlermontur kamen ins Café und besetzten mehrere Tische, zogen zusätzliche Stühle zu sich heran und legten ihre Füße darauf, die in schmalen bunten Schuhen steckten. Sie lachten und stellten einander Fragen, die Bruce nicht verstand, da ihm der Zusammenhang fehlte. »Habt ihr es kommen sehen?«, fragte einer drei Mal, bis er endlich Antwort bekam und alle den Kopf schüttelten. Ihre Beine waren mit harten Muskeln bepackt und sehnig, wirkten aber auch empfindlich und zerbrechlich wie Geschirr.

Von den Radfahrern erfuhren sie, dass es zu regnen begonnen hatte.

»Und das an unserem Hochzeitstag!«, rief Kathy so laut, dass mehrere Gäste sich fragend umdrehten und lächelten.

»Hier ist mein Blaues«, flüsterte sie Bruce zu, nachdem die anderen wieder ihre Gespräche aufgenommen hatten. Sie öffnete eine kleine rosa Tüte, zeigte ihm den Spitzensaum eines blauen Schlüpfers und stopfte ihn wieder hinein.

Er beugte sich hinüber und küsste sie, und dann küsste er sie noch einmal, länger diesmal. Von der Körperlotion, die sie in einem Geschäft getestet hatte, roch sie nach künstlichem Jasmin.

»Sollen wir gehen?«, fragte er. Er war traurig, wusste aber, dass er es nicht sein sollte. Er wollte sie heiraten, und doch sehnte sich sein Herz auch nach Teresa. Er sah ein, dass damit zu rechnen gewesen war – noch ein Gefühl, das durchgestanden werden musste, wie all die anderen, die er seit Teresas

Tod gehabt hatte. Während sie schweigend durch die Mall gingen, kam ihm der Gedanke, dass es noch nicht zu spät war, die Hochzeit abzublasen. Sie konnten auch so ein Paar bleiben. Sie konnten in einem Jahr heiraten. Er ergriff ihre Hand, wie um etwas zu sagen.

»Was ist?« Sie blieb stehen und sah ihn an. Sie ahnte, was in seinem Kopf vorging.

»Ich habe mich gerade gefragt, ob jetzt wirklich der richtige Zeitpunkt dafür ist.«

»Doch, Bruce, ich weiß es«, sagte sie mit einem Leuchten in ihren dunklen Augen.

»Ich ja auch«, erwiderte er unsicher, da er ihre Gefühle nicht verletzen wollte.

»Ich weiß es hier drin«, sagte sie und legte sich die Hand aufs Herz. Und das stimmte. Sie hatte ihren Geistheiler konsultiert, einen Mann namens Gerry, den sie immer anrief, wenn sie »Klärung« wünschte, wie sie es nannte. Er behauptete, er habe Bruce schon vor Jahren in ihr Leben treten sehen, als er ihr das erste Mal prophezeite, dass sie mit fünfunddreißig heiraten würde – und jetzt war sie hier, knapp einen Monat vor ihrem fünfunddreißigsten Geburtstag.

»Es ist alles so schnell gegangen.«

Sie strich mit der Hand über seinen Arm, und sie gingen weiter. »Manchmal geht es eben so schnell, Bruce. Wenn überhaupt, dann ist das für mich eher der Beweis, dass wir füreinander bestimmt sind.«

Sie hatten erst vor einer Woche beschlossen zu heiraten. Niemand wusste davon, nur Kathys Freunde in Minneapolis, Naomi und Steve, die als Trauzeugen fungieren sollten. Niemand wusste, dass sie überhaupt eine Beziehung hatten. Claire hatte ihn einmal gefragt, ob er etwas mit Kathy habe. Er hatte geantwortet, dass sie nur befreundet seien, was zum damaligen Zeitpunkt auch gestimmt, sich wenige Tage später allerdings geändert hatte.

Im April und Mai waren sie nur Freunde gewesen. Und in gewisser Weise war Kathy Tyson zu der Zeit Bruce' einziger Freund. Er ertrug es nicht, mit Leuten zu verkehren, mit denen Teresa und er befreundet gewesen waren. Wenn jemand anrief, wimmelte er ihn ab. Einladungen zum Essen, zu Kneipenabenden oder Grillfesten schlug er aus. Oft hörte er schon mitten am Nachmittag auf zu arbeiten, fuhr zu Kathy, ging mit ihr spazieren oder saß mit ihr auf der kleinen Veranda und trank Kaffee. Im Mai hatte sie ihn dazu überredet, ihrem Softballteam beizutreten, und so fuhren sie jetzt zweimal pro Woche zusammen zum Training in die Stadt und hinterher auf einen Drink in Jake's Tavern. Kathy Tyson brachte ihn zum Lachen, lockte ihn aus der Reserve, kochte für ihn, flocht ihm ein Lederarmband mit einem Stein in der Mitte und sorgte unwissentlich dafür, dass er das Band von Kenny G, für das er eine lächerliche Vorliebe hatte, immer seltener hörte. Mit anderen Worten, sie brachte ihn dazu, dass er stundenlang am Stück weder an Teresa noch an die Tatsache dachte, dass er ohne sie nicht leben konnte.

Ihre Hütte wurde zur Bühne ihrer Freundschaft. Sein Haus war tabu. Doch darüber sprachen sie ebenso wenig wie über die Tatsache, dass Kathy an den Wochenenden, wenn Claire zu Hause war, nicht bei ihm anrufen durfte. Wenn unter der Woche Joshua den Hörer abhob, hielt sie sich bedeckt und hinterließ nie eine Nachricht. Aber dann änderte sich etwas, vertiefte sich und änderte sich erneut. Kathy Tyson kam über ihn wie eine Flutwelle. Er verliebte sich in sie. Er begehrte sie. Er konnte keinen Tag mehr ohne sie sein. Sie küssten sich, aber unter Qualen zunächst, unbeholfen. Zweimal schluchzte er in ihren Armen, so übermächtig war das Gefühl, Teresa zu betrügen. Doch dann fasste er sich wieder, und Kathy zu küssen wurde sein Trost, seine Zuflucht, sein geheimes schönes Zimmer, in dem seine Frau nie gewohnt hatte.

Als sie das erste Mal miteinander schliefen – oder es vielmehr versuchten –, hatten sie vorher darüber gesprochen. Was sie tun wollten, was sie tun würden. Doch als es so weit war, schaffte es Bruce gerade noch, ihr die Bluse aufzuknöpfen, ehe er, vollständig bekleidet, neben ihr im Bett zusammenbrach. Sie streichelte ihn, tröstete ihn, wehrte seine Entschuldigungen ab. Beim zweiten Versuch schliefen sie tatsächlich miteinander, aber traurig und bedächtig, ohne Leidenschaft, als würden sie am Körper des anderen ein feierliches Ritual vollziehen. Beim dritten Mal liebten sie sich lustvoll und schnell und hörten nicht mehr auf, sich zu küssen, bis sie sich abermals liebten, langsamer und zärtlicher diesmal, und am Ende lachten sie darüber, dass das Bett vom einen Ende ihrer Dachkammer zum anderen gerutscht war, ohne dass sie es gemerkt hatten. Dort, auf der falschen Seite der Kammer, schliefen sie bis nach Einbruch der Dunkelheit und wurden erst vom Telefon geweckt, das klingelte und verstummte, klingelte und verstummte, ohne dass eine Nachricht hinterlassen wurde. Zwei Anrufe von ihrer Mutter. Als sie sich das vierte Mal liebten, hielt er mittendrin inne und machte ihr einen Heiratsantrag.

»Heiraten?« Sie öffnete die Augen, um festzustellen, ob er es ernst meinte.

»Ja«, stieß er hervor, fast atemlos vor Erregung. All die Jahre war er mit Teresa nicht offiziell verheiratet gewesen, aber jetzt, mit Kathy, würde unter einer Ehe nichts gehen. *Wir brauchen kein Stück Papier, um unsere Liebe zu beweisen*, hatten er und Teresa immer gesagt, aber diesmal brauchte er es. Er wollte es schwarz auf weiß haben, dass Kathy die Seine und er der Ihre war, dass er nie wieder allein sein würde. Er wusste, dass es kindisch und unsinnig war, so etwas von einem Trauschein zu erwarten, aber das war ihm egal. Es war etwas. Es war mehr, als er hatte.

»Okay«, flüsterte sie und streichelte, Freudentränen in den Augen, sein Gesicht.

Sie stellte eine Bedingung.

»Ich weiß, dass du Teresa liebst.« Sie drehte sich auf dem Bett von ihm weg. »Und ich weiß, dass sie immer einen Platz in deinem Herzen haben wird.« Er hörte, neben ihr liegend, zu. Dann setzte sie sich auf und knipste die Lampe an, und er setzte sich ebenfalls auf. »Aber wenn wir heiraten wollen, müssen wir zusammen ein neues Leben anfangen und nach vorn schauen.«

»Das *ist* nach vorn schauen«, sagte er und grapschte nach ihrem nackten Fuß.

»Aber ich glaube, wir müssen mehr tun …« Sie hielt inne, als suche sie nach dem richtigen Wort. »Wir müssen eine Tür schließen, bevor wir eine andere aufmachen können. Ganz feierlich.« Ihre Miene erhellte sich. »Wir brauchen ein Ritual.«

Er wusste, dass sie an solche Dinge glaubte. Der Stein an dem Armband, das sie für ihn gemacht hatte, besaß heilsame Kräfte, welche genau, war ihm allerdings entfallen.

»Wir könnten eine Kerze anzünden«, schlug er vor.

Sie zog die Knie an die Brust, legte nachdenklich das Kinn darauf und überlegte.

»Nein. Es muss etwas Größeres sein. Etwas, das in einer direkteren Beziehung zu – ihr steht.« Sie schaute zu ihm auf, und ein Lächeln breitete sich über ihr Gesicht. »Ich habe die perfekte Idee.«

In der Woche darauf verbrachten sie eine Stunde im Gartenmarkt und schüttelten eine Samentüte nach der anderen. Am

Ende entschieden sie sich für eine Wildblumenmischung, die all ihre Anforderungen erfüllte.

»Die erinnert mich an sie«, sagte Kathy. »Genauso wirkte sie auf mich. Vielseitig.«

»Das war sie«, sagte Bruce.

»Hat sie mal eine Sendung darüber gemacht? Über die Wildblumen im nördlichen Minnesota?«

»Jedes Frühjahr«, antwortete er und lächelte bei der Erinnerung.

Es war ein Donnerstagmorgen. Am nächsten Tag wollten sie nach Minneapolis und heiraten – dort waren sie vor den neugierigen Blicken ihrer Bekannten in Coltrap County sicher –, anschließend wieder zurückfahren und ihre Hochzeitsnacht in Kathys Hütte verbringen.

Bruce hatte Claire und Joshua gebeten, am Samstag zum Abendessen nach Hause zu kommen. Dabei wollte er ihnen die Neuigkeit mitteilen, während Kathy in ihrer Hütte wartete. Ursprünglich hatte er es ihnen vor der Trauung sagen wollen, doch als er sich eine kleine Rede zurechtlegte, war in seinem Kopf alles drunter und drüber gegangen. Am Ende war nur ein einziger Satz übrig geblieben, und den konnte er erst hinterher sagen: *Ich habe Kathy Tyson geheiratet.* Der war zwar herzlos, brachte es aber ohne Umschweife auf den Punkt und ersparte ihm zu fragen. Denn fragen wollte er unter gar keinen Umständen. Er wusste, dass er sie damit überrumpeln würde, dass es ein schwerer Schlag für sie sein würde, aber er hoffte, sie würden ihn verstehen und sich irgendwann bemühen, Kathy besser kennenzulernen. Sie würden sie bestimmt mögen, davon war er überzeugt. Warum denn nicht? Und wenn nicht, dann würden sie sich eben arrangieren müssen. Er musste sein eigenes Leben leben.

Bevor sie die Wildblumen aussäten, führte er Kathy auf

ihrem Grundstück herum. Zunächst stellte er ihr Beau und Lady Mae vor, dann überquerten sie die Weide, schlüpften unter dem Zaun durch und gingen, verfolgt von den Blicken der Pferde, tiefer in den Wald hinein zum Heidelbeergarten. Er zeigte ihr den Sumpf und die Stelle, wo ihre alte Hütte gestanden hatte, in der sie, solange er mit Teresa am Haus baute, alle gewohnt hatten, dann führte er sie zurück auf die Lichtung und zu der Grabstätte, die sie angelegt hatten, ein mit Steinen eingefasstes Oval aus Erde. Sie blieben ernst davor stehen, vor einer Lücke in der Umrandung, in die sie den Grabstein setzen wollten, wenn er geliefert wurde.

»Es ist schön hier«, sagte Kathy und schaute sich um. »Sehr friedlich. Ich wette, es gefällt ihr hier.«

Bruce zog das Päckchen mit den Wildblumensamen aus der Brusttasche und hielt es in der Hand, ohne es zu öffnen.

»Spürst du sie?«, fragte Kathy. »Ich meine, ihre Gegenwart?«

Er antwortete nicht, zu keinem Wort fähig. Er bückte sich und entfernte einen Zweig, der aufs Grab gefallen war. Vor ein paar Wochen hatten Claire, Joshua und er mit bloßen Händen die gedüngte Erde geharkt und Teresas Asche daruntergemischt. Die Asche hatte nicht so ausgesehen, wie sie erwartet hatten, überhaupt nicht wie Asche, sondern eher wie kleine gezackte Steine, die, pockig und porös, eine verstörende Ähnlichkeit mit verbrannten Knochenstücken hatten. Bevor sie angefangen hatten, hatte sich jeder so ein Stück in den Mund gesteckt und, die anderen bei den Händen haltend, hinuntergeschluckt.

»Ich spüre ihre Gegenwart«, sagte Kathy mit gedämpfter Stimme. »Dieser Ort hat für mich etwas sehr Spirituelles.«

»Ich spüre sie nicht«, sagte er, obwohl er es tat. Er spürte sie so deutlich, dass er husten musste, um nicht zu weinen. Sie war überall – in der Luft, im Gras und in den Bäumen –, aber vor Kathy wollte er es nicht zugeben. Weil sie ihn kannte, glaubte sie, auch Teresa zu kennen. Weil sie ihn liebte, hatte sie auch Teresa lieben gelernt. Er war dafür dankbar gewesen, aber jetzt, hier draußen auf der Lichtung, in Teresas Gegenwart – er konnte es nicht anders nennen –, hatte er plötzlich das Gefühl, es wäre ein Verrat an dem Menschen, der sie einst gewesen war, würde er in Kathys Beisein ihren Namen aussprechen.

»Sollen wir anfangen?«, fragte Kathy ehrfürchtig.

Bruce schüttelte die Tüte, sodass die Samen darin rasselten. Er zögerte, denn er wurde sich bewusst, dass er eigentlich Claire und Joshua vorher fragen sollte, ob sie hier Blumen säen wollten, aber dann legte ihm Kathy die Hand auf den Rücken, und er riss die Tüte auf.

»Warte«, sagte sie. »Bevor wir säen, möchte ich den Platz weihen.« Sie zog ein verschnürtes Bündel Salbei aus der Jackentasche, zündete es mit einem Feuerzeug an beiden Enden an und blies darüber, bis es brannte. Dann schritt sie, den Salbei über den Kopf haltend und eine weiße Rauchfahne hinter sich herziehend, in einem großen Kreis über die Lichtung, dem sie immer kleinere konzentrische Kreise folgen ließ, deren letzter an Teresas Grabstätte und dem an ihrem Rand stehenden Bruce endete. Dort kniete sie nieder und drückte die brennenden Enden des Salbeibündels in der Erde aus, in die Teresas Grabstein gesetzt werden sollte.

Sie verharrten einige Augenblicke schweigend, dann legte Kathy die hohlen Hände zusammen, und Bruce schüttete die Wildblumensamen hinein.

Joshua und Claire saßen auf der Veranda, als Bruce an diesem Samstagnachmittag am Haus vorfuhr, und erwarteten ihn, wie er gehofft hatte.

»Wir haben gerade einen Heißluftballon über uns hinwegfliegen sehen«, rief ihm Joshua zu, als er aus seinem Pick-up stieg.

Bruce blickte in den wolkenlosen Junihimmel. »Die haben bei Brainerd irgendein Fest. Hat diese Woche in der Zeitung gestanden.« Er spähte weiter zum Himmel, um den Moment hinauszuschieben, wo er sie ansehen musste.

»Wir haben uns überlegt, im Lookout zu essen«, sagte Claire vom Schaukelstuhl aus. »Der Kühlschrank ist leer.«

»Es wird voll sein, aber was soll's«, sagte Joshua. Er ließ einen kleinen Gummiball aufdotzen und jagte ihm hinterher, als er davonsprang. »Wir können uns an die Bar setzen, wenn wir wollen.«

Bruce blickte immer noch zum Himmel, als halte er nach weiteren Heißluftballons Ausschau. Seine Hände zitterten. Er steckte sie in die Taschen, um sie zu beruhigen.

»Kathy Tyson und ich haben geheiratet«, sagte er, ohne sich ihnen zuzuwenden. Er hatte so leise vor sich hin gesprochen, dass es fast so war, als hätte er überhaupt nichts gesagt.

»Was?«, rief Claire und fuhr so schnell aus dem Stuhl hoch, dass er heftig hinter ihr schaukelte.

»Kathy Tyson und ich haben geheiratet«, wiederholte er, langsamer und freundlicher diesmal. »Gestern. Ich weiß, es ist hart, aber …«

»Hart?«, kreischte Claire. »Wovon redest du? Ich verstehe überhaupt nicht, wovon du redest.« Sie blickte zu Joshua, als könnte er es ihr erklären.

»Ich möchte euch sagen, dass ich eure Mutter sehr geliebt habe – und dass ich eure Mutter immer noch liebe und immer lieben …«

»Schwachsinn«, brauste Claire auf und brach dann in Tränen aus. »Du hast Kathy Tyson geheiratet? Du bist verheiratet? Mom ist zwei Monate tot, und du hast geheiratet?«

»Fast drei, am Montag sind es drei«, sagte er leise. Er blickte zu Boden, sah dort eine Reihe kleiner Ameisenhaufen und zertrat einen mit dem Fuß.

»Fast drei!«, heulte Claire auf, als hätte er ihr eine körperliche Wunde zugefügt. »Entschuldige, wenn ich den Überblick verloren habe. Entschuldige, wenn ich die Tage nicht gezählt habe, bis ich mir endlich meine Mutter vom Hals schaffen kann …«

»Ich will mir deine Mutter nicht vom Hals schaffen.«

Claire setzte sich auf die Treppe, vergrub das Gesicht in den Händen und weinte hemmungslos. Joshua setzte sich neben sie und legte ihr den Arm um die Schultern.

»Sie hätte es so gewollt«, sagte Bruce flehentlich zu Joshua, weil er hoffte, bei ihm mehr Verständnis zu finden. Bei ihm als Mann. »Sie hätte gewollt, dass ich nach vorn schaue, dass ich mein Leben lebe …«

»Was ist mit unserem Leben?«, fragte Joshua, das Gesicht wie versteinert.

»Ja«, sagte Claire hinter ihren Händen hervor, hörte auf zu weinen, sah mit geröteten Augen zu ihm auf und verlangte eine Antwort. »Was ist mit *unserem* Leben?«

»Mit eurem Leben?«, stammelte er. »Sie hätte gewollt, dass auch ihr ein gutes Leben habt.«

»Ich dachte«, sagte Joshua, »du hältst nichts von der Ehe.«

»Hört mal, ihr zwei, ihr seid nicht meine Richter, und es geht euch einen feuchten Kehricht an, was ich mit meinem Leben anfange. Um das gleich mal klarzustellen.« *Scheißkids*, dachte er und griff nach der Schachtel Zigaretten in seiner Hemdtasche. Als er die Zigarette zum Mund führte, sah er, dass seine Hand noch stärker zitterte als zuvor. *Scheißkids*, dachte er wieder und noch grimmiger.

»Nur damit ich das richtig verstehe«, sagte Claire nach einer

Weile mit emotionsloser Stimme. »Du glaubst also an die Ehe. Du hast nur nicht an eine Ehe mit unserer Mom geglaubt.«

»Nein. Ich habe daran geglaubt. Eure Mom hat nicht daran geglaubt. Hört zu, wir hatten eine Ehe. Nur weil sie nicht vor dem Gesetz geschlossen war, heißt das doch nicht, dass sie uns beiden weniger bedeutet hat.«

Darauf brach Claire wieder in hysterisches Schluchzen aus. Bruce kniete sich vor sie hin und streichelte ihren Arm. Joshua ging zum Ende der Veranda, damit er ihm nicht nahe sein musste.

»Fass mich nicht an«, flehte Claire kraftlos, nachdem sie mehrmals tief Luft geholt hatte, und als er trotzdem weiter ihren Arm streichelte, schrie sie so jämmerlich »Bitte nicht«, dass er aufhörte.

»Liebst du sie?«, fragte Joshua.

»Wen?«

Joshua starrte ihn nur an.

»Kathy?«, fragte Bruce.

Joshua antwortete nicht.

»Natürlich«, sagte Bruce mit mehr Entschiedenheit, als er empfand. Und er liebte sie wirklich, obwohl seine Gedanken, wenn er über diese Liebe nachdachte, Purzelbäume schlugen und fast nie bei Kathy selbst landeten, sondern dabei, wie unerträglich es war, ohne sie zu sein. »Ich liebe sie nicht auf die gleiche Weise, wie ich eure Mom geliebt habe, falls du das meinst. Es braucht Jahre, um so etwas aufzubauen, aber ja, ich liebe sie. Natürlich.« Joshua sah ihm direkt in die Augen, und dann setzte sich Claire auf und richtete ihre feuchten Augen auf ihn. Aus beiden blickten ihn Teresas Augen an. Er schaute weg. »Ihr müsst begreifen, dass das nichts mit meinen Gefühlen für eure Mutter zu tun hat. Es geht nur darum, dass ich nicht allein leben kann.«

»Du lebst nicht allein«, erwiderte Joshua. »Du lebst mit mir zusammen, und zeitweise auch mit Claire.«

»Ich weiß, und daran muss sich auch nichts ändern. Aber ich brauche eine Partnerin. Ich brauche Gesellschaft.«

»Was ist mit uns?«, fragte Joshua. »Woher bekommen wir Gesellschaft?«

»Du hast Lisa. Und Claire hat David.«

»*Wir haben uns getrennt*«, sagte Claire verbittert. »Du weißt, dass wir uns getrennt haben.«

»Ich dachte, ihr nehmt nur eine Auszeit voneinander«, sagte er, merkte aber, dass sie das nur noch mehr aufbrachte. »Okay, tut mir leid. Aber irgendwann wirst du einen anderen finden. Den Richtigen. Ganz bestimmt.«

Claire schnaubte angewidert und schüttelte den Kopf.

»Aber die sind nicht unsere Mom«, sagte Joshua. »Wir können nicht einfach losgehen und jemanden suchen, der unsere Mom ersetzt, so wie du.«

»Ich habe eure Mutter nicht ersetzt.«

»Du hast eine Frau«, ließ Joshua nicht locker. »Wir werden nie wieder eine Mutter haben. Kapiert? Nie wieder.« Tränen quollen ihm aus den Augen, zogen Spuren über sein Gesicht und tropften von seinem Kinn.

»Josh«, stieß Bruce leise hervor, ging aber nicht zu ihm. Stechmücken ließen sich auf seinem Hals und seinen Armen nieder, und er schlug nach ihnen, bis Claire das Mückenspray vom Verandageländer nahm und ihm wortlos hinhielt.

»Ihr seid hier jederzeit willkommen«, sagte er endlich. »Beide. Jederzeit.«

»Willkommen?«, wiederholte Claire und stieß ein kurzes, scharfes Lachen aus. »*Willkommen?* Das ist unser Zuhause, Bruce. Wie kommst du darauf, wir könnten annehmen, dass wir hier nicht willkommen sind?« Sie stutzte, und ein anderer

Gedanke huschte über ihr Gesicht. »Nein. Das ist nicht wahr! Sag jetzt nicht, dass sie hier einzieht.«

»Claire.«

»Oh mein Gott.«

»Claire.«

»Nimm meinen Namen nicht in den Mund!«, fuhr sie ihn an. »Lass mich einfach in Ruhe, verdammt.«

»Ihr Haus ist echt klein. Es ist nicht mal ein richtiges Haus – es ist eine Hütte. Es hat nur ein Zimmer. Wir können dort nicht wohnen, das wäre doch Unsinn«, erklärte er ihr, obwohl sie ihn nicht ansah. »Aber für euch wird sich nichts ändern. Eure Zimmer bleiben eure Zimmer. Und ich glaube, ihr werdet sie mögen …«

»Wann hat das angefangen?«, wollte Joshua wissen.

»Wann?«, fragte Bruce verständnislos.

»Geht das schon länger?«

»Es hat erst nach dem Tod eurer Mutter angefangen, falls du das meinst. Und falls du wissen willst, ob ich eure Mutter betrogen habe, lautet die Antwort Nein.«

»Wie edel von dir«, sagte Joshua.

»Du kannst mich mal«, entgegnete Bruce. »Das ist mein Leben, klar?«

»Gut«, sagte Claire, »dann reden wir doch Klartext. Das bedeutet, dass wir die Sachen unserer Mom zusammenpacken müssen, richtig? Zum Beispiel *morgen.*«

Bruce überlegte einen Moment. Er hatte die Sache noch nicht bis in alle Einzelheiten durchdacht. »Es bedeutet …«

»Bedeutet es, dass Kathy morgen einzieht?«, fragte Claire. »Sag einfach nur Ja oder Nein.«

»Nicht morgen«, erwiderte er. »Am Wochenende wollten wir … Ich werde drüben bleiben. Aber ja, Kathy wird hier einziehen. Das heißt aber nicht, dass alle Sachen eurer Mutter …«

»Danke«, sagte sie und hob abwehrend die Hände.

»Es tut mir leid, wenn ich euch wehgetan habe. Das wollte ich nicht.« Er machte eine Pause und sah sie beschwörend an. »Wollt ihr denn, dass ich ewig leide? Wollt ihr nicht, dass ich glücklich bin?«

»Wir wollen, dass du glücklich bist«, erwiderte Joshua.

»Natürlich wollen wir das«, sagte Claire, milder gestimmt. Sie drehte sich von ihm weg, senkte den Blick auf ihre nackten Füße und schlang sich die Arme um die Schultern. »Ich bitte nur um eins, und Joshua ist da bestimmt derselben Ansicht.« Sie machte eine Pause, weil ihre Stimme zitterte. »Ich möchte, dass Kathy von Moms Grab wegbleibt. Ich möchte, dass das unser privater Platz bleibt. Es besteht keine Notwendigkeit, dass Kathy da hingeht. Sie hat mit Mom nichts zu tun. Das ist unser heiliger Boden.«

»Okay«, stieß er hervor. Ihm war klar, dass er ihnen von den Wildblumensamen erzählen musste, die er mit Kathy ausgesät hatte, aber im Moment war er dazu nicht imstande.

»Versprichst du es?«, fragte Claire.

»Ja«, platzte er wütend heraus. »Ja! Ja!«, brüllte er immer lauter. »Ich verspreche es, verdammt noch mal.«

Keiner von beiden wollte ihn ansehen.

»Seid ihr jetzt zufrieden?«, schrie er so laut, dass die Pferde, die am Zaun grasten, die Köpfe hoben. »Was wollt ihr noch? Darf Kathy das Badezimmer benutzen? Muss sie euch um Erlaubnis bitten, wenn sie in der Küche einen Topf Wasser heiß machen will, oder ist das auch heiliger Boden?«

Neue Tränen liefen Claire übers Gesicht. Joshua, der am anderen Ende der Veranda stand, wurde ganz still und rührte sich nicht.

»Na?«, rief Bruce. »Was ist? Ich hab euch was gefragt und hätte gern eine Antwort. Wollt ihr sonst noch was?«

Sie antworteten nicht.

»Antwortet mir!«, schrie er.

Claire schüttelte kaum merklich den Kopf.

»Nein«, sagte Joshua kühl.

»Gut.«

Er ging zu seinem Pick-up, kam dann aber, immer noch auf hundertachtzig, zu ihnen zurück. »Wisst ihr was? Ich bin *nicht* euer Vater«, sagte er und hasste sich sofort dafür, konnte aber nicht aufhören. »Und ich schulde euch gar nichts, verstanden? Habt ihr das kapiert?«

Er stieg ein und ließ den Motor aufheulen. Seine Wut verflog in dem Moment, als der Pick-up sich in Bewegung setzte. Sie ging so schnell, wie sie gekommen war, doch er fuhr weiter und ließ den Wagen die Zufahrt hinunterrollen. Er wollte nicht zu Kathy. Er wollte nicht in eine Kneipe. Er wollte nicht in die Stadt, an den Fluss oder an den See. Er wusste nicht, wohin er wollte. Er wollte nur weg. Im Wegfahren beobachtete er Claire und Joshua im Rückspiegel, und er beobachtete sie, so lange er konnte, bis ihm die Bäume, das hohe Gras, die grelle Sonne und die Wölbung des Landes die Sicht nahmen und sie seinem Blick entschwunden waren.

13

Am Montagmorgen fand Joshua ein Schulheft. *Lisa Boudreaux* stand in seiner Handschrift auf dem Rückendeckel, mit einem verschnörkelten Herzen drum herum. Ein Anflug von Sorge, Wehmut und Wut stieg in ihm auf, als er das sah, und er warf das Heft dorthin zurück, wo es gelegen hatte, in den Plunder hinter dem Sitz seines Pick-ups, zwischen die halb vollen Kartons mit leeren Öl- und Coladosen und alten Stiften ohne Kappe, und setzte die Suche nach seinem Versicherungsnachweis fort. Er sah ihn noch vor sich, den großen weißen Umschlag mit dem kleinen Klarsichtfenster. Er schob den Sitz wieder zurück und wandte sich an Greg Price, der in seiner schmucken beigefarbenen Polizeiuniform an dem Pick-up lehnte. Er war der Ortspolizist von Midden, der einzige, und er war es schon fast so lange, wie Joshua lebte.

»Die Sache ist die: Der Wagen ist versichert, nur kann ich die Bescheinigung nicht finden.« Er schob die Hand in die Tasche, in der sein Handy steckte, und sprach ein kleines Gebet, damit es nicht klingelte. Bei der Vorstellung, dass Vivian jetzt anrief und eine Nachricht hinterließ, drehte sich ihm der Magen um.

»Wirst du in Zukunft nicht mehr durch die Stadt rasen?«, fragte ihn Greg.

»Nein«, antwortete Joshua und fügte ein »Sir« hinzu.

»Wirst du rasen, sobald du aus der Stadt raus und auf offener Strecke bist?«

»Nein, Sir, das werde ich nicht.« Greg sah ihn so lange prüfend an, bis Joshua die Augen niederschlug. Weiße, orangefarbene und durchsichtige Glasscherben lagen im Schmutz, zersplitterte Scheinwerfer oder Rücklichter. »Es war nur so, dass ich meine Freundin zu Hause abholen wollte und zu spät dran war«, erklärte er.

»Wer ist deine Freundin?«, fragte Greg barsch, die muskulösen Arme vor der fassartig gewölbten Brust verschränkt.

»Lisa Boudreaux.« Er legte die Hand auf die Ladefläche, die bereits warm war, obwohl es erst zehn Uhr am Vormittag war. »Aber das soll keine Entschuldigung sein.«

»Nein, Mr Wood, Muschis nachjagen ist keine Entschuldigung«, entgegnete Greg und grinste, als ob ihn plötzlich alles amüsierte, aber dann wich das Lächeln aus seinem Gesicht, und er starrte Joshua wieder eine Weile an, ohne etwas zu sagen. »Bist du nicht mit R. J. Plebo befreundet?«

»Ja.«

»Den hab ich eine ganze Weile nicht mehr gesehen.«

»Er ist nach Flame Lake gezogen.« Er trat gegen den Boden, und eine orangefarbene Glasscherbe flog ein Stück weiter. »Sein Vater lebt da oben.«

»Aber ich sehe häufig deinen Pick-up drüben bei den Plebos.«

Joshua konzentrierte sich darauf, gleichmäßig zu atmen, doch plötzlich hatte er das Gefühl zu ersticken. Außer einem kleinen Beutel Marihuana, den er in einem Angelkasten unter dem Sitz aufbewahrte, hatte er keine Drogen dabei, aber das war reines Glück.

»Wir sind befreundet.«

»Du und Vivian?« Greg zwinkerte ihm zu. »Stehst du auf ältere Frauen?«

»Nein«, antwortete Joshua errötend. »Ich bin mit ihr und

Bender befreundet.« Er hob den Blick zu Greg, setzte eine sanfte, fast Mitleid heischende Miene auf und fuhr in ernstem Ton fort: »Manchmal machen sie mir was zu essen.« Jeder in Midden wusste, dass Vivian und Bender Kiffer und Trinker waren, aber man wusste auch, dass Joshua kein richtiges Zuhause mehr hatte.

»Kann Bender gut kochen?«, fragte Greg, zwinkerte erneut und brach in ein Lachen aus, das in einen fiesen Anfall von Raucherhusten überging. Da wusste Joshua, dass er vom Haken war. Jemandem aus Midden verpasste Greg sowieso nur selten einen Strafzettel, er nahm lieber die Leute aus den Cities ins Visier, manchmal auch die aus Blue River und in der Mehrzahl der Fälle Indianer aus Flame Lake. »Lass dir das eine Warnung sein, mein Freund«, sagte er und klopfte ihm auf den Rücken. »Pass auf, wie schnell du fährst.«

»Das werde ich«, rief Joshua ihm nach, als der zu seinem Streifenwagen ging und einstieg. Die Lichter rotierten noch und blinkten matt in der Sonne.

Lisa stand in der Tür, als er bei ihr ankam, und sah ihn böse an.

»He, mein Schöne«, sagte er und küsste sie in der Hoffnung, einen Streit zu vermeiden, auf die Wange. Sie hatten sich in den letzten Wochen häufig gestritten, seit sie wussten, dass Lisa schwanger war. Sie war launisch, litt häufig unter Übelkeit, weinte und übergab sich mehrmals am Tag.

Er ging zum Kühlschrank und goss sich ein Glas Saft ein, ohne zu erklären, warum er zu spät kam. Er wohnte praktisch hier, in Pams Wohnwagen, seit Kathy zu Bruce gezogen war, Lisa ihren Abschluss gemacht hatte und Pam mit den Worten, ihre Arbeit sei getan, fast ganz zu ihrem Freund John gezogen war. Ab und zu schlief er noch in der Wohnung über dem Lookout, wenn Lisa dachte, er würde R. J. in Flame Lake oder

Bruce besuchen. Er hatte weder das eine noch das andere getan, obwohl er und R. J. nach wie vor die Absicht hatten, sich zusammenzutun. Bruce hatte er nur ein paar Mal zufällig in der Stadt getroffen, in Jake's Tavern oder im Tap, und einmal im Lookout. Bei diesen Begegnungen setzten sie sich zusammen und unterhielten sich ein paar Minuten angestrengt übers Wetter und über die Aufträge, an denen Bruce gerade arbeitete, und Bruce fragte ihn immer, ob er etwas von Claire gehört habe und was sie so mache. Letzte Woche hatte er ihn auf dem Coltrap County Fair gesehen, Arm in Arm mit Kathy. Er war in der Menge untergetaucht, bevor die beiden ihn bemerkt hatten.

Die letzte Nacht hatte er in der Wohnung verbracht, damit Lisa und ihre Mutter einen Abend für sich hatten, was selten der Fall war. Es war anders gewesen als den ganzen Frühling hindurch, als die Wohnung noch seine eigene, geheime Welt gewesen war. Mittlerweile stand sie voller Kartons mit Sachen seiner Mutter und kleinen Möbelstücken, die sie neu lackiert, und Bildern, die sie im Lauf der Jahre gemalt hatte. Er und Claire hatten alles an einem langen Sonntag im Juni, bevor Kathy einzog, in die Wohnung gebracht. Die meisten Kartons waren nicht einmal zugeklebt, weil sie kein Klebeband gehabt hatten und zu gestresst gewesen waren, um in die Stadt zu fahren und welches zu besorgen. Claire hatte einen Großteil der Packerei übernommen und die unmöglichsten Dinge zusammengestopft. So konnten sich in einem Karton eine Schere, eine Kamera, ein halb leeres Glas Wick VapoRub und eine Sammlung Johnny-Cash-CDs finden, und in einem anderen eine Salatschleuder, die alte Lesebrille ihrer Mutter, eine nicht angebrochene Großpackung Kaugummis ohne Zucker und eine Schirmlampe. Wenn er sie fragte, wieso sie ein halbes Glas Wick VapoRub mitnahmen, antwortete sie, weil ihre Mutter ihre Finger hineingetaucht habe, und die Kaugummis seien möglicherweise die letzten gewesen, die ihre Mutter gekauft habe. Manchmal öffnete er morgens, wenn es hell wurde, einen Karton und betrachtete die Sachen seiner Mutter. Mal tröstete ihn der Anblick, mal machte er ihn ganz fertig, je nach Tag, je nachdem, worauf sein Auge fiel und welche Bilder es in ihm wachrief. Einmal stieß er auf ihre Mokassins, hielt sich einen an die Nase, und der vertraute Geruch ihrer Füße – von dem er bis zu diesem Augenblick gar nicht gewusst hatte, dass er ihm vertraut war – traf ihn wie ein Geschoss, nahm ihm den Atem und machte ihn fassungslos.

»Hattest du einen netten Abend mit deiner Mutter?«, fragte er Lisa, nachdem er seinen Saft ausgetrunken hatte.

Sie nickte, nahm sein leeres Glas vom Tisch, ging zur Spüle und wusch es energisch aus.

»Das wollte ich gerade selber machen«, sagte er.

»Wir müssen los«, sagte sie, sich wieder zu ihm umdrehend.

Heute war Lisas erster Termin wegen des Babys. Er hatte Vivian und Bender gesagt, dass er sich den Tag freinehmen müsse, aber keinen Grund genannt. Lisas Schwangerschaft war vorläufig noch ein Geheimnis und sollte es auch so lange wie möglich bleiben. Damit niemand Wind davon bekam, fuhren sie den weiten Weg nach Brainerd, statt die Beratungsstelle in Midden oder Blue River aufzusuchen.

»Hast du gefrühstückt? Ich kann dir ein paar Toasts machen«, erbot er sich, aber sie schüttelte den Kopf. Manchmal wurde ihr schon schlecht, wenn er bestimmte Speisen nur erwähnte, doch er konnte nie vorher sagen, bei welchen.

»Ich nehme was zum Lernen mit«, sagte er und griff nach einem der Lehrbücher für seine Hochschulreifeprüfung, die mitten auf dem Tisch lagen. Er hatte sie monatelang vernachlässigt. »Dann habe ich im Wartezimmer was zu tun.«

Sie gab einen entrüsteten Laut von sich.

»Was ist?«

»Du kannst auch mit reingehen.«

»Zum Arzt?«

Sie nickte, als wäre er ein Idiot.

»Okay«, sagte er. »Das wusste ich nicht. Woher soll ich das denn wissen?«

Er stand auf und legte die Arme um sie. Er roch den Zitronendrops, den sie lutschte, um sich nicht übergeben zu müssen, und das Gel, das sie sich immer in die Haare schmierte.

»Gehen wir«, sagte sie, nahm ihre Tasche vom Tisch und ging hinaus, ohne sich umzudrehen und nachzusehen, ob er ihr zum Pick-up folgte.

Als sie in Brainerd ankamen, hatte sich Lisas Laune gebessert.

»Was meinst du, ob es ein Junge oder ein Mädchen wird?«, fragte sie, als sie neben ihm im Wartezimmer der Klinik saß, eine Zeitschrift mit dem Titel *Baby* in der Hand.

»Keine Ahnung.«

»Es ist schon entschieden«, sagte sie mit geheimnisvoller Stimme. »Habe ich gerade gelesen. Alles, was mit seiner Genetik zu tun hat, entscheidet sich anscheinend in dem Moment, wenn das Spermium auf die Eizelle trifft.«

Sie waren sich ziemlich sicher, wann das Spermium auf die Eizelle getroffen war, nämlich vor sechs Wochen an dem kleinen See hinter Lisas Haus, der, soweit sie wussten, keinen Namen hatte. Es war ein heißer, trockener Sommer gewesen, und so waren sie an den meisten Tagen, wenn Lisa von ihrem Job im Red Owl nach Hause kam – seit ihrem Schulabschluss arbeitete sie ganztags – und Joshua für Vivian und Bender alle Drogen ausgeliefert hatte, auf dem Pfad, der hinten um den Müllplatz herumführte und die Bahngleise überquerte, zu dem See gegangen. Sie sahen dort nie jemand anders, trotz des Pfades und gelegentlicher Anzeichen, dass sich Leute dort aufgehalten hatten – Aludosen in der Feuerstelle, ein Bonbonpapier, das durch die Luft wehte und sich im Gras verfing –, und betrachteten den See als ihr privates Refugium. Sie zogen sich aus, sprangen ins Wasser und bespritzten sich gegenseitig, und dann ließen sie sich einträchtig auf dem Rücken treiben und blickten in den Himmel. Einmal brach ein Bär aus dem Wald hervor und näherte sich dem Ufer. Lisa schrie, und Joshua schlug klatschend aufs Wasser, worauf der Bär, der wahrscheinlich auf dem Weg zur Müllhalde war, das Weite suchte. Manchmal schlang Lisa ihre Arme und Beine um Joshua, während er auf dem schlammigen Grund stand und wippend für sie beide das Gleichgewicht hielt, und sie liebten sich, was sie jedoch nur selten taten, weil sie da draußen keine Kondome dabeihatten. Normalerweise machte er einen Rückzieher. Nur an diesem einen Nachmittag nicht. Anschließend kehrten sie in den heißen Wohnwagen zurück, aßen Salami, Käse, Cracker und kalten Nudelsalat, den Lisa von der Arbeit mitgebracht hatte, und sprachen darüber, dass sie von einem einzigen Ausrutscher unmöglich schwanger werden könne.

»Außerdem«, sagte Joshua, »waren wir in einem See. Das macht es doch unwahrscheinlich. Ich meine, würde das Wasser es nicht … verdünnen?«

»Vielleicht«, sagte Lisa skeptisch mit verheulten roten Augen.

Und dann warteten sie und vergaßen die ganze Sache. Sie vergaßen sie eine Woche, dann zwei, dann drei und fast vier, bis Lisa im Badezimmer einen Test machte und sie die Sache nicht mehr hatten vergessen können.

»Mrs Boudreaux«, rief jetzt eine Frau von der Tür her.

Lisa klappte die Zeitschrift zu und sah Joshua an. Angst

huschte über ihr Gesicht. Sie standen auf und folgten der Frau durch einen Flur in einen Raum, der so schmal war wie der Flur.

»Nehmen Sie bitte Platz.« Sie deutete auf zwei Plastikstühle, die einander gegenüberstanden, und als sie saßen, zog sie einen dritten Stuhl heran. »Ich bin Karen. Ich bin hier Schwester. Zunächst brauche ich ein paar allgemeine Angaben von Ihnen.« Sie schlug einen Ordner auf und überflog den langen Fragebogen, den Lisa im Wartezimmer ausgefüllt hatte. »So, Sie sind also schwanger«, sagte sie, schaute von dem Ordner auf und lächelte sie zaghaft an. »Ist das eine gute Neuigkeit?«

»Ja«, platzte Lisa heraus. »Ich meine, es war nicht geplant, aber jetzt, wo ich schwanger bin, sind wir glücklich.«

»Gut«, sagte Karen.

Lisa sah Joshua an, und ihre Augen loderten kurz auf.

»Ja«, sagte er.

»Na, dann sind Glückwünsche angebracht«, sagte Karen und zückte einen Stift.

Sie hatten über eine mögliche Abtreibung gesprochen, aber Lisa hatte gemeint, das könne sie nicht, weil sie katholisch sei. *Wenn du so katholisch bist, dürftest du überhaupt keinen Sex haben*, hatte Joshua darauf erwidert, was er später sehr bedauerte. Sie hatten den Streit beigelegt, indem sie sich darauf einigten, nach der Geburt des Kindes zu heiraten und eine richtige Hochzeit zu feiern, bei der Lisa ein richtiges Hochzeitskleid tragen konnte. Theoretisch waren sie jetzt verlobt, obwohl sie niemandem etwas davon gesagt hatten und er ihr keinen Ring geschenkt hatte.

»Sie haben heute einen Termin bei …« Sie blickte wieder in den Ordner.

»Dr. Evans.«

»Ja«, sagte Karen. »Sarah Evans. Sie ist keine Ärztin. Sie ist staatlich geprüfte Krankenschwester und Hebamme. Sie arbeitet mit den Ärzten hier in der Praxis zusammen und macht mehr oder weniger alles, was die Ärzte machen. Sie wird Ihnen gefallen. Sie arbeitet sehr praxisorientiert.«

Karen drehte an einer kleinen Pappscheibe und teilte ihnen mit, dass das Kind voraussichtlich Mitte März geboren werde. *In der Woche, in der seine Mutter gestorben war*, dachte Joshua sofort. Er räusperte sich und rutschte auf seinem Stuhl hin und her. Schon beim Betreten der Klinik hatte er sie gespürt, seine Mutter – besonders auch an jenem Tag, als er in das Krankenhaus gegangen war, in dem er sie nie lebend, sondern nur tot gesehen hatte –, aber jetzt, in diesem Raum, in dem es nach Wattebäuschen, Franzbranntwein und Reinigungsmitteln roch, spürte er sie noch deutlicher. Er saß da und versuchte, an nichts zu denken und sich ganz auf die lange Liste von Fragen zu konzentrieren, die Karen Lisa stellte, Fragen zu ihrer Gesundheit, zur Gesundheit ihrer Eltern, von denen sie die meisten, wie ihm schien, bereits auf dem Fragebogen beantwortet hatte.

»Wie viele Sexualpartner haben sie gehabt?«

»Drei«, antwortete Lisa, ohne ihn anzusehen. Er spürte einen heißen Stich im Herzen und vergaß die Gerüche im Raum. Soweit er wusste, hatte sie nur zwei gehabt: ihn und Trent Fisher. Er bemerkte, dass ihr blasses Gesicht rot anlief, während sie stur Karen ansah und es vermied, in seine Richtung zu blicken.

»Hatten Sie irgendwelche sexuell übertragbare Krankheiten?«

»Nein«, antwortete sie, als wäre die Frage absurd.

»*Was ist?*«, fragte sie, als Karen gegangen war und sie allein im Untersuchungsraum saßen und auf Sarah Evans warteten.

»Drei?«

»Josh. Du hast doch auch mit jemand anders geschlafen.«

»Wer ist es?«, fragte er wütend im Flüsterton, damit ihn auf dem Flur niemand hören konnte.

»Es war ein Typ aus Duluth«, flüsterte sie zurück. »Das war lange vor unserer Zeit. In der elften Klasse. Wir sind damals mit dem Ornithologie-Kurs zu der Wissenschaftsmesse gefahren und vier Tage geblieben. Da hab ich den Typ, er hieß Jeff, kennengelernt und einmal mit ihm geschlafen, Josh. *Einmal.*« Sie saß auf der Kante des Untersuchungstischs und trug nur Socken und den Kittel, den man ihr gegeben hatte und der vorn nur notdürftig zugebunden war. Während sie sprach, konnte er durch den aufklaffenden Stoff intime Körperstellen sehen.

»Dann hast du Trent betrogen?«

»Quatsch. Ich habe Trent mit dir betrogen.«

»Aber du hast Trent auch mit jemand anders betrogen.« Es machte ihn wütend, obwohl er tief in seinem Innern wusste, dass er irrational reagierte. Er hatte außer Lisa nur Tammy Horner gehabt.

»Ja«, sagte sie schließlich traurig. *»Einmal.«*

»Ich sehe dein …« Er deutete auf sie.

»Was?«

»Dein … *Ding.*«

»Das ist nur mein Schamhaar, Josh«, sagte sie zu laut und bedeckte es.

Eine Zeitlang verharrten sie in gespanntem Schweigen. An der Wand hinter Lisa hingen ein Schaubild der weiblichen Geschlechtsorgane und daneben ein kleineres der männlichen. Es klopfte leise an die Tür, und bevor sie antworten konnten, kam eine Frau herein, die sich als Sarah Evans vorstellte. Sie gab zuerst Lisa, dann Joshua die Hand, setzte sich auf einen kleinen Rollhocker und lächelte sie an.

»Herzlichen Glückwunsch!«, begann sie mit dröhnender Stimme.

»Danke«, antworteten sie beide im Chor.

Sie sagte ihnen, dass sie sie Sarah nennen sollten, und erklärte Lisa, was sie gegen ihre Übelkeit tun könne, welche Vitamine sie einnehmen und was sie essen und nicht essen solle, dass sie keinen Alkohol trinken, nicht rauchen und die Gesellschaft von Rauchern meiden solle, dann stöberte sie in einer Schublade und drückte Joshua mehrere Broschüren in die Hand, über Mukoviszidose und Schwangerschaftsgymnastik, Fehlgeburten und Ernährung und eine weitere mit dem Titel »Besondere Umstände: Teenagerschwangerschaft«, auf deren Umschlag ein besorgt dreinschauendes Latino-Paar abgebildet war. Sarah hatte männlich kurz geschnittenes Haar wie Joshua, als tue sie nichts anderes damit, als es zu waschen. Sie trug weder Make-up noch Schmuck. Sie erinnerte Joshua entfernt an die Frauen, die immer an die Schule gekommen waren, um Sexualkunde zu unterrichten, oder auch an einige Frauen, die mit seiner Mutter unentgeltlich bei der Radiostation gearbeitet hatten, besonders an die, die eine Sendung mit dem Titel *A Woman's Place* moderierten, aber an seine Mutter erinnerte sie ihn überhaupt nicht. Sie wirkte zu sportlich und zu selbstbewusst. Möglicherweise war sie auch eine Lesbe, wie die Hälfte der Frauen, die bei *A Woman's Place* mitarbeiteten. Als sie ihnen alles gesagt hatte, was sie wissen mussten, fragte sie Lisa, ob sie etwas dagegen habe, wenn ein Student der Untersuchung beiwohne. Als Lisa verneinte, tauchte plötzlich ein Mann namens Michael auf, als hätte er vor der Tür gestanden und gelauscht oder als hätte Sarah Evans auf einen Geheimknopf gedrückt und ihm signalisiert, dass er eintreten könne. Sie gaben ihm die Hand, worauf er sich in die Ecke zurückzog und am Fußende des Untersuchungstischs postierte.

Lisa legte sich hin, und Sarah schnürte den Kittel oben auf, sodass ihr Körper von der Taille aufwärts entblößt wurde. Sarah tastete die eine, dann die andere Brust ab, wobei sie sich in konzentrischen Kreisen bis zu den Brustwarzen vorarbeitete, sah dabei aber nicht auf Lisa herab, sondern an ihr vorbei, als wollte sie sich ganz darauf konzentrieren, was sie ertastete. Joshua errötete unwillkürlich. Er hatte keine Ahnung, warum er bei so was dabei sein sollte. Ein an Übelkeit grenzendes Schwindelgefühl stieg in ihm auf, als könnte er jeden Moment in hysterisches Gelächter ausbrechen, obwohl er wusste, dass er das auf keinen Fall durfte. Er blickte zu Michael, der in Sarahs und Lisas Richtung sah, nach seiner Miene zu urteilen aber an etwas ganz anderes zu denken schien, etwas Düsteres oder schrecklich Langweiliges.

»Glauben Sie, dass es bald Regen geben wird?«, fragte er ihn.

Michael sah zu ihm herüber, schien im ersten Moment aber nicht zu verstehen. »Ach so … tja … ich weiß nicht. Es ist furchtbar trocken, nicht wahr?«

»Auf jeden Fall«, erwiderte Joshua nickend, blickte zu Boden und überlegte, was er noch sagen konnte, um Michael in ein Gespräch zu verwickeln.

»Sehen Sie diese Adern?«, fragte Sarah, als sie Lisas Brüste fertig abgetastet hatte.

»Ja«, antwortete Lisa zögernd, indem sie an sich hinuntersah.

»Hier.« Sarah griff nach einem Spiegel mit Scherenarm, der an der Wand befestigt war und sich bis zur Mitte des Zimmers ausziehen ließ. »Aus diesem Blickwinkel können Sie sie sehen«, sagte sie und brachte den Spiegel unter Lisas Brüsten in Stellung. »All die blauen Adern.«

»Guck mal, Josh«, sagte Lisa.

Er stand neben ihrem Kopf und glotzte teilnahmslos auf

ihre geschwollenen Brüste. Ein Netz blauer Adern überzog sie wie die Linien auf einer Straßenkarte. »Ist das gut so?«, fragte er.

»Völlig normal, die Brüste bereiten sich auf die Milchproduktion vor«, antwortete Sarah und schob den Spiegel wieder weg. »Könnten Sie hier herunterrutschen?«

Lias zog sich den Kittel über die Brust, rutschte zum Ende des Tischs und legte die Beine in die Halterungen. Der Kittel spannte sich über ihren Knien wie ein Zelt, hinter dem Sarah im Licht einer sehr hellen Lampe arbeitete, die direkt zwischen Lisas Beine strahlte. Joshua blieb unsicher neben Lisas Kopf stehen, während Sarah nach einer Tube Gleitmittel griff und dann nach einem Instrument aus Metall. Wieder verspürte er diesen irren Drang zu lachen. Er musste husten, um ihn zu unterdrücken.

»Ich dringe jetzt ein«, sagte Sarah. »Sie werden nur einen leichten Druck spüren.« Er hörte das Instrument klicken, und dann gab es ein grässliches Surren von sich wie ein hydraulischer Miniaturwagenheber. Er streichelte Lisas Haar, um sie zu trösten, aber ihre Hände schnellten nach oben und geboten ihm Einhalt. Ihre Blicke begegneten sich, und da begriff er, dass der Streit über die Anzahl ihrer Liebhaber noch nicht vorbei war. Er drückte ihr die Hand, von Beschützergefühlen übermannt, als müsste er sie gegen Sarah Evans und Michael verteidigen.

»Sieht alles gut aus«, verkündete Sarah nach ein paar Minuten und spähte unter dem Kittel hervor. Joshua schielte kurz zu Michael, der direkt auf Lisas entblößtes, angestrahltes Geschlechtsteil blickte. Am liebsten wäre er zu ihm rübergegangen und hätte ihm eine geknallt.

»Haben Sie schon mal Ihren Muttermund gesehen?«, fragte Sarah.

»Nein«, antwortete Lisa. In diesem einen Wort konnte Joshua ihre ganze Unsicherheit hören – wollte sie ihren Muttermund wirklich sehen, und was war ein Muttermund überhaupt? –, aber Sarah ließ nicht locker.

»Jede Frau sollte wenigstens einmal ihren Muttermund sehen.« Sie zog wieder den Spiegel zu sich herüber, klappte die vergrößernde Seite nach vorn und platzierte sie wenige Zentimeter vor Lisas Vagina. Lisa stemmte sich auf die Ellbogen hoch und beugte sich unter Mühen, da ihre Beine noch in den Stützen lagen, nach vorn. »Wow«, sagte sie einen Augenblick später, sank wieder zurück und sah zu Joshua hoch. »Willst du ihn auch sehen, Josh?«

Er wollte nicht, wusste aber, dass Ärger drohte, wenn er verneinte. Wortlos trat er vor und sah in den Spiegel. Das Metallinstrument hielt Lisas Vagina offen wie einen Tunnel, und am Ende war eine runde, feucht aussehende Knolle, leicht bläulich, leicht rosa, bedeckt mit einer dünnen Schicht aus weißlichem Zeug. Er fühlte sich an die Gesichter frisch geborener Mäuse erinnert, die er einmal in der Scheune gesehen hatte. Sie waren gerade erst auf die Welt gekommen, als er sie entdeckte, noch blind, durchscheinend, nass, die Mäuler weit offen und abstoßend wie Wesen aus einem Science-Fiction-Film.

»Cool«, sagte er und kehrte an seinen Platz neben Lisas Kopf zurück.

»Stell dir nur vor, Josh, da ist unser Baby.«

»Na ja, fast«, korrigierte Sarah, entfernte das Instrument und knipste die Lampe aus. »Genau genommen ist euer Baby im Uterus.« Sie tippte auf Lisas Knie. »Sie können die Beine jetzt runternehmen. Wir sind fertig.«

Sie zog die Handschuhe aus, trat zu den Schaubildern an der Wand, fuhr mit der Hand über die laminierte Oberfläche und ging mit ihnen die Geschlechtsorgane durch, zuerst die weiblichen, dann die männlichen, als wären sie Kinder.

Um vier waren sie wieder in Midden, auf dem Parkplatz des Red Owl. Lisa hatte ihre Tagesschicht gegen die Abendschicht getauscht, damit sie den Termin hatte wahrnehmen können. Da auch ihre Mutter im Red Owl arbeitete, hatte sie sich eine Ausrede einfallen lassen müssen: Angeblich waren sie und Joshua zum Essen nach Brainerd gefahren, um ihr halbjähriges Jubiläum zu feiern, was nicht ganz gelogen war, da heute tatsächlich dieser Tag war.

»Dann bis neun«, sagte Lisa und küsste ihn, bevor sie aus dem Pick-up stieg. Sie hatten einen schönen Nachmittag verbracht und seit der Untersuchung in der Klinik nicht mehr gestritten.

Auch er musste jetzt arbeiten. Er hatte Vivian und Bender versprochen, die heutigen Bestellungen wie schon die gestrigen am Abend auszuliefern. Auch gestern hatte er sich freigenommen, damit er nach Minneapolis fahren und Claire beim Umzug helfen konnte. Sie hatte ihre Wohnung aufgegeben und ein Zimmer gemietet. Nach seiner Rückkehr nach Midden hatte er nur ein paar Lieferungen ausfahren müssen, denn die Sonntagabende waren immer seine ruhigsten. Während er jetzt vom Parkplatz des Red Owl fuhr, schaltete er sein Handy an und hörte seine Nachrichten ab. Er hatte vierzehn. Bis auf eine von Mardell, die Lisa und ihn zum Abendessen einlud, und eine von Claire, die sich noch einmal für seine Hilfe beim Umzug bedankte, waren alle von Vivian oder von Leuten, die sich irgendwie seine Handynummer beschafft und direkt bei ihm angerufen hatten, um an ihre Drogen zu kommen.

Er wählte Claires Nummer, aber es meldete sich nur ihre Stimme vom Band. Zum ersten Mal fiel ihm auf, wie sehr ihre Stimme der ihrer Mutter ähnelte, nicht ihrer natürlichen Stimme, sondern ihrer Radiostimme, die immer locker und gut gelaunt geklungen hatte. Er vermisste Claire mehr, als er erwartet hatte, jetzt, wo sie an den Wochenenden in Minneapolis blieb. Seit Bruce mit Kathy verheiratet war, hatte sie sich nur einmal in Midden blicken lassen, bei der alljährlichen 4.-Juli-Party im Lookout. Auch Bruce und Kathy waren dort gewesen, doch er und Claire hatten ihre Nähe gemieden. Sie hatten Kathy die Hand gegeben, als begegneten sie ihr zum ersten Mal, was in gewisser Weise ja auch stimmte – seit sie mit Bruce verheiratet war, hatten sie sie nicht mehr gesehen. Bruce begrüßten sie mit einer steifen Umarmung. Sie wechselten ein paar Worte über die Tiere, dann trennten sie sich. Bruce und Kathy gingen in die Bar, Claire und Joshua zu dem Zelt, in dem eine Band spielte und Bier vom Fass ausgeschenkt wurde. Ein Schatten der Trauer legte sich über sie, und den restlichen Nachmittag verbrachten sie auf der Bank hinter der Bar, auf der sie als Kinder immer gesessen und die Bären beobachtet hatten, und führten ein offenes, verständiges und gefühlvolles Gespräch, wie immer, wenn sie beide beschwipst waren – Joshua, dem Alkoholkonsum in der Öffentlichkeit noch untersagt war, trank heimlich aus Claires Bierbecher mit. Gemeinsam erinnerten sie sich an Dinge, an die sich sonst niemand erinnerte. Zum Beispiel an die Zeit, als sie nur ein Fahrrad besessen hatten und, statt sich beim Fahren abzuwechseln, beide zusammen aufgestiegen waren und einer auf der unbequemen Stange zwischen Sattel und Lenker hatte balancieren müssen. Oder wie sie mit ihrer Mutter immer Miss Bettina von Soundso gespielt hatten. Oder wie sie eines Tages ihre Neugier nicht mehr hatten zügeln können und endlich hatten wissen wollen, was wohl passieren würde, wenn sie den Sicherungsstift an dem kleinen Feuerlöscher zogen, der neben ihrem Holzofen hing.

»He, ich bin's. Ich wollte nur Hallo sagen«, sprach Joshua nach dem Piepsen auf den Anrufbeantworter. Dann schaltete er sein Handy aus, fuhr zu Vivian und Bender und holte die Ware ab, die er ausliefern sollte.

Er sah sich weniger als Drogenhändler, sondern eher als eine Art Postbote, der nur erfreuliche Post brachte. Die meisten Leute freuten sich, wenn er kam, und bis auf die wenigen, die paranoid waren oder unter Meth-Einfluss standen, waren sie nett zu ihm, luden ihn zu Kaffee und Kuchen und gelegentlich auch zu einem richtigen Essen ein. Er lernte ihre Häuser, ihre Gärten, ihre Hunde und ihre Kinder kennen. Doch es gab auch andere Zeiten, in denen sich diese Realität, an deren Gestaltung er aktiv mitwirkte, von einer anderen, dunklen und hässlichen Seite zeigte und er seinen Job hasste. Er verübelte es Vivian und Bender, dass sie ihn betrogen, ihn wie einen Sklaven behandelten, Tag und Nacht anriefen und herumkommandierten. Schrittweise hatte er im Lauf der Monate damit begonnen, selbst darüber zu bestimmen, wem er Drogen verkaufte und wem nicht, besonders wenn es um Meth ging. An die Kids von der Highschool zu verkaufen machte ihm nichts aus. Die meisten betrachtete er nicht als Kinder, und für die anderen – die Neunt- und Zehntklässler – fühlte er sich nicht verantwortlich. Sie waren sich selbst genug, machtlos und nicht in der Lage, ein anderes Leben als das eigene zu zerstören. Es waren die Mütter und die Väter, die ihm Sorge bereiteten. Marcy vom Café war die Erste, der er kein Meth mehr verkaufte. Bei seinem letzten Besuch hatte sie verhärmt und extrem abgemagert ausgesehen. Sie war von ihrem Mann verlassen worden und arbeitete inzwischen auch nicht mehr im Café – zum allgemeinen Erstaunen war sie von der eigenen Mutter gefeuert worden. Sie saß am Küchentisch und machte Nelkenorangen, während ihre Kinder unbeaufsichtigt durchs Haus tobten und Unfug trieben. Er hatte sie darauf hinweisen müssen, dass eines der Kinder dringend ein Bad brauchte, und dem jüngsten, einem dreijährigen Mädchen, hatte er Marcys Lippenstift entwinden müssen, den es gerade verspeisen wollte. Als Reaktion darauf hatte Marcy einen hysterischen Lachanfall bekommen und wäre fast vom Stuhl gefallen. Aber Marcy war nur der Anfang. Von da an weigerte er sich, Meth an Leute mit Kindern unter vierzehn Jahren zu verkaufen, was Vivian auf die Palme brachte, ohne dass sie etwas dagegen tun konnte. Andererseits war sich Joshua darüber im Klaren, dass seine Entscheidung letztlich wenig bewirkte: Wer Meth wollte, bekam es auch. Die Leute kamen zu Vivian und Bender, oder Vivian und Bender fuhren zu ihnen. Manche hörten auch auf, es zu kaufen, und lernten, es zu Hause selbst herzustellen. Trotzdem war es Joshua wichtig, denn nach seiner Sicht der Dinge war das Allermindeste, was Eltern tun sollten, dass sie ihre Kinder daran hinderten, Kosmetikartikel zu essen.

Es war fast acht, als er mit seinen Lieferungen fertig war – zu spät, um zu Lisas Trailer rauszufahren, da er schon um neun wieder in der Stadt sein musste, und noch zu früh, um sie von der Arbeit abzuholen. Er fuhr am Midden Café und an der Bowlingbahn vorbei, dann an der Bäckerei, die schon zuhatte, am Motel und am Red Owl, wo er Lisa im Neonlicht auf einem hohen Hocker hinter der Kasse sitzen sah. Sie bemerkte ihn nicht. Er überlegte kurz, ob er anhalten und reingehen sollte. Er könnte am Zeitungsstand in Zeitschriften blättern, die er sich im Traum nicht kaufen würde. Das tat er manchmal am späten Nachmittag, wenn er mit seinen Lieferungen fertig war und darauf wartete, dass Lisa Feierabend machte.

Er fuhr weiter zum Dairy Queen und parkte. An den Abenden, an denen Lisa so müde war, dass sie gleich nach dem Essen einschlief, kam er in letzter Zeit häufig später noch hierher, trank einen Slush und plauderte mit den Mädchen, die dort arbeiteten. Er kannte sie alle von der Schule: Emily, Heidi, Caitlyn und Tara, von denen jeweils zwei abends arbeiteten.

Er beobachtete, wie Heidi den Fußboden wischte und dann nach hinten ging, woraufhin das große, rot-weiße DQ-Schild draußen erlosch. Dann erschien sie wieder mit einem dicken Schlüsselbund in der Hand, um die Glastür abzuschließen. Als sie Joshua in seinem Pick-up sitzen sah, winkte sie, und er stieg aus.

»He«, rief sie, hielt ihm die Tür auf und schloss hinter ihm ab.

Er spähte nach hinten, um festzustellen, ob noch jemand da war, Dilly Bars machte oder Aromastoffe aufräumte.

»Ich bin allein«, erklärte Heidi. »Caitlyn ist heute früher nach Hause, weil wenig los war.«

Er setzte sich auf den Ladentisch und drückte auf eine Taste an der Kasse, sodass sie mit einem Klingeln aufsprang.

»Nicht!«, schrie Heidi, grinste aber. Sie knallte die Geldlade wieder zu und versetzte ihm einen Knuff in den Arm.

»Wo ist deine Freundin?«, fragte sie.

»Ich habe keine«, erwiderte er. Es war zu einem Dauerthema zwischen ihm und den Mädchen im Dairy Queen geworden. Sie zogen ihn wegen Lisa auf, und er leugnete seine Liebe zu ihr so hartnäckig, dass er, zumindest in diesen Augenblicken, schon fast selbst daran glaubte. Wenn er im DQ war, alberte er herum und wurde ungewöhnlich übermütig, flirtete und scherzte mit diesen Mädchen, die er nur halb kannte. Er war wie von der Leine gelassen, wie befreit von den Menschen und Dingen, die sein wirkliches Leben ausmachten.

»Einen Slush, bitte«, bestellte er und tippte Heidi auf den Kopf. Sie war ein Jahr jünger als er, klein und blond, und hatte gerade die elfte Klasse hinter sich.

»Den kannst du dir selber machen«, sagte sie, holte dann aber einen Becher und fragte, was für einen er wolle.

»*Suicide*«, antwortete er und sah dann zu, wie sie von jedem

Aromastoff etwas in den Becher tat. Sie reichte ihm den Becher, verlangte aber kein Geld von ihm. Er musste hier selten bezahlen. Das Dairy Queen gehörte einem reichen Typ aus Duluth. Er besaß mehrere im ganzen Bundesstaat.

»Und wie geht's Brad?«, fragte er in süßlichem Ton, während sie wieder den Boden wischte. Brad war Heidis Freund und wohnte in Montana. So wie Heidi Joshua mit Lisa aufzog, so zog er sie mit Brad auf.

»Wir haben uns getrennt«, antwortete sie, hielt im Wischen inne und sah ernst und bekümmert zu ihm auf. Der schwarze Kajal um ihre braunen Augen war verlaufen und verschmiert.

»Ihr kommt schon wieder zusammen«, sagte Joshua leichthin, da er sie nicht dazu ermuntern wollte, ihm ihr Herz auszuschütten. Er sprang vom Ladentisch und ging nach hinten, wo er noch nie gewesen war. Dort befanden sich ein riesiger Kühlschrank, ein Kühlraum, eine überdimensionale Spüle und Regale, in denen sich Kartons mit DQ-Eiswaffeln, Servietten und Garnierungen sowie große ungeöffnete Dosen mit Flüssig-Fondant stapelten.

»Was tust du denn?«, fragte Heidi, Mopp und Eimer hinter sich herziehend.

»Mich umsehen.«

Sie zog ihr braunes DQ-Shirt aus und warf es auf den Kühlschrank. Darunter trug sie ein weißes Tanktop, durch das Joshua die weißeren Umrisse ihres BHs sehen konnte.

Er beugte sich zu ihr vor und küsste sie mit offenem Mund. Sie drückte ihre Zunge in einem unangenehm pulsierenden Rhythmus gegen seine.

»Musst du morgen arbeiten?«, flüsterte Heidi und trat von ihm zurück.

»Ja.« Um Claire, Bruce und jeden anderen, der es wissen wollte, zu beruhigen, arbeitete Joshua zum Schein in einem

Teilzeitjob bei Jim Swanson – was er in Wahrheit nur drei Tage im letzten Frühjahr getan hatte.

»Also ich habe frei, falls du was unternehmen willst.«

Er wollte nichts unternehmen. Die Vorstellung, sich morgen mit Heidi zu treffen, erschien ihm absurd, aber er brauchte nicht so zu tun, als wäre das Gegenteil der Fall, denn in diesem Moment klingelte sein Handy. Er zog es aus der Tasche, sah, dass es Vivian war, und drückte sie weg.

»War das deine Freundin?«, fragte Heidi und lachte. Sie hüpfte rücklings auf den Kühlschrank, schwang die Beine zu ihm vor und hakte ihre Sneakers um seine Oberschenkel. Verlangen durchrieselte ihn, und er ließ sich zwischen ihre Beine ziehen. Er legte ihr lässig die Hände auf die Schenkel, schob sie dann zur Hüfte hinauf und ließ sie dort liegen. Er spürte mit den Daumen ihre spitzen Hüftknochen unter der braunen Uniformhose. Sie roch wie der DQ, nach Fett und leicht säuerlich nach warmer Milch.

»Was tust du?«, fragte er, obwohl er es jetzt war, der etwas tat und seine Hände unter ihr ärmelloses Hemd schob.

»Was tust *du*?«, lächelte sie.

»Was ich nicht tun sollte«, antwortete er und küsste sie auf den Hals.

»Ich dachte, du hättest keine Freundin.« Sie kicherte.

Er nahm ihr Gesicht und zog es zu sich heran, zog ihren Mund auf seinen und tauchte ohne Zögern ein.

»Hast du gegessen?«, fragte Lisa, als sie in den Pick-up stieg. Sie hatte neben den Getränkeautomaten vor dem Red Owl gestanden, als er vorfuhr.

»Wie spät ist es?«, fragte er. »Hast du lange gewartet?«

»Nur ein paar Minuten«, antwortete sie verträglich. »Deb ist gerade weg, als du aufgetaucht bist.« Sie wirkte locker und ausgeglichen wie seit Wochen nicht mehr. »Hier drin riecht es nach Gras«, sagte sie und wedelte mit der Hand vor ihrem Gesicht herum, obwohl die Fenster schon runtergekurbelt waren.

Nachdem er sich von Heidi im DQ verabschiedet hatte, hatte er sich in den geparkten Pick-up gesetzt, einen durchgezogen und sich innerlich auf Lisa vorbereitet. In einem kleinen Angelkasten unter dem Sitz bewahrte er immer einen Vorrat Marihuana für den Eigenbedarf auf, den er Vivian und Bender jeden Tag abzwackte.

»Wie geht es dir?«, fragte er.

»Gut«, antwortete sie, rutschte zu ihm hinüber und schwang ein Bein über die Mittelkonsole. »Ich habe Sarahs Rat befolgt und alle paar Stunden etwas gegessen, damit mein Magen nie leer wurde.«

Er legte seine Hand auf ihren Schenkel, und sie fasste herüber und tat dasselbe. Sein Bein zitterte leicht, und mit klopfendem Herzen versuchte er, das Zittern zu unterdrücken. Er atmete tief ein und wieder aus. Vor ein paar Minuten hatte er noch Heidi gebumst, hatte, von ihren Beinen umschlungen, ihr Hinterteil gegen den Kühlschrank gedrückt, sich dann kurz von ihr gelöst und sie herumgedreht. Bei der Erinnerung daran ließ ihn ein Aufwallen von Lust und Ekel erbeben, und dann der Gedanke: *Er würde es nie wieder tun.*

»Hattest du heute Abend viel zu tun?«, fragte sie und fuhr ihm mit der Hand durch die verschwitzten Haare.

»Ich musste nach Norway, dann wieder zurück und runter zu Sylvia Thorne.«

»Sylvia Thorne?«

»Kennst du sie nicht? Sie wohnt in Gunn.« Er drehte sich zu ihr hinüber. Er liebte sie so sehr, mehr, als er sie je zuvor geliebt hatte, fühlte sich erdrückt vom Gewicht seiner Liebe, die ihn fast in Panik versetzte. Er wollte sie nach Hause bringen, mit ihr schlafen und auf seinen eigenen Spaß dabei verzichten, sie mit Händen und Mund liebkosen und zum Höhepunkt bringen, wie es ihm immer wieder mal gelang, wenn er ihr seine ganze Aufmerksamkeit schenkte und sie in der richtigen Stimmung war.

»Ich kenne sie«, sagte sie. »Ich kann mir nur nicht vorstellen, dass sie Drogen nimmt.« Sie seufzte. »Wie es scheint, erobert Meth die ganze Stadt.«

»Die *ganze Stadt* würde ich nicht sagen«, entgegnete er so ruhig wie möglich. Er drückte ihren Schenkel. Manchmal stritten sie darüber, was er tat und warum. Sie hatten ausgemacht, dass er sich einen, wie sie es nannten, »richtigen Job« suchen sollte, sobald das Baby auf der Welt war.

»Mir fallen auf Anhieb mindestens zehn Leute ein, die totale Meth-Junkies geworden sind.«

»Na ja, zehn sind nicht die ganze Stadt«, widersprach er, obwohl ihm Dutzende mehr einfielen. Manchmal wünschte er, er hätte Lisa nie gesagt, womit er seinen Lebensunterhalt verdiente.

»Wie heißt Claire mit zweitem Vornamen?«, fragte Lisa.

Er musste kurz nachdenken. »Rae. Wieso?«

»Ich überlege mir Namen für das Baby.«

Fast hätte er hinzugefügt, dass Rae auch der zweite Vorname seiner Mutter war. Ihr Gesicht tauchte vor ihm auf, knochig und starr, verwundert und einsam, so wie es ausgesehen hatte, als er in ihr Krankenzimmer getreten war und sie tot im Bett gelegen hatte.

»Welche Namen gefallen dir?«, fragte Lisa, drehte sich zu ihm herüber und dann abrupt ganz nach hinten, als sie die Lichter eines Streifenwagens hinter ihnen blinken sah.

Joshua bemerkte sie im selben Moment im Rückspiegel und schlug auf das Lenkrad.

»Hast du was dabei?«, flüsterte Lisa, während er vom Gas ging.

»Still«, sagte er.

»Josh!«

»Halt die Klappe«, fuhr er sie an, hielt am Straßenrand und wartete darauf, dass Greg Price aus dem Streifenwagen stieg und zu ihnen nach vorn kam.

»So trifft man sich wieder, Mr Wood«, sagte Greg Augenblicke später. Der Strahl seiner Taschenlampe traf ihre Gesichter durchs offene Fenster und schnitt sie entzwei wie ein Messer.

14

Zwei Tage nach ihrem Umzug fuhr Claire an der Wohnung vorbei, in der sie mit David gelebt hatte. Sie hatte eine Kerze ins Fenster ihres früheren Schlafzimmers gestellt, und im Vorbeifahren konnte sie sehen, dass sie noch genau an derselben Stelle stand, eine unbenutzte Bienenwachskerze, die in einer Flasche steckte.

Ihr neues Zuhause war eine baufällige Villa, die einem Punkrocker und reichen Erben namens Andre Tisdale gehörte. Er hatte die Villa von seiner Großmutter geerbt. Alle Häuser in der Straße waren so wie das von Andre: große heruntergekommene Schönheiten, die dem Geldadel von Minneapolis gehört hatten, als die Reichen noch in diesem Teil der Stadt leben wollten. Ein paar waren in einem schlimmeren Zustand als das von Andre und hatten mit Brettern vernagelte Fenster und Türen, an denen Warnschilder prangten, andere waren in einem besseren Zustand und erstaunlicherweise in den Farben ihrer Zeit gestrichen, um ihre architektonischen Feinheiten hervorzuheben. Eines war kaum mehr als Haus zu bezeichnen, seit es vor ein paar Monaten ausgebrannt war, obwohl seine verkohlten Überreste die Straße wie der Rumpf eines gestrandeten Schiffs überragten.

Von außen wirkte Claires Zimmer wie ein Ohr, das nachträglich an den zweiten Stock des Hauses angebracht worden war. Innen war es von den übrigen Zimmern, die den zweiten Stock bildeten, abgetrennt. Vor Urzeiten hatte das Dienstmädchen darin gewohnt, wie ihr Andre erklärt hatte, als er ihr das

Haus zeigte. *Eine ganze Reihe von Dienstmädchen*, dachte Claire zu der Zeit, korrigierte ihn aber nicht. Selbst ihr erschienen sie aus dem zeitlichen Abstand alle wie eine Person: Dienstmädchen um Dienstmädchen um Dienstmädchen. Der Fußboden war schief, und am Einbauschrank fehlte die Tür, doch dafür hatte das Zimmer ein eigenes Bad und einen eigenen Treppenaufgang, der sich wie ein Wäscheschacht durch das verborgene Innere des Hauses schlängelte und zu den Örtlichkeiten führte, die das Dienstmädchen am häufigsten aufsuchen musste: in die Küche, den Keller und zur Hintertür, wo die Mülltonne stand. Heute diente die Treppe als eine Art Geheimgang, und Claire befand sich in einer Lebensphase, in der sie, wie sie fand, einen Geheimgang nötiger hatte als alles andere. Einen anonymen Unterschlupf, der es ihr ermöglichte, das flüchtige, zügellose und wilde Tierleben zu führen, das sie jetzt führen zu müssen glaubte, jetzt, wo ihre Mutter tot und David nicht mehr ihr Freund war und Bruce nur schwache Versuche unternahm, ihr ein Vater zu sein. Sie hatte noch Joshua, und an ihn klammerte sie sich, obwohl sie ihn nur selten sah.

Er kam nach Minneapolis, um ihr beim Umzug zu helfen. Er hatte sie noch nie in Minneapolis besucht, und sie traf Vorbereitungen wie für einen Ehrengast, obwohl er nur für einen Nachmittag kam, um Kartons aus einer leeren Wohnung in ein leeres Zimmer zu schaffen. Sie kaufte Mountain Dew, Salzstangen und eine Schachtel Schoko-Karamellbonbons, die sie ihm als Dankeschön mit nach Hause geben wollte.

»Hallo«, rief sie, als er am Straßenrand parkte. Sie hatte auf der Veranda auf ihn gewartet. Es war Mitte August und ihr erstes Wiedersehen seit dem vierten Juli. Sie hatte sich mittlerweile die Haare blondiert, im hellsten Blond, das es gab. Sie sah den leicht schockierten Ausdruck auf seinem Gesicht, als er näher kam.

»Wie findest du's?«, fragte sie, als er die Verandastufen heraufstieg, und fasste sich in die Haare.

»Irgendwie siehst du damit nuttig aus«, antwortete er. Sie boxte ihn gegen den Arm und machte ein entrüstetes Gesicht.

»Und die übrige Aufmachung macht es nicht besser.« Er deutete auf ihre Klamotten: ein kleines beigefarbenes Top, eine knappe, tief hängende, abgeschnittene Jeans und Holzsandalen, die zwischen jeder Zehe ein künstliches Gänseblümchen schmückte. Bevor sie anfingen, den Pick-up zu beladen, wollte sie ein T-Shirt und Turnschuhe anziehen, die sie herausgelegt hatte.

»Ich finde, es sieht gut aus«, sagte sie neckisch.

»Wenn man nur im BH rumläuft?«, fragte Joshua.

Claire sah an sich hinunter. »Scheiße, das ist kein BH. Das ist ein Shirt, zu deiner Information.«

»Also für mich sieht das wie ein BH aus.«

»Ist es aber nicht.« Sie sah ihn drohend an. »Mein Gott, Josh. Draußen hat es fast vierzig Grad. Soll ich vielleicht einen Rollkragenpulli tragen?«

»Bist du auf Crack?«, fragte er plötzlich humorlos. »Oder auf Meth, Koks oder sonst was?«

»Was ist denn heute mit dir los?«, fragte sie gekränkt. Zum ersten Mal trafen sich ihre Blicke, und sie sah, dass sich seine Miene veränderte, als er erkannte, dass er sich geirrt hatte. Sie schaute weg. »Ich dachte, du würdest dich freuen, mich zu sehen.«

»Tue ich auch«, sagte er in milderem Ton. »Du siehst nur so anders aus. Nach Stadt.«

Claire grinste und breitete die Arme aus. »Wir sind hier in der Stadt, Josh. So ziehen sich die Leute hier an.« Sie wandte sich abrupt dem Haus zu und zog ihn am Arm nach drinnen. »Können wir jetzt bitte aufhören, über mein Aussehen zu reden?«

Sie führte ihn an den gepackten Kartons, die sie im Wohnzimmer gestapelt hatte, vorbei in die Küche, wo sie ihm ein kaltes Mountain Dew kredenzte.

»Wie findest du's?«, fragte sie und ließ den Blick über die leeren Schränke und Arbeitsplatten wandern. »Es ist wirklich schade, dass du es nie gesehen hast, bevor ich alles zusammengepackt habe, aber …«

»Es ist nett«, sagte Joshua, knackte die Limodose und stand unsicher herum.

Vor seiner Ankunft war Claire durch alle Zimmer gegangen, hatte versucht, sie mit seinen Augen zu sehen, und gehofft, er würde sie cool finden. Sie deutete auf sein Mountain Dew. »Ich würde dir ja Eis und ein Glas geben, aber ich habe alles schon eingepackt.«

»Ist schon okay.« Er nahm einen langen Schluck, und sie sah ihm dabei zu. Dann hielt er ihr die Dose hin. »Willst du auch?«

»Nein danke«, antwortete sie höflich. In ihrem ganzen Leben hatten sie sich nie richtig verabredet oder zusammen, nur sie beide, Pläne geschmiedet. Es war ein komisches Gefühl, denn es hatte etwas Förmliches und Erwachsenes.

»Du fragst dich vermutlich, was passiert ist.« Ihre Stimme hallte in der leeren Küche wider.

»Womit?«, fragte er und rülpste.

»Mit David.« Sie lehnte sich gegen die Anrichte, stemmte sich hoch und setzte sich. »Ich habe dir nie erzählt, warum wir uns getrennt haben.«

»Ich dachte, ihr nehmt nur eine Auszeit«, sagte er ungerührt.

»Nein, es ist aus.«

Er nickte.

»Aber ich komme klar.« Sie holte tief Luft. »Natürlich vermisse ich ihn manchmal, aber so ist es wahrscheinlich das Beste.«

Er nickte erneut.

»Ich bin fremdgegangen«, platzte sie heraus. Sie hatte nicht die Absicht gehabt, es ihm zu sagen, aber jetzt beichtete sie es ihm, um ihn zu zwingen, darauf einzugehen. »Ich hatte …« – sie faltete die Hände im Schoß und löste sie wieder voneinander – »da was mit einem Typ aus Duluth.«

Joshua verzog keine Miene, als wüsste er schon alles, was sie ihm sagen konnte, doch dann bemerkte sie, dass sein Gesicht rot anlief. Sie fragte sich, ob er jemals jemanden betrogen hatte, und kam sofort zu dem Schluss, nein.

»Er ist schon etwas älter. Fast vierzig.« Sie hielt inne, um Joshua Gelegenheit zu geben, etwas zu sagen, aber er schwieg und trank noch einen Schluck von seinem Mountain Dew. »Außerdem … also da läuft nichts mehr«, sagte sie, obwohl sie Bill den Sommer über drei Mal in Duluth besucht hatte und dabei jedes Mal an der Ausfahrt nach Midden vorbeigefahren war. »Er ist nicht der Grund, warum David und ich Schluss gemacht haben. Na ja, unterm Strich war er schon auch mit ein Grund. Ich sag mal so: Er war nicht gerade förderlich. Ach, ich weiß auch nicht. Da kam viel zusammen. Es ist kompliziert.« Sie redete schnell und war aufgedreht, weil sie in den letzten Tagen beim Packen so viel Kaffee getrunken und zu viel bis zur letzten Sekunde aufgeschoben hatte. »Jedenfalls habe ich ihn seit einem Monat nicht mehr gesehen, diesen Bill, den alten Kerl. Wir haben keine Beziehung oder so was.«

Sie hörte auf zu reden und sah Joshua an. Sie bereute es, dass sie ihn gebeten hatte zu kommen. Sie bereute es, dass sie ihn in ihr Leben in Minneapolis einbezogen hatte – in das Leben, das sie als ihr wahres, ihr ganz eigenes Leben betrachtete. Erst in diesem Augenblick, wo er schweigend in ihrer Küche stand, wurde ihr klar, dass sie davon geträumt hatte, wie es wäre, ihren Bruder hier zu haben. In diesem Traum redete er über alles und interessierte sich für alles: erzählte von sich und äußerte Zustimmung oder Neugier, wenn er ihr zuhörte. Stattdessen war er wie immer, verschlossen und unzugänglich. So wie ein Teil von ihr für ihn, dachte sie jetzt. Wenn ihre Mutter und Bruce die Familie nicht mehr zusammenhielten, waren sie keine Familie mehr, sondern nur noch Geschwister. Nur noch Claire und Joshua, zwei Menschen, die durch die Wildnis irrten und jeweils ein Ende eines Fadens in der Hand hielten.

»Und wie steht es mit dir und Lisa?«, fragte sie, hüpfte von der Anrichte und stolperte bei der Landung über einen Schuh.

Er zuckte mit den Schultern.

»Es scheint was Ernstes zwischen euch zu sein.«

»Warum sagst du das?« Er stellte seine leere Dose auf die Anrichte, und Claire nahm sie und warf sie in die Wertstofftonne an der Hintertür.

»Weil ihr schon eine ganze Weile zusammen seid.«

»Noch nicht mal sechs Monate.«

»Schon gut, Josh. Kein Grund, sich angegriffen zu fühlen. Ich wollte nur ...«

»Morgen sind es sechs Monate«, sagte er, als hätte er ein schlechtes Gewissen, weil er die Beziehung gerade heruntergespielt hatte.

»Werdet ihr feiern?«, fragte Claire.

»Wir fahren nach Brainerd«, antwortete er und öffnete den Kühlschrank. Darin lagen noch zwei Dosen Mountain Dew und die Schachtel Karamellbonbons, die sie ihm schenken wollte. Er schloss ihn wieder und drehte sich zu ihr um. »Aber ich bin noch zu jung, um mich fest zu binden.«

»Niemand hat gesagt, dass du dich fest binden sollst«, erwiderte Claire und betrachtete ihn fragend, als sehe sie ihn jetzt erst richtig. Seine Arme waren männlicher, als sie sie in

Erinnerung hatte, und braungebrannt, die Haare, die darauf sprossen, dichter und blond.

»Lisa ist toll, aber sie ist nicht die einzige Frau auf der Welt.«

»*Frau?*«, rief Claire mit provozierend amüsierter Stimme. Ihr erschien es absurd, wie man die Freundin ihres Bruders als Frau bezeichnen konnte.

»Sei still.«

»Frau!«, flötete sie.

»Haben wir eigentlich nichts zu tun?«, fragte er, und sie folgte ihm ins Wohnzimmer, wo sie stehen blieben und ihre Sachen inspizierten.

»Ich schlage vor«, sagte er, »wir laden zuerst das Bett auf und verstauen dann die kleineren Sachen drum herum.«

Sie blickte aus dem Fenster zu seinem Pick-up. Er war staubiger und abgenutzter als alle anderen Autos, die in der Straße parkten. Sie erkannte in dem Staub Middener Staub, in dem Dreck an den Radkästen Middener Dreck. Und nicht nur Staub und Dreck, sondern auch Bruce und ihre Mutter, Joshua und ihr Zuhause. Der Anblick stimmte sie fröhlich und traurig zugleich.

»Du hast was vergessen«, rief Joshua, der in ihr ehemaliges Schlafzimmer gegangen war.

»Was denn?«, fragte sie.

»Eine Kerze.«

»Ach, die«, sagte Claire und ging zu ihm. »Die bleibt hier.«

Joshua fuhr gleich wieder, sowie sein Pick-up abgeladen war, obwohl Claire ihn zu überreden versuchte, über Nacht zu bleiben. Kaum wieder allein, ging sie im Zimmer auf und ab und überlegte, wie sie es mit den wenigen Möbelstücken, die sie besaß, einrichten sollte. Von den Fenstern aus konnte sie die Vorder- und Rückseite des Hauses, also seine Ost- und Westseite, sehen, von der Straße bis zu der Gasse, von dem klobigen Schiff bis zur Mülltonne. Sie blieb stehen und blickte auf die Straße hinunter, als warte sie darauf, dass Joshua zurückkam, als halte sie nach seinem Pick-up Ausschau. Doch sie wartete nicht. Es schien nur so.

»Buh!«, machte es leise hinter ihr.

Sie fuhr erschrocken herum. Andre stand in der Tür, im Gesicht ein Grinsen, als hätte er sie schon eine Weile beobachtet.

»Hey.«

»Hast du Lust auf einen Rundgang, jetzt, wo du eingezogen bist?«

Sie folgte ihm die Treppe hinunter, dann durch die Küche und das Wohnzimmer und die geschwungene Treppe im vorderen Teil des Hauses wieder hinauf, die zu den Zimmern der meisten Mitbewohner führte. Manche waren höhlenartig, mit dunklen Vorhängen verhangen, andere ein Durcheinander von herumliegenden Kleidern, Büchern, Essensresten und diversen Gegenständen, die auf Anhieb nicht zu identifizieren waren. Manche waren sonnendurchflutet oder in knalligen Farben gestrichen, und in allen roch es nach dem Rauch von Zigaretten, Marihuana, Heroin oder Räucherstäbchen, je nach den Lebensgewohnheiten ihrer Bewohner. Keiner der Hausgenossen war da, aber Andre nannte sie ihr alle: zunächst einmal Ruthie, Jason und Victor, die alle in seiner Band namens Binge spielten, dann Sean, der lieber Elk genannt werden wollte, und Patrick, der fast immer bei seiner Freundin war, und eine Frau namens Melody, die theoretisch noch im Haus wohnte, aber auf Südostasienreise war und vor Dezember nicht zurückerwartet wurde.

Zurück in der Küche, wanderte Claire abwägend umher, als überlege sie, ob sie ihren Kochansprüchen genügte, obwohl sie sie bei der Erstbesichtigung des Zimmers vor ein paar Wochen bereits gesehen hatte. »Ist das ein Brotbackautomat?«, fragte sie und deutete auf ein hellgelbes Gerät, das auf der Anrichte stand und wie ein riesiges Marshmallow aussah.

»Ein Mikrowellenherd.« Andre ging hin und drückte auf einen Knopf, sodass die Tür aufsprang. »Jeder hält ihn für einen Brotbackautomaten. Wohl weil er wie einer aussieht.«

»Ich kann Brot backen«, platzte sie heraus und kam sich sofort bescheuert vor, redete dann aber weiter in der Hoffnung, als nützliche Mitbewohnerin zu erscheinen. »Ich meine, ich hab's von der Pike auf gelernt. Ohne Brotbackautomat.«

»Geil«, sagte er. Er trug ein Cowboyhemd, von dem er die Ärmel abgeschnitten hatte, und Jeans, die an den Knien zerrissen waren. Auf der Innenseite des Unterarms hatte er ein Tattoo, das vom Handgelenk bis zum Ellbogen reichte und wie eine brennende Gurke aussah. Die Gurke war in Wahrheit ein Mensch mit Punkten als Augen, einer Kochmütze auf dem Kopf und zwei grünen Stummelarmen, die seitlich aus ihm herausragten. In der einen Hand hielt der Gurkenmensch einen Bratenheber, in der anderen ein Schlachtermesser. Er hatte auch einen Mund, der lächelte, obwohl die Flammen an seinem Gurkenkörper emporschlugen und ihn bald zu verzehren drohten. Claire hielt das Tattoo für albern. Nicht dass sie etwas gegen Tattoos gehabt hätte. Nur sollten sie, wie sie fand, nicht lustig sein.

»Dein Tattoo gefällt mir«, sagte sie.

»Danke.«

»Es zeugt von Humor.«

»Ja.« Er lächelte sie anerkennend an und nickte bedächtig, als hätte sie etwas Tiefsinniges gesagt. »Das ist so was von wahr. Weiß du, du gehörst zu den ganz wenigen, die das geschnallt haben.«

Stolz und kindische Freude stiegen in ihr auf, und sie durchforstete ihr Hirn nach noch brillanteren Bemerkungen zu seinem Tattoo, fand aber keine.

»Möchtest du einen Toast?«, fragte er und begann, sich selbst einen zu machen.

»Nein danke.« Sie lehnte sich gegen eine Anrichte und versuchte, ungezwungen zu wirken, wie ein Mitbewohner, obwohl sie sich überhaupt nicht wie einer fühlte, während sie zusah, wie Andre zuerst Erdnussbutter, dann Ahornsirup auf seinen Toast schmierte und ihn dann wie ein Sandwich zusammenklappte. Sie wandte sich ab und spähte ins Wohnzimmer, wo ein Glasterrarium an der Wand stand.

»Ach, das habe ich vergessen, dir zu zeigen«, sagte Andre und deutete auf das Terrarium. »Ruthies Haustier.«

Sie ging hin und sah im Näherkommen, dass eine Vogelspinne darin saß, halb so groß wie eine Hand. Als sie sich über das Glas beugte, erhob sich die Spinne auf ihre behaarten Zehenspitzen, als wollte sie sie anspringen. Claire wich zurück.

»Sie beißt«, rief Andre von hinten und lachte dann übertrieben boshaft, sodass sie nicht wusste, ob sie ihm glauben sollte oder nicht. Er war ein paar Jahre älter als sie, wirkte aber jünger. Er hatte etwas Jungenhaftes an sich, das ihr sofort aufgefallen war, aber nicht im Sinne von unschuldig wie bei einem richtigen Jungen. Er war eher die erwachsene Version eines Jungen: bedrohlich und immer zu Streichen aufgelegt, einer, der immer nur tat, was er wollte. »Manchmal, wenn Ruthie sie füttert, versucht sie zu beißen.«

»Was frisst sie denn?«, fragte Claire, der die Bären in den Sinn kamen, die im Sommer immer aus dem Kanu hinter Len's Lookout gefressen hatten.

Andre setzte sich aufs Sofa, ohne zu antworten, und stellte seinen Teller auf den Couchtisch. Seine Stirn war am Haaransatz neongrün gerahmt, das Überbleibsel einer jüngeren

Färbeaktion. Die silberne Perlenkette um seinen Hals sah so aus, als käme sie von weit her – aus Indien oder Guatemala. Die Haare, die Halskette und das ausgefallene Tattoo schienen nicht richtig zu ihm zu gehören, dachte Claire, als würde er ohne sie wie jemand ganz anders aussehen, wie der Mensch, der er tatsächlich war.

»Du hast gesagt, du arbeitest im Giselle's?«

»Ja. Warst du schon mal dort?«

Er nickte und biss von seinem Toast ab.

»Ich bin Kellnerin – ich sollte wohl eher Servierkraft sagen.«

Er nickte erneut und sah sie unverwandt an, was in ihr die Befürchtung aufkommen ließ, er könnte weiter bohren und die Frage stellen, die ihr so viele Gäste jeden Tag stellten, nämlich was sie »eigentlich« tue. Dabei hatten sie ihr doch die ganze Zeit dabei zugesehen, was sie tat – mit Tabletts voller Essen und Getränke herumrennen, Geschirr abräumen, Tische und Stühle wischen. Aber natürlich meinten sie es nicht böse. Das Giselle's war die Art von Restaurant, dessen Angestellte alle bis auf Giselle selbst von sich behaupteten, etwas anderes zu sein – hauptsächlich Künstler der einen oder anderen Art –, und es teilweise tatsächlich auch waren. Claire hatte Ausstellungseröffnungen, Tanzvorführungen und Konzerte besucht, an denen Kollegen mitgewirkt hatten. »Ich bin Studentin«, antwortete sie gewöhnlich den Gästen, die fragten, obwohl das streng genommen nicht mehr stimmte. Nach dem Tod ihrer Mutter war sie nicht mehr ans College zurückgekehrt, hatte es aber vor. Zum Abschluss fehlten ihr nur noch zwei Kurse, aber Details brauchten die Gäste nicht zu wissen. Sie quittierten die Auskunft, dass sie Studentin sei, mit einem freundlichen Lächeln, und sie flüchtete mit ihren schmutzigen Tellern in den Schutz der feuchten Küche.

»Die Spinne kann nicht ausbüxen oder so«, sagte Andre,

rücksichtsvoller als zuvor. »Es besteht kein Grund, sich zu fürchten.«

»Tu ich auch nicht«, erwiderte Claire, und um es zu beweisen, hätte sie ihm fast von den Bären, Elchen und Wölfen in ihrer Kindheit erzählt. Dass sie keine Angst vor ihnen gehabt habe, nicht einmal als ihre Familie in der Wohnung über Len's Lookout gelebt habe und sie über den Hof zum Badehaus habe gehen müssen – wobei sie in Wahrheit sehr wohl Angst gehabt hatte. Aber etwas in ihrem Innern hielt sie davon ab, ihm davon zu erzählen, eine ruhige und behütende Kraft, die sie von Zeit zu Zeit in sich aufsteigen spürte. »Und was machst *du* so?«, fragte sie. »Ich meine, jobmäßig.« Das Zimmer war groß, aber bis auf den Couchtisch, das Sofa und ein riesiges Poster von Kurt Cobain an der Wand völlig leer. Sie erwog, sich neben Andre zu setzen, blieb aber, wo sie war, die Arme um sich selbst geschlungen.

»Jura«, antwortete er, nachdem er gründlich über ihre Frage nachgedacht zu haben schien, und dann prustete er wieder los vor Lachen, sodass sie unmöglich sagen konnte, ob er es ernst meinte oder nicht. Sie bedachte ihn mit einem irritierten Lächeln, um zu verstehen zu geben, dass sie ihm weder glaubte noch nicht glaubte und dass sie klug genug war, um zu wissen, dass alles wahr oder falsch sein konnte, aber er wurde nicht deutlicher, und so trat sie ans Fenster, als hätte etwas ihr Interesse geweckt.

Ein Kater schlief in einem ausgefransten Korbsessel auf der vorderen Veranda. Als sie mit Joshua den Pick-up abgeladen hatte, war derselbe Kater vor ihr in den Hinterhof geflüchtet.

»Miez, Miez«, rief sie und klopfte sacht gegen die Scheibe.

Er öffnete die Augen, drehte huldvoll den Kopf und sah ihr in die Augen, furchtlos jetzt, wo er vor ihr sicher war.

Ihr Herz krampfte sich zusammen, als sie in ihr Zimmer kam und ihre gesamte Habe auf einem Haufen sah, die nackte Matratze auf dem Boden. Zu ungeduldig, um den Knoten zu lösen, den sie in den Tragegriff gemacht hatte, riss sie eine Mülltüte auf, zog eine Decke daraus hervor und breitete sie über die Matratze, um die Flecken zu verbergen. An der Wand lehnte ein Gemälde ihrer Mutter, das sie aus dem Haus geholt hatte. Sie ergriff es, ging damit von Wand zu Wand und überlegte, wo es hinsollte. Bis zu Kathys Einzug vor ein paar Monaten hatte es im Schlafzimmer ihrer Mutter gehangen. Die meisten Sachen ihrer Mutter hatte sie in der Wohnung über Len's Lookout untergestellt, doch das Gemälde hatte sie behalten, obwohl sie befürchtete, Bruce könnte Einspruch erheben und es von ihr zurückverlangen, da es ein Geschenk ihrer Mutter sei und ihm gehöre. Aber er hatte nicht angerufen – wahrscheinlich hatte er es nicht einmal vermisst, was sie mit Bitterkeit erfüllte und ihr das Gefühl gab, dass ihr ganzes Leben mit Bruce ein einziger Schwindel gewesen sei. Zwischen den beiden Fenstern, die zur Straße hinausgingen, ragte ein Nagel aus der Wand. Daran hängte sie das Bild einstweilen auf, obwohl es dort nicht mittig und zu hoch hing.

Sie kehrte zu ihren Sachen zurück, ging aber nicht wirklich ans Auspacken, sondern griff sich nur heraus, was sie emotional bewegte. Sie zog ein Strasskollier aus einem Knäuel aus Schmuckstücken, ging damit ins Badezimmer und legte es vor dem Spiegel an. Zu ihrem T-Shirt und ihren abgeschnittenen Jeans sah das Kollier albern aus, aber sie behielt es an wie ein kleines Mädchen, das Verkleiden spielt. Sie zog einen Lippenstift aus ihrer Tasche, trug ihn auf, machte einen Abdruck auf ihren Handrücken und betrachtete sich im Spiegel. Ein dunkler Streifen zog sich an ihrem Mittelscheitel entlang, das Blond wuchs heraus. Sie strich sich das Haar aus dem Gesicht und steckte es mit einer Spange fest, löste es wieder und steckte es abermals fest, besser diesmal. Etwas planmäßiger nahm sie ihre Arbeit wieder auf, räumte einen Karton mit Büchern aus und dann eine Tasche mit Kleidern, die sie in den Schrank hängte. Sie fand ihr Telefon, stöpselte es ein und wählte Bills Nummer.

»Ich bin's«, sagte sie, als sein Anrufbeantworter ansprang. »Ich wollte mich nur mal melden und Hallo sagen.« Sie legte wieder auf, starrte das Telefon an und wartete darauf, dass es klingelte. Bill checkte seine Anrufe oft und rief dann sofort zurück. Sie hatte ihn seit einem Monat nicht mehr gesehen, aber sie telefonierten etwa einmal pro Woche. Sie führten eine lockere Telefonfreundschaft und erzählten sich gegenseitig die banalsten Dinge aus ihrem Alltag. Bei diesen Gesprächen kam ihr Bill wie ein Stammgast aus dem Giselle's vor, wohlbekannt und doch fremd, ihr Verhältnis vertraut, aber unverfänglich. Er gab ihr Tipps für ihr Auto, hörte sich an, was sie am Freitagabend gemacht, welche Filme sie gesehen hatte, welche sie gut fand und welche nicht. Wenn er leibhaftig vor ihr stand – wie bei den Besuchen, die sie ihm im Sommer abgestattet hatte –, hatte sie ganz andere Gefühle für ihn, als wäre er gar nicht der Bill, mit dem sie sich all die Wochen am Telefon unterhalten hatte, sondern sein stärkerer, begehrenswerterer Bruder. In seiner Gegenwart wurde sie aufreizend und kleinlich, pseudoeifersüchtig und unsicher. Sie glaubte, dass es weniger Bill war, der diese Seite an ihr zum Vorschein brachte, sondern sein Haus. Wenn sie dort war, fühlte sie sich häufig beobachtet – und in einem gewissen Sinn wurde sie das auch. Nach Nancys Tod hatte Bill überall gerahmte Fotos von ihr aufgestellt, in jedem Regal und jeder Ecke, auf jeder Ablage und jedem Tisch. Nancy als Baby, Nancy als Braut. Nancy mit ihren Schülern am letzten Schultag, Nancy im Vorgarten, einen Rechen in der Hand. Sie war überall, in jedem Zimmer, beobachtete sie und alles, was sie zusammen in ihrem Haus taten, mit dem immergleichen süffisanten Lächeln. Sie sah zu, wie sie miteinander schliefen, wie sie duschten, auf der hinteren Terrasse grillten, auf der Couch Musik hörten und Bücher lasen. Bücher, von denen einige Nancy selbst gekauft und gelesen hatte oder hatte lesen wollen, Bücher, die sie geliebt oder gehasst hatte, die sie gelangweilt oder gefesselt hatten.

»Wer war ihr Lieblingsautor?«, hatte Claire Bill einmal gefragt.

»Lieblingsautor?«, hatte er zurückgefragt, als wäre er sich unsicher, was das Wort bedeutete.

Sie konnte nichts dagegen tun, ihre Gedanken gingen immer wieder in diese Richtung. Bei ihren Besuchen in Duluth wollte sie zugleich alles und nichts über Nancy wissen. Die Neugier behielt die Oberhand, und so löcherte sie Bill bei jeder sich bietenden Gelegenheit. Wie Nancy im Bett gewesen sei, warum sie Lehrerin geworden sei, wer ihre besten Freunde gewesen seien und was sie an ihnen geliebt und gehasst habe.

Wenn Bill mit ihr über Nancy sprach, verhielt er sich wie ein Talkshow-Gast, der keinen endlosen Monolog halten wollte und stets damit rechnete, unterbrochen zu werden. Er sagte, an bestimmte Dinge könne er sich nicht erinnern, oder wenn doch, so könne er sie nicht in Worte fassen. Dann nahm er Claire fest in die Arme, sagte: »Aber das war die Vergangenheit, und das hier ist die Gegenwart«, oder »Das sind doch alte Geschichten, Mädchen«, und küsste sie auf den Hals. Claires Eifersucht, Unsicherheit und Neugier lösten sich in Wohlgefallen auf, und sie vergaßen Nancy und blickten nach vorn.

Bill fragte nie nach David und schien nicht einmal, wenn Claire von ihm sprach, zu begreifen, wie wichtig er ihr war. Er hörte zu, als wäre David die ganze Zeit nie mehr als ein Freund gewesen.

Sie griff wieder zum Telefon und drückte die Wiederwahltaste. »He«, sagte sie zu Bills Anrufbeantworter und gab ihrer Stimme einen lockeren, ungezwungenen Ton. »Was ich noch sagen wollte – ich bin jetzt komplett umgezogen. So weit ist alles bestens. Du kannst mich übrigens unter meiner alten Nummer anrufen. Ich habe sie behalten. Ich werde wohl noch die ganze Nacht mit Auspacken beschäftigt sein, deshalb kannst du ruhig auch später anrufen – egal wann. Ich werde hier sein. Bye.«

Sie legte auf, saß wieder da und starrte das Telefon an, nicht mehr, weil sie glaubte, es würde jeden Augenblick klingeln, sondern weil sie wünschte, sie könnte sie rückgängig machen: die zweite Nachricht, die erste. Und auch weil sie gegen den Impuls ankämpfen musste, erneut zum Telefon zu greifen, bei ihm anzurufen und etwas zu sagen, das alles, was sie zuvor gesagt hatte, vergessen machen würde. Etwas, das sie stärker, besser und weniger einsam erscheinen ließ, als sie tatsächlich war. Sie wählte seine Nummer erneut und unterbrach die Verbindung, bevor es klingelte. Mit einem Mal hasste sie Bill, seinen jämmerlichen kleinen Bierbauch, die Art, wie er sich nach dem Aufwachen immer räusperte und auch nach dem Sex, wie er das Fleisch auf seinem Teller vollständig zerschnitt, bevor er auch nur einen einzigen Bissen aß.

Sie ging zu einem Karton, den sie in der gemeinsamen Wohnung mit David unterm Bett aufbewahrt hatte, und entnahm ihm eine Puppe, die sie vor über zehn Jahren zu Weihnachten bekommen hatte. Sie war noch wie neu, kaum gebraucht: Als Kind hatte sie nicht gern mit Puppen gespielt. »Claire war immer eine Leseratte«, hatte ihre Mutter bei jeder sich bietenden Gelegenheit in ihrer Radiosendung gerufen. »Aber Josh ist ein Künstler.« Die Puppe war aus weichem Kunststoff und hatte unglaublich glänzende Haare. Wenn man auf ihren dicken

Bauch drückte, sagte sie abwechselnd »Mama«, »Papa« oder »Baba«. Claire drückte sie, bis sie alles vier Mal gesagt hatte, und warf sie dann mit so viel Wucht in den Karton zurück, dass ihr noch ein »Mama« entschlüpfte.

»Klopf, klopf«, rief es von der Tür her, und Andre trat ins Zimmer, gefolgt von einem Mann und einer Frau. »Das ist Claire«, stellte er sie vor. »Claire, das sind Ruthie und Victor.«

»Oh, hi«, sagte sie. »Freut mich, euch kennenzulernen.«

»Uns ist da eine Idee gekommen«, sagte Andre.

»Ja?«, fragte sie, doch er überhörte es, wandte sich an Ruthie und Victor und fragte sie, was sie davon hielten.

»Auf jeden Fall«, sagte Ruthie und blickte zu Victor. »Findest du nicht?«

»Doch«, antwortete Victor und nickte. Seine strohblonden Haare waren zu fünf riesigen Dreadlocks verfilzt, wobei an einer zwei lustige Kleinmädchen-Spangen saßen.

»Um was geht's denn?«, fragte Claire, die sich einerseits blöd vorkam, andererseits darüber freute, dass die anderen sie in ein Vorhaben mit einbezogen.

»Okay, Claire. Sag einfach Ja. Du musst Ja sagen«, sagte Ruthie, die etwas von einer Comichexe hatte: hohe Lederstiefel, lange, pechschwarz gefärbte Haare und ein Spinnennetz-Tattoo auf einer Hand.

»Ja wozu?«, fragte Claire und machte einen aufgeregten Hüpfer.

Ihre Band Binge, so erklärte Ruthie endlich, drehe am nächsten Tag ein Musikvideo, und die Frau, die die Hauptrolle hätte spielen sollen, sei vor einer Stunde abgesprungen.

»Was muss ich dabei tun?«, fragte Claire, obwohl sie bereits wusste, dass sie es tun würde.

»Dich nur ein bisschen im Bett wälzen«, antwortete Ruthie. »Es ist unser einziges Liebeslied.«

»Das würde ich nicht sagen«, widersprach ihr Victor nachdenklich und fingerte dabei an einer seiner Haarspangen. »Ich würde ›Avenue Nine‹ auch als Liebeslied bezeichnen. Zugegeben, es ist hochgradig gestört, aber ein Liebeslied.«

»Ich spiele auch mit«, fügte Andre hinzu. »Du und ich im Bett, aber absolut jugendfrei.«

»Absolut«, bekräftigte Ruthie. »Wir wollen versuchen, es bei *Soundquake* unterzubringen – hast du die Sendung schon mal gesehen? Läuft spätabends. Jedenfalls geht da Porno oder so was nicht.«

»Okay«, sagte Claire mit verhaltener Freude, und dann umarmte sie einer nach dem anderen.

Am nächsten Tag fuhren sie alle zusammen in Victors Van zu der Lagerhalle, in der gedreht werden sollte. Das Musikvideo war, wie Claire schnell klar wurde, eher ein privates Hobbyprojekt als eine Filmproduktion. Es wurde von Andre finanziert und einem Filmstudenten gedreht, der dicke Lederbänder trug, die mit silbernen Druckknöpfen um die Handgelenke geschnallt waren. Sie brauchten fast drei Stunden, bis das Set aufgebaut und das Bett die rostige Treppe hinaufgeschleppt und haargenau so aufgestellt war, wie es der Filmstudent wollte.

»Wo zum Teufel ist Jason?«, brüllte Ruthie ständig und trampelte mit ihren Stiefeln herum, aber niemand antwortete ihr. Jason war der Schlagzeuger, ihr Exfreund und ein Heroinsüchtiger, wie sie Claire anvertraute, als sie zusammen in der Garderobe standen, die sie mit Bettlaken als Wänden behelfsmäßig hergerichtet hatten.

»Wie sieht es aus?«, fragte Claire, als sie in ihr Kostüm schlüpfte, einen weißen Spitzenbody mit einer kleinen rosa Schleife vorn, der weniger enthüllte als ein einteiliger Badeanzug.

Ruthie nickte nur und zupfte am Oberteil. Sie war muffeliger als am Vorabend, als sie sich so ins Zeug gelegt hatte, um Claire ein Ja abzuringen. »Was machen wir nur mit deinem Haar? Versuch es mal hochzunehmen«, forderte sie.

Claire türmte es über ihrem Kopf auf, und dann standen sie da und begutachteten es in dem Spiegel, der gegen die Betonwand gelehnt war.

»Und jetzt noch mal, wie es unten aussieht.«

Claire ließ ihr Haar fallen, und Ruthie schob es mit skeptischer Miene wieder hoch. Ihre Augenbrauen waren haarlose schwarze Striche, die bogenförmig über die Augen gemalt waren. Claire überlegte, ob sie wohl verschmierten, wenn ihr Gesicht nass wurde, traute sich aber nicht zu fragen.

»Uns schwebt der Typ der postfeministischen Post-Punkerin und Kinderhure vor«, sagte Ruthie beinahe ärgerlich, als würde ihr Claire das Video ruinieren.

»Postfeministisch?«, fragte Claire, aber Ruthie ging nicht näher darauf ein. Stattdessen drehte sie sich um, schlüpfte zwischen den Laken hindurch und brüllte nach Jason.

Claire legte nacheinander die Armbänder ab, die sie jeden Tag trug, zwei am einen, drei am anderen Handgelenk. Jedes war anders, und doch waren sie im Wesentlichen alle gleich, da sie aus Silber und buntem Garn bestanden. Als sie fertig war, steckte sie die Bänder in die Tasche ihrer Jeans, die zusammengefaltet auf einem Stuhl lag. Hinter den Laken stritten Andre und Ruthie darüber, ob bei den Aufnahmen eine Flasche Bier verwendet werden sollte oder nicht. Sie hatten zusammen die Highschool besucht, irgendeine exklusive Privatschule in Edina, und wie sie miteinander umgingen, erinnerte an Eheleute, die von den Ansichten des anderen gleichermaßen zermürbt wie genervt waren.

Claire versuchte, die Schleife vorn an ihrem Spitzenbody

gerade zu rücken, gab es dann aber auf und fummelte wieder lustlos an ihrem Haar herum, um ihm eine Form zu geben, die zu einem Musikvideo-Luder passte. Als sie sich vor einem Monat die Haare gebleicht hatte, sollte es ironisch wirken, aber wie sie jetzt erkannte, war sie nicht der Typ Frau für eine ironisch gemeinte Frisur. Ruthie war so ein Typ Frau. Aber was für ein Typ war sie? *Ein großes Farmgirl,* dachte sie sofort in Erinnerung daran, was David einmal gesagt hatte.

»Okay«, sagte Ruthie, als sie wieder zwischen den Laken auftauchte, mit frischem Elan, da sie aus dem Wortwechsel mit Andre als Siegerin hervorgegangen war. Sie musterte Claire. »Ich finde deine Haare so gut, nur bring sie jetzt total durcheinander. Damit sie so aussehen, als wärst du gerade durchgevögelt worden.« Mit Klemmen und Haarspray nahmen sie diese Aufgabe gemeinsam in Angriff, bis es für Claire zu kompliziert wurde, Ruthie zu helfen, und sie ihr nur noch im Spiegel bei der Arbeit zusah.

»Perfekt«, sagte Ruthie schließlich und schob die Lakenvorhänge auseinander, damit Claire hinauskonnte, ohne sich die sorgsam zerzausten Haare zu ruinieren.

»Hier rüber«, rief Andre hinter einem grellen Scheinwerfer hervor. Seine Hand erschien und führte sie zum Bett.

Hinterher fuhr sie nicht mit den anderen im Van zurück, sondern machte sich zu Fuß auf den Heimweg, froh, allein zu sein, nachdem sie sich den lieben langen Tag auf dem heißen Bett geräkelt hatte. Es war fast sieben, als sie losging, und die Sonne schien schräg auf die industriellen Backsteingebäude, an denen sie vorbeikam. Von der Straße aus wirkten sie unzugänglich, bis auf eines, dessen Garagentor weit offen stand und aus dem lautes Generatorengebrumm zu vernehmen war. Sie kam an einem Schuhgeschäft und einer chemischen Reinigung vorbei, dann an einer Reihe von Blöcken, an denen sie jeden Tag auf dem Weg zur Arbeit vorbeifuhr. Die meisten Schaufenster waren mit weißen Weihnachtslichtern und hübschen Seidenkissen geschmückt, mit zu Pyramiden gestapelten Weingläsern und Essbesteck auf festlichen Tafeln, als würde gleich jemand zum Essen Platz nehmen. Dazwischen bemerkte sie schattigere, ruhigere Läden, die sie im Vorbeifahren nicht hatte identifizieren können, kleine Antiquariate und Antiquitätenhandlungen und ein Perückengeschäft, dessen Auslage aus staubigen Schaufensterpuppen bestand, von denen die Hälfte kahlköpfig war.

Sie schlenderte gemächlich durch den lauen Abend. Vor ein paar Jahren, als sie nach Minneapolis gezogen war, ihr Collegestudium begann und David noch nicht kannte, war sie oft auf diese Weise umhergestreift. Sie warf gern einen Blick in die Häuser, an denen sie vorbeikam, und nahm so viel wie möglich in sich auf – Menschen, die beim Essen saßen, telefonierten oder fernsahen. Manchmal kam sie mit Leuten ins Gespräch, denen sie unterwegs begegnete. Es waren harmlose und merkwürdige, blödsinnige und ungezwungene Gespräche. Einmal traf sie einen Mann, der sie fragte, ob sie arbeite, und sie verstand die Frage so, ob sie einen Job habe, aber dann wurde offensichtlich, dass er von ihr wissen wollte, ob sie eine Prostituierte sei. »Nein«, hatte sie geantwortet und war erschrocken davongelaufen. Ab und zu dachte sie daran zurück und fragte sich, was wohl geschehen wäre, wenn sie Ja gesagt hätte. Ein einziges Wort konnte alles verändern, und andere Worte änderten überhaupt nichts.

Ein paar Blocks von Andres Haus entfernt ging sie in ein Café, da sie noch keine Lust hatte, ihre Mitbewohner oder ihr uneingerichtetes Zimmer zu sehen. Die Einrichtung des Cafés bestand aus abgenutzten, aber bequemen Stühlen und niedrigen Tischen, auf denen Zeitschriften auslagen. Sie holte sich einen Kamillentee und setzte sich damit an einen Tisch in der Nähe des Tresens. Nach ein paar Minuten trank sie einen Schluck, obwohl der Tee noch zu heiß war, und setzte die Tasse laut wieder auf die Untertasse zurück. Ihr gegenüber, am anderen Ende des Raums, saß ein Mann und blickte auf den Bildschirm seines Laptops. Sie brauchte einen Moment, bis sie ihn erkannte.

»Andre«, rief sie.

»He.« Er klappte den Computer zu, der dünn war wie Eis, und kam mit ihm an ihren Tisch. »Hat es dir Spaß gemacht heute?«

»Ja. Es war eine neue Erfahrung.« Sie deutete auf den Stuhl neben sich.

»Freut mich, dass du den Laden hier gefunden hast«, sagte Andre und setzte sich. »Er ist für uns so was wie eine zweite Heimat – für die Hausbewohner.« Selbst wenn er die gewöhnlichsten Dinge sagte, sprach er in einer Weise, die Spott und charmantes Flirten in sich zu vereinen schien, was Claire gleichermaßen anzüglich wie anziehend fand.

Sie nippte vorsichtig an ihrer Tasse. »Der Song gefällt mir.«

»Der Song?«

»In dem Video. Er ist gut.«

Er schnaubte abfällig. »Das ist bis jetzt unser größter Hit.« Er hielt inne, als wollte er noch etwas hinzufügen, verlagerte dann aber nur sein Gewicht auf dem Stuhl. »Hör mal, ich glaube, ich kenne die Stadt, aus der du kommst. Ich glaube, mein Cousin hat dort eine Hütte.«

»Gut möglich. Viele Leute haben an den Seen eine Hütte.«

»Seine Name ist Doug Reed.«

»Habe ich, glaube ich, noch nie gehört. Ich kenne nicht viele von den Leuten aus der Stadt, nur ihre Gesichter.« Jetzt, wo sie mit Andre darüber sprach, erging es ihr mit Midden plötzlich ebenso wie mit ihrer alten Wohnung – es war so weit weg, so weit in ihrer Vergangenheit, dass der Gedanke, sie habe irgendeine Beziehung dazu gehabt, völlig abwegig erschien.

»Fährst du oft hin – deine Eltern besuchen?«

Sie nickte und widersprach sich dann. »Nicht sehr oft. Nicht mehr.« Sie spielte mit den scharfkantigen Steinen ihres Strasskolliers. Ruthie hatte es gestern Abend an ihr gesehen und darauf bestanden, dass sie es bei den Aufnahmen trug. »Meine Mutter ist letztes Frühjahr gestorben.«

»Oh mein Gott«, sagte er in übertriebenem Ton, als hätte sie ihm eher etwas Skandalöses als Trauriges mitgeteilt. »Ich fasse es nicht.«

»Ich auch nicht«, sagte sie und lächelte dann, damit kein Trübsinn aufkam.

»Was ist mit deinem Dad?«, fragte Andre.

»Der ... ist auch nicht mehr da«, antwortete sie, Bruce und ihren richtigen Vater der Einfachheit halber in einen Topf werfend.

»Das tut mir sehr leid«, sagte er leise, pietätvoll jetzt.

»Danke«, erwiderte Claire. Offensichtlich dachte Andre, ihr Vater wäre tot, aber sie ließ ihn in dem Glauben. Als Kind hatte sie sich oft gewünscht, dass Karl tot wäre. Nicht aus einem Groll heraus, sondern damit sie einen Platz für ihn hatte, eine Geschichte, die erklärte, warum alles so gekommen war, wie es gekommen war. In ihrer Fantasie war er ein Feuerwehrmann, der bei einem Einsatz ums Leben gekommen war.

»Du bist sehr stark«, sagte Andre und sah sie ehrfürchtig an.

»Also ich weiß nicht. Ich ...«

»Doch, doch«, beharrte er, nun mit mehr Nachdruck.

Eine trügerische Freude durchrieselte sie, als käme sie mit dem Tod ihrer Mutter und dem angeblichen Tod ihres Vaters tatsächlich problemlos klar, als wäre sie tatsächlich unglaublich stark und nur zu schüchtern, es zuzugeben. Sie blickte vor sich auf den Tisch, auf ihre Hände, die ganz gefühllos geworden waren. Das passierte ihr immer, wenn sie extrem nervös oder aufgeregt war, wenn sie etwa, wie mehrmals in der Vergangenheit, eine Bühne erklimmen musste, um eine Auszeichnung entgegenzunehmen oder eine Rede zu halten. Sie wollte dieses Gefühl jetzt unterdrücken, aber je mehr sie es versuchte, desto nervöser oder aufgeregter wurde sie, desto tauber wurden ihre Hände. Das hatte sie noch nie getan – sich im Glanz des Todes ihrer Mutter gesonnt, in ihrer Geschichte vom armen Waisenmädchen. Sie fühlte sich schmutzig und schäbig und doch auch wie von einer großen Last befreit, als hätte sie ihre Trauer tatsächlich vollständig überwunden, als wäre ihr Leben eine Geschichte, die als beispielhaft gelten konnte.

Hoch konzentriert hob sie mit beiden Händen ihre Tasse hoch, trank den restlichen Tee und setzte sie vorsichtig wieder ab. »Gehst du jetzt nach Hause?«

Zusammen verließen sie das Café. Jetzt, wo Andre bei ihr war, schienen die Straßen verändert. Es war kurz vor neun und kühler geworden. Nachdem sie einen Block zurückgelegt hatten, nahm Andre ihre Hand, und sie gingen weiter, als hätte sich nichts verändert, obwohl mit dieser Geste alles zwischen ihnen anders geworden war. Als sie sich ihrem Haus näherten, hatte Claire ihre Finger in den Bund seiner Shorts geschoben, und im Gehen rieben ihre Knöchel an dieser kleinen Hautpartie. Sie führte ihn in den Hinterhof, damit sie das Haus unbemerkt durch die Hintertür betreten und die dunkle Treppe zu ihrem Zimmer hinaufsteigen konnten. Dort angekommen, drehte sie sich um und küsste ihn, ohne Licht zu machen.

»Ich verstoße gegen meine Prinzipien«, sagte er und trat einen Schritt von ihr zurück.

»Was für Prinzipien?«

Er griff nach vorn und öffnete den Reißverschluss ihrer Jeans. »Nie mit einer Mieterin zu schlafen.«

»Ich dachte, wir sind Hausgenossen«, erwiderte sie kokett, zog sich das Shirt über den Kopf und stieg aus ihrer Jeans, sodass sie in Slip und BH vor ihm stand. Er sah sie ernst an, als bereite ihm ihr Anblick wahre Pein, als wäre es nicht erst ein paar Stunden her, dass er sich mit ihr in einem Bett gewälzt und Sex simuliert hatte. Sie fielen übereinander her und küssten sich, während sie ihn auszog.

»Ich habe ein Kondom«, flüsterte er ein paar Minuten später. Sie lagen inzwischen auf der Matratze neben den Kartons, die auszupacken sie noch keine Zeit gefunden hatte. Andre pflückte seine Shorts vom Boden, zog sein Portemonnaie heraus und entnahm ihm ein Kondom. Als er es aufriss, lachte sie heiser, als wäre sie betrunken.

»Was ist daran so witzig?«, fragte er, während er das Kondom abrollte.

»Nichts«, antwortete sie und lachte erneut. Die Gefühle, die sie jetzt für ihn empfand, waren dieselben, die sie schon den ganzen Tag empfunden hatte. Und was sie tat, tat sie weniger aus sexueller Lust als aus Gutmütigkeit und weniger aus Gutmütigkeit als aus Einsicht in die Unvermeidbarkeit, als wäre ihre Beziehung nichts weiter als die zweier Kinder, die man miteinander bekannt gemacht und dann gezwungen hat, zusammen im Garten zu spielen.

»Normalerweise tue ich so was nicht«, sagte er und schob sich über sie. Sie küsste ihn noch einmal, dann rollte sie sich auf den Bauch, und er drang in sie ein. Eine sengende Halblust überkam sie, während ihr Kinn rhythmisch an der Decke rieb und ein anderer Teil von ihr schon an den kommenden Tag dachte – wie sie sich in ihrem Zimmer verkriechen würde, bis sie sicher war, dass Andre das Haus verlassen hatte, und wie sie, innerlich leer, deprimiert und voller Reue, versuchen würde, sich einen Überblick über den Inhalt ihrer Kartons zu verschaffen.

Andre kam mit einem Stöhnen und brach dann augenblicklich über ihr zusammen.

»Soll ich machen, dass du kommst?«, keuchte er so dicht an ihrem Ohr, dass sie erschauderte. Sie drehte sich herum und sah sein Gesicht im Profil, gespenstisch und mädchenhaft im fahlen Licht der Straßenlaternen, das durch die Fenster drang.

»Ich bin gekommen«, log sie und wand sich unter ihm hervor, streifte auf der Suche nach ihren Kleidungsstücken durchs Zimmer und zog eins nach dem anderen wieder an, während er auf der Matratze liegen blieb. Sie versuchte, unbekümmert und würdevoll, sexy und fröhlich zu wirken, falls er ihr beim Anziehen zusah, aber dann bemerkte sie, dass er eingeschlafen war.

»Andre«, flüsterte sie. »Andre«, wiederholte sie lauter. Er rührte sich, antwortete aber nicht. »Du musst gehen.« Sie ging zur Schreibtischlampe, die in der Ecke auf dem Boden stand, und knipste sie an.

»Was?« Er setzte sich auf, verwirrt durch das Licht, als hätte er erst jetzt realisiert, dass sie zusammen in ihrem Zimmer waren.

»Ich kann nicht schlafen, wenn du hier bist«, erklärte sie, ohne zu wissen, wovon sie redete. Abgesehen von der Geschichte mit Bill hatte sie so etwas noch nie getan und war auch noch nie mit jemandem ins Bett gegangen, den sie eben erst kennengelernt hatte. Soweit sie wusste, müsste sie neben ihm genauso gut schlafen können, wie wenn sie allein wäre.

Er lachte und sah sie an, als müsste sie zurücknehmen, was sie gesagt hatte, nur weil er es wollte.

»Aber … es hat Spaß gemacht«, sagte sie, um seine Gefühle nicht zu verletzen.

»Mir doch egal«, sagte er.

Das Telefon klingelte. Sie ging hin, um die Lautstärke des Anrufbeantworters herunterzudrehen, damit Andre es nicht hören konnte, falls jemand eine Nachricht hinterließ, doch er hob ab, bevor sie dort war.

»Hallo?«, flötete er mit verstellter Frauenstimme und lauschte dann. »Claire? Claire wer?«

»Nicht«, zischte sie und versuchte, ihm das Telefon zu entreißen.

»Ach so. Claire. Gut, alles klar. Hier ist sie.« Er hielt ihr grinsend das Telefon hin.

»Hallo«, sagte sie und drehte sich von ihm weg. »Was?«, fragte sie. Es dauerte einige Zeit, bis sie begriff, dass es Lisa war, Joshuas Lisa. Sie schluchzte und redete unverständliches Zeug über Greg Price und Joshua. »Greg!«, rief Claire in ihrer Verwirrung, und dann nahm sich Lisa zusammen und kam auf den Punkt: Joshua war verhaftet worden und saß im Gefängnis von Blue River. Beim Zuhören griff Claire nach ihrer Tasche und Jacke und schlüpfte in ihre Clogs.

»Lisa, warte. Hör zu. Ich komme. Ich bin so schnell wie möglich da. Sag Josh Bescheid, okay?« Sie klickte das Telefon aus und warf es auf die Matratze.

Andre hob es auf und stellte es in die Ladestation zurück. »Ist was passiert?«, fragte er versöhnlich.

»Ich muss gehen«, sagte sie, fast keuchend vor Panik, und stürzte aus dem Zimmer. Sie hatte das Gefühl, dass er ihr folgte, aber sie drehte sich nicht um, als sie, die Beine wackelig vom Sex und vor Angst, die dunkle Treppe hinabstieg.

Sie rannte zu ihrem Wagen, der an der Straße parkte. Ihre Hände zitterten, als sie die Tür aufschloss und den Motor anließ. Sie hielt das Lenkrad fest umklammert, um sie zu beruhigen, als sie durch die Straßen von Minneapolis fuhr, vorbei an der Wohnung, in der sie mit David gelebt hatte, und hinaus auf die Interstate. Auf dem Beifahrersitz stand eine Pflanze, die sie tags zuvor auszuladen vergessen hatte. Die Spitzen ihrer welken Blätter kitzelten sie am Arm. Sie versuchte, sich Joshua im Gefängnis vorzustellen. Warum war er eigentlich dort? Vor lauter Schreck hatte sie vergessen zu fragen. *Wegen Trunkenheit am Steuer*, sagte sie sich, um nicht durchzudrehen. Sie wünschte, sie könnte jetzt sein Gesicht sehen. Die Sehnsucht danach verursachte ihr ein schmerzhaftes Kribbeln in der Nase.

Nach einer Weile kam ihr zu Bewusstsein, dass sie überhaupt nicht wusste, wo sie hinmusste. Als Kind hatte sie mal einen Schulausflug ins Gefängnis von Blue River gemacht, aber sie hatte keine Ahnung, an wen genau sie sich um diese Zeit wenden musste, um Joshua sehen zu können – sie würde erst mitten in der Nacht dort ankommen. Wahrscheinlich würde man sie auffordern, am nächsten Morgen wiederzukommen, und was sollte sie dann tun? Sie stellte sich vor, wie sie ihre alte Zufahrt hinauffuhr, an die Tür klopfte und Bruce weckte – jetzt, wo auch Kathy dort wohnte, war Klopfen wohl angebracht –, und dann verwarf sie den Gedanken, Bruce aufzusuchen, als absurd, Joshua hin oder her. Sie konnte zu Lisa fahren, nur wusste sie nicht genau, wo Lisa wohnte – irgendwo an der Straße zur Mülldeponie, mehr wusste sie nicht.

Auf halber Strecke fuhr sie von der Autobahn herunter, weil sie dringend pinkeln musste. Sie parkte an einer Raststätte, die so gestrichen war, dass sie wie eine rote Scheune aussah. Sie war schon oft hier vorbeigekommen, hatte aber nie angehalten. Es war eine Touristenfalle, die, wie sie wusste, ohne jemals einen Fuß hineingesetzt zu haben, für ihre überdimensionalen glasierten Zimtschnecken bekannt war. Sie stieg aus dem Wagen und ging hinein. Am Eingang standen ein Popcorn-Automat und ein Greifautomat mit Plüschtieren unterschiedlicher Art, Farbe und Form, von denen man bei Einwurf eines Vierteldollars mit Hilfe eines Greifarms eines erhaschen durfte. Kioske verkauften Postkarten mit Slogans wie »Tor zum Norden« oder »Minnesota für Liebhaber« und Figuren von Seetauchern, Ponys und Bibern, die ganze Regalreihen füllten. An einem Stand gab es riesige Laugenbrezeln, Karamelläpfel und die berühmten Zimtschnecken.

Claire würdigte all das keines Blickes und eilte zur Damentoilette. Dort angekommen, ging sie an der Reihe glänzender Waschbecken entlang. Mehrere Wasserhähne rauschten los, ohne dass sie einen berührt hätte, nur dadurch in Gang gesetzt, dass sie daran vorbeiging, und als sie eine Kabine betrat, spülten mehrere Toiletten von allein. Hinterher, als sie sich an einem Waschbecken die Hände wusch, betrachtete sie sich im Spiegel. Sie sah schmal und erschöpft aus, ihr Teint bläulich im Neonlicht, und sie trug noch das Strasskollier. Sie nahm es ab und steckte es in ihre Tasche. Sie musste daran denken, wie Andre *Mir doch egal* gesagt hatte, als sie ihn zum Gehen aufgefordert hatte. Sie wusste nicht, wann sie in dieses Haus zurückkehren würde, wusste nicht, was sie erwartete, wenn sie bei Joshua war. Gut möglich, dass Andre jetzt, in dieser Sekunde, in ihrem Zimmer war und ihre Sachen durchstöberte. Sie erinnerte sich an den kleinen Gargoyle aus Ton, den ihr David geschenkt hatte, nachdem sie ihm erzählt hatte, dass sie in der siebten Klasse von einem bösen Jungen als Gargoyle tituliert worden war. Sie stellte sich vor, wie Andre ihn fand, ins Licht hielt und sich fragte, was das wohl war.

Beim Hinausgehen kaufte sie eine Zimtschnecke, trug sie in einem Wachspapier zum Auto, legte sie sich auf den Schoß und brach während der Fahrt nach Norden immer wieder ein

Stück davon ab. Sie hatte seit Tagen kaum etwas gegessen, und jetzt aß sie die ganze Zimtschnecke und hätte noch eine zweite vertilgen können. Die Gedanken in ihrem Kopf überschlugen sich, aber alle drehten sich um Joshua. Sie betete, dass es ihm gut ging, dass sich die Anschuldigungen gegen ihn in Wohlgefallen auflösen würden und dass sie morgen früh über die Ereignisse der Nacht nur noch lachen oder auf ihre übliche Art miteinander streiten würden.

Sie nahm die Ausfahrt nach Midden, und ihr Kopf wurde leer. Sie fuhr, ohne an etwas zu denken, fuhr, wie der Wagen selbst fuhr, raste durch die Nacht. Sie war jetzt so weit im Norden, dass die Bäume bis dicht an die Straße heranreichten. Kiefern und Birken, Pappeln und Fichten, deren Silhouetten ihr so vertraut waren wie Menschen, die sie seit Jahren kannte. Sie konnte sie im Dunkeln sehen, ihre freundlich aufragenden Schatten, die über sie wachten, so wie sie ihr ganzes Leben lang über sie gewacht zu haben schienen. Sie reckten ihre wissenden Äste zu ihr herüber, die wussten, es aber nicht sagten, wussten, aber nicht sagten, wer um alles in der Welt sie war.

TEIL 5

Fackel

Und – hast du bekommen, was
du haben wolltest von diesem Leben, trotz allem?
Ja, hab ich.
Und was wolltest du?
Sagen können, dass ich geliebt werde, mich geliebt
fühlen auf dieser Erde.

Raymond Carver, *Spätes Fragment*

15

Der Regen hielt noch an, als Bruce die Hütte Doug Reeds verließ, und wurde auf der Windschutzscheibe zu Schneematsch, bevor das Wischerblatt ihn wegwischen konnte. Es war die zweite Dezemberwoche, und es lagen schon fünf Zentimeter Schnee, mittlerweile überzogen von einer dicken Eiskruste, die um fünf Uhr nachmittags in Bruce' Scheinwerferlicht wie glasiertes Porzellan glänzte.

»Wie sieht es auf den Straßen aus?«, fragte Leonard, als Bruce das Lookout betrat, und warf einen Bierdeckel vor ihn auf den Tresen. »Das Übliche?«

»Nein, ich nehme eine Coke«, antwortete Bruce, obwohl er eigentlich Lust auf ein Bier hatte. Er hatte Kathy versprochen, nichts zu trinken, bis sie ihren Eisprung gehabt hatte und ohnehin nichts mehr ging. Seit sechs Monaten versuchten sie, ein Kind zu zeugen. Kathy hatte schon in der Hochzeitsnacht damit angefangen, dass sie gern Kinder hätte, und ihn gefragt, ob er sich nicht auch welche wünsche. Er hatte geantwortet, dass er schon welche habe, aber Kathy hatte ihn nur komisch angesehen.

»Was ist?«, hatte er gefragt.

»Ich rede von eigenen Kindern.«

»Sie sind meine Kinder, Kath.«

»Du weißt, was ich meine«, erwiderte sie.

Und das stimmte. Irgendwo weit hinten in seinem Kopf wusste er es. Außerdem, warum sollte er Kathys Traum im

Wege stehen? Sie machten sich sofort ans Werk. Kathy führte über ihren monatlichen Zyklus Buch, verfolgte ihren Eisprung und ihre Menstruation, kontrollierte ihren Zervixschleim und ihren LH-Anstieg. Anfangs sah Bruce darin weniger ein Zeichen ihrer Entschlossenheit als vielmehr ein Abbild ihres Berufs als Besamungstechnikerin, musste aber bald erkennen, dass er sich irrte. Sie weinte jedes Mal, wenn sie ihre Periode bekam, und bereute es bitter, dass sie bis zwei Wochen vor ihrem fünfunddreißigsten Geburtstag gewartet hatte, ehe sie überhaupt einmal einen Versuch unternahm.

Bruce tat, was er konnte. Er nahm sie in die Arme, streichelte ihr Haar und beruhigte sie, wenn sie weinte. Abends trank er mit ihr sogenannten Fruchtbarkeitstee. Er nahm Vitamine mit Zink, vermied heiße Bäder und schlief nur in der Missionarsstellung und nur an bestimmten Tagen mit ihr, so wie es die Tabelle verlangte, die sie auf der letzten Seite ihres Tagebuchs führte. Und schließlich hatte er sogar eingewilligt, ihren Geistheiler Gerry anzurufen und am Telefon einen Vortrag über sich ergehen zu lassen. »Ich spüre eine Präsenz«, erklärte Gerry in dem Moment, als Bruce ihm die Nummer seiner Kreditkarte durchgegeben hatte.

»Könnte es das Baby sein?«, fragte Bruce.

»Nein!«, schrie Gerry, seine Meinung schon wieder ändernd. Er hatte einen Brooklyner Akzent, lebte jetzt aber im Bundesstaat New York. Kathy hatte ihn vor Jahren zufällig kennengelernt, ausgerechnet bei einem Rinderzüchter-Kongress. Sie hätten sich sofort zueinander hingezogen gefühlt, hatte sie Bruce erzählt, gespürt, dass sie vom gleichen Schlag waren, und einander an ihrem magischen Schmuck erkannt. Er war ein Schmalspur-Guru, der in einer umgebauten Scheune auf seiner Farm gelegentlich Workshops veranstaltete. Kathy hatte einen besucht, eine Woche lang in seinem Garten gezeltet und gelernt, wie man Runensteine entziffert und Tarotkarten liest. Sie zeigte Bruce ein Foto von Gerry, das sie in ihr Tagebuch geklebt hatte. Er war ein rundlicher graumelierter Herr mit einem rosigen, von Aknenarben verunzierten Gesicht, der für Bruce mehr wie ein Hochschulprofessor als ein Farmer oder Geistheiler aussah. »Es ist keine Präsenz. Keine Person«, fuhr Gerry bei dem Telefonat mit Bruce fort. Er sprach mit quälender Genauigkeit. In kurzen Sätzen. »Es ist eine Idee. Ein Gedanke, den du hast. Er steht im Weg. Er blockiert die Straße. Er staut den Fluss wie abgeschwemmtes Holz. Versperrt den Pfad wie eine Schlammlawine, sozusagen.«

»Ein Gedanke?«, fragte Bruce im Bemühen, seinen Kopf von allem, was er wusste und glaubte, frei zu machen, da er nicht wollte, dass Gerry erriet, was darin vorging, nur für den Fall, dass er das tatsächlich konnte.

Er glaubte nicht an Geistheiler, Kristalle oder diesen ganzen New-Age-Kram, aber nach diesem Telefongespräch musste sich Bruce eingestehen, dass Gerry in gewisser Hinsicht recht hatte. Er hatte tatsächlich einen Gedanken. Er hatte ihn jedes Mal, wenn er Kathy während ihrer fruchtbaren Tage liebte, jedes Mal, wenn sie wieder ihre Periode bekam. Es war der Gedanke, dass er damit nicht gerechnet hatte, als er auf die Idee gekommen war, Kathy zu heiraten. Jetzt erkannte er, wie ignorant und mit sich selbst beschäftigt er gewesen war. Kathys Kinderwunsch hatte ihn deshalb völlig überrascht, weil ihre aufkeimende Liebe ganz im Zeichen seiner Trauer, seines Lebens und seines Verlustes gestanden hatte. Kathy war seine Ratgeberin und Vertraute gewesen, an deren Schulter er sich hatte ausweinen können. Sie war eine warmherzige Frau und sexuell verfügbar gewesen, hatte es verstanden, ihn aus seinem Schneckenhaus zu locken, damals, als das Schneckenhaus, aus dem er gelockt werden musste, ganz aus seiner immerwährenden Liebe zu Teresa Rae Wood bestanden hatte.

Mit ihrer Heirat änderte sich alles von einem Tag auf den anderen. Jetzt war nicht mehr Teresa seine Frau, sondern Kathy. »Kathy Tyson-Gunther«, wie sie nun heißen wollte. Und selbst Claire und Joshua schienen weniger zu ihm zu gehören als noch am Tag davor. Kathy nannte sie die »Kinder deiner verstorbenen Frau«, und eine seltsame Gedrücktheit überkam sie jedes Mal, wenn ihr Gespräch auf Claire oder Joshua kam, obwohl sie niemals zugab, dass ihre Stimmung etwas mit ihnen zu tun hatte. Den ganzen Sommer und frühen Herbst hindurch hatten sie davon gesprochen, Joshua und Claire zum Abendessen einzuladen, aber es war nie etwas daraus geworden. Schließlich, im November, hatten sie ins Auge gefasst, an Thanksgiving mit ihnen zu essen, den Plan dann aber fallen lassen, als sie erfuhren, dass Joshua Vater wurde.

»Es ist ja nicht so, dass ich mich nicht für sie freuen würde«, sagte Kathy, der bei der Neuigkeit die Tränen gekommen waren. »Aber …« Sie versuchte dahinterzukommen, woran es genau lag. »Aber beim Anblick von Lisas Bauch würde alles wieder hochkommen. Wie wir versagt haben.«

»Wir haben nicht versagt«, widersprach Bruce.

»Wie wäre es, wenn sie an Weihnachten kommen?«, schlug sie vor.

»Joshua könnte bis dahin im Gefängnis sitzen«, erwiderte Bruce, und das stimmte. Sein Gerichtstermin stand endlich fest. Joshua war im August wegen des Besitzes von Marihuana festgenommen und unter Anklage gestellt worden, allerdings hatte Bruce einen Seufzer der Erleichterung ausgestoßen, als er hörte, wessen er beschuldigt wurde. Den ganzen Sommer über waren in der Stadt Gerüchte kursiert, wonach Joshua für Rich Bender und Vivian Plebo dealte, und beileibe nicht nur mit Marihuana, doch er hatte das Gerede geflissentlich ignoriert, bis er den Anruf von Claire bekam. Sie war verzweifelt und flehte ihn förmlich an, nach Blue River zu kommen, von wo aus sie anrief. Sie war am Abend zuvor aus Minneapolis dorthin gefahren und hatte den halben Tag damit zugebracht, zwischen Bank und Gerichtsgebäude hin und her zu laufen, Geld zu holen, notariell beglaubigte Erklärungen beizubringen und Formulare auszufüllen, um Joshua gegen Kaution freizubekommen. Aber Bruce fuhr nicht nach Blue River. Er könne nicht, erklärte er Claire, außerdem habe sie ja bereits alles geregelt. Er müsse einen Auftrag fertig machen und habe am Abend ein Softball-Match. Das Team von Jake's Tavern stand im Halbfinale der regionalen Meisterschaft.

Ein paar Wochen später begegneten sich er und Joshua auf der Big Pile Road. Sie hielten an und sprachen bei laufenden Motoren durch die offenen Fenster ihrer Pick-ups miteinander, wie sie es immer taten, seit Bruce mit Kathy verheiratet war und Joshua nicht mehr nach Hause kam.

»Was treibst du denn so zurzeit?«, fragte Bruce, der die Verhaftung nicht direkt ansprechen wollte.

»Für Jack Haines Docks abbauen«, antwortete Joshua.

»Das ist eine gute Arbeit.«

»Aber nur bis die Seen zufrieren«, sagte Joshua, und dann sahen sie beide durch ihre Windschutzscheiben nach vorn und dachten daran, dass Joshua möglicherweise keinen Job mehr brauchte, wenn die Seen zufroren, weil er dann höchstwahrscheinlich im Gefängnis sitzen würde. Er war mit einer beträchtlichen Menge Marihuana erwischt worden, wie Bruce von Claire erfahren hatte, die ihn über das juristische Tauziehen zwischen Joshuas Pflichtverteidiger und dem Bezirksstaatsanwalt auf dem Laufenden hielt. Er sah sie ungefähr einmal pro Woche, wenn er im Lookout vorbeischaute. Sie arbeitete jetzt dort in der alten Schicht ihrer Mutter und wohnte in der Wohnung über der Bar, so wie als Kind, als Bruce sie kennengelernt hatte. Nach Joshuas Verhaftung war sie nach Midden gezogen, um ihrem Bruder nahe zu sein und bei seiner Verteidigung zu helfen. Umstritten war, ob das Marihuana, das man bei Joshua gefunden hatte, für den Eigenbedarf oder zum Verkauf bestimmt gewesen war. Am elften Dezember würde der Richter darüber entscheiden und ein entsprechendes Urteil fällen.

»Bruce!«, rief Claire jetzt, am Abend des Eissturms, Bruce zu, kurz nachdem er von Leonard die Coke bekommen hatte, von der er wünschte, sie wäre ein Bier, aber Claire blieb nicht stehen, um mit ihm zu reden. Stattdessen huschte sie, mit mehreren Tellern beladen, an ihm vorbei zu einem Tisch mit Gästen, die er nicht kannte. Er folgte ihr mit den Augen, nickte den wenigen Leuten zu, die er kannte, und streifte die, die er nicht kannte, mit einem Blick – Städter, die zur Jagd hier waren. Er nahm die Wollmütze ab und legte sie auf den Tresen. »Ihr bekommt heute viel zu tun«, sagte er zu Leonard, »so wie es auf den Straßen aussieht.«

»Es sind diese bescheuerten Finnländer«, sagte Leonard und lachte, weil er selbst Finne war. »Die bilden sich ein, sie könnten fahren. Sie und die Stadtaffen. Die Finnländer haben die Eier und die Stadtaffen die großen Nobelkarossen.«

Claire kam zurück und gab Bruce einen Klaps auf die Schulter. Etwas in ihm stellte sich quer und hielt ihn davon ab, sie zu umarmen. Es stellte sich jedes Mal quer, wenn er sie sah. »Was gibt's Neues?«

»Nicht viel.« Er trank einen Schluck Coke. »Und bei dir?«

Zu seiner Überraschung setzte sie sich auf den Hocker neben ihm. »Hast du dir die Haare schneiden lassen?«

Er schüttelte wahrheitsgemäß den Kopf. Er hatte sie in letzter Zeit nicht schneiden lassen, nur vor Monaten schon seinen Pferdeschwanz gekappt.

»Sieht aber so aus«, sagte sie. »Oder als ob du damit etwas anders machst.«

Er fuhr sich verlegen mit den Fingern durchs Haar. Kathy hatte ihm eine spezielle Pflegespülung gekauft, und nachdem sie ihn wiederholt dazu ermuntert hatte, sie doch mal auszuprobieren, hatte er letzte Woche begonnen, sie zu benutzen. Sie machte sein Haar weicher und voller. Aber das brauchte Claire nicht zu wissen. Er nahm die Mütze vom Tresen und setzte sie auf. Er bereute es, vorbeigeschaut zu haben. Seit er mit Kathy verheiratet war, wurde er immer leicht nervös, wenn er Claire traf, als beobachte sie jede seiner Bewegungen und lege jedes Wort von ihm auf die Goldwaage, als könne er es ihr nicht recht machen, egal, was er sagte oder tat. Mit Joshua ging es ihm genauso. Sie waren eine gekränkte Zweierbande, die über ihn zu Gericht saß. Er wusste, dass sie sich gegenseitig von Begegnungen mit ihm berichteten. Dass sie einander mit skeptischem Grinsen ansahen und sagten: *Rate mal, wen ich getroffen hab.*

»Alles klar wegen morgen?«, fragte sie, auf Joshuas Gerichtstermin anspielend.

»Ich dachte, wir dürfen gar nicht mit rein.«

»Hab ich dir doch erklärt!«, brauste sie auf. »Wir dürfen nicht ins Richterzimmer, aber wir können ins Gerichtsgebäude gehen und auf dem Gang warten.« Sie sah ihn herausfordernd an. »Jetzt sag bloß nicht, dass du nicht mitkommen willst.«

»Ich hoffe schon«, erwiderte er. »Aber ich muss Doug Reeds Haus fertig machen, und wenn wir sowieso nicht reinkönnen, verstehe ich nicht, wozu …«

»Um moralische Unterstützung zu leisten, Bruce«, unterbrach sie ihn, ehe in der Küche eine Glocke ertönte, mit der Mardell signalisierte, dass eine Bestellung fertig war. Ohne ein weiteres Wort rauschte Claire durch die Schwingtür davon.

Bruce atmete auf, als sie ging. Er atmete fast immer auf, wenn sie ging, obwohl er nur ihretwegen ins Lookout kam. Hier mit ihr zu reden, sozusagen zwischen Tür und Angel, war ihm am liebsten und angenehmsten, weil das Gespräch immer wieder unterbrochen wurde und sich zwangsläufig auf die Momente beschränkte, wenn sie Essen oder schmutzige Teller an ihm vorbeitrug oder am Tresen darauf wartete, dass Leonard Getränke für sie fertig machte. Auf diese Weise redete er ungefähr einmal pro Woche mit Claire, allerdings kam dabei nur selten ein richtiges Gespräch zustande. Kathy wusste nicht, dass er Claire so häufig sah, noch wusste sie, dass er, wenn er nach der Arbeit einen trinken ging, dies im Lookout tat. Ohne direkt zu lügen, ließ er sie manchmal in dem Glauben, er sei in Jake's Tavern gewesen. Das war ihr Stammlokal.

»Ich habe Lisa versprochen, dass wir uns mit ihr und Josh mittags im Gerichtsgebäude treffen«, sagte Claire ein paar Minuten später, als sie mit einem leeren Tablett neben ihm stehen blieb, als hätten sie fest ausgemacht, dass er am nächsten Tag erschien. »Machst du mir drei Bourbon mit Eis?«, bat sie Leonard, und zusammen sahen sie zu, wie er die Gläser aufreihte und einschenkte. Bruce hatte das Gefühl, dass Claire auf eine Antwort von ihm wartete, dass sie ihn stillschweigend dazu zu bringen versuchte, entweder Streit mit ihr anzufangen oder sein Kommen zuzusagen, damit sie darauf reagieren konnte.

»Ich will sehen, was ich tun kann«, sagte er, während sie die Drinks auf ihr Tablett stellte.

»Hat sie dir gesagt, was sie heute mit der Post gekriegt hat?«, fragte Leonard Bruce, bevor sie wieder verschwand, und dann, an sie selbst gewandt: »Warum sagst du es deinem Vater nicht?«

»Oh«, machte sie und wedelte mit der Hand vor ihrem Gesicht, als wäre ihr der bloße Gedanke daran peinlich. Sie sah müde aus und hübsch, wie ihre Mutter, nur dunkler, jetzt, wo sie sich die Haare braun gefärbt hatte, um das Blond vom Sommer zu überdecken. »Ich habe die Kurse gemacht, die mir noch gefehlt haben. Online. Jetzt habe ich meinen Abschluss.«

»Es kam heute mit der Post«, wiederholte Leonard. »Ein edles Stück Papier mit Stempel und großem goldenem Siegel.«

Claire starrte auf die Bourbons auf ihrem Tablett. »Es ist etwas später geworden als geplant, aber endlich kann ich sagen, dass ich fertig bin.« Sie bedachte Bruce mit dem Blick, mit dem sie ihn in letzter Zeit immer ansah, einem reservierten, zögerlichen Blick, als spähe sie hinter einem Vorhang hervor.

»Besser spät als nie«, sagte er.

Sie sah wieder weg. »Genau.«

»Deine Mutter wäre stolz auf dich«, sagte Leonard, mehr zu Bruce, wie es schien, als zu Claire. Sie nahm ihr Tablett und verschwand, und er atmete wieder auf, aber mit einem schlechten Gewissen. »Ich bin auch stolz«, sagte er zu niemand Bestimmtem, aber Leonard hörte ihn und nickte, ehe er zur Kasse ging und begann, die Tageseinnahmen zu zählen, indem er die Geldscheine auf saubere Stapel blätterte und mit Gummibändern bündelte.

»Wie geht's Mardell?«, fragte Bruce.

Leonard hielt im Zählen inne und schaute auf. »Ihre Schwester kommt an Weihnachten. Die aus Butte. Und wie geht's Kathy?«

»Gut.« Er trank den letzten Schluck von seiner Coke und schüttelte das Eis im Glas. Seit seiner Heirat mit Kathy spürte er eine gewisse Missbilligung in Leonards und Mardells Verhalten, ein leichtes Absinken in ihrer Wertschätzung. »Und was wird mit den Kindern?«, hatte ihn Mardell im Juni, als er ihr die Neuigkeit mitteilte, regelrecht angefahren, als ob sie noch in den Windeln lägen. Und noch bevor er antworten konnte, hatte sie nachgeschoben: »Notfalls kann ich sie nehmen.«

»Wie nehmen?«, hatte er scharf gefragt, ohne Rücksicht darauf, ob er damit ihre Gefühle verletzte, obwohl sie für ihn und Teresa immer so etwas wie eine Tante gewesen war.

»Zu mir nehmen«, hatte sie gerufen und ihn dann mit unverhohlener Empörung und Verachtung angesehen. Ihr Haar war rein weiß und zu einem dichten und trotzdem lockeren Schopf drapiert wie Zuckerwatte um einen Stab. »Sie brauchen eine Mutter, verstehst du? Oder wenigstens eine Mutterfigur.«

»Na ja, ich gehe ja nicht weg«, sagte er, wieder milder gestimmt. »Ich hab geheiratet, das ist alles.«

»Ach Bruce, ich weiß«, sagte sie entschuldigend und begann zu weinen. Sie nahm die Brille ab und wischte sich die Augen. »Ich habe es nicht böse gemeint. Es ist nur so …«

»Teresa fehlt dir«, sagte er.

»Das wird es wohl sein«, sagte sie in einem Ton, der Bruce verriet, dass der Verlust Teresas nicht der alleinige Grund war, sondern dass mehr dahintersteckte. Dass seine Heirat auf Unverständnis stieß. Er hörte das Gemunkel schon überall in der Stadt, ohne dass ihm etwas Konkretes zu Ohren kam. *So früh, so früh.* Es kreiste wie ein Vogel über ihm und verfolgte ihn auf Schritt und Tritt. Doch es bewirkte nur, dass er Kathy noch mehr liebte oder sich zumindest noch schützender vor sie stellte, als stünden sie beide allein gegen den Rest der Welt.

Leonard war nicht dabei gewesen, als er Mardell sagte, dass er Kathy geheiratet habe, und sprach Bruce bei seinen nächsten Besuchen in der Bar nie darauf an, bis er ihn eines Tages mit glasklarer Stimme fragte, wie es Kathy gehe, als stelle er die Frage schon seit tausend Jahren.

»He, Len«, sagte Bruce jetzt, stand auf, zog seine Jacke an, zückte seine Geldbörse und legte zwei Dollar auf den Tresen. »Ich sehe zu, dass ich nach Hause komme, bevor die Straßen noch schlechter werden.«

»Gute Idee«, stimmte der zu.

»Sag Claire einen Gruß von mir«, rief er auf dem Weg zur Tür.

Leonard winkte ihm nach und gab damit zu verstehen, dass er den Gruß ausrichten würde. Das tat er immer.

»Da bist du ja«, sagte Kathy, als er nach Hause kam. »Ich hoffe, du bist nicht übermäßig hungrig«, setzte sie hinzu und lächelte lasziv und verführerisch. »Oder sollte ich sagen, hungrig nach Essen.« Sie zog ihn an sich und küsste sein Ohr. »Mein Ovulationstest ist positiv, und das heißt, wir müssen es *jetzt* tun.«

»Jetzt?«, fragte er und strich mit den Händen über ihre Hüften. Sie lachte und zog ihn ins Schlafzimmer. Trotz ihrer Schwierigkeiten, ein Kind zu zeugen, hatten sie immer Spaß im Bett.

»Was meinst du?«, fragte er, als sie fertig waren.

»Wozu?« Sie lag verkehrt herum im Bett und hatte die Füße auf das Kopfteil gestützt, um seine Spermien auf ihrer irrwitzigen Reise zu ihrer Eizelle zu unterstützen.

»Zum Schwangerwerden. Meinst du, diesmal hat's hingehauen?«

Sie holte tief Luft, schloss die Augen und dachte darüber nach. Vor ein paar Monaten hatte Gerry zu ihr gesagt, dass sie merken würde, wenn es passierte. Dass sie einen Energieschub spüren oder einen Lichtblitz wahrnehmen würde, wenn sich der Geist ihres zukünftigen Kindes einfinde.

»Ich spüre etwas«, sagte sie und öffnete die Augen. »Eine Art Spannung in meiner Gebärmutter, aber mit Sicherheit sagen kann ich es nicht.« Sie drehte den Kopf zu ihm hinüber, verharrte sonst aber vollkommen reglos. »Und du? Was hast du für ein Gefühl?«

Er war müde und hungrig und sehnte sich nach einer Zigarette, hielt es aber für unklug, jetzt davon anzufangen.

»Ich habe das Gefühl, diesmal könnte es geklappt haben«, sagte er, und sie lächelte, und dicke Tränen traten in ihre Augen. Er beugte sich über sie, fasste sie aber nicht an aus Furcht, ein Schubs könnte ihre Empfängnischancen zunichtemachen, doch dann begann sie heftiger zu weinen, und er legte ihr ganz vorsichtig die Hand auf den Arm, als wäre ihr Fleisch frisch gestrichen und müsste noch trocknen.

»Entschuldige«, sagte sie und wischte sich das Gesicht mit den Händen. »Es ist nur so, dass ich manchmal … Ich meine, es ist doch ein Witz, dass ich beruflich Kühe besame, es selbst aber nicht hinkriege, mich schwängern zu lassen.« Ein ärgerliches Funkeln trat in ihre Augen, als hätte er ihr widersprochen. »Es ist mein Beruf, Bruce. Und bei mir selbst kriege ich es nicht hin.«

»Es wird klappen«, besänftigte er sie.

»Ja«, sagte sie mit Nachdruck, und dann schlug ihre Stimmung um. »Das liegt nur daran, dass ich völlig aus dem Gleichgewicht bin. Deswegen klappt es nicht.« Sie setzte sich auf, obwohl noch keine dreißig Minuten verstrichen waren, seit sie miteinander geschlafen hatten. »Ich muss meine Mitte finden. Ich muss in mich gehen. Liebling, würde es dir was ausmachen, wenn ich rübergehe und eine Nacht in meiner Hütte verbringe?«

»In deiner Hütte?«

»Nur eine Nacht.« Sie stand auf und begann, sich anzuziehen. »Eine Art innere Einkehr, damit ich meine Mitte finde.«

»Das kannst du doch auch hier«, schlug er vor. »Ich kann

draußen auf dem Sofa schlafen.« Er ging zu ihr und wollte sie umarmen, damit sie ihren Schlüpfer nicht anziehen konnte, aber sie tätschelte nur seine Arme und zog sich weiter an.

»Ich muss meine Mitte finden, Bruce. Die Sache mit dem Baby hat mich aus dem Gleichgewicht gebracht. Sie hat meine ganze Psyche negativ gepolt.« Sie streifte sich ein Sweatshirt über den Kopf.

»Aber drüben ist es kalt. Du wirst frieren, Kath.« Ihm war, als setze ihm jemand einen Stiefel auf die Brust.

»Ich kann Feuer machen. Das habe ich jahrelang gemacht.« Sie kam zu ihm und umarmte ihn. »Das wird uns beiden guttun. Es wird uns bei dieser ganzen Reise eine Perspektive aufzeigen.«

»Was ist mit den Straßen?«, versuchte er es weiter, doch sie kicherte nur darüber und verließ das Zimmer. Er folgte ihr in die Küche, wo sie einen Becher Joghurt, eine Banane, ein paar Roggencracker und mehrere Beutel Fruchtbarkeitstee in ihren Rucksack packte.

»Und vergiss nicht, heute Abend deinen Tee zu trinken. In der Röhre steht ein Auflauf für dich. Ich habe die Zeitschaltuhr gestellt.« Sie sah ihn an und lachte über seine gekränkte Miene. »Sei nicht albern, Liebling«, sagte sie und fuhr ihm mit der Hand durchs Haar.

»Ich werde dich vermissen«, sagte er. Es war das zweite Mal, dass sie ihn verließ. Am Abend der Tagundnachtgleiche im September hatte sie dasselbe getan, und schon damals hatte es ihm überhaupt nicht gefallen.

»Ich liebe dich.« Sie küsste ihn und ging zur Tür.

»Außerdem wollte ich mit dir noch über etwas reden«, sagte er, um sie aufzuhalten.

Sie drehte sich mit dem Rucksack über der Schulter abrupt um. »Worüber?«

»Joshs Gerichtsverhandlung morgen.«

»Morgen?«, rief sie ziemlich überrascht, obwohl er ihr den Termin vor Wochen genannt hatte. Sie stellte den Rucksack auf den Küchentisch, behielt aber die Gurte in der Hand. »Worüber willst du reden?«

Er zuckte mit den Schultern. »Ob wir etwas tun sollten.«

»Was zum Beispiel?«

Er zuckte erneut mit den Schultern. Er scheute sich zu sagen, dass er sich mit Lisa und Claire vor das Richterzimmer setzen könnte, denn er wollte weder von Kathy dazu ermuntert werden, noch wollte er sie mit einem solchen Vorschlag verstimmen. Er wusste einfach nicht, wie sie reagieren würde, und er wollte es auch gar nicht wissen.

»Ich werde an ihn denken«, sagte Kathy und schulterte wieder den Rucksack. »Ich werde etwas Salbei verbrennen.«

Als sie fort war, zog er Stiefel und Jacke an und setzte sich mit den Hunden draußen auf die Veranda. Der Regen hatte inzwischen aufgehört. Mehrere Minuten lauschte er dem Knacken und Klirren der vereisten Bäume, dann zündete er sich eine Zigarette an. Er rauchte wieder hier draußen, so wie zu der Zeit, als Teresa noch lebte, obwohl ihn Kathy nicht darum gebeten hatte. Er fand es so besser und gesitteter, und es lieferte ihm einen Vorwand, hinauszugehen und für sich zu sein, was er an den meisten Abenden gerne tat. Doch heute Nacht tat er es nicht gern, weil Kathy in ihrem alten Haus war. Das Alleinsein genießen konnte er nur, wenn Kathy ein paar Meter entfernt in ihrem Bett schlummerte, erkannte er jetzt und spürte einen Groll gegen sie in sich aufsteigen, obwohl er wusste, dass er nicht das Recht hatte, sauer zu sein. Sie hatte ihn vor ihrer Heirat gewarnt und darauf hingewiesen, dass sie von Zeit zu Zeit ihren Freiraum brauche, und er hatte erwidert, dass es ihm genauso gehe. Damals hatte er das als wahr empfunden, doch es war eine Lüge. Er brauchte keinen Freiraum. Sein Freiraum war eine Kiste voll Trauer, der Ort, wo Teresa jetzt lebte, und mehr als alles andere wollte er, dass sie geschlossen blieb. Wenn er allein war, ohne Kathy, hatte er zu viel Zeit zum Nachdenken, füllte zu viel Stille die Leere, und Teresa stahl sich in seine Gedanken.

Ohne es zu wollen, dachte er jetzt an sie, an einen völlig unbedeutenden Tag im letzten Herbst, an dem sie haufenweise Zucchinibrot gebacken hatte. Er erinnerte sich, wie sie später zusammen herumgefahren waren und jedem, den sie kannten, einen Laib brachten, sogar Kathy, die nicht zu Hause gewesen war. Sie hatten ihn auf einen sauberen Holzstapel auf der Veranda gelegt. Er konnte ihn jetzt dort sehen, seine feuchte Masse in seinen Händen spüren und schüttelte seine Hände, um die Erinnerung zu verscheuchen. Er war froh, dass Teresa nur in seiner Erinnerung fortlebte. Froh, dass Claire und Joshua alles, was ihrer Mutter gehört hatte, zusammengepackt und weggebracht hatten. Als er anschließend in das Haus gegangen war, hatte ihn eine kindische Freude befallen. Er hatte sich wie befreit gefühlt. Jetzt konnte er noch einmal von vorn anfangen, mit Kathy, und nur mit Kathy.

Aber er war nie ganz befreit gewesen. Immer wieder tauchte etwas, das Teresa gehört hatte, aus den Tiefen des Hauses auf: ein ausgetrockneter Kuli, auf dem REST-A-WHILE VILLA stand, ein Lesezeichen aus Leder mit ihren Initialen, das Joshua in der Schule gebastelt hatte, ein rosafarbener Lippenstift, den sie getragen hatte, wenn sie zur Arbeit oder in die Stadt fuhr. Beim Anblick dieser Gegenstände schrak er jedes Mal zusammen, durfte es sich aber nicht anmerken lassen, wenn Kathy im Zimmer war. Es war, wie wenn man im Wald einem Bären begegnete: Man musste stehen bleiben und Ruhe bewahren, obwohl einem nach dem Gegenteil zumute war. Er brachte es nicht über sich, Teresas Sachen wegzuwerfen. Wenn er Gelegenheit dazu hatte, brachte er die Fundstücke in seinen Pickup, legte sie ins Handschuhfach und schaute sie nie wieder an.

Nachdem er zwei Zigaretten geraucht hatte, kehrte er ins Haus zurück und trat in die neonbeleuchtete Küche. Die Zeitschaltuhr, die Kathy eingestellt hatte, war abgelaufen. Er schaltete den Backofen aus und öffnete die Klappe. Die Hitze traf sein ausgekühltes Gesicht wie ein Faustschlag. Er nahm den Auflauf heraus. Die Kruste war fast verkohlt, aber der Rest war noch genießbar. Er stellte ihn zum Abkühlen oben auf den Herd und holte sich ein Bier aus dem Kühlschrank, ohne sich darum zu kümmern, ob es seine Spermien schwächte. Er zog sein Portemonnaie aus der Tasche und leerte es. Teresa und er hatten es immer sein »Büro« genannt, weil es vollgestopft war mit wichtigen Dingen. Angeboten und Quittungen, Notizen zu seinen Kunden. Vor Monaten hatte er darin einen kleinen blauen Zettel verstaut, auf dem Joshuas Handynummer stand. Schließlich fand er ihn und griff zum Telefon.

Joshuas Stimme klang aufgeschreckt, als er erkannte, wer dran war. Bruce hatte ihn noch nie angerufen, obwohl er es sich immer wieder vorgenommen hatte, wenn er beim Stöbern im Portemonnaie seine Nummer entdeckte.

»Wie geht's?«, fragte er Joshua.

»Könnte schlimmer sein.«

Bruce zog eine Reißzwecke aus der Pinnwand neben dem Telefon und überlegte, was er sagen sollte. Heute war möglicherweise Joshuas vorläufig letzter Abend in Freiheit, obwohl Bruce nicht so recht daran glauben mochte. Der Richter würde in Anbetracht seiner Jugend noch einmal ein Auge zudrücken. Davon war Bruce seit dem Telefonanruf Claires im August überzeugt.

»Ist bei euch alles in Ordnung?«, erkundigte sich Joshua vorsichtig.

»Ja.« Er drückte die Reißzwecke in eine Schwiele an seinem Daumen, spürte aber nichts. »Morgen ist, glaube ich, der große Tag«, sagte er, obwohl er genau informiert war und Joshua das wusste. »Das ist ja jetzt ziemlich schnell gegangen.«

»Ja«, erwiderte Joshua. Ein Rascheln ertönte, als gehe er von einem Zimmer in ein anderes.

»Ich wollte ja eigentlich mit Claire rüberkommen«, erklärte Bruce, »aber ich habe doch diesen Auftrag in Doug Reeds Haus, hinter der Paradise Town Hall. Die sind nur an den Wochenenden da.« Er zückte seine Schachtel Zigaretten und zündete sich eine an. »Das Haus ist groß und frisch renoviert, und ich muss noch ein paar Regale und Schränke einbauen. Ich wollte dir sagen, dass du morgen Vormittag, wenn du zum Gericht fährst, draußen vielleicht vorbeischauen könntest, falls ich es nicht schaffe. Das hängt davon ab, wie viel ich fertig kriege.«

»Ich habe morgen früh schon was vor«, erwiderte Joshua mit emotionsloser Stimme und fügte dann freundlicher hinzu: »Mit Lisa.«

»Natürlich, Junge. Ich wollte es nur sagen, falls du Zeit gehabt hättest. Ich weiß, dass deine Verhandlung erst am Nachmittag ist.«

»Um halb eins«, sagte Joshua.

»Richtig.« Bruce nahm noch einen Zug von seiner Zigarette. »Ich habe Claire gesagt, dass du dem Richter ein paar von deinen Zeichnungen zeigen solltest. Die von Autos und so. Damit der Richter sehen kann, dass du ein guter Junge bist. Das könnte deiner Verteidigung nützen.«

»Mal sehen«, sagte Joshua, aber Bruce spürte, dass er es nicht einmal in Erwägung zog.

»Na dann, viel Glück, falls ich dich vorher nicht mehr sehe.«

»Danke«, sagte Joshua.

Bruce saß, nachdem Joshua aufgelegt hatte, noch lange da und hielt das stumme Telefon ans Ohr gedrückt. So lange, dass das Telefon ein Teil von ihm wurde, ein verlängertes Plastikohr – warm und hohl, lebendig und vertraut. Zuerst kam er sich vor wie in einer Warteschleife, so als warte er nur darauf, dass sich am anderen Ende der Leitung jemand meldete. Dann, nach mehreren Minuten, verflüchtigte sich dieses Gefühl und wich einem anderen, nämlich dem, dass er kurz davor war, loszuheulen oder gegen die Wand zu boxen oder beides, aber seine Angst davor riss ihn aus seiner Trance, und er stellte das Telefon in die Ladestation zurück.

Er holte sich noch ein Bier aus dem Kühlschrank, ging zum Herd, betrachtete den Auflauf und stach mit einem Finger hinein. Er war jetzt vollständig abgekühlt, aber er hatte keinen Hunger mehr.

»Tanner«, rief er. »Spy.«

Sie kamen in die Küche gestürmt und rutschten mit ihren Klauen über den Boden, als sie vor ihm stoppten. Sie liebten ihn wie sonst niemand, so wie sie es immer getan hatten.

»Abendessen«, sagte er und stellte den Auflauf vor sie hin.

Die Straße war wie ein zugefrorener Fluss, als Bruce am nächsten Tag im Morgengrauen in gemächlichem, gleichmäßigem Tempo zur Arbeit fuhr. Beim Einbiegen in die Zufahrt zu Doug Reeds Haus passte er einen Moment nicht auf. Der Pickup geriet ins Schleudern und schlitterte gegen den Briefkasten, der auf einem Metallpfosten montiert war, der kein bisschen nachgab. Er legte den Rückwärtsgang ein, stieß zurück und fuhr im Schneckentempo die Zufahrt hinauf. Das Handschuhfach war beim Aufprall aufgesprungen, und er fasste hinüber und wollte es schließen, doch irgendetwas hatte sich im Scharnier verklemmt. Er sah, dass es Teresas Lippenstift war, und ließ es sein.

Doug Reeds Haus roch nach neuem Teppich und Klebstoff, frischer Farbe und Sägemehl. Es hatte Schieferböden, drei Meter hohe Fenster, die zum Lake Nakota hinausgingen, und einen im Fußboden versenkten Whirlpool. Die Küche war auf dem neuesten Stand der Technik. Sie verfügte über ein Gerät, das innerhalb von fünf Minuten eine Flasche Wein kühlen konnte, und einen Küchenabfallzerkleinerer, der auch die dicksten Knochen klein kriegte. George Hanson hatte den Zerkleinerer am Vortag installiert. Anschließend hatte er ihn probeweise mit Anzündholz aus einem Korb neben dem Kamin befüllt und zusammen mit Bruce zugehört, wie er unter dem Spültisch das Holz zermalmte. Bruce war der letzte Handwerker im Haus. Er musste nur noch die Küchenmöbel einbauen, die er gezimmert hatte, und Bücherregale anbringen.

Er ging auf den Plastikfolien, mit denen das Haus ausgelegt war, um die Teppiche zu schützen, ins Wohnzimmer, drehte das Thermostat hoch und kehrte in die Küche zurück. Er goss sich Kaffee aus der Thermoskanne in die kleine Tasse, die ihr als Deckel diente. Vor den großen Fenstern erstreckte sich der Lake Nakota, den eine graue Eisschicht bedeckte. Am gegenüberliegenden Ufer, fast eine Meile entfernt, konnte er das Kreuz auf der Kirche erkennen. Er fragte sich, was Kathy jetzt wohl machte, ob sie vielleicht sogar noch wach war. Er hatte ohne sie nicht gut geschlafen. Ihr gemeinsames Bett war wie ein Schiff, das sich vom Anker losgerissen hatte. Er wachte immer wieder auf, erinnerte sich daran, dass er allein war, und brauchte dann eine ganze Weile, bis er wieder einschlief. Er träumte von Teresa, erinnerte sich hinterher aber an nichts und versuchte es auch nicht. Kathy erinnerte sich immer an ihre Träume und schrieb sie in ein kleines Notizbuch, das sie in der Nachttischschublade aufbewahrte. Sie erzählte sie ihm jeden Morgen, während er duschte, sich anzog und Kaffee kochte, und folgte ihm dabei von Zimmer zu Zimmer.

Er goss sich noch einen Deckel voll Kaffee ein und stürzte ihn hinunter, dann öffnete er den Schrank, in dem er sein Werkzeug versteckt hatte.

Es wurde acht, und dann wurde es halb zehn. Bruce wusste bei der Arbeit immer aus dem Radio, wie spät es war, weil er den ganzen Tag eine Sendung nach der anderen hörte, die Landesnachrichten und *Northland Beat, Native Rhythms* und *A Woman's Place.* Um halb elf richtete er sich auf und dehnte, den Hammer noch in der Hand, seinen Rücken. Wenn er bis Mittag in Blue River sein wollte, musste er jetzt losfahren. Der Gedanke schoss ihm durch den Kopf wie etwas, das übers Eis schlittert und dann dem Blick entschwindet. Er beschloss, noch ein oder zwei Stunden zu arbeiten, sich hinterher mit den anderen zu treffen und sie zu einem späten Mittagessen einzuladen.

Aber dazu kam es nicht. Er arbeitete den Mittag über durch, ohne wie sonst eine Pause zu machen und sein Sandwich zu essen, und hörte auch um halb eins nicht auf, als Joshua seinen Termin beim Richter hatte. Gegen zwei hörte er Teresas Stimme im Radio und drehte lauter, doch da sprach sie schon nicht mehr. Sie hatte nur den einen Satz gesagt, mit dem sie früher immer ihre Sendung eröffnet hatte, und war dann wieder ausgeblendet worden. Es war ein Trailer, mit dem der Sender für einen Marathon von *Moderne Pioniere* warb, der zurzeit in Vorbereitung war. Bruce hatte letzte Woche von Marilyn, der Chefin des Senders, einen Brief erhalten, in dem sie ihm mitteilte, dass sie im Januar die bei den Hörern beliebtesten zehn Sendungen Teresas ausstrahlen wollten. Auf der Website des Senders finde dazu eine Umfrage statt, hatte Marilyn weiter geschrieben und Bruce ermuntert, die Seite zu besuchen und für seine Lieblingssendung zu votieren. Er hatte keine Lieblingssendung. Er liebte sie alle. Liebte die Stimme seiner Frau, die jeden Dienstag um drei zu ihm gekommen war. Und ein zweites Mal am Dienstagabend, wenn er dann zufällig noch arbeitete. Es hatte ihm nie etwas ausgemacht, die Sendung zweimal zu hören. Wenn sie am Ende der Sendung ihre Frage gestellt hatte, rief er sie manchmal an und sagte ihr die Antwort, allerdings hätte sie ihn das nie auf Sendung tun lassen, denn dieses Privileg blieb ihren weniger intimen Fans vorbehalten. Sie legte ihn in die Warteschleife, und er hörte zu, wie sie Schluss machte – »Arbeitet fleißig. Tut Gutes. Macht das Unmögliche möglich. Und seid nächste Woche wieder dabei, wenn es Neues von den *Modernen Pionieren* gibt.« –, und dann war sie wieder in der Leitung und fragte ihn, was er gerade mache. »Fleißig arbeiten«, antwortete er dann jedes Mal. »Gutes tun. Das Unmögliche möglich machen.« Teresa hatte diesen Ausspruch von seiner Mutter übernommen, nachdem sie in einem Karton mit alten Sachen von ihm auf die Glückwunschkarte gestoßen war, die er von seiner Mutter zum Highschool-Abschluss bekommen hatte.

Er schaltete das Radio aus, ging zu seinem Pick-up hinaus und nahm die beiden Sandwichs, die er am Morgen eingepackt hatte, aus der Kühltasche. Normalerweise aß er im Haus, aber heute setzte er sich in den Pick-up, warf den Motor an und ließ die Heizung laufen. Eigentlich hatte er nach Blue River fahren und unterwegs essen wollen, aber dann begriff er, dass es dafür zu spät war. Die anderen waren bestimmt schon auf der Rückfahrt nach Midden und kannten Joshuas Schicksal.

Er bemerkte das offene Handschuhfach, fasste hinüber und schlug es mit mehr Schmackes zu, als er am Morgen beim

Fahren hatte aufbringen können. Doch der Lippenstift wurde nicht beiseitegedrückt, wie er gehofft hatte. Er nahm ihn in die Hand und betrachtete ihn eine Weile. Die Kunststoffkappe hatte einen Riss. Er wusste nicht, ob er vorher schon da gewesen oder eben erst bei seinem Versuch entstanden war, das Handschuhfach zu schließen. Er zog die Kappe ab, drehte am Stift, und ein rosafarbener dreieckiger Stummel erschien. Er war ihm sehr vertraut, wie ein Gesicht, das er gekannt und studiert hatte, ohne sich dessen bewusst zu sein. Seine dreieckige Form erinnerte ihn nicht nur an Teresas Mund, sondern auch an andere, verborgenere, intimere Dinge an ihr, die er sich nicht voll ins Bewusstsein holen konnte, die aber da waren, irgendwo in seinem Innern, gegenwärtig, aber unerreichbar.

Er hielt sich den Lippenstift an die Nase. Er roch nach Chemie und leicht fruchtig, wie Teresa immer gerochen hatte, kurz bevor sie das Haus verließ und irgendwohin fuhr. Er hatte sie nur ungern geküsst, wenn sie ihn aufgelegt hatte. Er hatte den Geschmack nicht gemocht. Außerdem hatte er rosa Flecken in seinem Gesicht hinterlassen. Jetzt malte er einen dünnen Strich auf seine Hand, wie um die Farbe zu testen, dann noch einen und noch einen, einen dunkler als den anderen, bis er sich die halbe Hand bemalt hatte. Das Rosa war zarter, als es in seiner festen Form erschien. So hatte es auf Teresas Lippen gewirkt – durchscheinend und schimmernd, ein sehr dezentes Rosa. Fast hätte er es geküsst, wie ein Teenager, der das Knutschen übt, doch dann riss er seinen Blick davon los und nahm sich zusammen. Er kam sich idiotisch und lächerlich vor, zwanghaft und gestört. Er weinte nicht, obwohl er spürte, wie die Trauer in ihm hochstieg. Er weinte überhaupt nicht mehr. Er hörte auch Kenny G nicht mehr. Und tat auch all die anderen Dinge nicht mehr, in denen er sich im Frühjahr gesuhlt hatte, als er kaum noch aus dem Bett gekommen war.

Er stieg aus dem Pick-up und warf den Lippenstift mit aller Kraft zwischen die Bäume neben dem Haus. Er rutschte ein Stück über die vereiste Schneedecke, kam dann zum Stehen und rollte wieder den Hang herunter, fast die ganze Strecke bis zu ihm. Er hob ihn auf, um ihn noch weiter wegzuwerfen, kehrte dann aber zum Pick-up zurück, griff ins Handschuhfach und räumte alles heraus – die Versicherungsunterlagen und die Betriebsanleitung, alte Servietten und Quittungen –, bis er die anderen Sachen fand, die Teresa gehört hatten, das Lesezeichen aus Leder und den Kuli mit der Aufschrift REST-A-WHILE VILLA. Er trug alles in Doug Reeds Haus, ging in die Küche, stopfte es in den Abfluss und stellte den Abfallzerkleinerer an. Das Mahlgeräusch war nicht so laut wie am Vortag, als George Hanson das Anfeuerholz darin versenkt hatte, und es dauerte auch nicht so lange.

Er lauschte dem Zerkleinerer, bis er fertig war, dann schaltete er ihn aus und blickte auf seine Hand, die mit rosa Lippenstift verschmiert war. Er ließ heißes Wasser darüberlaufen, so heiß, wie er es aushielt, und versuchte, ihn abzuschrubben, aber ohne großen Erfolg. Er ging ins Badezimmer, pumpte Seife aus einer hübschen blauen Flasche, schäumte die Hand damit ein und kratzte den Lippenstift mit den Fingernägeln ab. Er erhaschte einen Blick von sich im Spiegel, während er kratzte, hielt inne und sah genauer hin. Ohne zu überlegen, schlug er mit der Faust gegen sein Spiegelbild. Der Spiegel zersprang nicht, und so schlug er noch einmal zu, fester. Da fiel ihm ein, dass der Spiegel nicht aus Glas war, sondern aus irgendeinem bruchfesten Hightech-Material. Am liebsten hätte er ihn mitsamt den Schrauben aus der Wand gerissen und zertrümmert. Stattdessen schnappte er sich eins von Doug Reeds Handtüchern und rieb seine Hand damit trocken, bis nur noch ein Hauch von Rosa zu sehen war.

Er vernahm draußen ein Motorengeräusch, trat auf die Veranda hinaus und beobachtete, wie Claire ihren Cutlass parkte. Selbst aus dieser Entfernung konnte er sehen, dass sie geweint hatte. Sie stieg ohne Jacke aus und verschränkte die Arme vor der Brust, um sich warm zu halten.

»Wo bist du gewesen?«, schrie sie, während sie auf ihn zukam und auf einem Stück Eis ausrutschte.

»Wie ist es gelaufen?«, fragte er und stieg von der Veranda.

»Wo bist du gewesen?«, schrie sie noch lauter.

»Claire. Ich hab dir doch gesagt …«

»Nein!«, brüllte sie und kam so ungestüm auf ihn zu, dass er schon dachte, sie wollte auf ihn losgehen, doch sie packte nur seinen Arm, als müsste sie sich bei ihm abstützen. »Warum bist du nicht gekommen?«, stammelte sie. »Warum bist du nicht …« Ihre Zähne begannen so heftig zu klappern, dass sie nicht weitersprechen konnte. Das war ihr schon einmal passiert, als sie mit zwölf auf einem See im Eis eingebrochen und bis zu den Oberschenkeln im Wasser versunken war, aber diesmal kam es nicht von der Kälte. Er musste fast lachen, so komisch war es, das alberne Klappern ihrer Kiefer, aber dann begann sie, nach Luft zu ringen. Er fasste sie an den Ellbogen, aber sie wich zurück, sackte in sich zusammen und versuchte trotz allem, wieder zu sprechen. »Du … du … du …«, schnaufte sie.

»Claire«, sagte er und klopfte ihr auf den Rücken, als hätte sie sich verschluckt.

»Du«, stieß sie wieder hervor und brach dann in ein grässliches, schmerzvolles Geheul aus, das in einem abgehackten Keuchen endete, bei dem sie kein bisschen Luft zu bekommen schien.

»Du musst atmen«, sagte er zu ihr und schüttelte sie sacht. »Hör doch. Du musst einatmen.« Ihre Augen wanderten zu seinen, wachsam und wild wie die eines Tieres, dessen Vertrauen er niemals gewinnen würde, aber er sah ihr an, dass sie zuhörte, also fuhr er fort. »Jetzt ausatmen. Einatmen … und ausatmen.« Er wartete und sah zu, wie sie atmete. »Ein … und noch mal ein. Und aus.«

Sie stand auf, drehte sich, ruhiger jetzt, von ihm weg und schlug die Hände vors Gesicht. Ihre Zähne klapperten immer noch leicht, und ihre Hände zitterten.

»Du bist außer Atem gekommen«, sagte er, da er nicht wollte, dass sie sich schämte. »Denk einfach nicht daran. Wenn du darüber nachdenkst, steigerst du dich wieder hinein. So hat es wahrscheinlich angefangen.«

Sie nahm die Hände vom Gesicht. »Warum bist du nicht gekommen?«

»Ich habe nie gesagt …«

»Warum bist du nicht gekommen?«, verlangte sie zu wissen.

»Ich musste arbeiten, Claire. Ich …«

»Oh nein, hör auf damit. Verschon mich mit dem Scheiß, Bruce. Bitte, lass …« Ein Schluchzer entfuhr ihr, dann holte sie noch einmal Luft, nahm sich zusammen und sagte, mit festerer Stimme jetzt: »Du willst nicht mehr unser Dad sein.«

»Was redest du denn da? Ich weiß nicht, warum …«

»Du kannst nicht einmal das absolute Minimum tun, stimmt's? Nicht mal das kannst du.« Sie sah ihn an. Tränen stiegen ihr in die Augen.

»Doch«, sagte er leise.

»Was?«

»Das absolute Minimum. Das kann ich tun, Claire.« Einmal ausgesprochen, explodierten die Worte in seiner Brust. Ihre Wahrheit brachte ihn fast zum Weinen.

Er zog sie an sich, drückte sie, streichelte ihr kühles Haar, sehnte sich danach, sie glücklich zu machen. Er hätte ihr gerne ein Versprechen gegeben, ihr gesagt, dass alles so werden würde wie früher oder jedenfalls anders, als es geworden war, aber er liebte sie zu sehr, um zu lügen, und brauchte sie zu wenig, um es wahr zu machen.

»Wo ist Josh?«, flüsterte er nach mehreren Minuten.

Sie löste sich von ihm, taumelte einen Schritt zurück und sah ihn an. Seine blauen Augen waren endlos tief und blickten ängstlich. »Im Gefängnis«, antwortete sie schließlich mit zitternder Stimme. »Er ist zu fünfundachtzig Tagen verurteilt worden.«

Ihre Worte trafen ihn wie Kugeln, doch an seiner Haltung änderte sie nichts. Er ergriff ihre Hand, als wollte er sie zur Begrüßung oder zum Abschied drücken. »Du hast getan, was du konntest«, sagte er.

Sie nickte, ihre Hand noch in seiner.

»Jawohl, Claire. Du hast alles Menschenmögliche getan. Dasselbe hast du getan, als deine Mutter krank wurde. Du warst immer da. Du hast uns nie im Stich gelassen.«

Er drückte ihre Hand, und sie drückte seine, und das wiederholten sie noch mehrere Male, als verständigten sie sich in einer stummen Geheimsprache, einem altbekannten Code, und dann ließen sie beide los. Ihr Atem ging jetzt wieder normal. Er konnte ihn wie Rauch in der kalten Luft sehen. Ihren und seinen. Dünne Geister, die erschienen und verschwanden, als wären sie nie da gewesen.

16

Claire fuhr jeden Sonntag nach Blue River und besuchte ihn. Sie durfte kein Schwarz tragen, jedenfalls nicht ausschließlich. Ebenso wenig durfte sie Kleidungsstücke tragen, die beschriftet waren, aus einem auch nur annähernd durchsichtigen Stoff bestanden oder, und das war das Wichtigste, weniger Haut bedeckten, als man in der Strafvollzugsanstalt Coltrap County für angebracht hielt. Um zu veranschaulichen, wie viel Haut bedeckt sein sollte, hing im sogenannten »Aufnahmeraum« die lebensgroße Zeichnung einer menschlichen Gestalt auf weißem Metzgerpapier, bei der alle Körperpartien, die beim Besucher bedeckt sein sollten, schwarz eingefärbt waren: von den Zehen bis zum Schlüsselbein und die halben Oberarme, und das zu jeder Jahreszeit.

»*Die* darf komplett Schwarz tragen«, witzelte Claire über die Gestalt auf dem Metzgerpapier. Normalerweise neigte sie nicht zu Scherzen, wie Joshua wusste, aber das Gefängnis weckte ihre komische Ader. »Sie findet, dass Schwarz schlank macht«, sagte sie in versnobtem Tonfall, und Joshua schmunzelte, ohne sie zu sehen, denn ihre Stimme drang aus einiger Entfernung zu ihm, schallte aus den vergitterten Fenstern des Aufnahmeraums durch den tunnelartigen Betongang in den Raum, in dem er saß und auf sie wartete, und er konnte nicht verhindern, dass sein Herz freudig zu klopfen begann. Sie lachte als Einzige über ihre Albernheit, und auch ihr Lachen fand den Weg zu ihm. Es war, als prallte es von ihm zu ihr und dann wieder von ihr zu ihm zurück, wie in ihrer Kindheit, wenn sie das Middener Hallenbad einmal ganz für sich hatten, wenn sie an den gegenüberliegenden Enden standen, lachten, kreischten und johlten und sich gegenseitig zu immer waghalsigeren Wassersprüngen anstachelten.

Als ihr Lachen verklungen war, wartete er auf das unangenehme Summen, das signalisierte, dass die beiden schweren Stahltüren, die ihn von ihr und dem Rest der Welt trennten, entriegelt worden waren. Die Stille bedeutete wahrscheinlich, dass sie gerade irgendeiner Anweisung Folge leistete: die Arme hob, um sich abtasten zu lassen, den Inhalt ihrer Taschen in einen Plastikkorb legte, der weggebracht und später wieder geholt wurde, oder das Formular ausfüllte, in dem fünf Fragen zum Grund ihres Besuchs und zu ihrer Beziehung zu ihm gestellt wurden, obwohl jeder Beschäftigte der Strafvollzugsanstalt Coltrap County längst wusste, dass sie seine Schwester war, wie auch das halbe County selbst.

Schließlich vernahm er das Summen und das Schlurfen ihrer Schuhe, als sie in den Gang trat, und gleich darauf ihre Stimme, als sie Tommy Johnson grüßte, der genau wie er selbst jeden Sonntag auf der anderen Seite der verriegelten Türen auf sie gewartet hatte. Zuvor hatte Tommy ihn aus seiner Zelle in den Besuchsraum gebracht und mit Handschellen an den Tisch gefesselt, der an fünf Stellen am Boden festgeschraubt war.

»Wie war deine Woche?«, fragte Claire Tommy in singendem Tonfall.

»Ganz gut«, antwortete er. »Und deine?«

»Gut.«

Claire und Tommy waren in dieselbe Klasse gegangen und hatten vor knapp fünf Jahren zusammen die Highschool abgeschlossen, und Joshua wusste, ohne seine Schwester zu sehen, dass ihr Gesicht rot vor Scham war – dass es jeden Sonntag in diesem Augenblick rot vor Scham war. Weil sie hier war. Weil ihr Bruder hier war, als Häftling, und zumindest teilweise unter Tommys Aufsicht stand. »Wie konntest du nur?«, hatte sie Joshua nach seiner Verhaftung immer wieder verbittert gefragt und ihn dann, wenn er es ihr zu erklären versuchte, unterbrochen und gefaucht: »Gott sei Dank ist Mom tot.«

Ohne sie zu sehen, wusste er, wie sie den Gang durchschritt: mit geradem Rücken, ein höfliches Lächeln auf dem Gesicht, die Arme vor der Brust verschränkt, als wäre ihr kalt, wie sie mit allen Mitteln versuchte, ihre Schmach zu verbergen, sich der Einsicht widersetzte, dass für die Dauer ihres Besuchs auch sie unter Tommys Aufsicht stand.

»Es war ganz schön kalt«, sagte sie. Ihre Schritte kamen jetzt näher, den abschüssigen Gang herunter, der in eine lange Rampe mündete, die in den eigentlichen Gefängnistrakt führte.

»Wir haben Februar«, erwiderte Tommy. »Was erwartest du?«

»Ja«, stimmte sie zu und lachte gekünstelt. »Du hast recht – nicht viel.«

Joshua blickte auf seine Hände, mit denen er an den Tisch gefesselt war, und lauschte den lauter werdenden Schritten. Abgesehen von den vier vergitterten Fenstern, die dicht unter der Decke saßen, lag der Raum unter der Erde und wurde von Neonlampen erhellt, die seiner Haut einen leichten Grünstich verliehen.

»Josh«, stieß sie bei seinem Anblick hervor, ein wenig atemlos, aber diesmal ohne zu weinen, worüber er froh war. Sie hatte drei Sonntage gebraucht, um sich innerlich zu wappnen. Heute war sein siebter Sonntag im Gefängnis, fünf lagen noch vor ihm. Sie kam auf ihn zu, ihre Schritte nun gedämpft durch den grauen Teppich, mit dem der Raum ausgelegt war, und wartete, während ihm Tommy die Handschellen abnahm.

Sobald er frei war, stand er auf und umarmte sie, und dann

lagen sie einander länger in den Armen, als er es sich je hätte vorstellen können. Bei jedem Besuch waren ihnen zwei Umarmungen gestattet, eine zur Begrüßung und eine zum Abschied, jede weitere war streng untersagt. Deswegen zogen sie jede Umarmung so weit wie nur irgend möglich in die Länge. Claire roch so wie immer, nach ihrem Haar oder vielmehr nach ihrem Shampoo und ihrer Spülung. In seinem Leben vor dem Gefängnis hatte Joshua von ihrem Geruch nie Notiz genommen, aber jetzt registrierte er ihn, als hätte er jahrelang ohne Geruchssinn auskommen müssen. Er ließ ihn auf sich wirken, den vertrauten Duft von Rosmarin und Minze mit einem Hauch Kirsche.

»So ... hallo!«, sagte sie, sobald sie einander gegenüber an dem Tisch saßen, griff mit beiden Händen nach seiner und hielt sie fest. Sie hatten sich zwar häufig schon viel länger als eine Woche nicht gesehen, aber jetzt, wo er im Gefängnis saß, war eine Woche wie eine halbe Ewigkeit.

»Hi«, erwiderte er, und dann entspann sich das übliche Gespräch. Wie war's bei der Arbeit? Wie geht es dir? Was gibt es sonst Neues? Und dennoch schlug in diesen ersten Minuten sein Herz weiter so schnell, als hätte sie ihm wichtige Neuigkeiten gebracht. Pro Woche waren ihm vier halbstündige Besuche gestattet. Lisa kam zweimal – niemand durfte öfter als zweimal in einer Woche kommen –, Claire einmal, und die letzte halbe Stunde stand etwaigen anderen Besuchern zur Verfügung. Gewöhnlich waren das R. J., Mardell oder Leonard, aber auch Bruce hatte ihn einmal besucht. Manchmal war es auch jemand ganz anders, ein alter Freund aus der Schule, der auf die Idee gekommen war, ihn zu besuchen. Jeden Montag begann eine neue Woche, und er durfte wieder vier Besuche bekommen, und nur vier, selbst wenn in der Woche davor eine halbe Stunde ungenutzt geblieben war. Diese vier Besuchszeiten waren ihm immer gegenwärtig, als wären sie nicht in den

Dateien des gefängniseigenen Computersystems verzeichnet, sondern in seiner Brust, auf einer imaginären Karte, die dort eingesetzt worden war und jedes Mal gelocht wurde, wenn ein Besucher die beiden Schließtüren passierte.

Claire lächelte. »Lisa und ich … wir fangen heute Nachmittag mit unserem Kurs an.«

»Ich weiß. Sie kommt mich anschließend besuchen und erzählt mir alles.«

Er bemerkte, dass Claire den Stimmungsring ihrer Mutter trug. Als Kinder hatten sie stundenlang damit gespielt und geglaubt, er würde ihnen verraten, was die Zukunft brachte.

»Sie ist unglaublich dick geworden«, sagte sie. »Ich meine, ganz plötzlich. Eben noch hat man ihr kaum angesehen, dass sie schwanger ist, und jetzt sieht sie aus, als würde sie gleich platzen.«

Er und Lisa waren erst im allerletzten Moment damit herausgerückt, dass sie ein Kind erwarteten, Mitte November, als Lisas Zustand nicht mehr zu verheimlichen war. Claire hatte getobt und geweint. Sie hatte Joshua davor gewarnt, dass das Kind sein Leben ruinieren würde, und zum Beweis Statistiken heruntergerasselt. Er hatte gestaunt, was sie alles im Kopf hatte. Sie wusste, wie viel Prozent der Teenager-Eltern ihr Leben lang unter der Armutsgrenze blieben, wie wenige ihrer Kinder es zum Hochschulabschluss brachten und wie ungeheuer groß die Wahrscheinlichkeit war, dass er und Lisa in zwei Jahren nicht mehr zusammen sein würden.

»Unsere Mom war auch eine Teenager-Mutter«, hatte er Claire, als sie mit ihren Zahlen fertig war, entgegengehalten, von der Unanfechtbarkeit dieses Arguments überzeugt.

Doch sie schüttelte nur den Kopf, lächelte sarkastisch und sagte leise: »Eben.«

Trotz allem hatte sich Claire rasch mit dem Gedanken angefreundet, Tante zu werden, und nicht nur Tante, sondern eine Art Vertretung für Joshua, solange er in Haft saß. Sie war es, die Lisa zu ihren Vorsorgeterminen begleitete, ihr Bücher zum Thema Schwangerschaft und die Zeit danach besorgte. Sie hatte sich sogar freiwillig bereit erklärt, Joshua in Lisas Geburtsvorbereitungskurs zu vertreten, und die volle Gebühr für sie bezahlt. Joshua würde am 5. März aus der Haft entlassen werden – zwei Wochen vor dem voraussichtlichen Geburtstermin –, und Claire würde ihm alles berichten, was sie in dem Kurs gelernt hatte und was er wissen musste, damit er sich bei der Entbindung nützlich machen konnte.

»Er findet drüben im Krankenhaus statt – der Geburtsvorbereitungskurs«, sagte Claire jetzt zu ihm. Sie blickten beide zu den Fenstern unter der Decke hinauf, durch die sie den Bürgersteig und die Schuhe eines seltenen Passanten sehen konnten, und dahinter, auf der anderen Straßenseite, aber nur, wenn sie auf einen Stuhl stiegen, das Blue River Hospital, in dem Joshuas und Lisas Baby zur Welt kommen sollte. Sie wussten nicht, ob es ein Junge oder ein Mädchen wurde. Sie wollten sich überraschen lassen.

»Wir werden dir winken«, sagte sie. »Der Kurs geht bis vier.«

»Wie soll ich euch denn sehen?«, fragte er mit gereizter Stimme. Es ärgerte ihn, wenn sie sich und anderen etwas vormachte.

»Ich habe gemeint, wenn du hier drin wärst und aus dem Fenster sehen würdest.« Sie stemmte die Hände gegen die Tischkante, als wollte sie ihren Stuhl zurückschieben, doch der war am Boden verschraubt und rührte sich nicht von der Stelle.

»Ich werde aber nicht hier drin sein.«

»Ich habe ja nur gemeint, falls, Josh.«

»Aber genau dazu wird es nicht kommen.«

»Okay, dann eben nicht.« Sie schlug die Beine übereinander

und stieß mit dem Knie von unten gegen den Tisch. »Was hast du denn heute?«, fragte sie.

»Nichts.«

»Gut. Dann winkst du uns eben nicht. Ich wollte nur nett sein. Ich habe nur versucht, dich mit einzubeziehen, damit du es weißt.«

Sie fixierten einander, sahen aber, angewidert vom anderen, gleich wieder weg. Das Zimmer, in dem sie saßen, war groß und geräumig, der Teppich darin wie eine Wiese. Obwohl der lange Tisch fest verschraubt und mit Metallringen für Handschellen versehen war, hatte es etwas von einem Spielzimmer in einem Kindergarten. Es verfügte über ein Waschbecken, einen Schrank, ein Terrarium mit Steinen und kleinen Wüstenpflanzen und eine Sitzecke, bestehend aus einem großen geblümten Sessel, einem dunkelgrün karierten Sofa und einem Couchtisch mit Zeitschriften, Pflanzen und einer Kleenex-Schachtel darauf. Es wurde »Gemeinschaftsraum« genannt, und hier spielte sich ein Großteil des Gefängnislebens ab. Hier hielt Pat McCredy jeden Dienstagnachmittag ihre sogenannten »Gruppensitzungen« mit allen Häftlingen ab, hier traf sich Joshua donnerstagnachmittags mit ihr zu seiner »Einzelsitzung«. Außerdem fand hier zweimal pro Woche eine Gymnastikstunde statt, die zu Joshuas großer Erleichterung nicht von Pat McCredy, sondern von wechselnden Freiwilligen geleitet wurde und deren einziges Ziel die körperliche Fitness der Insassen war. Mal machten sie Joga, dann wieder Step-Aerobic oder eine neue, bei allen Insassen gefürchtete Aerobic-Mischform namens »NIA«, die den Teilnehmern zwischendrin immer wieder improvisierte Tanzeinlagen abverlangte. Joshua wollte nicht improvisieren, behielt bei diesen Teilen immer die Lehrerin im Auge und machte widerwillig ihre wilden Bewegungen nach, als wären es seine. Wenn kein Lehrer aufkreuzte, rollte der diensthabende Wärter Fernseher und Videorekorder herein, legte eine Übungskassette ein – sie hatten nur eine mit dem Titel »Hüfte, Bauch und Po« – und blieb dann bei ihnen stehen und passte auf, dass auch ja jeder mitmachte. Gesetzlich waren jede Woche zwei Stunden Sport vorgeschrieben.

»Ich habe immer das Gefühl, dass ich etwas mitbringen sollte«, sagte Claire, brach damit das Schweigen und stellte die Art von unausgesprochenem Burgfrieden her, den sie schon ihr Leben lang immer wieder schlossen, wenn sie sich gestritten hatten. »Einen Kuchen oder so was.« Ein spitzbübisches Lächeln legte sich auf ihr Gesicht. »Irgendwas, worin man eine Feile, Rasierklingen oder so verstecken kann.« Sie sprach lauter als nötig, um Tommy Johnson mit einzubeziehen, der an der Schließtür Wache stand und jedes Wort, das sie sprachen, hörte, aber auch um deutlich zu machen, dass sie nur scherzte. Tommy zuckte nicht mit der Wimper, lächelte nicht, ja, er schien sie gar nicht gehört zu haben, was natürlich nicht stimmte. Sie wandte sich wieder Joshua zu und fragte, wieder leiser: »Hat Bruce dich besucht?«

»Seit dem einen Mal nicht mehr.«

»Am Dienstag ist er ins Lookout gekommen. Er hat gesagt, er würde dich demnächst besuchen.« Er bemerkte ein leichtes Kippen in ihrer Stimme, einen Anflug von Verlegenheit wegen ihrer derzeitigen Lebensumstände: Nicht genug damit, dass sie als Kellnerin arbeitete, sie wohnte obendrein auch wieder in Midden und bediente in derselben Bar, in der ihre Mutter bedient hatte. *Claire Wood.* Lehrer, die Angestellten in der Bank, Leute, denen er Drogen verkauft hatte, überhaupt jeder in der Stadt – alle hatten im immergleichen Ton, der Stolz und Verachtung, Spott und unverhohlene Freude zum Ausdruck brachte, zu ihm gesagt: *Claire Wood ist deine Schwester? Die wird es noch weit bringen.* Wenn sie von Leuten gefragt wurde, was sie zurzeit mache, antwortete sie, sie sei gerade in einer beruflichen Orientierungsphase und nutze die Zeit, um Geld anzusparen.

»Wie geht es ihm?«

»Gut, nehme ich an.« Sie sah Joshua an, und er bemerkte, dass sich wieder der ihm mittlerweile vertraute Schleier über ihre Augen legte, wie immer, wenn sie über Bruce sprachen. »Er sieht in letzter Zeit … komisch aus.«

»Inwiefern?«

»Ich weiß auch nicht. Einfach anders. Irgendwie hipper. Nicht wirklich hip, aber moderner. Als würde er plötzlich Wert auf sein Äußeres legen.«

Joshua legte die Finger auf den Metallring am Tisch, durch den der Wärter die Kette der Handschellen zog, wenn er ihn an den Tisch fesselte. Er sehnte sich nach einer Zigarette. »Ich finde das sehr komisch«, sagte er.

»Was?« Ihre Augen durchbohrten ihn.

»Alles«, antwortete er. »Bruce.« Dann saßen sie minutenlang schweigend da. Keiner wollte sich an »der ganzen Geschichte mit Bruce«, wie sie sie mittlerweile nannten, festbeißen, doch andererseits fiel ihnen im Moment auch kein anderes Gesprächsthema ein.

»Du errätst nie, was mir heute passiert ist«, sagte Claire schließlich.

»Was?«

»Ich habe einen Elch gesehen. Auf der Fahrt hierher. Mitten auf der Straße. Ich habe die Abkürzung genommen, und da stand er, mitten auf der Fahrbahn.« Sie zuckte mit den Schultern und sah weg, als wäre ihr klar geworden, dass es nichts Besonderes war, wenn man einen Elch sah.

»Das bringt Glück«, sagte er.

»Tatsächlich?«

»Ja.«

Sie strich die Haare hinter die Ohren. Sie waren kürzer denn je, zu einem Bubikopf geschnitten und mit leicht kastanienbrauner Henna gefärbt, die sich mit der Zeit angeblich wieder herauswusch.

»Ich dachte immer, bei einem Schimmel. Dass es Glück bringt, wenn man einen Schimmel sieht.«

»Bei einem Elch auch«, platzte er heraus. »Bei jedem Wildtier. Und bei Schimmeln auch.« Er merkte, dass er sich nicht sicher sein konnte, ob es tatsächlich Glück brachte, wenn man einen Elch sah, aber das wollte er jetzt nicht zugeben.

»Na ja, etwas Glück könnten wir gebrauchen.« Sie fasste wieder über den Tisch und drückte seine Hand. Ihre Hände waren kalt. Ihr Leben lang hatte sie kalte Hände und Füße gehabt. Einmal hatte ihr Strumpf zu brennen angefangen, und Rauch hatte sich aus einem schwarzen Loch gekringelt, weil sie ihren Fuß zu lange und zu dicht an den Holzofen gehalten hatte.

»Hast du dir was gewünscht, als du ihn gesehen hast?«, fragte er und bereute es sofort. Er hatte einen ganz trockenen Mund bekommen. Sie war seit fünfundzwanzig Minuten da. In fünf Minuten würde ihr Tommy sagen, dass sie jetzt gehen müsse. An dem Punkt wünschte er sich immer, der Besucher wäre bereits gegangen, damit er die letzten fünf Minuten nicht in dem Wissen zubringen musste, dass der andere bald gehen würde.

»Natürlich nicht«, antwortete sie. »Wie hätte ich mir denn etwas wünschen sollen, wo ich doch gar nicht wusste, dass es Glück bringt?«

»Du hättest es wissen müssen«, erwiderte er gnadenlos. »So bringt es kein Glück.«

»Arschloch«, flüsterte sie halb im Spaß, halb im Ernst. Sie malte mit dem Zeigefinger eine unsichtbare Spirale auf den

Tisch. »Das machst du ständig, Josh«, sagte sie. Ihr Gesicht wurde ernst, ihre Hand blieb ruhig liegen.

»Was?«

Sie schaute weg, zu einem der Fenster, wo ein trockenes gelbes Blatt, das irgendwie den Winter überlebt hatte, zwischen Scheibe und Gitterstäbe geraten und dort hängen geblieben war. Dann wandte sie sich ihm wieder zu und sah ihn aus großen leuchtenden Augen an.

»Du machst immer alles kaputt.«

In den Monaten von Joshuas Haftzeit hatte das Gefängnis neun Insassen, von denen nur acht tatsächlich dort lebten. Der neunte war eine Frau namens Tiffany, die wie jeder der seltenen weiblichen Häftlinge in einem Kellerraum des Krankenhauses untergebracht war. Zu den Mahlzeiten, Besuchsstunden und allen vorgeschriebenen Aktivitäten außer Sport wurde sie von den Wärtern in Handschellen aus dem Krankenhaus ins Gefängnis gebracht, und zwar durch einen Fußgängertunnel, der unter der Straße hindurchführte. Einen anderen Abschnitt dieses Tunnels musste Claire benutzen, wenn sie Joshua besuchte. Er verband verschiedene Gebäude miteinander: das Gericht mit dem Gefängnis, das Gefängnis mit dem Krankenhaus, das Krankenhaus mit dem Pflegeheim und das Pflegeheim wiederum mit dem Gericht. An sehr heißen oder kalten Tagen, oder wenn es regnete, schneite oder glatt war, drehten Frauen, die in den durch den Fußgängertunnel verbundenen Gebäuden arbeiteten, in der Mittagspause allein oder zu mehreren walkend ihre Runden, bekleidet mit Turnschuhen, Leggins und riesigen T-Shirts, die ihre Hintern bedeckten. Wenn Joshua in seiner Zelle war, konnte er sie nicht sehen, aber er hörte ihre Schritte und Stimmen im Tunnel widerhallen.

Seine Zelle war nicht so schlimm, wie er erwartet hatte. Sie war kein feuchtes, kaltes Loch, und der Fußboden war nicht von schmutzigen Rissen durchzogen, sondern fugenlos und erglänzte in einem lavendelblauen Anstrich. Das Blau bedeckte auch die untere Hälfte der Wände und endete an einer wellenförmigen Bordüre, die an das Meer erinnern sollte. Die obere Hälfte war himmelblau gestrichen, ebenso die Decke, an der ganz hinten eine leuchtend gelbe Sonne mit Augen und Mund prangte, die unablässig auf ihn herunterlächelte. Das Ganze erinnerte weniger an eine Gefängniszelle als an eine proper eingerichtete Schiffskabine. Zwei Feldbetten standen an gegenüberliegenden Wänden, weiter hinten in der Mitte eine Trennwand, hinter der sich die Toilette verbarg. Am Kopfende der Betten hatten Joshua und sein Zellengenosse jeweils einen Tisch, der sechzig auf neunzig Zentimeter maß und ebenso wie die dazugehörige Bank an Wand und Fußboden verschraubt war. Über dem Tisch hing ein kleiner Schrank, in dem sie die wenigen persönlichen Sachen, die ihnen gestattet waren, unterbringen konnten. Joshua hatte sein Skizzenbuch und einen kratzigen Pullover mitgebracht, den seine Mutter gestrickt hatte, außerdem ein Foto von Lisa mit ihrer Katze Jasmine im Arm, dessen Vinylrahmen sich auf- und zuklappen ließ.

Sein Zellengenosse war zu seiner großen Überraschung Vern Milkkinen, der Hühnermann, sein alter Kollege aus dem Midden Café. Joshua war gar nicht aufgefallen, dass er im vergangenen Sommer nicht wie sonst immer auf dem Parkplatz des Midden Dairy Queen Sachen verkauft hatte. Der Vern, den Joshua im Gefängnis kennenlernte, war nicht der Vern, den er aus dem Café kannte. Mit sechsundsechzig hatte er zur Religion gefunden. Er war ein neuer Mensch, ein geläuterter Mensch und Pat McCredys Musterhäftling. Vern hatte sich so häufig mit Alkohol am Steuer erwischen lassen, dass er zu einem Jahr Gefängnis verurteilt worden war. Er würde ein paar Monate nach Joshua entlassen werden. In der Zeit, die er vor Joshuas Eintreffen abgesessen hatte, hatte er zu Gott gefunden, gelobt, nie wieder einen Tropfen Alkohol anzurühren, und jedem, den er liebte, lange Briefe geschrieben und Abbitte geleistet. Seinem Sohn Andrew, seiner Schwester Geraldine und seiner Frau, obwohl die gar nicht mehr lebte.

Joshuas Vormittage waren klar gegliedert: Um sieben wurde er geweckt und mit den anderen Häftlingen in den Duschraum geführt und nach dem Duschen und Anziehen zum Frühstück in die kleine Kantine neben der Küche. Tiffany saß dann immer schon da, so tief über ihre Schüssel Porridge gebeugt, dass ihre feuchten Haare wie ein Vorhang vor dem Gesicht hingen. Nach dem Frühstück musste er seine Zellenhälfte reinigen, und zwar einschließlich Wände, Decke und Fußboden. Vern putzte die andere Hälfte. Damit waren sie jeden Tag gut dreißig Minuten beschäftigt mit der Folge, dass ihre Zelle – und der ganze Flur, an dem sich vier Zellen reihten – permanent nach Ammoniak roch, was Joshua an die Jahre erinnerte, als seine Mutter in der Rest-A-While Villa gearbeitet und diesen Geruch immer mit nach Hause gebracht hatte. Nach dem Putzen hatten sie zwei Stunden in ihren Zellen für die sogenannte »Selbstbesinnung«. Auf dem Tagesablaufplan, der im Gemeinschaftsraum aushing, wurden Sinn und Zweck dieser zwei Stunden erklärt, höchstwahrscheinlich, wie Joshua vermutete, von Pat McCredy: »Zwei Stunden, in denen Sie darüber nachdenken können, was Sie hierhergebracht hat und welchen Weg Sie nach Ihrer Entlassung einschlagen möchten.«

Joshua dachte selten darüber nach, was ihn hierhergebracht hatte, dafür umso öfter an den Weg, den er nach seiner Entlassung einschlagen wollte, nämlich den, der geradewegs in

Lisas Bett führte, obwohl er sich diesem Gedanken nie allzu lange oder ausführlich hingeben konnte, da nur zwei Schritte entfernt Vern in seinem Bett lag und sich der Selbstbesinnung widmete. Was ihn ins Gefängnis gebracht hatte, war kaum einen Gedanken wert. Greg Price hatte den Beutel Marihuana gefunden, den er in dem Angelkasten in seinem Pick-up aufbewahrt hatte. Es hätte schlimmer kommen können, darüber war er sich im Klaren. Greg Price hätte, als er ihn anhielt, auch den mit Crystal Meth gefüllten Plastikbeutel finden können, der in einem Thermosbecher im Handschuhfach steckte – eine Entdeckung, die eine Leugnung der Verkaufsabsicht unmöglich gemacht, viel ernstere strafrechtliche Konsequenzen nach sich gezogen und ihn nicht in die Haftanstalt von Coltrap County, sondern in ein Staats- oder Bundesgefängnis gebracht hätte, höchstwahrscheinlich nach Saint Paul. Er hatte den Atem angehalten, als Greg die Thermoskanne schüttelte und lauschte, ob sich etwas darin bewegte, und dann ins Handschuhfach zurückwarf. Später, nachdem ihn Claire gegen Kaution aus dem Gefängnis geholt hatte, hatte er das Crystal Meth hinter dem Lookout in den Mississippi geworfen, um Vivian und Bender wenigstens etwas büßen zu lassen.

Am Ende war er nicht der Dealerei mit Marihuana angeklagt worden, weil sein Anwalt alle Beteiligten davon überzeugt hatte, dass der Beutel Marihuana im Angelkasten lediglich zum persönlichen Gebrauch bestimmt gewesen sei, was ja auch stimmte. Förderlich war gewesen, dass der Richter, Stammgast im Lookout, seine Mutter gekannt und sich von Bruce seine Küchenschränke hatte bauen lassen. Bei der Anhörung hatte man sich auf eine Gefängnisstrafe von fünfundachtzig Tagen mit einer anschließenden Bewährungszeit von einem Jahr geeinigt, wenn Joshua auf einen Prozess und das Recht auf Berufung verzichtete. Er unterzeichnete die Papiere im Richterzimmer des Coltrap County Courthouse im Beisein seines Anwalts, während Lisa und Claire draußen auf dem Flur warteten. Unmittelbar danach wurde er in Handschellen abgeführt, vorbei an Lisa und Claire, die bei seinem Anblick nach Atem rangen und in Tränen ausbrachen, dann eine Treppe hinunter in den Keller und von dort durch den Fußgängertunnel in den Aufnahmeraum, wo der kleine, schwarz gekleidete Beamte Wache hielt, und schließlich in die abgeriegelte Welt dahinter, das Gefängnis.

An den endlos langen Nachmittagen im Gefängnis sorgten nur Gruppen- oder Einzelsitzungen, Gymnastikstunden oder Besuche für Abwechslung, oder auch gar nichts, weshalb Joshua einen Wärter überredete, ihm einen Kugelschreiber oder Bleistift zu geben, damit er an dem kleinen Tisch in seiner Zelle zeichnen konnte. Vern saß dann immer neben ihm, las in seiner Bibel, die vom häufigen Gebrauch so zerfleddert war, dass sie nur noch aus einem Haufen loser Blätter bestand, die er in einem Schuhkarton aufbewahren musste, den ihm Pat McCredy gebracht und der einmal eines ihrer vielen Birkenstock-Paare enthalten hatte.

Aus den zwei Stunden, die sie Woche für Woche in der Gruppensitzung miteinander verbrachten, wusste Joshua jetzt viel mehr über Vern. Das Motto der ersten Stunde lautete »Mitteilen«, das der zweiten »Überwinden«. Oft kam das Überwinden zu kurz, weil beim Mitteilen überzogen wurde. Das Mitteilen dauerte nicht deshalb so lange, weil die Insassen so wild darauf gewesen wären, sich mitzuteilen, sondern weil Pat McCredy ihnen so hartnäckig – und gekonnt, wie Joshua zugeben musste – Sachen entlockte. Bei Vern musste sie sich, jedenfalls zu dem Zeitpunkt, als Joshua dazustieß, dabei nicht übermäßig ins Zeug legen. Er erzählte ihnen von seiner

Frau und seinem Sohn, die er immer geschlagen hatte, von der Milchfarm, auf der er aufgewachsen war und die heute nicht mehr seiner Familie gehörte, von seinem Vater, der mit einem Traktor tödlich verunglückt war, und von seiner Mutter, die seine ganze Kindheit hindurch schwer getrunken und sich versehentlich selbst ums Leben gebracht hatte, als sie – er war damals sechzehn – mit brennender Zigarette einschlief und ihr Bett in Brand steckte. Er erzählte ihnen auch von seinem Zwillingsbruder, der geistig zurückgeblieben war und, wie sich herausstellte, in dem Pflegeheim auf der anderen Straßenseite lebte – und zwar seit dem Tod ihrer Mutter, also seit annähernd fünfzig Jahren. Joshua hörte sich das alles an, ohne Vern anzuschauen. Er nahm ihn nur am Rande seines Gesichtsfelds wahr, da er unmittelbar zu seiner Linken saß, allerdings bestand Pat McCredy manchmal darauf, dass er ihn ansah, wenn sie eine Übung mit ihnen machte, was zwischen Mitteilen und Überwinden häufig der Fall war.

»Ich möchte«, hatte sie einmal zu ihnen gesagt, »dass ihr daran zurückdenkt, was ihr euch als Kind erträumt habt.« Dann holte sie tief Luft, schloss die Augen und atmete langsam wieder aus, als sei sie ganz allein im Raum und meditiere.

In der Stille blickte Joshua zu Tiffany, die ihm im Kreis direkt gegenübersaß, ihre Haarspitzen inspizierte, behutsam Strähne für Strähne herauszupfte und von Zeit zu Zeit eine gespaltene Spitze abzwickte. Sie war etwas zickig und sah auch nicht übermäßig gut aus, rührte ihn aber trotzdem, ihr bloßer Anblick: das hagere Gesicht, die männlichen Hände und die flache Brust, die üppigen Hüften und der ebensolche Hintern, die das gesamte Fett, das sonst nirgendwo ansetzen wollte, aufzusaugen schienen. Sie war älter als er, achtundzwanzig, und er hatte mit ihr mehr Mitleid als mit allen Männern zusammen – nicht genug damit, dass sie ihre innersten Gefühle preisgeben musste, sie musste es auch noch vor einem Haufen Männer im Knast tun. Dabei hatte sie nur ungedeckte Schecks ausgestellt.

»Lasst uns das zusammen machen, Leute«, sagte Pat McCredy, ohne die Augen zu öffnen. »Lasst uns zusammen an unsere Kindheit zurückdenken. Lasst uns in die Zeit zurückkehren. Was haben wir uns damals gewünscht?« Sie schlug die Augen auf, erhob sich und ging langsam um den aus neun Stühlen bestehenden Kreis herum. Sie war mindestens einen Meter achtzig groß und hatte braunes, leicht angegrautes Haar, das zurückgekämmt und zu einem dünnen Zopf gebunden war. Ihre Schultern waren breit und kräftig, wie es aussah, ihre Hüften dagegen eckig und schlaff und durch ihre unglaublich langen Beine, wie es schien, ein paar Zentimeter zu weit nach oben verschoben. Die Gesamtwirkung war die, dass sie teils wie eine Frau, teils wie etwas anderes, teils wie ein Pferd oder ein Büffel wirkte. Sie trug einen grünen Rollkragenpullover und einen beigefarbenen Kittel, der ihr bis zu den Knien reichte, außerdem eine grüne Strumpfhose und lila Birkenstocksandalen. Vorn an ihrem Kittel war ein aufgenähte Tasche, und aus der zog sie jetzt einen Stapel kleiner Zettel aus Bastelpapier und gab jedem einen davon mit der Aufforderung, einen Kindheitstraum daraufzuschreiben. Stifte hatte sie bereits verteilt, zusammen mit Zeitungen, die sie mit Fingerfarben und Flitter, bunten Filzstiften und Kreide hatten verschönern müssen. Pat McCredy stand total darauf, Sachen aufzuschreiben. Die Zeitungen durften sie immer behalten. Mit den Zetteln konnte alles Mögliche geschehen, aber meistens wurden sie von Pat McCredy eingesammelt und, wie sie sich ausdrückte, als »Ansatzpunkte« für die Einzelgespräche verwendet.

Joshua balancierte seine Zeitung auf den Knien und legte den Zettel obendrauf. Er hatte das Titelblatt seiner Zeitung komplett mitternachtsblau angemalt und dann mit Flitter und Kleber kleine weiße Sterne hingetupft.

»Eure Kindheitsträume – oder euren Kindheitstraum, einer genügt«, rief Pat McCredy aufmunternd, als wären sie in einem Fernsehquiz und müssten sich die Frage in anderen Worten wiederholen lassen.

Er schrieb: *Nach Kalifornien ziehen*. Das stimmte. Und es war persönlich genug. Im Einzelgespräch konnte er dann die Energie aufbringen, mit Pat McCredy über diesen Traum zu sprechen, falls er dazu aufgefordert werden sollte.

»Sind alle fertig?«, fragte sie mit einem Blick in die Runde.

»Einen Moment noch«, sagte Tiffany. Ihre hellbraunen Augen blitzten Joshua kurz an, und in diesem Augenblick verspürte er ein Verlangen nach ihr und fühlte, dass auch sie ein Verlangen nach ihm verspürte, als hätte sie ihm eine Hand auf den nackten Bauch gelegt oder den Raum durchquert und ihm ein Geheimnis ins Ohr geflüstert, aber dann unterdrückte er dieses Gefühl. Ab sofort wollte er anständig bleiben, nur noch Lisas Verlobter und sonst nichts.

»Okay«, sagte Pat McCredy, als Tiffany fertig war. »Jetzt möchte ich, dass ihr eure Zettel eurem linken Sitznachbarn gebt.« Ein Murren lief durch den Kreis, aber sie konnten nichts tun, sie waren ihr ausgeliefert. Und so wanderten die neun Zettel weiter, und was daraufstand, wurde laut vorgelesen. *Sängerin werden*, stand auf Tiffanys. *Als Clown in Disneyland arbeiten*, hatte Frank Unger geschrieben. *Reich werden*, Dan Bell. Und so ging es weiter, bis sie zu Vern kamen. »Nach Kalifornien ziehen«, las er, während Joshua mit ausdruckslosem Gesicht und reglos wie eine Puppe dasaß und seinen eigenen bescheuerten Worten lauschte.

Er sprach mit R. J. bei dessen nächstem Besuch darüber – dass sie eines Tages zusammen nach Kalifornien gehen und

Automechaniker werden würden. Aber sie redeten jetzt anders darüber, als wäre es die ganze Zeit ein Scherz gewesen.

»Wir sollten gehen, nur um meiner Alten zu beweisen, dass sie schiefgelegen hat. Sie hatte ständig behauptet, dass wir nie gehen würden«, sagte R. J. mit wutentbranntem Gesicht und lachte dann, wie immer, wenn er von seiner Mutter sprach.

»Wie geht's ihr überhaupt?«, fragte Joshua.

»Unverändert.« Er sah Joshua einen Moment lang aus seinen dunklen Augen an, als wollte er noch etwas hinzufügen, aber ihnen war klar, dass sie nicht viel über Vivian und Bender sagen konnten, solange Tommy Johnson daneben stand und jedes Wort mitbekam. »Immer noch im Arsch«, sagte er schließlich und räusperte sich. Seit seinem Umzug nach Flame Lake hatte er abgenommen. Ohne seinen Babyspeck sah er größer und älter aus und, wie sogar Joshua zugeben musste, besser. »Ach, und mein Dad hat wieder mit dem Trinken angefangen.«

Joshua nickte, denn damit hatte er gerechnet.

»Er ist ein alter Suffkopf.« R. J. lachte und rückte den Anhänger zurecht, den er trug, eine ovale Scheibe, die in der Mitte entlang einer gezackten Linie zerbrochen war. Seine neue Freundin, die in South Dakota lebte, trug die andere Hälfte. »Ich wusste es schon eine Weile, aber ich hab die ganze Zeit gedacht, er hört wieder damit auf. Am Anfang ist er nur rumgeschlichen und hat ab und zu heimlich ein Bier gezischt, aber mittlerweile streitet er es nicht mal mehr ab.« R. J. drehte sich um und blickte zu Tommy, dann wieder zurück zu Joshua. »Das hat mich was gelehrt, eh. Menschen ändern sich nicht.«

»Gelegentlich schon«, erwiderte Joshua, der sich, ohne es zu wollen, angegriffen fühlte.

»Wer denn zum Beispiel?«, fragte R. J., und dann erzählte ihm Joshua von Vern, wobei er sich fast schon genüsslich über alle Einzelheiten ausließ, von denen er glaubte, sie könnten R. J. interessieren – über Verns zurückgebliebenen Zwillingsbruder, der in dem Pflegeheim lebte, oder über die Tatsache, dass er seine Frau verprügelt hatte. Es tat gut, über die Probleme anderer Leute zu sprechen, auch wenn ihm immer das Kotzen kam, wenn er sich so etwas in den Gruppensitzungen anhören musste. Manchmal wurde ihm fast schwindlig, wenn er miterlebte, wie meisterhaft es Pat McCredy verstand, die Häftlinge zum Reden zu bringen. Ihre Stimme war wie der weiche Anschlag einer Klaviertaste, klar, bestimmt und leise. Sie verfügte über ein ganzes Orchester von Tönen und Modulationen. Ein einziges Wort aus ihrem Mund konnte so moduliert sein, dass es hunderterlei Dinge bedeutete und die aufschlussreichsten und verfänglichsten Antworten entlockte. Wenn sie mit einem Häftling fertig war, ging sie nahtlos zum nächsten über und heftete ihren Blick so fest auf ihn, dass es unmöglich war, ihn nicht zu erwidern. »So«, fragte sie dann jedes Mal, wobei sie wie bei den meisten ihrer Fragen die Antwort schon genau kannte, »wer ist nun an der Reihe?«

Es gab Dinge, von denen kein Mensch wusste und die er nie jemandem erzählen würde, egal, wie ihn Pat McCredy bedrängte. Den weichen Kern tief in seinem Innern, den nur er kannte. Darüber konnte nicht gesprochen werden. Er hatte keine Worte dafür, was ihn ausmachte, was ihn schmerzte, was er gut und was er scheiße fand. Diese Sache, für die er keine Worte hatte, war sein Leben, und seine Aufgabe im Gefängnis war es, sie vor Pat McCredy zu schützen. Und das tat er. Er sprach mit ihr über Auseinandersetzungen, die er mit Lisa oder Claire gehabt hatte, über mögliche berufliche Perspektiven oder über die Gründe, die ihn letztlich davon abgehalten hatten, seine Hochschulreife nachzumachen. Er erzählte ihr von seiner Mutter und seinem Vater – eine wirklich traurige, herzzerreißende Geschichte. Aber er habe alles überstanden, fabulierte er weiter (wobei er Bruce komplett außen vor ließ, indem er behauptete, dass in dieser Hinsicht alles in Ordnung sei), und Pat McCredy gab ihm das Vokabular an die Hand. Begriffe wie »sich verschließen« und »vergeben«, »erwachsenes Kind« und die »fünf Stadien der Trauer«. Sie war gut, bohrte, hinterfragte, wandte ihre Techniken an und brachte ihn dazu, das, was sie für sein Innenleben hielt, zu Papier zu bringen, aber er war besser, entschlossener, mehr er selbst, als sie ihm zutraute, und so hielt er durch und schützte sich vor ihr.

In einem Punkt war sie allerdings weitergekommen, das musste er ihr zugestehen. Er hatte den Fehler gemacht, bei der Gruppensitzung in seiner ersten Woche als Antwort auf ihre Frage »Zu welchen Mitteln greift ihr, um euren Schmerz oder Kummer zu lindern?« *Drogen und Alkohol* auf ihren quadratischen Bastelpapierzettel zu schreiben. Er hatte es als eine Art Scherz gemeint, obwohl es ja der Wahrheit entsprach. Im Verlauf des letzten Jahres war er beinahe das geworden, was seine Mutter als »guten Trinker« bezeichnet hätte – nicht direkt ein Alkoholiker, aber schon jemand, der wahrscheinlich zu viel und zu häufig trank. Hatte er mal nicht getrunken, dann hatte ihm Gras durch den Tag geholfen, wenn er von Ort zu Ort fuhr und Drogen auslieferte. Meth hatte er nicht angerührt, wie er in den Einzelgesprächen mit Pat McCredy immer wieder zu seiner Verteidigung anführte, aber das ließ sie kalt.

»Es geht hier nicht darum, was andere tun, Joshua. Es geht darum, was Sie tun. Marihuana kann zu einer schweren Abhängigkeit führen wie alles andere. Oder auch Bier.«

»Sie wollen mir doch nicht erzählen, dass es wie Meth ist«, beharrte er. »Ist Ihnen bekannt, was mit Meth gerade abgeht? Das gibt es hier überall. Die Sache ist sehr, sehr ernst.«

»Das *ist* mir bekannt«, erwiderte sie streng. Sie sprach gern über Drogen und Alkohol – das war ihr berufliches Spezialgebiet. »Aber wir reden hier nicht über ein gesellschaftliches Problem. Wir reden über *Sie*.«

»Was ist mit mir?«

»Wie wär's, wenn *Sie* mir das sagen?« Sie lächelte ihn an und wartete, konnte sich dann aber nicht verkneifen hinzuzufügen: »Nicht ich habe aufgeschrieben, dass ich Drogen nehme und Alkohol trinke, um meinen Kummer zu lindern, oder?« Sie wartete abermals. »Wer war es, der das geschrieben hat, Joshua?«

»Ich«, brüllte er beinahe.

»Genau«, sagte Pat McCredy ruhiger denn je. »Dann lassen Sie uns damit anfangen.«

Am Ende zückte sie zu Joshuas großer Erleichterung nicht den gelben »Ausgangsschein«, den man benötigte, um an dem Treffen der Anonymen Alkoholiker im Untergeschoss des Krankenhauses teilnehmen zu können, das Vern und fünf andere Häftlinge, darunter auch Tiffany, drei Mal die Woche besuchen mussten und dabei aneinandergekettet zwischen den nicht inhaftierten Alkoholikern aus Blue River saßen. Aber sie warnte ihn, dass sie ihre Entscheidung »im Verlauf dieser gemeinsamen Selbstfindungsreise« ändern könnte. Einstweilen war er weder Alkoholiker noch Drogensüchtiger, und darüber war er froh. Stattdessen hatte er »Probleme mit stoffgebundener Abhängigkeit«, wie es Pat McCredy nannte. Sein Konsum war nach ihrer Einschätzung situationsbedingt und stand möglicherweise in einem direkten Zusammenhang mit seiner Trauer.

Und das traf zu, wie ihm eines Nachmittags nach seiner Sitzung mit Pat McCredy aufging. Sie hatte recht – was er auf den quadratischen Zettel geschrieben hatte, stimmte. Im Gefängnis vermisste er seine abendlichen Drinks und seinen täglichen

Joint vielleicht schmerzlicher als jeden Menschen. Wenn er trank, öffnete er sich nicht, konnte er weder nachdenken noch richtig weinen. Der Alkohol wappnete ihn gegen seine Gedanken, gegen *sie*, seine Mutter. Er hatte ihm in all den Nächten in seiner Wohnung, oder wenn er neben Lisa lag, dabei geholfen, in seine Apathie zu verfallen. Drei Flaschen Bier oder drei Schnäpse waren alles, was er gebraucht hatte, obwohl es häufig mehr gewesen waren, jeder einzelne eine Plombe, ein Deckel, eine Medizin.

Besonders schlimm waren die Nächte im Gefängnis, wenn er stocknüchtern neben Vern auf seiner Pritsche lag, an die dunkle Decke starrte und außer der gelben Sonne nichts zu erkennen war. Schon früh hatte er eine Vereinbarung mit sich selbst getroffen: Er durfte jede Nacht weinen, aber nur dreißig Sekunden lang. Wenn er es sich schon nicht verkneifen konnte, dann wollte er es wenigstens in Grenzen halten und im Stillen *eins, zwei, drei* zählen, wenn ihm die Tränen übers Gesicht liefen. Es war nicht so, dass er sich zum Weinen zwang oder dass er speziell an seine Mutter dachte oder an Dinge, die sie gesagt oder getan hatte. Genau genommen ging es gar nicht um seine Mutter, auch wenn er spürte, dass es in einem direkten Zusammenhang mit ihr stand, mit ihrem Leben und ihrem Tod. Es ging um seine Trauer, die tief in seiner Brust saß, so greifbar und real wie ein Apfel. Sie war da und ließ sich weder ignorieren noch verleugnen, und so beugte er sich ihr jede Nacht für dreißig Sekunden. Wenn er weinte, war er sich bewusst, dass sich Pat McCredy über seine Tränen freuen würde, aber er würde ihr niemals davon erzählen. Sie würde ihnen Namen geben, sie erklären, sie in etwas verwandeln, was sie nicht waren, in etwas anderes, was nicht er war.

Wenn er ausgeweint hatte, stand er auf, ging in das kleine Toilettenkabuff, wischte sich das Gesicht ab und schnäuzte sich in ein Knäuel Toilettenpapier. Manchmal drehte sich Vern dann herum, aber sein Atem behielt stets den tiefen, gleichmäßigen Schlafrhythmus. Joshua legte sich wieder auf seine Pritsche und starrte noch eine Weile an die Decke. In diesem Augenblick erschien ihm das Gefängnis immer ruhiger als zuvor, und auch offener, als wären da keine Gitter und Schließtüren mehr zwischen ihm und dem Rest der Welt, als könnte er, wenn er wollte, ins Freie treten und den kalten Nachthimmel betrachten. Auf seiner Pritsche glaubte er, die Gegenwart der ganzen Stadt Blue River, die ihn umgab, zu spüren: jede ihrer trüben Straßenlaternen, ihr altes Backsteinschulhaus, ihren Burger King, der wie ein Zirkuszelt auf ihrem einzigen Hügel leuchtete, und mehr als alles andere den Fluss, den Mississippi. Er spürte Midden, weit entfernt im Norden, und Flame Lake, ein blasserer Stern noch weiter im Norden.

Wenn er, nachdem er geweint hatte und bevor er einschlief, so dalag, hatte er oft das Gefühl, dass seine Mutter bei ihm in der Zelle war. In den Wochen unmittelbar nach ihrem Tod hatte er sich verschiedene Tests ausgedacht, um festzustellen, ob sie ihn beobachtete. Er hatte ihr befohlen, das Licht an- oder auszuschalten, einen Stuhl zu verrücken oder zu einem bestimmten Zeitpunkt den Wind durch den Vorhang wehen zu lassen. Sie hatte ihn jedes Mal enttäuscht, doch inzwischen brauchte er sie nicht mehr auf die Probe zu stellen. Manchmal gestattete er sich einfach zu glauben, dass sie da war, über ihm in der aufgemalten Sonne, und auf ihn herabsah. Bei anderen Gelegenheiten schloss er die Augen und ließ die atmende, schlafende Gestalt auf der Pritsche neben ihm seine Mutter sein, und nicht Vern Milkkinen. Zu seiner Verwunderung war das gar nicht so schwer. Sobald er sich gestattete, in Verns Atem die gleichmäßigen Atemzüge seiner Mutter zu hören, war sie da, in jedem seiner Seufzer, in jeder seiner

Zuckungen. Zweimal war er sogar so weit gegangen und hatte seinen Arm hinübergestreckt und sich vorgestellt, dass seine Mutter von der anderen Pritsche herüberfasste und seine Hand nahm. Er stellte sich all die Dinge vor, die sie tun würde und tat, die Dinge, für die er nicht dankbar gewesen war, als sie noch lebte, die Dinge, für die er sich entschuldigen würde, wenn er eine letzte Gelegenheit dazu hätte und könnte. Aber dann regte sich Vern, und ein unverkennbar männliches Grunzen entwich seinem Mund, und so schnell, wie sie erschienen war, war Joshuas Mutter wieder verschwunden.

»Im Radio haben sie einen Marathon alter Sendungen deiner Mutter gebracht«, erzählte ihm Bruce bei seinem nächsten Besuch – es war erst sein zweiter.

»Ach ja?«, fragte Joshua mit peinlich quiekender Stimme.

Bruce nickte. »Ein paar hab ich gehört. Am Ende haben sie verschiedene Leute von der Station interviewt, die deine Mutter gekannt haben. Wer sie war, was sie gemacht hat, was für ein Mensch sie war und so weiter.« Er fasste sich ans Ohr und spielte mit dem Diamantstecker. »Eine Hommage, nehme ich an.«

Hitze, Druck und Dampf stiegen wie eine heiße Hand hinter Joshuas Gesicht empor, brachten seine Augen zum Tränen und seine Wangen zum Glühen, als hätte er in einem Zug ein Glas Whiskey geleert. »Was haben sie gesagt?«

Bruce überlegte einen Moment, einen eigenartigen Ausdruck auf dem Gesicht, als grübele er über eine philosophische Frage nach, zu der er keinerlei Bezug hatte. »Dass sie eine nette Frau war«, antwortete er und kratzte sich am Arm. »Dass alle gern ihre Sendung gehört haben.«

Joshua zwang sich zu husten, denn er spürte, wie die Hand, wie der Dampf, der sich wie Whiskey anfühlte, aber keiner war, von neuem in ihm hochstieg und von hinten gegen sein

Gesicht drückte, und wollte ihn mit dem Husten wieder nach unten drücken aus Angst, er könnte in Tränen ausbrechen. *Scheiße*, dachte er immer wieder, *verdammte Scheiße*, um seine Fassung zurückzugewinnen. Er rutschte auf dem Stuhl herum und wäre jetzt gerne zwei Personen gewesen: die eine, die fragte: *Sagen Sie mir, wie meine Mutter war* – was er natürlich wusste, aber trotzdem erfahren, trotzdem hören wollte, und ganz besonders von Bruce –, und auch die andere, die reglos auf ihrem Stuhl saß wie eine Statue, als könnte kein Teil von ihr bewegt, erreicht oder verstanden werden.

Er entschied sich instinktiv für Letztere. Sie zu sein war einfacher.

Er zwang sich, an etwas zu denken, was nichts mit seiner Mutter zu tun hatte, und sofort fiel ihm Tiffany ein, und wie sie in der Gruppensitzung am Nachmittag teilnahmslos an ihren Haarspitzen gezupft und ihn dann plötzlich, wie ihm vorkam, aufreizend angesehen hatte.

»Wie viel Zeit haben wir eigentlich noch?«, fragte Bruce nach einer Weile und klopfte mit den Händen auf den Metalltisch.

»Zwölf Minuten«, antwortete Joshua mit einem Blick auf die Uhr hinter Bruce und mit der bleiernsten Stimme, die er zustande brachte.

»Fühl mal«, sagte Lisa in der Woche darauf, zog Joshuas Hand zu sich herüber und legte sie auf ihren runden Bauch. Er musste sich weit vorbeugen und gleichzeitig darauf achten, dass er sich nicht vom Stuhl erhob. Alles, was während des Besuchs als Stehen interpretiert werden konnte – außer bei der Begrüßung und beim Abschied –, war streng verboten. Sie drückte ihre Hand noch fester auf seine, und dann warteten sie gemeinsam, bis er ein Strampeln spürte und gleich darauf noch eines.

»Cool«, sagte Joshua. Es überraschte ihn jedes Mal. Obwohl es bis zum voraussichtlichen Geburtstermin kein Monat mehr war, konnte er noch immer nicht recht glauben, dass Lisa ein Kind in ihrem Bauch hatte.

»So geht das neuerdings Tag und Nacht«, sagte sie und ließ seine Hand los. »Ich kann kaum noch schlafen.«

»Echt?«

»Na ja, ich versuche es. Ich liege da. Wenn du wieder zu Hause bist, werde ich besser schlafen.«

»Ich schlafe auch nicht gut. Aber wir haben nur noch eine Woche.« Er drückte ihre Hände. Sie waren etwas aufgedunsen, wie auch der Rest von ihr bis auf die Beine, die so lang und dünn waren wie immer.

»Claire und ich machen Fortschritte. Der Kurs ist wirklich gut, Josh. Schade, dass du nicht dabei sein kannst. Heute haben wir das richtige Atmen gelernt.« Sie holte tief Luft und atmete wieder aus.

»Musst du tief einatmen?«

»Ja, aber es ist eine spezielle, tiefe Atmung. So.« Sie demonstrierte es noch einmal. »Ein durch die Nase, aus durch den Mund. Daran musst du mich erinnern, wenn ich meine Wehen bekomme.«

»Okay.«

»Ach, und weißt du was? Nächste Woche sehen wir uns das Video einer echten Geburt an.«

»Das dürfte interessant sein.« Er dachte, was er immer dachte, wenn sie über das Baby sprachen: dass er immer an der richtigen Stelle lächeln, nicken und Ja sagen musste, so wie er es bei anderen Leuten tat, wenn sie entzückende Geschichten von ihrem Kind erzählten. Lisa war das Gegenteil, sie liebte das Kind jetzt schon. Sie legte die Hände auf ihren Bauch und sprach mit ihm, erzählte ihm, wie sie es verwöhnen würden, wie süß es sein würde und dass sie ihm besondere Sachen zum Anziehen besorgen würden, wie zum Beispiel ein Paar rote Baby-Cowboystiefel.

»Manche Leute kriegen es anscheinend mit der Angst, wenn sie das Video sehen, hat die Kursleiterin gesagt, aber andere sind hinterher noch begeisterter.« Ihre Augen leuchteten wie immer, wenn sie von der Geburt sprach. »Hast du Angst?«

»Wovor?«

»Vor der Geburt. Ob auch alles gut geht.«

»Es wird schon gut gehen.«

»Das ist nämlich nicht ohne.«

»Ich weiß.« Er streichelte ihre Unterarme.

»Manchmal habe ich das Gefühl, du weißt gar nicht, was da alles passieren kann.«

»Doch«, erwiderte er und fuhr mit dem Finger um ein paar Sommersprossen auf ihrem Arm herum. »Es kann einiges passieren. Aber wir müssen positiv denken.«

Sie sah ihn einen Moment lang groß an, und Tränen stiegen ihr in die Augen. »Nur zu deiner Information: Ich könnte sterben«, sagte sie mit zitternder Stimme. »Ich meine, das kommt vor. Ziemlich oft.«

»Aber heute nicht mehr, Lisa. Das war früher.«

»Das stimmt nicht«, widersprach sie leidenschaftlich, sah ihn wieder durchdringend an und wischte sich mit den Händen das Gesicht ab. »Gut, es passiert nicht oft, aber es kommt vor. Man weiß nie, Josh. Eine Entbindung ist eine sehr ernste Sache.«

»Ich weiß. Aber das heißt doch nicht, dass du sterben wirst. Denk an all die Frauen, die nicht sterben.« Sie saßen eine Weile schweigend da, dann fragte er: »Soll ich dir die Füße massieren.«

Sie schüttelte den Kopf. Bei ihrem letzten Besuch hatte sie

die Schuhe ausgezogen und die Füße auf den Tisch gelegt, damit er sie massieren konnte.

»Versuch, keine Angst zu haben«, sagte er und wünschte sich, er könnte sie in die Arme nehmen.

Die Tür ging auf, und Fred, der andere Wärter, steckte den Kopf herein. Als er sah, dass Tommy da war, trat er beiseite, und Tiffany kam herein. Lisa drehte sich um, um festzustellen, was der Grund für die Unruhe war.

»Hi«, rief Tiffany Joshua schüchtern zu. Es war das erste Mal, dass sie ihn direkt ansprach.

»Hi.«

»Hi«, grüßte Lisa und drehte sich fragend zu Joshua um. Manchmal hatten mehrere Häftlinge gleichzeitig Besuch und mussten sich den Gemeinschaftsraum teilen, aber jetzt, wo Tiffany im Raum war, fühlte sich Joshua zu befangen, um Lisa das zu erklären. Er überlegte, ob er die beiden einander vorstellen sollte, verwarf den Gedanken aber sofort wieder.

Tiffany folgte Tommy zögernd durch den Raum, setzte sich ans andere Ende des Tisches und wartete, während er sie ankettete.

»So«, sagte Joshua leise zu Lisa und versuchte, so zu tun, als hätte Tiffanys Anwesenheit keinerlei Einfluss auf sie beide und ihr Gespräch. »Was gibt es sonst noch Neues?«

Tommy holte die Trennwand aus Pappe aus der Ecke und stellte sie auf den Tisch, sodass Tiffany dahinter verschwand. An die Trennwand waren Bilder geheftet, die Pat McCredy die Häftlinge hatte malen lassen. »Malt mir das Kind in euch«, hatte sie verlangt.

»Was es sonst noch Neues gibt?«, fragte Lisa. Joshua merkte ihr an, dass auch sie verunsichert war. Im Stillen versuchte er, all die lüsternen Gedanken, die er für Tiffany gehegt hatte, zu löschen, als könnte Lisa in seinen Kopf hineinsehen. »Ach ja, meine Mom gibt nächsten Sonntag für mich eine Babyparty. Eigentlich sollte es eine Überraschung werden, aber ich bin dahintergekommen, weil Deb sich bei der Arbeit verplappert hat, und dann haben sie es mir gesagt. Sie wird in Debs Haus stattfinden.«

»Ich habe davon gewusst. Claire hat es mir erzählt.« Am Rande seines Gesichtsfeldes konnte er »das Kind in sich« an einer Reißzwecke hängen sehen – ein schwarz grundiertes Blatt mit einer Farbexplosion aus Orange, Rot und Gelb in der Mitte. Es sollte ein Feuer in einer Höhle darstellen, aber Pat McCredy beharrte darauf, dass es etwas ganz anderes sei: etwas Vaginales, das seine Sehnsucht, in den Mutterschoß zurückzukehren, zum Ausdruck bringe.

»Sie werden einen Geldbaum aufstellen, und jeder bringt eine Karte mit Geld darin mit und hängt sie an den Baum. Dann können wir uns kaufen, was wir wollen.«

»Das wird uns eine Hilfe sein«, sagte er und streichelte ihre schönen Arme bis hinauf zu den Ellbogen. Ihre Haut war für ihn wie sonst nichts auf dieser Welt. »Da wäre ich gern dabei.«

Sie lächelte ihn an, ein Blitzen in den Augen. »Du dürftest sowieso nicht, Liebster. Männer sind ausgeschlossen.« Sie schaute zu der Trennwand und ließ den Blick über die Bilder wandern, offenbar ohne sie in Augenschein zu nehmen – die Farbkleckse, die verrückten Spiralen und schiefen Herzen, und das Blatt, das fast leer war bis auf ein kaum erkennbares Gänseblümchen in der Mitte. Natürlich von Tiffany.

»Lisa«, sagte er, um sie abzulenken, bevor sie auf die Idee kam, ihn zu fragen, welches von ihm war. Abrupt wendete sie sich wieder ihm zu. Er überlegte einen Moment, was er sagen sollte. »Ich halte es hier drin nicht mehr aus. Ich möchte nach Hause.«

»Ich weiß. Ich finde es hier auch furchtbar. Aber wir haben nur noch eine Woche.«

»Ich habe mir überlegt, dass ich mich in der Ofenfabrik bewerben könnte«, sagte er, obwohl ihm davor graute, in der Hitze und den giftigen Dämpfen dort zu arbeiten. »Das ist ein guter Job. Man verdient gut.«

»Ja, Josh. Das solltest du tun.«

»Es könnte eine Weile dauern, bis ich reinkomme«, sagte er, »aber ich kann mich zumindest vormerken lassen. Das wäre für uns ein positiver Schritt in die Zukunft.« Zu seinem Ärger hörte er einen Hauch Pat McCredy in seiner Stimme und hoffte, dass er Tiffany verborgen blieb.

»Zwei Minuten noch«, teilte Tommy ihnen mit, und Lisa schloss die Augen, öffnete sie wieder und sah Joshua traurig an.

»Was ist mit mir?«, fragte Tiffany hinter der Trennwand hervor.

Joshua nahm Lisas Hand und drückte sie sich an die Lippen, küsste sie und hielt sie dort fest. So war es leichter, wenn am Schluss keiner mehr etwas sagte. Sie schauten sich einfach tief in die Augen und sagten sich schweigend andere Dinge. Er sagte ihr, was er ihr bei jedem Besuch sagte, nur dass er es diesmal tiefer empfand als jemals zuvor, auch, wie er traurig begriff, wegen der Nähe Tiffanys, die ihm jetzt plötzlich zuwider war.

»Ich bringe sie sofort zu Ihnen, wenn sie kommen«, sagte Tommy streng. »Mehr kann ich nicht tun.«

»Ich weiß«, erwiderte Tiffany. »Ich hoffe nur, dass sie keine Probleme mit dem Wagen hatten. Meine Mutter hat nämlich immer Probleme mit ihrem Wagen«, sagte sie zu niemand Bestimmtem, und ihre Kette klirrte gegen den Tisch, weil sie beim Sprechen mit den Händen gestikulierte.

»Wer kommt denn?«, fragte Lisa, ohne die Augen von Joshua zu wenden, dann drehte sie den Kopf und blickte auf die Trennwand.

Tiffany brauchte einige Augenblicke, bis sie begriff, dass sie gemeint war.

»Meine Kinder«, antwortete sie schließlich. »Und meine Mom.«

»Wie viele hast du denn?«, fragte Lisa, immer noch Joshuas Hand haltend.

»Zwei. Zwei Jungen. Sie sind vier und fünf.«

»Wie süß. Das ist schön, dass sie altersmäßig so dicht beieinanderliegen. Sie werden immer Freunde sein.« Sie drückte Joshuas Hand, ließ sie los und stand auf. Sie stand lieber auf, bevor Tommy kam und ihr sagte, dass es Zeit sei. Auch Joshua stand auf und kam um den Tisch herum, um sie wie immer zum Abschied zu umarmen.

Sie konnten Tiffany jetzt hinter der Trennwand sehen. Die wogende Masse ihres prächtigen Haars, ihre scharf geschnittene Nase, ihre kleinen, wild funkelnden Augen, die zu ihnen aufschauten, als sehe sie Joshua zum ersten Mal.

»Lisa, das ist übrigens Tiffany. Tiffany, das ist Lisa«, sagte Joshua und legte ihr einen Arm um die Schultern. »Meine Verlobte.«

In dieser Nacht konnte Joshua, nachdem er wie jede Nacht geweint hatte, aufgestanden war und sich die Nase geputzt hatte, nicht mehr einschlafen. Er lag da und lauschte der Stille des Gefängnisses und des Fußgängertunnels, der darum herumführte, so lange, bis er Geräusche hörte, die er noch nie wahrgenommen hatte: ein nicht identifizierbares Ticken aus Richtung Wachstube, das Brummen des Getränkeautomaten, der unerreichbar für die Häftlinge im Flur stand, und, störender als alles andere, das Ein- und Ausatmen des neben ihm liegenden Vern.

Das Ticken aus der Wachstube erinnerte an einen bestimmten Vogel, der jedes Frühjahr in Coltrap County auftauchte. Joshua kannte den Ruf des Vogels – *tick-tick-tick, klick-klick-*

klick – ganz genau, konnte sich aber beim besten Willen nicht auf seinen Namen besinnen. Es war ein besonderer, ein seltener Vogel. Leute kamen eigens aus der Stadt, um ihn zu sehen, parkten ihre Autos am Highway, dort, wo er am Middener Sumpfgebiet vorbeiführte, und spähten stundenlang durch ihre Ferngläser. Vor einigen Jahren hatte seine Mutter dem Vogel eine Radiosendung gewidmet.

Er dachte an Lisa, daran, was sie gesprochen und wie sie sich voneinander verabschiedet hatten – sie hatten sich lange geküsst, sodass Tommy hatte einschreiten müssen. *Was*, so dachte er, *wenn sie tatsächlich starb? Was, wenn bei der Geburt etwas schiefging und er sich allein um das Baby kümmern musste?* Claire würde ihm helfen, sagte er sich. Aber dann machten seine Gedanken den nächsten Sprung – *was, wenn auch Claire starb? Oder Bruce?* Seit seine Mutter tot war, hatte er davor Angst. Dass alle starben. Natürlich mussten alle irgendwann sterben, aber er hatte Angst davor, dass sie bald sterben könnten, und das war etwas anderes. Wenn er in all den Monaten nachts in seiner Wohnung gelegen hatte, stoned und allein, oder neben Lisa, beduselt von ein paar Bierchen, war es ihm gelungen, sich im Kopf einen Zufluchtsort zu schaffen, damit er vorbereitet war, falls alle starben, aber hier, in dieser Zelle, gab es keinen solchen Ort. Der einzige Ort war er selbst. Er war allein in seinem Körper, allein in seinem Leben und musste alles selbst auf die Reihe kriegen.

Er ließ den Gedanken zu. Er zwang sich, darüber nachzudenken: Wenn Lisa starb und wenn Claire starb, wenn Bruce starb und wenn die ganze Welt starb außer ihm und dem Baby – na schön, er würde schon einen Weg finden. Er lag da und dachte zum allerersten Mal wirklich an das Kind. An das Kind selbst. Seinen Sohn, den er noch nicht liebte, seine Tochter, die er noch nicht liebte. *Ich liebe mein Kind nicht*, sagte er sich schuldbewusst immer wieder im Stillen wie ein Mantra. Und dann schlichen sich andere Gedanken in seinen Kopf – Fragen wie: *Wird es intelligent oder dumm sein? Schön oder hässlich? Tag und Nacht weinen oder ganz still dasitzen und geblendet sein vom In-die-Lampen-Gucken?* Wieder kamen ihm Tränen, er schniefte.

Aus der Dunkelheit ertönte Verns Stimme: »Alles in Ordnung mit dir da drüben, Junge?«

Joshua machte keinen Mucks mehr, als wäre er zu Stein erstarrt, und ein paar Sekunden lang atmete er nicht einmal.

»Ja«, antwortete er, als er dazu in der Lage war. Er ging zur Toilette und wickelte etwas Papier von der Rolle ab. »Ich glaube, ich habe eine Erkältung«, erklärte er, hustete und putzte sich die Nase.

»Eine verflixte Sache ist das«, sagte Vern.

Joshua erwiderte nichts. Er hatte keine Ahnung, was Vern damit meinte. Er ging zu seiner Pritsche, legte sich wieder hin und starrte in das matte Licht der aufgemalten gelben Sonne.

»Ich kann hier einfach nicht schlafen«, sagte Vern, als Joshua schon dachte, er sei wieder eingeschlummert. »Ich liege hier jede Nacht und, klar, ich versuche schon zu schlafen. Mein Vater hat immer gesagt, schließ einfach die Augen und tu so, als würdest du schlafen, und schon bald wirst du eingeschlafen sein, aber bei mir hat das nie funktioniert.«

Wieder lagen sie minutenlang schweigend nebeneinander. Joshua wollte nicht glauben, dass Vern ihn jede Nacht hatte weinen hören. Dass er gar nicht geschlafen hatte, sondern neben ihm gelegen und alles gehört hatte.

»Ich nehme an«, sagte Vern, »mir geht einfach zu viel durch den Kopf.«

»Ja«, erwiderte Joshua reserviert. Er wollte Vern nicht dazu ermuntern, ihm zu sagen, was ihm durch den Kopf ging.

»Und dir vermutlich auch.«

»Ja«, wiederholte Joshua.

»Wegen dem Baby und allem. Habt ihr euch schon einen Namen ausgedacht?«

Das hatten sie, aber eigentlich hatten sie geschworen, niemandem etwas zu verraten. »Luke, wenn es ein Junge wird, und Iris, wenn es ein Mädchen wird«, sagte er in die Dunkelheit.

»Hübsch«, sagte Vern. »Es könnten aber auch zwei werden – man weiß nie. Ihr könntet Zwillinge bekommen, einen Jungen und ein Mädchen, und dann könnt ihr sie Iris *und* Luke nennen.«

»Es ist nur eins. Die machen heute Tests, mit denen sie es herausfinden.« Er drehte sich zu Vern hinüber, obwohl er ihn nicht sehen konnte. »Ultraschall.«

»Ach ja, klar. Aber damals, als ich geboren wurde, wusste man es nicht. Zuerst bin ich rausgekommen, und siehe da, da war noch einer drin, und dann ist Val rausgekommen. Er ist siebzehn Minuten später geboren worden, und so war ich immer der Ältere.«

Joshua schloss die Augen. Er hoffte, sie würden jetzt endlich einschlafen oder sich wenigstens schlafend stellen, still daliegen, wie sie es immer getan hatten, jeder für sich, aber dann sagte Vern: »Da ist was, was ich dir schon immer mal sagen wollte – na ja, wohl nicht schon immer, aber seit ich hier drin bin und einen neuen Weg für mich gefunden habe.« Joshua konnte die Anspannung in Verns Stimme hören, die Anspannung in ihrer kleinen Zelle. Er schlug die Augen auf, faltete die Hände auf der Brust und blickte zu der Sonne. Ein Rascheln ertönte von der anderen Seite. Vern hatte sich aufgesetzt und ihm zugewandt. »Früher, im Café, hab ich mich dir gegenüber nicht immer so verhalten, wie ich es hätte tun sollen. Wie es mir der liebe Gott auf der Erde aufgetragen hat.«

»Ist schon in Ordnung«, sagte Joshua, der ihn möglichst schnell zum Schweigen bringen wollte.

»Nein, das ist nicht in Ordnung, also sag das nicht einfach so«, widersprach Vern so laut, dass Joshua befürchtete, er könnte die anderen Häftlinge wecken, und fuhr dann mit gedämpfter, demütiger Stimme fort: »Ich muss dich um Verzeihung bitten.«

»Schon verziehen«, flüsterte Joshua sofort, und dann: »Es gibt nichts zu verzeihen.«

»Bitte sag das nicht«, erwiderte Vern traurig. »Bitte lass mich die Verantwortung für das Leid übernehmen, das ich dir angetan habe. Das gehört zu meinem Weg. Das ist der Weg, den ich gehen muss – ich muss die volle Verantwortung für die Folgen meines Verhaltens übernehmen, sonst komme ich auf meinem Weg nicht weiter.«

»Also gut«, antwortete Joshua, eingeschüchtert und in der Hoffnung, die Sache damit zu beenden.

»Okay, Junge. Dafür bin ich dir sehr dankbar.« Zu Joshuas Erleichterung schwieg er eine Weile, fuhr dann aber fort: »Für das Gute wie das Schlechte. Für alles, was ich getan habe. Das sind die Dinge, die mich zu dem gemacht haben, der ich heute bin. Diese Dinge haben mich gemacht, und so werde ich vor den Schöpfer treten.«

»Ja«, sagte Joshua, der weder unhöflich noch interessiert erscheinen wollte.

»Da ist noch etwas anderes, was ich dir schon immer mal sagen wollte, aber nie getan habe, und zwar wie leid es mir getan hat, als ich das von deiner Mutter gehört habe.«

»Danke.«

»Glaubst du an Engel?«, fragte Vern.

Joshua sann kurz darüber nach und antwortete dann wahrheitsgemäß. »Ich weiß nicht. Das muss ich noch herausfinden.«

»Ich habe das Gefühl, dass es sie wirklich gibt«, sagte Vern. »Manchmal habe ich das Gefühl, dass deine Mutter hier drin ist und über dich wacht. Hier, in diesem Raum – ihr Geist.«

»Ich manchmal auch«, sagte Joshua und blickte zu der Sonne.

»Sie folgt dir überallhin«, sprach Vern weiter. »Hofft, dass du glücklich bist.«

»Ich *bin* glücklich«, log er. Derselbe Druck, den er beim letzten Besuch von Bruce gespürt hatte, stieg wieder in ihm auf. Eine Hitze wie von Whiskey drückte von hinten gegen sein Gesicht und verschleierte seinen Blick.

»Das wollen alle Eltern. Auch ich hab für meinen Andrew nie was anderes gewollt.«

»Wirklich?«

»Na klar – obwohl ich bei ihm versagt habe, obwohl ich nicht so war, wie ich hätte sein sollen. Ich habe gehofft, dass er mit seinem Leben zufrieden ist. Man liebt seine Kinder immer. Du wirst sehen. Bei dir wird das auch so sein.«

»Ich möchte ein guter Vater sein«, sagte Joshua, etwas aussprechend, was er zu Lisa nie gesagt hatte.

»Das wirst du, Junge. Daran besteht für mich nicht der geringste Zweifel.«

»Ich schätze, wir sollten jetzt versuchen zu schlafen«, sagte Joshua nach einer Weile, und dann hörte er, wie Vern sich wieder auf seine Pritsche legte.

»Gute Nacht«, sagte Vern.

»Nacht«, sagte Joshua.

Der Druck hinter seinem Gesicht nahm wieder zu. Er lag da und spürte ihn, kämpfte aber nicht dagegen an. Die Hitze und der Dampf, der Whiskey und die Hand, das heiße Brennen dessen, was jetzt in seiner Vorstellung Gestalt annahm, war Liebe.

17

Auf die Idee, das Haus zu hüten, war Claire gekommen, und sie bereute es fast sofort. Sie hatte das Angebot in einem jener Anfälle von falschem Heimweh und schlichtem Optimismus gemacht, die sie immer wieder mal überkamen, wenn sie ein Glas Wein getrunken, ein bestimmtes Lied gehört oder beobachtet hatte, wie das Licht in eine Baumgruppe einfiel. In diesem Fall war Iris der Grund gewesen. Vielmehr das, was sie empfand, wenn sie Iris in den Armen hielt – *die Tochter ihres Bruders*, wie sie noch immer nicht recht fassen konnte. Iris brachte Dinge in ihr zum Vorschein, die sie für abgestorben oder für immer verloren geglaubt hatte, und auch Dinge, von denen sie gar nicht gewusst hatte, dass sie da waren. Zärtliche, urmenschliche, traurig-fröhliche Gefühle, in deren Licht es noch bedauerlicher erschien, wie sich das Verhältnis zu Bruce entwickelt hatte – und zu Kathy, wie sich Claire selbst in der großmütigsten Stimmung nur ungern eingestand. Aber sie tat es und griff dann zum Telefon.

»Hallo«, sagte sie, als Kathy abhob, bemüht, ruhig und freundlich zu klingen und nicht im Geringsten betrunken – sie war nicht betrunken, hatte aber einen Drink genommen, der ihr in dem Moment zu Kopf stieg, als sie Kathys Stimme hörte. »Hier ist Claire«, sagte sie mit der überdeutlichen Aussprache einer Sprecherzieherin.

»Claire! Hallo!«, rief Kathy fast hysterisch. Seit sie mit Bruce verheiratet war, hatten sie nicht mehr richtig miteinander gesprochen, jedenfalls nicht so direkt und ohne dass jemand dabei war. Hin und wieder waren sie sich im Lookout oder in der Stadt begegnet und hatten ein paar Worte gewechselt. In Lisas und Joshuas Wohnung hatten sie ein paar Meter voneinander entfernt gesessen und das Baby bewundert.

»Bruce hat mir erzählt, dass ihr ein paar Wochen wegfahren wollt, und da hab ich mich gefragt, ob ihr nicht vielleicht jemanden braucht, der nach den Tieren sieht.«

»Oh!«, sagte Kathy. »Das ist lieb. Aber weißt du, wir gehen campen und nehmen die Hunde mit, obwohl – nach den Pferden und den Hühnern müsste schon jemand sehen.«

»Und Shadow«, ergänzte Claire, jetzt wieder gefasster, wo sie das Wichtigste losgeworden war. »Ich meine, ich könnte dort bleiben, übernachten oder so. Habe ich mir jedenfalls gedacht … falls ihr jemanden braucht, der rausfährt.«

»Das ist sehr nett«, sagte Kathy. »Aber nur, wenn du Zeit hast. Ich könnte auch meine Eltern fragen.«

»Nein, ich kann es machen. Und Josh kann mir helfen.«

»Wunderbar.« Einen Herzschlag lang herrschte Stille, dann sagte Kathy: »Bruce ist nicht da, sonst hätte er sicher gern mit dir gesprochen.«

»Okay.«

»Er kann dir dann sagen, wo der Schlüssel jetzt liegt und so weiter. Er liegt nicht mehr an seinem alten Platz.«

»Ich habe einen an meinem Schlüsselbund«, sagte Claire und bereute es sofort.

»Gut.« Sie machte eine Pause. »Bruce kann dann später mit dir die Details klären.«

Nach dem Auflegen rief Claire sofort Joshua an, obwohl er bei der Arbeit war. Er hatte jetzt einen Job in der Ofenfabrik, den er teilweise John Rileen, dem Freund von Lisas Mutter, verdankte, der dort Abteilungsleiter war und seine Beziehungen hatte spielen lassen. Als sich die Sekretärin meldete, bestand Claire darauf, dass sie in die Fabrikhalle ging und Joshua ans Telefon holte, was sie eigentlich nur in Notfällen durfte.

»Wir werden für Bruce und Kathy das Haus hüten«, platzte sie heraus, als er sich meldete.

»Was?«

»Sie fahren nach Arkansas zum Campen, eine Art verspätete Hochzeitsreise, und ich habe gesagt, dass wir uns um das Haus kümmern.« Sie versuchte, locker und trotzdem gebieterisch zu klingen, um Einwänden seinerseits vorzubeugen, aber das klappte nicht.

»Was redest du da, Claire? Ich habe meinen Job und Iris. Ich habe nie gesagt, dass ich draußen im Haus bleiben möchte.«

»Wir müssen ja nicht dort wohnen!«, sagte sie, als würde das alles ändern, aber er erwiderte nichts darauf. »Okay. Ich weiß, dass du zurück an die Arbeit musst. Wir können später noch mal darüber reden.«

Sie legte auf, fuhr aus dem Stuhl hoch und lief in der Wohnung auf und ab, wie elektrisiert von dem, was sie getan hatte, was sie versprochen hatte zu tun, mit oder ohne Joshua. Sie versuchte, sich das Haus vorzustellen, mit Kathys Sachen darin. Vor Jahren war sie einmal in Kathys Hütte gewesen, aber nur ganz kurz, um etwas vorbeizubringen. Dabei hatte sie von der Tür aus gesehen, dass Kathy, die Rinderbesamerin, eine Sammlung schwarz-weißer Kuh-Tassen im Regal stehen hatte, mit Schwänzen als Henkel und lustigen, unter dem Tassenrand vorstehenden Gesichtern. Diese Tassen stellte sich Claire jetzt in der Küche ihrer Mutter vor, auf dem Bord über der Spüle. Und dann konnte sie sich gar nichts mehr vorstellen, zumindest nichts, was das Haus betraf. Ihre Gedanken überschlugen sich, sprangen von A nach B und landeten bei einer Reihe zusammenhangloser Erinnerungen an zu Hause: Wie ihre Mutter auf einem Stuhl stand und einen Nagel in die Wand schlug, um ein Bild aufzuhängen, wie die kleinen Krampfadern in ihren Kniekehlen hervortraten. Wie verfilzt und zerdatscht im Winter immer Bruce' Haare aussahen, wenn er abends den Hut abnahm, den er den ganzen Tag getragen hatte. Nach einer Weile konnte sie es sehen, aber nur aus der Ferne, als stünde sie am Ende der Zufahrt. Das Haus, den Hühnerstall, die Scheune und Bruce' Werkstatt: das Häuflein Gebäude, das einmal ihr Zuhause gewesen war.

An dem Morgen, an dem sie hinfahren sollte, stand sie früh auf und machte sich eine Tasse Tee. »Es wird schon gut gehen«, sagte sie zu den Aloen und den Stühlen, zu der Kuckucksuhr, deren silbernes Pendel nach jeder Schwingung »Tick« machte. Es kam öfter vor, dass sie Zwiegespräche mit sich selbst oder den Gegenständen in ihrer Wohnung führte, telepathisch oder laut, wenngleich sie irgendwo tief in ihrem Innern das Gefühl hatte, dass sie eigentlich mit ihrer Mutter sprach. Im September, als sie hier eingezogen war, hatte sie nicht nur die Kartons auspacken müssen, die sie aus Andres Haus geholt hatte, sondern auch all die Kartons mit den Sachen ihrer Mutter, die sie im Juni in aller Eile gepackt und in der Wohnung untergestellt hatte. Einen Großteil hatte sie Joshua gegeben. Er hatte Lisas Wohnwagen mit ihren alten Möbeln vollgestopft, als wollte er Vater-Mutter-Kind spielen, wie es zunächst schien, sich dann aber ganz wohnlich damit eingerichtet. Was in Claires Wohnung blieb, war ein Sammelsurium von Sachen, die sie entweder gebrauchen oder von denen sie sich einfach nicht trennen konnte: ein Teeservice und ein Kunststoffsieb, die Quilts, die ihre Mutter für all ihre Betten gemacht hatte, und ein wackeliges Regal, das jetzt Claires Bücher beherbergte.

Nach dem Frühstück ging sie hinunter ins Lookout. Sie

musste die Bar putzen, wie jeden Sonntagmorgen. Dafür brauchte sie keine Miete zu bezahlen. Ohne Gäste und die sonstige Lärmkulisse von Spülmaschine, Jukebox und Fritteuse war die Bar ein Hort der Stille, der für sie fast etwas Heiliges hatte. Sie genoss es, um diese Zeit allein hier zu sein, am ersten ihrer drei freien Tage. Sie holte das Putzzeug aus der Abstellkammer und machte sich an die Arbeit.

Als sie mit den Toiletten fertig war, ging sie hinter den Tresen, goss sich ein Glas Orangensaft ein und schaltete das Radio an. Ken Johnson ließ sich gerade über eine Entscheidung der Schulkommission aus. Die Sendung, wie die meisten von Einheimischen gemacht, hieß *Ken Johnson Hour* und wurde von ihrem Namensgeber ganz nach seinen Vorstellungen gestaltet. Mal spielte er Musik – von Grateful Dead bis Maria Callas –, mal sprach er über ein Thema, das ihm am Herzen lag, wortreich und nur manchmal prägnant, ebenso selbstironisch wie selbstherrlich. Sendungen wie seine wurden im Wechsel mit anderen ausgestrahlt, die der Lokalsender bei den großen landesweiten Sendern einkaufte, soweit er sie sich leisten konnte. Claire hörte sich alle an, die lokalen und die landesweiten, sonntags beim Putzen oder oben in ihrer Wohnung, wenn sie freihatte. Sie hatte keinen Fernseher, und das Radio war für sie wieder das geworden, was es in ihrer Kindheit für sie gewesen war, als ihre Familie mit Bruce zusammenzog und noch keinen Strom hatte, sodass ein Windrad das Radio speisen musste. Das Radio war ihr Freund und ständiger Begleiter und bestimmte den Rhythmus ihrer Tage.

Eines Sonntagmorgens im Januar hatte sie, bevor sie nach unten ging, das Radio angestellt und die Stimme ihrer Mutter gehört. »Willkommen, liebe Freunde und Nachbarn«, sagte sie, wie sie es immer getan hatte, »zu den *Modernen Pionieren*«.

Für Claire war es wie ein Schlag ins Gesicht. Sie schaltete

das Radio sofort wieder aus, als lösche sie ein Feuer. In der folgenden Stille starrte sie auf das Radio, als könnte es in Flammen aufgehen, aber ihr war klar, dass sie es wieder einschalten musste. Natürlich musste sie. Ihre Mutter war da drin. Doch bevor sie es tat, drehte sie die Lautstärke so leise, dass nichts zu hören war, als sie es einschaltete. Ganz langsam drehte sie lauter. Schließlich war ein Murmeln zu vernehmen, aber es war nicht die Stimme ihrer Mutter, sondern die von Marilyn Foster-Timmons, die gerade die Partner des Senders aufzählte. Als sie damit fertig war, erklärte sie mit rauer, aber warmer Stimme, dass vor knapp einem Jahr eine Frau namens Teresa Wood an Krebs gestorben sei – »Viele von Ihnen werden sie gekannt haben« –, die eine Sendung namens *Moderne Pioniere* moderiert habe. Aus diesem Anlass werde der Sender nun in einem Minimarathon, der den ganzen Tag dauern werde, zehn Ausgaben dieser Sendung ausstrahlen, die von den Hörern zu ihren Topfavoriten gewählt worden seien.

Claire hätte nicht zuhören müssen. Marilyn Foster-Timmons hatte ihr eine Box mit CDs geschickt, auf denen alle zweihundertsechsunddreißig Sendungen ihrer Mutter drauf waren. Sie hörte trotzdem zu. Widerstrebend zunächst, am Ende begeistert. Sie hörte den ganzen Sonntag zu, ließ das Putzen ausfallen. Während einer Sendepause schrieb sie Leonard und Mardell eine Nachricht des Inhalts, dass sie Fieber habe, rannte nach unten, legte sie auf den Tresen und flitzte zurück in die Wohnung, bevor wieder ihre Mutter dran war. Sie hörte stundenlang zu, reglos auf ihrem Bett. Jede Bewegung, selbst in der meditativen Stille, in der sie an anderen Sonntagmorgen die Bar putzte und dabei Radio hörte, hätte sie in ihrer Konzentration gestört und ihre Mutter ausgelöscht. Sie hätte nicht mehr an Dinge glauben können, die nicht waren. Oder vielmehr an das eine, immergleiche: dass ihre Mutter mit ihrem riesigen Kopfhörer auf dem Kopf gesund und munter in einem kleinen dunklen Studio in Grand Rapids, Minnesota, saß. Sie hätte nicht mehr glauben können, dass sie dort saß und mit Mimi Simons über alte Kulturpflanzensorten sprach, mit Patty Peterson übers Wünschelrutengehen oder mit John Ornfeld über eine Indoor-Komposttoilette Marke Eigenbau oder dass sie zwei Stunden ganz allein bestritt, allen Hörern im Umkreis von hundert Meilen davon erzählte, was sie getan hatten, von dem Leben, das sie miteinander führten – sie, Bruce, Claire und Joshua, als es noch ein Miteinander gab –, von dem Garten, den sie angelegt hatte, der Wolle, die sie gekämmt und gefärbt hatte, dem Webstuhl, den Bruce ihr gebaut hatte, oder wie sie saure Gurken einlegte.

Claire hätte nicht zuhören müssen, aber sie hörte zu, wie sie nie zuvor zugehört hatte, als wären ihre Ohren nur dafür bestimmt. Die Stimme ihrer Mutter war völlig unverändert und dennoch für sie wie eine Offenbarung. Sie hörte jede Nuance und jedes Luftholen, jeden melodischen Akzent, jedes Umkippen der Stimme und jede Änderung des Tonfalls, alles, was sie von früher kannte. Jeden Anflug von Bedauern oder Prahlerei, Genugtuung oder Verachtung. »Ich komme jetzt in eine Phase meines Lebens, in der ich mich zurücklehnen und die Früchte meiner Arbeit genießen kann«, sagte sie im Verlauf eines Monologs über Claires und Joshuas Erwachsenwerden. »Und dann sollten Sie zuerst die Eierschalen zermahlen«, riet sie den Zuhörern in einer Diskussion über ungiftige Methoden der Schädlingsprävention.

Eine Stunde nach Sonnenuntergang beschloss Teresa die letzte Sendung wie üblich mit einer Quizfrage und der Aufforderung an die Zuhörer, anzurufen und ihr die Antwort zu sagen. Diesmal lautete sie: *Wofür wurde Pfeifenstein ursprünglich verwendet?* Claire schaltete das Radio aus, denn sie kannte die

Antwort und wollte nicht hören, wie ihre Mutter sagte: »Und damit, Leute, sind wir wieder am Ende der Stunde angelangt. Arbeitet fleißig. Tut Gutes. Macht das Unmögliche möglich. Und seid nächste Woche wieder dabei, wenn es Neues von den *Modernen Pionieren* gibt.« In der Stille des Abends ging Claire durch die Wohnung und machte Licht, die Worte *Arbeitet fleißig. Tut Gutes. Macht das Unmögliche möglich* in den Ohren. In diesen drei Sätzen steckte alles, was sie an ihrer Mutter am meisten geliebt und am meisten gehasst hatte und wovon sie nun nicht mehr loskam – ihr Optimismus und Überschwang, ihre Großzügigkeit und ihr Zauber, ihr unerschütterlicher Glaube, dass die meisten Menschen, wenn man genau hinsah, etwas Einzigartiges und Besonderes waren. »Auch Hitler?«, hatte Claire sie einmal gefragt, um sie zu verunsichern. »Ich habe *die meisten* gesagt, du Schlaukopf«, hatte ihre Mutter geantwortet und ihr liebevoll einen Knuff in die Seite gegeben. »Und was ist mit Pol Pot?«, hatte Claire weiter gebohrt.

Nach dem Radio-Marathon an jenem Sonntag im Januar toastete sich Claire einen Bagel und aß ihn so langsam, als müsste sie dabei ein Buch auf dem Kopf balancieren. Als könnte sich dieses Gefühl, das sich beim Anhören der Sendungen eingestellt hatte, dieses Gefühl, ihre Mutter wäre nicht tot, in Luft auflösen, wenn sie sich zu schnell bewegte. Was natürlich geschah. Es war auch an jenem Tag geschehen, an dem sie nach Duluth gefahren war und die Asche ihrer Mutter in Händen gehalten hatte, und jetzt befürchtete sie, dass es wieder geschehen könnte, wenn sie einen Fuß in ihr altes Haus setzte. Dass ihr auch der kleine Rest ihrer Mutter, von dem sie noch glauben konnte, dass er unversehrt war, für immer verloren gehen könnte.

Daran hatte sie nicht gedacht, als sie Kathy angerufen und sich erboten hatte, das Haus zu hüten. Aber jetzt, an diesem

Sonntag im April, an dem sie zum Haus hinausfahren sollte, dachte sie daran, während sie im Lookout Tische und Stühle wischte, auf allen vieren den Fußboden scheuerte und die Holzecken des Billardtischs auf Hochglanz polierte.

Sie war mit der Arbeit fast fertig, da sah sie Leonards und Mardells Wagen auf den Parkplatz rollen. Sie ging zur Tür und hielt sie ihnen auf.

»Hat euch die Sehnsucht nach mir hergetrieben?«, rief sie ihnen zu. Sonntags öffnete die Bar erst um zwei, und Leonard und Mardell kamen gewöhnlich erst weit nach zwölf. Claire hatte nach dem Putzen den restlichen Tag frei.

»Len hat sein Dings vergessen«, erklärte Mardell, als sie die Stufen heraufstiegen.

»Meinen Computer!«, brüllte er. »Herrgott noch mal, Mardy. Nenn die Dinge doch beim Namen.« Er küsste Claire im Vorbeigehen auf die Wange.

»Vor einem Jahr wusste er noch nicht mal, was eine E-Mail ist, und jetzt hält er es keine zwanzig Minuten mehr ohne das Dings aus«, sagte Mardell, löste die Bänder ihrer durchsichtigen Regenhaube und legte sie zum Trocknen auf den Tresen. »Ich habe zu Ruth und Jay gesagt, wenn ich es nicht besser wüsste, würde ich denken, ihr Vater hat eine Affäre.«

»Herrgott noch mal, Mardy.«

»Ich sage ja nicht, dass du eine hast, Len. Ich sage nur, dass ich es denken würde, wenn ich es nicht besser wüsste.« Sie zwinkerte Claire zu.

»Setzen wir uns doch und trinken eine Limo«, schlug Leonard von hinter dem Tresen vor. Er griff in den verschließbaren Schrank unter der Kasse und zog einen orangeroten Laptop hervor.

»Und du fährst heute zum Haus raus, nicht?«, fragte Mardell und setzte sich auf einen Hocker neben Claire.

Claire nickte und trank einen Schluck von dem Root Beer, das ihr Leonard reichte.

»Es wird bestimmt schön, es nach all der Zeit wiederzusehen«, sagte Mardell, fuhr sich über den runzligen Hals und straffte für einen Moment die schlaffe Haut. »Aber auch schmerzlich. Nach allem, was geschehen ist. Claire, hab ich dir eigentlich schon mal gesagt, wie sehr ich geweint habe, als ich erfahren habe, dass Bruce Kathy geheiratet hat? Es hat mir das Herz gebrochen, so schnell, wie es ging. Und wo du und Joshi doch so …« Sie machte eine bedenkliche Handbewegung.

»Mardy!«, brüllte Leonard.

Sie fuhr fort, ohne ihn zu beachten. »Wenn du es genau wissen willst: Ich musste den Herrn um die Kraft bitten, Bruce zu vergeben. Ehrlich, das musste ich.«

»Es ist nicht nötig …«, begann Leonard.

»Jawohl, das musste ich!«, krähte Mardell und blickte von Claire zu ihm. »Und es ist nichts daran verkehrt, es auszusprechen. Sag mir, was daran verkehrt sein soll, wo es doch die reine Wahrheit ist.«

»Du gießt Öl ins Feuer«, knurrte er.

»Ich gieße überhaupt kein Öl ins Feuer.« Sie blickte zu Claire. »Gieße ich Öl ins Feuer?«

Claire schüttelte den Kopf, aber nur ganz leicht, um keinem der beiden das Gefühl zu geben, sie stehe ganz auf seiner Seite, eine Taktik, die sie in den letzten Monaten perfektioniert hatte, um nicht ständig in ihre Kabbeleien hineingezogen zu werden.

»Claire findet nicht, dass ich Öl ins Feuer gieße«, erklärte Mardell in einem Ton, der deutlich machen sollte, dass es nichts mehr dazu zu sagen gebe.

»Ist schon gut«, sagte Claire, um die beiden zu beruhigen, ohne selbst im Mindesten beruhigt zu sein. »Es wird schon alles gut werden, mit Kathy und so. Und wenn ich zum Haus rausfahre.«

»Aber natürlich!«, rief Mardell und tätschelte ihr mit ihrer weichen blaugeäderten Hand den Arm.

»Das Leben ist lang, Schätzchen«, sagte Leonard, »und die Zeit heilt alle Wunden.«

Ein Tränenschleier legte sich über Claires Augen. Sie nahm ihren Strohhalm und rührte damit das Eis in ihrem Root Beer. Sie wusste nicht, ob sie daran glaubte, dass die Zeit alle Wunden heilte, aber dass sie manche heilte, das glaubte sie. In Bezug auf Bruce und Kathy zeigte die Zeit bereits Wirkung. Claire konnte es in ihrem Innern spüren – sie besänftigte, beschwichtigte, machte normal, was einmal unerträglich gewesen war. Sie wusste nicht recht, ob ihr das gefiel, dieses Geheiltwerden. Sie hatte dabei das Gefühl, einen kleinen Verrat an ihrer Mutter zu begehen.

»Da kommen schon welche«, rief Leonard.

Sie blickten alle zum Vorderfenster. Ein Wagen hielt an, blieb so lange stehen, wie die Insassen brauchten, um das Schild GESCHLOSSEN an der Tür zu lesen, und fuhr wieder weg.

»Wir wollten noch etwas mit dir besprechen«, sagte Mardell.

»Das muss doch nicht jetzt sein«, protestierte Leonard.

»Nenn mir einen Grund, warum nicht, Len!«

»Weil sie wegmuss. Sie muss zum Haus rausfahren.«

»Nein, ist schon in Ordnung«, sagte Claire, die neugierig geworden war. »Außerdem bin ich hier noch gar nicht fertig. Ich muss noch den Fußboden in den Toiletten wischen.«

»Es hat damit zu tun, dass wir älter werden, Claire – und müde.« Mardell blickte zu Leonard und zwinkerte. »Liebling, wie wär's, wenn *du* ihr sagst, was wir uns überlegt haben?«

Claire zog sich so sorgfältig an wie für ein Date, fingerte am Reißverschluss ihres Sweatshirts herum, zog ihn mal höher, mal tiefer und versuchte, die richtige Position zu finden, obwohl sie in ein leeres Haus kommen würde. Bruce und Kathy waren am Morgen gefahren. Außer Shadow, den Hühnern, den Pferden und ihr würde niemand dort sein.

Während der Fahrt regnete es. Die Seitenfenster ihres Wagens beschlugen und verwandelten die Wälder und Farmen, an denen sie vorüberkam, in verschwommenes Grau und Grün. Sie erkannte sie trotzdem wieder, selbst auf dieser Abstraktionsstufe. Sie war diese Strecke schon so oft gefahren und in so vielen Gemütsverfassungen. Sie erkannte auch die Bäume und Sträucher wieder, die beide Seiten der Straße säumten, und die Zufahrten zu den Hütten der Städter, die, da im Winter nur selten benutzt, zu Trugbildern geworden waren. Sie dachte darüber nach, was ihr Leonard und Mardell am Vormittag mitgeteilt hatten und was sie Joshua sagen sollte, wenn sie ihn sah. Die Meilen schwanden dahin, und nach und nach verbannte sie alle Gedanken aus ihrem Kopf. Dann drosselte sie das Tempo, bevor sie es musste, ließ den Cutlass auf dem leeren Highway dahinrollen und bog vorsichtig in die Schotterstraße ab – in »unsere Straße«, wie sie sie immer genannt hatten, sie, Joshua, ihre Mutter und Bruce, und wie sie wohl auch Kathy nannte. Die Straße, die nach Hause führte.

In der Zufahrt schaltete sie den Motor aus, blieb mehrere Minuten im Wagen sitzen, betrachtete das Haus und die Scheune, den Hühnerstall und den alten liegen gebliebenen Traktor, der keinen Zentimeter bewegt worden war, seit sie ihn das letzte Mal gesehen hatte. Es war Mitte April, und Grashalme und die Sprösslinge von Blumen, die ihre Mutter vor Jahren gesät hatte, reckten im Hof die Köpfe aus dem Schlamm. Als sie ausstieg, fiel ihr auf, wie seltsam still es war ohne die Hunde. »Miez, Miez«, rief sie, als sie Shadow entdeckte. Es regnete noch, und die Katze spähte zu ihr herüber, ohne ihre trockene Zuflucht auf der Veranda zu verlassen.

»Was hältst du davon, wenn wir reingehen?«, fragte Claire, fand den Schlüssel an ihrem Bund und steckte ihn zitternd ins Schloss. Mit einem Mal wurde ihr schwindlig. Das Gefühl der Fremdheit kollidierte mit einer fast surrealen Vertrautheit. Ihr Blick fiel auf Dinge, die sie schon eine Million Mal gesehen hatte und erst jetzt, wo sie sie wiedersah, richtig wahrnahm: die Maserung des Verandageländers, den schiefen Türrahmen. Sie trat ein, erfasste die gesamte Einrichtung des Hauses mit einem Blick und erkannte auf Anhieb, was sich verändert hatte und was nicht. Es waren Kathys Vorhänge, Kathys Stühle, Kathys Servierlöffel, die da an den Haken über dem Herd hingen. Und trotzdem hatte sie zuinnerst das Gefühl, dass es immer noch ihr Haus war – das Haus von Claire, Bruce, Teresa und Joshua. Die banalsten Gegenstände ihres gemeinsamen Lebens waren noch da, Dinge, die sie nicht mitgenommen hatte, weil sie mehr zum Haus als zu seinen Bewohnern zu gehören schienen: die beiden roten Ofenhandschuhe mit den schwarz angesengten dicken Daumen, der Zollstock aus Metall, mit dem sie immer die Schneehöhe gemessen hatten, das gelbe Buch, auf dessen Rücken in Großbuchstaben VÖGEL stand. Selbst die unpersönlichsten Objekte – Rekorder, Kühlschrank, Spüle – schienen zu ihr zu sprechen, sie zu erkennen, nach ihr zu greifen, sie an der Kehle zu packen.

»Hallo«, rief sie, ohne ein Antwort zu erwarten. Shadow sprang auf den Küchentisch, und Claire streichelte sie und sah in ihre grünen Augen, unsicher, aber glücklich, wieder zu Hause zu sein – *hier zu sein*, korrigierte sie sich. Sie wusste nicht mehr, wie sie dieses Haus nennen sollte.

»Ich bin jetzt da«, sagte sie einige Zeit später am Telefon

zu Joshua. Sie zog eine Reißzwecke aus dem Korkbrett, ließ sie versehentlich fallen und kniete sich hin, um sie zu suchen.

»Wie ist es?«, fragte er. Er war schon mal draußen gewesen, um die Auflaufform zurückzubringen, in der Kathy nach Iris' Geburt eine Lasagne gebacken hatte, war aber nicht ins Haus gegangen.

»Es ist …« Sie stockte, während sie den Boden absuchte. »Es ist komisch und okay, interessant und merkwürdig.« Sie gab die Suche nach der Reißzwecke auf und erhob sich. »Aber trotzdem schön.«

»Ich komme morgen früh. So gegen halb neun.«

»Ich hatte gehofft, du würdest heute Nachmittag kommen.« Sie kniff in den Saum des neuen Vorhangs. Gelber Baumwollstoff mit weißen Tupfen, im Laden gekauft.

»Ich hab dir doch gesagt, dass ich erst gegen sechs draußen sein könnte, und da wird es schon dunkel. Außerdem regnet es. Morgen soll es schön werden.«

»Na gut.« Sie seufzte und verabschiedete sich von ihm.

Morgen würden sie und Joshua das tun, was sie schon letzten Sommer mit Bruce hatten tun wollen – Blumen auf Teresas Grab säen, in die Erde, in die sie ihre Asche gestreut hatten. Am Tag zuvor war Claire in die Gärtnerei nach Blue River gefahren, war eine Stunde umhergewandert und hatte überlegt, was sie nehmen sollte. Am Ende hatte sie zwei Samenpäckchen mit Wildblumenmischungen gekauft, die dafür sorgen würden, dass ab dem nächsten Monat den ganzen Sommer hindurch Blumen unterschiedlicher Art auf dem Grab ihrer Mutter blühen würden – Blutwurz und Gänseblümchen, Schafgarbe und Indianerpinsel. Seit dem Tag, an dem sie die Asche ihrer Mutter in die Erde gestreut hatten, waren sie und Joshua nicht mehr dort gewesen. Sie überlegte, ob sie jetzt hinübergehen und Zwiesprache mit ihrer Mutter halten sollte. *Entschuldige,* würde sie sagen. *Entschuldige, dass wir noch nicht dazu gekommen sind, deine Blumen auszusäen.* In all den Monaten hatten diese Vernachlässigung und Respektlosigkeit schwer auf ihr gelastet, aber sie hatte keine Möglichkeit gesehen herauszukommen, nie den Mut aufgebracht, Bruce zu sagen, wie sie sich danach verzehrte zu kommen – nicht zum Haus, sondern zum Grab ihrer Mutter. Sie fragte sich, ob Bruce jemals zum Grab ging, und wenn ja, was er dann sagte.

Sie widmete sich wieder dem Haus, sah sich jetzt alles genauer an, nahm Gegenstände in die Hand, betrachtete sie und stellte sie genau dorthin zurück, wo sie gestanden hatten, damit Kathy nicht auf die Idee kam, sie hätte herumgeschnüffelt. Sie brach zu einem Rundgang auf, der sie zuerst nach oben führte. Ihr Zimmer war jetzt ein Büro, Joshuas Zimmer eine Art Abstellraum. Darin standen ein Hometrainer und ein Kinderschaukelstuhl aus Holz, und an der Wand hing eine Dartscheibe. Claire zog alle Pfeile heraus und warf einen nach dem anderen, ohne auch nur einmal ins Schwarze zu treffen. Sie ging wieder nach unten, stieß die Tür zum Schlafzimmer auf und spähte von der Schwelle aus hinein. Der Frisiertisch ihrer Mutter hatte einer weißen Kommode Platz gemacht, die Sitzbank einer Zedernholztruhe. Sie schloss die Tür, froh, erleichtert und mit sich zufrieden, weil sie endlich dazu in der Lage war, sich das alles anzusehen, der Realität ins Auge zu sehen, ohne viel dabei zu empfinden.

Um vier wurde es Zeit, die Tiere zu füttern, und sie ging hinaus.

»Hallo, Mädels«, gurrte sie, wie es ihre Mutter immer getan hatte, trieb die Hühner in den Stall, wühlte im Stroh und suchte nach Eiern, füllte ihre Tröge mit frischem Wasser und Bruchmais. Anschließend fütterte sie die Pferde, holte eine Bürste und striegelte sie, während sie fraßen. Als sie fertig waren, ging sie mit ihnen hinaus auf die Weide und striegelte sie dort fast eine Stunde lang weiter, obwohl es nieselte. Dabei wechselte sie alle paar Minuten zwischen Beau und Lady Mae, damit keines eifersüchtig wurde, und folgte ihnen, wenn sie frisches Gras aufspürten und ihre Mäuler in den Schmutz drückten, um auch die kleinsten Halme zu rupfen. In einer bestimmten Phase ihrer Kindheit – in den Jahren, nachdem sie mit Bruce zusammengezogen waren und bevor sie ins Teenageralter kam und sich allem widersetzte, was ihre Mutter vorschlug – hatte sie viel Zeit hier auf der Weide verbracht. Im Sommer campierten sie häufig draußen, ohne ein Zelt aufzuschlagen. Sie machten ein Lagerfeuer, breiteten eine Plane aus und legten ihre vier Schlafsäcke darauf, in denen sie, wie Baumstämme aufgereiht, nebeneinanderschliefen. Die Pferde blieben die ganze Nacht bei ihnen, näherten sich ihnen zu unterschiedlichen Zeiten, schnupperten an ihrem Haar oder stupsten mit den Nasen ihre Hände an. Im Winter bauten sie Schneemänner und machten im Tiefschnee, den die Pferde mieden, Schneeengel. Oder Bruce und Teresa begruben Joshua und sie im Schnee und schütteten sie so zu, dass nur noch ihre kleinen runden Gesichter hervorschauten, und gingen dann, ihre Namen rufend, fort. »Claire!«, riefen sie. »Joshua! Wo sind nur unsere Kinder geblieben?« Riefen: »Wir haben unsere Babys verloren!« Und obwohl Claire wusste, dass sie bloß Spaß machten und alles nur ein Spiel war, stieg ein übermächtiges Gefühl in ihr auf, eine unerträgliche Mischung aus Vorfreude und Unbehagen, Fröhlichkeit und Sorge, und sie sprang aus ihrem Schneegrab hervor, zusammen mit Joshua, der es auch nicht mehr aushielt, und dann liefen sie lachend ihrer Mutter und Bruce hinterher und schrien: »Hier sind wir!«

Daran dachte sie jetzt da draußen bei den Pferden, rief sich Einzelheiten in Erinnerung, ließ alles zu und hielt es doch auf

Distanz. Darin war sie in den letzten Monaten versiert geworden. Sie hatte gelernt, etwas zu halten und gleichzeitig loszulassen. Sie hielt im Striegeln inne und schaute zum Haus. Es wurde jetzt Abend, und ihr Blick blieb an ihrem Wagen hängen. Sie hatte, wie sie jetzt bemerkte, das Licht angelassen, das sie bei der Fahrt im Regen hierher eingeschaltet hatte. *Ich will nicht hier übernachten*, schrie sie förmlich und rannte zum Wagen, wobei sie unter dem Zaun durchschlüpfte, als ob die paar Sekunden Umweg durchs Tor etwas ausgemacht hätten.

Es machte nur klick, als sie den Anlasser betätigte. Sie drosch auf das Lenkrad ein, stieg aus, schlug mit aller Kraft die Tür zu und stürmte ins Haus.

Sie rief bei Joshua an, hinterließ ihm eine Nachricht und blieb dann minutenlang neben dem Telefon stehen und wartete darauf, dass es klingelte, obwohl sie wusste, dass es sinnlos war. Es war zu spät. Joshua würde jetzt nicht mehr kommen, um ihr Starthilfe zu geben, zumal er ja morgen früh kommen wollte. Sie erwog, zum Haus von Kathys Eltern zu gehen, das ein paar Meilen entfernt lag, aber sie wusste sofort, dass sie das nicht tun würde. Sie hätte Leonard und Mardell im Lookout anrufen können, aber die konnten vor zehn nicht weg.

Sie zog ihre Jacke aus und setzte sich an den Küchentisch. Vor Wut über ihre eigene Dummheit wäre sie beinahe in Tränen ausgebrochen. Um auf andere Gedanken zu kommen, griff sie zum *Nickel Shopper*, las die Anzeigen und schwor sich dabei immer wieder, auf keinen Fall hier zu übernachten, obwohl ihr eine innere Stimme das Gegenteil sagte. Nach ein paar Minuten ging sie zum Kühlschrank und öffnete ihn. Im Gefrierfach stapelten sich Tiefkühlgerichte in schmalen weißen Kartons: Pollo Cacciatore, Fettuccine Alfredo und eines mit dem Namen »Southwest Fiesta«. Sie entschied sich für das Huhn, nahm es aus dem Karton und durchlöcherte die Deckfolie mit einer Gabel.

Während sie es in Kathys Mikrowelle erhitzte, musste sie an Bill Ristow denken, der solche Sachen im Krankenhaus morgens, mittags und abends gegessen hatte. Der bloße Geruch aus der Mikrowelle erinnerte sie an ihn. Er hatte im Angehörigenraum gestanden und sie gegessen, während seine Frau am Ende des Flurs im Sterben lag und nur zu sich nahm, was sie bei sich behalten konnte. Dosenpfirsiche, so vermutete sie, wie ihre Mutter an guten Tagen, oder auch mal eine einzelne Traube. Götterspeise oder ein Bonbon, nur damit sie behaupten konnte, etwas gegessen zu haben. Sie hatte Bill seit August nicht mehr gesehen, und kurz nach ihrem Umzug nach Midden waren ihre Telefongespräche seltener geworden und hatten schließlich ganz aufgehört. Zu Weihnachten hatte er ihr eine Karte geschickt. *Ich denke an dich, Mädchen*, hatte daraufgestanden. Sie hatte sie lange in der Hand gehalten und diese Worte immer wieder gelesen. Wie lieb sie ihr erschienen, schlicht, einfach und klar. Sie schienen mehr zu enthalten, als sie sagten: wie wahrscheinlich es war, dass sie je wieder miteinander sprechen würden. Sie war darüber nicht traurig, empfand nicht mehr diese Mischung aus Trauer und Unausweichlichkeit, die sie immer empfunden hatte, wenn sie an Bill dachte.

Ihre Gefühle für David waren komplizierter, belasteten sie aber nicht mehr. Sie hatten im Herbst und im Winter ein paarmal miteinander telefoniert, sich wie alte Freunde unterhalten, über Dinge gelacht, über die sie früher gelacht hatten, Dinge kritisiert, die sie früher kritisiert hatten, und waren fast in allem einer Meinung gewesen. Er hatte eine neue Freundin. Sie wohnte im selben Haus. Was er von ihr erzählte, war wohldosiert. Dass sie Elise hieß. Dass sie in einer Anwaltskanzlei arbeitete und gerne joggte. Und dass er auch wieder mit dem Joggen angefangen hatte. Claires Puls schien gleichzeitig schneller und langsamer zu gehen, wenn er über sie sprach, doch wenn sie später darüber nachdachte, wünschte sie ihm alles Gute.

»Und wie steht's bei dir?«, hatte er sie bei ihrem letzten Gespräch gefragt.

»Ich nehme gerade eine sexuelle Auszeit«, sagte sie in belustigtem Ton, um es ins Lächerliche zu ziehen, aber es stimmte. Sie machte sich körperlich und seelisch gerade frei von den Männern, auch wenn sie von Zeit zu Zeit ins Wanken geriet. Sie flirtete mit ein paar ehemaligen Mitschülern von der Highschool, wenn sie ins Lookout kamen. Sie dachte über Beziehungen nach, die bei genauerer Betrachtung völlig absurd waren.

»Glaubst du, R. J. würde mit mir ausgehen?«, hatte sie eines Tages Joshua gefragt, als sie ihn im Gefängnis besuchte. R. J. war in ihrer Jugend immer um sie gewesen, hatte oft an den Wochenenden bei ihnen übernachtet, aber sie hatte ihn eigentlich nie richtig wahrgenommen, bis sie wieder nach Midden zog und er eines Tages im Lookout aufkreuzte.

»Ausgehen?«, fragte Joshua entgeistert.

»Ja.«

»Du meinst ein richtiges Date?«

Sie nickte.

»Unmöglich, Claire. Er ist mein Freund.«

»Ich will ihn ja nicht umbringen.« Sie lachte und hob abwehrend die Hände. »Schon gut, schon gut. Vergiss, was ich gesagt habe.«

»Das werde ich«, sagte er aufgebracht. »Übrigens hat er eine Freundin, bei der er unterm Pantoffel steht. Du hättest sowieso keine Chance.«

Nach dem Essen – inzwischen hatte Joshua zurückgerufen und mit ihr gestritten, bis sie sich schließlich darauf verständigt hatten, dass es idiotisch wäre, jetzt noch herauszufahren und dann morgen früh wiederzukommen – richtete sie sich auf einem von Kathys Zweiersofas ein Bett her. Es gab zwei, die sich gegenüberstanden. Als es ihr auf dem ersten zu unbequem wurde, zog sie auf das andere um, aber das war genauso unbequem und ebenfalls zu kurz für ihre Beine. Sie zog die Decken auf den Fußboden und lag dann hellwach da, fühlte sich von Stunde zu Stunde elender, wurde immer erschöpfter und aufgewühlter. Irgendwann mitten in der Nacht stand sie auf, trat ans Fenster und schaute hinaus. Es hatte aufgehört zu regnen, und der Himmel war klar. Sie konnte die Pferde vor ihren Boxen im Mondlicht stehen sehen. Sie erwog hinauszugehen, in einen Schlafsack zu kriechen und bei ihnen zu schlafen, wandte sich dann aber ab und wanderte durch das dunkle Haus.

Sie ging ins Schlafzimmer, machte Licht und betrachtete das Bett. Es war noch dasselbe, in dem auch ihre Mutter geschlafen hatte. Es war das einzige Bett im Haus, der einzige Platz, wo sie auf etwas Schlaf hoffen konnte. Sie setzte sich auf die Kante und strich mit der Hand über die fremde Decke. Auf dem Nachttisch neben ihr stand die Figur einer Kuh. Sie nahm sie in die Hand und betrachtete sie, stellte sie wieder zurück und zog die Nachttischschublade auf. Als sie noch hier gewohnt hatte, war das Bruce' Seite gewesen, und der Inhalt der Schublade verriet ihr, dass sie es immer noch war: ein Taschenmesser, das ihm sein Vater geschenkt hatte, eine noch unbenutzte Brieftasche in einer Klarsichtverpackung, sein alter Highschool-Absolventenring und drei Rollen Pennys. Ganz hinten in der Schublade lag eine Tonbandkassette. Sie griff hinein und zog sie heraus: Kenny G. Sie erkannte in ihr sofort die Kassette, die sie bei ihrem ersten Besuch in Bills Haus eingesteckt hatte, konnte sich aber nicht erinnern, was sie hinterher damit gemacht hatte. Sie hatte keine Ahnung, wie sie hierherkam. Sie hätte sie eher in einem ihrer Kartons vermutet, die noch unausgepackt im Lagerschuppen hinter dem Lookout standen. Sie schob sie in den Rekorder neben dem Bett, ließ sich rückwärts auf die Decke sinken und lauschte. Sie fand die Musik schmalzig, sentimental und langweilig und schaltete sie nach ein paar Minuten wieder aus.

Sie musste daran denken, wie sie immer das Haus durchsucht hatte, wenn sie nach dem Tod ihrer Mutter an den Wochenenden nach Hause kam. An ihren unstillbaren Drang, etwas zu finden, was sie vermisste, ohne zu wissen, was sie überhaupt suchte. Sie könnte jetzt so tun, dachte sie, als wäre es das gewesen. Als wäre es diese Kassette gewesen, dann brauchte sie nicht mehr zu suchen. Ganz ruhig und bedächtig, ohne Groll, Trauer oder Angst, nahm sie die Kassette heraus und begann, das Magnetband von der Spule im Innern des Gehäuses auf ihren Schoß zu ziehen, wo es sich knäulte. Sie verspürte dabei eine Art Neugier, eine Art kindlichen Wissensdrang, wie er sie immer überkommen hatte, wenn sie die Blütenblätter von einer Blume zupfte und dabei orakelhaft *»er liebt mich, er liebt mich nicht«* vor sich hin murmelte. Nur dass sie jetzt nichts vor sich hin murmelte. Sie ließ es sein, was es war: ein harmloser Akt der Zerstörung, bei dem etwas zu existieren aufhörte. Als sie fertig war, knüllte sie das Band mit den Händen zusammen, warf es in den Mülleimer und machte den Deckel zu.

»Raus aus den Federn«, rief Joshua, als er am Morgen neben ihr am Bett stand.

Sie schreckte aus dem Schlaf hoch und rieb sich das Gesicht. »Wie spät ist es?«

»Kurz nach neun«, antwortete er und verließ das Zimmer.

»Ich hab dich gar nicht gehört«, rief sie ihm nach.

»Ich weiß. Komisch, nicht? Keine bellenden Hunde.«

Sie hörte, wie er den Kühlschrank auf- und wieder zumachte. Sie setzte sich auf und schaute sich um. Sie musste irgendwann eingeschlafen sein, nachdem sie angezogen in das Bett von Bruce und Kathy gekrochen war. »Hast du Iris mitgebracht?«

»Nein«, antwortete er aus dem Wohnzimmer. »Lisa wollte mit ihr zu ihrer Mutter.«

»Ich hatte gehofft, du bringst sie mit.« Sie stieg aus dem Bett, zog ihren Sweater an und fuhr sich mit den Fingern durch die Haare. Sie hatte in den letzten Monaten wieder ihre natürliche Farbe rauswachsen lassen. Sie nahm ein Gummiband von Kathys Kommode und band sich damit einen Pferdeschwanz.

»Du kannst sie morgen sehen, wenn du magst. Wir brauchen jemanden, der sie für ungefähr eine Stunde nimmt.«

»Klar«, sagte Claire. Sie passte wann immer möglich auf Iris auf, wenn Lisa und Joshua gleichzeitig arbeiten mussten. Sie liebte Iris auf eine Weise, wie sie nur ihren Bruder geliebt hatte. Das war ihr in den Stunden klar geworden, wenn sie sie im Arm hielt, ihr schönes Gesicht betrachtete, jede Zehe und Rundung, jede Falte und Linie untersuchte, ihre unfassbar weiche Haut bestaunte, das Kleinod von einem Köpfchen, das in ihrer Hand lag. Sie war bei ihrer Geburt dabei gewesen, obwohl das nicht geplant war, und hatte zugesehen, wie sie aus Lisa herauskam, nass und grau, zwei Wochen und drei Tage vor dem errechneten Termin, vier Tage vor Joshuas Haftentlassung. Die Zuständigen im Gefängnis hatten ihm nicht gestattet, der Geburt seines Kindes beizuwohnen, obwohl Claire und die Haftbetreuerin darum ersucht und sich sogar die beiden Wärter Tommy und Fred dafür ausgesprochen hatten. Dazu hätte er die ausdrückliche Erlaubnis des Richters oder Gefängnisdirektors gebraucht, und beide waren am Tag der Geburt unauffindbar. Als Trost durfte er in dem Raum, in dem er seine Besuche empfing, warten, an den Tisch gefesselt. Minuten nachdem Iris geboren war, rannte Claire die Treppen hinunter und in den Fußgängertunnel, der zum Gefängnis führte. »Es ist ein Mädchen!«, rief sie aus dem Aufnahmeraum, wohl wissend, dass Joshua sie hören konnte. »Ein Mädchen?«, hatte er damals zurückgerufen, fassungslos und außer sich vor Freude.

Claire ging in die Küche und füllte sich ein Glas mit Wasser.

»Was steht auf dem Programm?«, fragte Joshua, ernst jetzt.

»Ich habe Samen gekauft. Aber lass uns vorher hingehen. Sie besuchen.«

Shadow folgte ihnen durch die Tür und über die Veranda zu dem kleinen Pfad, der zum Grab ihrer Mutter führte. Sie lief ihnen nach wie ein Hund. Wo sich der Wald wieder lichtete und das Oval in Sicht kam, das sie vor einem Jahr angelegt hatten, drosselten sie ihre Schritte.

Joshua hob einen Kiefernzweig vom Boden auf und fegte damit das Laub von der Erde, Claire bückte sich und rechte Blätter mit den Händen weg. Aber unter der Laubschicht war nicht mehr nur Erde. Kleine weiße Blumen blühten darunter, und viele weitere sprossen aus der Erde. Es war ein ganzer Garten, der da hervorbrach.

Claire sog scharf die Luft ein, versuchte, sich einen Reim darauf zu machen. Ihr Verstand sprang von Gedanke zu Gedanke, begann bei der Möglichkeit, dass ihre Mutter ihnen auf wundersame Weise von dort, wo sie jetzt war, ein Zeichen sandte, und landete schließlich bei der Erkenntnis, dass es Bruce gewesen sein musste. Er hatte die Blumen ohne sie gesät, und er hatte es nicht einmal für nötig befunden, ihnen Bescheid zu sagen.

»Was ist hier los?«, fragte Joshua.

»Keine Ahnung«, antwortete Claire.

»Glaubst du, das war Bruce?«

»Ich weiß nicht.« Sie sah ihn an. »Vielleicht ist es Mom. Vielleicht spricht sie auf diese Weise zu uns.« Sie selbst glaubte es nicht, aber sie verspürte den Drang, es ihn glauben zu machen, so wie sie noch mehrere Jahre, nachdem sie hinter die Wahrheit gekommen war, am Märchen vom Weihnachtsmann hatte festhalten müssen.

»Vielleicht«, sagte er, und sie hörte an seiner Stimme, dass er dasselbe tat wie sie, dass er die Wahrheit kannte und sie vor ihr schützen wollte.

»Oder Bruce hat es einfach ohne uns gemacht«, platzte Claire heraus.

»Möglich«, sagte Joshua leise.

Sie sahen einander an – sie weinten jetzt beide –, und dann kam etwas über sie, und sie begannen gleichzeitig zu lachen.

»Was ist denn so komisch?«, fragte Claire unter Tränen.

»Nichts!«, antwortete Joshua, und sie lachten noch mehr.

»Ich dachte, ich würde etwas anderes fühlen«, sagte Claire zu Joshua, als sie ausgelacht hatten. »Wenn ich hier bin. Ich dachte, ich würde spüren, dass Mom hier ist – nicht nur hier draußen, sondern überall. Im Haus. Auf der Straße.« Sie steckte am Rand des Ovals, wo keine Blumen blühten oder trieben, die Hände in die Erde. Sie war feucht und wurde zu Schlamm, als sie zwei Hände voll herauszog und dann abschüttelte.

»Was fangen wir jetzt mit den ganzen Samen an, die du mitgebracht hast?«

Claire zuckte mit den Schultern.

Er hielt noch den Kiefernzweig in der Hand. Er warf ihn in Richtung Wald. »Ich habe eine Idee.«

»Was für eine?«

Er grinste. »Komm mit.« Er ließ sie einfach stehen und ging ohne sie den Pfad zurück. Shadow lief ihm nach.

»Wohin?«, rief sie, ohne sich von der Stelle zu rühren. Aber er antwortete nicht. Sie musste ihm folgen.

Als sie in Joshuas Pick-up auf ihrer Straße zum Highway fuhren, fiel ihr ein, dass sie ebenfalls eine Überraschung hatte. Sie hatte Joshua noch gar nicht von ihrem gestrigen Gespräch mit Leonard und Mardell erzählt. Sie betrachtete ihn von der Seite, die scharfe Nase, die so war wie ihre, die dunklen Bartstoppeln, die am Kinn und auf der Wange sprossen.

»Ist was?«, fragte er und fuhr sich übers Gesicht, als wäre da irgendwas.

»Nein.« Sie grinste, denn sie wusste, dass es ihn ärgern würde.

»Dann glotz mich nicht so an.«

Sie lachte. Sie fühlte sich seltsam frei, erleichtert, als wäre heute der letzte Schultag, und sie müsste nie wieder hingehen.

»Und auslachen sollst du mich auch nicht«, setzte er schmunzelnd hinzu.

»Wo fahren wir eigentlich hin?«, fragte sie.

»An den Fluss.«

Sie nickte, verstand sofort, was er vorhatte, und sie sprachen auf der ganzen Fahrt kein Wort mehr darüber.

Der Parkplatz vor dem Lookout war leer. Heute war Montag, Ruhetag. Sie gingen auf dem schmalen Pfad zum Fluss. Claire trat an den Felsen und legte die Hände auf den kühlen Stein, während Joshua die Decke ausbreitete, die er aus seinem Pick-up mitgebracht hatte.

»Komm, machen wir es uns etwas gemütlich«, sagte er und setzte sich auf die Decke.

Claire nahm neben ihm Platz und blickte auf den Fluss, der nach dem vielen Regen und der Schneeschmelze in den Wochen davor stark angeschwollen war. Die Rohrkolben, die am anderen Ufer wuchsen, standen fast bis zu den weichen beigefarbenen Spitzen im schlammigen Wasser. »Die Sonne tut gut«, sagte sie, stützte sich nach hinten auf die Hände und streckte das Gesicht in die Wärme. Nach ein paar Minuten zog sie ihre Regenjacke aus und legte sie neben sich. Sie wandte sich Joshua zu. »Len und Mardell wollen dir das Lookout schenken. Sie gehen in einem Jahr in Ruhestand und wollen es dir einfach so schenken.«

»Was?« Er beschirmte seine Augen, damit er sie besser sehen konnte.

»Ruth und Jay wollen es nicht, und Len und Mardell haben in all den Jahren genug auf die hohe Kante gelegt – Len hat die Bar von seinem Vater vermacht bekommen und will nichts dafür haben. Sie wollen sie dir schenken. Sie wollen, dass sie jemand bekommt, den sie kennen. Dem sie vertrauen.«

»Heilige Scheiße«, sagte Joshua. Er dachte eine Weile nach. »Was ist mit dir? Warum schenken sie sie nicht dir?«

Sie zuckte mit den Schultern. »Sie wollen, dass du sie bekommst.« In Wahrheit hatten sie die Bar auch ihr – ihnen beiden – angeboten, aber sie hatte sofort abgelehnt. Sie konnte nicht in Midden bleiben. Ihr Angebot hatte ihr das endgültig zu Bewusstsein gebracht. »Du kannst mit Lisa und Iris oben in die Wohnung ziehen. Oder sie vermieten, wenn sie euch zu klein ist.«

»Aber du wohnst doch dort.«

»Nicht mehr sehr lange, Josh.« Sie strich mit der Hand über das frische Gras, das neben der Decke wuchs, und riss einen Halm aus dem Boden. »Ich denke, ich werde nur noch bis zum Tag der Arbeit bleiben, solange die Kohle stimmt. Dann muss ich fort.«

»Zurück in die Cities?«

»Ich weiß nicht.« Sie zerrupfte den Grashalm in kleine Teile, während sie über die Frage nachdachte. »Vielleicht. Ich könnte auch woandershin gehen.« Sie sah ihn an und lächelte. »Ganz woandershin gehen und dort mein Glück suchen«, sagte sie mit bewusst dramatischer Stimme.

»Das solltest du tun«, erwiderte er ernst.

»Ja«, sagte sie, obwohl ihr Magen bei der Vorstellung einen Purzelbaum schlug. Sie warf die Grasfitzel weg, aber der Wind blies sie zu ihnen zurück und verteilte sie über Joshua und sie.

»Du bist zu intelligent, um hierzubleiben, so viel ist sicher. Du musst hier weg und unter intelligente Leute.«

»Ich *bin* unter intelligenten Leuten, Josh. In Midden leben intelligente Leute. Du bist intelligent«, sagte sie energisch, und noch während sie es aussprach, fiel ihr auf, dass sie es noch nie zu ihm gesagt hatte. Sie fragte sich, ob es überhaupt schon mal jemand getan hatte.

»Du weißt, was ich meine.«

»Nein«, protestierte sie schwach, obwohl sie es wusste. Sie würde ihre Wurzeln immer hier haben, aber bleiben konnte sie nicht. Sie musste daran denken, wie sie voller Sehnsucht durch die Straßen von Minneapolis gestreift war. Wonach sie sich gesehnt hatte, wusste sie nicht mehr genau. Nach dem Tod ihrer Mutter war ihr dieses Nichtwissen wie eine Schwäche vorgekommen, wie ein Resignieren, während sie es davor, als Mädchen, als Tochter, immer als verheißungsvolle Frage empfunden hatte. Sie sah zu, wie ein leerer Milchkanister aus Kunststoff, den das Hochwasser in den Fluss gespült hatte, vorbeitrieb, und versuchte, es wieder als Frage zu empfinden.

»Also Iris wird dich vermissen. Das kann ich dir jetzt schon sagen.«

Ein zärtliches Verlangen überkam sie, seine Hand zu nehmen und zu halten, so wie sie es immer getan hatte, wenn sie ihn im Gefängnis besucht hatte, aber sie tat es nicht. Jetzt, hier draußen in der wirklichen Welt, wo sich die Liebe den

Luxus erlaubte, verwässert und vor sich selbst geschützt zu werden, wäre es ihr seltsam vorgekommen. Minutenlang saßen sie schweigend da. Weiße Wolkenfetzen erschienen über ihnen und verhüllten zeitweise die Sonne.

»Und, was hältst du davon, die Bar zu übernehmen?«

»Ein interessanter Gedanke.«

»Das finde ich auch. Für dich, Lisa und Iris könnte das eine gute Sache sein.«

»Ja«, stimmte er zu. Sie sah seinem Gesicht an, wie der Gedanke in ihm arbeitete. Er stützte sich nach hinten auf die Hände und blickte zum Himmel, und in dieser Geste las sie seine Erregung und Freude, seine Verwunderung und Erleichterung.

»Würdest du oben einziehen oder lieber vermieten?«

Er schwieg eine Weile, dann drehte er sich abrupt zu ihr herüber und sagte: »Ich hab da gewohnt.«

»Ich weiß«, erwiderte sie. Sie war sich nicht sicher, was er damit meinte, und wollte ihm nicht vorgreifen.

»Nein. Ich meine nicht die Zeit mit dir und Mom. Ich habe allein da oben gewohnt, als Mom krank war und auch danach noch eine Weile. Niemand wusste es. Ich bin mehr oder weniger eingebrochen.«

»Len wusste es.« Sie sah die Überraschung in seinem Gesicht. »Er hat es mir am Abend vor Moms Tod erzählt, als ich dich überall gesucht habe. Ich habe ihn angerufen, und er hat gesagt, ich soll in die Wohnung gehen, du wärst dort. Das habe ich getan, aber du warst nicht da. Dein Pick-up war nicht da. Deshalb bin ich zum See rausgefahren.«

»Ich habe meinen Pick-up immer in der Stadt geparkt«, sagte er. »Sonst hätten Len und Mardell gewusst, dass ich da bin. Ich habe hinterm Café geparkt und bin zu Fuß hergelaufen.«

»Ach so«, sagte sie. »Natürlich. Wie dumm von mir!« Sie lachte, obwohl ihr die Erinnerung einen Stich versetzte. Logisch, dass er nicht hier geparkt hatte, aber in ihrem tiefen Kummer und ihrer Angst war ihr das damals nicht in den Sinn gekommen. Wäre sie die Treppe hinaufgestiegen und hätte an die Tür geklopft, hätten sie bei ihrer Mutter sein können, als sie starb. Sie hätten nicht stundenlang auf einem zugefrorenen See im Eis festgesteckt. Und sie hätten nicht so schnell nach Duluth rasen müssen, dass sie vor Angst zitterte, obwohl das eh nichts gebracht hatte.

»Tut mir leid, Claire.«

Er suchte ihren Blick, aber sie sah ihn nicht an. Sie sah vor sich hin, weil sie sonst in Tränen ausbrechen würde. Sie hatte ihm schon vor Monaten verziehen, konnte es ihm aber noch nicht sagen.

»Wie es scheint«, sagte sie stattdessen, »kommen wir beide ganz gut zurecht.«

Er nickte. »Wir lassen uns nicht unterkriegen.«

Claire schwieg dazu, wollte ihm weder zustimmen noch zugeben, dass sie genau das im Sinn hatte. Sich nicht unterkriegen lassen, wegziehen, weiterkommen, über den Tod ihrer Mutter hinwegkommen. *Meine Mutter, meine Mutter, meine Mutter*, sagte sie im Stillen. Wie sehr sie ihre Mutter vermisste.

»Weißt du noch, wie wir immer *Blue-River-Verpiss-Dich* gespielt haben?«, fragte Joshua.

»Ja«, sagte sie, und ein Lächeln ging über ihr Gesicht.

»Das war lustig.«

»Das war es.«

»Ich habe es noch lange getan. Bis – ich weiß auch nicht –, bis vor nicht allzu langer Zeit. Ich habe die Schule geschwänzt, bin hier herausgekommen, habe mich an den Fluss gesetzt, einen Joint geraucht und dann Sachen in den Fluss geworfen und mir dabei *Blue River, verpiss dich* gedacht.«

»Schon komisch, wie du an Sachen hängst.« Sie blickte aufs

Wasser. Ein zackiger Ast trieb vorbei. Sie musste daran denken, wie sie Fliederzweige in den Fluss geworfen hatten, als Bruce und ihre Mutter sich Treue geschworen hatten. »Und warum hast du damit aufgehört?«, fragte sie Joshua.

Er zuckte mit den Schultern. »Weil ich erwachsen geworden bin, nehme ich an.« Er dachte noch etwas länger darüber nach und sah sie dann an. »Iris ist in Blue River geboren. Vielleicht ist das der Grund.«

»Wir wollen nicht mehr, dass sich Blue River verpisst!«, schrie Claire albern in den Himmel, zu den Bäumen, dem Felsen und zum Fluss selbst, als würden sie es hören und ihnen verzeihen. Und dann legte sich eine Stille über sie alle, als hätten sie es gehört und ihnen verziehen.

Sie zog den Reißverschluss an ihrer Jacke auf, nahm die Päckchen mit den Samen heraus und reichte eines Joshua. Sie gingen zum Fluss, rissen die Päckchen auf und schütteten sich die Samen in die Hand, dann bückten sie sich, tauchten ihre Hände in das eiskalte Wasser und ließen die Samen von ihm davontragen. Ihre Hände wirkten weißer, zerbrechlicher, als sie es waren, leuchteten beinahe unter der Oberfläche, während das Wasser durch ihre Finger strömte und kleine Wirbel erzeugte.

»Teresa Rae Wood«, sagte Claire leise und bedächtig, als wäre es ein Geheimnis, ein Sakrament, ein Gebet.

»Teresa Rae Wood«, sprach ihr Joshua nach.

Diese drei Worte waren eine Flamme, eine Fackel, die sie immer tragen würden.

Sie schüttelten sich das Wasser von den Händen, standen auf und betrachteten den Fluss. Claire dachte, was Joshua dachte. Sie wusste es, ohne zu fragen. Sie brauchte ihm nicht einmal ins Gesicht zu sehen.

Sie dachten daran, was sie jetzt tun würden: einzigartig und besonders sein. Wie die meisten Menschen.

Dank

Ich danke der Syracuse University, der Julia and David White Artists' Colony, der Constance Saltonstall Foundation for the Arts, der Sacatar Foundation und der Wurlitzer Foundation für die mir gewährte Zeit und finanzielle Unterstützung während meiner Arbeit an diesem Buch.

Ein herzliches Dankeschön gebührt allen Mitarbeitern von Houghton Mifflin, die mit ihrer Arbeit und ihrem Engagement dieses Buch erst möglich gemacht haben. Mein besonderer Dank geht an meine Lektorin Janet Silver für ihr Verständnis, ihren durchdringenden Verstand und ihre Freundlichkeit; an Meg Lemke, die mich sachkundig auf meinem Weg begleitet hat; und an Megan Wilson, die eine herausragende Publizistin ist.

Ich verneige mich tief vor meiner Agentin und guten Fee Laurie Fox von der Linda Chester Literary Agency.

Ich hätte dieses Buch nicht schreiben können ohne den Zuspruch und die Liebe meiner Freunde und Lehrer, die zu zahlreich sind, um sie alle namentlich zu nennen. Ich danke besonders Paulette Bates Alden, Christopher Boucher, Arielle Greenberg Bywater, Mary Caponegro, Arthur Flowers, Lisa Glatt, Corrine Glesne, Sarah Hart, Aimee Hurt, Tom Kilbane, Gretchen Legler, E. J. Levy, Emillia Noordhoek, Dorothy Novick, Salvador Plascencia, Lee und John und Astia Roper-Batker, George Saunders, Anne Vande Creek, Bridgette Walsh und Devon Wright.

Ich danke Karen Patch, Leif Nyland und Glenn (Benny) Lambrecht für all die gemeinsamen Jahre und dafür, dass sie mit mir moderne Pioniere sind.

Mein besonders tiefer Dank gilt Brian Lindstrom für alles und noch einiges mehr. Für die Liebe und das Leben. Für seine Zuversicht und das Weitertragen der Fackel.

Nachweise

Seite 13
Charlotte Brontë, *Jane Eyre*. Aus dem Englischen übersetzt von Andrea Ott, Nachwort von Elfi Bettinger. Copyright © 2016 by Manesse Verlag, Zürich, in der Verlagsgruppe Random House GmbH, München.

Seite 77
Das Zitat aus Mary Lee Settle, *Charley Bland*, wurde für diese Ausgabe von Reiner Pfleiderer übersetzt.

Seite 205
Down by the River by Edna O'Brien © 1996
Reprinted by kind permission of Edna O'Brien
Das Zitat aus Edna O'Brien, *Down by the River*, wurde für diese Ausgabe von Reiner Pfleiderer übersetzt.

Seite 307
»September 1, 1939« Copyright © 1939 by W. H. Auden, veröffentlicht mit Genehmigung Nr. 71 075 der Paul & Peter Fritz AG in Zürich.
»1. September 1939«, aus: W. H. Auden, *Liebesgedichte*. Aus dem Englischen von Rüdiger Görner. © der deutschen Übersetzung Insel Verlag Frankfurt am Main und Leipzig 2008.

Seite 381
Quotation from »Late Fragment« by Raymond Carver: Copyright © Tess Gallagher 1996, used by permission of The Wylie Agency (UK) Limited.
Raymond Carver, »Spätes Fragment«. Aus: ders., *Ein neuer Pfad zum Wasserfall*. Aus dem Amerikanischen von Helmut Frielinghaus. © S. Fischer Verlag GmbH, Frankfurt am Main 2013.

Cheryl Strayed

Cheryl Strayed, geboren 1968, veröffentlichte nach ihrem Studium der Literatur zahlreiche Beiträge in der *New York Times*, *Washington Post*, *Vogue* und anderen Medien. Ihr biografisches Buch »Wild – Der große Trip« avancierte zu einem beispiellosen Erfolg in den USA und stand monatelang auf Rang 1 der deutschen Bestsellerliste. Von und mit Reese Witherspoon wurde es sehr erfolgreich verfilmt. In »Wildblumen im Schnee« erzählt Cheryl Strayed in Romanform, was sie zu ihrem großen Trip bewegte. Die Autorin lebt mit ihrem Mann, dem Filmemacher Brian Lindstrom, und ihren beiden Kindern in Portland, Oregon. Weitere Informationen zur Autorin unter: www.cherylstrayed.com

Mehr von Cheryl Strayed:

Der große Trip – Wild. Tausend Meilen durch die Wildnis zu mir selbst (auch als E-Book erhältlich)

GOLDMANN
Lesen erleben